Die bruid van Blouberg

Die Branks van Blouberg laat nie met hulle speel nie, en Lecia Brank, mede-erfgenaam van die spogplaas Blouberg, is geen uitsondering nie. Maar vanuit sy graf trek oom Isak Brank nog vir oulaas 'n paar toutjies toe hy in sy testament bepaal dat Lecia sekere voorwaardes moet nakom, anders erf Wouter Fouché alles. Geen Brank kon nog ooit nee sê vir 'n uitdaging nie, maar weet Lecia dat dié voorwaardes behels dat Wouter 'n sê het oor haar liefdeslewe en dat sy moet leer boer?

'n Lang, vreemde pad

Was dit nie vir die skoonheidskompetisie nie, sou Elise Eybers se pad seker nooit met dié van markies Germano de Nobrega gekruis het nie. Hul liefde raak 'n verterende vlam . . . tot 'n jaagduiwel op 'n motorfiets haar geheue in inkswart duisternis dompel en hul liefde op 'n vreemde kronkelpad geplaas word.

Blom van Venesië

Graaf Marco de Castellano – eiegeregtig, dominerend, baasspelerig. Terri Massyn – tenger, blonde Suid-Afrikaanse vuurvreter, sielsgelukkig in haar oorpak op 'n perd se rug of op 'n trekker aan 't ploeg. Wie gaan vir wie tem op die Italiaanse eiland Santa Teresa? En wanneer die feeks van 'n Genina haar waarsku dat Terri, nes Carla en sy self, 'n speelbal in die hande van die donker graaf met sy broeiende sjarme kan word . . . wie en wat moet sy glo?

Susanna M Lingua

GUNSTELINGE 2

Die bruid van Blouberg
'n Lang, vreemde pad
Blom van Venesië

Melodie

Eerste uitgawe van:
Die bruid van Blouberg: J.P. van der Walt en Seun, 1973
'n Lang, vreemde pad: J.P. van der Walt en Seun, 1973
Blom van Venesië: J.P. van der Walt en Seun, 1988

Melodie
is 'n druknaam van NB-Uitgewers,
'n afdeling van Media24 Boeke (Edms) Beperk,
Heerengracht 40, Kaapstad
Kopiereg © Die skrywer 2013
Alle regte voorbehou

Omslagfoto: Gallo Images
Geset in 11 op 13 pt Sabon
Gedruk en gebind deur
Paarl Media, Jan van Riebeeck-rylaan 15,
Paarl, Suid-Afrika

Eerste uitgawe 2013

ISBN 978-0-624-05780-2
ISBN 978-0-624-05736-9 (epub)
ISBN 978-0-624-06362-9 (mobi)

Inhoud

Die bruid van Blouberg

1

Die vier en twintigjarige Lecia Brank sug diep en hardop van
verligting.

Ai, hoe heerlik tog om 'n volle naweek lank van 'n klomp
onmoontlike, sieltergende musiekleerlinge ontslae te wees! My
senuwees voel sommer kapot uitgerafel. Om te dink dat ek nege
maande gelede nog sorgeloos aan die konservatorium vir mu-
siek in Rome gestudeer het, en nou sit ek hier met 'n hele wa-
vrag ellende opgesaal. Ek moes in Rome gebly het . . . lekker
ou stad. Daar het ek geen probleme geken nie, gesels Lecia met
haarself onderwyl sy met haar luukse geel sportmotor behendig
deur die Johannesburgse verkeer vleg op pad na haar tante,
Emma Reyneke, se huis in een van die gegoede voorstede.

Drie jaar gelede het Lecia albei haar ouers in 'n motoron-
geluk verloor. Haar enigste familielid is tant Emma by wie sy
inwoon. Dan is daar natuurlik ook haar oorlede pa se oudste en
enigste broer, Isak Brank. Maar van oom Isak praat sy glad nie.
Niemand praat ooit van hom nie. Trouens, Lecia beskou hom
nie eens as lid van die familie nie. Wat haar betref, kon hy net
sowel nie bestaan het nie. Sy wil hom nie ken nie, en sy dink nie
eens aan hom nie.

Wat Lecia alles van oom Isak Brank van Blouberg gehoor
het, het haar tot die slotsom laat kom dat hy vol duiwelstreke
is. Nie dat haar oorlede pa, advokaat Gerrit Brank, juis 'n engel
was nie. Inteendeel, hy was ook maar 'n uitgesproke en kortge-
bakerde man. Maar sy is ook so. Dis 'n eienskap van die Branks
van Blouberg. Hulle laat nie met hulle speel nie, en hulle laat
ook niemand toe om op hul kop te sit nie.

Oom Isak is nie net uitgesproke en kortgebaker nie; hy is
trouens ook die grootste ou skelm en heiden wat leef. Dis nou
alles dinge wat sy van haar oorlede pa en ma gehoor het. En
haar pa behoort te weet, want hy en oom Isak is albei op die
familieplaas, Blouberg, gebore en het saam daar grootgeword.
Ja-nee, as iemand oom Isak geken het, was dit beslis haar pa.
Oom Isak se vrou, tant Breggie, was glo nie onaardig nie, maar
sy is lankal oorlede.

Sy het oom Isak maar een keer in haar lewe gesien, en dit was toe hulle op pad na Kaapstad vir 'n dag by Blouberg aangedoen het. Sy was toe maar vyf jaar oud en sy kan feitlik niks van hul besoek onthou nie. Sy onthou net vir Wouter, tant Breggie se broerskind, wat by haar en oom Isak gewoon het. Wouter was toe vyftien, en hy het haar daardie dag soos 'n ouer broer beskerm en vertroetel.

Waarom sy Wouter so goed onthou, is omdat hy haar so tydig gered het toe sy aan die kant van die rivier in die vlak water gespeel en 'n yslike krap haar aan die groottoon beetgekry het. Daarna het hy haar huis toe gedra en met haar geloop en gesels totdat sy opgehou huil het en heeltemal van die aaklige krap vergeet het.

Die vervreemding tussen die twee Brank-broers het glo ontstaan toe Gerrit besluit het dat hy nie vir 'n plaasboer uitgeknip was nie en liewer in die regte wou studeer.

Maar Gerrit was ook 'n Brank. Dus het die vonke dae lank op Blouberg gespat, en Gerrit het sak en pak Johannesburg toe verhuis. 'n Paar jaar later is sy pa oorlede en Isak is as die enigste erfgenaam van Blouberg benoem, maar Gerrit was heeltemal bewus daarvan dat dit deur Isak se slinkse toedoen geskied het.

Wat daardie dag, negentien jaar gelede, tussen Isak en Gerrit gebeur het, weet net hulle twee. Sedert daardie dag is Isak se naam nooit weer in Gerrit se huis of selfs in sy teenwoordigheid genoem nie. Nie eens sy vrou, Mara, het dit gewaag om Isak se naam in sy teenwoordigheid te noem nie.

Gerrit was daardie dag woedend, en toe hulle van Blouberg af vertrek, het hy bitter gesê: "So 'n satanskind! Hy is die grootste ou heiden, skelm en onderkruiper wat leef. Ek sê jou nou, Mara, ek erken hom nie meer as my broer nie, en ek wil sy naam nooit weer hoor nie. Die skobbejak was bepaald onder die indruk dat ons van armoede en ellende krepeer en dat ons net by Blouberg aangedoen het om van hom geldelike hulp te vra. Ek moes die ellendeling met die vuis bygedam en hom 'n paar goeie opstoppers gegee het oor sy vermetelheid. Net die duiwel sal weet waarom ek dit nie gedoen het nie."

Mara wou nog haar man probeer kalmeer, maar Gerrit was

briesend en het nog talle ander dinge in sy drif kwytgeraak. Sedert daardie dag was daar nie meer net 'n vervreemding tussen die twee broers nie, maar openlike vyandskap.

Na etlike jare, toe Lecia oud genoeg was om dinge in die regte perspektief te sien, het haar ma haar die hele onaangename geskiedenis van haar pa en oom Isak vertel. Gevolglik het sy net so 'n diep hekel aan haar oom Isak, want die onreg wat hy haar pa aangedoen het, raak haar ook.

Ná die motorongeluk het sy hom nie eens van haar ouers se afsterwe in kennis gestel nie. Gevolglik is Gerrit Brank nie in Blouberg se kerkhof begrawe waar al sy voorsate van die afgelope driehonderd jaar rus nie.

Die verkeerslig word rooi, en Lecia hou stil. 'n Lawwe motorryer agter haar druk sy voertuig se toeter lank en hard. Sy vererg haar oombliklik vir die vent en draai in die sitplek om. Woes beduie sy met haar vuis hoe sy hom disnis gaan slaan as hy nie dadelik sy ongeskiktheid staak nie.

Die verkeerslig word groen, en die geel sportmotor trek met 'n vaart weg.

A, eindelik tuis, dink Lecia toe sy langs haar tante se dubbelverdiepinghuis stilhou. Salige rus en vrede 'n hele naweek lank.

Sy klim uit die motor, draf die huis soos 'n sestienjarige binne en loop haar tante byna onderstebo waar die ouer vrou in die voorportaal vir haar staan en wag.

"Genugtig, kind, gaan jy dan nooit grootword nie?" vra tant Emma glimlaggend, glad nie verbaas of verskrik nie. Sy ken mos darem al die emosionele Branks.

"Haai, middag, tant Emma!" Lecia lag vrolik en omhels die vrou liefderik. Sy kyk haar opgewek aan. "Maar hoe praat tant Emma dan nou van nooit grootword nie? Ek was dan net verlede week vier en twintig!"

"Toemaar, jy hou jou verniet onnosel," glimlag die ouer vrou goedig. "Ek weet werklik nie waarom ek my nog moeg maak om jou te vermaan nie. Julle Branks laat julle tog van g'n mens leer, voorskryf of vermaan nie. Maar kom, ek wag al die afgelope halfuur in spanning op jou tuiskoms."

11

Lecia kyk haar dierbare tante laggend aan.

"Waarom al die spanning,tant Emma?" vra sy terglustig. "Is iemand dood, of het tant Emma en daardie lastige ou wewenaar vanoggend skelmpies voor die landdros getrou?"

"Jy moenie nog spot nie, kind," vermaan die ouer vrou haar ernstig. "As jy weet wat ék weet, sal jy glad nie so vrolik daar uitsien nie. Maar sê eers vir my: Het jy al weer iemand met daardie windmakerige motor van jou raak gery, of het jou vinnige humeur al weer gemaak dat jy iemand beledig het?"

Lecia lag saggies. Sy plaas haar een arm liefdevol om die mollige vroutjie se lyf en vra gemaak vroom: "My liewe tant Emma, waarvan praat tante nou? Hierdie nuwe vuurwa van my het tot dusver nog niemand raak gery nie, en ek kan tante verseker dat ek die afgelope twee maande ook niemand beledig het nie. Maar vertel my, waarom verdink tante my van sulke nare dinge?"

Tant Emma meet die jong meisie 'n oomblik met 'n skeptiese blik, maar verduidelik dan met groot erns: "Omdat hier vandag vir jou 'n brief van 'n prokureur af gekom het, en 'n prokureursbrief wat aan jou geadresseer is,voorspel gewoonlik net een ding – moeilikheid met hoofletters. Maar as jy niks onwettigs aangevang het nie –"

"O, giftig," val sy haar tante met 'n sweem van 'n glimlag in die rede, "dit klink werklik of iemand my in die tronk wil stop! Laat ek net eers dink teenoor wie ek laas my humeur verloor het. Dis sweerlik daardie konstabeltjie wat ek nou die môre byna raak gery het. Maar, nee, dit kan nie hy wees nie . . ."

Tant Emma frons effens, maar swyg wyslik.

"Natuurlik is dit hy!" sê Lecia gerusstellend. "Hy sal my nie aankla nie, nie ná daardie stroopsoet glimlaggie waarmee ek hom vereer het nie. Hy het dan selfs vir my geglimlag met sy hand op sy hart . . ."

"Ag, loop, kind," bestraf tant Emma haar goedig, "jy is vandag weer vol duiwelstreke. Kom lees liewer die brief. Ek moet weet wat jy al weer teen die gereg gesondig het, sodat ek onverwyld met 'n prokureur in verbinding kan tree in verband met jou verdediging. Kom, die brief is in jou kamer."

12

Dit is vir Lecia baie duidelik dat haar ou tante bitter bekommerd voel oor die onbekende prokureur se brief. Nie dat sy self 'n benul het waarom 'n prokureur nou juis aan haar sou skryf nie, tensy hy straks 'n kind van hom by haar as musiekleerling wou inskryf. Maar in daardie geval sou hy tog seker telefonies met haar in verbinding getree het, meen sy.

Die arme tant Emma het dit ook al so op haar senuwees. Omdat Lecia per ongeluk al 'n waaghalsige motorfietsryer en 'n dronk boemelaar raak gery en ook 'n paar voorbarige jong mans beledig het, meen sy stellig dat dit 'n gewoonte van die meisie is om haar aan sulke dinge skuldig te maak.

Met haar arm nog steeds om haar tante se mollige lyfie, stap Lecia by haar slaapkamer in, en haar blik val dadelik op die brief wat die ouer vrou vir haar op die kleedtafel gelaat het.

Ietwat nuuskierig tel sy die brief op, skeur die koevert oop en laat haar blik vlugtig oor die geskrewe reëls gly.

Sy het reeds die helfte van die brief gelees toe sy verbaas, maar met 'n frons tussen haar oë uitroep: "My wêreld, tant Emma, raai wat? Dit is glad nie 'n aanmaning van 'n prokureur nie, dit lyk dan nou vir my of ek iets geërf het . . ."

"Maar lees hardop, kind, ek wil mos ook weet wat aangaan!" spoor haar tante haar ongeduldig aan en neem op die voetenent van die bed plaas. Haar nuuskierigheid is nou behoorlik gaande, want van wie sal Lecia tog erf? Die kind vergis haar bepaald.

"Ag, hier aan die begin van die brief sê die man maar net dat hy baie moeite ondervind het om my op te spoor, ensovoorts," vertel Lecia kortliks. "Luister net . . ."

U oom, meneer Isak Brank, is 'n maand gelede oorlede, en u word in die oorledene se testament as mede-erfgenaam van sy plaas, Blouberg, benoem. Die testamentêre bepaling lui egter dat u binne twee weke van die datum van hierdie kennisgewing u op bogenoemde plaas moet gaan vestig.

Indien u in gebreke bly om aan hierdie bepaling te voldoen, verbeur u alle aanspraak op u erfenis en sal meneer Wouter Fouché as die enigste erfgenaam benoem word.

"So 'n vermetele ou . . . ou addertand!" roep Lecia verontwaardig uit. "Selfs uit sy graf probeer hy nog gemeen wees deur so 'n onmoontlike voorwaarde te stel."

"Haai, kind," vermaan tant Emma sag. "'n Mens praat nie so lelik van die dooies nie."

Lecia se groen oë vlam gevaarlik toe sy die ouer vrou stip aankyk en onthuts sê: "Sulke agterbakse en onregverdige mense soos oom Isak gaan nooit heeltemal dood nie, tant Emma, wees verseker daarvan. Oom Isak en sy skynheiligheid leef nog steeds in sy testament. Deur hom is my pa destyds onterf omdat hy in die regte gaan studeer het in plaas van om te boer, en nou stel hy dieselfde eis aan my. Verbeel jou, ek moet my op Blouberg gaan vestig! Hy kan maan toe vlieg!"

"Hy kan nie, Lecia. Die man is dood, my hartjie," help tant Emma haar ongeërg reg. "Laat die ou satanskind tog maar rus. Hy het genoeg sonde en ergernis in sy lewe veroorsaak. Vertel my liewer van daardie man . . . wat is sy naam nou weer? O ja, nou onthou ek . . . Wouter Fouché. Hoe oud is dié knaap, en hoe lyk hy, hartjie?"

Lecia voel nog so ontstoke dat sy nie dadelik kan antwoord nie. Maar soos gewoonlik kry sy haar vurige humeur gou onder beheer en verduidelik sonder veel geesdrif: "Wouter is tien jaar ouer as ek, tante, dus moet hy nou vier en dertig wees. Maar ek ken hom nie juis nie. Ek het hom net een keer in my lewe gesien en toe was ek maar 'n snuiter van vyf. Ek onthou hom net as 'n langbeenseun met digte, donkerbruin krulhare en viooltjieblou oë. Hy is tant Breggie se broerskind. Sy en oom Isak het mos nooit kinders gehad nie, daarom het hulle Wouter aangeneem en grootgemaak toe sy ouers oorlede is. Ek dink hy was vyf jaar oud toe sy ouers oorlede is. Maar soos ek reeds gesê het, ek het hom maar een keer in my lewe gesien. Vandag is hy stellig net so 'n harde, skynheilige en selfsugtige man soos oom Isak wat hom opgevoed het. Ek kan nie eens meer onthou hoe die plaas lyk nie. Dis soveel jare gelede dat ons daar was. Al wat ek kan onthou, is dat daar 'n rivier naby die huis verbyvloei."

Tant Emma sug swaarmoedig en kyk stil voor haar uit. Sy het nooit kon droom dat sy op haar oudag alleen in hierdie groot

14

huis sal moet woon nie. Sy het altyd gehoop dat Lecia by haar sal bly totdat sy die dag nie meer daar is nie, maar nou sal sy natuurlik alleen hier moet woon, want Lecia durf nie haar erfenis verbeur nie.

Sy kyk weer na die jong meisie wat nog steeds met die brief in haar hande staan en sê ietwat weemoedig: "So, dan gaan ek jou nou ook oor twee weke verloor."

Lecia kyk die ouer vrou verbaas aan. "En waarom, as ek mag vra, gaan tante my verloor? Ek koester hoegenaamd geen planne om nou al dood te gaan nie, my liewe tant Emma!"

"Maar jy gaan mos plaas toe, Leciatjie –" begin tant Emma, maar Lecia help haar sommer dadelik reg voordat sy nog meer kan sê.

"O nee, ek gaan nie, tante," sê sy onomwonde en baie ernstig. "Lyk ek vir tante of ek van my wysie af is om my op so 'n verlate plek aan die einde van nêrens te gaan vestig? Blouberg . . . inderdaad! Dit klink vir my bra na 'n bergagtige wildernis, soos daardie een waardeur die Israeliete destyds getrek het. Nee, ek is nog lank nie 'n bobbejaan om my in die berge te gaan vestig nie. Ek sal nooit daar aard nie, my liewe tante. Ek is immers 'n beskaafde Brank."

"Inderdaad – baie beskaaf solank jy nie jou humeur verloor nie," stem die ouer vrou glimlaggend saam. Sy ken Lecia vandat sy mens is en weet baie goed hoe kort van draad en uitgesproke sy kan wees; presies soos al die Branks van Blouberg maar is – 'n omgekrapte ou nasie.

Lecia kyk haar tante gemaak verontwaardig aan, maar haar oë lag die ouer vrou openlik uit. Dis waar, haar tannie ken die Brank-familie baie goed.

"Skaam tante om my so te verkleineer," maak sy dik van die lag beswaar, ofskoon daar nie 'n beduidenis van 'n glimlag op haar gesig te sien is nie.

"Ag, toemaar," verdedig die ouer vrou haarself, "moet nou nie maak of jy 'n engel is net omdat jy soos een lyk nie, my hartjie. Ons weet tog almal dat jy in 'n rissiepit en 'n vuurvreter verander sodra jy kwaad is. Aard blykbaar na jou oom Isak. Jy lyk mos net soos hy met jou rooi hare en groen oë."

15

"Oom Isak!" roep Lecia verontwaardig uit. "Nee, kyk, ek wil nie onbeleef wees teenoor die ontslapene nie, tant Emma, maar dáár was nou regtig vir jou 'n onmoontlike en befoeterde man. My pa het altyd gesê hy weet nie hoe tant Breggie met hom huishou nie. Hy wou altyd net maak en breek, en almal moes na sy pype dans. Maar ek is 'n mensliewende en vredeliewende Brank, sonder pretensies en fiemies. O, ek weet ek is 'n bietjie reguit van geaardheid en 'n ding is vir my óf wit óf swart. Maar ek glo nie ek aard na oom Isak nie, al het ons dieselfde kleur hare en oë. My rooi hare en groen oë het niks met oom Isak te doen nie; dis in die familie. Ons ou stamvader het glo rooi hare en groen oë gehad, en my pa het gesê hy en die duiwel was een mens. Pappie het gesê ons het slegte bloed van ons stamvader geërf . . . Nee, my hare en oë het niks met oom Isak te doen nie."

"Ja, die arme ou Isak," sug tant Emma asof sy swaar laste op die hart dra. "Jou ma het my destyds vertel hoe 'n onmoontlike ou hardekop hy was. Maar wat jou erfenis betref . . ."

"Vergeet asseblief van die erfenis, tant Emma," keer Lecia haastig. "Ek sal die prokureur Maandag bel en vir hom sê dat ek nie in my oom se onsinnige testament belangstel nie."

Sy begin 'n opgewekte deuntjie fluit terwyl sy die brief terug in die koevert steek, kompleet asof die onderwerp finaal afgehandel is. Maar tant Emma het haar eie mening oor hierdie saak en beskou die onderwerp glad nie as afgehandel nie. Wat haar betref, het hulle die onderwerp nog nie eens aangeroer nie. O nee, vandag is die dag wat hierdie hardekop na haar gaan luister, en sy weet net hoe om hierdie jongste spruit van die befoeterde spul Branks te hanteer.

Tant Emma kyk Lecia 'n oomblik stil, ondersoekend aan asof die meisie ietwat vertraag is en sy dit nou eers besef. Dan glimlag sy stilweg en skud haar kop ongelowig.

"Maar, my liewe kind," sê sy na 'n rukkie, "jy kan mos nie 'n halwe plaas sommerso goedsmoeds prysgee nie! Soos jou ma my vertel het, is dit een van die grootste plase in die Oos-Kaap. En nog 'n ding: dit is 'n familieplaas wat reeds bykans driehonderd jaar aan die Branks behoort. Jy mag in geen omstandig-

16

hede toelaat dat dit nou in vreemde hande val nie. Ek wonder of jy besef dat dit jou oorlede pa se regmatige erfenis is wat jy so goedsmoeds van die hand wil wys. Dan ook: dis jou dure plig om te sorg dat Blouberg in die hande van die Branks bly. Glo my, dis baie beslis nie nou die tyd om aan daardie ou skelm oom van jou te dink nie. Hy is dood en begrawe, my hartjie. Jy moet nou aan die dinge dink wat jou pa toegekom het. Jy gaan tog seker nie jou pa se erfenis vir daardie Fouché present gee nie, gaan jy?"

Lecia frons gesteurd.

"Dis blykbaar wat oom Isak en Wouter verwag het ek moet doen, tante. Daarom die lawwe bepaling dat ek my op die plaas moet gaan vestig. Oom Isak het goed geweet dat ek in die stad grootgeword het en my nooit daar in die gramadoelas sal gaan vestig nie."

Sy praat asof die hele aangeleentheid haar nie in die minste aangaan nie, so sonder belangstelling. Sy is in elk geval 'n moderne stadsmeisie en het geen trek vir die plaaslewe nie. Allermins wil sy haar daar tussen die berge en bobbejane gaan vestig!

Maar tant Emma is self 'n eiewyse ou dame wat nie maklik kopgee nie. Sy glo aan reg en geregtigheid, en dit is niks minder as reg nie dat die helfte van Blouberg Lecia toekom. Daarom sê sy op taktvolle wyse: "Ou Isak wou jou maar net met daardie bepaling in sy testament uitdaag, kind. Hy het jou pa as 'n lamsak beskou omdat hy nie wou boer nie, en hy wou seker vasstel of jý 'n lafaard is of nie. Gaan jy hom en daardie Fouché hul sin gee deur hulle te wys dat jy werklik so lafhartig is soos wat hulle dink?"

Lecia kyk haar tante etlike sekondes lank met 'n peinsende blik aan, dan verskuif sy haar blik na die venster en staar diep ingedagte na die mossies wat ywerig besig is om in die ou groot jakaranda voor die venster nes te maak. Die plaaslewe is vir haar heeltemal onbekend, maar soos al die Branks van Blouberg hou sy nie daarvan om as 'n lafaard bestempel te word nie, en as die uitdaging nog van 'n ou skelm soos oom Isak kom . . .

"Ek weet regtig nie wat my te doen staan nie, tante," sê sy

na 'n rukkie. Sy sit die brief ingedagte op die kleedtafel neer en neem langs die ouer vrou plaas.

"Daar is net een ding wat jy kan doen, Lecia-kind," kom dit ernstig van tant Emma. "Neem jou erfenis in ontvangs en sorg dat dit in jou hande bly."

Lecia kyk haar tante nadenkend aan, dan sê sy met 'n stem asof sy die geskiedenis van musiek aan 'n nuwe leerling verduidelik: "Tante sê ek moet my erfenis in ontvangs neem, maar wat weet ek van 'n plaas af, en wat presies moet ek daar gaan maak? Ek kan nie eens 'n ete voorberei nie, om die eenvoudige rede dat ek nog nooit in huishoudkunde belanggestel het nie. My ouers het nou wel hoog geleef, maar hulle het darem vir my iets nagelaat. Al is dit nie veel nie, is dit nogtans 'n neseier vir 'n dag van nood, en dan het ek nog my musiekleerlinge wat my 'n taamlike inkomste besorg . . . Nee, ek glo nie ek sal van honger omkom as ek my erfenis van die hand wys nie, al is ek nie welgesteld nie."

"Om 'n ete voor te berei is niks om jou oor te kwel nie," verseker tant Emma haar. "Dis dinge wat jy met die hulp van 'n goeie kookboek gou onder die knie sal kry. Die belangrikste is dat jy 'n oog oor jou belange moet gaan hou, en toesien dat daardie Fouché jou nie met 'n sent verkul nie. Onthou, die volle helfte van die plaas se opbrengs behoort aan jou. Wat maak dit saak of jy dit nodig het of nie? Jou kinders sal dit eendag kan gebruik."

Lecia sug radeloos. Tant Emma kan so knaend met 'n ding aanhou. Sy weet werklik nie waarom sy die ou tante so liefhet nie. Sy het 'n nare manier om 'n mens in 'n ding te dwing waarin jy nie wil wees nie, en die slegste van alles is dat 'n mens dit nie oor jou hart kan kry om vir haar nee te sê nie.

Sy draai na die ouer vrou en sê ietwat ontwykend: "Ek weet eerlikwaar nie of dit sal deug nie, tante. Ek sal eers daaroor moet slaap."

"Daar is absoluut niks om oor te slaap nie," hoor sy die ouer vrou beslis sê. "Jy het 'n plig teenoor jou ontslape pa, en ook teenoor jou ongebore kinders, wat jy moet nakom, en ek sal persoonlik toesien dat jy jou plig nakom."

"Maar tante, sê nou net ek en Wouter kom nie met mekaar

oor die weg nie, wat dan? Ons ken hom van geen kant nie en weet glad nie hoe 'n soort mens hy is nie. Bes moontlik is hy 'n tweede oom Isak!"

Tant Emma lag geamuseer. "Ek wil nog die man sien wat soos 'n stoomroller oor jóú gaan vaar, Lecia . . . Nee, jy ken te veel maniere om dié ou nasie te hanteer. Net een van daardie glimlaggies wat jy nou die dag vir daardie konstabeltjie gegee het, sal sy hart hopeloos vermurwe."

"My liewe tante," stribbel die rooikop half moedeloos teë, "daardie tegniek het nie dieselfde uitwerking op elke man nie. Wouter is moontlik 'n ou suurknol op wie 'n glimlag geen indruk sal maak nie –"

"Ag, onsin met die plaasjapie," knip sy Lecia se relaas terstond kort. "Hy het nog nooit in sy lewe so 'n beeld van 'n mens soos jy gesien nie. Daardie kastaiingbruin hare en smaraggroen oë van jou sal die man so sag soos klei in jou hande maak. Luister nou wat jou ou tante vandag vir jou sê. Jy sal sy hart so gou vermurwe, die man sal nie weet wat hom getref het nie."

Lecia luister, maar sy betwyfel hierdie voorspelling van haar tante baie sterk. Nie een van hulle ken vir Wouter nie, en dit is ook nie elke man wat hom deur 'n paar groen oë soos 'n lam ter slagting sal laat lei nie.

Maar hierdie dinge sê sy nie vir tant Emma nie. Sy weet by voorbaat dat die lewenservare vrou haar woorde ongeërg sal weglag en sê alle mans is eenders. Dus sê sy versigtig: "Wel, van die skoonheid weet ek nie so mooi nie. Tante ken nou dinge aan my toe waarvan ek glad nie bewus is nie. Trouens, my spieël het nog altyd gewys dat ek maar 'n gewone, alledaagse meisie is – nie te kort nie en nie te lank nie en regtig niks om oor huis toe te skryf nie. Ek sal dus eerder op my . . . e . . . intelligensie staatmaak. Nie dat ek oor veel intelligensie beskik nie, maar die bietjie wat ek wel het, sal ek ten beste moet gebruik."

"Nou ja, ek gee nie om waarop jy staatmaak nie, kind," kom dit nou weer gemoedelik van die ouer vrou, "maar laat ek jou dít vertel: selfs die mooiste filmster lyk vir my kompleet soos 'n uitgewaste lap in vergelyking met jou."

Lecia moet hard veg om nie in die ouer vrou se gesig uit te

bars van die lag nie. Sy ken tant Emma en weet dat sy enige taktiek onder die son sal gebruik om haar sin te kry. Tog kan sy nie 'n ligte spotlaggie bedwing nie toe sy sê: "Toemaar, tant Emma het nie nodig om die heuningkwas so kwistig te gebruik nie. Ek ken daardie tegniek baie goed. Maar wat my liewe tante blykbaar uit die oog verloor, is dat ek nie my musiekleerlinge op so 'n kort kennisgewing in die steek kan laat nie. Ek moet hulle minstens 'n maand voor die tyd in kennis stel dat my diens nie meer beskikbaar sal wees nie, en oom Isak se testament sê ek moet oor twee weke op Blouberg wees. My erflating en alles is dus van die baan . . ."

"O nee, dit is nie," keer die ouer vrou vinnig. "Jou tant Emma is nie so onnosel soos wat sy lyk nie, my hartjie. Ek sal daardie prokureurtjie Maandagoggend persoonlik gaan spreek en hom sommer ook 'n paar dingetjies vertel wat hy nog glad nie weet nie. O nee, hy moenie ou Isak se streke by ons kom uithaal nie. Twee weke . . . verbeel jou!"

Lecia bars hardop uit van die lag en kyk haar tante ondeund aan. 'n Mens sou sê dis die prokureurtjie se skuld dat sy oor twee weke op Blouberg moet wees! Ai, dié tant Emma is ook maar 'n eiewyse ou mens. Sy sal nie rus voordat sy haar sin gekry het nie!

"Hoe klink dit vir my of tant Emma die arme prokureur wil gaan uittrap? Die man voer net opdragte uit, tante. Hy is nie verantwoordelik vir die bepalings van oom Isak se lawwe testament nie. Tante sê altyd ek is 'n rissiepit en 'n vuurvreter, maar ek dink tante is self 'n rissie –"

"Maar jy ís, Leciatjie," val die ouer vrou haar ongeërg in die rede. "Jy is dit van die oomblik af toe jy jou oë in hierdie ou wêreld oopgemaak het. Daarom stuur ek jou met 'n geruste hart Blouberg toe. Ek weet mos daardie Wouter Fouché gaan sy moses in jou teëkom. Hy het seker nog nooit in sy lewe gesien hoe vinnig vonke kan spat nie, my kind. In elk geval, hy sal dit nog sien, sodra jy daar is."

Lecia kyk die ouer vrou verbaas aan. Die dinge wat hierdie liewe ou tante van haar darem kan bedink, is net te onmoontlik vir woorde.

"Tant Emma," sê sy met Job se geduld, "ek gaan nie Blouberg toe om met Wouter Fouché rusie te maak nie. As mense my net in vrede wil laat, sal ek nooit in my lewe met hulle rusie . . . e . . . ek bedoel, my vir hulle vervies nie. Vertel my liewer of ek my klavier en orrel per trein na Blouberg moet laat vervoer of met 'n vragmotor. Dis natuurlik, bygesê, as tante sake so gereël kan kry dat ek eers oor vyf weke hoef te vertrek. Dan sal tante ook met die prokureur moet reël dat Wouter my musiekinstrumente by die naaste stasie gaan haal, want ek sal eers 'n week daarna kan vertrek. Ek moet nog my bedanking as kerkorreliste ook indien."

"Moet jou oor niks bekommer nie, my hartjie," stel die ouer vrou haar dadelik gerus, "ek sal vir alles sorg. Jy kan maar sommer vanaand al die kennisgewing aan jou leerlinge se ouers begin skryf, my kind. Sê maar dit was vir jou 'n plesier om hul onhebbelike . . . e . . . ek bedoel, hul ou kindertjies te onderrig, al was dit nie. Ek kan regtig nie sien watter plesier dit is om ander mense se stout kinders te onderrig nie, maar sê maar dit was."

Lecia vou byna dubbel soos sy lag. As daar een mens is wat sy baie gaan mis, sal dit beslis haar dierbare, uitgesproke tant Emma wees.

"Jy moet maar gereeld vir my skryf, my kind," sê tant Emma. "Onthou, jou ou tante staan bankvas agter jou. Ek sal altyd hier wees om jou met raad by te staan. Daar is net een ding waarvoor jy baie versigtig moet wees. Ek meen te sê, dis nou nie 'n bangpratery nie –"

"Toemaar, tante, ek skrik nie maklik nie. Maar vertel vir my, waarsku tante my nou teen leeus, tiers en slange?" val sy die ouer vrou met 'n gedempte laggie in die rede. Sy weet dis sonde, 'n mens lag nie vir 'n ou mens nie. Maar ai, tant Emma darem . . .

Nee, sy glo nie die liewe Heer sal haar straf nie. Hy ken mos darem ook vir tant Emma. Wie kan dan nou sy lag vir haar hou? Sy kom soms met die onmoontlikste of onsinnigste ding vorendag, soos nou weer hierdie ernstige waarskuwing dat daar minstens een ding is waarvoor sy, 'n Brank, baie versigtig moet wees.

21

Sy voel lus om hardop te lag. Sy is oortuig daarvan dat die plaasjapie Wouter Fouché so mak soos 'n lam sal wees en geen probleme sal oplewer nie . . . Nee, dis die ellendige plaaslewe wat vir haar probleme gaan skep. As sy haar sin kan kry, bly sy net hier in die beskawing, hier in Johannesburg waar sy gebore en getoë is. Hierdie erflating en die testamentêre bepaling steek haar dwars in die krop. Sy sou verkies het dat Wouter oom Isak se enigste erfgenaam moes wees. Maar sê dit nou vir tant Emma, dan kom sy weer met 'n lang relaas vorendag wat menige advokaat haar sal beny en . . . Nou ja, met tant Emma kan 'n mens ook nie elke dag redeneer nie, en vandag is ongelukkig een van daardie dae.

Nou wonder Lecia weer waaroor haar tante se ernstige waarskuwing gaan, maar sy het nie nodig om lank te wonder nie, want die ouer vrou is klaar aan die woord.

"Nee, kind, ek waarsku jou nie teen leeus, tiers en slange nie; daardie is sommer kleinighede. Jou ou tante waarsku jou nou teen groot dinge – dinge soos die liefde, want sien, dis nou nie iets waarteen 'n mens jou met 'n geweer kan verdedig nie. Nee, dáár het jy geen verweer nie. Glo my, die liefde slaan net so vinnig toe soos die Groot Griep in 1918, en as hy jou eers het, los hy jou nie. Jy moet dus maar versigtig wees vir daardie Wouter-kêrel. 'n Mens weet nou nie of hy dalk 'n aantreklike man is nie, en 'n vrou se hart bly maar 'n verraderlike ding. Ek meen te sê . . ."

"Tant Emma!" roep Lecia verontwaardig uit. "Sowaar, as ek nie nog 'n hartaanval kry nie, is my naam nie Lecia Brank nie! Dink tante ek is so laf om op 'n ongeletterde plaasjapie verlief te raak?"

Die ouer vrou se stem is sag, kalmerend toe sy weer praat. "Die liefde vra nie of jy stadsjapie of plaasjapie is nie, Lecia-kind. Dan ook: die boere is nie meer ongeletterde mense soos in die ou dae nie. Die meeste van die vooruitstrewende boere het deesdae 'n landbougraad of 'n ander graad of diploma. Maar waaroor het ons nou weer gepraat? O ja, die liefde en daardie Wouter-kêrel . . ."

"Asseblief, moet dit liewer nie sê nie, tante, want ek voel ek gaan my nou liederlik vererg," waarsku Lecia met 'n gevaarlike uitdrukking in haar oë, 'n uitdrukking wat tant Emma maar alte goed ken. "Laat ons mekaar baie goed verstaan, tante," gaan sy nadruklik voort. "Ek gaan nie Blouberg toe om 'n man te soek nie. Ek gaan uitsluitlik omdat tante my soos 'n tiran dwing om te gaan. Ek gee ook nie 'n flenter om vir die erfenis wat oom Isak aan my nagelaat het nie. Die hele affêre steek my dwars in die krop. Nou sit ek met al die ellende opgesaal, en tante sit heerlik hier in die beskawing. Dis genoeg om 'n . . . 'n . . . oorval van te kry."

"Jy voel maar net moeg en honger, Leciatjie, daarom dat jy so uit jou humeur is," paai tant Emma sag. Sy kan sien dat die meisie nou billik ontstoke is. "Jy het jou vandag natuurlik weer kapot gesukkel met ander mense se onnosele kinders. Kom eet liewer, my hartjie, anders vat jou humeur netnou regtig vlam. Jy sal nog sien dat die lewe op die plaas glad nie so onaangenaam is soos wat dit klink nie. Maandag gaan reël ek alles met die prokureur, en oor vyf weke gaan oortuig jy jouself dat jou tante reg was toe sy jou gedwing het om jou erfenis in ontvangs te neem."

"Laat ons liewer gaan eet, tante," is egter al antwoord wat tant Emma van die jong meisie kry. Maar sy laat haar glad nie deur Lecia se opstandigheid van stryk bring nie. Die helfte van Blouberg behoort aan oorlede Gerrit se nageslag, en sy sal sorg dat reg en geregtigheid hierdie keer geskied. Laat Lecia maar beswaar maak soveel as wat sy wil. Sy wat Emma Reyneke is, is baie ouer en weet beter wat goed is vir die kind.

Soos al die Branks van Blouberg is ook Lecia 'n koppige en eiewyse mens. Maar haar kinders sal haar nie eendag bedank omdat sy hul regmatige erfenis van die hand gewys het nie, redeneer Emma met haarself. Dis 'n erfenis wat aan die Branks behoort, nie aan die Fouchés nie.

Ja-nee, laat sy maar 'n kabaal opskop, dink tant Emma terwyl hulle na die eetkamer toe stap. Ek sal persoonlik toesien dat sy oor vyf weke sak en pak Blouberg toe verhuis. Daardie plaas behoort aan haar nageslag, al hou sy haar so steeks soos 'n lui donkie. Buitendien, daar moet altyd 'n Brank op Blouberg wees.

Aan tafel is Lecia stil. Haar moed sak sommer tot in haar

skoene as sy net aan Blouberg dink. Sy sal mos nooit daar tussen die berge aard nie! Wat makeer tant Emma tog om haar na daardie plek toe te dwing? En wat sal gebeur as Wouter straks nog ongetroud is? Sy kan mos nie saam met die man onder een dak woon nie! Sy wonder of tant Emma al ooit daaraan gedink het. Sy is op die oomblik so behep met Blouberg dat sy stellig nog nooit aan die moontlikheid gedink het dat die man dalk nog ongetroud is nie . . .

"Waarom frons jy so, kind?" vra tant Emma meteens. "So 'n gefrons sal maak dat jy voor jou tyd plooie tussen jou wenkbroue kry. Watter onaangename gedagtes broei nou weer in jou kop, my hartjie?"

"O, niks vreesliks nie, net die feit dat ek nie saam met Wouter in een huis sal kan bly as hy nog ongetroud is nie. Maar aan so 'n moontlikheid het tante natuurlik nie gedink nie. Tante is sommer dadelik gereed om my vir die honde te gooi. Wat gaan die mense daarvan sê as ek saam met 'n ongetroude man onder een dak woon?"

"My liewe kind, as daardie Wouter Fouché vier en dertig jaar oud is, behoort hy al pa te wees. Toe jou pa so oud was –"

"Toemaar, tante, ons praat nie nou van my pappie nie, ons praat nou van Wouter Fouché," knip sy tant Emma se relaas onverskillig kort. "Veronderstel hy is ongetroud, wat dan?"

"Ja, dit sal nogal 'n lollery afgee," erken die ouer vrou halfhartig. "Ek sal hierdie saak Maandag met die prokureur moet bespreek, want ek gaan jou baie beslis nie vir die honde gooi nie, my kind. As daardie ou skelm Isak dink hy gaan jou naam op so 'n manier deur die modder sleep, ken hy nog nie vir Emma Reyneke nie. As dit sy plan was, sal ek . . . Ek sal sy ou plaas gaan afbrand!"

Lecia knip haar oë en kyk tant Emma verbaas aan. Is dit dieselfde tant Emma wat sy al die jare ken wat so praat, of ken sy die ou tante nog nie goed genoeg nie?

"Gits, ek het nooit geweet tante kan so kwaai wees nie," sê sy en begin onderlangs giggel. "Ek het gedink dis eienskappe wat 'n mens net by die Branks van Blouberg kry. Is tante seker daar is geen Brank-bloed in tante se are nie?"

"Nee, my hartjie, daar is geen Brank-bloed in my are nie, maar jy ken jou ou tante nog nie as sy kwaad is nie. In elk geval, moenie jou oor daardie Fouché bekommer nie. Ek sal Maandag alles met die prokureur reël. Ou Isak moenie vir hom verbeel ons is sonder beginsels net omdat ons in Johannesburg woon nie. Ons is eerbare en respektabele mense . . ."

"Presies, net totdat ons ons humeur verloor, nè, tante?" herinner sy die ouer vrou aan haar eie woorde.

Tant Emma glimlag geamuseer, en daar kom 'n ondeunde uitdrukking in haar oë. Dit sal beslis nie Lecia wees as sy jou nie in eie munt terugbetaal nie. Ja-nee, die kind is nie op haar mond geval nie. Dis 'n goeie ding, want sy sal haar op Blouberg moet laat geld, anders sal al wat asemhaal later op haar kop sit.

Die hele naweek praat Lecia en tant Emma nie weer 'n woord oor Blouberg en Wouter Fouché nie. Tog dwaal die meisie se gedagtes telkens terug na haar onverwagte erfenis, die testamentêre bepaling en die feit dat sy haar geboortestad en vriende moontlik eersdaags sal moet verlaat. Dit is vir haar beslis nie 'n aangename gedagte nie, maar sy het al geleer dat die lewe nie altyd aangenaam is nie.

2

Soos tant Emma belowe het, het sy al Lecia se sake in verband met haar vertrek Blouberg toe bevredigend in orde gebring. Nadat sy die prokureur daarop gewys het dat Lecia onmoontlik op Blouberg kan gaan woon as Wouter nog ongetroud is, het die prokureur met Wouter in verbinding getree en kon hy tant Emma gerusstel met die nuus dat daar 'n bejaarde huishoudster in Wouter se diens is.

Hierna snel die weke vir Lecia gans te gou verby. Haar naderende vertrek begin al swaarder op haar gemoed rus. Sy kan maar nie begryp waarom sy nou juis op die plaas moet gaan woon nie. Haar lewe is so rustig en egalig hier saam met die liewe tant Emma, maar wat wag vir haar op Blouberg? Sal sy haar ooit by die plaaslewe kan aanpas? En hoe 'n soort man is Wouter? Sy hoop hy is nie so vermetel en agterbaks soos daardie ou skelm van 'n oom Isak nie, want dan gaan die vonke sommer baie gou op Blouberg spat.

Maar die tyd staan nie stil nie, en eindelik het die uur van vertrek vir Lecia aangebreek. Tant Emma is behoorlik tot trane bewoë toe sy die meisie vir oulaas groet. Maar na 'n reeks tranerige vermanings van die besorgde ou tante droog albei hul trane af en kan Lecia eindelik vertrek.

Op Aliwal-Noord oornag sy en val weer vroeg die volgende oggend in die pad. Sy het die afstand van Aliwal-Noord af mooi uitgewerk en gereken dat sy teen twee-uur op Blouberg behoort te wees.

Die pad is lank en vervelig. Die son is skroeiend warm, en Lecia voel moeg en ongeduldig. Die motor se horlosie wys dat dit al byna twee-uur is. Sy wonder wrewelrig hoeveel hekke sy vandag nog oop en toe moet maak. Dit lyk vir haar of daar geen einde is aan al die hekke nie, want sedert sy van die snelweg afgedraai het, moet sy telkens by 'n hek stilhou.

By die laaste vulstasie, op 'n verlate, dooierige dorpie, het die petroljoggie haar verseker dat Blouberg net agter die bult lê. Maar sy kan byna sweer dat sy al tien bulte oor is, en nog steeds sien sy geen teken van Blouberg nie.

Vervlaks, al weer 'n ellendige hek! dink sy wrewelrig toe sy om nog 'n draai gaan. Sy skop die voertuig se remme so gevaarlik vas dat 'n yslike stofwolk agter die geel sportmotor opslaan. Die hek is met 'n stuk bloudraad vasgewoel, en Lecia sukkel haar oor 'n mik om die draad los te kry. Sy kry warm en haar humeur word nou net so warm, maar na 'n groot gesukkel is die hek eindelik oop en kan sy deurry.

Nou sukkel sy weer om die draad vasgedraai te kry.

Verduiwels, dat 'n mens so moet sukkel, dink sy, nou behoorlik ontstoke. Ek los die ellendige ding sommer oop . . . Verbeel jou, 'n stuk draad van alle dinge! Maar 'n swak boer wat sy hek met 'n stuk draad vasdraai.

Sy klim in die motor, klap die deur ongeduldig toe en trek weg.

Sowaar, storm haar gedagtes voort, as ek nog een hek teëkom, kry ek 'n oorval. Dis warm en dit was malligheid om haar ore aan tant Emma uit te leen. Al die vermoeienis van die lang reis is sowaar nie die helfte van Blouberg werd nie.

Sy trap die brandstofpedaal diep weg en die geel vuurwa seil teen die lang bult uit. O, dankie tog, ek is byna bo, dink sy verlig. Ek wonder nou net wat agter hierdie bult lê. Ek hoop van harte daar is nie nog 'n bult nie, want ek voel al klaar of ek kan slange vang as ek net aan 'n ellendige bult en 'n hek dink!

'n Lang stofstreep lê agter haar in die pad, en eindelik is sy op die kruin van die bult. Maar die volgende oomblik staar sy vas teen 'n reuseberg wat 'n paar kilometer vorentoe die bloutes inskiet. Lecia se moed sak sommer dadelik tot laagwatermerk.

O, giftig, en daardie berg? dink sy moedeloos terwyl die voertuig met die reguit pad agter die bult afdaal. As ek daardie berg ook nog moet oorsteek, kry ek sowaar die piep. Genade, dis net berge, bulte en hekke.

Sy verloor byna haar humeur van skone misnoeë toe sy weer eens op 'n hek afkom. Sy weet nie of sy moet skreeu of huil of sommer albei moet doen nie. Sy voel op die oomblik heeltemal in staat tot albei.

Nee, kyk, dis nou eenmaal te erg. Ek hoop tant Emma kry so 'n kramp dat sy nie kan sit, staan of lê nie, vaar sy ontstoke in haar gedagtes uit terwyl sy uitklim en na die hek toe stap. Ek moes haar na haar peetjie gestuur het met Blouberg en al. En daardie agterbakse oom Isak . . .

Haar blik val meteens op 'n staalplaat wat aan die hek vasgeheg is en waarop daar in groot, swart letters geskryf staan: *Blouberg.*

O, dankie tog, dink sy verlig, eindelik het ek my bestemming bereik. Maar laat ek sien wat staan nog alles op die plaat geskryf . . . *Blouberg – Maak asseblief die hek toe* . . . So 'n ou hekseketel! vaar sy nou weer ontstoke teen wyle oom Isak uit. 'n Mens sou sê ek het nog nie vandag genoeg hekke toegemaak nie! O, dis sy geluk dat hy dood is, anders het ek hom vandag eiehandig van die gras gemaak . . . Ja, en nog 'n geluk vir hom is dat sy ou hek maklik oopmaak.

27

Die hek neem gelukkig nie veel tyd in beslag nie, en na 'n rukkie is sy weer onderweg na haar bestemming. Sy dink nog aan wyle oom Isak se skelm gekonkel wat haar pa destyds van sy erfdeel beroof het, toe val haar blik meteens op 'n groot wit gewelhuis wat aan die voet van die berg pryk, en die nare oom Isak is voorlopig vergete.

Sy nader die rivier wat sy as kind laas gesien het en ry oor die lae bruggie. Die pad kronkel tussen bosse en bome deur, maar eindelik nader sy die woonhuis. Met 'n behendige draai hou sy onder 'n groot seringboom stil en kyk belangstellend na die wêreld om haar.

Dis eienaardig stil, flits dit deur haar gedagtes. Is hier dan geen mense nie?

Die volgende oomblik kom twee bulhonde met 'n vaart om die huis se hoek en storm reg op haar motor af. Die honde grom onaards, en Lecia vererg haar op die plek vir die twee lelike diere met hul gevaarlike uitstaantande wat haar nou doelbewus in die motor vasgekeer hou.

"Voertsek, julle liederlike goed!" snou sy die grommende diere toe. "Het julle nog nooit 'n mens of 'n motor gesien nie, mensvretergediertes?"

Sy hoor meteens hoe iemand vir die honde fluit, en na 'n rukkie sien sy 'n man tydsaam om die hoek van die huis aan-gestap kom asof hy die wêreld se tyd tot sy beskikking het. Hy het 'n paar yslike stewels aan wat lyk asof hulle gans te swaar vir hom is en op sy kop pryk 'n olierige vilthoed wat lankal op die ashoop moes gelê het. Sy vererg haar nog meer omdat die vent so tydsaam is, kompleet asof hy haar uittart, haar geduld op die proef stel . . . en laasgenoemde is sy lankal kwyt, by die voorlaaste hek al.

"Klim maar uit, juffrou, die honde sal jou nie byt nie," hoor sy hom half geamuseer sê, en dit laat haar bloeddruk nog 'n paar grade styg. Tog kan sy nie help om die man se mooi, diep stem op te merk nie.

"En wie de drommel is jy?" vra sy met 'n frons. Haar blik dwaal weer na sy gevaarlike stewels, en sy gee hom nie kans om te antwoord nie. Hy kan in elk geval net 'n plaaswerker wees.

"Hm, met sulke vreeslike stewels aan is dit geen wonder dat dit jou 'n ewigheid geneem het om tot hier te vorder nie," sê sy bitsig. "Neem asseblief daardie afskuwelike ongediertes weg. Netnou besluit hulle dat my motor se buitebande goed genoeg is vir 'n maaltyd. En sê asseblief vir meneer Fouché dat juffrou Brank van Johannesburg hier is. Is meneer Fouché tuis?"

Die man begin meteens saggies lag en kyk die ontstoke meisie met sy ondeunde blou oë aan.

"O, hy is tuis, juffrou Brank," antwoord hy glimlaggend. "Sy vreeslike stewels het hom darem gou genoeg by jou motor gebring om vir jou die deur oop te maak."

"Wat!" roep sy verbaas uit. "Moenie vir my sê jý is Wouter Fouché nie. Ek glo dit nie. Haal jou hoed af sodat ek kan sien of jy die waarheid praat."

'n Glimlag pluk aan die een hoek van Wouter se mond toe hy beleef sy olierige hoed afhaal. Lecia snak half na asem van verbasing.

"Sowaar," kry sy dit verslae uit, "jy ís Wouter. Ek herken jou nou aan jou blou oë en donkerbruin krulhare. O gonna, en al die tyd verkeer ek onder die indruk dat jy een van Blouberg se plaaswerkers is. Maar dis jou eie skuld dat 'n mens jou vir 'n werknemer aansien. Waarom jy sulke nare velskoene en so 'n olierige hoed dra, gaan my verstand te bowe."

"Lecia," sê hy met 'n geamuseerde glimlag, "jy is sowaar nog dieselfde klein vuurvreter van negentien jaar gelede. Gits, jy het my daardie dag 'n vreeslike lewe gely. Ek hoop jy het dit ontgroei, meisiekind, anders gaan ek een van die dae grys wees. Klim uit, die honde sal jou nie byt nie. Hulle het nogal groot respek vir 'n mooi meisie."

Wouter hou die motordeur vir haar oop terwyl sy styf en stram uitklim. Toe sy langs hom staan, bekyk hy haar belangstellend van kop tot tone en vervolg bedaard: "Maggies, maar jy het 'n oulike meisie geword. Dagsê, niggie."

Hulle groet mekaar met die hand. Lecia se fyn handjie word behoorlik toegevou in sy groot hand met die lang vingers.

"Middag, Wouter," glimlag sy goedig. "Jong, jy moenie met my spot nie, ek waarsku jou. Al jul ou hekke, bulte en berge het my senuwees uitgerafel en my geduld is op. Ek voel moeg, vuil en sommer uitgeteer van die honger. Ek hoop julle het darem vir 'n mens iets om te eet. Weet jy, ek het vanoggend op Aliwal-Noord laas geëet." Sy kyk na haar polshorlosie. "Dis sowaar al byna halfdrie. Geen wonder ek vergaan van die honger nie."

"Kom binne, tant Elsa sal vir jou iets te ete voorberei. Intussen kan ons 'n bietjie gesels," stel Wouter bedaard voor. Hy merk haar vraende blik en verduidelik: "Mevrou Muller is al jare lank die huishoudster hier op Blouberg, maar ons noem haar sommer tant Elsa. Sy is al betreklik bejaard en nog van die ouderwetse soort wat Johannesburg as 'n hedendaagse Sodom en Gomorra beskou. Volgens haar broei al wat sleg en onheilig is in Johannesburg uit. Dis glo 'n nes van moordenaars, rowers en kwaaddoeners."

Hulle stap die huis binne. Wouter neem haar na 'n netjiese sitkamer toe en albei neem op die rusbank plaas. Lecia kyk hom met 'n glimlag aan en sê met ondeunde pret in haar stem: "Jou vrome tant Elsa beskou my dus as 'n Sodomiet."

"O, dis niks om jou oor te verontrus nie," antwoord hy gerusstellend. "Tant Elsa ken die Branks van Blouberg al baie jare."

"En daarmee bedoel jy . . . ?"

"Dat 'n mens enigiets van hulle kan verwag," sê hy goedig, kompleet asof dit 'n alombekende feit is dat die Branks van Blouberg anders as ander mense is. "Terloops, ek het vir jou 'n musiekkamer laat inrig, die vertrek net langs jou slaapkamer. Maar laat ek eers vir tant Elsa gaan sê om vir jou iets te ete te maak."

Hy kom sonder meer orent en verlaat die vertrek. Lecia kyk sy lang gestalte met die breë skouers krities agterna – asof sy hom opsom, meet en weeg. Sy ken mans, en sy het nog altyd daarin geslaag om hulle na haar pype te laat dans. Maar hierdie man, hierdie plaasjapie met die groot, uitgetrapte velskoene en olierige hoed, is vir haar 'n vreemde verskynsel. Sy afskuwelike hoed en stewels pas glad nie by sy gladgeskeerde gesig en skoon, netjiese kakiehemp en kakielangbroek nie.

So, dan is dít nou Wouter Fouché, gesels sy in haar gedagtes met haarself. Hy het nogal 'n groot man geword sedert ek hom laas gesien het . . . Hy is so lank dat hy net-net by die deur kan uitgaan, en hy het omtrent 'n paar breë skouers.

Haar blik dwaal stadig deur die ruim vertrek en neem elke meubelstuk, familieportret en ornament waar. Hy is nogal nie onaardig nie, met sy eweredige gelaatstrekke, sterk ken en karaktervolle mond, kuier haar gedagtes nog steeds by Wouter. Jammer dat hy 'n plaasjapie is en moontlik nog ongeletterd daarby. In elk geval, ek gaan nie toelaat dat die man se voorkoms my beïndruk nie. Hy lyk nou wel vriendelik en gemoedelik, maar daar is 'n trek om sy mond en in sy oë wat duidelik toon dat hy 'n duiwel kan wees as hy kwaad is . . . En hy lyk erg agterlik met daardie onooglike stewels en olierige hoed. Arme man, weet natuurlik nie van beter nie.

Haar blik dwaal na die rooibruin mat op die vloer. Wel, hulle lewe darem nie agterlik nie en . . . hm, nogal elektrisiteit ook. Hierdie vertrek se meubels is nou wel nie luuks nie, maar dit is skaflik. Net daardie ou klomp familieportrette val nie in haar smaak nie.

Haar blik val op Wouter se hoed wat langs die rusbank op die vloer lê. 'n Oomblik lank oorweeg sy dit om die hoed deur die venster te gooi. As die honde nie te kieskeurig is nie, kan hulle 'n maaltyd daarvan maak en hoef sy nie langer teen so 'n olierige hooftooisel vas te kyk nie.

Sy onderdruk die gedagte, en op hierdie oomblik kom Wouter en 'n lang, skraal, bejaarde vrou die sitkamer binne.

"Tant Elsa, dit is nou Lecia Brank, wyle oom Isak se broerskind," sê Wouter. "En dit is tant Elsa, ons huishoudster, Lecia."

"Aangename kennismaking, tant Elsa," sê Lecia vriendelik en groet die ouer vrou met die hand.

"Middag, kind," sê die vrou met 'n effens temerige stem. "Ek is bly jy het darem veilig hier aangekom. Ek sê net vanmôre nog vir Wouter, dis darem vreeslik gevaarlik vir 'n meisie om alleen van Johannesburg af met 'n motor te ry. 'n Mens lees vandag van sulke vreeslike dinge in die koerante. Ag, kind, ons is bly dat jy darem nog lewe en als. Ek gaan nou dadelik vir jou kos maak en sommer ook vir Arrie roep om jou tasse na jou kamer

31

toe te bring . . . Nou ja, ek sal jou laat roep sodra die kos op die tafel is, Lissie . . . Lesie . . .”

“Lecia, tante,” help Wouter haar vriendelik reg.

“Ag, Wouter, ek sal nooit daardie vreemde naam onthou nie,” kla die ou tannie. “Nee, ek sal die kind maar Lesie noem . . . Nou ja, dan loop ek maar. Ek stuur nou-nou vir julle koffie.”

Lecia kyk die ouer vrou met 'n geamuseerde glimlaggie agterna. “Nogal 'n gawe ou tannie, al is sy van die ouderwetse soort,” sê sy. “Ek weet nie waarom dit so is nie, maar 'n mens voel vir haar jammer. Iets in haar wek die indruk dat die lewe baie swaar op haar skouers druk.”

“Dis waar,” beaam Wouter, “maar sy het 'n hart van goud. Almal wat haar ken, is lief vir haar. Maar onthou, hierdie huis is nou ook jóú eiendom en tuiste. As jy iets wil verander, staan dit jou vry om dinge volgens jou smaak in te rig. In elk geval, daar is 'n ander sakie wat ek met jou wil bespreek. Dit staan in verband met oom Isak se testament, en ek vrees dit raak jou in 'n groot mate –”

“Natuurlik nog meer van sy onsinnige, onmoontlike bepalings,” val sy Wouter onverskillig in die rede.

Laasgenoemde staar haar openlik verbaas aan. “Ek begryp nou glad nie wat jy bedoel nie,” sê hy. “Wat is so onsinnig en onmoontlik aan oom Isak se testament?”

Lecia kan sweer die man yl, of anders hou hy hom opsetlik onnosel, en met onnosele mense het sy geen geduld nie.

“Jy vra nog!” roep sy met 'n ergerlike frons uit. “Wat het die ou satanskind . . . e . . . ek bedoel, die ou man tog besiel om my mede-erfgenaam van Blouberg te maak en my op so 'n subtiele wyse na hierdie verlate uithoek te dwing? Weet jy, ek wou die prokureur met oom Isak se lawwe testament en al na sy peetjie stuur, maar tant Emma het my gekeer. Ja, dis net aan haar te danke dat ek vandag hier is. Ek het my vandag al bitterlik verwens omdat ek my aan haar gesteur het, en nou kom vertel jy my dat ek nog lank nie die einde van die ou heiden se verspotte testamentêre bepalings gehoor het nie. Was die ou kinds, of was hy stapelgek?”

Dis vir Wouter baie duidelik dat Lecia nou die herrie in is, daarom bly hy geduldig. "Oom Isak het redes gehad waarom hy sy testament so . . . e . . . ietwat buitengewoon opgestel het, Lecia. Kyk, 'n meisie kan nie die helfte van 'n pronkplaas soos Blouberg erf en 'n stadsjapie bly nie. Die rede waarom jy jou hier moet kom vestig, is om iets van die boerdery en die lewe van 'n boervrou te leer."

"Genugtig, moet ek leer om te boer!" Dis eerder 'n uitroep as 'n vraag. Die verbystering in haar stem ontgaan Wouter nie.

Haar geskokte gesiggie laat hom stilweg glimlag, maar hy kry dit tog reg om bedaard te antwoord.

"Ja, ek vrees jy sal moet leer om te boer. Jy moet goed begryp, as iets met my gebeur, sal dit moeilik met jou gaan indien jy geen benul van die boerdery het nie. En moenie dink jy mag verkoop nie. Die testament bepaal dat nie een van ons 'n sentimeter van Blouberg mag verkoop nie. Die plaas mag nooit verkoop word nie. As jy na 'n jaar hier op Blouberg nog voel dat jy nooit hier sal aard nie, mag ek jou deel koop – maar nie voordat 'n volle jaar verstryk het nie. Intussen moet ek jou iets van die boerdery leer, en tant Elsa moet jou leer om 'n uitmuntende boervrou te wees. Dan is daar nog 'n klousule in die testament wat jou ook raak . . ."

"Wat, nóg 'n klousule?" Lecia stik byna van ergernis, maar sy ruk haar gou reg. "Maar verduiwels, uit hoeveel volumes bestaan daardie ou satanskind se ellendige testament? Ek glo glad nie hy was by sy volle verstand nie. Maar gaan voort, Wouter, ek kan maar net sowel nou die ergste hoor. Ek voel al klaar of ek kan slange vang, moet dus nie probeer om my gevoelens te spaar nie."

Wouter kyk haar geamuseer aan en lag saggies. Dis hoe hy die Branks van Blouberg ken – kortgebaker en uitgesproke. Ja, as hulle eers kwaad is, stuit hulle nie vir die duiwel nie, en elkeen wat in die gedrang kom, moet dit ontgeld.

"Ek vrees jy gaan nou voel of jy slange, tiers en leeus kan vang, meisietjie," sê hy met 'n glimlag. "Want oom Isak het my nie net as eksekuteur van die boedel aangestel nie; hy het my ook aangestel om 'n oog oor jou liefdesake te hou. Solank jy op Blouberg woon, mag jy nie met 'n man trou wat nie my goedkeuring wegdra nie. Dit is nou om jou erfenis teen fortuin-soekers te beskerm."

Hierdie aankondiging van Wouter laat die trotse en selfstan-dige Lecia byna 'n oorval kry. Nog nooit, sedert sy mondig ge-word het, het iemand sy neus in haar sake gesteek nie. Waar kom Wouter vandaan om dit te wil doen?

Sy kyk hom grimmig aan.

"Jý vir my 'n lewensmaat kies! Jy kan na jou peetjie vlieg met oom Isak en sy simpel testament en al. Wie en wat presies dink julle is ek? Dink julle ek is onnosel of vertraag? Ek het nog nooit in my lewe van so 'n sotlike affêre gehoor nie. Ek is vier en twin-tig, en nou het ek ewe skielik hulp nodig om vir my 'n lewens-maat te kies. Nou ja, laat ek jou dit vertel, Wouter: ek het nie jou of enigiemand anders se hulp nodig om vir my 'n lewensmaat te kies nie. Verstaan jy? Ek laat my ook nie deur jou of enigiemand anders regeer nie. Julle kan almal na die duiwel gaan met Blou-berg en al. Daardie ou satanskind van 'n oom Isak is natuurlik dood van al sy bemoeisiekheid. Hy kon destyds nie sy sin met my pa kry nie, toe dink hy dit sal maklik wees om sy sin met my te kry. Maar laat ek jou sommer nou reghelp: oom Isak gaan glad nie sy sin met my kry nie – nie nou nie, ook nie môre nie . . . nooit nie. Julle kan elkeen met 'n enkelkaartjie maan toe vlieg. Net môre gaan ek terug Johannesburg toe."

"Jy kan dit nie doen nie –" begin Wouter bedaard, maar Lecia gee hom nie kans om meer te sê nie.

"Kan ek nie?" val sy hom woedend in die rede. Haar oë blits soos twee groen vlamme. "Wie gaan my belet? Jy?" Sy bekyk hom grimmig van kop tot tone. "Jy is net so agterbaks en skyn-heilig soos wat daardie skelm oom Isak was. 'n Mens kan som-mer sien hy het jou grootgemaak."

"Waarom sê jy ek is skynheilig en agterbaks, Lecia?" vra Wouter kalm terwyl sy blik ondersoekend op haar rus.

"Jy vra nog!" sê sy bitter. "As jy nie skynheilig en agterbaks was nie, sou jy die prokureur in Johannesburg opdrag gegee het om my vooraf van al hierdie sotlike klousules in oom Isak se testament te verwittig, maar jy het dit opsetlik verswyg. Jy het gewag totdat ek eers hier is, en nou vertel jy my dit."

"Jy het gelyk," antwoord hy kalm, "ek het dit opsetlik verswyg omdat ek dit persoonlik vir jou wou sê. Dis 'n persoonlike saak, Lecia, maar dis darem jou eie skuld ook dat jy nie eerder daaroor ingelig is nie, weet jy? As jy vir die prokureur gevra het om die testament vir jou te lees, sou hy dit gedoen het. Oom Isak was ook nie skynheilig en agterbaks nie, meisietjie. Hy was 'n trotse en 'n baie reguit man, skatryk en gewild in ons gemeenskap. Almal het hoë agting vir hom gehad."

"En dit het hom natuurlik verwaand gemaak," kap sy onthuts terug. "Daarom dat hy hom die reg kon toe-eien om my lewe te wil regeer. Maar ek laat my van niemand voorskryf nie, Wouter. Ek is nie ryk nie, maar sonder Blouberg se opbrengs sal ek ook nie van honger omkom nie. My verdienste as musiekonderwyseres voorsien in al my behoeftes . . ."

Toe die huishulp met twee koppies koffie inkom, staak hulle voorlopig die gesprek. Katrien verkyk haar behoorlik aan die moderne stadsjuffrou in die deftige, liggroen pakkie wat nou die vrou van Blouberg is.

Die ou huishulp het haar bedenkinge oor Lecia se vaardigheid as boervrou, maar sy sê beleef: "Die oumevrou sê die juffrou kan maar kom eet sodra die juffrou klaar koffie gedrink het. Arrie het die juffrou se tasse kamer toe gevat. Moet ek dit vir die juffrou gaan uitpak?"

"Dankie, maar dit sal nie nodig wees nie," antwoord Lecia terwyl sy haar koffie roer.

"Jy kan maar die juffrou se klere uitpak en in haar kas hang," tree Wouter onverwags tussenbeide. "Die juffrou is moeg, sy het baie ver gery."

Lecia werp hom 'n onthutste blik toe. Dis op die punt van haar tong om vir hom te sê hy moet hom by sy eie sake bepaal, maar Katrien se teenwoordigheid laat haar voorlopig swyg.

Sy wag egter net totdat die huishulp die vertrek verlaat het, toe draai sy na hom en sê openlik vererg: "Jy matig jou gans te veel aan, Wouter. Wat gee jou die reg om die huishulp aan te sê om my tasse uit te pak? Ek het jou gesê ek gaan môre terug Johannesburg toe, en ek het dit bedoel."

"As jy môre teruggaan, sal jy die eerste lafhartige Brank wees wat nog ooit 'n voet op Blouberg gesit het," antwoord hy onverstoord. "En nog 'n ding: as jy môre teruggaan Johannesburg toe, verbeur jy jou erfenis, maar as jy 'n jaar lank op Blouberg vertoef en jou aan die testamentêre bepalings onderwerp, moet ek jou voor jou vertrek 'n groot bedrag as koopsom vir jou deel van Blouberg betaal. Daarna sal jy vry wees om te doen wat jy wil en te trou met wie jy wil. As jy reeds verloof is . . ."

"Moenie laf wees nie," snou sy hom vererg toe. "Jy kan mos sien ek dra nie 'n verloofring nie. Blykbaar weet jy nie dat ek twee jaar lank oorsee was en eers nege maande gelede teruggekom het nie. Daar was nog geen tyd om 'n verloofde aan te skaf nie . . . nie dat ek weet wat ek met 'n man moet maak nie. My tant Emma sê die goed is net 'n ergernis en 'n oorlas, en 'n vrou is baie beter daaraan toe sonder 'n man. En laat ek jou dit vertel – ek is geneig om met haar saam te stem."

Lecia voel nog steeds die hoenders in vir Wouter. Dit is vir haar nou baie duidelik dat hy net so vermetel en heerssugtig is soos wyle oom Isak, maar as hy dink hy gaan op haar kop sit, misgis hy hom. Sy laat nie mense toe om op haar kop te sit nie, net vir tant Emma . . . soms.

Wouter verras haar egter toe hy ewe ongeërg sê: "Ek en oom Isak het darem gereeld koerant gelees. Ons het geweet dat jou pa 'n gevierde advokaat was en dat jy twee jaar in Rome musiek gestudeer het. Trouens, ons het elke saak gevolg waarin jou pa opgetree het, dus het ons ook geweet dat hy nooit 'n saak verloor het nie. Omdat julle in hoë kringe beweeg het, was daar dikwels 'n foto of 'n berig in die koerant oor jul doen en late. Gevolglik was ons altyd op die hoogte van jul bewegings."

"Ek het nie geweet julle mense lees ook koerant nie," sê sy snipperig. Sy kyk minagtend na sy groot, uitgetrapte velskoene. Wouter se blik volg die sydelingse beweging van haar oë. Hy glimlag stilweg en stoot sy voete opsetlik 'n bietjie vorentoe.

"Ja, ons lees die koerant nogal gereeld," glimlag hy geamuseer. "Ek kan jou selfs sê wat jou woorde in die hof was nadat jy daardie motorfietsryer raak gery het. 'Edelagbare,' het jy gesê, 'ek laat nie 'n ellendige motorfietsryer my uitdaag nie. En as hy nog boonop so onnosel is om beheer oor sy motorfiets te verloor, is dit net sy eie skuld dat hy met 'n gebreekte been in die hospitaal beland het.' Jou pa het jou boete betaal, en oom Isak het daar en dan besluit dat jy 'n Brank so na sy hart is. Want soos al die Branks van Blouberg is jy nie 'n lafaard nie. Jy is nie bang vir 'n uitdaging nie."

Lecia gluur hom net aan en reageer nie op die openlike kompliment nie.

"Maar as jy jou koffie klaar gedrink het, kan jy gerus eers gaan eet," vervolg Wouter doodluiters. "Ons sal weer later gesels. Kom, ek sal jou gaan wys waar die eetkamer is. Daarna sal jy my moet verskoon. Ek moet gaan kyk wat Arrie by die stalle aanvang. Hy is een van daardie mense wat lief is om lyf weg te steek."

Geselsend stap hulle na die eetkamer – altans, Wouter gesels en Lecia luister net na die klank van sy diep stem. Hy gesels nogal verbasend beskaaf vir 'n ongeletterde plaasjapie. Sy hemp en broek is ook netjies en skoon, maar daardie hoed en skoene darem . . .

Sy sug. Hy was bepaald nog nooit by 'n ordentlike mansklerewinkel nie, flits dit deur haar gedagtes. Koop natuurlik sy klere by die een of ander koöperasie waar hy oor die prys kan kibbel en dit spotgoedkoop kan kry . . .

Terwyl Lecia 'n maal van gebraaide vleis en eiers nuttig, gesels tant Elsa onderhoudend met haar oor die bedrywighede op die plaas. Sy weet amper nie eens waarvan die ou tante praat nie, maar sy probeer nietemin om met aandag te luister en beleef op die ouer vrou se vrae te antwoord. Na 'n rukkie maak die ou tante verskoning en gaan kombuis toe.

Dis waar, tant Elsa hou sommer baie van Lecia Brank, al kom sy van daardie Sodom en Gomorra af waar die sonde en kwaad vir jou om elke hoek loer. Sy is 'n uitsonderlike mooi meisie, al is sy so klein en fyn. Tant Elsa ken die Branks van Blouberg as groot, fris mense, daarom verbaas dit haar dat Lecia so fyntjies is.

Waar Lecia nou alleen aan die tafel sit, bepeins sy haar gesprek met Wouter. Sy vererg haar opnuut toe sy aan wyle oom

Isak se testament dink. Die vermetelheid daarvan om Wouter as 'n soort voog oor haar aan te stel, jaag haar bloeddruk weer dadelik op. Nee, net môre gee sy pad van Blouberg af . . . Toe val dit haar by dat Wouter gesê het sy sal die eerste lafhartige Brank wees as sy môre teruggaan Johannesburg toe.

Sy bepeins hierdie stelling baie ernstig. Niemand het haar nog ooit van lafhartigheid beskuldig nie, en sy gaan nie toelaat dat Wouter haar in haar eer krenk deur haar van so iets te beskuldig nie. Nee, sy is nie lafhartig nie, en as Wouter net moet toesien dat sy die regte lewensmaat kies, sal sy en hy nie bots nie. Sy is volkome oortuig daarvan dat sy nie binne die volgende jaar in die huwelik sal tree nie. Sy gaan hierdie plaasjapie nie die geleentheid gee om agter haar rug vir haar te lag nie. Sy dink nog steeds oom Isak was hopeloos van sy verstand af toe hy daardie ellendige testament opgestel het, maar sy laat haar ook nie as 'n lafaard bestempel nie. Sy laat haar ook nie uitdaag nie – nie eens deur 'n ou skelm soos wyle oom Isak nie. Sy sal dus 'n jaar lank op Blouberg vertoef en leer wat daar te leer is. Daarna sal sy haar deel van die plaas aan Wouter verkoop en teruggaan Johannesburg toe. Hy moet net nie verwag dat sy ook 'n kakiehemp, kakielangbroek en 'n paar velskoene soos syne moet dra nie, want sy weier beslis om dit te doen.

Nadat sy hierdie besluit geneem het, gaan vra Lecia vir tant Elsa om haar te wys waar haar kamer en die badkamer is. Die ouer vrou is baie vriendelik en behulpsaam en wys haar ook waar haar nuwe musiekkamer is.

Nadat Lecia gebad en 'n vrolike somerrokkie aangetrek het, stap sy buitentoe om Blouberg behoorlik in oënskou te neem. Sy hoop net Wouter se aaklige brakke storm nie weer op haar af nie. Die goed is lelik genoeg om 'n mens nagmerries te gee.

Agter die huis toring die reuseberg die bloutes in. Tussen die huis en die berg lê die vrugteboord en dan die groentetuin wat met ogiesdraad omhein is. Aan die voet van die berg wei 'n spierwit bokram, en oor die werf kuier 'n verskeidenheid pluimvee en 'n paar speenvarkies. Lecia verkyk haar aan die diere wat so vry op die werf rondloop.

"En as jy jou so staan en verstom aan tant Elsa se gemengde

boerdery?" hoor sy Wouter skielik agter haar praat. Sy kan sweer sy stem het geamuseer geklink, maar sy besluit om dit te ignoreer.

"Ek verstom my glad nie," antwoord sy ietwat snipperig. "Ek wonder maar net waarom die goed hier so vry rondloop en nie in hokke gehou word nie."

"Omdat hierdie plek Blouberg heet en nie Johannesburg nie, ou kinta," glimlag hy gemoedelik en kom langs haar staan. "Jy sal nog aan hierdie dinge gewoond raak," voorspel hy. "Wees net versigtig vir daardie ou bokram. Hy het hans grootgeword, maar noudat hy oud word, raak hy skoon befoeterd. Hy kry soms die gier om 'n mens te bestorm en met sy kop te stamp. Bly dus liewer uit sy pad, want hy kan nogal geniepsig hard stamp. Wat het jy toe besluit? Gaan jy hier bly, of is jy nog van plan om môre terug te gaan Johannesburg toe?"

"O, ek het besluit om 'n jaar te bly," antwoord sy ongeërg, terwyl sy die kruin van die berg beskou. "Sodra die jaar verby is, kan jy my deel van Blouberg met plesier koop."

Daar is goedkeuring in sy blik toe hy ernstig sê: "Na 'n jaar sal jy nie meer bereid wees om jou deel te verkoop nie, kleinding. Jy sal nog so lief word vir ou Blouberg dat 'n mens jou nie met 'n stok hier sal wegkry nie. Maar dit herinner my, jy sal van môre af moet leer perdry . . ."

"Wat!" roep sy verontwaardig uit. "Jy moet van jou sinne af wees as jy dink ek gaan leer perdry. Ek sal dit nie eens naby die dierasie waag nie en dan wil jy hê ek moet op sy rug klim! Nee wat, dankie, ek ry met my motor waar ek wil wees."

Wouter skud sy kop beslis. "Ek vrees hier is kampe en wei-velde wat jy nie met 'n motor kan bereik nie. Nee, jy sal maar net oor jou vrees moet kom, want môre gaan jy leer perdry, of jy nou wil of nie. Geen Brank was nog ooit bang vir 'n perd nie, en jy gaan sowaar nie die eerste een wees nie; nie as ek dit kan verhelp nie. Selfs jou ma was 'n goeie ruiter, en sy was nie eens 'n gebore Brank nie. Nee, jy sal maar net moet leer, want 'n boer moet kan perdry."

"Verskoon my, ek is nie 'n boer nie . . ."

"Nie op die oomblik nie, maar ek gaan 'n boer van jou

maak," belowe hy. "Dit was oom Isak se begeerte dat jy hierdie plaas alleen moet kan bestuur as die nood dit vereis, want geen mens het sy lewe in sy hand nie."

"Toemaar, Wouter, jy sal nie gou doodgaan nie," verseker sy hom onthuts. "Jou oom Isak se dood was maar net 'n natuurfrats."

"Jy moenie so haatdraend teenoor oom Isak wees nie, Lecia," berispe Wouter haar. "Jy doen hom 'n onreg aan . . ."

"Onreg . . . inderdaad! Hy het my pa 'n groter onreg aangedoen as wat ek hom ooit kan aandoen," sê sy ergerlik. "Ons Branks vergeet nie maklik nie, en wat hy my pa aangedoen het, sal ek nooit vergeet nie. Ek sê jou, hy was 'n selfsugtige, inhalige ou skelm."

"En tog het hy vir jou 'n baie sagte plekkie in sy hart gehad," sê Wouter bedaard. "Oom Isak het jou altyd as die dogter beskou wat hy nooit gehad het nie. Hy was selfs trots daarop dat jy meer na hom as na jou pa lyk. Trouens, hy het 'n fotograaf gehuur om jou te fotografeer – sommer op straat – sodat hy ten minste 'n ordentlike foto van jou kon hê . . . Jou foto pryk nog steeds in die studeerkamer op sy lessenaar. Glo my, hy was trots op daardie foto."

"Ek lyk glad nie na oom Isak nie," kap sy heftig terug. "Ek het net rooi hare en groen oë, maar dis 'n kenmerk van ons Branks, iets soos die teken van Kain."

"In elk geval, ek gaan nou vir Arrie sê om Lady môreoggend net na ontbyt vir jou op te saal. Stap jy saam stalle toe om vir Lady dag te sê?"

Sy werp Wouter 'n koue blik toe en antwoord kil: "Nee,ek stel nie in Lady belang nie."

Met haar kop trots in die lug draai sy om en stap die huis binne. Sy stap reguit na haar kamer toe, waar sy met 'n bekommerde trek op haar gesig in 'n leunstoel neersak. Op hierdie oomblik is Lecia 'n baie bekommerde meisie, 'n meisie met groot probleme. Sy het die besliste klank in Wouter se stem gehoor, en sy weet dat niks hom sal laat afsien van sy voorneme om haar op 'n perd se rug te dwing nie.

Sy, wat aan groot stede en vinnige motors gewoond is, koes-

40

ter 'n ontsettende vrees vir perde en beeste. Ja, selfs tant Elsa se bokram met sy skerp horings gee haar die bewerasie . . .

Nee, sy weet nie so reg of sy ooit op die plaas sal aard nie. Hier is gans te veel steurende elemente. Dit is net haar trots wat haar daarvan weerhou om môre in haar motor te klim en in die pad te val, terug Johannesburg toe waar daar geen perde, beeste en ander vreesaanjaende diere los rondloop nie. Sy verwens haarself omdat sy ooit 'n voet op Blouberg gesit het. In Johannesburg was sy veel beter daaraan toe met haar musiekleerlinge, al het haar senuwees soms soos 'n gespanne snaar gevoel wat dreig om te breek. Maar hoe moes sy geweet het dat hierdie ellendige man haar om elke hoek en draai gaan uitdaag?

Sy voel sommer bitter omgekrap omdat oom Isak so ontydig gesterf het. Hy was nou wel 'n gewetenlose mens wat nooit ander se gevoelens in aanmerking geneem het nie, maar dis nogtans jammer dat hy nie meer lewe nie. As hy gelewe het, sou sy haar nie nou in hierdie verknorsing bevind het nie. Verbeel jou, sy moet leer perdry – sy wat vir 'n perd so bang is soos die duiwel vir 'n slypsteen!

Lecia se senuwees voel op dié oomblik behoorlik rou geskaaf, en nou wonder sy of die plaas regtig vir al haar ellende kan vergoed. Sy glo nie daar is nog 'n mens op aarde wat met soveel ellende soos sy te kampe het nie . . . en dit is alles net tant Emma se skuld. As tant Emma nie so aan haar getorring het nie, sou sy haar nie nou hier op Blouberg bevind het nie.

Ja, net môre gaan sy vir tant Emma bel en haar presies vertel wat sy van haar, wyle oom Isak én Wouter Fouché dink, want dis deur hulle dat die lewe nou al sy glans vir haar verloor het.

3

Na die aandete gaan Lecia sonder versuim na haar kamer toe. Sy voel glad nie lus vir geselskap nie. Tant Elsa se geselskap, wat oor niks anders as die boerdery en die huishouding gaan nie, verveel haar net, en Wouter en sy perde verwens sy tot aan die ander kant van die aardbol.

Daardie nag slaap sy baie min. Sy het die een nagmerrie ná die ander, en as gevolg daarvan voel sy die volgende oggend bitter omgekrap en uit haar element. Terwyl sy bad, verwens sy wyle oom Isak, tant Emma en Wouter soos net 'n Brank van Blouberg dit kan doen. Daarna trek sy 'n donkerblou langbroek, rooi bloesie en swart laehakskoene aan. Sy kam haar hare, grimeer haar gesig en gaan dan eetkamer toe. Miskien het Wouter sy dreigement, dat sy vanoggend moet leer perdry, vergeet. Sy hoop van harte so, want sy voel al weer so benoud asof die doodsvonnis aanstons oor haar voltrek gaan word.

"Het jy darem goed geslaap, Lesie?" wil tant Elsa vriendelik weet nadat Wouter die seën oor die kos gevra het.

"Redelik, dankie, tante," jok sy, te trots om reguit te sê dat sy die ganse nag van wilde perde gedroom het wat verwoed op haar afstorm en dat sy dus baie min geslaap het.

"Waarom sê jy redelik, Lecia?" hoor sy Wouter met iets soos besorgdheid in sy stem vra. "Het jy nie goed gevoel nie, of was die bed nie gerieflik nie?"

"O, die bed was heeltemal gerieflik, dankie," antwoord sy effens kil, sonder om na hom te kyk. "Dis net jammer dat 'n mens nie hier in rus en vrede gelaat kan word nie. Ek dink dis verregaande om iemand teen haar sin te dwing om iets te doen waarin sy nie belangstel nie."

'n Sagte laggie ontglip Wouter se lippe. Hy kyk Lecia vriendelik dog ondersoekend aan.

"Jy verwys nou natuurlik na jou rylesse," sê hy. "In elk geval, jy hoef nie bang te wees nie, ek is nogal 'n bekwame instrukteur. Jy sal nog dankbaar wees dat ek jou geleer het om perd te ry, want die grootste gedeelte van die plaas se landerye en weivelde lê agter die berg. Jy sal nog self sien dat 'n goeie ryperd die beste en vinnigste vervoermiddel hier op Blouberg is . . . Ek sal jou na die ete aan Lady gaan voorstel."

Sy wens uit haar hart dat Wouter 'n kramp moet kry, want sy het geen sinnigheid om met Lady, of enige ander perd, kennis te maak nie. Al wat sy vra, is om in vrede gelaat te word as sy dan nou móét boer . . . Sy is seker dat sy die landerye en weivelde agter die berg met haar motor sal kan bereik.

Al haar wensdenkery baat haar egter niks, want na die ete moet sy Wouter, ofskoon teen haar sin, na die stalle vergesel.

Dis 'n sonnige lentedag. Buite sing die voëls lustig in die hoë seringbome en van die rivier se kant af kom die veraf, weemoedige geroep van 'n bosduif. 'n Vreedsame rustigheid hang oor die werf.

Hierdie rustige atmosfeer laat Lecia se senuwees stadig ontspan, maar die volgende oomblik kom 'n skril gerunnik van die stalle se kant af, en sy voel hoe haar hart skielik weer in haar keel begin klop.

Hulle bereik die stalle, maar van Arrie en Lady is daar geen teken nie.

"Arrie, jou lunsriem, waar is jy?" roep Wouter ongeduldig uit.

"Hier, meneer, hier's ek!" 'n Kort, skraal bruin man maak sy verskyning om die hoek van die stalle. "Môresê vir die juffie," groet Arrie die meisie beleef.

"Ja, môre, Arrie."

Wouter meet die jong man met 'n skerp blik en vra streng: "Het jy al weer agter die stalle in die son gelê en slaap?"

"Nee, meneer, ek doen nie sulke lui dinge nie, meneer," skerm hy haastig. "Die meneer het dan nog gister gesê ek moet die swart merrietjie vir die juffie opsaal. Ek sal mos nooit in die sonnetjie lê en slaap nie!"

"Moenie vir my staan en lieg nie, Arrie. Ek ken jou asof ek jou gemaak het," wys Wouter hom streng tereg. "Het jy al vir Lady opgesaal?"

"Kant en klaar, kant en klaar. Die juffie kan net opklim," verseker hy Wouter haastig en met groot erns. Hy ken Wouter al jare lank en weet dat hierdie boer nie met hom laat speel nie. Ja, almal het sommer baie ontsag vir dié fors man.

"Nou goed, bring vir Lady uit, Arrie," beveel Wouter nou minder skerp.

Met 'n hart wat benoud klop, hoor Lecia hoe die staldeur kraak toe Arrie dit oopstoot. Ná 'n paar tellings verskyn hy en

Lady in die staldeur. Daar is 'n breë glimlag op Arrie se gesig toe hy die mooi swart merrie tot voor Lecia en Wouter lei.

Terwyl Wouter die rooikop se gespanne gesiggie dophou, skuif haar blik behoedsaam van Lady se slanke bene af op na die dier se ewe slanke nek. Die volgende oomblik kyk sy reg in Lady se gitswart oë, en Lady kyk, sonder om 'n oog te knip, in hare. Lecia kry 'n eienaardige gevoel. As sy nie so trots was nie, sou sy daar en dan voet in die wind geslaan het, maar selfs haar Brank-trots kan haar nie daarvan weerhou om 'n paar treë agteruit te staan nie.

Wouter lag saggies, en Lecia kyk hom kil aan.

"Kyk hoe staar Lady jou aan, Lecia," sê hy goedig. "Sy weet jy is doodbang vir haar."

Lecia frons gevaarlik. Sy kyk Wouter skerp aan, maar vra onseker: "So, en wat gaan sy daaromtrent doen?"

"My liewe mens," glimlag hy geamuseer, "die vraag is nie wat Lady daaromtrent gaan doen nie, die vraag is wat jý daaromtrent gaan doen!"

"Moenie verspot wees nie, Wouter!" snou sy hom vererg toe. "Wat kan ek daaraan doen as die ellendige perd my gedagtes hier staan en lees?"

'n Hartlike lagbui oorval Wouter meteens, 'n lagbui wat Lecia se bloeddruk dadelik laat styg.

"Ek weet werklik nie wat jy so snaaks vind nie," raps sy hom met die tong. "Ek sien geen grap in die situasie nie."

"Nee, natuurlik nie," laat hy met 'n gedempte laggie hoor. "Die grap is dat geen perd op aarde 'n mens se gedagtes kan lees nie. Diere voel sulke dinge aan. Selfs 'n hond weet wanneer iemand vir hom bang is. Kom, streel nou met jou hand oor Lady se nek, en wys vir haar dat jy nie vir haar bang is nie."

"Maar ek ís vir haar bang," erken sy nou ruiterlik. As die perd dit reeds weet, meen sy, kan Wouter dit ook maar weet. "Dis daardie groot, swart oë en gevaarlike tande van haar wat my die koue rillings gee," gaan sy voort. "Elke beskaafde mens sal vir haar bang wees."

Wouter kyk haar simpatiek aan. "Ek weet jy is vir haar bang, maar dis net omdat jy nog nooit so naby aan 'n perd was nie.

As jy eers aan haar gevat het, sal jou vrees geleidelik verdwyn," sê hy gerusstellend. "Lady sal jou ook nie byt nie, al het sy so 'n groot bek. Sy is 'n vriendelike perdjie, glad nie temperamenteel nie . . . Kom, streel haar nek, dan sal jy sien." Hy trek sy hand liefkosend oor die dier se nek. "Sien jy hoe vriendelik skuur sy haar neus teen my arm? Probeer dit gerus, sy hou daarvan."

"Nou goed, ek sal probeer," stem Lecia eindelik benoud in, "maar as sy my met daardie gevaarlike tande van haar byt, vergewe ek jou dit nooit nie, Wouter. Ek gaan ook nie so naby haar staan soos jy nie. Netnou trap sy op my tone, en dan skop ek haar ou dun beentjies morsaf."

Hy kyk Lecia met 'n geamuseerde glimlag aan. "Lady is 'n mooi, fyn perdjie," sê hy, "maar jy weet nog nie hoe vinnig daardie dun beentjies kan draf nie."

"Wat!" roep Lecia doodsbenoud uit. "As sy so vinnig kan hardloop, sal sy mos met my weghardloop!"

Wouter voel lus om te lag, maar hy bedwing hom en stel haar dadelik gerus.

"Ek verseker jou dat jy niks te vrees het nie. Ek sal jou nie alleen laat solank jy nog nie goed kan ry nie, en Lady is ook nie 'n ongeleerde perd wat met jou op loop sal sit nie. Die oomblik dat jy die toom in die hand het, is sy volkome in jou beheer . . . net soos daardie geel motor van jou. Sy sal elke bevel van jou stiptelik uitvoer. Toe, streel haar nek, en wys haar dat jy graag met haar wil vriende maak."

Lecia kyk die swart perd behoedsaam aan.

Ag tog, dink sy benoud, het my laaste oomblik hier op aarde nou aangebreek? Ek sal maar maak soos Wouter sê, al voel dit of my hart wil gaan staan. Dit sal in elk geval net sy skuld wees as sy my byt of iets. Nou ja, ek sal haar maar seker moet streel, maar waarom moet die dierasie my tog so aankyk met daardie onheilspellende oë? Sy gee my skoon die bewerasie. Kan sy dan nie vervlaks anderpad kyk nie, waarom nou juis vir my? En die ellendige Wouter staan daar en grinnik asof hy 'n groot grap in lewende lywe aanskou. Ek sal maar my hand uitsteek en haar saggies aanraak, maar ek weet ek sal nie lewe om daarvan te kan praat nie.

45

Die hand wat Lecia na die perd toe uitsteek, bewe sigbaar. Sy voel ook 'n bietjie siek toe haar hand die perd se nek aanraak.

Lady, wat hierdie petaljie met sedige oë aanskou, besluit meteens dat sy ook nader kennis behoort te maak. Die volgende oomblik begin sy liggies met haar neus in die rooikop se hare vroetel. Lecia se groen oë dop byna wit om van vrees, maar uit die hoek van haar oog sien sy hoe Wouter met 'n ligte handgebaar beduie dat sy moet staan.

"A, dis beter," sê hy tevrede. "Sien jy nou? Sy byt nie. Dis 'n vriendelike gebaar, soos 'n hond wat jou hand uit dankbaarheid lek –"

"Wouter," val sy hom benoud in die rede, "haar . . . haar asem kielie my nek. Ek gaan nou padgee . . ."

"Nee, man, moenie bang wees nie," keer hy. "Streel nou haar kop, dan moet jy sien hoe maak sy haar oë toe van pure genoegdoening."

Net Lecia weet hoeveel moed en durf dit van haar verg om hierdie laaste bevel van Wouter uit te voer.

Ag, dank die hemel, flits dit deur haar gedagtes, die dierasie het darem nou haar neus uit my nek verwyder. Sowaar, ek was nog nooit so na aan my dood soos vandag nie. Maar as die ellendige perd nou 'n geluid of 'n verdagte beweging maak, slaan ek morsdood neer. En om te dink ek moet aanstons op haar rug klim . . .

"Man, jy vorder pragtig met Lady," hoor sy Wouter ingenome sê. "Liefkoos haar maar nog so 'n rukkie, dan help ek jou in die saal. Ek sien julle twee gaan nog groot maats word. Lady hou van jou."

Hm, so nooit as te nimmer nie, dink Lecia. Ek maak nie maats met diere wat my met sulke onheilspellende oë aankyk nie. Hierdie ou perdjie hou haar verniet so aan die slaap, ek sien hoe haar ooghare roer en . . . Ja, daar knip sy haar oë. Sy gaan my nou natuurlik weer bekyk asof sy nog nooit 'n mens gesien het nie.

"Gee hierdie suikerklontjie vir haar, Lecia," sê Wouter. "Jy moet altyd sorg dat daar iets in jou sak vir haar is. Sy is besonder lief vir appels –"

"Is jy laf, Wouter?" val sy hom verontwaardig in die rede. "Wil jy hê die perd moet nou nog my vingers ook afbyt?"

"My liewe mens," sê hy dik van die lag, "Lady het tot dusver nog nie 'n haar op jou hoof beskadig nie, waarom sal sy nou jou vingers wil afbyt? Sit die suikerklontjie in die palm van jou hand en hou dit voor haar neus. Sy sal dit met haar lippe uit jou hand neem, nie met haar tande nie."

Lecia se humeur begin nou vinnig vlam vat, want elke keer kom Wouter met iets nuuts vorendag om haar senuwees meer uit te rafel. Dit voel asof sy nie meer 'n flenter senuwees oorhet nie, en nou moet sy die perd weer suiker uit haar hand voer.

"Nou goed, gee die vervlakste suikerklont dat ek dit vir die ellendige perd gee," snou sy hom onthuts toe. "Ek hoop sy stik daaraan. Verduiwels, as ek die perd nou al suiker moet voer, weet nugter alleen waar alles gaan eindig. Toe, gee die suiker aan sodat ek dit in die ellendige perd se bek kan stop. En laat sy haar net halsstarrig hou, dan klap ek haar dat sy sterre sien."

Wouter bars onbedaarlik uit van die lag.

"O, Lecia," kry hy dit hortend tussen lagbuie uit, "jou klein vuurvreter! Jy is op die oomblik so ontstoke dat jy sowaar hand om die nek met Lady staan sonder dat jy dit eens agterkom, en moenie praat van hoe sy dit geniet nie. Sy knabbel behoorlik aan jou hare van lekkerkry . . ."

"Wouter, ek het gesê gee daardie suiker aan, en moenie my nog meer die herrie in maak nie."

Lecia voel werklik verlig toe sy opmerk dat die perd darem nie haar hand gebyt het nie. Sy besef nou dat Lady glad nie so gevaarlik is soos sy lyk nie.

Nadat Wouter die belangrikste feite in verband met die rykuns aan haar verduidelik het, help hy haar in die saal. Toe versoek hy Arrie om sy eie ryperd uit die stal te bring.

Na 'n rukkie lei Arrie 'n groot, gespierde wit hings uit een van die stalle. Selfs vir 'n leek soos Lecia is dit by die eerste aanblik duidelik dat Blits 'n opreg geteelde dier is, maar sy hou nie van die manier waarop hy sy groot kop in die lug ruk en die wilde uitdrukking in sy swart oë nie. Sy weet ook dat sy dit nooit sal waag om op Blits te ry nie, al kan sy ook hoe goed perdry.

47

Wouter neem Blits se toom en hou Lady se toom na Arrie toe uit. "Lei die juffrou se perd 'n paar keer om die stalle," versoek hy. "Ek wil eers Blits se buikgord nagaan en my hoed gaan haal. Let op dat die juffrou reg sit en nie afval nie. Ek hang jou aan 'n bloudraad op as sy iets oorkom."

"Seker, meneer, ek sal kyk na die juffrou, meneer," verseker Arrie hom.

Hierna lei Arrie die swart perd op 'n stappie al om die stalle. Hy voel trots daarop dat hy ook deel het aan die juffrou se opleiding in die rykuns. Hy het by Katrien gehoor dat Lecia die dogter van sy oorlede meneer Isak se broer is en dat die helfte van Blouberg nou aan haar behoort. Dit val hom skielik by dat Wouter en Blits aanstons saam met Lecia gaan ry. Dit is sekerlik sy plig om haar teen daardie beduiwelde wit hings te waarsku.

"Juffrou," sê hy na 'n rukkie, "die juffrou moet maar versigtig wees as die juffrou saam met die meneer op daai wit duiwel ry. Die juffrou moet maar liewer Lady se briek aanhou, laat sy nie gaan staan en weghol nie. Maar as die juffie voel sy gaan val, moet sy liewer haar voete uit die stiebeuels skop. Val dan weg van die perdjie af. Daai wit duiwel gaan maak dat Lady die juffrou afgooi."

"Dankie, Arrie, ek sal dit onthou," sê sy sag – onheilspellend sag.

Na hierdie vriendelike waarskuwing oor die onheil wat op haar wag, begin Lecia se humeur weer vinnig vlam vat. As Wouter lus voel vir 'n grap, gaan hy dit baie beslis nie ten koste van haar geniet nie. Sy sal Arrie se waarskuwing onthou en sorg dat sy Lady nie 'n oomblik vrye teuels gee nie.

Op die oomblik voel Lecia so bitter gebelg teenoor Wouter dat sy heeltemal van haar vrees vir Lady en die ryles vergeet. Dis nou een ding van die Branks: as hulle kwaad is, stuit hulle nie vir die duiwel en sy trawante nie. En dit is presies hoe Lecia op die oomblik voel – roekeloos en uitdagend.

Nadat Arrie vir Lady 'n hele paar keer om die stalle gelei het, voel Lecia al in 'n mate op haar gemak in die saal. Ja, sy begin hierdie perdryery nogal geniet. Sy pas Wouter se instruksies in verband met die rykuns toe, en sy vind dat Lady soos 'n marionet daarop reageer. Sy is nou vol selfvertroue en besluit dat Arrie 'n hindernis geword het, aangesien sy Lady vinniger wil laat draf.

Intussen hou Wouter en tant Elsa haar vordering met groot belangstelling deur die kombuisvenster dop.

"Arrie," sê Lecia, "ek dink dis tyd dat ek so 'n paar keer alleen om die stalle ry. Ek begin nou op my gemak voel in die saal."

"Ja, juffrou kan maar probeer, maar moet net nie die briek vergeet nie. Lady is 'n lekker perdjie, sy sal die juffrou nie sommer afgooi nie."

Ná hierdie versekering voel Lecia sommer heelwat geruster.

"Nou goed, staan eenkant toe, Arrie. Jy kan solank voor die stalle gaan wag."

Met heelwat selfvertroue laat sy Lady nou ietwat vinniger draf, tot groot ontsteltenis van Wouter wat haar nog steeds deur die kombuisvenster dophou.

"My kragtie, tant Elsa!" roep hy ontsteld uit. "Kyk wat vang die meisiekind nou aan. Sy het Arrie sowaar weggestuur en nou ry sy alleen om die stalle. Daar laat versnel sy nou Lady se pas. Verduiwels, dis nou doelbewus moeilikheid soek."

Tant Elsa glimlag stilweg. "Lesie is 'n Brank, Wouter, moet dit nooit vergeet nie," sê sy en kom langs hom voor die venster staan. Sy skud haar kop en vervolg: "Jy ken die Branks van Blouberg, dink jy Lesie gaan anders wees? Nee, Wouter, sy aard te veel na oorle' Isak. Raai, as haar groen oë my so reguit aankyk, sien ek oorle' Isak mos publiek voor my staan. Ag, ja, die arme man kon tog so vreeslik kwaad word. G'n wonder sy hart kon dit nie staan nie. Ons moet tog probeer om Lesie se humeur te tem, anders gee die stomme kind se hart ook een van die dae in."

"Wat, daardie klein vuurvreter se humeur tem?" Hy lag kort-af. "Vergeet dit, tant Elsa. Niemand op aarde sal haar vurige humeur kan tem nie. Sy is, soos tante flussies gesê het, 'n Brank, en aan hulle is daar geen salf te smeer nie. Hulle word vurig, eiewys en koppig gebore. Dis nie iets wat 'n mens hulle kan af-leer nie; 'n mens moet hulle maar net so aanvaar. Vervlaks, daar

49

vaar sy nou die vlaktes in met Lady. Is die meisiekind bedui-
weld, of wat? Tante, ek sal haar dadelik moet agternasit, anders
breek sy vandag nog daardie trotse nekkie van haar."

Nadat Lecia 'n paar keer alleen om die stalle gery het, het
haar selfvertroue so toegeneem dat sy besluit het om 'n entjie in
die veld te gaan ry waar dit wyd en oop is. Hierdie eentonige rit
al om die stalle begin haar hartlik irriteer, en sy is 'n mens wat
gou skoonskip maak met dinge wat haar irriteer en verveel.

Lady gedra haar baie mooi, gevolglik begin Lecia die perdry
terdeë geniet. Sy hou daarvan dat die wind so liggies met haar
hare speel, en sy geniet ook die stilte wat oor hierdie wye, son-
nige wêreld hang. Hier in die oop veld voel dit vir haar kompleet
asof sy en Lady alleen op die wêreld is, asof die hele wêreld net
aan hulle twee behoort. Dis 'n vreemde gevoel, maar nietemin
'n gevoel waarvan sy hou.

Dié vreedsame stilte duur egter nie lank nie, toe hoor sy die
donderende hoefslae van 'n kragtige perd wat vinnig op haar
afgesnel kom. Die volgende oomblik trek Wouter sy groot, vu-
rige wit hings langs Lady in.

Dit is vir die jong meisie baie duidelik dat hy op die oomblik
in 'n dwars luim is, maar waarom hy so ontstoke is, kan sy nie
raai nie. Sy begroet hom met 'n gemoedelike glimlaggie, maar
Wouter is in geen luim vir 'n glimlag nie.

"Wat de duiwel makeer jou, Lecia? Is jy van jou verstand
af om alleen hier in die veld te kom ry, of wil jy graag jou nek
breek?" vra hy bars, en oombliklik vererg sy haar vir die man
se onvriendelikheid.

Lecia is 'n gawe meisie, maar as mense haar so onvriendelik
aanspreek, maak hulle 'n slapende duiwel in haar wakker, en as
dié eers wakker is, spat die vonke gewoonlik.

Sy werp hom 'n ysige blik toe, en ook haar stem is kil toe sy
uit die hoogte sê: "Hoor hier! Wie de drommel dink jy is jy om
hier op my te kom skree, Wouter Fouché? Ek sal ry waar ek wil
– met of sonder jou toestemming. Verstaan jy? Ek laat my ook
nie rondbeveel nie, dus moet jy dit nie eens probeer nie."

"Jou parmantigheid met my sal jou hoegenaamd niks baat
nie, meisiekind," spreek hy haar streng aan. "Ek laat geen

50

vroumens toe om op my kop te sit nie, allermins 'n klein vuur-vreter soos jy. As jy na goeie raad wil luister, sal jy my verma-nings in ag neem en daarvolgens handel. Maar ek waarsku jou – jou koppigheid en eiesinnigheid gaan jou nog duur te staan kom. Julle Branks luister nooit voordat julle eers seergekry het nie. Waarteen ek wel beswaar maak, is die feit dat jy jou nek wil breek terwyl jy in my sorg is, en dit gaan ek nie toelaat nie."

"In jóú sorg?" Sy ruk haar kop so gevaarlik agteroor dat sy byna uit die saal val.

"Ja, in my sorg," herhaal hy onverbiddelik. "Solank jy hier op Blouberg woon, is ek verantwoordelik vir jou veiligheid. So, hou asseblief daardie nekkie van jou heel en in een stuk, anders gaan die duiwel jou haal. Ek het nie tyd om met eiewyse en onverantwoordelike vroumense te sukkel nie, daarvoor het ek gans te veel pligte en verantwoordelikhede om na te kom. Ek dink ook dis tyd dat ons teruggaan. Jy het nou ver genoeg gery vir een dag."

"O, jy kan teruggaan as jy wil, ek keer jou nie," sê sy on-geërg. "Ek sal teruggaan wanneer dit my pas . . . Jy kyk my verniet so kwaai aan, Wouter, ek bedoel dit."

Wouter slaan sy blik op na die hemel toe, maar Lecia merk dit nie eens op nie, want sy is op die oomblik te ingenome met die vordering wat sy reeds met haar eerste ryles gemaak het.

"Weet jy, Lecia, jy is nie net eiewys nie, jy is nou sommer on-nosel en hardkoppig ook," sê Wouter geduldig. "Dis die eerste keer in jou lewe dat jy perdry, en jy is reeds te lank in die saal. Besef jy dat jy 'n dag of wat baie moeilik gaan sit as jy langer in die saal bly? Maar miskien sal dit jou goed doen om op die harde manier te leer perdry. Moontlik sal jy dan besef dat dit jou sal baat om na my te luister en te doen wat ek sê."

"Nou reken, ek het nooit geweet jy is 'n predikant nie, Wou-ter," sê sy ondeund. "Jy hoort op 'n preekstoel, jong, nie hier op Blouberg nie. Maar onthou dit: ek hou nie van ontydige preke nie. As ek na 'n preek wil luister, sal ek kerk toe gaan. Hou dus jou predikasie vir dié wat daarna wil luister. Sê liewer vir my, dink jy nie ek vorder goed met Lady nie?"

51

Wouter lag kortaf en kyk haar met nougetrekte oë aan. Sy is inderdaad deur en deur 'n Brank.

"O, beslis," antwoord hy bedaard, "jy vorder bo verwagting goed. In elk geval, Lady is van vandag af jou ryperd. Sodra jy goed kan ry, sal jy vind dat sy 'n vinnige perdjie is . . . sonder jul vroulike giere en nukke."

"Gaan blaas doppies, Wouter Fouché," maak sy hom dadelik stil. "Ek is nie vol giere en nukke nie, ek is 'n beskaafde mens en boonop 'n Christen. Trouens, ek was die afgelope ses maande orreliste van ons kerk . . ."

"Wat!" roep Wouter verbaas uit. "Jy 'n kerkorreliste? Moenie dat ek lag nie, netnou skrik Blits en dan is die duiwel los." Hy kyk haar skepties aan. "Lecia, wil jy my vertel dat jy, met jou skerp tong en Brank-humeur, so wraggies 'n kerkorreliste was?"

"Maar natuurlik was ek!" antwoord sy geraak. "Ek is nie so 'n heiden soos oom Isak en al die ander Branks wat nooit 'n voet in die kerk gesit het nie. My ma het my geleer dat 'n ordentlike mens elke Sondag kerk toe gaan."

Wouter begin saggies lag. "Wel, die afgelope driehonderd jaar was die Branks van Blouberg nog nooit voorbeeldige Christene nie," sê hy dik van die lag. "Ek waarsku jou dus vroegtydig – die gemeente van Dennevlei gaan hulle lam skrik as jy, 'n Brank, die kerk binnegestap kom. Van die leraar praat ek nie eens nie. Hulle sal dink dis 'n baie snaakse verskynsel."

"Gaan jý ooit kerk toe, Wouter?" vra sy nou met groot erns. "Of is jy ook so 'n heiden soos daardie ou skelm van 'n oom Isak?"

"Ja, ek gaan so af en toe," antwoord hy bedaard. "Gedurende die drie jaar dat ek in die landbou gestudeer het, het ek gereeld elke Sondagoggend gegaan."

"Wat, het jy 'n landbougraad?" Sy kyk hom verbaas aan. Dit is inderdaad die laaste ding wat sy verwag het om te hoor. Daardie olierige hoed en uitgetrapte velskoene is beslis nie dié van 'n man wat oor 'n landbougraad beskik nie. Sy glo dit nie.

"Ja, ek het," hoor sy hom sê, "maar waarom lyk jy so verbaas?"

"Wel . . . e . . . ek het gedink jy is 'n ongeletterde plaasjapie," bieg sy met 'n sfinksagtige glimlaggie.

"So, en gee dit jou nou 'n hoër dunk van my – die feit dat ek nie 'n ongeletterde plaasjapie is nie?" vra hy spottend.

Sy haal haar skouers ongeërg op terwyl haar oë daar in die verte staar asof sy dinge sien wat hy nooit sal kan raai nie. Maar dan draai sy na hom en antwoord bedaard: "Nie juis nie. Dit laat my net op 'n manier beter voel, noudat ek weet dat jy darem nie 'n ongeletterde barbaar is nie."

Hy kyk haar spottend aan. "Jy verkies dus intelligente geselskap. Wel, daar is nie nou tyd vir intelligente geselskap nie, meisietjie. Ons sal moet teruggaan voordat tant Elsa haar oor jou begin bekommer."

"Moenie jok nie, Wouter," kap sy dadelik terug. "Dis glad nie oor tant Elsa se sogenaamde bekommernis dat jy haastig is om terug te gaan nie. Ek begin die rit nou eers werklik geniet, en nou wil jy al weer teruggaan."

"Môre is nog 'n dag," herinner hy haar. " 'n Mens moenie hierdie soort ding op een dag oordryf nie. Ek is darem bly om te sien dat jy nie meer vir Lady bang is nie. Ons kan die perde se pas effens versnel as jy daarvoor kans sien."

"Wel, ek het darem nog nie een keer afgeval nie, dus kan ons die pas maar 'n bietjie versnel," stem sy geredelik in.

Lecia voel nou heeltemal op haar gemak in die saal. Trouens, sy is nou glad nie spyt dat Wouter haar gedwing het om te leer perdry nie. Dis heerlik om die veld so oop en wyd om jou te sien.

"Lady is 'n mak perdjie," sê Wouter. "Sy sal jou nooit afgooi nie, behalwe as sy skrik, natuurlik. Maar dan sal jy sommer self afval as jy jou sit nie ken nie. In elk geval, ry voor, ek wil kyk of jy darem al jou sit ken."

Hm, hy moet seker dink ek is 'n bobbejaan, dink sy gesteurd, maar voldoen nietemin aan sy versoek.

Daar is goedkeuring in Wouter se blik toe hy haar agternastaar. Sy sit nie sleg nie, gesels hy in sy gedagtes met homself. Sy het net oefening nodig. Ja-nee, die klein rissie van 'n Brank sit glad nie sleg nie . . .

Wouter sit nog ewe ingenome met homself en gesels, toe sien hy hoe 'n swerm tarentale lawaaierig vlak voor Lady opvlieg en die swart perd verskrik agteruit laat steier. Hy versnel dadelik Blits se pas, want dit is vir hom baie duidelik dat Lady nou senuweeagtig is, en dit met die ongeskoolde Lecia op haar rug. Maar voordat hy Lady kan bereik, val Lecia van die perd af en rol eenkant toe, weg van die verbouereerde dier af.

Nou gaan die duiwel los wees, dink hy. Hy ken mos die klomp Branks – hierdie een het net so 'n slegte humeur soos al die ander. Hy hoop net Lecia is nie ernstig beseer nie, maar so op die oog af lyk dit darem nie of sy haar bewusteloos geval het nie, en dis al 'n seën op sigself.

Blits het nog nie eens behoorlik tot stilstand gekom nie, toe is Wouter al uit die saal. Hy bind die toom haastig aan die naaste bos vas en gaan kniel besorg langs die rooikop wat nou stadig regop sit. Haar gesig is opmerklik bleek, met 'n yslike stofstreep oor die een wang.

Wouter bedwing 'n glimlag met groot moeite. Lecia lyk vir hom op die oomblik soos 'n verwaarloosde meisietjie wat lanklaas met water en seep kennis gemaak het, maar haar twee opstandige groen oë, wat soos smaragde blink, is beslis nie dié van 'n weerlose weeskindjie nie. Sy lyk inderdaad omgekrap en uit haar humeur.

"Het jy seergekry?" vra hy besorg, sy blik ondersoekend op haar bleek gesig.

"Natuurlik het ek seergekry!" antwoord sy ongeduldig. "Of dink jy ek het op 'n verebed geval?"

"Ek praat nie van daardie soort seer nie," help hy haar geduldig reg. "Ek wil weet of jy 'n arm of 'n been gebreek of dalk 'n enkel of 'n gewrig verstuit het."

Sy kyk hom ietwat beteuterd aan. "Ek weet nie, Wouter," antwoord sy gelate. "Dit voel asof alles gebreek is, behalwe my nek. Maar dis mos al waaroor jy besorg is . . . ek bedoel nou, dat my nek heel en in een stuk moet bly."

Wouter voel nou werklik bekommerd. Miskien is dit omdat sy so beteuterd lyk en haar stem so gelate klink. Hy ken haar nie so nie.

"Kan jy darem jou arms en bene beweeg?" vra hy onrustig.

"Ja, man, ek kan alles beweeg," kom dit nou weer effens on-geduldig, "maar ek sê jou, ek is verbaas dat ek my nie stukkend geval en bene gebreek het nie. Ek kon dood gewees het! Ek het my skoon bepieries geskrik toe Lady so gevaarlik agteruit steier en . . . Waar is sy, Wouter?"

"Hier staan sy agter jou, maar sy is baie senuweeagtig en verbouereerd. Ek sal haar eers moet kalmeer voordat jy weer in die saal kan klim."

"Wouter," vra sy na 'n rukkie, nou blykbaar oor die ergste skok van haar val, "watse ellendige voëls is dit wat Lady so laat skrik het?"

Lecia se skerp, reguit blik wat nou op Wouter rus, lewer dui-delik bewys dat sy al weer haar val vergeet het, of altans, dat dit momenteel van minder belang is. Sy stel nou in die voëls belang, en is wyle oom Isak in lewende lywe. Dié was net so. Hy het altyd met 'n doel in 'n ding belanggestel.

"Dit was tarentale," antwoord hy. "Die goed is vervuil hier in die veld."

"Wel, hulle gaan nie meer lank vervuil wees nie, dit verseker ek jou," kom dit ernstig en vasberade van Lecia waar sy sit met haar arms gemaklik om haar knieë gevou en Wouter met die blik van 'n diep denker beskou. "Ek gaan vir my 'n vuurwapen koop, Wouter, en jy gaan my leer om te skiet. Ek wil al hierdie ellendige voëls kom uitroei."

Wouter kyk haar aan en glimlag verlig. Hy is bly dat sy nie baie seergekry het nie. Hy het verwag dat sy hom van 'n kant af sou uittrap omdat hy haar feitlik gedwing het om te leer perdry. Maar weer eens het sy bewys dat sy 'n volbloed-Brank is en haar nie maklik laat afskrik nie. Oom Isak het haar beslis nie verkeerd opgesom nie.

"Dis nie nodig om 'n vuurwapen te koop nie, kleinding. Ek het 'n ligte haelgeweertjie by die huis waarmee ek jou sal leer skiet," bied hy aan.

"Sal ek die tarentale daarmee kan uitroei?" Sy kyk hom met 'n ernstige gesiggie aan.

"Met daardie geweertjie sal jy skoonskip maak van die hele

tarentaalgeslag, my hartjie," verseker hy haar, maar dan frons hy meteens. "Sê nou eers vir my waarom jy so maklik van jou perd afgeval het. As jy stewig in die stiebeuels vasgetrap en jou behoorlik gebalanseer het, sou jy nie afgeval het nie, weet jy?"

"O, dis daardie vervlakste Arrie se skuld," sê sy, nou weer duidelik onthuts. "Maar sy velle gaan waai sodra ek tuis kom. As ek nie na hom geluister het nie, sou ek miskien nie eens afgeval het nie –"

"Wat bedoel jy, as jy nie na hom geluister het nie?" val Wouter haar in die rede. Sy stem is sag, maar daar is 'n gevaarlike uitdrukking in sy blou oë.

"Nee," sê sy, "hy het geweet te vertel dat ek my voete uit die stiebeuels moet skop sodra dit voel asof ek wil val. Nou ja, toe Lady so agteruit steier, skop ek mos my voete uit die stiebeuels. En dis net waar ek die fout gemaak het, want toe sy na links swenk, het ek geen vastrapplek gehad om my te balanseer nie. Dis dié dat ek aan die ander kant afgetuimel het. Arrie gaan verjaar sodra ek tuis kom en dis nie altemit nie."

"Nee, los hom maar vir my. Ek sal sy sake vir hom werk," keer Wouter. Hy kyk Lecia besorg aan en vra sag: "Hoe lyk dit, sien jy kans om huis toe te ry, of voel jy nou skrikkerig vir Lady?"

Lecia lag saggies terwyl sy hom ondeund aankyk.

"Al voel ek ook hóé skrikkerig," sê sy na 'n rukkie, "sal jy my tog op die ou end in die saal dwing, Wouter. Jy kla oor my humeur, maar jý is 'n eiegeregtige, oorheersende vent en soms absoluut ondraaglik."

Hierdie eerlike beskrywing van hom laat Wouter geamuseer glimlag.

"Ons twee is nogal nie 'n slegte kombinasie nie," sê hy. "Ons sal Blouberg met 'n ysterhand regeer."

"Jy bedoel, jy sal regeer en ek sal maar op alles ja en amen moet sê," merk sy ondeund op. "Ek ken jou soort."

"Rissie," sê hy met 'n skewe glimlag en kom sonder meer orent. "Kom, laat ek jou ophelp. Dis tyd dat ek aandag aan Lady gee."

"Sê eers vir my, Wouter, sal jy my môre al leer skiet?" vra sy met 'n verleidelike glimlaggie en 'n stroopsoet stem. Dis 'n kunsie wat sy kleintyd al geleer het en dikwels op haar pa toegepas het, veral as sy hom 'n groot guns wou vra.

Ook Wouter is op die oomblik vatbaar vir hierdie beproefde tegniek van haar. Miskien is dit haar vuil gesiggie wat so 'n teer snaar in hom roer en hom laat voel dat hy haar altyd naby aan hom wil hê om haar te beskerm.

Maar hy onderdruk hierdie gevoel van teerheid en beant-woord haar vraag op sy gewone kalm manier sonder om iets van sy gevoel te laat deurskemer.

"Ja, kleinding," belowe hy plegtig, "ek sal jou môre leer skiet. Jy moet net nie mense gaan staan en doodskiet as hulle jou die duiwel in maak, of dalk jou skietkans op tant Elsa se pluimvee en varke beoefen nie. Jy moet net die tarentale vir ons kom skiet."

"Maar ek het mos gesê ek wil die ellendige tarentale kom uitroei, Wouter. Of het jy my nie mooi gehoor nie?"

"O, ek het jou gehoor. Gee my jou hand sodat ek jou op jou voete kan help. Ons het nou lank genoeg hier gesit en klets. Ek het nog baie werk wat vandag afgehandel moet word," herin-ner hy haar.

Met die vaardigheid van 'n dierekenner neem dit Wouter nie lank om Lady te kalmeer nie. Intussen stof Lecia haar klere af. Dit lyk asof sy in 'n geveg betrokke was, maar sy is blykbaar on-bewus daarvan dat haar gesig vuil is. Wouter haal sy sakdoek uit, lig haar gesig op en vee die stofstreep saggies van haar wang af.

Met haar fynbesnede gesiggie nog steeds in sy hand, kyk hul-le etlike sekondes lank diep in mekaar se oë. Toe is dit meteens asof 'n elektriese stroom deur hulle spoel en hulle intens van mekaar bewus raak – nie soos 'n aangenome neef en niggie nie, maar soos twee mense wat diep tot mekaar aangetrokke voel.

Net soos Wouter, is Lecia bewus van iets vreemds wat in haar roer, iets wat sy nog nooit voorheen ervaar het en wat sy glad nie kan peil nie. Al wat sy weet, is dat sy van hierdie groot, bedaarde man hou en dat sy aanraking haar nie in die minste afstoot nie. Maar dan begin Blits skielik uitbundig runnik, en dis asof albei tot verhaal kom.

"So ja," sê Wouter en steek sy sakdoek ongeërg in sy sak.

"Jou gesig is nou weer skoon, dus kan ons maar gaan."

Nadat hy Lecia in die saal gehelp het, klim hy op die wit hings se rug en neem die terugtog 'n aanvang.

Lecia voel aanvanklik skrikkerig vir Lady, maar toe sy sien dat die swart perd geen tekens van senuweeagtigheid toon nie, begin sy die rit weer terdeë geniet. Sy en Wouter gesels ewe gemeensaam. Hy vertel haar van sy kinderjare hier op Blouberg, en sy luister aandagtig en belangstellend. Daarna vertel sy hom van die twee jaar wat sy in die buiteland deurgebring het.

4

In 'n gemoedelike stemming hou hulle later voor die agterdeur van Blouberg se woonhuis stil. Voordat Wouter haar kan bystaan, klim Lecia behendig van die perd af. 'n Opgeskote seuntjie is dadelik by om die teuels te neem.

"Ek sal Arrie aanstons onder hande gaan neem —" begin Wouter, maar Lecia skud haar kop heftig.

"Ek dink ons moet hom maar laat begaan, Wouter," sê sy bedaard. "Hy het dit bepaald goed bedoel toe hy aanbeveel het dat ek my voete op 'n kritieke oomblik uit die stiebeuels moet skop. Ek dink die fout lê by my. Ek het my voete op die verkeerde oomblik uit die stiebeuels geskop."

"Jy praat maklik, jy kon dood gewees het."

"Vergeet dit, ek is nié dood nie. Trouens, ek het nog nooit meer lewe in my gehad as op hierdie oomblik nie. Kom, laat ons vir tant Elsa gaan sê ons is terug. Miskien kry ons koffie."

Wouter glimlag net skeef, maar sê niks nie.

Tant Elsa is die ene besorgdheid toe sy hoor dat Lecia van die perd afgeval het.

"Ag, kind," teem sy, "so kon jy ook vandag dood gewees het, en ons het maar nou die dag vir arme Isak aan die dood afgegee." Sy sug soos iemand wat swaar laste dra. "Ja," gaan sy temerig voort, "die grond op sy graf is nog klam, en amper moes ons al weer . . ."

"Ag, nee wat, tant Elsa, hoe is tante dan nou so swaarmoedig?" werp Lecia ernstig teë. 'n Honderd tergduiweltjies verskyn meteens in haar oë toe sy vervolg: "Lady sal my nie doodkry nie, tante. Vra gerus vir my tant Emma. Sy sal vir tante sê dat ek vir die galg gebore is . . ."

Wouter se hartlike lagbui maak 'n einde aan wat Lecia nog alles wou kwytraak.

"Sy sal dit nie vir mý sê nie, Lesie," kom dit baie verontwaardig van tant Elsa. "Wat weet jou ta' Emma tog van die Branks van Blouberg af? Ek ken die Branks al baie jare, van die tyd van die groot runnerpes af toe jou oupa so 'n wilde penkop was. Ag, kind, daar was met hom geen huis te hou nie. Hy het nie 'n bang haar op sy kop gehad nie . . ." Sy bly meteens stil asof sy totaal vergeet het wat die onderwerp van bespreking was en vervolg ewe bedagsaam: "Maar wag, laat ek eers vir julle koffie maak."

Lecia bedwing die glimlag wat aan die een hoek van haar mond pluk, maar sy voel dat dit 'n sonde sal wees om vir tant Elsa te lag.

"Hierdie klein Lecia, tant Elsa . . ." sê Wouter terwyl hy sy pyp met groot konsentrasie stop. "Dit lyk my sy het óók nie 'n bang haar op haar kop nie. Sy wil mos nou leer skiet. O ja, ek moet haar môre leer skiet sodat sy die tarentale kan gaan uitroei."

Hierteen het tant Elsa geen beswaar nie, want volgens haar behoort 'n boervrou ook 'n goeie skut te wees. Sy was trouens self 'n goeie skut op haar dag, en sy het dit nooit berou nie . . . Nee, dit is goed dat Lesie leer om met 'n geweer te skiet, meen sy.

Terwyl hulle in die kombuis sit en koffie drink, vra Lecia belangstellend: "Wouter, hoe ver is Dennevlei van Blouberg af? Is dit darem 'n behoorlike dorp?"

"Maar jy moet tog die plek gesien het – jy het dan gister deur die dorp gery!" antwoord hy.

"O," sê sy, "dan is dit natuurlik daardie ou dorpie waar die joggie by die vulstasie vir my gesê het Blouberg is net hier agter die bult toe ek vir hom gevra het hoe ver Blouberg van daardie dooie plek af is."

Wouter kan nie 'n glimlag bedwing nie. "Jou tong gaan jou nog baie vyande besorg. Glo my, die dorpenaars sal nie daarvan hou dat jy hul dorpie as 'n dooie plek bestempel nie."

"Ek is altyd eerlik en reguit, Wouter, en as hulle nie daarvan hou nie, is dit hulle –"

"Luister hier, meisiekind," val hy haar waarskuwend in die rede, "as ek een ongunstige woord oor jou gedrag hoor, looi ek jou."

"Wat, my uitlooi? Jy is van jou sinne beroof, Wouter Fouché," laat sy verontwaardig hoor. "Laat ek jou dit vertel – as ék een ongunstige woord oor my van die Dennevleiers hoor, sal die vonke spat."

Die erns op haar gesig laat Wouter breed glimlag.

"Ek glo jou, kleinding, en ek bejammer die persoon wat so iets waag," sê hy met 'n geamuseerde lig in sy oë. "Jy oortuig my elke keer meer en meer dat jy in elke opsig na wyle oom Isak aard. Ja-nee, jy is deur en deur 'n Brank, en as die mense so dom wil wees om nou, na al die jare, met 'n Brank te lol, moet hulle maar die gevolge dra. Ek sal hulle in elk geval vroegtydig in kennis stel dat oom Isak nog steeds lewe in die skone persoon van Lecia Brank en dat hulle vir haar maar baie lig moet loop."

"Jy spot nou, Wouter, en ek is ernstig," verwyt sy.

"Ek spot glad nie, my hartjie," verseker hy haar met groot erns. "Ek is vasbeslote om 'n paar mense na die middagete te bel en te waarsku om liewer nie met jou oorhoops te lê nie. Dis mos waarom ek jou voog is – om na jou belange om te sien en jou te beskerm."

So onder die gesels deur het tant Elsa vir Katrien aangesê om tafel te dek. Wouter het ook net sy koffie gedrink en toe gesê hy wil eers sy hande gaan was voordat hulle eet.

Lecia volg sy voorbeeld en verklee haar terselfdertyd in 'n vrolike somerrokkie en fyn laehaksandale. Sy borsel haar hare, knap haar grimering op, en nou lyk sy weer soos 'n egte stadsdametjie. Dat sy 'n besonder aanvallige meisie is, sien sy nie eens raak nie. Sy is gewoond aan haar eie beeld, wat vir haar maar doodgewoon en alledaags lyk.

Aan tafel spreek sy terloops die gedagte uit dat sy graag 'n musiekskool in Dennevlei wil open vir kinders wat klavier- of orrellesse wil neem. Sy is ook heeltemal bereid om gevorderde lesse te gee aan dié wat dit nie kan bekostig om elders verder te studeer nie.

Maar hiervoor is Wouter nie te vinde nie. Hy maak dit ook baie duidelik toe hy nadruklik sê: "Volstrek nie. Jy kan onmoontlik heeldag voor jou musiekinstrumente sit en dan nog leer om te boer ook. En wanneer, dink jy, sal tant Elsa die geleentheid kry om van jou 'n voorslag te maak? O nee, jou musiekinstrumente gaan jy vir eers links laat lê, totdat ek van jou die vrou gemaak het wat oom Isak beoog het toe hy sy testament opgestel het."

"Vlieg maan toe met oom Isak se testament en al, Wouter, en bly daar!" is al wat Lecia hom in haar drif kan toevoeg. Sy kan nie begryp hoe dit moontlik is dat 'n geleerde man soos Wouter met tye so onnosel kan wees nie. Dit sal mos 'n groot bate vir Dennevlei wees as sy 'n paar kinders se musiektalent kan ontwikkel.

Maar sy het al agtergekom dat Wouter soms so steeks soos 'n donkie kan wees, en wanneer hy in so 'n steekse luim verkeer, baat dit 'n mens absoluut niks om met hom te redeneer nie. Derhalwe besluit sy om hierdie onderwerp liewer weer by 'n ander geleentheid aan te roer.

Na die ete gaan Lecia na haar musiekkamer toe, waar sy haar musiekboeke en ander goed uitpak. Daarna neem sy 'n tydskrif en gaan sit op die voorstoep. Sy sou graag voor die deur onder die seringboom op die tuinbankie wou gaan sit, maar sy voel nog te lugtig vir tant Elsa se ou bokram wat so vry op die werf rondloop.

Sy blaai stadig deur die tydskrif, maar haar gedagtes is glad nie by die inhoud daarvan nie. Sy dink aan haar val vanoggend en aan die tarentale wat sy wil gaan jag. Wouter moet haar net leer om sekuur te skiet.

Nou dink sy weer aan die bepalings van wyle oom Isak se testament, en die feit dat sy, 'n stadsmeisie, moet leer om te boer. Sy wonder hoe boer 'n mens. Sy weet dat 'n land eers omgeploeg moet word voordat 'n mens kan saai, maar dit is 'n kleinigheid, meen sy. As 'n mens 'n motor kan bestuur, sal 'n trekker sommer kinderspeletjies wees.

Nee wat, besluit sy, om te boer is bepaald nie die ergste wat met haar kan gebeur nie. Wat is nou daaraan om 'n ou landjie met 'n trekker om te ploeg? Die trekker doen mos al die werk, nie sy nie. En wat die kookkuns betref . . . Nou ja, tant Emma het gesê 'n mens kan sonder moeite uit 'n resepteboek leer bak en brou. Dus sal die lewe hier op Blouberg tog nie so moeilik wees soos wat sy aanvanklik gedink het nie. Dit sal in elk geval net 'n jaar wees. Daarna sal sy haar deel van die plaas aan Wouter verkoop en kan sy weer na Johannesburg en die beskawing teruggaan.

So sit Lecia die res van die middag op die stoep en prakseer, totdat dit haas tyd is vir aandete. Hier op Blouberg word aandete gewoonlik vroeg opgedien.

Die donderende geklap van hoewe laat haar vlugtig opkyk, net betyds om Wouter en Blits in die rigting van die stalle te sien verdwyn.

"Kragtie, maar dis warm," begroet hy haar 'n rukkie later toe hy binnekom en op 'n stoel regoor haar plaasneem. Hy vee die sweet met sy sakdoek van sy voorkop af en leun gemaklik terug in die rottangstoel. "Jy lyk net so koel soos 'n blom waarop die môredou nog blink," glimlag hy haar toe. "Het jy geswem?"

"Nee, waar swem 'n mens in hierdie geweste?" Sy kyk hom vraend aan en wonder of hy verwag dat sy hier agter die huis in die eende se modderdam moet swem. Vir die rivier met sy krappe voel sy bra skrikkerig.

Wouter verras haar egter toe hy sê: " 'n Mens swem hier bo in die bergpoel. Sodra jy goed kan perdry, sal ek jou gaan wys waar die plek is. Intussen moet jy maar hier onder in die rivier swem."

"Nee, dankie," sê sy vinnig, "ek is allergies vir Blouberg se krappe. Ek sal wag totdat jy my die bergpoel gaan wys."

Terwyl Lecia praat, dwaal Wouter se blik na haar lang, ligpienk vingernaels en ewe pienk toonnaels wat guitig by die sandale uitloer. Die meisiekind is vir hom inderdaad oulik en fyntjies, met haar vroulike kurwes presies op die regte plekke. Sy blik dwaal na haar hartvormige gesiggie in 'n raamwerk van blink, rooibruin krulle. Stadig skuif sy blik na haar donker wenkbroue en lang wimpers, haar groot, smaraggroen oë waarvan die kleur verander na gelang van haar emosies, die fynbesnede neus, sensitiewe mond en parmantige ken.

"Waar is die familiekerkhof, Wouter?" vra sy.

"Wil jy na oom Isak se graf gaan kyk?"

Daar is 'n terglustige trek in sy oë en Lecia vererg haar oor sy onnodige vraag. Hy weet tog hoe sy oor wyle oom Isak voel.

"Ek stel nie in 'n mal Brank belang nie," antwoord sy snedig. "Ek koester ook hoegenaamd geen planne om die ou skelm se graf te besoek nie. Ek het jou die vraag gestel omdat ek graag my voorouers se grafte wil sien."

"Jy is 'n ondankbare mens, Lecia," sê hy ernstig. "Nadat oom Isak die helfte van Blouberg aan jou bemaak het, skel jy hom uit vir 'n skelm en –"

"Dink jy miskien dat hy my 'n guns daardeur bewys het?" maak sy hom vinnig stil.

"Natuurlik het oom Isak jou 'n guns bewys. Hy het derduisende rande se waarde aan jou bemaak," herinner hy haar.

"Derduisende . . . inderdaad! Jy yl, man. Laat ek jou dit vertel: oom Isak het dit nie uit die goedheid van sy hart gedoen nie, want daar wás nooit goedheid in sy hart nie. Die helfte van Blouberg het my pa toegekom, en die ou skelm van 'n oom Isak het dit al die jare geweet . . . Nee, moet jou nie met dié ou heiden vergis nie. Dis maar net my pa se erfdeel wat aan my bemaak is."

Wouter skud sy kop en glimlag onderlangs. Hy ken die hele geskiedenis van die emosionele en roekelose Brank-geslag van Blouberg, vandat die eerste Brank hom driehonderd jaar gelede hier op Blouberg kom vestig het. Elkeen se geskiedenis is geboekstaaf, en oom Isak het hom, Wouter, die taak opgelê om met Lecia se geskiedenis voort te gaan van waar hy 'n paar dae voor sy dood opgehou het.

Hy wonder of Lecia ooit weet dat hul van oorspronklik Branco was en dat dit met die verloop van jare na Brank verander

63

het. Hy wonder of sy weet dat hul stamvader van drie honderd jaar gelede, Isaco Branco, 'n Spaanse seerowerkaptein was wie se skip langs die suidkus gestrand het. Hy wonder ook of sy weet dat Isaco Branco se vrou 'n Franse edeldame was, wat hy ná sy laaste seegeveg as buit geneem het.

Dis waar, die Branks van Blouberg het slegte bloed sowel as adellike bloed in hul are. Hy moet Lecia tog aanmoedig om die geskiedenis van haar roekelose voorvaders te lees. Moontlik sal sy dan ook besef dat haar pa, nadat hy Blouberg vir goed verlaat het, sy erfdeel deur sy eie optrede verbeur het.

"Wanneer wil jy kerkhof toe gaan?" vra hy. Sy blou oë neem haar noukeurig waar. Al wat sy van haar voorvaders geërf het, is haar vurige temperament, haar rooibruin hare, groen oë en daardie skerp, reguit blik wanneer sy kwaad is. Haar fyn gelaatstrekke is nie dié van haar voorvaders nie.

"Aangesien jy my môreoggend moet leer om met 'n geweer te skiet, kan ons môreaand 'n draai by die begraafplaas maak," sê Lecia. 'n Ondeunde uitdrukking verskyn meteens in haar oë toe sy vervolg: "Ek hoor Katrien sê dit spook in die kerkhof. Maar wie van die klomp Branks is nou eintlik die kêrel wat so gesellig daar spook, Wouter? Is dit oom Isak?"

Hy kyk haar met 'n geamuseerde glimlag aan. "Ek sal nie kan sê nie, kleinding. Die mense sê daar is baie spoke in Blouberg se kerkhof."

"Wel, 'n mens kan eintlik niks beters van so 'n klomp verwag nie, nè?" Sy begin meteens saggies lag en kyk Wouter met blink oë aan. "Ek sou geen spook aanraai om hier in die huis te kom spook nie, want dan gaan hy met my te doen kry. Ek is nie bang vir spoke nie – allermins vir 'n Brank-spook. Ek sal sy fortuin vir hom so padlangs vertel, hy sal wens dat hy liewer elders gaan spook het. Maar sê my, wie is die ou klomp geraamde baardmanne wat die sitkamer se mure so kwistig versier?"

Wouter lag lank en lekker.

"Daardie geraamde baardmanne is almal jou voorvaders – behalwe oom Isak, natuurlik – en elkeen het diep spore hier op Blouberg getrap," vertel hy nadat sy lagbui bedaar het. "Jul ou stamvader is ook tussen die indrukwekkende groep baard-manne."

"Indrukwekkend!" Sy kyk hom snaaks aan, so asof daar iets met sy verstand skort. "Hm, hulle lyk vir my bra wild met daar-die baarde en snorbaarde. As hulle nie so bebaard was nie, sou hulle stellig aantreklike mans gewees het soos my pappie. Maar wat ek eintlik wou sê, jy moet my tog wys wie die stamvader van die klomp is, Wouter. Ek vermoed dis die oubaas met die spits baard en weglêsnor, die een wie se hare in 'n vlegsel agter sy nek hang. 'n Mens kan sommer sien sy kleredrag dateer van die jaar nul."

Wouter kom sonder meer orent, klop sy pyp teen die buite-kant van die stoepmuurtjie uit en steek dit in sy hempsak.

"Kom, laat ek jou gaan wys wie jul stamvader was," bied hy aan. "Elkeen van daardie baardmanne was in sy tyd 'n erfge-naam van Blouberg. Ons sal jou portret ook daar moet –"

"Moenie beongeluk wees nie, Wouter," val sy hom goedig in die rede en kom self orent. "Hang liewer jou eie portret langs oom Isak s'n op."

"Ek is nie 'n Brank nie," help hy haar reg. "Jy is die laaste erfgenaam wat ooit Brank sal heet, dus moet jou portret by die ander s'n hang."

"O, nou goed, moet my net nie langs oom Isak hang nie. Jy weet ons is allergies vir mekaar."

"Maar, my liewe mens, oom Isak is dood, hoe kan julle al-lergies vir mekaar wees?"

"Wouter, moet asseblief nie met my oor hierdie dinge stry nie," berispe sy hom ernstig. "Ek weet hoe ek voel, en ek is buitendien nie oom Isak se soort nie. Hy was 'n ou heiden en 'n skelm –"

"Toemaar, jong, daar is omtrent nie 'n oortreding op hier-die aarde waaraan jou voorvaders hulle nie skuldig gemaak het nie," val hy haar met 'n breë glimlag in die rede. "Oom Isak was 'n engel in vergelyking met party van jou voorvaders."

Hulle stap die sitkamer binne. Lecia se blik gly vlugtig oor die rye portrette.

"Dis die een met die wilde snorbaard waarvan ek gepraat

het," sê sy en wys met haar vinger na die bebaarde oubaas wat hulle uit die vergulde raam met 'n skerp, deurdringende blik aankyk.

"Jy het gelyk," sê hy, "daardie oubaas is die stamvader van die Branks van Blouberg."

Lecia staar lank in die man se skerp, deurdringende oë, kompleet asof sy oë haar hipnotiseer. 'n Ligte rilling kriewel soos koue water teen haar rug af. Sy kyk na Wouter wat haar stil dophou. Sy glimlag meewarig en sê half ongeërg: "Hierdie ou grootvader van my het 'n wrede streep gehad, Wouter. 'n Mens moet net lank genoeg in sy oë kyk om dit agter te kom. Ek dink ons moet hul portrette na 'n ander vertrek toe verskuif, na een van die kamers wat nie gebruik word nie. Ek hou niks van hierdie klomp baardmanne in die sitkamer nie. My ou stamvader se oë lyk so wesenlik . . . so lewend, dit laat my eintlik grillerig voel. Dis kompleet of sy deurpriemende blik elke beweging van my volg."

"Ek vrees hier is nie 'n beskikbare vertrek nie, behalwe jou musiekkamer," antwoord Wouter. "Wil jy hierdie familieportrette daar gaan ophang?"

"Ja, liewer daar as hier in die sitkamer. Ek sal vanaand vir tant Emma skryf en haar vra om my skilderye en 'n paar ander goed aan te stuur."

Hulle gesels nog 'n rukkie oor die veranderinge wat sy in die sitkamer wil aanbring, toe kondig Wouter aan dat hy eers wil gaan bad en skeer voordat die klokkie vir aandete lui. Lecia gaan weer na die voorstoep, waar sy na die berg se skaduwee sit en staar wat al langer en langer rek. Sy hoor hoe die voëls voor die deur in die seringboom raas, blykbaar besig om hulle vir die nag in te rig.

Na 'n rukkie hoor sy die veraf gebulk van 'n kalf en die geblêr van skape wat van die krale se kant af op die aandbries na haar toe aangesweef kom. Van die rivier se kant af laat die paddas en krieke nou ook van hulle hoor. Dis die hele simfonie van plaasgeluide . . . 'n vreemde simfonie.

Diep ingedagte luister Lecia na die verskillende geluide wat haar omring. Dit klink vir haar vreemd dog rustig, so asof elke lewende kreatuur gretig uitsien na die oomblik wanneer die dag se bedrywighede tot stilstand sal kom en die nag sy vleuels oor Blouberg span.

Die gelui van die etensklokkie herinner haar meteens daaraan dat dit tyd is vir aandete. Sy wonder of Wouter al gereed is.

Dis waar, dink sy, 'n mens moet nooit iemand op sy baadjie takseer nie. Kyk nou maar vir Wouter. Met sy olierige hoed en groot, uitgetrapte velskoene lyk hy allermins na 'n man met 'n landbougraad. By die eerste aanblik het ek gedink hy is 'n werker hier op die plaas. En tog beskik hy oor 'n sterk persoonlikheid en . . . Ja, dis of hy 'n stille krag uitstraal. Vanoggend in die veld het ek die gevoel gekry dat ek altyd op hom sal kan staatmaak as die lewe hier op Blouberg my begin druk. Dit het gevoel of ek altyd op hom sal kan leun as ek morele ondersteuning nodig het . . .

"Slaap jy, of droom jy maar net, kleinding?" hoor sy Wouter onverwags agter haar praat. Sy kyk om en merk dat hy 'n grys broek, wit hemp en swart skoene aanhet. Sy gesig is gladgeskeer en sy donkerbruin hare netjies gekam.

Hy is inderdaad 'n aantreklike man, flits dit deur haar gedagtes, maar hardop sê sy: "Ek het na die plaasgeluide gesit en luister. Dis so stil hier op die plaas, 'n mens kan selfs die voëls en paddas daar onder langs die rivier hoor."

"Jy sal gou aan hierdie rustige stilte gewoond raak," glimlag hy. "Maar nou moet jy eers kom eet. Tant Elsa wag al vir ons."

Aan tafel gesels Lecia opgewonde oor die tarentale wat sy wil gaan jag sodra Wouter haar geleer het om sekuur te skiet.

"Jy moet versigtig wees, Lesie," maan tant Elsa besorg. "'n Roer is 'n gevaarlike ding. Baie mense het hulself al per ongeluk doodgeskiet."

"Ek is gans te lief vir die lewe om myself dood te skiet, tante . . . selfs per ongeluk," verseker sy die ouer vrou laggend. Sy knik onderlangs vir Wouter en vervolg tergerig: "Ek belowe tant Elsa dat ek net vir Wouter sal skiet as ek eendag die bevlieging sou kry om mense te skiet."

"Haai, Lesie!" Die dierbare ou dame lyk ietwat geskok.

"Waarom lyk tante so geskok?" terg Lecia. "Die Branks van Blouberg is mos bekend vir hul roekeloosheid."

"Ja, hulle is roekeloos," erken tant Elsa, "maar hulle maak jare al nie meer mense dood nie."

Hierdie ernstige verklaring van die ouer vrou laat Lecia verward frons. Dit tref haar nou eers dat sy feitlik niks van haar voorouers af weet nie.

"Het die Branks van Blouberg dan al mense om die lewe gebring, tante?" Alle spot en terglustigheid het nou die wyk geneem, en Lecia kyk die ouer vrou ernstig en deurdringend aan.

Dit is egter Wouter wat haar vraag beantwoord.

"Jul stamvader het op groot skaal gemoor, Lecia," hoor sy hom bedaard sê asof hy die dag se werk met haar bespreek. Dis duidelik dat hy al gewoond is aan die Branks van Blouberg se geskiedenis, daarom dat hy oor die ou stamvader se gruweldade kan praat asof dit niks buitengewoons is nie.

"So 'n satanskind! Wie het hy vermoor, Wouter?" Daar is openlike afsku in haar oë vir haar ou voorvader se wrede dade.

"Wel, ek weet nie presies wie hy almal vermoor het nie, maar die Spaanse kaptein Isaco Branco was 'n berugte en gevreesde seerower –"

"Man, ek is nie geïnteresseerd in die gevreesde Spaanse kaptein nie. Vertel my eerder van my ou stamvader," val sy hom half ongeduldig in die rede.

"Maar ek ís besig om jou van hom te vertel, meisiekind," help hy haar met 'n goedige glimlag reg. "Isaco Branco was jou stamvader."

Lecia kyk hom spottend aan en begin hartlik lag. "Jy verwag tog seker nie dat ek jou moet glo nie, Wouter," sê sy nadat haar lagbui bedaar het.

"Wel, as jy my nie wil glo nie, moet jy maar self die geskiedenis van Blouberg se mense gaan lees," stel hy voor. "Jy sal die geskrifte van elke Brank se lewensgeskiedenis in die studeerkamer vind. Trouens, ek het reeds met jou geskiedenis begin waar oom Isak laas opgehou het."

"My ou stamvader se naam was nie Isaco Branco nie, Wouter, sy naam was Isak Brank," hou Lecia koppig vol. Sy weet dat nie een Brank nog ooit 'n engel was nie, maar sy verseg om te glo dat hul stamvader 'n berugte seerowerkaptein was.

"Jy maak 'n fout, meisie, jou stamvader se naam was nie Isak Brank nie, sy naam was Isaco Branco," sê Wouter. "Een van sy agterkleinseuns het die naam en van na Isak Brank verander. Jul van was oorspronklik Branco. Daardie selfde ou seerowerkaptein het hierdie wilde, ongerepte stuk aarde in 'n plaas omskep."

Lecia swyg etlike sekondes lank. Daar is 'n ligte frons op haar voorkop terwyl sy diep ingedagte haar koffie drink, maar na 'n rukkie stoot sy die leë koppie opsy en kyk Wouter reguit aan.

"Ek is bly dat ek die laaste lid van die Brank-geslag is," sê sy sag dog ernstig. "Met so 'n wrede, bloeddorstige stamvader moes die geslag lankal uitgesterf het."

"Jou kinders sal nog steeds Isaco Branco se bloed in hul are hê, my hartjie," help Wouter haar glimlaggend reg. "Die van sal wel met jou uitsterf, maar nie die geslag nie."

Sy trek haar skouers liggies op.

"Ek sal maar net moet sorg dat ek nooit 'n kind het nie," sê sy. "Isaco Branco is beslis nie 'n stamvader om op trots te wees nie . . . Nee, dis beter dat sy geslag uitsterf." Sy kyk hom ernstig aan. "Hoe het die ou vrybuiter destyds hier beland, Wouter? Wat het van sy roofskip geword?"

"Sy skip, die See-Arend, het naby Algoabaai op die rotse geloop nadat hy in 'n hewige seegeveg betrokke was met twee Britse handelskepe. Net Isaco en vier van sy bemanningslede het die skipbreuk oorleef . . . en jou stammoeder, natuurlik."

"Wat, was die ou satanskind tóé al getroud?"

"Nee, hy was nie," glimlag Wouter geamuseer. "Jou stammoeder was 'n Franse edeldame wat op een van die Britse handelskepe gereis het. Sy was deel van die buit wat hy van die handelskepe geneem het voordat hy albei skepe gekelder het. Hy het dus vir hom 'n vrou geskaak."

"So 'n ou skelm en moordenaar!" roep sy verontwaardig uit.

"Ek had dus heeltemal reg toe ek vanmiddag gesê het die ou baardman had 'n wrede streep. Hy was 'n moordenaar en 'n barbaar . . ."

"Hy is jou stamvader, kleinding, en hierdie dinge het drie-honderd jaar gelede gebeur," probeer Wouter vir die afgestor-wene in die bresse tree. "Volgens die geskiedenis was hy glo 'n besonder aantreklike man, altyd netjies op sy persoon en ook baie hoflik teenoor die skoner geslag."

"Dit sê niks nie," hou sy ergerlik vol. "Hy was 'n wrede moordenaar en ek het geen respek vir hom nie. Ek wil hom ook nie eens meer in my musiekkamer hê nie. Jy kan maar daardie portret op die vullishoop gooi, Wouter."

"Gits, nee, jy kan dit nooit doen nie, meisiekind," keer Wou-ter ernstig. "Daardie oubaas is 'n geskiedkundige figuur. As jy hom nie in jou musiekkamer wil hê nie, bly hulle almal hier in die sitkamer."

"O nee, hulle trap almal uit die sitkamer uit. Ek wil nie een van hulle daar sien nie," hou sy beslis vol.

"Dan moet jy hulle na jou musiekkamer toe skuif," kom dit ferm van Wouter, en Lecia besef dat hy nou die laaste woorde daaroor gesê het.

"O, nou goed," stem sy onwillig in, "laat die ou hekseketel dan maar in my musiekkamer hang. Maar die duiwel haal hom as sy arendsoë my weer oral in die vertrek volg. Regtig, Wou-ter, ek hou niks van die blik in sy oë nie. Hulle lyk so koud en deurdringend."

"Toemaar, moet jou nie aan sy oë steur nie, jong," glimlag hy gerusstellend. "Daardie ou is meer as twee eeue gelede al dood en vergaan, en al het hy ook gelewe, sou hy jou geen leed aangedoen het nie. Hy sou te trots op jou gewees het, en op die feit dat jou hare en oë na al die eeue nog lyk soos wat syne gelyk het."

Hulle gesels nog 'n rukkie oor Isaco Branco se aankoms in die Kaap, toe kondig tant Elsa aan dat Katrien die tafel wil afdek.

"Ja, dit begin al donker word en die arme vrou moet by die kerkhof verbyloop," sê Lecia ondeund. "Vanaand jaag ou Isaco haar met 'n kapmes. Ek dink ek en jy moet liewer saam met haar loop, Wouter."

"Is jy nie bang vir ou Isaco se spook nie?" terg Wouter.

"Ek glo nie aan spoke nie. Sodra ek self een gesien het, sal ek weet of ek bang is of nie . . . nie dat ek weet waarom ek vir die ou klomp Branks bang moet wees nie. Ek sou ou Isaco en oom Isak graag voor stok wou kry oor baie dinge . . ."

Wouter se hartlike lagbui maak terstond 'n einde aan Lecia se relaas. Hulle staan van die tafel af op en gaan sit op die voorstoep, waar Wouter sy pyp tydsaam stop en aansteek.

"Wil jy regtig hê ons moet Katrien verby die kerkhof vergesel, kleinding?" vra hy toe sy pyp eindelik goed brand.

"Ja, ek het dit bedoel," antwoord sy. "Die arme mens is so bang, en dis ons geselsery aan tafel wat haar opgehou het. As ek die pad geken het, sou ek haar met my motor tot by haar huis geneem het."

"Dis nie nodig nie. Ons kan saam met haar stap tot anderkant die kerkhof. Gaan sê net vir haar, anders bekommer sy haar siek," doen Wouter aan die hand.

"Nou goed, ek sal haar gaan gerusstel. Rook solank jou pyp, ek sal jou kom sê wanneer sy gereed is om te loop."

Later, toe hulle saam met Katrien stap, haak Lecia ewe gemeensaam by Wouter in. Dis 'n warm aand, die sterre skitter blink aan die swart hemelruim en die maan hang soos 'n groot vuurbal bokant die oosterkim. Ook die gesang van die paddas en die krieke duur nog steeds voort. Die paadjie waarin hulle loop, was jare gelede 'n wapad, maar nou is dit vol slote en gate waarin Lecia telkens struikel.

"Jy moet kyk waar jy loop, kleinding," vermaan Wouter haar besorg. "Netnou breek jy 'n been of 'n enkel, en hoe gaan jy dan die tarentale jag?"

"Waarom dink jy hang ek so aan jou? Beslis nie uit liefde nie, maar wel om te verhoed dat ek 'n been of 'n enkel breek," terg sy lighartig.

"Toemaar, ek weet jy doen dit nie uit liefde nie, my hartjie," glimlag Wouter in die flou lig van die maan. "Ek wonder of jy al ooit 'n man liefgehad het."

"Ag, baiekeer al," antwoord sy goedig. "Ek was al op die tere ouderdom van ses jaar met ons bure se sewejarige seuntjie gekys, maar na 'n paar dae het hy my gelos. Ek het hom glo te veel afgeknou. Daarna het ek baie outjies gehad, maar daar was net een wat ek so op 'n manier liewer gehad het."

"En wat het van hom geword?" wil Wouter belangstellend weet.

"Ag, hy het iemand anders liefgehad en my nie eens raakgesien nie," vertel sy. "Dis toe dat ek besluit het om al my tyd en aandag aan my musiek te bestee en my nie meer aan ouens te steur nie."

"Hoe oud was jy toe, kleinding?"

"Ek was twaalf jaar oud," antwoord sy, "en sedertdien het ek my nog nie weer deur die liefde laat vang nie . . . nie dat ek hom nou nog liefhet nie. Ek het later besef dat dit kalwerliefde was, maar ek gaan nog steeds nie toelaat dat die noodlot my weer so 'n streep trek nie."

"O, jy sal weer verlief raak," voorspel hy, "en hierdie keer sal dit op die regte man wees . . . Toemaar, jy skud verniet jou kop. Liefde is 'n emosie waaroor 'n mens geen beheer het nie. Dit oorwin jou nog voordat jy weet jy word aangeval."

"Praat jy nou uit eie ondervinding, Wouter?" Sy kyk hom met groen, ondeunde oë aan.

"Maar natuurlik praat ek uit eie ondervinding, my hartjie. Ek gee nooit raad tensy ek 'n grondige kennis van die onderwerp het nie, en ek herhaal: jy sal weer verlief raak."

"Het die liefde jou bekruip en oorwin nog voordat jy van sy aanval bewus was, Wouter?" vra sy met iets soos onsekerheid in haar stem. Hy lyk vir haar so sterk en standvastig, so asof hy te alle tye meester van elke situasie is. Hy lyk nie vir haar na 'n man wat sal toelaat dat die liefde sy lewe beheer nie.

Maar dan hoor sy hom sag en bedaard sê: "Dit is presies hoe die liefde my oorval het – ongevraag en onverwags."

Hulle gesels so ernstig oor die liefde dat hulle by die kerkhof verbystap sonder om dit eens op te merk. Eers toe hulle die werkers se huise nader, tref dit Wouter dat hulle verder gestap het as wat hy aanvanklik bedoel het. Katrien loop 'n paar treë agter hulle. Sy het 'n kombers oor haar kop en net haar neus en oë steek uit.

"Ons draai hier om," voeg Wouter die huishulp toe. "Jy behoort nou alleen reg te kom."

"Ja, hier is nie spoke wat jou lastig sal val nie. Ten minste, ek het nie een gesien nie," werp Lecia ook haar stuiwer in die armbeurs.

Die vrou bedank hulle verlig, sê nag en verdwyn vinnig in die rigting van die huise.

Terwyl hulle terugstap, dink Lecia aan hul gesprek van flussies. Sy wonder wie die meisie is aan wie Wouter se liefde behoort en wanneer die huwelik gaan plaasvind. Snaaks, sy hou nie van die gedagte dat 'n ander vrou die septer in Blouberg se woonhuis moet swaai nie.

Ek dink ek is besig om van my wysie af te raak, dink sy vererg. Ek wil self nie hier woon nie, en tog wil ek ook nie iemand anders as meesteres in die huis sien nie. Dis 'n onbillike houding, want Wouter kan tog nie vir altyd ongetroud bly nie. Die een of ander tyd moet hy vir hom 'n vrou huis toe bring, 'n lewensmaat wat hom kan bystaan en sy lewe kan deel . . .

"Waarom is jy skielik so stil, kleinding?" dring Wouter se stem ineens tot haar deur.

"Ek dink sommer aan die ellendige tarentale wat my vandag so hard laat val het," jok sy gladweg.

"Toemaar, ek sal jou môre leer skiet," troos hy en gee haar arm 'n bemoedigende drukkie. "Daarna kan jy met die tarentale gaan afreken – veral daardie spul wat jou vandag laat val het."

"Wouter," vra sy na 'n rukkie, "hierdie muur hier langs my . . . is dit die kerkhof se muur?"

Hy antwoord bevestigend, en dan vervolg sy half teleurgesteld: "Maar ek sien dan geen spook of iets wat naastenby soos 'n spook lyk nie."

"Wel, jy het self vanaand gesê dat daar nie so 'n ding soos 'n spook bestaan nie. Wat het jy verwag om te sien?"

"Miskien iets wat mense vir 'n spook aansien – 'n lang, wit grafsteen of 'n ding. Maar hier is regtig niks nie, buiten natuurlik 'n mens se eie skaduwee. Ek sal môreaand alleen saam met Katrien loop en haar wys dat hier niks is om voor bang te wees nie."

"Nee, dit laat ek volstrek nie toe nie," keer hy haastig. " 'n Kwaaddoener kan jou maklik hier voorlê. Laat staan vir Katrien, my hartjie. As sy wil bang wees, laat haar bang wees. Jy gaan nie alleen in die donker rondloop nie."

5

In haar bed lê Lecia aan baie dinge en dink. Sy herleef die dag se gebeure en dink aan die brief wat sy vir tant Emma wil skryf in verband met haar skilderye. Daar is 'n nuwe mat en gordyne vir die sitkamer nodig, meen sy, maar as sy net 'n jaar op Blouberg gaan woon, sal dit beter wees om enige verandering in die huis liewer aan Wouter se toekomstige vrou oor te laat. Dit is immers 'n bruid se voorreg om haar nuwe tuiste volgens haar eie smaak in te rig.

Baie gedagtes maal deur haar verstand, maar so onder al die gedagtes deur raak sy eindelik aan die slaap.

Lecia word die volgende oggend voor sonop wakker. Met slaapbenewelde oë lê sy deur die venster en kyk. Toe tref dit haar meteens dat sy vandag gaan leer om met 'n geweer te skiet, en die volgende oomblik vonkel haar groen oë lewendig van opgewondenheid.

Vandag is dit ek en die tarentale, dink sy ingenome, en op hierdie oomblik kom Katrien die kamer binne met 'n koppie koffie en 'n bakkie beskuit.

Lecia beantwoord die huishulp se vriendelike môregroet, neem die koffie en vervolg: "Jy kan die beskuit maar terugneem, Katrien. Ek gaan nie toelaat dat julle my vet voer nie. Jy moet meneer Wouter gaan wakker maak. Hy moet my vandag leer skiet."

"Die kleinmeneer het lankal opgestaan, juffrou. Hy het gesê ek moet die juffrou uitskud uit die kooi. Die boermense slaap

74

nie totdat die son hulle uitjaag nie," probeer sy Wouter se boodskap oordra.

"Gaan sê jy vir jou kleinmeneer hy moet na sy peetjie gaan."

Daar kom 'n snaakse trek op Katrien se gesig, so asof sy wil huil, maar dan merk Lecia dat sy dik van die lag is.

'n Rukkie nadat Katrien die vertrek verlaat het, wip sy uit die bed. Sy trek haar kamerjas en pantoffels aan, neem haar toiletsakkie en draf haastig badkamer toe. As Wouter dink dat die son haar in die bed gaan kry, vergis hy hom terdeë. Sy sal hom wys dat sy buite is voordat die son sy kop in die ooste uitsteek.

Die badkamer se deur staan op 'n skrefie oop en sy storm die vertrek met 'n vaart binne. Die volgende oomblik loop sy haar trompop teen 'n groot gestalte vas.

Sy voel hoe 'n hand uitskiet en keer dat sy op haar rug beland. Toe hoor sy Wouter met onmiskenbare spot in sy stem sê: "Hiert, jou rooihaar-tierboskat! Wil jy my nou uit die grond uit loop?"

Sy vee die hare uit haar oë en kyk vererg op, reg in 'n skuimbedekte gesig waaruit twee diepblou oë haar ondeund toelag.

"Is jy besimpeld, of wat?" roep sy onthuts uit. "Kan jy nie die badkamerdeur sluit wanneer jy hier binne besig is nie? En noudat ek daaraan dink, wat de drommel maak jy nog hier in die badkamer? Katrien sê jy het lankal opgestaan, dus kon jy lankal gebad en geskeer het."

"O, ek het lankal gebad," verseker hy haar goedig. "Jy het nog gelê en snork toe ek gebad en my aangetrek het."

"Jy is van jou wysie af! Ek snork glad nie," werp sy vererg terug. "Skeer liewer en kry klaar sodat ek ook die badkamer kan gebruik. Ek weet nie watse soort mens jy is nie. My pappie het altyd eers geskeer en dan gebad."

"A, maar ek is nie jou pappie nie, my hartjie, ek is 'n ander ou," verseker hy haar met 'n ondeunde trek in sy oë terwyl hy die skeerskuim van sy gesig afwas. "Kom," sê hy toe sy gesig eindelik skoon is van skeerskuim, "ek sal jou 'n badkamer gaan wys wat jy as jou eiendom kan beskou."

"Nou waarom het jy nie lankal gesê hier is nog 'n badkamer nie?" verwyt sy met 'n kwaai frons, maar volg hom nietemin toe hy by die deur uitstap.

"Ek het gewag dat jy om verskoning moet vra omdat jy soos 'n tornado daar ingewaai gekom het terwyl ek besig was om te skeer," terg hy terwyl hy haar na die badkamer langs haar slaapkamer neem.

"Moet ek jou om verskoning vra as jy te sleg is om die deur agter jou toe te maak? Jy kan na jou peetjie gaan –"

"Sê nou ek was in die bad, my hartjie?" knip hy haar tirade kort.

"B- . . . bad jy dan met 'n oop deur?" Sy kyk hom geskok aan. Sowaar, die man het geen skaamte of selfrespek nie.

"Hm, ek vergeet soms die deur halfpad oop," jok hy sonder om 'n oog te knip. "Ek sal jou dus aanraai om liewer nie van daardie badkamer gebruik te maak nie."

"O, jy kan daarvan verseker wees," belowe sy ernstig.

"Toemaar, dis nie die ergste wat met jou kan gebeur nie," sê hy bedaard. "Die ergste sal wees as jy dalk vergeet om die deur toe te maak as jý binne is."

Hy stoot die badkamer se deur oop en kyk haar met 'n on-deunde spotlag aan. "Jy moet maar skree as ek jou rug moet kom was, kleinding . . ."

"Gaan blaas doppies." Sy seil die badkamer binne en klap die deur hard agter haar toe.

Wouter staan 'n oomblik en luister . . . Ja, net soos hy gedink het. Sy is ook een wat nooit 'n deur agter haar sluit nie. Ook maar goed dat hy hierdie voorsorgmaatreël van aparte bad-kamers getref het.

Dit neem Lecia nie lank om te bad en haar aan te trek nie. Sy lyk koel en netjies in 'n groen gestreepte somerrokkie met twee yslike sakke, en met wit sandale aan. Om haar hare te kam en grimering aan te wend, neem haar ook nie lank nie. Sy is gekon-fyt in hierdie dinge, en buitendien is sy nie die soort meisie wat ure voor 'n spieël talm nie.

Sy het al weer heeltemal van die badkamer-episode vergeet toe sy die eetkamer binnestap, waar Wouter en tant Elsa vir

76

haar wag. Sy sê opgewek môre vir tant Elsa, neem haar plek aan die tafel in en draai sonder meer na Wouter.

"Onthou, jy het belowe om my vanmôre te leer skiet," herinner sy hom met 'n innemende glimlag en 'n blos van opgewondenheid op haar wange. "Ek gaan daardie tarentale op hul herrie –"

"Laat ek eers bid, kleinding, daarna kan ons oor die tarentale gesels," val hy haar in die rede.

"Ek het lankal vir myself gebid," help sy hom reg. "Maar gaan tog maar voort." Sy wag egter net totdat hy amen sê, toe val sy weer weg. "Nou, in verband met die skietery, Wouter . . ."

"Kleinding, ek is seker jy het nie 'n woord van my gebed gehoor nie," beskuldig hy haar met 'n geamuseerde glimlag terwyl hy suiker oor sy pap strooi, maar Lecia se volgende woorde laat hom verras opkyk.

"Nou, wat maak dit saak?" vra sy gesteurd. "Ek het mos my oë toegehou, het ek nie?"

"Hm, ek dag jy het gesê jy is 'n gereelde kerkganger," terg hy. "Wat gaan maak jy eintlik in 'n kerk as jy nie eens na 'n gebed kan luister nie?"

Sy kyk hom snaaks aan, so asof hy verstandelik effens vertraag is en sy dit nou eers agterkom.

"Ek dink dis tyd dat ons mekaar eens en vir altyd goed verstaan, Wouter," sê sy. Sy sit die lepel waarmee sy eet versigtig neer en kyk hom vas aan – presies soos oom Isak as hy iets ernstigs op die hart gehad het. "Ek het nie gesê dat ek gereeld kerk toe gaan omdat ek so danig baie daarvan hou om kerk toe te gaan nie. Ek het gesê ek gaan gereeld kerk toe omdat my ma my geleer het dat 'n ordentlike mens Sondae kerk toe gaan."

Toe bars Wouter hartlik uit van die lag, en selfs tant Elsa kan nie help om onderlangs te glimlag nie.

"Lecia, Lecia!" kry hy dit hortend tussen lagbuie uit. "En jy noem jouself 'n Christen . . . Julle Branks is almal eenders, my liefie. As dit die rede is waarom jy elke Sondag kerk toe gaan, kan jy dit gerus staak en tuis bly. 'n Mens gaan nie om daardie rede kerk toe nie."

"Man, vergeet nou hierdie dinge en vertel my liewer of jy

77

my na ontbyt gaan leer skiet," maak sy ernstig beswaar teen sy ontydige prekery.

"Nou goed, ek sal vanoggend al my werk los en jou eers leer skiet," belowe hy. "Eet nou, jou kos word koud."

Vir 'n wonder praat sy nie teë nie.

Lecia se groen oë blink opgewonde toe sy 'n rukkie later buite vir Wouter wag terwyl hy die geweer en patrone gaan haal. Sy dink aan die ellendige tarentale, en besluit dat hulle nie weer die geleentheid gaan kry om Lady te laat skrik nie. Ja, en die ou bokram sal ook in sy spoor moet trap as sy eers goed kan skiet!

Na 'n rukkie sluit Wouter hom by haar aan. Hy vertel haar omslagtig hoe die geweertjie werk en wys haar hoe sy korrel moet vat en die geweer moet laai. Dit duur ook nie lank nie, toe vuur sy die een patroon ná die ander op die skyf af.

Instink moet tant Elsa se pluimvee, speenvarkies en die ou bokram gewaarsku het dat dit 'n ongeskoolde persoon is wat die geweer hanteer, want almal het die loop geneem. Net Wouter se twee geliefkoosde bulhonde het nader gestaan om die gedoente te aanskou, blykbaar onder die indruk dat daar op 'n haas of 'n ding gevuur word en dat hulle aanstons die slagoffer sal kan verslind.

Boel, die reun, is gans te manhaftig, want hy waag dit selfs om effens skuins voor die skut te kom staan.

Hoe dit gebeur het, weet Lecia nie, maar toe sy die geweer se slot toedruk, gaan die skoot onverwags af en tref Boel vol in die regterboud.

"Nou wat de duiwel makeer jou om my hond te skiet?" dring Wouter se ontstoke stem tot haar deur toe die hond tjank. "Kan jy nie kyk wat jy doen nie, of is jy blind?"

Sy kyk hom verskrik aan toe hy die geweer uit haar hande neem.

"Moenie verspot wees nie," snou sy hom ergerlik toe. "Ek het nie die ellendige hond opsetlik geskiet nie. Dink jy ek is gek? Moenie my hier staan en verskree nie, Wouter Fouché. Gaan kyk liewer hoe ernstig die hond beseer is."

Sy blou oë is donker en ongenaakbaar toe hy grimmig sê: "As

Boel vrek, draai ek jou nek om. Jy moet liewer jou motor uit die waenhuis gaan haal sodat jy hom na die veearts kan neem."

"Dis nie nodig om my so aan te gluur nie," bestraf sy hom. "Ek weet dis my plig om hom veearts toe te neem."

Hy meet haar met 'n kil blik. "As ek nie nog jou nek omdraai nie –"

"Toemaar, jy het dit al gesê, dis nie nodig om dit te herhaal nie," knip sy sy tirade kort en stap haastig huis toe om haar motor te gaan haal. Sy besef dat Boel sonder versuim behandeling sal moet kry. Hy is nou wel die lelikste hond wat sy al ooit in haar lewe gesien het, maar sy wil darem nie die oorsaak van sy dood wees nie.

Tant Elsa is die ene besorgdheid oor die hond toe sy hoor dat Lecia die dier per ongeluk raak geskiet het. Sy gaan ook sommer dadelik buitentoe om vas te stel hoe ernstig die wond is en of sy Wouter met iets kan help.

Maar Wouter het reeds alles onder beheer, en toe Lecia 'n paar minute later langs hom stilhou, het hy Boel op 'n sak gemaklik gemaak vir die rit Dennevlei toe.

Nadat hy die hond langs Lecia se voete in die motor neergelê het, verduidelik hy aan haar waar dokter Frans le Roux se spreekkamer is.

Sy kyk hom 'n oomblik stil aan en sê dan sag: "Ek is jammer oor jou hond, Wouter. Ek het hom nie opsetlik geskiet nie. Regtig, dit was 'n ongeluk en . . . Wel, ek weet nie wat gebeur het dat die skoot so onverwags afgegaan het nie."

"Nou goed, ek neem jou verskoning aan. Maak net gou sodat Frans die hael uit sy boud kan verwyder voordat daar ontsteking in kom," maan hy besorg.

Met 'n handgebaar wat tot siens beteken, trek sy versigtig van die werf af weg. Die hond steun, en sy verwens haarself omdat sy die geweer nie versigtiger gehanteer het nie. Dis nie aangenaam om 'n dier te sien ly nie.

Etlike minute is Lecia diep in haar gedagtes versonke, dan merk sy 'n troppie skape op wat 'n entjie vorentoe langs die pad wei. Sy verminder dadelik die voertuig se snelheid, want 'n mens weet nooit wanneer 'n dier dit in sy kop kry om die pad oor te steek nie, en sy het reeds 'n beseerde hond by haar in die motor.

Sy voel verlig toe sy merk dat daar darem 'n wagter by die troppie skape is, maar sy besluit nietemin om maar stadig te ry. Sy nader die troppie skape en merk dat die wagter besig is om hulle van die pad af weg te keer, maar die volgende oomblik spring een kortom en hardloop voor die motor in. Sy trap die rempedaal diep weg, maar die kant van die buffer tref die skaap teen die blad.

Sy klim haastig uit en draf na die skaap toe waar hy spartel om orent te kom. Die ou wagter wat die skape oppas, is egter eerste by die beseerde dier.

"Ai, juffrou, meneer Wouter gaan baie kwaad wees," sê die wagter bekommerd. Sy verplooide gesig is behoorlik vaal van die skrik. "Dis net 'n paar maande gelede dat meneer Wouter dié ram gekoop het, hy't baie geld gekos."

"Jy sê dis 'n ram?" Sy kyk bekommerd na die skaap. "Is hy ernstig beseer?"

"Dis sy blad, juffrou. Ek moet vir meneer Wouter . . ."

"Nee, wag," keer sy haastig. Sy voel werklik nie lus om nou weer onder Wouter se tong deur te loop nie. Twee ongevalle op een dag . . . Ja-nee, dis beslis nie vandag haar gelukkige dag nie. "As ek die motor nader bring, sal jy die skaap in die kattebak kan laai?" vra sy na 'n oomblik. "Ek dink dit sal beter wees as ek die skaap dokter toe vat."

"Ja, juffrou moet maar so maak," beaam die ou wagter.

Met 'n groot gesukkel lê die ram later in die motor se katte-bak. 'n Leë oliekannetjie word gebruik om te keer dat die klap heeltemal toegaan. Om te verhoed dat dit op pad oopgaan en die skaap uitval, het die wagter die klap met 'n dun riempie aan die buffer vasgemaak.

"Nou ja, ek gaan nou ry . . . e . . . Wat is jou naam?" Sy kyk die wagter vraend aan.

"Kiewiet, juffrou," kom dit beleef.

"Hm, interessante naam. In elk geval, ek gaan nou ry, Kie-wiet. Jy moet maar vir meneer Wouter gaan vertel wat hier plaasgevind het en dat ek die ram dokter toe gevat het."

"Ek sal so maak, juffrou," belowe hy plegtig.

Hierna klim Lecia in die motor, en na 'n rukkie is sy buite Blouberg se grense. Met al die gesukkel met die skaap het sy skoon van Boel vergeet. Uit die hoek van haar oog merk sy dat hy darem nog asemhaal, dus lewe hy nog.

Hy moet tog nie besluit om nou sy laaste asem uit te blaas nie, dink sy, want dan slag Wouter my lewend af ... Vervlaks, nou is daar nog die ellendige skaap ook waarvoor hy my tot verantwoording sal roep. Hy sal natuurlik nie glo dat ek geen skuld aan die ongeluk het nie ... Dis Kiewiet se skuld. Hy moes nie die skape so naby die pad laat wei het nie. In elk geval, sodra ek tuis is, sal ek self aan Wouter verduidelik hoe die ongeluk plaasgevind het.

Na hierdie besluit voel Lecia byna weer opgewek, maar dan steun Boel skielik en sy voel opnuut bekommerd en onrustig.

"Moet tog nie nou die gees gee nie, Boel. Ons is amper by die veearts," paai sy die hond. "Hou nog net 'n klein rukkie uit."

Sy dink aan die skaap wat in die kattebak lê. Nou wonder sy of die riempie nog hou en of sy die dier nie al langs die pad verloor het nie. Dis so stil, sy hoor nie 'n geluid van die kattebak se kant af nie.

Sy sug byna hardop van verligting toe sy eindelik voor dokter Frans le Roux se huis stilhou. Sy klim uit en stap haastig na die voorstoep toe waar 'n lang, skraal, blonde man met 'n wit oorjas aan gesellig met 'n paar songebruinde, middeljarige mans staan en gesels.

"Goeiemôre," sê sy en draai na die man met die wit oorjas aan. "Is jy dokter Le Roux?"

Almal beantwoord haar môregroet, en dan sê die man met die wit oorjas: "Dit is ek, juffrou ... e ..."

"Ek is Lecia Brank van Blouberg, dokter, en ek het 'n paar ongevalle in my motor wat mediese behandeling dringend nodig het."

"Wat het die diere oorgekom, juffrou Brank?" vra die veearts belangstellend. Hy het nooit kon droom dat wyle oom Isak so 'n aanvallige broerskind het nie.

"Wel, Boel – dis nou Wouter se hond – het ek per ongeluk in

81

die boud geskiet terwyl Wouter besig was om my te leer skiet," verduidelik sy. "En op pad hierheen het ek een van sy onnosele skape raak gery. Ek weet nie of hy al van die ongeluk weet nie. Ek het die skaapwagter gestuur om hom van die skaap se lot te verwittig, maar die ou was asvaal geskrik. In elk geval, die hond is voor in die motor, dokter, en die skaap is agter in die kattebak . . . dis te sê as ek hom nie al langs die pad verloor het nie."

"Maar dan moet ons gaan kyk of die skaap nog in die motor is, juffrou," stel die veearts met 'n geamuseerde glimlag voor.

"Ons sal die diere vir jou na die agterplaas toe vat, Frans," bied een van die mans hulpvaardig aan.

Die veearts bedank hom vriendelik. Dan stap almal na Lecia se motor toe.

"Julle menere moet asseblief versigtig werk met die skaap," vermaan sy besorg. "Die motor se buffer het hom teen die reg- terblad getref en ek weet nie of sy blad af is nie. Ek hoop in elk geval hy leef nog, dis te sê as ek hom nie langs die pad verloor het nie."

"Ons sal versigtig wees, juffrou," verseker 'n gesette man haar. "Ons is almal boere wat vandag sake hier op die dorp kom doen het." Hy stel homself en sy vier vriende aan haar voor. Toe bereik hulle die voertuig en die spreker, wat homself Ben Vil- joen noem, begin die riempie aan die kattebak losmaak.

"Goeie genade!" roep Ben Viljoen geskok uit toe die katte- bak eindelik oop is. "Dis daardie stoetram wat Wouter 'n paar maande gelede gekoop het." Hy draai na Lecia en vervolg met 'n sagte laggie: "Juffrou Brank, ek dink Wouter gaan jou op- hang as hierdie ram vrek."

"Ek sal dit nie betwis nie, meneer Viljoen," glimlag sy terug. "Hy het vanoggend al gedreig om my nek om te draai as sy hond vrek. En nou sê jy hierdie ellendige skaap is iets om mee rekening te hou . . . Ek dink daar gaan vandag oorlog wees op Blouberg."

"Wel, ek moet sê jy lyk nie juis bang nie, juffrou," terg die veearts terwyl hy die ram se beseerde blad met vaardige vingers ondersoek.

82

"Ons Branks van Blouberg is nie bang mense nie, dokter . . . Nee, ek is nie vir Wouter se gramskap bang nie. Ek weet hy gaan 'n oorval kry omdat ek sy skaap raak gery het, maar dis die skaap se eie skuld dat hy seergekry het." Die geklap van 'n motordeur laat Lecia vinnig opkyk. "Praat van die duiwel, dan trap jy op sy stert," glimlag sy vir Frans le Roux.

Lank, breed en netjies geklee kom Wouter na hulle toe aangestap. Daar is 'n stroewe trek om sy mond en sy gesigsuitdrukking verraai dat hy bitter ontstoke is.

Hy groet die ses mans met 'n kortaf: "Môre, mense," en draai dan na Lecia. "Wat de duiwel het jy aangevang dat jy my stoetram raak gery het? Eers vermink jy my hond, en nou is dit weer my spogram. As jy so aangaan, sal jy my heeltemal uitroei –"

"Ek het nie jou ellendige skaap opsetlik raak gery nie, Wouter Fouché!" val sy hom driftig in die rede. "Ek weet ook nie waarom jy so 'n kabaal opskop oor so 'n liederlike dierasie nie. Die ding se neus is so verplooi, dit lyk kompleet of hy 'n honderd jaar oud is. 'n Skaap is ook glad nie so 'n vreeslike duur ding nie. As hierdie een die gees gee, sal ek vir jou 'n ander een in sy plek koop."

"Vir daardie ram wat jy 'n liederlike dierasie noem, het ek 'n yslike klomp geld betaal . . ."

"Is dit my skuld dat jy so onnosel is om 'n yslike klomp geld vir 'n simpel skaap te betaal? Gits, in Johannesburg betaal ons glad nie so baie vir 'n halwe skaap nie . . ."

Die mans lag hartlik en Lecia swyg verleë, maar sy kyk hulle hooghartig aan. Sy sien geen grap in die hele onsmaaklike affêre nie.

"Hoe lyk dit, dokter?" vra Wouter.

"Die ram is gelukkig nie ernstig beseer nie, en daar is ook geen bene gebreek nie," sê Frans le Roux. "Jy kan hom oor 'n dag of twee kom haal. Ek sal maar eers die hond binnetoe neem."

Verligting spoel soos 'n golf oor Lecia. Sy kry dit selfs reg om te glimlag toe sy sê: "Wel, noudat Wouter se skapie nie meer op die gevaarlys is nie, gaan ek 'n restaurant soek wat ordentlike koffie –"

"Jy gaan nêrens heen nie, jou klein gifangel, jy bly net hier," val Wouter haar streng in die rede. "As jy dink ek gaan jou toelaat om hier op die dorp moleste te maak, wag daar 'n groot ontnugtering op jou. Jy bly hier waar ek 'n oog oor jou kan hou." Hy kyk na sy polshorlosie en vervolg: "Kom, ek wil gaan kyk of die winkel hier langsaan al my ploegskare gekry het."

"Wat, noem jy hierdie smouserasie 'n winkel?" Sy kyk Wouter verbaas aan.

"Ek glo nie meneer Lavinsky sal daarvan hou dat jy sy winkel 'n smouserasie noem nie," tik Wouter haar streng op die vingers. "Dis die enigste winkel op Dennevlei waar 'n mens plaasbenodigdhede kan koop."

"Wel, vir my lyk dit nie soos 'n winkel nie. Trouens, ek het nog nooit in Johannesburg so 'n . . . 'n winkel gesien nie. Al daardie droë velle op die stoep wat so opeengestapel is, sakke vol goed, hoenders in hokkies en die joos weet wat nog alles. Dis maar 'n bont spul . . ."

"Kom, jy is gans te puntenerig," maak hy haar ongeërg stil. "As jy dors is, kan jy 'n koeldrank hier in die winkel drink."

Lecia kyk hom onthuts aan en gee 'n tree van hom af weg. "Jy moet van jou wysie af wees as jy dink ek sal iets in daardie . . . daardie smerige plek drink. Ek gaan nou 'n koppie koffie in 'n ordentlike restaurant geniet, en jy kan na jou peetjie gaan as jy nie daarvan hou nie. Ek laat my nie van jou of enigiemand anders voorskryf nie –"

"Bly stil, rissie, hier kom dominee Snyders aan," sê Wouter onderlangs met 'n kwaai frons.

Maar Lecia het nou heeltemal genoeg van Wouter se gramskap en oorheersing gehad.

"Na die duiwel met jou en die predikant," snou sy hom onthuts toe. Sy draai om en stap met 'n hooghartige houding weg, onbewus daarvan dat die predikant haar kwaai woorde gehoor het.

Daar speel 'n geamuseerde glimlaggie om die ouerige man se mond toe hy die groep mans groet. Hy verneem belangstellend na almal se gesondheid en vervolg dan met 'n breë glimlag:

84

"Wie is die dametjie wat jou en my so pas na die duiwel gestuur het, Wouter?"

"Dominee, ek is seker u kan raai wie sy is," glimlag Wouter terug. "Herinner daardie rooi hare en groen oë u nie aan 'n baie bekende persoon nie?"

"Dis waar, sy lyk op 'n haar na wyle Isak Brank," lag die ander man goedig. "Is sy . . .?"

"Sy lýk nie net soos oom Isak nie, dominee, sy áárd ook na hom," lig Wouter hom met 'n ondeunde glimlaggie in. "Oom Isak was haar oom. Ek dink ek moet liewer nou gaan kyk waar daardie klein rooikop haar bevind en wat sy aanvang. Ek het al agtergekom: as sy nie moeilikheid soek nie, soek die moeilikheid háár. Dus sê ek dan maar tot siens, dominee."

'n Kort stilte heers tussen die groepie daar op die sypaadjie, toe sê Ben Viljoen: "Ek dink Wouter gaan daardie rooikop tem."

"Wat,'n Brank tem?" kom dit van Kas Groenewald. "Nee, Ben, ek glo nie daar is 'n man wat daardie rooikop sal kan tem nie. Die Branks van Blouberg was nog altyd ontembaar."

"Ek is geneig om met Ben saam te stem," sê Andries Kleinhans. "Wouter is feitlik self 'n Brank, en net 'n Brank sal weet hoe om 'n ander Brank te tem . . . Nee, ek dink daardie rooikop gaan haar moses in Wouter teëkom."

Onderwyl die groep mans oor die jongste en laaste lid van die Branks van Blouberg bespiegel, tref Wouter haar in die dorp se enigste restaurant aan. Hy kom langs haar staan en vra sag: "Het jy al vir jou iets te drinke bestel, kleinding?"

Sy kyk hom behoedsaam aan, maar merk dadelik op dat hy nou weer in 'n gemoedelike stemming verkeer.

"Nee," sê sy vriendelik, "ek het nog geen kelner met 'n oog gesien nie. Die bediening in hierdie plek is maar swak . . ."

"Ek sal ons bestelling by die toonbank gaan plaas," sê hy voordat sy nog meer kritiek oor die plek en sy bediening kan kwytraak. Hy ken die Branks as uitgesproke mense wat nie altyd omgee of hulle ander mense te na kom nie, en as hy dit kan verhelp, sal Lecia nie in die voetspoor van haar voorvaders volg nie. Sy is so 'n aantreklike en aangename meisie – hy sal graag

85

wil hê dat sy deur die gemeenskap bemin word vir haarself en nie vir haar posisie as mede-eienaar van Blouberg nie.

Terwyl Wouter hul bestelling plaas, beskou Lecia hom met goedkeuring. Hy is vir haar die aantreklikste man wat sy nog ooit gesien het. Sy kyk na die keurige snit van die grys langbroek wat hy aanhet, die wit hemp, mooi das en netjiese swart skoene. Dan wonder sy waarom hy op vier en dertigjarige leeftyd nog ongetroud is. Hy is so vervlaks aantreklik . . . Sy wonder wie die meisie is wat sy hart in die holte van haar hand hou.

Toe Wouter van die toonbank af wegdraai, kyk Lecia haastig weg. Sy wil nie hê hy moet weet dat sy na hom gesit en kyk het nie. Hy is gans te skerpsinnig na haar sin.

Wouter neem teenoor haar plaas. Hy kyk haar ernstig aan en sê bedaard: "Jy het my nog nie vertel hoe die ongeluk plaasgevind het nie. Ek bedoel nou, toe jy daardie duur stoetram van my raak gery het."

"Wouter, dit was regtig nie my skuld nie. Ek het dit ook nie opsetlik gedoen nie —"

"Jy het dit al gesê, en ek glo jou, Lecia," val hy haar gerusstellend in die rede. "Ek glo dat jy my enigiets sal aandoen, maar ek glo nie dat jy vir my leuens sal vertel om jouself te regverdig nie."

"Dankie, Wouter, dit is nie my gewoonte om agter leuens te skuil nie. Laat ek jou vertel wat gebeur het . . ." Sy vertel hom hoe die ongeluk plaasgevind het en sluit met 'n ongelukkige uitdrukking in haar oë af: "Ek weet werklik nie waarom hierdie dinge nou juis met my moet gebeur nie. Jy het gelyk — as dit so aangaan, sal ek jou heeltemal uitroei en . . . Wel, ek wil nie graag hê dat so iets met jou moet gebeur nie. Dan sal dit veel beter wees dat ek jou liewer in vrede laat en teruggaan Johannesburg toe."

"Jy is 'n Brank, my hartjie, en jou plek is op Blouberg, nie in Johannesburg nie. Onthou dit altyd."

"Maar wat van al die skade wat ek jou aandoen, Wouter?" hou sy ernstig vol. "Wie sê ek gaan jou nie nog meer skade berokken as daardie skaap waarvoor jy baie rande betaal het nie?"

"Van die ram kan jy maar vergeet," troos hy sag. "Jy het self gehoor Frans sê die dier is nie ernstig beseer nie."

"Die skaap kan dalk inwendig beseer wees," hou sy vol. "Dokter Le Roux het hom met my aankoms net vlugtig ondersoek. As hy doodgaan, sal ek jou betaal sodat jy vir jou 'n ander een in sy plek kan koop."

"Wel, ek moet sê dit klink of jy baie geld het, meisietjie," terg hy met 'n sweem van 'n glimlag.

Sy skud haar kop. "Nee, ek het nie," sê sy ernstig. "Ek glo nie ek het meer as 'n paar honderd rand in die bank nie, maar ek is bereid om my motor te verkoop om jou vir die verlies van die skaap te vergoed."

"Lecia, dink jy ek sal toelaat dat jy jou motor verkoop om my vir die ram te vergoed? Dink jy regtig dat ek dit sal toelaat?" Sy blou oë kyk diep en ernstig in hare.

"Dis die enigste manier waarop ek jou sal kan vergoed –"

"Hier is die kelner nou met ons bestelling," val hy haar sag in die rede. "Drink nou jou koffie en vergeet die ram. Hy sal nie doodgaan nie. Terloops, oom Ben Viljoen se dogter, Teresa, het vanoggend gebel en ons na haar verjaardagparty genooi. Sy verjaar Saterdag."

"Hoe oud is sy?"

"Laat ek sien . . . Sy is sewe jaar jonger as ek, dus moet sy nou sewe en twintig wees. Sy gee onderwys hier aan Dennevlei se laerskool."

Terwyl hulle koffie en botterbroodjies geniet, vertel Wouter haar van die Viljoens wie se plaas Goeiehoop langs Blouberg lê, en dat die party in die vorm van 'n vleisbraaiery sal wees. Hierna gaan hulle terug na Frans se huis toe om te verneem hoe dit met die beseerde diere gaan.

Die jong veearts se gesig helder merkbaar op toe hy Lecia sien. Nadat hy Wouter verseker het dat albei sy diere buite gevaar is en dat hy Boel oor 'n week kan kom haal, is Wouter meteens haastig om na Blouberg terug te keer sodat hy met sy werk kan aangaan.

"Ons sien jou seker Saterdag op Goeiehoop, Frans?" sê-vra hy.

"Wel, as juffrou Brank Teresa se party met haar teenwoordigheid gaan vereer, sal ek beslis daar wees," glimlag die dokter.

"Laat staan maar die gejuffrou, Frans. Haar naam is Lecia," sê Wouter. Hy kyk na Lecia en vervolg: "Jy kan ons vriend gerus maar Frans noem, my hartjie. In hierdie geweste noem ons mekaar op die naam. In elk geval, ons moet nou ry."

Hulle groet vir Frans, en 'n rukkie later is albei op pad Blouberg toe.

Op die plaas wag tant Elsa in spanning op hul tuiskoms. Sy voel bekommerd oor Lecia, want Wouter is 'n dwars man as hy die slag kwaad is, en hy was juis vanoggend in 'n vreeslike onweersluim toe hy hier weg is dorp toe. Sy kan Wouter se kant van die saak insien. Watter boer sal nou nie omgekrap voel as sy diere iets oorkom nie? Tog is haar simpatie by Lecia, want die arme kind het nie op 'n plaas grootgeword nie.

Tant Elsa is aangenaam verras toe Wouter en Lecia pas voor middagete ewe vriendelik en gemeensaam die huis binnestap asof hulle nog nooit 'n woordewisseling gehad het nie.

"Gaan dit goed met die hond en die ram, Wouter?" vra sy belangstellend.

"Ja, dankie, tante. Die ram is gelukkig nie ernstig beseer nie, en ek kan Boel oor 'n week gaan haal."

"Nou ja, dan sal ek maar gaan opskep," sê tant Elsa. "Julle is seker al dood van die honger."

"Ons kan eet sodra ek my verklee het, tante, tensy Lecia so honger is dat sy nie kan wag nie." Hy kyk die rooikop vraend aan.

"Toemaar, gaan trek maar eers daardie ou groot doodtrappers van jou aan," sê sy met 'n sweem van 'n glimlaggie. "Ek kan wag."

Daar is 'n geamuseerde uitdrukking in Wouter se oë toe hy met 'n sagte laggie sê: "Ek weet my groot voete hinder jou, kleinding, maar ek het hulle nie so bestel nie. Ek is darem nogal tevrede met hulle, want hulle pas by my liggaamsbou. Ek hou ook daarvan om groot spore te trap. Sulke groot voete laat 'n mens ten minste stewig en vas op die aarde staan."

Hm, dink sy, trap maar jou groot spore, my vriend, solank jy hulle nie oor my hart kom trap nie.

"Jou groot voete hinder my nie in die minste nie, Wouter," sê sy. "Dis jy wat met hulle oor die weg moet kom, nie ek nie."

"Verskoon my, meisie, sodat ek my doodtrappers kan gaan aantrek," sê hy effens spottend en stap na sy kamer toe.

Na die ete gaan beoefen Lecia die skietkuns langs die kerkhof se muur, waar geen dier in die nabyheid is nie, maar om vieruur die middag voel sy heeltemal opgewasse vir die tarentale. Sy moet nou nog net leer om die rykuns te bemeester, dan kan sy met die tarentale gaan afreken.

Die volgende twee dae boer sy in die saal. Sy sou Saterdag ook die plaas platgery het as Wouter haar nie aan Teresa se party herinner het nie.

"Dan sal ek vandag maar tuis moet bly en my mooimaak vir vanaand se doenigheid," sê sy toe hulle van die ontbyttafel af opstaan. "Aangesien dit 'n vleisbraaiery is, sal ek 'n broekpak aantrek –"

"O nee," keer Wouter dadelik, "as jy saam met my gaan, dra jy asseblief 'n rok. Ek gee nie om dat jy hier op die plaas jou broekpakke dra nie, maar as ons iewers heen gaan, trek jy jou asseblief ordentlik aan."

"Maar broekpakke is in die mode, Wouter. In Johannesburg dra almal –"

"My liewe mensie, jy is nie meer in Johannesburg nie, jy is nou op Blouberg, en ek herhaal: as jy saam met my gaan, trek jy jou aan soos wat dit 'n Brank betaam." Hy val haar so kortaf in die rede dat haar humeur sommer weer opvlam.

"Na die hoenders met die klomp Branks, ek trek aan wat ek wil! Wie is jy miskien om vir my voor te skryf wat ek moet aantrek?" kap sy terug. "Is dit 'n klousule in oom Isak se testament dat my kleredrag ook jou goedkeuring moet wegdra?"

"Nee, die testament sê natuurlik niks in verband met jou kleredrag nie. Maak tog maar soos jy wil," sê hy met 'n onverskillige houding en stap sonder meer uit die vertrek. Hy het nog nooit so 'n koppige meisiemens soos Lecia gesien nie. Hy neem hom nietemin voor om tydens haar verblyf hier op Blouberg

89

van al haar nukke en eiesinnigheid skoonskip te maak . . . Ja, hy en Blouberg gaan haar nog tem.

Soos Lecia gesê het, is sy wel in haar wit broekpak en sandale geklee toe Wouter vir haar kom sê dat hulle moet ry. Hy het 'n liggrys broek, wit hemp en grys sportbaadjie aan. Sy donkerbruin hare is netjies gekam, en sy swart skoene blink soos spieëls.

Sedert vanoggend se woordewisseling oor Lecia se voorliefde vir broekpakke, behandel Wouter haar nog steeds koel en onverskillig. Selfs hier in sy motor, op pad na die Viljoens se plaas toe, is hy opmerklik stil en afsydig. Dit voel vir Lecia asof hy glad nie eens van haar teenwoordigheid bewus is nie. Sy was nou wel vanoggend vasberade om haar sin te kry, maar sy het nie bedoel dat dit onenigheid tussen hulle moes wek nie. Trouens, sy wil graag Wouter se vriendskap behou, want noudat sy hom beter ken, moet sy ruiterlik erken dat sy besonder baie van hom hou.

Toe die stilte in die motor later vir haar te neerdrukkend word, draai sy na Wouter en vra met 'n koketterige glimlaggie: "Is jy nog vir my kwaad oor vanoggend se argument?"

"Nee, ek is nie kwaad nie," antwoord hy so onpersoonlik dat dit dadelik die glimlag van haar gesig afvee. "Ek is jammer dat ek my vanoggend met jou sake ingelaat het, maar ek het op daardie oomblik vergeet dat jy nie een van ons is nie. Ek kan jou die versekering gee dat dit nie weer sal gebeur nie. Ek sal my in die vervolg net by die taak bepaal wat oom Isak my opgelê het, naamlik om jou te leer boer. Om van jou 'n bekwame tuisteskepper te maak, is gelukkig tant Elsa se taak."

Hierop antwoord Lecia nie. Trouens, sy het niks te sê nie, want sy besef dat dit deur haar eie toedoen is dat Wouter haar nou soos 'n buitestaander behandel.

Sy kry egter nie die geleentheid om langer oor hierdie toedrag van sake te peins nie, want hulle nader reeds Goeiehoop se plaashuis waar 'n twintigtal motors staan.

'n Lang, blonde meisie kom hulle tegemoet toe hulle uit die motor klim. Sy het 'n geblomde somerrok en wit sandale aan. Sy groet Wouter met 'n stralende glimlag terwyl haar oë elke lyn op sy gesig liefkoos.

"Dis nou Teresa Viljoen, oom Ben Viljoen se dogter," sê Wouter. 'n Wedersydse aangename kennismaking volg. Teresa kyk Lecia 'n kort oomblik opsommend, byna vyandig aan. Toe haak sy by Wouter in en begin sonder meer met hom gesels asof sy hom jare laas gesien het.

Hierdie onverskillige ontvangs deur die gasvrou laat Lecia meteens ongemaklik en ontuis voel. Sy is nou bitter spyt dat sy ooit ingestem het om hierheen te kom. Het die meisie dan geen maniere nie, of weet sy maar net nie wat 'n gasvrou se pligte behels nie?

Die manier waarop Teresa by Wouter inhaak en met hom gesels, toon baie duidelik dat die twee intiem bevriend moet wees en dat Wouter 'n besonder welkome en spesiale gas is. Dit lyk asof hy nie eens van Teresa se onvriendelikheid teenoor haar bewus is nie.

Hulle stap om die huis na die agterplaas toe, waar oud en jonk skyn te wees en waar die vleisbraaivure reeds hoog brand. Op twee lang tafels is soutigheidjies, 'n verskeidenheid slaaie, keurige toebroodjies, terte, koeke, 'n stapel papierborde, messe, vurke, en 'n mag der menigte glase.

Met Teresa se arm nog steeds deur syne gehaak, stel Wouter vir Lecia aan al die mense voor wat sy nog nie ontmoet het nie. Die blonde veearts, dokter Frans le Roux, kom met lang treë na hulle toe en steek met 'n breë glimlag voor Lecia vas. Sy oë liefkoos haar fyn figuur, en uit die hoek van haar oog merk Lecia op dat daar nou 'n gesteurde uitdrukking in Wouter se oë en om sy mond is.

"Pragtig! Jy is vanaand die betowerendste onder al die skones, Lecia!" roep Frans met opregte warmte uit. "Jy lyk soos 'n roosknop, jy lyk –"

"Gits, Frans, ek het nie geweet jy kan ook liries raak nie," val Wouter hom laggend in die rede. "Wees versigtig, vriend, selfs die mooiste roos het geniepsige dorings. Moet jou dus nie met hierdie . . . e . . . roosknoppie vergis nie. Haar dorings is nog geniepsiger, hulle is soos angels."

Lecia kyk Wouter effens uit die hoogte aan en sê snipperig: " 'n Roos se dorings vermink net dié wat dit met onverskillige

91

hande aanraak en . . . e . . . olifante wat opsetlik teen die boom-pie kom staan en skuur."

Frans bars hartlik uit van die lag, maar Wouter se donker-blou oë kyk stil en skerp in hare.

"Ek veronderstel ek is die olifant," sê hy na 'n rukkie.

"As die skoen jou pas . . ."

"A, Wouter!" klink 'n vrolike manstem agter hulle op. "Jy is net die man wat ek graag wil sien." 'n Skraal, donker man sluit hom by hulle aan. "Ek hoor oom Isak het uit die dode opgestaan en lewe nou weer in die vorm van 'n beeldskone jong dame."

"Verskoon my, meneer," antwoord Lecia voordat Wouter 'n woord kan inkry, "ek weet nie wie jy is en wie jou sulke onsin vertel het nie, maar as jy na my verwys het as die 'beeldskone jong dame' in wie oom Isak weer lewe, wil ek jou sê dat die skepsel wat jou dié onsin vertel het, van sy wysie af is. Ek het niks met oom Isak uit te waai nie. Ek aard ook nie eens na oom Isak nie. Ek aard na my pa, Gerrit Brank."

"Juffrou Brank, het jou pa ook rooi hare en groen oë gehad?" wil die jong man met 'n geamuseerde glimlag weet, kompleet asof hy 'n grap geniet. Lecia voel baie lus en vee die grinnik met 'n warm klap van sy gesig af.

"Verskoon my, meneer . . ." begin sy, haar oë nou vlammend op hom gerig.

"Die naam is Deon Snyders," stel hy homself voor. "My pa is die plaaslike leraar."

"Ek gee nie 'n flenter om wie en wat jou pa is nie," voeg sy Deon ergerlik toe. "Die antwoord is nee, my pa het donker hare en oë gehad. Die kleur van my hare en oë het ek van my voor-vaders geërf, nie van oom Isak nie." Sy draai na Frans le Roux, plaas haar hand liggies op sy arm en vervolg ietwat onthuts: "Kom ons loop liewer, Frans, want ek voel ek gaan my nou liederlik vererg, en netnou beledig ek hom."

Lecia is nie bewus van Deon se breë glimlag en die vonkeling in sy oë toe sy en Frans in die rigting van die vleisbraaivure stap nie.

"Maggies, maar die meisiekind is mooi as sy 'n mens met

sulke vlammende oë aankyk, Wouter," laat Deon met openlike bewondering hoor. "Sy is net so vurig soos 'n ongetemde jong perd . . . Inderdaad 'n uitdaging vir 'n man. Ek sou haar graag wou tem totdat sy soos klei in my hande is . . ."

"My liewe vriend," maak Wouter hom met 'n meerderwaardige glimlaggie stil, "Lecia is net so ontembaar soos al haar voorvaders. Volgens oom Rooi Gert van Diepvlei was Lecia se pa in sy jeugjare glo meer beduiweld as oom Isak. Wat het die ou mense nou weer gesê: aardjie na sy vaartjie?"

"Jy bedoel die jonge dame sal haar nie laat tem nie?" sê-vra Deon.

Wouter knik bevestigend. "Ek vrees julle sal haar moet aanvaar soos sy is. Sy is 'n Brank van Blouberg. Sy is net so koppig soos wat oom Isak was. Maar ek moet sê, sy is 'n besonder aangename meisie solank sy daardie vurige humeur van haar in toom hou."

"En as sy haar humeur verloor, Wouter?" Teresa kyk hom met 'n afwagtende glimlaggie aan, maar wonder heimlik wat sy gevoel vir die rooikop werklik is, want dat Lecia besonder aantreklik is, kan niemand betwis nie.

"As sy haar humeur verloor, stuit sy nie vir die duiwel nie, laat staan nog 'n mens. Sy sal jou, sonder om 'n oog te knip, presies vertel wat sy van jou dink. Daarna sal sy jou padlangs na die warmplek toe stuur," antwoord Wouter met 'n ondeunde trek in sy oë. Hy draai weer na Deon en vervolg ernstig: "Ek sou julle jong mans aanraai om lig te loop vir daardie rooikop. Sy laat nie met haar speel nie."

Nes Wouter dwaal ook Deon se blik in die rigting van die vure waar 'n aantal jong mense nou begin aanstaltes maak om die vleis te braai. Lecia en Frans is tussen die groep, en dis duidelik dat sy die aand geniet, want haar klokhelder laggie klink telkens duidelik tussen die ander s'n op.

Intussen hang Teresa nog steeds aan Wouter se arm asof hy haar eksklusiewe eiendom is, asof sy vrees dat 'n ander meisie hom straks van haar kan weglok. Sy voel nie juis lugtig vir die plaaslike meisies se aantreklikheid nie, maar met Lecia op Blouberg vertrou sy die vrede glad nie. Sy het mos duidelik gesien

93

hoe die ouens mekaar verdring om met haar kennis te maak, hoe hulle elke beweging van haar dophou en . . . nou ja, Wouter is ook maar net 'n man, en hulle twee is nie eens verlangs familie van mekaar nie. Nee, daardie rooikop se teenwoordigheid op Blouberg gaan vir haar, Teresa, nog baie kommer en probleme skep.

"Ek dink ons kan ook maar na die vleisbraaivure se kant toe staan," doen Wouter aan die hand. "Dit lyk my dit gaan sommer lekker daar."

"Ja, laat ons gerus gaan," stem Deon saam. "Ek wil graag saam met daardie rooikoppie gaan vleisbraai."

"Ek dink jy is 'n bietjie laat," help Wouter hom reg. "Ek sien die meisietjie is reeds besig om vir Frans te help. Ek hoop die man hou sy oog oor haar en kyk dat sy nie haar hande staan en verbrand nie."

Nie een van die twee mans merk die frons tussen Teresa se oë op nie. Haar gesig is weggedraai, dus sien hulle nie hoe haar oë 'n oomblik op skrefies trek en haar lippe saamgepers word nie. Sy hou niks daarvan dat Wouter so begaan is oor Lecia nie. Hy was nog nooit oor háár hande begaan as sy hom met die vleisbraaiery gehelp het nie.

Sy doen haar bes om haar ergernis te verbloem, maar kan nie help nie om effens suur te sê: "Wel, ek moet sê jy klink baie begaan oor Lecia se hande, Wouter."

"Lecia is 'n begaafde pianiste en orreliste," antwoord hy bedaard. "Het jy nie geweet dat sy 'n musiekonderwyseres is nie, Teresa? Die klein gifangeltjie het twee jaar lank in Rome in die musiek gestudeer. Sy het maar eers nege maande gelede van die buiteland af teruggekeer."

"Na twee jaar in die buiteland vind sy ons bepaald ouderwets en platvloers," meen Teresa, maar Wouter tree dadelik vir die rooikop in die bresse.

"Nee, die buiteland het gelukkig nie van haar 'n uitheemse mens gemaak nie," weerspreek hy Teresa. "Lecia is net 'n moderne stadsjuffertjie wat op Blouberg probeer rigting vind, maar sy sal nog regkom. Ek voorspel dat sy oor 'n jaar 'n uitmuntende boer en tuisteskepper sal wees."

Hulle nader die vleisbraaivure en sluit hulle by die vrolike jongklomp aan. Tot Teresa se ergernis neem Wouter 'n plek langs Lecia in en begin sonder meer met die braaiery help. Sedert sy aankoms het sy geprobeer om hom net by haar te hou, maar nou het sy geen ander keuse as om hom met die jongklomp te deel nie.

So onder die grappies en gelag deur is die vleis eindelik gebraai en elkeen kan smul aan die geurige stukkies braaivleis, bier, soutigheidjies en versnaperinge wat op die tafels uitgestal is.

Nadat almal klaar geëet het en die vure reeds dood is, kondig oom Ben aan dat die jong mense op die voorstoep kan dans as hulle daarna voel. Hy is nou wel 'n ouderling, maar na sy mening kan jong mense erger dinge doen as dans.

'n Paar uitgelate jong mans skreeu hoera, en toe tou al wat jong mens is na die voorstoep, wat twee kante van die huis beslaan. Die luidsprekers word na die stoep toe gedra, en kort voor lank beweeg almal op die ritmiese maat van die musiek oor die breë stoep.

Dit gaan jolig. Een uitgelate ou los meteens sy dansmaat en maak 'n paar wilde ritteldanspassies soos 'n hoender waarvan die kop afgekap is. Toe gryp hy die meisie weer om die lyf en swaai haar dat haar voete net hier en daar grondvat.

"Hiert, jou lekker ding!" roep hy verspot uit en glimlag dat sy tande wit skitter.

Lecia, wat met Frans dans, skater soos sy lag vir die stuitige kêrel se manewales. Haar blik val op Wouter en Teresa wat styf teen mekaar dans. Dit tref haar meteens dat Wouter sedert hul aankoms hier op Goeiehoop nog die hele tyd in Teresa se geselskap verkeer.

Sý is natuurlik die meisie op wie hy verlief is, die meisie wat so skielik en onverwags in sy hart gekruip het, meen Lecia. Sy dink aan die lang, skraal en blonde Teresa met die groot, sielvolle blou oë, fynbesnede neus en mooi, ovaalvormige gesig. Sy is beeldskoon en . . . Wel, sy lyk so sag en minsaam, stu Lecia se gedagtes voort. Geen wonder dat Wouter op haar verlief is nie. En te oordeel na die manier waarop sy die hele middag aan

sy arm gehang het, is sy bepaald ook smoorverlief op hom . . .
Tog is daar iets aan haar gesig wat nie met haar minsaamheid
strook nie. Dis haar mond. Daardie harde trek om haar mond
getuig nie van minsaamheid nie . . .

"Waaraan dink jy so ernstig, meisietjie?" dring Frans se stem
meteens deur haar gedagtes. "Ek het jou 'n vraag gevra, maar
dit lyk my jy het my nie eens gehoor nie."

Sy kyk hom aan en glimlag ondeund. "Vra maar weer, ek sal
jou hierdie keer hoor," kom haar antwoord duidelik tergerig.

"As jy my langer met daardie ondeunde oë aankyk . . ."

"Jy dwaal van die onderwerp af, Frans," herinner sy hom.
"Wat het jy flussies gevra?"

"Ek wil weet of jy elke tweede dans met my sal dans," sê
hy. "Ek besef natuurlik dat die ander kêrels my dit nooit sal
vergewe as ek jou vir elke dans vra nie, dus vra ek jou maar vir
elke tweede dans. Is dit in orde?"

Sy knik bevestigend. "Ek hou nogal daarvan om met jou te
dans. Jy trap ten minste nie op my tone nie."

'n Sagte laggie is al antwoord wat sy van Frans kry, maar na
'n rukkie vra hy weer: "Mag ek jou ná die party huis toe neem,
of het jy met jou eie motor gekom?"

"Ek het saam met Wouter gekom," antwoord sy, "en hy sal
dit bepaald waardeer as jy my huis toe neem. Ons het vanog-
gend ietwat van 'n woordewisseling gehad, gevolglik verkeer
ons nie juis op vriendskaplike voet nie . . . Ja, ek dink dit sal
beter wees as jy my huis toe neem, Frans."

Soos afgespreek, dans Lecia elke tweede dans met Frans. Sy
merk op dat Wouter, wat haar nog nie een keer vir 'n dans ge-
vra het nie, elke tweede dans met Teresa dans. Sy is trouens nie
verbaas dat Wouter haar nog nie vir 'n dans gevra het nie. Hy
het haar vanmiddag in die motor tog baie duidelik laat verstaan
dat hy niks meer met haar te doen wil hê nie en in die vervolg
net die opdrag uitvoer waarmee oom Isak hom belas het.

Vir Lecia is dit duidelik dat daar nou 'n kloof tussen haar en
Wouter is, en sy kan nie juis sê dat sy daarvan hou nie. Sy het
nog al die tyd, sonder dat sy eens daarvan bewus was, op sy
vriendskap en bystand staatgemaak om haar deur die moeilike

dae op Blouberg te onderskraag. Maar vanaand het hy baie duidelik getoon dat sy nie meer op sy vriendskap moet staatmaak nie. In die vervolg sal sy seker maar self moet sien kom klaar.

Toe Teresa 'n paar minute voor twaalfuur aankondig dat dit nou die laaste dans gaan wees, is Lecia skoon verbaas toe Wouter haar vir die dans vra. Sy is daarvan bewus dat hy haar nie so styf teen hom vashou soos wat hy Teresa vasgehou het nie – of was dit maar Teresa wat so styf teen hóm gedans het?

Dit is 'n stadige, dromerige wals. Lecia wonder of Wouter die dans so baie geniet soos sy. Hy het nog nie 'n woord gesê sedert hy haar vir die dans gevra het nie, en sy gesig lyk vir haar vreemd stil en geslote.

"Jy hoef nie vir my te wag wanneer jy gereed is om te ry nie, Wouter," sê sy na 'n rukkie. "Frans het gevra of hy my huis toe mag neem. Ek sal dus saam met hom ry, want ek vermoed jy sal nog 'n rukkie met Teresa wil gesels."

Voordat hy hierop kan antwoord, hou die musiek op. Noudat die party ten einde geloop het, is dit asof almal skielik besef dat dit middernag is en tyd om huis toe te gaan. Teresa word deur almal bedank vir die genoeglike aand, en na 'n rukkie begin die gaste groet en vertrek.

Lecia en Frans is van die eerstes wat vertrek. En nou, terwyl hulle op pad is na Blouberg, kom sy eers agter hoe moeg en vaak sy werklik is. Frans het haar ook net tuis besorg, toe sê sy dat sy doodmoeg is en maar liewer wil gaan slaap.

"Nou goed, ek sal jou nie langer uit die slaap hou nie, meisie. Ek sal môre bel om te hoor of jy darem van my gedroom het," skerts Frans.

Hierna sê hy nag en vertrek.

6

Die volgende oggend verslaap Lecia haar. Dit is al ver oor tien-uur toe sy eindelik haar verskyning in die eetkamer maak. Sy merk op dat Wouter en tant Elsa lankal geëet het. Sy voel 'n bietjie skuldig omdat sy so laat geslaap het, maar sy onderdruk dit gou. Dis Sondag, en sy sien geen rede waarom 'n mens op 'n Sondagoggend vroeg moet opstaan nie.

Sy is net besig om haar koffie te drink, toe Wouter die eetkamer binnestap. Hy is in 'n ligbruin broek en wit sporthemp geklee, dus is hy ook nie van plan om kerk toe te gaan nie.

"O, jy het toe darem opgestaan," sê hy onverskillig.

Sy kyk hom met opgetrekte wenkbroue aan. "Het jy dan verwag dat ek heeldag in die bed gaan bly?"

Hy neem langs die tafel plaas en antwoord ernstig: "Ek gee nie om hoe laat jy Saterdae en Sondae slaap nie, maar weeksdae moet jy asseblief sorg dat jy vroeg opstaan. Môreoggend net na ontbyt sal ek jou gaan wys hoe om 'n trekker te bestuur. Daar is 'n stukkie grond wat jy vir ons kan braak. Terloops, Frans het jou flussies gebel, en dit is nóg iets waaroor ek met jou wil praat." Hy kyk haar skerp en deurdringend aan. "Ek hoop nie jy is so laf om op Frans verlief te raak nie, want ek sal beslis nie my toestemming gee dat jy met hom mag trou nie."

Lecia stik byna aan 'n mond vol koffie van skone verbasing. Genugtig, waar kom die man daaraan dat sy sulke planne het? Frans is bloot 'n vriend, en hy sal vir haar nooit meer as dit kan wees nie. Dink Wouter miskien sy is die soort meisie wat op elke broekdraer verlief raak?

Lecia voel hoe haar humeur stadig begin vlam vat. Uit skone wrewel besluit sy om hom nie reg te help nie. Laat hom dink wat hy wil. Maar dan besluit sy om darem ook nie stil te bly nie.

"As ek besluit om met Frans te trou, sal ek nie jou toestemming nodig hê nie, Wouter. Jou gesag oor my is net 'n jaar geldig. Maar wat het jy nou eintlik teen Frans?"

"As vriend het ek niks teen hom nie, maar as huweliksmaat vir jou sal hy nie deug nie, want hy het geen kennis van boerdery nie."

"Hy kan darem Blouberg se diere in 'n puik toestand hou –"

"Verskoon my, Blouberg se diere was nog altyd in 'n puik toestand sonder sy hulp," val hy haar effens verontwaardig in die rede. "Jy kan Frans maar vergeet. Die man wat met jou trou, sal eers moet bewys dat hy kan boer, en dit sal geen stadsjapie met sagte, wit handjies wees nie," verseker hy haar.

Die gelui van die telefoon maak meteens 'n einde aan die gesprek. Wouter verlaat die eetkamer om die oproep te beantwoord, en Lecia stap na die stalle toe met 'n paar suikerklontjies vir Lady. Sy het die afgelope week lief geword vir die swart perd.

Die stal se bodeur staan oop, en Lady begin saggies runnik toe sy die rooikop sien aankom.

"Toemaar, ek het jou nie vergeet nie, Lady," glimlag sy en streel met haar hand oor die dier se nek. Sy skater soos sy lag toe Lady met haar neus in haar digte, rooibruin hare begin vroetel, en die volgende oomblik hoor sy Wouter agter haar praat.

"Die telefoonoproep is van Goeiehoop af," sê hy. "Teresa wil weet of ek en jy vanmiddag by haar wil kom koffie drink. Ek het vir haar gesê sy moet 'n rukkie aanhou, ek wil eers hoor of jy nie dalk 'n ander afspraak het nie."

"Sal daar ander gaste ook wees?" vra sy met haar blik op Lady wat besig is om die suikerklontjies uit haar hand te eet.

"Ek dink sy is alleen. Haar ouers is glo dorp toe," sê Wouter.

"As dit die geval is, moet jy maar alleen gaan," sê sy sonder om na hom te kyk. "Ek het werklik nie lus om die hele middag te sit en kyk hoe Teresa aan jou hang en hoe julle handjies vashou nie. Ek sal dit meer geniet om op Lady te gaan ry."

'n Kort rukkie heers daar 'n doodse stilte. "Nou goed," sê Wouter, "ek sal vir haar sê jy het 'n ander afspraak." Hy draai om en stap haastig terug huis toe.

Lecia is nog besig om Lady te streel en met haar te gesels, toe sy voetstappe in haar rigting hoor aankom. Sy kyk oor haar skouer en merk op dat dit weer Wouter is. Sy draai om, leun met haar rug teen die stal se onderdeur en plaas haar een arm om Lady se nek. Die dier begin weer dadelik met haar neus in die rooibruin hare vroetel.

"Jou nooi is bly om jou die hele middag vir haarself te hê," sê sy toe Wouter skuins voor haar kom staan en sy hand saggies oor Lady se kop trek.

Hy kyk af na haar en die beweging van sy hand op Lady se

kop word meteens stil. 'n Kort oomblik kyk hy vas in haar oë. Toe sê hy bedaard: "Frans het ook gebel. Hy wou weet of hy vanmiddag vir jou kan kom kuier."

"O, maar dis gaaf," sê sy. "As jy vir hom 'n perd sal leen, kan ons twee 'n entjie gaan –"

"Ek is jammer om jou teleur te stel," val hy haar bedaard in die rede. "Ek het vir hom gesê dat ek en jy vanmiddag 'n sake-afspraak het."

Sy kyk hom met 'n ligte frons aan. "Maar dis nie waar nie! Waarom het jy vir hom 'n leuen vertel, Wouter?"

"Omdat ek ook nie lus het om die hele middag te sit en kyk hoe julle aan mekaar hang en handjies vashou nie," sê hy onge-erg onderwyl hy Lady se kop streel.

"Ek dink jy is van jou wysie af," vaar sy teen hom uit. "Ek het nog nie een keer aan Frans gehang of met hom handjies gehou nie."

"Het jy nie?" Sy oë boor in hare, en sy hand word stil op Lady se kop.

"Jy weet ek het nie," sê sy drifting. "Jy was gisteraand die hele tyd in my en Frans se teenwoordigheid."

"Ek was nie saam met julle in Frans se motor toe hy jou huis toe gebring het nie," herinner hy haar. "Dus kan ek niks beves-tig wat jy hier sê nie. Maar soos wat ek Frans ken, sal hy nie 'n mooi meisie tuis besorg sonder 'n afskeidsoen nie."

"Wel, hy het my tuis besorg sonder 'n afskeidsoen," sê Lecia uitdagend. "Ek laat my nie so maklik soen soos jou geliefde Teresa nie. My ouers het my geleer dat 'n meisie haar altyd waardig moet gedra en dat so 'n geklou en gesoen allermins waardig is. 'n Mens soen ook nie iemand so in die openbaar nie. Jy maak net 'n skouspel van jouself, en ek dink dis goed-koop."

"Het jy nou klaar gepraat?" Sy oë meet haar hele lengte. Hy kyk na haar klein voetjies en dan weer na haar rooi kop wat nou gemaklik teen Lady aanleun.

"Ja, ek het klaar gepraat," snou sy hom half toe.

"Nou ja," sê hy bedaard, "Teresa is nie goedkoop nie. Ons twee het feitlik saam grootgeword, daarom het sy die vrymoe-

100

digheid om in geselskap by my in te haak. Sy het dit nog al die jare gedoen. Ek sal jou katterigheid maar oorsien, want dis vir my duidelik dat jy nie van Teresa hou nie. Nie dat ek weet wat sy aan jou gedoen het nie, maar jy het gisteraand kwalik tien woorde met haar gewissel."

"Jy bedoel sy het kwalik tien woorde met mý gewissel. In elk geval, ek kyk mense deur sonder om baie woorde met hulle te wissel, en jy het gelyk, ek hou nie vreeslik baie van jou meisie nie. As gasvrou was sy vervlaks ongesellig," sê sy nou reguit, want Wouter se beskuldiging dat sy katterig is, het haar seerder gemaak as wat hy ooit sal kan raai. "As Frans hom nie oor my ontferm het nie, sou ek die hele aand ontuis en onwelkom gevoel het. Jou beskuldiging dat ek katterig is, is dus heeltemal onvanpas. Dis jou meisie wat nie die vaagste benul het wat 'n gasvrou se pligte behels nie. Maar ek gaan nie langer oor haar swak gedrag uitwei nie. Moet net nie van my verwag om haar ooit weer te besoek nie."

"Ek verstaan," sê hy half ingedagte. "Jy hou nie van Teresa nie omdat sy jou nie gisteraand op die hande gedra het nie."

"Verskoon my, ek het nog nooit van mense verwag dat hulle my op die hande moet dra nie," help sy hom reg. "Ek het net verwag dat sy, as gasvrou, my ten minste tuis en welkom sou laat voel het. Dit sou immers goeie maniere gewees het, maar blykbaar is dit te veel gevra."

"Maar jy het tog die aand geniet ten spyte van die gasvrou se sogenaamde swak gedrag," kan hy nie help om haar 'n stekie te gee nie.

Volgens hom is Teresa die volmaaktheid vanself. Almal is verkeerd, behalwe sy, dink Lecia en voel meteens bitter seergemaak.

"Ja, ek het Frans se grappies en geselskap nogal geniet," sê sy. "As hy nie daar was nie, sou ek bepaald iemand gevra het om my huis toe te neem nog voordat hulle die vleis begin braai het. In elk geval, droom maar oor jou voortreflike Teresa; ek loop nou."

Met haar kop trots in die lug stap sy huis toe en gaan na haar musiekkamer. Sy voel bitter ongelukkig en alleen, want dis vir haar nou baie duidelik dat sy nie eens meer op Wouter as vriend kan staatmaak nie. Sy liefde, vriendskap en lojaliteit is by Teresa, en tant Elsa se lojaliteit is weer by hom. Dus staan sy heeltemal alleen hier op Blouberg. Sy verlang meteens oneindig baie na tant Emma, die enigste mens op aarde op wie sy kan staatmaak as die lewe sy verkeerde kant na haar toe draai. Sy wens met haar hele hart dat haar proefjaar hier op Blouberg al verstreke was sodat sy terug na tant Emma toe kon gaan.

Sy voel hartseer toe sy die musiekboek op die orrel se blad-houer plaas. Haar vingers beweeg liggies oor die toetse, en dan stroom die sagte, roerende klanke van *Largo* deur die huis. Sy speel met gevoel en oorgawe, totdat die klank van die laaste noot eindelik wegsterf.

Sy voel nog steeds hartseer en bedruk, dus plaas sy die blad-musiek van Baker se *Souvenir in F* op die bladhouer, en dan deel sy 'n paar oomblikke in hierdie komponis se diepe ver-lange en herinneringe. Die orreltone is hartroerend, gevoelvol, vol heimwee en verlange, en Lecia ervaar in stilte die gevoelens van die komponis. Sy verlang na haar ontslape ouers, na tant Emma in die verre Johannesburg en na die kommerlose dae wat vir altyd verby is.

Toe die klank van die laaste noot saggies wegsterf, staan sy stil van die bankie af op en gaan staan voor die oop venster. Sy is nie eens bewus van Wouter se breedgeskouerde gestalte wat naby die deur op een van die leunstoele sit nie, want in haar gemoed is 'n groot hartseer en verlatenheid. Haar blik rus op die rivier en tant Elsa se eende wat soos wit skepies op die water dryf, maar sy sien hierdie dinge nie eens raak nie. Voor haar geestesoog sien sy net die lang, eensame pad wat sy hier op Blouberg sal moet bewandel vir 'n volle jaar.

Toe Wouter die eerste klanke van Händel se *Largo* gehoor het, het hy stil agter Lecia op 'n stoel gaan sit om die pragtige orrelklanke in te drink. *Souvenir in F* het hom dadelik laat besef in watter gemoedstoestand sy verkeer, en toe sy van die bankie af opstaan en voor die oop venster gaan staan, het hy geweet dat dit beter sal wees om haar liewer alleen te laat. Om die een of ander rede voel sy diep ongelukkig, dit is vir hom duidelik.

'n Lang ruk staan Lecia bewegingloos voor die venster. Sy besef nou eers hoe baie Wouter se vriendskap, hulp en bystand vir haar beteken het. Dit was hy wat haar geleer het om perd te ry en te skiet. Hy het selfs belowe om haar te gaan wys waar die bergpoel is, maar noudat hierdie kloof tussen hulle lê, sal sy die bergpoel maar eendag self moet ontdek.

Die klokkie wat middagete aankondig, laat Lecia stadig tot die werklikheid terugkeer. Sy besef dat hierdie getob haar niks sal baat nie. Die lewe gaan voort, met of sonder vriende. Sy is nou eenmaal hier op Blouberg, en sy moet maar probeer om die beste daarvan te maak.

Aan tafel is sy so stil en afgetrokke dat tant Elsa later bekommerd vra: "Hoekom is jy so stil, Lesie? Voel jy siek?"

Sy kyk die ouer vrou met 'n sweem van 'n glimlaggie aan en antwoord sag: "Nee, ek voel nie siek nie, tante. Ek wonder maar net waarom tant Emma nog nie vir my geskryf of my gebel het nie. Ek het al twee briewe vir haar geskryf, en nog niks van haar gehoor nie."

"Jy moet jou ta' Emma maar bel, Lesie," doen tant Elsa aan die hand. "Dalk is die mens siek!"

"Ek sal maar liewer weer skryf, tante. Dis te duur om van hier af te bel. As ek vandag vir haar skryf en môre die brief gaan pos . . ."

"Jy sal nie môre dorp toe kan gaan nie," herinner Wouter haar. "Jy moet môre leer om die trekker te bestuur sodat jy daardie landjie vir ons kan braak."

"Maar, Wouter, wil jy nou die kind se dood soek?" roep tant Elsa ontsteld uit. "Sy sal mos van die trekker afval en voor die ploegskaar beland!"

"Ek hoop sy is nie so onnosel om van die trekker af te val nie, tante," glimlag hy goedig. "Dit was in elk geval nie my idee dat sy moet leer boer nie; dit was 'n opdrag van oom Isak en ek kan niks daaraan doen nie."

"Dis nou wel goed dat 'n boeremeisie die boerdery moet ken," sê tant Elsa, "maar die son sal daardie wit velletjie van haar swart brand, en watter jongetjie sal dan na haar kyk, vra ek jou?"

103

"Sy sal maar 'n sonhoed en 'n bloes met lang moue moet dra, tante, en as die mans daarna nog weier om na haar te kyk, sal ek dit beslis as 'n seën beskou. Trouens, ek sal nie daarvan hou dat die mans Blouberg se pad stof ry nie. Ek het nie tyd om elke keer die skraper oor die pad te trek om dit vir ons eie gerief bruikbaar te maak nie."

"Jy het nie nodig om jou oor Blouberg se pad te bekommer nie, Wouter," sê Lecia afgetrokke. "Ek sal sorg dat net Frans sy voete op jou plaas sit."

"Mý plaas?" Hy kyk haar met opgetrekte wenkbroue aan en merk dan die trekkie van hartseer om haar mooi, sagte mond.

"Blouberg sal tóg oor 'n jaar jou plaas wees, so watter verskil maak dit as ek die plek nou al as jou eiendom beskou? En as ek straks môre van die trekker afval en voor die ploegskare beland, sal jy sommer môre al die enigste eienaar van Blouberg wees."

"Jy en tant Elsa praat onsin," bestraf hy haar. "Dink jy een oomblik ek sal jou alleen op die trekker laat klim voordat jy die ding behoorlik kan bestuur? Buitendien, as jy op Lady se rug kan bly, kan jy 'n land braak sonder om van die trekker af te val. Wat die eienaarskap van Blouberg betref, daaroor sal ons weer oor 'n jaar gesels. Sodra jy kennis van die boerdery het, sal jy lief word vir die plaas en alles wat daarmee gepaardgaan."

Hierop antwoord Lecia nie, maar sy weet dat Blouberg nooit haar tuiste sal wees nie. Sy sal nooit saam met Teresa onder een dak woon nie, en as Wouter met haar trou, sal hierdie huis ook háár huis wees . . . Nee, hierdie huis is nie groot genoeg om hulle albei te huisves nie. Selfs Blouberg sal te klein vir hulle wees. Sy hoop maar net Wouter trou nie voordat sy eers van Blouberg af weg is nie.

Na die ete, terwyl Wouter en tant Elsa op die voorstoep ontspan, glip Lecia by die agterdeur uit en stap na die stalle toe. Aangesien dit Sondag is en Arrie die middag vry het, sal sy Lady self moet opsaal. Gelukkig weet sy al hoe om 'n perd op te saal, dus het sy nie nodig om Wouter se hulp in te roep nie.

Sy sukkel 'n bietjie om die saal op Lady se rug te kry, maar dis asof die perd heeltemal verstaan dat haar meesteres nie oor

104

Arrie se krag beskik nie, want sy staan doodstil. Toe sy die buikgord vas het, kom die toom aan die beurt, en na 'n rukkie galop die swart perd oor die werf.

"Maar dis mos perdepote wat ek hoor, tant Elsa," sê Wouter toe Lady oor die werf galop. Hy kom orent, loop om die huis se hoek en staar die ruiter met 'n diep frons agterna. Hy wonder wie Lady opgesaal het, want Arrie kan dit nie wees nie. Hy sal nooit op 'n Sondagmiddag naby die stalle kom nie.

Hy stap by die agterdeur in waar Katrien in die kombuis besig is om skottelgoed te was en vra sommer met die intrapslag: "Het jy gesien wie Lady opgesaal het, Katrien?"

"Ja, meneer Wouter, ek het deur die venster gesien hoe die juffrou alleen vir Lady opsaal."

Tant Elsa kom die kombuis binne en Wouter sê haastig: "Ek hoor Lecia het Lady self opgesaal, tante. Ek sal moet gaan kyk of sy die buikgord behoorlik vasgemaak het, voordat sy vandag haar nek breek deur met 'n los saal te ry."

Hierna gaan saal hy Blits op, en na 'n rukkie dawer die wit hings se kragtige hoewe oor die werf in die rigting waarin hy Lecia gesien ry het. Hy wonder waarom sy hom nie gevra het om die perd vir haar op te saal nie. Sy kon maar net aan tafel gesê het dat sy 'n entjie wil gaan ry. Hy sou dan self aangebied het om die perd vir haar op te saal.

Dit tref hom meteens dat Lecia sedert hul gesprek vroeër vanoggend eienaardig stil en afsydig is. Hy wonder of dit te wyte is aan hul woordewisseling daar voor Lady se stal. Sy was beledigend teenoor Teresa, en hy het dit sy plig geag om die ouer meisie in haar afwesigheid te verdedig. Maar dit was tog nie die eerste keer dat hulle twee oor iets geargumenteer het nie . . . Hy wonder of hy nie straks te kras was in sy beskuldigings teenoor haar nie.

Hy dink 'n oomblik na oor hul argument, aan Lecia se kennismaking met Teresa, en dan tref dit hom dat Lecia in een opsig gelyk gehad het. Teresa het haar beslis ietwat onvriendelik ontvang, want sy het nie eens die gebruiklike woorde van verwelkoming teenoor Lecia, 'n vreemdeling in hul midde, uitgespreek nie . . . Ja, noudat hy daaraan dink, onthou hy dat Teresa die

105

hele aand nie 'n woord met Lecia gepraat het nie. Hy voel met-
eens bitter skuldig oor die dinge wat hy die rooikop vanoggend
voor die kop gegooi het. Hy sal haar dadelik moet vind en haar
om verskoning vra . . .

Lecia stuur die swart perd in die rigting van die rivier, en na
'n rukkie hou sy onder 'n groot wilgerboom op die oewer van
die rivier stil. Dis rustig en stil hier langs die water. Net die
sagte gekabbel van die water en die weemoedige geroep van die
bosduiwe is hoorbaar.

Stil soos 'n standbeeld sit sy op Lady se rug na die son en die
skaduwees op die water en kyk. Die vars geur van wilgerblare
hang soos die geur van parfuum in die lug. Sy voel lus om die hele
middag hier langs die water te sit en 'n paar uur lank van alles te
vergeet wat haar so ongelukkig stem, maar sy merk op dat Lady
al begin ongeduldig word omdat sy hier so stil moet staan.

Nou goed, ek sal jou 'n bietjie oefening gee, gesels sy met
die perd. Sy gly tussen die slap takkies van die boom deur, net
betyds om te sien hoe Wouter op Blits na haar toe aankom. Sy
trek Lady dadelik in en wag vir Wouter. Hy ry asof die duiwel
op sy hakke is, en Lady begin rondtrippel van ongeduld.

'n Paar treë van die swart perd af trek Wouter die wit hings so
hard in dat hy 'n paar tellings op sy agterpote steier en die lug
wild met sy voorpote klief. Lecia trek haar perd vinnig uit die
pad van daardie groot, kappende pote. Blits se bek staan oop,
sy neusgate is wydgesper, en sy oë is groot en wild. Hy runnik
soos 'n wildeperd, maar na 'n rukkie kom hy tot bedaring en
kan Wouter van sy rug afklim. Vinnig maak hy die teuels aan 'n
boomtak vas en stap na Lecia toe.

"Wie het jou geleer om Lady op te saal?" vra hy toe hy langs
die swart merrie staan.

"Niemand nie, ek het maar net gekyk hoe Arrie dit doen,"
antwoord sy bedaard, onbewus van die uitdrukking van hart-
seer om haar mond en in haar mooi groen oë.

"Laat ek eers sien of jy die buikgord styf genoeg vasgemaak
het," sê hy en buk af om die buikgord te ondersoek. Na 'n ruk-
kie kom hy orent en vervolg verlig: "Alles is gelukkig in orde.
Maar waarom het jy my nie gevra om Lady vir jou op te saal

nie, Lecia? Katrien sê jy het gesukkel om die saal op Lady se rug te kry."

"Dit sal volgende keer beter gaan. Ek weet nou hoe dit gedoen word," sê sy sag. Lady begin weer ongeduldig rondtrippel. "Ek vrees jy sal my nou moet verskoon. Lady begin nou ongeduldig word vir 'n bietjie oefening."

"Wag 'n bietjie," keer hy en neem Lady se toom in sy hand. "Daar is nog iets wat ek wil sê. Dis in verband met ons argument vanoggend –"

"Verskoon my, ek is nie bereid om die onderwerp verder te bespreek nie," val sy hom sag in die rede. "Ek sal jou gevoel vir haar respekteer. Moet net nie van my verwag om ook oor haar te voel soos jy nie. Dit is onmoontlik."

"Ek verwag nie so iets van jou nie, Lecia," sê hy. "Ek wil jou om verskoning vra vir die beskuldiging wat ek vanoggend gemaak het. Terwyl ek agter jou aangery het om te kyk of Lady se buikgord behoorlik vasgemaak is, het ek oor jou en Teresa se kennismaking gedink en besef dat jy vanoggend gelyk gehad het. Sy het jou onvriendelik ontvang."

"Ek neem jou verskoning aan," sê sy afgetrokke. "Mag ek nou maar gaan?"

"Wag, ek ry saam. Ek wil jou die bergpoel wys," sê hy.

'n Rukkie later ry hulle deur die veld in die rigting van die berg. Hulle volg 'n voetpaadjie teen die berg uit, en eindelik bereik hulle die eerste plato. Hulle ry tussen rotse deur, by bosse verby, en toe sien Lecia die poel met sy helder, skoon water.

"Ons kan die perde gerus eers laat drink," sê Wouter.

Sy klim van Lady af en kyk hoe Wouter die diere na die water toe lei. 'n Dassie spring langs haar agter 'n klip uit en verdwyn in die bosse.

"Wil jy 'n rukkie hier in die koelte rus voordat ons teruggaan?" vra Wouter nadat die perde water gedrink het.

Lecia skud haar kop. "Ek moet nog vir tant Emma gaan skryf."

"Ek kan nie verstaan waarom jy haar nie bel nie. Dis die maklikste en vinnigste manier om van haar te hoor," sê hy en hou Lady se toom na haar uit.

"Ek weet," antwoord sy, "maar ek is nie in 'n posisie om onnodige uitgawes aan te gaan nie. Ek het nie meer musiekleerlinge wat vir my 'n maandelikse inkomste besorg nie, dus sal ek van nou af elke sent moet tel."

"Met die helfte van Blouberg se opbrengs het jy nie nodig om elke sent te tel nie," herinner hy haar. "Die gesaaides is baie mooi. As ons nie hael kry nie, sal die lande 'n goeie oes oplewer. Die wol sal ook 'n goeie prys haal, en die slagosse is almal in 'n puik toestand."

"Laat ons liewer nie oor Blouberg of sy opbrengs praat nie. Ek het geen aandeel in een van die twee nie, want ek is nie van plan om langer hier te bly as wat nodig is nie. En as jy en Teresa besluit om te trou voordat my proefjaar verstryk het, gee ek dadelik van Blouberg af pad."

"Moet jou nie daaroor bekommer nie; ek sal nie trou voordat jou proefjaar verstryk het nie," stel hy haar dadelik gerus. "Maar wat ek wou sê . . . Ek kan altyd vir jou geld voorskiet as jy dit nodig het."

Sy skud haar kop. "Dankie, maar as ek my uitgawes laag hou, sal dit nie nodig wees nie."

Hy neem sy pyp uit sy hempsak, stop dit en steek dit aan. Eers nadat hy 'n blou rookwolk die lug ingestuur het, kyk hy weer na haar en vra ernstig: "Wat is jou uitgawes, Lecia?"

"Op die oomblik nie veel nie," antwoord sy met haar blik op die helder water van die bergpoel. "Net brandstof vir my motor en –"

"Die brandstof kan op Blouberg se rekening geplaas word," val hy haar in die rede, maar hiervan wil Lecia niks weet nie.

"Dis baie vriendelik van jou," sê sy sag, "maar ek het nog nooit op ander mense geteer nie, en ek is nie van plan om dit nou te doen nie. Ek dink ons moet liewer gaan, Wouter."

Hy kyk haar etlike sekondes met 'n ligte frons aan en sê dan, terwyl hy sy pyp teen 'n rots uitklop: "Soms verstaan ek jou glad nie, Lecia. Hoe kan ek jou geldelik help as jy my nie wil toelaat om jou te help nie? Ek het oom Isak belowe dat ek jou sal help en bystaan. Hy het jou nie plaas toe laat kom om 'n jaar lank te krepeer van armoede en ellende nie."

"Ek het nie op die oomblik geld nodig nie, dankie," is egter al wat sy sê voordat sy op Lady se rug klim. "Ek dink dis tyd dat ons ry."

Tuis het Lecia net 'n koppie koffie saam met Wouter en tant Elsa gedrink en haar toe na haar kamer onttrek om te kyk of sy geskikte klere het wat sy die volgende dag kan aantrek. Wouter het gesê sy moet 'n langmoubloes en 'n sonhoed dra, maar wat van geskikte skoene? Sy kyk na die swart leerskoene wat sy aanhet. Dis nou wel hofskoene, maar dis al wat sy het wat geskik sal wees vir die werk totdat sy die geleentheid kry om vir haar 'n paar duursame stapskoene te koop. Ja, en sommer ander werksklere ook.

Sy klim vroeg in die bed, want Wouter het haar reeds gewaarsku dat sy in die week vroeg sal moet opstaan.

Nou ja, Lecia, spreek sy haar spieëlbeeld aan terwyl sy haar hare die volgende oggend kam, jy is nou 'n plaasboer. Jou bloesie is nou wel baie dun, maar dit sal darem jou arms tot 'n mate teen die son beskerm. Dis nou jammer jy het nie 'n sonhoed nie, maar daardie dotjie sal ten minste die son van jou kop af hou.

Die etensklokkie laat haar haastig na die wit vilthoedjie gryp wat op die bed lê, dan drafstap sy eetkamer toe. Sy is in een van haar netjiese, donkerblou langbroeke, 'n wit bloesie, swart skoene en 'n wit hoedjie geklee, en sy lyk beslis nie soos iemand wat 'n land moet gaan braak nie. Sy sê môre vir tant Elsa en Wouter en neem sonder meer haar plek langs die tafel in.

"Het jy nie 'n sonhoed nie?" vra Wouter later terwyl hy sy koffie drink.

Sy skud haar kop, want sy is van kleins af geleer om nie met 'n mond vol kos te praat nie. Dan sluk sy vinnig en sê ongeërg: "Sodra dit geleë is, sal ek vir my geskikte klere gaan koop."

Na die ete ry hulle te perd na die land wat Lecia moet braak. Dis 'n lang, breë stuk grond aan die voet van die berg – swart, vrugbare grond.

Nadat Wouter vir Lady afgesaal en gekniehalter het, klim hulle op die trekker en word Lecia geleer hoe om dit te bestuur. Daarna word sy gewys hoe om 'n reguit voor te ploeg.

"Nou ja, as jy fluks werk, behoort jy vroeg vanmiddag klaar te wees," moedig Wouter haar aan toe hy eindelik tevrede is met die paar vore wat sy gebraak het. "Tant Elsa sal stellig vir jou koffie stuur, maar middagete sal jy by die huis moet kom nuttig."

Hierna klim hy op Blits, en na 'n rukkie is Lecia heeltemal alleen met net die eentonige gedreun van die trekker. Die son word al warmer en straaltjies sweet begin langs haar wange af-stroom. Sy voel dors, en haar keel is kurkdroog. Later begin die wind waai. Dit voel effens koeler, maar nou kry sy al die stof en sand in haar oë.

Sy het al 'n hele stuk van die land gebraak, toe een van die werkers se seuns opdaag met 'n emmertjie koffie, beskuit en droëkoekies. Sy het so dors dat sy sommer twee koppies kof-fie drink. Hierna voel sy baie beter. Sy sit die mandjie onder 'n doringboompie neer en klim weer op die trekker.

Die son, wind en die geskud van die trekker is uitputtend. Lecia is eintlik bly toe sy opmerk dat dit al halfeen is en tyd om huis toe te gaan vir middagete. Moeg en stram klim sy van die trekker af en bespied die wêreld om haar, maar van Lady gewaar sy nie 'n teken nie.

Wel, ek voel regtig te moeg om nog vir Lady te gaan soek, gesels sy in haar enigheid met haarself. Dis ook gans te ver om in hierdie skroeiende son huis toe te stap, dus sal ek maar tant Elsa se beskuit en koekies gaan eet. Daar is gelukkig nog koffie in die emmertjie.

Nadat Lecia haar maal van koffie, beskuit en koekies genut-tig het, klim sy weer op die trekker. Haar lyf voel moeg en seer, maar sy hou maar uit. Sy sal Wouter wys dat sy nie 'n lafaard of bang vir werk is nie. Sy sal hierdie hele land braak, al slaan sy ook daarna neer van uitputting en ooreising.

Sy is so diep ingedagte dat sy nie eens die wit hings en sy ruiter sien aankom nie. Eers toe Wouter die perd langs die land intrek en afklim, merk sy hom op. Sy bereik die end van die voor waar hy vir haar wag, en hou stil.

"Dis al amper halftwee, waarom het jy nie kom eet nie?" vra hy effens streng. Haar rooi oë en moeë, songebrande gesiggie ontgaan hom nie.

"Lady is skoonveld, en ek het nie kans gesien om in hierdie

110

skroeiende son huis toe te stap nie," verduidelik sy. "Maar ek het klaar geëet."

Hy kyk haar skepties aan. "Wat het jy geëet?"

"Die beskuit en droëkoekies wat tant Elsa vanoggend vir my gestuur het."

"Ek sal iemand stuur om Lady te soek," belowe hy en vertrek dan weer dadelik.

Die trekker dreun maar voort, maar hoe nader die vore aan die voet van die berg kom, hoe swaarder loop die trekker. Soms voel dit asof die ploegskare aan iets vashaak, maar dan brul en beur die trekker weer voort. Lecia voel ontsettend dors en moeg, en haar lyf is so seer dat sy kan skreeu. 'n Werker het Lady met haar halterriem aan 'n boomtak vasgemaak waar die saal en toom lê.

Die son begin nou vinnig oorhel na die weste en Lecia sien op haar polshorlosie dat dit kwart voor vier is. Haar lyf het nog nooit so moeg en seer gevoel nie, en tant Elsa het ook nie eens vir haar middagkoffie gestuur nie. Sy wonder of sy nie maar die trekker moet afsluit nie, want sy vorder nou bitter stadig. Die ploegskare bly vassteek, en dan het sy baie moeite om die trekker reguit te hou. Sy kan ook nie meer onthou tot waar Wouter gesê het dat sy die land moet braak nie.

Die tweede keer die dag hou Wouter langs die land stil en wag Lecia in. Toe sy die trekker afsluit, staan hy langs haar, en aan sy gesigsuitdrukking kan sy sien dat hy woedend is.

"Wie de duiwel het vir jou gesê jy moet die grond tot hier teen die voet van die berg braak?" roep hy ontstoke uit. "Kyk hoe lyk die splinternuwe ploegskare wat ek nou die dag gekoop het. Ek kan al drie nou maar weggooi." Sy oë blits op haar. "Jy is die eenvoudigste mens wat ek ken. Genugtig, kon jy nie voel hier is rotse onder die grond nie? Jy kan verduiwels ook niks doen sonder om 'n mens skade te berokken nie. Eers was dit my hond, toe die stoetram en nou weer hierdie nuwe ploegskare . . . Bly liewer stil, Lecia," waarsku hy toe sy haar mond oopmaak om haarself te verdedig. "Jy kan niks reg doen nie, dan wil jy nog staan en parmantig wees ook. Vat liewer die perd en gaan huis toe —"

111

"Ek wou nie parmantig wees nie, Wouter," val sy hom met 'n moeë, mismoedige stem in die rede. "Ek wou maar net sê, dis nie nodig om so op my te skree nie. Ek is gewillig om vir jou 'n ander stel ploegskare te koop."

Voordat hy weer iets kan sê, draai sy om en stap na die boom toe waar Lady vasgemaak staan. Sy voel doodmoeg, haar liggaam is seer, en sy voel moedeloos en terneergedruk, want ook vir haar wil dit nou lyk asof sy niks reg kan doen nie. Maar om darem as eenvoudig bestempel te word! Sy glo nie sy het dit verdien nie. Hy weet tog dat dit die eerste keer in haar lewe is dat sy 'n land moes braak, en sy kan nie help dat sy vergeet het tot waar dit gebraak moes word nie.

Nee, hy is doelbewus beledigend teenoor my omdat ek nie van sy voortreflike Teresa hou nie, dink sy hartseer. Hy sal my nou bepaald met elke geleentheid verkleineer en beledig, totdat my proefjaar hier op die plaas verstryk het en hy ontslae kan raak van die las waarmee oom Isak hom opgesaal het.

Sy tel die saal moeisaam op. Haar rug en arms is so seer dat sy die saal kwalik kan oplig. Maar sonder die saal kan sy nie huis toe ry nie, dus moet sy maar probeer om dit op Lady se rug te kry.

Sy tel die saal op, stut dit met haar knie en beur hard om dit op Lady se rug te kry. Die saal is amper op Lady se rug, toe gly dit weer af. Die volgende oomblik word dit uit haar hande geneem en op die perd se rug geplaas. Aan die tabakreuk wat aan hom kleef, weet sy dat dit Wouter is wat die saal uit haar hande geneem het, sonder om eens na hom te kyk.

"Dankie," sê sy met 'n onvaste stem en begin die buikgord vasgespe. Maar ook dit word uit haar hande geneem.

"Gaan haal die mandjie, ek sal dit huis toe neem," sê hy, nou weer bedaard.

Toe sy met die mandjie terugkeer, is Lady reeds opgesaal. Sy gee die mandjie vir hom. Sonder om 'n woord te sê, neem sy die teuels by hom en trap in die stiebeuel om op Lady se rug te klim. Die volgende oomblik voel sy hoe Wouter se hande om haar dun middeltjie sluit om haar in die saal te help.

Sonder om hom eens te bedank, trek sy op 'n stywe galop

112

weg. Sy voel binne nog te seer en rou om met hom te praat. Niemand het nog ooit so met haar gepraat soos Wouter nie . . . en dit nadat sy haar bes gedoen het om die stuk grond te braak soos hy dit wou hê. Sy besef nou dat sy in Wouter se oë nooit iets reg sal kan doen nie. Hy sal haar nou altyd met 'n vergrootglas dophou omdat sy gister die sonde begaan het om Teresa te kritiseer. 'n Man hou mos nie daarvan dat ander sy geliefde moet afkam nie.

Lecia het net van Lady afgeklim, toe hou Wouter ook voor die stalle stil. Sy steur haar egter nie aan hom nie en begin so vinnig aanstryk huis toe as wat haar moeë ledemate haar toelaat. Sy stap by die agterdeur in en mik eerste na die waterkraan toe om haar vreeslike dors te les.

Terwyl sy die tweede koppie water drink, kom tant Elsa en Wouter ook die kombuis binne. Sy sê vir die ouer vrou middag, droog die koppie af en plaas dit terug in die rak.

"Jy is seker doodmoeg, kind," spreek tant Elsa haar simpatie uit.

"So 'n bietjie, tante," antwoord sy sag.

"Nou wag, ek skink vir jou en Wouter koffie –"

"Dankie, nie vir my nie, tante," val sy die ou dame met 'n sagte, moeë stem in die rede. "Ek het nou net twee koppies water gedrink. Ek sal liewer nou gaan bad."

"Wouter, hoekom het jy vanmiddag vir my gesê Lesie sal vroeg met die ploeëry klaar wees?" vra tant Elsa nadat Lecia die kombuis verlaat het. "As jy vir my gesê het sy sal laat wees, kon ek darem vir haar koffie land toe gestuur het. Die stomme kind was seker amper dood van die dors in die bloedige son."

"Sy sou vroeg klaar gewees het, tante, maar sy het die land baie breër gaan staan en braak as wat ek vir haar gesê het om te doen," verduidelik hy. "Dit was nie my bedoeling dat sy heeldag in die bloedige son en wind moes werk nie. Ek sien sy is vreeslik verbrand deur die son. Tante moet asseblief vir haar salf of iets gee vir die sonbrand."

"Ja, haar vel is vreeslik verbrand," beaam die ouer vrou, "en sy lyk vir my so verwese. Ek hoop nie die son gaan haar siek maak nie, Wouter. Die wit van haar oë lyk vreeslik rooi."

"Nee, ek glo nie die son het haar te erg laat deurloop nie, tante. Sy het darem heeldag 'n hoed opgehad. Haar oë is rooi van die stof en wind." Hy plaas sy leë koppie op die tafel en sê kortaf dat hy ook maar gaan bad.

Dis vir Lecia 'n salige gevoel toe sy in die bad klim en die water haar moeë liggaam koel omvou. Haar gesig, arms, skouers en rug is seer van die sonbrand. Selfs haar hande is rooi gebrand. Sy weet dat sy oor 'n paar dae soos 'n slang sal vervel, maar is te moeg om ernstig daaraan te dink. Al wat sy begeer, is om hier in die water te ontspan en te vergeet van al die onaangename dinge wat sy vandag beleef het. Ja, sy wil ook nie eens aan Wouter se onvriendelikheid dink nie. As hy haar nie kan verdra nie, is dit sy saak. Sy het immers nie gevra om hier op Blouberg te wees nie.

Nadat Lecia gebad het, smeer sy room aan al die sonbrandplekke en was dan die sand en stof uit haar hare. Met die handdoek om haar kop, trek sy 'n sagte kamerjassie aan en gaan lê op die bed waar sy haar brandende oë met oogdruppels dokter.

Etlike minute lank lê sy op die bed met haar oë gesluit, toe oorval die slaap haar, en sy is nie eens bewus van die klokkie wat vir aandete lui nie.

Toe Lecia nie haar opwagting in die eetkamer maak nie, sê Wouter effens ongeduldig: "Ek dink ons moet maar aansit, tante. Daardie rooikop gaan bepaald nog ure voor die spieël staan om haar songebrande gesiggie en rooi oë op te knap, en ek vergaan al van die honger."

Nadat tant Elsa die kos opgedis het, sê sy bekommerd: "Ek sal maar eers gaan kyk wat Lesie maak, Wouter. Dalk is die kind siek."

Tant Elsa verlaat die eetkamer en keer na 'n rukkie terug. "Lesie slaap, Wouter," sê sy en neem weer langs die tafel plaas. "Sy het gebad en haar hare gewas en so met die handdoek om haar kop op die bed aan die slaap geraak," verduidelik sy.

"Maar sy kan nie nou slaap nie, tante," sê hy en kyk die ouer vrou ernstig aan. "Lecia het vanoggend laas behoorlik geëet."

"Wel, sy slaap, en sy sal nie sommer net so aan die slaap raak as sy nie doodmoeg is nie, Wouter. Nee, laat haar slaap. Sy kan eet wanneer sy wakker word."

Hieroor voel Wouter glad nie gelukkig nie. Lecia het vandag 'n man se werk verrig, sonder middagete, en die hele middag nie nat of droog oor haar lippe gehad nie. Sy gewete begin hom nou ernstig aankla. Hy verwyt homself omdat hy nie drie-uur gaan kyk het waarom sy nog nie tuis is nie, en toe hy eindelik halfvyf daar aankom, trap hy haar nog boonop uit ook. Hy voel meteens bitter spyt oor party van die dinge wat hy gesê het. Sy was heeldag in die son en wind op die trekker, doodmoeg en seer van sonbrand, en in plaas van 'n vriendelike woordjie van bemoediging, slinger hy haar beledigings toe . . . en dit oor die ploegskare. Hy verstaan nou waarom sy hom nie, soos gewoonlik, met haar tong gegesel het nie. Sy was te dors en uitgeput om met hom te argumenteer. Hy verstaan homself ook nie. Hy was nooit in die verlede so kort van draad nie . . . Dis waar, die rooikop het 'n manier om elke moontlike emosie in hom te voorskyn te bring.

Wouter voel bitter bekommerd oor Lecia, want dit is vir hom nou baie duidelik dat sy haar vandag ooreis het. Hy probeer sy gewete salf met die gedagte dat dit haar eie skuld is. As sy geluister het toe hy aan haar verduidelik het hoe breed sy die land moet braak, sou sy twee-uur al klaar gewees het. Vir die beledigings wat hy haar toegeslinger het, is daar egter geen salf vir sy gewete nie.

Lank nadat tant Elsa al gaan slaap het, sit hy nog in die studeerkamer en wag dat Lecia moet wakker word en kom eet. Later gaan hy ook maar slaap, want dit lyk nie asof die rooikop vanaand gaan wakker word nie.

7

Toe Lecia die volgende oggend die eetkamer binnestap, merk Wouter dadelik op dat die moeë trek op haar gesig oornag verdwyn het. Haar gesig is nog steeds bloedrooi van gister se sonbrand, maar haar oë is weer helder. Hy merk ook dat daar vanoggend iets vreemds aan haar is – 'n geslotenheid wat hom die gevoel gee dat sy kilometers ver van hom en tant Elsa verwyder is. Dit voel asof sy haar heeltemal aan hulle onttrek het.

"Waar gaan jy en Lesie vandag werk, Wouter?" vra tant Elsa nadat Wouter die seën gevra het.

"Lecia moet eers vanoggend dorp toe gaan om vir haar geskikte klere vir die plaas te gaan koop, tante," antwoord hy. "Sy kan nie langer sonder 'n sonhoed en met sulke dun bloesies in die son werk nie. Sy kan sommer ook, terwyl sy op die dorp is, vir my drie ploegskare by Lavinsky bestel. Ons sal na die middagete die aartappelland gaan natlei. Van môre af sal ons die werkers moet help om die beeste en skape bymekaar te maak sodat hulle gedip kan word. Die soutbakke in die kampe moet ook gevul word, en die slagosse moet in die somerweiveld gejaag word. Ons sal ook die grenslyn moet nasien en verlede jaar se lammers merk."

"Wat gaan jy op die land saai wat Lesie gister geploeg het?" wil tant Elsa na 'n rukkie weet.

"Ek het nog nie besluit nie, tante, maar dit sal iets moet wees waarvoor Lecia die planter kan gebruik. Ek wil hê sy moet leer hoe om die planter te gebruik. Ek wil haar ook leer om met die stroper te werk."

Lecia dra niks by tot die geselskap nie, maar in haar enigheid wonder sy hoeveel honderd dinge hier op die plaas is wat sy nog moet leer.

Na die ete gaan verklee sy haar in 'n broekpak, en eindelik is sy gereed om dorp toe te gaan. 'n Entjie van die waenhuis af waarin haar motor staan, wag Wouter vir haar. Hy val langs haar in en sê saaklik: "Die klere wat jy vanoggend gaan koop, is vir die werk hier op die plaas, dus vra ek jou mooi om jou inkope op Blouberg se rekening te laat plaas, Lecia."

"Ek dink ons het hierdie saak Sondag al bespreek, Wouter," sê sy sag. "Ek het nog nie van sienswyse verander nie."

"Maar dis tog vir die werk hier op die plaas," probeer hy weer.

"Ek verkies dat ons hierdie onderwerp liewer nie weer bespreek nie," hou sy vol. Sy klim in die sportmotor, maak die deur saggies toe en sê afgetrokke: "Tot siens, Wouter."

"Tot siens, kleinding, en ry asseblief versigtig."

Sy skakel die motor aan en vertrek.

Vandag wei Wouter se skape ver van die pad af, en dit laat haar wonder hoe dit met die hond gaan wat sy verlede week raak geskiet het. Sy besluit om vanoggend by Frans navraag te doen in verband met die hond. Die ram is al terug op Blouberg. Sy sit en dink aan al die skade wat sy Wouter die afgelope week berokken het en besluit om Frans se fooi vir die behandeling van die hond en die ram self te betaal.

Op die dorp doen sy eers by Lavinsky se winkel aan om die ploegskare vir Wouter te bestel. Sy is egter bly toe die man haar meedeel dat hy 'n aantal ploegskare in voorraad het en haar drie skare kan laat kry. Toe sy hom die geld aanbied, wil hy dit eers nie neem nie, aangesien Wouter 'n rekening by sy winkel het. Maar nadat sy aan hom verduidelik het dat sý die ploegskare koop en nie Wouter nie, neem hy die geld en verpak die artikels vir haar.

By 'n klerewinkel koop sy vir haar 'n sonhoed, donkerblou denimbroek, langmoubosbaadjie, swart sokkies en 'n paar duursame swart skoene. Hierna gaan sy na Frans se huis toe om te hoor hoe dit met Wouter se hond gaan.

Sy tref Frans in sy agterplaas aan waar hy sy hande onder 'n kraan staan en was.

"Goeiemôre! Wêreld, maar ek voel vreeslik geëerd om 'n besoek van jou te ontvang, Lecia," begroet hy haar met 'n breë glimlag, neem die handdoek wat oor sy skouer hang en droog sy hande af. "Kom, ek dink dit is tyd vir tee."

"Dankie, dit sal lekker smaak," sê sy. "Maar vertel eers vir my, hoe vorder Wouter se hond?"

"O, hy is al weer springlewendig. Jy kan hom saamneem as daar plek in jou motor is," doen hy aan die hand en lei haar na die sitkamer toe.

"Goed, ek sal hom saamneem en sommer ook jou rekening vereffen, Frans."

Nadat hulle tee geniet het, betaal sy Frans vir die behandeling van Wouter se diere en sê dat sy weer moet ry, maar hiervan wil Frans nie hoor nie. Hy dring daarop aan dat sy eers middagete saam met hom moet nuttig.

"Nie vandag nie, Frans," sê sy. "Ek moet twaalfuur ry."

"Dan eet ons halftwaalf," hou hy vol. Hy kyk na sy polshorlosie. "Dis byna halftwaalf. Ek sal vir my huishoudster gaan sê sy moet sonder versuim tafel dek en vir ons opskep."

"Kry jy altyd jou sin, Frans?" vra sy met 'n vriendelike glimlag.

"O nee, nie altyd nie, net met 'n gelukslag soos vandag," lag hy. "Ek is so bly dat jy hier aangekom het, Lecia. Ek het al na jou begin verlang, weet jy?"

"Ek glo dit nie. Julle mans is almal eenders. Julle sê dinge net om 'n mens te vlei."

Met 'n sagte laggie verlaat hy die sitkamer om sy huishoudster te spreek en sy wit oorjas uit te trek.

Onderwyl hulle later die middagete geniet, vertel Lecia hom van die testamentêre bepaling dat Wouter 'n puik boer van haar moet maak. Sy vertel hom ook van die land wat sy gebraak het, van die nuwe ploegskare wat sy beskadig het en dat Wouter byna haar kop afgebyt het.

"Ek hoor Wouter is 'n uitmuntende en presiese boer," sê Frans. "Die boere in die distrik koester groot agting en respek vir hom, maar hulle sê ook hy is 'n dwars man as hy kwaad is. So, moet hom liewer nie kwaad maak nie, meisiekind, want straks byt hy regtig daardie oulike rooi kop van jou af, en dit sal 'n tragedie wees. Maar sê my, wanneer sien ek jou weer? Kan ek Saterdagmiddag vir jou kom kuier?"

"As jy wil, kan jy maar kom," antwoord sy, en voeg tong in die kies by: "Ek hoop nie Wouter is so 'n slawedrywer dat hy my op 'n Saterdagmiddag in die werk sal steek nie."

"Nee, hy sal nie. Die boere werk gewoonlik nie Saterdagmiddae nie. Ek sien jou dus Saterdagmiddag weer."

Na die ete tel Frans die hond versigtig in haar motor, toe groet en vertrek sy.

Dis byna halfeen toe Lecia Blouberg se werf binnery en voor die huis stilhou. Wouter, wat die motor hoor stilhou het, stap op die voorstoep uit om hom daarvan te vergewis dat dit wel sy is. Hy kan nie dink waarom sy so lank by die winkels vertoef het nie.

"So, dan is jy eindelik tuis," sê hy toe sy die trap na die voorstoep met arms vol pakkies bestyg.

Sy steek vas en kyk hom behoedsaam aan.

"Jy het gesê ons begin twee-uur water lei. Dis nog nie twee-uur nie."

"Kan ek die pakkies vir jou dra?" bied hy aan.

"Nee, dankie, ek sal regkom. Jy kan jou hond en jou ploegskare uit die motor gaan haal," sê sy en stap na haar slaapkamer toe.

Lecia het haar pas in een van die uitrustings verklee wat sy vanoggend gekoop het en is nog besig om haar skoene vas te maak, toe daar dringend aan haar kamerdeur geklop word.

"Binne!" roep sy uit.

"Ek wil nie binnekom nie," hoor sy Wouter sê, "ek wil jou graag in my studeerkamer spreek."

Sy hoor hoe hy wegstap, en dan wonder sy met 'n frons wat sy nou weer gesondig het . . . of is die ploegskare miskien nie die regte soort nie?

Sy trek die bosbaadjie aan en stap na die studeerkamer toe, waar Wouter met sy hande agter sy rug deur die venster staan en kyk.

Toe sy die deur agter haar toestoot, draai hy vinnig om, tel 'n stukkie papier op die lessenaar op en kom reg voor haar staan.

"Wat is dit hierdie?" vra hy fronsend en hou Lavinsky se kontantstrokie vir die drie ploegskare voor haar neus.

So, dan is dít waarom hy so die duiwel in is, dink sy, maar sê doodluiters: "Hoe bedoel jy, Wouter? Jy kan mos sien dis 'n kontantstrokie."

"O, dit kan ek baie goed sien, ek is nog lank nie blind of seniel nie," sê hy driftig. "Maar sover my wete strek, het ek nie vir jou geld gegee om vir die ploegskare te betaal nie."

Daar is 'n trekkie van weerloosheid om haar mond en 'n veraf uitdrukking in haar oë toe sy by hom verbykyk, deur die

119

venster na waar die wind rooi stofwolke teen die bult opjaag.

"Ek kan werklik nie begryp waarom jy so 'n kabaal opskop nie," sê sy sag. "Toe jy my gister daarvan beskuldig het dat ek niks kan doen sonder om jou skade te berokken nie, het ek mos belowe om vir jou 'n nuwe stel ploegskare te koop. Maar jy was so woedend dat jy my blykbaar nie eens gehoor het nie. In elk geval, ek het besluit om vir al die skade te vergoed wat ek jou aangedoen het. Ek het Frans ook betaal."

"Jy het wát gedoen?" Hy kyk haar aan asof sy gesê het dat sy hom voortaan sal onderhou.

"Ek het Frans betaal vir die behandeling van die ram en die hond," herhaal sy.

"Is Frans gek om geld van jou te neem?" 'n Ander gedagte tref hom skielik, en sy oë trek op skrefies. "Het jy vir Frans gaan kuier, of het jy hom op die dorp raakgeloop?"

"Ek het gaan verneem hoe dit met jou hond gaan, en ek wou hom ook vir sy diens vergoed. Maar daar is niks om oor sleg te voel nie, want Frans verkeer skynbaar onder die indruk dat jy my gestuur het om sy rekening te vereffen."

"So, dan is dit die rede waarom jy so laat hier aankom. Die hele tyd by daardie laventelhaan gelê –"

"Verskoon my, ek het nie by Frans gelê nie. Hy wou nie daarvan hoor dat ek ry voordat ek middagete saam met hom genuttig het nie," help sy hom reg.

"En jy kon natuurlik nie nee sê nie."

"Ek is nie laat vir die werk wat ek moet doen nie, Wouter, dus sien ek geen rede vir jou gramskap nie. As jy my nou sal verskoon, sal ek my motor in die waenhuis gaan intrek."

Sy wag nie om te hoor wat hy nog te sê het nie, maar verlaat die studeerkamer sonder meer en stap na buite waar haar motor voor die deur staan. Sy kan nie begryp waarom Wouter se gramskap en beskuldigings haar so ongelukkig stem, en waarom sy sedert gister te sleg is om hom in te vlieg en hom goed op sy plek te sit nie.

Dis bepaald al die vreemde dinge hier op die plaas wat besig is om my te verander, dink sy, en gistermiddag was ek gans te uitgeput om my teen sy beskuldigings te verdedig. Sy dink aan

Wouter se snaakse optrede. Die een oomblik trap hy my van 'n kant af uit, en die volgende oomblik lyk dit byna of hy besorg is oor my . . . Die man is buierig verby.

Sy stoot die waenhuis se deure toe en stap tydsaam terug huis toe.

Toe Wouter en tant Elsa byna klaar geëet het, gaan sit Lecia haar sonhoed op en stap tydsaam na die stalle toe waar Arrie besig is om die groot, wit hings op te saal. Lady is reeds opge-saal en ruk haar kop afwagtend op toe sy haar sien aankom. Sy weet die rooikop het altyd 'n appel of 'n suikerklontjie vir haar.

"Het jy tog nie jou hare afgesny nie, Lecia?" Wouter se stem kort agter haar laat haar ruk soos sy skrik.

Maar sy ruk haar gou reg en antwoord ongeërg: "Nog nie. Ek het my hare op my kop vasgesteek, en ek sal dit voorlopig so dra totdat ek die geleentheid kry om na 'n haarsalon toe te gaan."

Hy kom langs haar staan, lank en breed. "Sien jy daardie kar-wats? Nou ja, sny net aan jou hare . . ." waarsku hy ernstig. Sy blik gly oor haar fyn postuurtjie. "Jy lyk oulik in daardie bos-baadjie. Het die son jou rug en skouers gister seer gebrand?"

"So 'n bietjie," antwoord sy sonder om na hom te kyk. Wat sal dit haar tog baat om vir hom te sê dat die son gister al sy energie net op haar rug en skouers gefokus het en dat selfs die geringste aanraking van die bosbaadjie teer haar rug 'n pyni-ging is? Hy sal bepaald vir haar sê dit is maar 'n plaas se manier om 'n boer te brei . . . Nee, sy sal liewer sterf as om te kla en hom sodoende die kans te bied om haar van lafhartigheid en kleinserigheid te beskuldig.

"Nou goed, laat ons dan maar ry," sê hy.

Toe hulle by die land aankom, merk Lecia op dat twee wer-kers besig is om die hoofwatervoor wat van die sluis af kom, skoon te maak. Wouter wys haar hoe die water na die vore tus-sen die rye aartappelstoele afgekeer word, en hoe 'n mens die vore met 'n graaf oopmaak waar dit op plekke toegespoel is.

Drie-uur is Lecia se rug al so seer van vore oopspit dat sy kan skreeu. Om so gebukkend te staan is nie speletjies nie, en dan is

121

haar rug nog boonop ellendig seer van gister se sonbrand. Later kan sy dit nie meer uithou nie. Sy kom stadig orent, en druk met haar linkerhand op haar rug waar dit voel asof dit op drie plekke geknak is.

"Is jou rug seer? Gee jou graaf vir my," hoor sy Wouter skielik agter haar sê.

"Toemaar, ek sal regkom," antwoord sy, en begin weer dadelik om die voor oop te spit wat toegespoel het.

"Die werkers kan nou die res van die land natlei," sê Wouter en neem die graaf sonder meer uit haar hande. "Ons gaan nou eers koffie drink, daarna kan ons na die veekampe toe ry. Ek wil hê jy moet later vanmiddag kom kyk hoe 'n koei met 'n masjien gemelk word en hoe die roomafskeier werk. Ons stuur elke oggend room en melk na die kaasfabriek toe hier op Dennevlei. Die afgeroomde melk word weer vir die groot varke gegee," verduidelik hy onderwyl hulle na die perde toe stap wat onder 'n kruisbessieboom opgesaal staan.

Die ketel water staan reeds op die stoof en kook toe Lecia en Wouter by die agterdeur instap. Tant Elsa het vroeër brood geknie en is nou besig om die deeg in die panne te sit. Dus bied Lecia aan om vir hulle koffie te maak.

"Ons sal môre moet slag," sê tant Elsa. "Daar is net genoeg vleis vir vandag."

"Dis 'n bietjie ongeleë, tante," sê Wouter en neem die koppie koffie wat Lecia vir hom aanbied. "Ek het die werkers vandag en môre nodig. Ons sal môre maar biltong en droëwors moet eet."

"Aangesien ek net 'n vyfde wiel aan die wa is, sal ek môre-oggend 'n paar tarentale vir die pot gaan skiet," laat Lecia van haar hoor.

Wouter kyk haar berekenend aan, nie seker of hy moet toestem nie. Netnou verongeluk sy met die geweer, en dan is dit 'n splinternuwe ellende. Sy het nog nooit iets gedoen wat nié 'n slegte nadraai gehad het nie.

"Waar wil jy tarentale gaan jag?" vra hy.

"By dieselfde plek waar Lady my die eerste dag afgegooi het."

"Lady het jou nie afgegooi nie, my hartjie, jy het self afgeval," terg hy, "en dit was uit pure . . . e . . . onkunde –"

"Toemaar, sê maar onnoselheid," val sy hom sag in die rede. "Jy het nog nooit juis my gevoelens gespaar nie, dus is dit onnodig om nou te begin."

Hy kyk haar ondersoekend oor die rand van die koppie aan en vra versigtig: "Voel jy nog steeds seer omdat ek jou gistermiddag 'n paar waarhede vertel het?"

"Ek is nie bereid om die aangeleentheid te bespreek nie," antwoord sy en plaas haar leë koppie in die opwasbak.

"Terloops, van gister se ding gepraat," sê hy weer, "noudat jy vir die ploegskare en selfs ook vir Frans betaal het, is daar bepaald 'n groot gat in jou banksaldo. Wat gaan jy maak as jy nie meer 'n sent in die bank het nie? Sal jy my dan toelaat om jou bankrekening aan te vul?"

"Ons het die saak al voorheen bespreek, en jy weet wat my sienswyse is. Ek is nie heeltemal sonder familie nie. Ek het darem nog 'n ou tante wat leef, en sy sal nooit toelaat dat ek van armoede en ellende krepeer nie. Sy was nog altyd vir my soos 'n eie ma. Selfs my motor was 'n geskenk van haar."

"As jy jou hardkoppigheid laat staan, sal dit glad nie nodig wees om jou tante om geldelike hulp te vra nie," sê hy vererg. Hy het wyle oom Isak plegtig belowe dat hy vir Lecia sal sorg en ook sal sorg dat sy nooit gebrek ly nie. Maar hoe op aarde moet hy dit doen as sy hom nie wil toelaat nie? "As jy gereed is, kan ons maar na die veekampe toe ry," sê hy kortaf, neem sy hoed van die stoel af en stap by die agterdeur uit.

Wouter sit reeds op Blits se rug toe Lecia haar by hom aansluit. Sonder om na hom te kyk, klim sy in die saal, en weldra is hulle op pad na die uitgestrekte veekampe. Sy is daarvan bewus dat hy nie in 'n goeie stemming verkeer nie, maar daaraan steur sy haar nie veel nie. Sy begin al gewoond raak aan sy buierigheid. Sy wonder of hy hom al ooit vir Teresa vererg het, of is die blondekop volgens hom volmaak?

Teresa sal beslis in sy oë volmaak wees, dink Lecia afgetrokke. Sy is natuurlik op Goeiehoop gebore en weet bepaald iets van boerdery af. Sy sal dus nie soveel flaters begaan as ek nie. Sy is ook so mooi met haar koringgeel hare en sielvolle oë . . . geen man sal dit oor sy hart kry om haar te beledig soos Wouter my al beledig het nie. Ek is mos maar net Lecia Brank, die parmantige rooikop wat geen gevoel het nie. Ek kan mos nie seerkry nie. Hy dink natuurlik ek is soos 'n eend, dat sy beledigings soos water van my rug afloop. As my teenwoordigheid hier op Blouberg hom irriteer, is dit nie my skuld nie. Hy het my gekeer toe ek terug Johannesburg toe wou gaan, en as hy nou spyt voel omdat hy my gekeer het, kan hy maar net so sê. Ek was niemand nog ooit tot las nie, en ek wil hom allermins tot las wees.

Sedert Wouter uit die kombuis gestap het, het hy nog nie weer 'n woord met haar gepraat nie, maar daaroor kwel sy haar nie in die minste nie. Sy periodieke uitbarstings het haar tot die slotsom laat kom dat hy haar net hier op die plaas duld omdat hy nie in stryd met die testament durf handel nie, maar dat hy bly sal wees wanneer haar proefjaar verstryk het en hy van haar ontslae sal wees. Ja, sy is daarvan oortuig dat Wouter nie veel tyd vir haar het nie.

Dis byna sesuur toe hulle voor die stalle stilhou, net betyds vir aandete. Arrie is dadelik by en lei die perde weg om hulle te versorg.

Die geur van vars brood hang swaar in die kombuis. Lecia trek haar asem behaaglik in en stap reguit badkamer toe om eers te bad voordat sy vir ete gaan aansit, want daarna wil sy dadelik gaan slaap.

Die volgende oggend aan die ontbyttafel gesels Wouter en tant Elsa net oor die boerdery, maar na 'n rukkie draai die ouer vrou na Lecia en sê verontskuldigend: "O, kind, amper vergeet ek om vir jou te sê dat jou ta' Emma gebel het en dat ek jou nie wou wakker maak nie. Sy het gesê sy sal jou weer sewe-uur vanaand bel."

"O, maar dit is goeie nuus, tant Elsa," sê sy met 'n ongewone warmte in haar stem. "Hoe gaan dit met tant Emma?"

"Nee, Lesie, sy sê dit gaan goed. Verlang maar baie na jou en wens jy wil huis toe kom," antwoord tant Elsa op haar een-voudige manier.

"So, dan verlang sy nou dat ek moet huis toe kom," sê Lecia met 'n afgetrokke glimlaggie. "Tipies van my dierbare tant Emma. Staan eers soos 'n tiran agter my om my my erfdeel in ontvangs te laat neem vir my nageslag, en nou wens sy ek wil huis toe kom. Ek wonder wat sy sal sê as ek haar vanaand vertel dat daar geen Blouberg vir my nageslag gaan wees nie en dat sy my oor 'n jaar vir goed tuis sal hê."

"Jou ta' Emma wil hê jy moet nóú huis toe kom, Lesie," sê tant Elsa.

"Nee, dis onmoontlik, tante. Ek is nou al uitgekryt vir baie onaangename dinge, maar vervlaks of ek my as 'n lafaard gaan laat bestempel. Ek durf haar ook nie nooi om vir my te kom kuier nie, want sy sal 'n oorval kry as sy moet sien hoe die son my verbrand het. En as sy moet weet dat daar van my 'n boer gemaak moet word, sal sy oom Isak sommer met haar aankoms 'n paar keer in sy graf laat omdraai. Nee, daardie dierbare tante van my het 'n nare manier om 'n mens alewig iets te laat doen wat jy nie graag wil doen nie, dus is dit beter dat sy liewer in Johannesburg bly."

Lecia se woorde, dat sy al vir baie onaangename dinge uitgekryt is, laat Wouter vinnig na haar kyk. Hy merk die afgetrokke, byna verwese glimlaggie om haar mond en voel meteens diep skuldig oor al die onvriendelike dinge wat hy haar al in sy drif toegeslinger het, 'n drif wat gewoonlik deur meer dinge veroorsaak word as net deur haar onberekende flaters.

Hy is 'n rukkie lank so diep ingedagte dat hy nie die gesprek tussen Lecia en tant Elsa volg nie. Al wat tot hom deurdring, is die laaste deel van Lecia se sin: dus is dit beter dat tant Emma liewer in Johannesburg bly.

Na ontbyt gaan haal Wouter die haelgeweertjie en patrone waarmee Lecia die tarentale wil jag.

"Ek weet werklik nie of ek jou alleen met dié geweertjie moet vertrou nie," sê hy toe hy die vuurwapen en twee dosyn patrone op die eetkamertafel neersit.

"As jy vrees dat ek jou geweer sal breek –" begin sy, maar hy val haar dadelik in die rede.

"Dis nie wat ek bedoel nie. Jy is nog so onhandig met die geweer, en jy weet self wat verlede keer met Boel gebeur het."

"Toemaar, ek sal nie jou perd vermink nie . . ."

"Mý perd?" Hy kyk haar met opgetrekte wenkbroue aan.

125

"Jy dink tog seker nie ek sal jou toelaat om op Blits te ry nie!"

"Ek praat van Lady, sy is tog ook jóú perd. In elk geval, ek sal die geweer se loop na die grond toe hou terwyl ek dit laai."

"Nou goed, moet net nie die loop teen die grond vasdruk nie, want dan sal jy dit beskadig en . . . Nou ja, ek veronderstel jy sal jouself darem nie vermink nie."

"Dit sal gelukkig nie jóú skade wees nie," kan sy nie help om te sê nie. Sy steek die patrone in haar bosbaadjie se sakke, neem die geweertjie en gaan na die stalle toe waar Lady en Blits albei opgesaal staan.

'n Entjie van die huis af merk Lecia 'n paar tarentale tussen 'n kol bossies en graspolle op. Sy trek Lady dadelik in, klim af en maak die teuels aan 'n jong doringboompie vas. Versigtig buig sy die geweer se slot oor haar knie oop, plaas 'n patroon in die loop en druk die slot weer toe. Met haar vinger op die sneller en die loop grondwaarts gerig, lig sy haar kop op om te sien of die tarentale nie intussen padgegee het nie. Maar net toe sy die tarentale weer in fokus het, raps 'n steekvlieg haar aan die kant van haar nek. Haar arm ruk werktuiglik op. Die volgende oomblik gaan die skoot af, en sy voel 'n brandpyn in haar been.

Lecia is so verskrik dat sy nie eens die geklop van perdepote agter haar hoor nie. Sy was vroeër so haastig om by die tarentale te kom, sy het nie eens opgelet dat Wouter haar op 'n afstand volg nie.

Haar nek brand soos vuur, en dit voel asof die ellendige steekvlieg haar aan die linkerkuit ook gesteek het. Maar haar nek is op die oomblik die seerste.

Sy is nog besig om die steekplek aan haar nek te vryf, toe neem Wouter die geweertjie uit haar hand en sê bars: "Gee maar die geweer vir my. Jy is gans te onverantwoordelik om met 'n vuurwapen rond te loop." Hy hou sy hand na haar toe uit. "Die patrone, asseblief."

Sonder om 'n woord te sê, neem sy die patrone uit haar sakke en gee dit vir hom. Toe kyk sy op in sy effens bleek gesig en sê sag: "Dit was nie my skuld dat die skoot afgegaan het nie –"

"Nee, dis nooit jou skuld wanneer sulke dinge met jou gebeur nie," val hy haar streng in die rede. "En dit sou natuurlik

126

ook nie jou skuld gewees het as jy jouself in die been geskiet het nie. Ek wonder vir wie jy die skuld sou gee . . . Wat vryf jy jou nek so?" Hy neem haar hand weg en bekyk die steekplek.

"Ek dink dis 'n steekvlieg of 'n ding wat my gesteek het," antwoord sy, diep teleurgesteld omdat hy die geweer geneem het nog voordat sy 'n enkele skoot op die tarentale kon afvuur.

"Gaan huis toe en vra vir tant Elsa om iets aan jou nek te smeer," sê hy. Die volgende oomblik klim hy in die saal en ry op 'n stywe galop die veld in.

Eers toe sy na Lady toe stap en in die saal klim, kom sy agter dat haar kuit ellendig seer is. Sy buk af en bemerk die paar fyn gaatjies in haar linkerbroekspyp.

So, dan hét ek my raak geskiet, flits dit deur haar gedagtes. Nou sal Wouter my natuurlik weer vertel dat ek die eenvoudigste mens is wat hy ken, en wat de duiwel het ek gemaak, en kan ek nie kyk wat ek doen nie, of is ek blind? Nee, Wouter en tant Elsa moet liewer nie hiervan weet nie, want weet tant Elsa dit, gaan vertel sy alles vir Wouter, en dan sal hy nooit weer die geweertjie vir my leen nie. As dit lyk of daar van die patroon se hael in my kuit is, sal ek maar gou hospitaal toe ry sodat een van die dokters dit kan verwyder. En as Wouter of tant Elsa wil weet wat ek op die dorp gaan maak het, sal ek sê ek het 'n brief vir tant Emma gaan pos.

Lecia het ook net haar storie agtermekaar, toe hou sy voor die stalle stil en klim af. So vinnig as wat sy haar seer been kan beweeg, stap sy na haar kamer toe sonder om tant Elsa raak te loop. Sy ondersoek haar kuit en merk op dat drie haelkorrels haar getref het. Hierna verklee sy haar haastig, en 'n paar minute later is sy onderweg na Dennevlei se hospitaal.

Op die dorp sien sy Frans met twee ouerige mans voor sy deur op die sypaadjie staan en praat. Maar toe hy haar motor opmerk, beduie hy met sy hand dat Lecia moet stilhou.

"Môre, Frans," groet sy toe sy langs hom en die twee mans stilhou.

Hy beantwoord haar môregroet en vra belangstellend: "Gaan dit goed?"

"Nie te sleg nie. Maar sê eers vir my waar die hospitaal is, Frans. Ek is vreeslik haastig."

"Dis daar onder waar die straat links draai, net om die hoek."

"Dankie, ek sien jou weer later," sê sy en trek vinnig weg voordat Frans weer iets kan sê.

Danksy Frans bereik sy die hospitaal sonder moeite, en nadat sy die doel van haar besoek aan 'n verpleegster verduidelik het, word sy sonder meer na 'n ondersoekvertrek geneem. Na 'n rukkie maak 'n jong dokter sy verskyning in die ondersoekver-trek en kyk haar met 'n ondeunde trek in sy oë aan.

"So, dan is jý die rooikop wat Wouter deesdae op sy tone hou," sê hy met 'n laggie. "Wat het jy vandag weer aangevang, laat ek hoor?"

"Dokter, ek weet nie waar jy aan jou inligting kom nie, maar ek vang nooit doelbewus dinge aan nie. Die dinge gebeur maar sommer net met my . . . soos vandag weer." Sy vertel hom hoe dit gebeur het dat sy haar eie kuit raak geskiet het. "Haal as-seblief die haelkorrels uit my been sodat ek kan ry, dokter. Ek wil nog voor middagete op Blouberg wees."

"Jy sal nie jou motor kan bestuur nadat ek die haelkorrels verwyder het nie," waarsku hy. "Ons sal jou 'n dag of wat hier in die hospitaal moet hou."

"O nee, daar sal niks van kom nie," keer sy haastig. "Ek ry sodra jy my been verbind het. My motor het 'n outomatiese ratkas, dus sal dit nie moeilik wees om met een voet te bestuur nie. Moet my net nie narkose gee nie, dokter, spuit maar liewer die kuit dood."

Dit is pas elfuur toe Wouter die kombuis binnestap met twee tarentale wat hy op pad na die beeskamp geskiet het. Hy plaas die voëls in die opwasbak en neem langs die tafel plaas. Tant Elsa is dadelik by om vir hom koffie en beskuit voor te sit.

Terwyl hy die koffie en beskuit geniet, vertel hy die geskokte tant Elsa dat Lecia haar vandag amper in die been geskiet het en dat hy haar nooit weer sal toelaat om 'n geweer in haar hande te neem nie. "Sy het mooi handjies om klavier en orrel te speel, maar sy kan nie 'n vuurwapen hanteer nie," vervolg hy.

"Ek kan ook nie begryp waarom oom Isak so streng daarop aangedring het dat sy moet leer boer nie. Ek stem saam, dit is 'n vereiste dat sy moet leer om 'n goeie tuisteskepper te wees, maar om die boerdery te behartig! Nee, dit is nie die werk vir ons rooikoppie nie. Kyk net hoe het die son en wind haar in een dag verniel. Terloops, het tante vir haar iets gegee om aan haar nek te smeer waar die steekvlieg haar gesteek het?"

"Ek was in die melkkamer toe sy hier by die huis aangekom het, en toe ek weer sien, ry sy met haar motor weg dorp se kant toe," vertel tant Elsa.

"Dorp toe?" Hy frons. "Hoe laat was dit, tante? Ek bedoel nou, hoe laat is Lecia met haar motor hier weg?"

"Nie lank nadat sy van die veld af gekom het nie," verduidelik tant Elsa bekommerd. "Sy het haar net verklee en toe gery."

"Ek wonder waarheen het sy gery," sê hy ingedagte. "Ek dink ek moet dorp toe bel en hoor of sy daar is. Ek hoop nie sy het vir haar 'n haelgeweertjie gaan koop nie, want dan gaan daar moeilikheid wees. Wag, laat ek eers gaan bel." Hy plaas sy leë koppie op die tafel en kom orent. "As sy op die dorp aankom, sal sy natuurlik vir Frans gaan môresê. Nie dat ek weet wat sy in die vent sien nie. Hy is so bleek en maer soos 'n riem. Selfs sy hare is bleek."

"Ek glo nie Lesie het Frans lief nie, Wouter," paai die ou tante. "Sy is nie die soort wat op elke jongetjie sal staan en verlief raak nie. Kyk, sy het dan nie eens 'n vryer in Johannesburg nie."

"Ek hoop tante het gelyk, maar laat ek eers gaan bel. Ek hou nie daarvan dat sy hier wegry sonder om 'n mens te sê waarheen sy gaan nie."

Daar is 'n glimlaggie van begrip om tant Elsa se mond toe sy Wouter agternastaar. Sy mag oud en afgeleef wees, maar sy is nog lank nie blind of seniel nie. Sy kommer oor Lecia en Frans se vriendskap beteken net een ding – iets wat vir tant Elsa lankal nie meer 'n geheim is nie.

Daar is 'n trek van ontevredenheid om Wouter se mond toe hy agter die lessenaar plaasneem en Frans se nommer skakel.

Hy hoor Frans se telefoon lui en wonder of hy en Lecia besig is om tee te drink.

"Le Roux hier!" hoor hy Frans sê.

"Môre, Frans, dis Wouter hier."

"Ou vriend, moet asseblief nie vir my sê ek moet nou na die een of ander dier van jou kom kyk nie, want ek moet nou dadelik na oom Piet Verkuil se plaas toe ry," sê Frans.

"Nee, toemaar, ek bel jou nie in verband met siekte nie, Frans, ek probeer om Lecia op te spoor. Weet jy miskien waar ek haar in die hande kan kry?"

"Wel, ek het haar vanoggend hier voor die deur in die straat gesien," vertel Frans. "Sy het net môre gesê en gevra waar die hospitaal is, en toe is sy haastig hier weg."

"Nou wat de duiwel het sy by die hospitaal gaan maak?"

"Nee, dit weet ek net so min soos jy, Wouter. Ek stel voor dat jy die ontvangs by die hospitaal bel. My broer Helgaard is vanoggend op diens. Hy sal jou stellig kan sê wat sy daar gaan maak het."

Hy bedank Frans, groet en lui af.

Daar is 'n diep frons tussen Wouter se wenkbroue toe hy die hospitaal se nommer skakel. Die verpleegster by navrae antwoord en skakel hom deur na dokter Helgaard le Roux se kantoor.

"A, dis jy, Wouter!" hoor hy die jong dokter joviaal sê. "Jy bel natuurlik om te hoor hoe die operasietjie afgeloop het. Wel, alles is in orde. Daar was gelukkig net vier haelkorreltjies in juffrou Brank se kuit, maar ek sal jou aanraai om jou gewere in die vervolg agter slot te hou, ou kêrel."

"Kan ek 'n oomblik met Lecia praat, Helgaard?"

'n Sagte laggie begroet Wouter, dan hoor hy Helgaard sê: "My vriend, daardie rooikop is oom Isak in lewende lywe. Sy laat haar ook nie vertel wat sy moet doen nie. Ek wou haar 'n dag of wat hier hou, maar daarvan wou sy nie hoor nie. Nee, sy is 'n rukkie gelede al hier weg. Ek het vir haar gesê sy moet die been 'n paar dae laat rus, maar ek het 'n vermoede dat sy haar nie aan my bevele gaan steur nie."

"Jou vermoede is reg, Helgaard. Maar ek sal sorg dat sy die

130

been so min moontlik gebruik," belowe Wouter. Hy bedank die jonger man, sê tot siens en lui af.

So, dan het sy haar raak geskiet en nie 'n woord daarvan gesê nie, gesels Wouter in sy gedagtes met homself. Maar waarom het sy daaroor geswyg? Vertrou sy ons dan nie? Selfs toe die son en wind haar nou die dag so gebrand het, het sy ook niks gesê van die pyn wat sy moes verduur nie – net gebad en gaan slaap. Gister sou sy bepaald weer met haar seer rug aangehou het om vore oop te spit as ek nie die graaf uit haar hande geneem het nie. Waarom doen sy hierdie dinge? Waarom is sy sedert Sondag so in haarself gekeer? Was ek te hard met haar, of is dit die argument oor Teresa wat haar van my vervreem het? Maar ek het haar tog om verskoning gevra vir my onbillike aantygings!

Wouter voel glad nie gelukkig oor Lecia se afsydige houding nie. Dis vir hom nou baie duidelik dat sy haar aan hom en tant Elsa onttrek het . . . Ja, sy is nie meer daardie vurige, lewenslustige en uitgesproke rissiepit wat hy deur middel van die koerante leer ken het en met wie hy byna twee weke gelede kennis gemaak het nie. Iets in haar het verander, en hy hou nie van die verandering nie. Hy verkies dat sy vurig en uitgesproke moet wees eerder as om so stil en in haarself gekeer te wees. En daardie trekkie van hartseer om haar mond en in haar oë is soos 'n aanklag teen hom. Dit kwel sy gewete, want daar is 'n paar dingetjies waaroor hy bitter skuldig voel.

Hy neem haar foto wat voor hom op die lessenaar staan en kyk lank en aandagtig na haar mooi, stralende gesig.

Is dit ek wat jou verander het, my ou kleintjie, of is dit Blouberg? wonder hy. Ons wou jou nie verander nie. Ons wil jou so graag hê soos wat jy was . . . stralend en gelukkig.

Hy plaas die foto terug op die lessenaar en kom stadig orent. Dan gaan hy kombuis toe om vir tant Elsa te vertel van Lecia se skietongeluk en dat sy hospitaal toe is om die haelkorrels uit haar been te laat verwyder.

"Maar hoekom het die kind dan niks vir jou gesê nie?" kom dit besorg van tant Elsa nadat Wouter haar van sy telefoongesprek met Helgaard le Roux vertel het.

"Ek wens ek het geweet, tante . . ." Hy bly meteens stil, luis-

131

ter aandagtig en sê na 'n rukkie: "Ek het my byna verbeel dat ek 'n motor gehoor het, maar dit was seker die wind. In elk geval, tante kan vir my maar nog 'n koppie koffie skink, asseblief."

Tant Elsa is nog besig om die koppies uit die rak te neem, toe Lecia baie kreupel by die agterdeur ingestap kom. Tant Elsa sit dadelik die koppie neer wat sy in haar hand het, en trek vir Lecia 'n stoel onder die tafel uit.

"Sit, kind," sê sy besorg. "Jy was baie stout. Hoekom het jy nie vir ons gesê nie? En toe gaan staan jy nog self jou motor en –"

"Tante, asseblief," keer Lecia effens van stryk af, verbaas omdat die ouer vrou, en bepaald Wouter ook, weet dat sy haar raak geskiet het. "Daar skort niks ernstigs met my been nie. Ek makeer niks nie. 'n Koppie koffie sal welkom wees voordat ek my werksklere aantrek."

"Jou werksklere?" Wouter kyk haar verstom aan. "Jy verwag tog seker nie dat ek jou sal toelaat om met jou seer been te gaan werk nie, of dink jy regtig ek is so hard en ongevoelig?"

"Ek dink niks nie, Wouter. Ek het opgehou om te dink en te wonder," antwoord sy sag. "Ek is net haastig om so gou moontlik alles in verband met die boerdery te leer. Vergeet van my been. Ek sal gereed wees om met die werk te begin sodra ek my verklee het."

Wouter skud sy kop beslis. "Sodra jy jou koffie gedrink het, gaan jy dadelik in die bed klim sodat jou been kan rus. En onthou, ek sal geen wederstrewigheid duld nie. Ek is nie Helgaard le Roux nie –"

"Wie is hy?" knip sy Wouter se relaas kort.

"Helgaard is Frans se broer en die dokter wat vanoggend die operasietjie op jou been uitgevoer het. Hy kon dit nie regkry om jou 'n paar dae in die hospitaal te hou nie, maar ek sal wel deeglik daarin slaag om jou 'n paar dae in die bed te hou, al moet ek jou ook met 'n riem aan die bed vasbind."

"Dis nie nodig dat ek in die bed moet bly nie," sê sy sag. "Die dokter het gesê dit sal goed wees as ek my been 'n dag of twee so min moontlik gebruik. As ek op Lady se rug sit –"

"Jy gaan nie toegelaat word om op Lady se rug te klim nie," val Wouter haar in die rede.

"Maar wat van my en tant Emma se oproep vanaand?"

"Ek sal sorg dat jy sewe-uur by die telefoon is," belowe hy. "Drink nou jou koffie en dan gaan jy bed toe. En moenie jou oor die boerdery bekommer nie, kleinding. Jy het 'n hele jaar om te leer."

Lecia drink haar koffie in stilte. Sy het ook net haar leë koppie op die tafel neergesit, toe tel Wouter haar onverwags in sy arms op en dra haar kamer toe.

"Dis nie nodig dat jy my dra nie," maak sy dadelik beswaar. "Ek kan self loop."

"Jy het daardie been vandag reeds te veel gebruik," antwoord hy bedaard.

Lecia kyk op na die songebrande gesig wat so naby aan hare is. Sy sien die blinkskoon donkerbruin hare en die volgende oomblik kyk sy in sy donkerblou oë. Meteens is sy bewus van die stille krag wat uit daardie ernstige oë straal en van die man se magnetiese persoonlikheid.

"Waarom bekyk jy my so, kleinding?" vra hy sag.

"Ek het jou nog nooit van naby bekyk nie . . . Ek bedoel, só naby nie," sê sy verleë, onbewus van die blos op haar wange en in haar nek.

"Ek het niks daarteen dat jy my van naby bekyk nie, my hartjie," glimlag hy gerusstellend. "Ek het jou baie dikwels al van naby bekyk . . . daardie geraamde kleurfoto van jou op my lessenaar."

Hy lê haar versigtig op die bed neer en verlaat die vertrek. Lank nadat hy by die deur uit is, lê Lecia nog oor sy laaste sin en tob.

8

Teresa, wat op die dorp van die operasie aan Lecia se been verneem het, beskou dit as 'n ideale verskoning om Wouter te besoek. Sy bel hom tydens middagete om haar spyt oor Lecia se ongeluk uit te spreek, en belowe om daardie aand na die ete 'n draai op Blouberg te maak. Maar toe Wouter die beseerde meisie in dié verband inlig, is sy dadelik omgekrap.

"Sy het nie nodig om my besering as 'n skuifmeul te gebruik om jou te besoek nie, Wouter," sê sy. "Ek hou my nie met skynheiligheid op nie, en ek wil haar ook nie hier in my kamer hê nie."

"Kyk, kleinding, ek weet sy het jou verlede Saterdagaand nie juis vriendelik ontvang nie –"

"Dit is nie die enigste rede waarom ek nie van haar hou nie," val sy Wouter in die rede. "Benewens haar skynheiligheid, hou ek ook nie van haar mooi gesig nie. Het jy al ooit opgelet hoe 'n koue, harde trek daar om haar mond is? Sy doen haar nou so sag en minsaam voor, maar as julle eers getroud is, gaan sy jou op jou herrie gee. Ek kry jou by voorbaat jammer, want ek ken haar soort. Moet haar asseblief nie na my kamer toe bring nie, want ek sal haar vinniger hier uitgooi as wat jy haar hier inbring."

"Nou goed, om die vrede te bewaar, sal ek vir haar sê jy voel nie te wel nie, of ek sal sê jy slaap al."

"Dankie, ek sal dit waardeer en . . . ek is jammer as ek jou seermaak omdat ek nie van haar hou nie, Wouter, maar ek kan nie 'n moordkuil van my hart maak nie."

"Toemaar, julle Branks is maar almal so, ou kleintjie," glimlag hy en streel gerusstellend met sy hand oor haar weelderige, rooibruin hare. "Ek verkies dit dat mense eerlik teenoor hulself en ander moet wees. Solank jy eerlik en reguit met my is, kleinding, sal ons mekaar altyd verstaan."

Hulle gesels nog 'n rukkie, toe verlaat Wouter die vertrek, en etlike minute later hoor Lecia hoe Blits se kragtige hoewe oor die werf dawer. Sy maak haar oë toe in 'n poging om te slaap, maar haar gedagtes is op die oomblik te aktief om te ontspan.

Lecia bring 'n rustelose middag deur. Telkens wanneer sy op die punt is om aan die slaap te raak, sien sy Wouter en Teresa voor haar geestesoog asof hulle lewend voor haar staan en is sy weer dadelik helder wakker.

Wouter en Teresa . . . nogal 'n mooi paartjie. Maar waarom moet die gedagte aan hulle my so ontstel? Hulle gaan my tog nie aan nie. Die plaas akkordeer beslis nie met my nie, besluit sy. Dit wek emosies in my wat my rusteloos maak. Gits, ek ken myself nie meer nie. Sy dink aan Wouter – lank met daardie breë skouers en so aantreklik. Dis snaaks dat ek tot hom, van al die mans wat ek ken, aangetrokke voel. Hy is tog nie die soort man oor wie ek altyd gedroom het nie, maar nou ja, by die liefde is daar seker geen aansien des persoons nie. Sy skrik vir haar eie gedagtes. Liefde! Het ek Wouter dan regtig lief? wonder sy bekommerd.

Sy lê hierdie vraag lank en bepeins, dan besef sy eindelik dat sy Wouter werklik liefhet, daarom dat sy gramskap en beskuldigings haar so diep seermaak. Ja, sy voel nie net aangetrokke tot hom nie, sy het hom waarlik lief.

Sy dink aan Wouter se liefde vir Teresa, en dan weet sy met sekerheid dat sy hierdie ongevraagde liefde uit haar hart sal moet verban. Dis 'n onmoontlike liefde, 'n ongewenste liefde wat haar net ongelukkig sal maak. Sy dink aan die jaar wat sy hier op Blouberg moet woon, 'n jaar saam met Wouter onder een dak.

Die jaar lyk vir haar meteens ontsettend lank. Sy weet dat dit eindelose moed en uithouvermoë van haar sal verg om elke dag saam met hom te werk, sy liefde vir Teresa te aanskou en voor te gee dat dit haar nie raak nie.

Die hele middag worstel Lecia met botsende emosies. Haar verstand sê vir haar sy moet teruggaan na tant Emma toe, maar haar hart weier om van hierdie sterk man en hierdie onmoontlike liefde af weg te gaan. Sy voel later so bitter ongelukkig en besluiteloos dat die trane stil langs haar wange begin afloop en op die kussing drup.

Dis byna tyd vir aandete toe Lecia eindelik besluit dat sy maar op Blouberg sal bly totdat haar proefjaar verstryk het. Ná hierdie besluit het dit meteens stil in haar geword. Maar sy weet dat dit 'n opdraande stryd gaan wees; dat sy menigmaal haar eie hart en gevoelens sal moet verloën om Wouter nie te laat agterkom hoe sy oor hom voel nie.

Nadat tant Elsa haar in die bed met aandete bedien het, dring sy daarop aan om Lecia in haar slaapklere te help verklee sodat haar beseerde been nie te veel vermoei word nie. Sy laat die ouer vrou gedwee toe om haar te help, want noudat die lewe na haar been teruggekeer het, voel dit nogal seer.

Tien minute voor sewe maak Wouter sy verskyning in Lecia se kamer en kom langs haar bed staan. Hy verneem na haar been en sê dan besorg: "Ek sal jou solank studeerkamer toe neem, kleinding, sodat jy daar is wanneer jou tante om sewe-uur bel. Waar is jou kamerjas?" Hy kyk vlugtig rond, sien die kledingstuk oor 'n stoel hang en gaan haal dit vir haar. "Trek dit aan, ek sal nie vir jou kyk nie," sê hy en draai sy rug op haar.

Toe sy eindelik haar kamerjas toegeknoop het, sê sy dat Wouter maar kan omdraai, sy lyk heeltemal respektabel en hy moet asseblief haar borsel aangee sodat sy darem eers haar hare kan borsel.

Hy wag geduldig totdat sy haar hare geborsel het, toe tel hy haar in sy arms op en dra haar na die studeerkamer toe waar hy haar versigtig op die stoel agter die lessenaar neersit.

"Hoe voel jou been nou?" vra hy besorg.

"So 'n klein bietjie seer, maar niks om oor te kla nie," antwoord sy sag.

"Wil jy alleen wees wanneer jy met jou tante praat, of mag ek maar hier sit?" vra hy bedagsaam.

"Sit gerus," antwoord sy, "ek het geen geheime om vir tant Emma te vertel nie. Hierdie plaastelefone van julle is ook nie juis geskik vir geheime nie. Ek is seker 'n paar nuuskieriges gaan vanaand na ons gesprek luister."

"Daarvan kan jy seker wees," beaam hy met 'n glimlag. "Die gemeenskap was nog altyd nuuskierig om te weet waaroor die mense van Blouberg gesels . . ."

Naderende voetstappe laat Wouter meteens swyg. Albei kyk afwagtend na die deur toe dit oopgaan. Dit is tant Elsa en Teresa. Laasgenoemde is in 'n ligblou rok en wit bykomstighede geklee, en haar lang, blonde hare dra sy vanaand in 'n sierlike Franse rol.

Sy groet Lecia met stywe lippe, maar haar groet word ewe kil en uit die hoogte beantwoord. Toe draai sy na Wouter, en nou is haar groet meteens warm en intiem.

136

"Hou julle twee konferensie?" vra sy met 'n tikkie agterdog en neem sonder uitnodiging op die rusbankie plaas.

"Nee, ons gesels maar net," antwoord Wouter bedaard.

Tant Elsa maak verskoning en verlaat die vertrek. Lecia is onthuts omdat die ouer vrou hierdie meisie na die studeerkamer toe gebring het.

"Ek het gedink jy is in die bed, Lecia," sê Teresa koel.

"Wel, soos jy sien, is ek nie," antwoord Lecia uit die hoogte.

"Lecia verwag 'n oproep van haar tante in Johannesburg," verduidelik Wouter. Hy kyk Lecia geamuseer aan terwyl hy vervolg: "Ek het haar uit die bed gaan haal en hierheen gebring. Ná die oproep sal ek haar weer in die bed moet gaan sit."

Die gelui van die telefoon doof meteens sy stem uit.

"Juffrou Brank van Blouberg," sê Lecia in die gehoorbuis en hou dit so dat Wouter ook kan hoor wat tant Emma alles te sê het.

"Bly asseblief aan vir Johannesburg," hoor sy die telefoniste sê.

Na 'n rukkie hoor sy tant Emma se stem.

"Hallo! Kan ek asseblief met Lecia praat?"

"Dis ek wat praat, tante. Gaan dit nog goed?"

"Met die gesondheid gaan dit baie goed, maar die eensaamheid raak nou vir my te veel, Lecia-kind. Ek moes jou nooit Blouberg toe gestuur het nie," kla tant Emma.

"Maar wat van daardie ou wewenaar? Moenie vir my sê tante het hom in die pad gesteek nie." Sy glimlag ondeund.

"Natuurlik het ek hom in die pad gesteek. 'n Man is sommer 'n oorlas."

"Haai, tant Emma moenie sulke dinge sê nie," terg sy. "Ek was vas van plan om eendag te trou en 'n dosyn kinders te hê, en nou sê tante 'n man is sommer 'n oorlas. Dit lyk vir my of ek my planne sal moet heroorweeg. In elk geval, wat kan ek vir tante se eensaamheid doen, noudat tante daardie gawe ou oom in die pad gesteek het?"

"Jy kan huis toe kom, my hartjie. Ek erken dit was 'n fout om jou plaas toe te stuur. Ek sal vir Maggie sê sy moet jou kamer môre van hoek tot kant skoonmaak –"

"Nee, wag 'n bietjie, tante," keer sy haastig. "Ek kan nie nou Johannesburg toe kom nie. Tante het self gesê ek moet my deel van Blouberg in die familie hou vir my nageslag, en om dit te kan doen, moet ek my streng by oom Isak se testament hou."

"Ou Isak kan na die duiwel gaan . . ."

"Hm, hy is bepaald al daar," glimlag Lecia met blink oë.

"Wat sê jy daar?"

"Ek sê maar net tante het gelyk, oom Isak sal bepaald na die duiwel gaan. Dis tog al die Branks van Blouberg se bestemming."

"Wanneer kom jy huis toe, Lecia?"

"Oor 'n jaar, tante. Noudat ek kan perdry, hou ek nogal van Blouberg. Wouter het my ook geleer om 'n trekker te bestuur en met 'n geweer te skiet . . ."

"Wil die vent jou dan laat verongeluk?" roep tant Emma ontsteld uit. "Ek kom skiet hom dood as jy iets oorkom, Leciatjie, en jy kan hom dit gerus vertel."

"Nee, dis goed, ek sal hom vertel wat tante alles met hom sal aanvang," sê sy en kyk in Wouter se geamuseerde oë.

"Nou ja, bly weg van daardie ventjie se trekkers en gewere af, my kind, en los maar liewer die perdryery ook uit. Dis alles dinge wat jou kan verongeluk en . . . Wel, jy is nog al wat ek het, my hartjie. As iets met jou moet gebeur, is jou ou tante heeltemal alleen in die wêreld. Ag, ek is so bitter spyt dat ek jou ooit Blouberg toe laat gaan het. Die huis is so leeg en stil, en ek verlang my dood na jou."

"Ek is oor 'n jaar weer tuis, tante," troos Lecia nou simpatiek. "Tante weet tog self, as ek nou van Blouberg af padgee, verbeur ek alle aanspraak op my erfdeel."

"Jy het Blouberg nie nodig nie, my hartjie," pleit die ou tante. "Jy is my enigste erfgenaam en jy weet self dat jou ou tante . . . e . . . nie arm is nie. Nee, jy moet huis toe kom, Leciatjie."

"Tante, ek kan nie toelaat dat Wouter my as 'n lafaard bestempel nie, en dit is presies wat sal gebeur as ek nou van Blouberg af padgee . . ."

Dan is ses minute verstreke, dus moet Lecia en tant Emma tot siens sê en aflui.

138

"Kleinding, jy het nie eens vir jou tante gesê hoe dit met jou gaan nie," herinner Wouter haar terwyl hy die gehoorbuis op die mikkie plaas.

"Ek weet," glimlag sy stilweg, "ek het haar opsetlik van die onderwerp af weggepraat. Ek kan mos nie vir haar jok en sê dit gaan goed terwyl ek skaars my een been kan gebruik nie. Die waarheid durf ek haar ook nie vertel nie, want dan sal sy haar siek bekommer oor my veiligheid hier op Blouberg, en ek is lief vir daardie ou tante van my."

Wouter neem op die een punt van die lessenaar plaas en kyk Lecia ernstig aan.

"Jou tant Emma het nie nodig om haar oor jou te bekommer nie, my hartjie. Jy moes vir haar gesê het dat jy my verantwoordelikheid is solank jy hier is."

"Nee, ek sal dit liewer nie waag nie," glimlag sy stilweg. "Jy het gehoor sy sê 'n man is sommer 'n oorlas."

"Dis waar," beaam hy, "volgens haar is ek sommer 'n ventjie, 'n snuiter wat nog nat agter die ore en heeltemal onbekwaam is om vir haar oogappeltjie te sorg."

"Ek sou tant Emma nie ernstig opneem as ek jy was nie," maak sy verskoning vir haar liewe ou tante. "Sy is op die oomblik 'n baie eensame mens. Sedert haar seun se afsterwe, vyftien jaar gelede, het haar hele lewe om my gekring, en nou is ek ook weg. Nee, dis beter dat sy liewer nie weet van vandag se skietongelukkie en hoe jy my moor nie. Ek wil nie hê sy moet haar onnodig bekommer nie." Sy kyk na haar polshorlosie en vervolg: "Ek dink ek sal nou maar weer in die bed gaan klim."

"Drink eers saam met ons koffie, kleinding," stel Wouter voor. Hy neem haar geraamde foto wat op die lessenaar pryk, bekyk dit 'n oomblik en sit dit dan weer versigtig op sy plek neer.

Lecia merk hoe kil en dun Teresa se lippe saamgepers is. Sy hou net so min van my as wat ek van haar hou, flits dit deur haar gedagtes. Bepaald jaloers omdat Wouter hier by my op die lessenaar sit . . . of is dit omdat hy na my foto gekyk het?

"Lecia se been is bepaald seer, Wouter, daarom dat sy haastig is om in die bed te kom," sê Teresa stroperig.

"Nou goed, dan neem ek jou maar terug na jou kamer."

Hy tel Lecia op asof sy 'n veertjie is en dra haar terug na haar kamer toe, waar hy haar versigtig op die bed neerlê. Hierna help hy haar om haar kamerjas uit te trek en talm dan nog langs haar bed asof hy nie haastig is om te loop nie.

"Ek dink jy moet liewer nou loop, Wouter," sê sy. "Jou meisie is reeds die herrie in omdat jy die hele tyd by my op die lessenaar gesit het en nie langs haar waar sy aan jou sou kon hang nie. Sy hou ook nie daarvan dat jy my ronddra asof ek 'n baba is nie."

"Hoe weet jy dit?" wil hy met 'n geamuseerde uitdrukking in sy oë weet.

"Gits, is jy dan blind, of wat? Het jy nie gesien hoe dun het sy haar lippe saamgepers toe jy ewe onbedagsaam na my foto gesit en kyk het nie? Jy het ook maar min met haar gesels, weet jy?"

"Nou goed, ek sal nou dadelik vir al my onbedagsaamheid gaan vergoed," glimlag hy. "Lekker slaap, kleinding."

"Nag, Wouter."

Nadat tant Elsa vir haar 'n koppie koffie kamer toe gebring het, lê Lecia en tob totdat sy Teresa se motor hoor wegtrek. Daarna probeer sy in alle erns om Wouter uit haar gedagtes te kry en te slaap.

Bedags kom loer Wouter telkens by haar kamer in wanneer hy tuis is om te kom eet of koffie te drink, en saans sit hy en tant Elsa tot laat by haar en gesels. Frans bel elke dag om te hoor hoe dit met haar gaan, en ook sy broer, Helgaard, bel om te hoor of sy gewese pasiënt haar darem by sy bevele bepaal en haar been laat rus.

Saterdagoggend maak Lecia onverwags haar verskyning in die eetkamer nadat die ontbytklokkie gelui het. Tant Elsa kyk haar verbaas aan, maar Wouter lyk ontevrede.

"Mag ek vra wat jou vanoggend uit die bed gejaag het?" vra hy terwyl tant Elsa vir hulle opskep.

"My been voel baie beter, en ek het geen sinnigheid om besoekers in my kamer te ontvang nie," antwoord sy terwyl sy ongeërg suiker oor haar pap strooi.

140

Wouter meet haar met 'n ligte frons. "Maar jy het mos nie nodig om besoekers in jou kamer te ontvang as jy nie daarvan hou nie, Lecia. Jy hoef net te sê, en ek sal al wat besoeker is, wegjaag . . . Verwag jy besoekers?"

Sy knik bevestigend. "Ek verwag Frans. Hy het Maandag al gevra of hy vanmiddag kan kom kuier. Jy lyk verniet of jy kan ontplof, Wouter. As jou geliefde Teresa hier op Blouberg welkom is, is Frans ook welkom. En moenie weer vir my sê hy is 'n laventelhaan met sagte hande nie, want myns insiens is hy 'n baie aangenamer mens as Teresa Viljoen."

"Hm, lyk my jy wil vanoggend net baklei. Natuurlik met die verkeerde voet uit die bed opgestaan. In elk geval, Frans is nie die regte man vir jou nie. Jy moet vir jou 'n man vat wat sy plek hier op Blouberg kan vol staan," wys hy haar tereg en begin sonder meer eet.

"Verskoon my, ek het nog lank nie troukoors nie," help sy hom dadelik reg. " 'n Man se vriendskap is vir my op die oomblik heeltemal genoeg."

"Nou goed, sorg maar net dat jul verhouding by vriendskap bly en nie later oorslaan na 'n intiemer verhouding nie, want ek weier om Blouberg met 'n laventel- . . . e . . . perdedokter op te saal."

"Jy is nou sommer opsetlik naar teenoor Frans, en jy het geen reg om so te wees nie," beskuldig sy hom.

"In daardie geval sal ons nie langer oor die liewe Frans gesels nie."

"Sarkasme pas jou glad nie, Wouter. Ek het nog altyd gedink jy is net so groot, sterk en standvastig soos die ou berg hier agter die huis, maar dit lyk my jy het ook maar jou swak punte."

"Eet jou kos, kleinding," sê hy bedaard, "ek wil nie vanoggend met jou rusie maak nie."

Hulle is nog besig met ontbyt, toe die telefoon meteens begin lui.

"Nou wie de duiwel bel so vroeg in die oggend?" vra hy. Hy stap studeerkamer toe, maar keer na 'n rukkie terug om klaar te eet.

"En wie de duiwel was dit toe?" vra Lecia vroom.

141

Wouter werp haar 'n vlugtige blik toe, maar bepaal dan weer sy aandag by die wors en eiers op sy bord. Hy kon sweer sy steek die draak met hom. Daar was net daardie iets in haar stem wat dit anders laat klink het as gewoonlik, maar sy lyk so onskuldig . . .

"Dit was Teresa. Sy het ons genooi om vanmiddag op Goeiehoop te kom tennis speel," sê hy na 'n rukkie.

"So, dan was sý die duiwel wat gebel het," mompel Lecia geamuseer.

Sy wip soos sy skrik toe Wouter skielik vra: "Wat het jy gesê?"

Sy kyk hom met groot, onskuldige oë aan. "Ek het maar net gesê jy sal alleen moet gaan, want benewens die feit dat ek nie van Teresa hou nie – en ek het 'n hele paar redes waarom ek nie van haar hou nie – het ek vanmiddag self 'n kuiergas wat ek moet onthaal."

"Inderdaad 'n wonderlike kuiergas. In elk geval, ek het Teresa se uitnodiging van die hand gewys. Ek kan jou onmoontlik met 'n seer been hier alleen laat. Jy is gans te geneig om . . . e . . . onverantwoordelike dinge aan te vang sodra ek my rug draai."

"Toemaar, Wouter, sê maar ek is onnosel en eenvoudig. Maar jy kan nie stry nie, ek het daardie land ordentlik gebraak – afgesien nou van die ellende met die ploegskare."

"Hm, ja, glad nie sleg vir 'n eerste poging nie," sê hy en drink die laaste bietjie koffie in sy koppie. "Ja-nee, glad nie sleg nie."

"Ek sal nooit weer vir jou 'n land braak nie, Wouter Fouché, jy kan na die hoenders gaan!" slinger sy hom verontwaardig toe en staan van die tafel op sonder om eens verskoning te vra.

Met haar kennetjie parmantig uitgesteek, verlaat sy die eetkamer en stap uit na die stalle toe. As dit Teresa was wat daardie land gebraak het, sou hy haar tot vervelens toe opgehemel het, dink sy, maar omdat ek, die stadsjuffroutjie, dit gedoen het, word dit kwalik raakgesien. Nou ja, hy kan maan toe vlieg met sy Teresa en al. Van nou af sal ek net die dinge doen wat hy sê

142

ek moet doen, en ek sal hom nie eens vra of hy tevrede is met my werk nie. Ek wens die jaar is al om sodat ek kan teruggaan na tant Emma toe.

Lecia is nog besig om Lady suikerklontjies te voer, toe Wouter onverwags agter haar praat.

"Voel jy lus om 'n entjie te gaan ry, kleinding?"

Sy kyk hom 'n oomblik stil aan en vra dan behoedsaam: "Vanwaar hierdie skielike vriendelikheid?"

"Dis nie ek wat vir jou kwaad is nie, my hartjie," sê hy met 'n geamuseerde glimlaggie. "Dis jy wat vanoggend in so 'n bakleierige luim opgestaan het. Wag hier, ek gaan net gou vir Arrie sê om Lady vir jou op te saal."

"En wat van my been? Ek glo nie ek sal vandag al op Lady se rug kom nie."

"Natuurlik sal jy nie, maar ek is groot en sterk genoeg om jou met een hand in die saal te tel."

Na 'n paar minute ry hulle op 'n stywe galop na die dipgat toe om te kyk of die werkers dit skoongemaak het, want van Maandag af moet al die vee gedip word.

Dis vir Lecia heerlik om weer die son en wind in haar hare te voel, om die groen uitgestrektheid van die natuur om haar te sien en die geur van die veld in te asem. Die stil rustigheid hier in die veld is inderdaad strelend. Dit laat haar 'n rukkie van haar kwellings en probleme vergeet . . . probleme van die hart waarvoor sy geen oplossing kan vind nie, slegs berusting. Dis vir haar pynlik – die wete dat die enigste man wat sy nog ooit waaragtig bemin het, reeds aan 'n ander meisie behoort. Die lewe behandel haar waarlik stief.

Toe Teresa van Wouter verneem het dat hy, weens Lecia se beseerde been, nie haar uitnodiging kan aanneem nie, het sy terstond bitter gebelg teenoor Lecia gevoel. Wouter het haar nou wel nooit uit eie beweging besoek nie, maar hy het ook nooit haar uitnodigings van die hand gewys nie. Hulle was van kindsbeen af vriende, totdat daardie rooihaar haar opwagting op Blouberg gemaak het. Nou voer hy allerhande verskonings aan wanneer sy hom na Goeiehoop toe nooi. Maar sy gaan hom nie aan daardie Brank-vroumens afstaan nie. Sy sukkel

143

al te lank om hom vir haarself in te palm om nou die stryd gewonne te gee . . . Nee, sy wat Teresa is, gee nie so maklik die stryd gewonne nie. As Wouter nie na Goeiehoop toe wil kom nie, sal sy hom op Blouberg gaan besoek.

Na die oggend se uitstappie voel Lecia nogal besonder moeg. Die paar dae in die bed het haar swak gemaak. Terwyl sy en Wouter na die middagete op die voorstoep sit, gaap sy lank en hartlik.

"Ek voel nou vreeslik vaak, en nogal moeg ook," sê sy. "Natuurlik vanoggend se perdry."

"Nou waarom gaan rus jy nie?" wil Wouter prakties weet.

"Hoe kan ek? Frans sal bepaald oor 'n uur of wat sy opwagting hier maak."

"Dis geen probleem nie," help Wouter haar reg. "Ek kan hom altyd bel en sê hy moet maar liewer tuis bly."

Sy kyk hom aan en begin saggies lag. "Net jy sal so iets doen. Ja, ek glo jy sal dit doen. Maar ek is nie so ongesellig nie . . . Nee, laat hom maar kom. As sy geselskap my begin verveel, sal ek wel aan die slaap raak."

"O, ek verstaan. Jy meen dit sal geselliger wees om in 'n man se geselskap aan die slaap te raak." Sy oë blink ondeund. "Kom lê hier op die bank met jou kop op my skoot, dan rus jy 'n uur of wat, kleinding."

"Kan ek jou vertrou dat jy my sal wakker maak wanneer Frans kom?" wil sy skepties weet.

"Maar natuurlik sal ek jou wakker maak as dit nodig is. Kom lê met daardie rooi kop hier op my skoot, en probeer om 'n rukkie te slaap," nooi hy weer.

"O, nou goed. Dit sal nogal aangenaam wees om 'n uiltjie te knip. Moet net nie sulke vreeslike dampe bokant my neus rook nie. Versmoor jy my in daardie rookdampe, kom skiet tant Emma jou dood."

Hy kyk haar geamuseer aan en sit dan sy pyp versigtig langs hom op die tafeltjie neer.

Lecia het net haar lê op die rusbank gekry – lekker gemaklik op haar rug – toe vra sy lomerig: "Wat het oor jou lewer geloop dat jy skielik so . . . so besorg is oor my, Wouter?"

"Ek was nog altyd besorg oor jou," sê hy. "Jy was tot dusver net te ondankbaar om dit te besef en te waardeer."

"Wat! Noem jy dit besorgdheid as jy my om elke hoek en draai uitskel vir onnosel, eenvoudig en –"

"Maak toe jou oë en slaap, kleinding."

Lecia is pas aan die slaap, toe 'n motor voor die deur stilhou en Teresa uit die voertuig klim. Daar is 'n ligte frons op Wouter se voorkop. Teresa is inderdaad die laaste mens op aarde wat hy verwag het om vanmiddag hier op Blouberg te sien.

Teresa glimlag breed toe sy Wouter op die voorstoep sien sit.

"Hallo!" roep sy vrolik uit en klim die stoeptreetjies uit, waardig soos wat dit 'n onderwyseres van sewe en twintig betaam. Maar haar glimlag verstar oombliklik toe sy merk hoe intiem Lecia met haar kop op Wouter se skoot lê en slaap.

Wouter beantwoord haar groet en nooi haar vriendelik om te sit.

"Speel julle dan nie vanmiddag tennis nie?" wil hy belangstellend weet.

'n Sweem van 'n glimlag raak aan die een hoek van haar mond toe sy sê: "Nadat jy my uitnodiging van die hand gewys het, het ek besluit om die spel uit te stel tot 'n ander dag wanneer jy beskikbaar sal wees."

Teresa doen haar bes om kalm voor te kom, ten spyte van die jaloesie wat haar verteer. Sy het Blouberg toe gekom met die doel om Wouter te besoek en rustig met hom te gesels, en nou tref sy hom en hierdie . . . hierdie vroumens so intiem op die rusbank aan.

Sy verwens wyle oom Isak wat daarvoor verantwoordelik is dat sy vandag so 'n gevaarlike mededinger op Blouberg het. As hy nie in sy testament daarop aangedring het dat sy nou juis hier op Blouberg moes kom woon nie . . .

"Jy moes nie die spel om my ontwil uitgestel het nie," sê Wouter. "Ek vrees ek gaan die volgende paar maande baie besig wees; altans, te besig vir pret en plesier. Met oom Isak se siekte en afsterwe het baie werk agterweë gebly en dit moet nou afgehandel word."

145

Die gedreun van 'n motor wat die werf binnery, laat Wouter en Teresa gelyk opkyk.

"Dis Frans," sê hy ingedagte.

Wouter se verskoning van baie werk het die wind skoon uit Teresa se seile geneem, maar sy gaan nie so maklik moed verloor en tou opgooi nie. As die berg nie na Mohammed toe wil kom nie . . .

"Dagsê, mense," groet Frans vir Wouter en Teresa. Sy blik val op die slapende Lecia, en dan vra hy met opgetrekte wenkbroue: "Wat makeer sy?"

"Sy het pas voor Teresa se aankoms gekla dat sy moeg voel," verduidelik Wouter en nooi Frans om te sit. "Ek dink ons moet haar 'n rukkie laat slaap. Die paar dae in die bed het haar aansienlik verswak."

Ook vir Frans is dit 'n doring in die vlees dat Lecia so vertroulik met haar kop op Wouter se skoot lê en slaap. Hy was nog altyd onder die indruk dat daar 'n verhouding tussen Wouter en Teresa bestaan, maar nou weet hy nie wat om te dink nie. Iets sê vir hom dat Wouter hierdie aanloklike rooikop vir homself gaan opeis, en in daardie geval kan die plaaslike jong mans hul flikkers maar elders gaan gooi. As Wouter iets wil hê, laat hy geen steen onaangeroer om dit te bekom nie, en as dit dan nog 'n saak van die hart is . . .

Die twee mans gesels hoflik oor plaaslike aangeleenthede. Teresa luister net met 'n halwe oor na wat gesê word. Vir haar het die middag sy glans verloor, en sy besef dat haar kuiertjie 'n mislukking is.

'n Uur later besluit Wouter dat dit tyd is om Lecia wakker te maak soos wat hy haar vroeër vanmiddag belowe het, maar die rooikop slaap nou so lekker dat sy glad nie gesteur wil wees nie. Sy kry nie eens haar oë oop nie en kan net met 'n slaapbenewelde stem mompel: "Laat staan my, ek wil slaap. Jou skoot is ook . . . so . . . hard." Die laaste woord is net 'n fluistering.

"Hm, nogal ondankbaar ook," spreek hy die slapende meisie met 'n glimlag en 'n sagte blik in sy oë aan. "Nou ja, slaap maar, my hartjie, ek sal jou nie steur nie."

Daardie sagte blik in Wouter se oë ontgaan die twee besoekers

146

glad nie. Frans is nou heeltemal oortuig daarvan dat Wouter vir Lecia as sy eiendom beskou, maar Teresa is nog glad nie bereid om tou op te gooi nie . . . Ja, sy sal hom in die vervolg meer dik- wels moet besoek. Sy sal met haar minsaamheid en vroulikheid vir hom wys dat sy die regte vrou vir hom en Blouberg is.

Lecia slaap nog toe die besoekers om vieruur weer groet en vertrek. Eers 'n halfuur nadat hulle vertrek het, gaan haar oë eindelik oop.

"Sjoe, maar so 'n rusbank is hard," kla sy en gaap hartlik. "Dit voel of my rug op drie plekke geknak is." 'n Ander ge- dagte tref haar meteens. Sy vlieg orent en kyk Wouter verward aan. "Waar is Frans?"

"Hy het 'n halfuur gelede gery –"

"Nou waarom het jy my nie wakker gemaak nie?" val sy hom half verontwaardig in die rede.

"Maar ek het, kleinding, vra gerus vir Frans en Teresa. Jy het self gesê ek moet jou laat staan, jy wil slaap." Hy neem sy pyp van die tafeltjie af en steek dit aan.

"En wat het Teresa . . . ? O, natuurlik vir jou kom kuier." Sy dink 'n rukkie na en sê dan: "Frans sal natuurlik nie weer die moeite doen om my te besoek nie, want waar het jy gesien 'n mens ontvang 'n gas so . . . soos ek vandag?"

Hy kyk haar met 'n glinstering in sy oë aan.

"Sal jy na hom verlang as hy nie weer vir jou kom kuier nie?" vra hy met die pyp in die een hoek van sy mond vasgebyt.

Sy trek haar skouers ongeërg op. "Ek beskou hom as 'n goeie vriend, maar ek glo nie ek sal juis na hom verlang nie . . . Ek gaan nou koffie soek."

Soos Lecia voorspel het, vra Frans nie weer of hy vir haar kan kom kuier nie. Aan haar maak dit egter geen verskil nie, want die volgende vier maande is sy druk besig om alles in verband met die boerdery te leer.

Net Teresa bly hardnekkig by haar besluit en elke Sondag- middag hou haar motortjie voor Blouberg se woonhuis stil. By hierdie geleenthede maak Lecia haar gewoonlik uit die voete en laat Wouter alleen in die blondekop se geselskap.

Dis Saterdagmiddag, en hier waar Lecia in die skaduwee van

147

'n sering op die gras na die wolke lê en kyk, dink sy aan die maande wat verby is. Sy is al byna vyf maande op Blouberg, en sy weet nou heelwat van die boerdery af. Trouens, sy het nou omtrent alles geleer wat daar te leer is. Wouter het haar selfs geleer hoe om met die planter en die stroper te werk, en sy weet nou hoe 'n skaap geskeer en die wol geklassifiseer word. Ja, sy het ook lanklaas 'n growwe flater begaan en haar Wouter se gramskap op die hals gehaal.

Hier waar haar gedagtes rustig in die verlede ronddwaal, sien sy hoe die grys wolke al digter oor Blouberg saampak. Dit lyk asof die reën sommer nou-nou gaan uitsak . . . of miskien hael. Sy hoor die geklop van perdepote, en Wouter ry die werf binne. Hy hou 'n entjie van haar af stil en klim af.

"Ek dink jy moet die melkkoeie in die kloof gaan haal en hulle stal toe bring, Lecia," sê hy. "Hier kom groot reën aan, en as die koeie eers skuiling gaan soek teen die reën, sal dit Jantjie ure neem om hulle te vind en bymekaar te bring. Kom, ek sal Lady vir jou opsaal."

'n Rukkie later ry Lecia op 'n stywe galop in die rigting van die kloof. Dit neem haar nie lank om die koeie op te spoor nie. Gou het sy almal bymekaar, behalwe een. Die weer lyk nou swart en onheilspellend, dus besluit sy om maar eers die koeie stal toe te neem en dan weer na die ander een te kom soek.

Sy tref Jantjie voor die koeistal aan en laat die klomp koeie in sy sorg.

"Ek gaan gou die ander een soek," sê sy vir hom en ry dan terug kloof toe.

Die wind steek nou vinnig op en sny langs Lecia se gesig verby. Sy wonder waarheen die ellendige koei afgedwaal het. As sy die dier nie gou vind nie, gaan die storm haar en Lady hier in die kloof oorval. Sy durf ook nie sonder die koei by die huis aankom nie, want dan gaan Wouter weer 'n herrie van 'n kabaal opskop en sê sy is maar net te blind om die dier raak te sien.

Dis vir Lecia 'n groot verligting toe sy die koei hoër op in die kloof vind, maar nog voordat sy met die koei uit die kloof is, bars die storm los. 'n Entjie laer af gewaar sy 'n oorhangende krans en stuur Lady sonder meer in die rigting van die krans.

148

Sy is gelukkig, want die krans bied genoeg skuiling vir haar en Lady. Die koei het 'n entjie van die krans af onder 'n digte boom skuiling gevind.

Met klere wat nat en koud aan haar liggaam vaskleef, staan Lecia langs Lady na die digte reënsluiers en kyk. Blitse kartel soos slange deur die hemelruim, en die donder kraak en dreun.

Toe Wouter van die veld af terugkeer, verneem hy van Jantjie dat Lecia weer kloof toe gery het om die ander koei te gaan soek, en oombliklik is hy kwaad.

"Ek wens ek kon weet waarom sy altyd die mees onbesonne dinge aanvang," vaar hy uit waar hy en tant Elsa op die agterstoep staan en kyk of sy nog nie aankom nie. "Sy het tog oë om te sien dat die storm nou-nou gaan losbars. Ek het lus en gaan haal haar, maar net die duiwel sal weet waar sy op die oomblik is . . . Verbeel jou, om in 'n storm agter een koei aan te ry. Het die meisiekind dan geen verstand nie?"

Tant Elsa swyg wyslik, en toe die storm meteens losbars en daar nog geen teken van Lecia is nie, is Wouter bleek van kommer en onrus.

Binne etlike sekondes hang 'n digte reënsluier soos 'n ondeurdringbare muur tussen die huis en die berg. Wouter se kommer neem toe, want êrens in die storm soek Lecia nou na die vermiste koei. Hy verwyt homself bitterlik omdat hy haar gestuur het om die koeie te gaan haal. As hy liewer self gegaan het, sou sy nou veilig hier in die huis gewees het.

Tant Elsa het lankal ingegaan, toe staan Wouter nog steeds op die agterstoep na die kloof se kant toe en kyk. In sy hart bid hy dat daar tog gou 'n einde aan die storm moet kom sodat hy kan gaan kyk wat van Lecia geword het, maar toe die storm na 'n halfuur nog steeds voortwoed, voel hy skoon radeloos van magteloosheid.

As sy net 'n ordentlike skuilplek gevind het, dink hy bekommerd. As ek net kon weet waar sy was toe die storm uitgesak het . . . Vervlaks, gaan dit dan nooit ophou nie?

Tant Elsa roep hom uit die kombuis om 'n koppie koffie te kom drink.

149

"Dit sal jou niks baat om jou dood te bekommer oor Lesie nie, Wouter," probeer die ou tante hom moed inpraat. "In die kloof is baie skuilplek. Lesie is ook nie 'n kind nie, sy sal vir haarself sorg."

"Tant Elsa, ek voel nie lus om met tante te redekawel nie. Laat ons liewer niks meer sê nie."

Hy drink sy koffie en gaan staan dan weer op die agterstoep van waar hy die pad na die kloof toe in die oog kan hou. Hy weet nie of hy hom dit verbeel nie, maar dit lyk asof die reënsluier yler word. Hy luister na die reën op die dak en besef met verligting dat die druppels nou ietwat sagter val.

Met hande wat liggies bewe, steek hy sy pyp aan, en dan kyk hy weer of hy iets deur die reënsluier kan sien. Hy is nou oortuig daarvan dat die storm begin bedaar. Die weer dreun in die verte, en hy sien die weerlig aan die oosterkim blits.

Die minute sleep stadig verby, en eindelik kan hy die berg deur die yl, grys newels sien, maar die stroewe trek om sy mond verslap nie 'n oomblik nie. Die storm is nou wel verby, maar wat het van Lecia geword?

Toe die storm eindelik bedaar en dit nog net sag reën, besluit Lecia dat dit tyd is om die ellendige koei stal toe te neem. Sy klim in die saal en stuur Lady in die rigting van die koei wat nog steeds onder die boom skuil.

"Toe, jou ellendige dierasie," raas sy en piets die koei met 'n lat. "Maak nou dat jy by die stal kom voordat die reën weer begin uitsak."

Sy piets die koei weer, en dan kom die dier eindelik in beweging.

Lecia is papnat. Haar hare hang in slierte oor haar skouers, en die reëndruppels hang soos trane aan haar lang wimpers.

Wouter is net besig om Blits op te saal sodat hy na Lecia kan gaan soek, toe hy haar en die swart perd in die verte sien aankom met die koei aan die voorpunt. Verligting spoel soos 'n golf oor hom, en sy kommer en angs maak meteens plek vir woede. Hy neem Blits terug na sy stal toe en gaan wag Lecia voor die koeistal in.

Aan die stroewe trek op sy gesig weet Lecia dadelik dat hy

die herrie in is. Hy maak die staldeur oop, en toe die koei eindelik binne is, bars sy toorn oor Lecia los.

"En wat de duiwel makeer jou om jou so te laat natreën?" vaar hy teen haar uit. "Is jy te verduiwels onnosel om te sien wanneer daar 'n storm aan die kom is, of is jy te vertraag om vir jouself te dink?" Sy donkerblou oë blits op haar.

"Maar jy het dan gesê dit sal Jantjie ure neem om die koeie ná die reën op te spoor . . ." begin sy verslae, maar Wouter gee haar nie kans om meer te sê nie.

"Ek het van dertig koeie gepraat, nie van een nie," raas hy.

"Wel, dis vir my nou baie duidelik dat ek niks op aarde in jou oë reg kan doen nie, Wouter. Ek doen altyd my bes om jou bevele stiptelik uit te voer, maar jy is nooit tevrede nie. As ek nie die koei gaan soek het nie, sou jy my van laksheid en onverantwoordelikheid beskuldig het, en noudat ek wel na haar gaan soek en haar opgespoor het, is ek onnosel en vertraag. Ek is jammer om dit te sê, maar nie eens 'n engel in die hemel sal jou tevrede stel nie. Dit sal vir my 'n heuglike dag wees wanneer my proefjaar hier op Blouberg verstryk het en ek nie meer jou beledigings hoef te verduur nie."

Sy swaai Lady vinnig om en ry reguit na die perd se stal toe. Sy voel oneindig moedeloos en bitter hartseer omdat Wouter kort-kort so teen haar uitvaar asof sy iets onvergeefliks aangevang het.

Sy is nog besig om Lady met 'n ou handdoek af te droog, toe Wouter skielik van die stal se deur af praat.

"Laat staan die perd en gaan trek vir jou droë klere aan. Dis Arrie se werk om die perde te versorg."

"Loop, en laat my asseblief alleen," voeg sy hom met 'n dik stem toe sonder om na hom te kyk.

Wouter kyk haar 'n oomblik stil aan, toe gaan ontbied hy vir Arrie om Lady te kom versorg. Hy lei van Lecia se stemtoon en die uitdrukking op haar gesig af dat hy haar vandag baie diep seergemaak het en haar moontlik nou vir goed van hom vervreem het. Hierdie gedagte stem hom glad nie gelukkig nie. Hy weet ook nie wat telkens in hom vaar om so hard teenoor haar op te tree nie. Die hemel weet, hy wil haar nie seermaak

151

nie, maar as hy hom kom kry, het hy haar reeds skerp woorde toegeslinger.

Dis my kommer oor haar veiligheid en welsyn wat my humeur so laat hand uitruk, besluit hy. Ek sal haar om verskoning gaan vra omdat ek haar so beledig het.

Nadat hy vir Arrie aangesê het om Lady te versorg, gaan haal hy vir Lecia 'n reënjas, maar hy is reeds te laat, want toe hy by die agterdeur uitstap, loop hy hom byna teen haar vas.

"Lecia," sê hy toe sy die kombuis wil binnestap. Sy bly staan en kyk hom met 'n geslote gesig aan. "Ek is jammer dat ek jou flussies so beledig het . . ."

"Toemaar, dit maak nie saak nie," sê sy sag, maar aan haar stem kan hy hoor dat hy vandag iets moois vernietig het. Daar is geen gevoel in haar stem nie, sy het hom bloot geantwoord omdat sy weet hy verwag dat sy iets moet sê.

Hy kyk haar met 'n peinsende blik agterna toe sy die kombuis binnestap. Toe hang hy die reënjas oor 'n stoel en stap na die waenhuis toe.

Tant Elsa is die ene besorgdheid oor Lecia, maar sy verseker die ou tante dat sy nie maklik verkoues en siektes opdoen nie. Sy drink ook net 'n koppie koffie en gaan dan badkamer toe waar sy lank in die warm water ontspan.

Toe sy aangetrek is, kam sy haar nat hare in 'n poniestert en haas haar na die melkkamer waar sy elke middag by die roomafskeier help. Na 'n rukkie kom Wouter ook die vertrek binne. Hy merk dadelik op dat haar hare nog papnat is en versoek haar om eers haar hare in die kombuis voor die stoof te gaan droogmaak.

"Ek sal gaan wanneer my werk klaar is," sê sy sonder om eens na sy kant toe te kyk, maar hiermee is Wouter nie tevrede nie.

"Jy loop al die hele middag met 'n nat kop, en dis koud hier in die melkkamer," sê hy. "Ek dring daarop aan dat jy jou hare nou dadelik moet gaan droogmaak. Ek sal hier oorneem."

Sonder 'n enkele woord verlaat sy die melkkamer en stap huis toe. Sy voel nog steeds hartseer en swaarmoedig, want sy weet ook dat Wouter vandag iets moois in hul vriendskap ver-

152

nietig het. Dis iets wat 'n verskoning nie kan oorbrug nie, want dit gaan te diep.

9

Die volgende oggend aan die ontbyttafel is Lecia opvallend stil en in haarself gekeer. Tant Elsa kla van hoofpyn en lyk op die oog af glad nie gesond nie.

"As ek vir tante met iets kan help, moet tante maar net sê," bied Lecia aan.

"Dankie, Lesie, maar daar is niks waarmee jy kan help nie. Ek sal na brekfis 'n aspirien gaan soek. Dis maar seker net gal wat my so 'n kopseer gee."

Nou ja, aan tant Elsa se gal kan sy niks doen nie, daarom sit sy haar sonhoed op en stap na die rivier toe. Die rivier het al afgeloop ná gister se storm, en die water vloei nou weer stil en kalm. Sy neem langs die oewer op 'n omgevalle boomstomp plaas, en dan tref dit haar dat sy haar op dieselfde plek bevind waar Wouter haar negentien jaar gelede te hulp gesnel het toe die krap haar aan haar groottoon beetgehad het.

Maar sy wil nie nou aan Wouter dink nie. Na gister se onverdiende beledigings wil sy niks meer met hom te doen hê as wat werklik nodig is nie. Sy wens dit was al tyd dat sy kon terug-gaan na tant Emma toe. In Johannesburg het sy nooit so seer en ongelukkig gevoel soos hier op Blouberg nie.

Met haar hande om haar knieë gevou, sit sy oor baie dinge en peins. Dis so rustig hier langs die rivier, en die gekoer van die bosduiwe is soos 'n strelende melodie.

Toe dit haas tyd is vir middagete, keer sy tydsaam huiswaarts en tref tant Elsa en Wouter op die voorstoep aan. Sy verneem belangstellend na die ou tante se hoofpyn en stap dan binnetoe.

Na die ete wag tant Elsa net totdat Katrien die skottelgoed gewas het, toe neem sy weer 'n aspirien en gaan daarna op haar bed lê. Haar hoofpyn het vererger, en sy voel ook uitermate koorsig.

Soos gewoonlik hou Teresa se motortjie om twee-uur die middag voor die deur stil. Wouter sit gelukkig op die voorstoep, dus hoef Lecia nie die meisie by die voordeur te ontvang nie. Nee, sy wil niks met Teresa Viljoen te doen hê nie. Hoe minder sy die meisie sien, hoe beter sal dit vir hulle albei wees.

Onbewus van die feit dat tant Elsa siek is, saal Lecia die swart perd op en ry die berg uit. Dis lank na vieruur toe sy die middag tuiskom en opmerk dat Teresa al vertrek het. Terwyl sy Lady afsaal, sien sy hoe haastig Wouter na haar toe aangestap kom.

"Laat staan die perd, ek sal haar afsaal," sê hy. "Gaan kyk asseblief wat jy vir tant Elsa kan doen voordat die dokter kom."

Sonder om 'n woord te sê, gaan Lecia na tant Elsa se kamer toe.

"Wat makeer, tante?" vra sy simpatiek en voel aan die ouer vrou se koorsige voorkop. "Tante se kop is vuurwarm."

"Dis seker maar griep, Lesie," sê sy.

"Ja, dit is bepaald. Waar is tante se slaapklere? Ek hoor Wouter het die dokter ontbied, en 'n dokter kan 'n mens mos nie ordentlik ondersoek as jy so baie klere aanhet nie. Ek sal tante gou help verklee en in die bed sit."

Tant Elsa bedank Lecia toe sy eindelik gemaklik in die bed lê en vra met kommer in haar stem: "Wie gaan vir jou en Wouter sorg terwyl ek hier in die kooi lê?"

"Wel, ek moet glo die een of ander tyd leer om 'n goeie tuisteskepper te wees, tante, dus kan ek maar net sowel nou begin leer. Maar ek moet sê, ek het nog nooit in my lewe 'n maal voorberei nie. Ek het darem al gesien hoe tante brood knie en bak, en 'n skaap in stukke opsny. Ek dink ek sal daardie twee dinge regkry, maar van bak en brou weet ek nie so mooi nie. Ek hoop net ons kom nie om van die honger voordat ek die kookkuns bemeester het nie."

Die binnekoms van dokter Hein le Roux, Frans en Helgaard se pa, maak terstond 'n einde aan Lecia se gesprek met tant Elsa. Die ervare ou dokter stel homself aan Lecia voor, groet die ou tante en haal dan 'n stetoskoop uit sy tassie om met die ondersoek te begin.

"Sy het 'n ernstige aanval van brongitis," sê die dokter nadat

154

hy haar ondersoek het. Hy sit twee pille op die bedkassie neer wat tant Elsa dadelik moet neem, skryf 'n voorskrif uit en sê dat hy die pasiënt weer môre sal besoek. Hierna groet en vertrek hy.

Terwyl Wouter 'n rukkie later met die dokter se voorskrif op pad dorp toe is, sit Lecia by die kombuistafel en wonder wat sy vir aandete moet berei. Sy gaan maak die koelkas oop en merk op dat daar nog heelwat koue vleis, slaai en nagereg is. Wouter kan vanaand 'n koue ete nuttig, maar wat van tant Elsa?

Sy gaan sit weer by die tafel en peins. Toe sy eenkeer siek was, het tant Emma vir haar 'n gekookte eier, roosterbrood en hoendersop gegee, maar waar moet sy nou 'n geslagte hoender kry, en hoe kook 'n mens sop?

Nadat sy lank oor hierdie probleem gesit en tob het, val dit haar meteens by dat daar 'n paar resepte vir sop in een van die tydskrifte is. Soos 'n skoolmeisie draf sy met die trap op en gaan haal die tydskrifte in haar kamer.

Later, met die tydskrif voor haar op die kombuistafel, bestudeer sy die verskillende resepte. Sy besef dat dit laat word en dat tant Elsa moet eet, dus besluit sy om vir die siek vrou 'n bietjie tamatiesop voor te berei. Die eier sal sy maar liewer bak, aangesien sy nie weet hoe lank 'n eier gekook moet word as 'n mens dit sag wil opdien nie. Tant Elsa is ook te siek – sy kan haar nie nou met dom vrae lastig val nie.

Terwyl die tamatiesop kook, dek Lecia die tafel vir Wouter. Sy is nou so besig dat sy glad nie eens honger voel nie. Wouter moet maar alleen eet.

"Lui maar die klokkie as jy iets wil hê," sê sy toe Wouter later vir aandete aansit. "Ek bring nou-nou vir jou koffie." Sy sit die klokkie binne sy bereik neer en haas haar weer dadelik kombuis toe, want die koffiewater staan reeds op die stoof en oorkook.

Nadat sy vir Wouter sy koffie geneem het, skep sy vir tant Elsa op en neem die skinkbord na die tante se kamer toe.

"Lesie, kind, ek het regtig nie lus vir kos nie," sê tant Elsa toe Lecia die skinkbord op haar skoot plaas.

"Ek het ook nie honger gevoel toe ek griep gehad het nie,

155

tant Elsa, maar tant Emma het my gedwing om te eet," sê Lecia en neem op die voetenent van die bed plaas. "Ek weet tante voel nie honger nie, maar eet tog maar die sop. Dit sal tante darem aan die lewe hou."

"En Wouter, Lesie, wat het jy vir hom gegee om te eet?"

"Ek het vir hom die koue vleis, slaai en nagereg gegee wat in die koelkas was, tante. Hy het vanaand niks te kla nie, maar ek weet nie of dit môre nog so goed met hom sal gaan nie. Tante moet weet, ek het nog nooit in my lewe kos gekook nie."

"Ag, kind, jy kook maar net die vleis met 'n ui. Groenbone kry 'n ui en aartappels, en by wortels en kool voeg jy net aartappels by," vertel die sieke. "Jy sal gou leer."

Dit is makliker gesê as gedaan, dink Lecia. Haar blik val op die medisyne wat Wouter by die apteek gaan haal het, en dan eers besef sy dat dit ook haar taak sal wees om te sorg dat die pasiënt haar medisyne op die voorgeskrewe tye drink.

Nadat tant Elsa die sop geëet het, drink sy net 'n koppie swart tee met suurlemoensap.

Lecia neem die skinkbord kombuis toe, en dan keer sy terug om vir tant Elsa haar medisyne te gee. Sy sit die klokkie op die bedkassie neer en sê besorg: "Tante moet asseblief die klokkie lui as tante iets nodig het. Katrien het nie vandag gekom nie, dus sal ek maar gou die skottelgoed gaan was. Sy is sweerlik ook siek."

Nadat Lecia die skottelgoed gewas en die kombuis netjies opgeruim het, gaan sy badkamer toe. Later, met haar slaapklere en kamerjas aan, gaan sit sy met 'n tydskrif op die voetenent van tant Elsa se groot hemelbed. Sy kan tog nie nou al gaan slaap nie, want halftien moet sy weer vir tant Elsa haar medisyne gee, en Wouter sal ook later iets te drinke wil hê.

Lecia het net die verhaal klaar gelees, toe maak Wouter ook sy verskyning in die siekekamer om te hoor hoe dit met die ou tante gaan.

"So, dan is dit hier waar al die mense hulle bevind," sê hy. "Hoe gaan dit, tante?"

"Nie te lekker nie, Wouter. Dit lyk vir my of Katrien ook siek is. Lecia sê sy het glad nie vanmiddag ingekom nie."

"Tant Elsa, jy moenie jou oor hierdie dinge lê en verknies nie," vermaan hy haar ernstig. "As Katrien siek is, sal ek en Lecia regkom. Dis in elk geval tyd dat sy begin leer om die huishouding waar te neem. Wat die boerdery betref, weet sy min of meer alles . . ."

Terwyl Wouter met tant Elsa gesels, staan Lecia op en gaan kombuis toe om vir hulle koffie te maak. Voordat sy gaan slaap, was sy eers die koffiekoppies en versorg tant Elsa vir die nag. Daarna stel sy haar wekker vir sesuur en klim in die bed.

Geklee in 'n koel, geblomde somerrokkie en wit laehaksandale, stap Lecia die kombuis die volgende oggend binne. Wouter het reeds koffie gemaak en is besig om koppies van die rak af te haal en op die tafel te sit.

"Môre," sê hy en kyk haar verras aan. "Ek het jou lanklaas so oulik en vroulik gesien."

"Hou maar jou komplimente vir Teresa, sy sal dit meer waardeer," sê sy kortaf. "Ek sal solank tant Elsa se medisyne vir haar gaan gee."

Toe Lecia na 'n rukkie weer die kombuis binnestap, is Wouter besig om die koffie te skink.

"Jy gaan vanoggend net gebraaide vleis en eiers eet," sê sy. "Ek het nog nooit mieliepap gemaak nie, en ek weet ook nie hoe dit gemaak word nie."

"Toemaar, ek sal jou wys hoe mieliepap gemaak word," sê hy. "Jy kan tant Elsa se koffie vir haar neem."

Met Wouter se hulp is die ontbyt darem 'n sukses en kan hulle heerlik eet. Gelukkig weet Lecia nou hoe om pap te maak. Sy wens net iemand kon haar wys hoe om vleis, groente en rys te kook.

Na Wouter se vertrek versorg Lecia eers die sieke en ruim die siekekamer op. Daarna begin sy die res van die huis aan die kant maak. Sy het nie tyd om vanoggend die hele huis uit te vee nie, net die belangrikste vertrekke, want sy moet vroeg met die voorbereidings vir middagete begin, en dan is daar ook nog die ontbytskottelgoed wat gewas moet word. Sy het nooit kon droom dat huiswerk 'n mens so knaend aan die gang kan hou nie.

Haar eerste dag as tuisteskepper is inderdaad 'n beproewing. Die kombuis is so warm soos 'n bakoond en alles span saam om haar geduld te beproef. Dus is sy nie in 'n goeie luim toe Wouter halfeen tuiskom vir middagete nie.

Onderwyl sy die groente in die groenteskottels skep, wonder sy heimlik of Wouter dit gaan eet, en toe sy die rys begin uitskep, voel sy oortuig dat hy veel oor haar kookkuns te sê sal hê.

Sy is ook nie verkeerd nie, want toe sy blik op die vleisskottel val, vorm sy wenkbroue dadelik 'n vraagteken.

"Het jy nie vleis gekook nie?" vra hy terwyl hy die gebraaide vleis in die skottel krities bekyk.

"Ek het, maar dit het so verbrand dat ek alles moes weggooi," antwoord sy eerlik. "Ek dink ek sal die kastrol ook moet weggooi, want g'n mens sal die ding ooit weer na iets kan laat lyk nie."

"Wel, ek moet sê, hierdie rys en groente lyk maar waterig, glad nie so smaaklik soos tant Elsa se kos nie . . ."

"Toemaar, dis nie nodig om meer te sê nie," maak sy hom met 'n moeë stem stil. "Ek weet self dat die hele ete 'n mislukking is. Jy moet asseblief na die ete 'n uur of wat by tant Elsa bly, ek wil dorp toe gaan."

Hy kyk haar fronsend aan en vra ietwat skerp: "Wat wil jy op die dorp gaan maak, jou nood by Frans gaan bekla? Hy is nie 'n huishoudkundige wat jou met jou huidige probleem kan help nie."

"Moenie stuitig wees nie," jak sy hom af. "Ek wil vir my 'n goeie resepteboek gaan koop."

"Nou goed, ek sal 'n rukkie by tant Elsa bly," stem hy in, "maar jy gaan nie my tyd verspil deur met Frans te gaan gesels nie. Ek hou niks daarvan dat jy elke keer 'n draai by hom maak wanneer jy op die dorp is nie. Dit wek nie 'n goeie indruk nie."

Natuurlik sal dit nie 'n goeie indruk wek nie, dink sy met bitterheid, maar as Teresa hom elke Sondagmiddag besoek, is dit alles goed en wel. Haar periodieke besoeke wek nie 'n slegte indruk nie, want hy en sy kan mos niks verkeerd doen nie. Dis net ek wat vir niks deug nie en ook nie 'n enkele ding reg kan doen nie. Hulle het natuurlik al dikwels agter my rug gelag omdat ek, soos hy altyd sê, onnosel en eenvoudig is . . . Dis waar, in hul wêreld van boerdery en huishoudkunde is ek dalk onnosel, maar nie in my wêreld, die wêreld van musiek, nie.

Na die ete neem Lecia die skottelgoed kombuis toe en plaas alles in die opwasbak. Daarna gaan verklee sy haar om dorp toe te gaan. Die skottelgoed, besluit sy, sal sy was sodra sy van die dorp af terug is.

Lecia lyk vandag pragtig in 'n wit broekpak. Haar sonbruin gesig grimeer sy met groot sorg, en eindelik is sy gereed om dorp toe te gaan.

Sy loop Wouter in die eetkamer raak, en het reeds by hom verbygestap toe hy haar terugroep. Hy beskou haar van kop tot tone en fluit dan saggies deur sy tande.

"As jy so deftig uitgevat is, waar is die reis heen?" vra hy belangstellend.

"Moenie maak of jy nie weet nie. Daar is tog seker nie 'n wet wat my belet om ordentlik te lyk as ek dorp toe gaan nie, of is daar?"

"Nee, daar is nie," antwoord hy bedaard, "maar onthou, die duiwel haal jou as jy vir die mans op die dorp gaan staan en ogies maak."

"Verskoon my, maar ek het my nog nooit so uitspattig met 'n man gedra soos 'n sekere persoon wat ek ken nie," sê sy en stap weg met haar kop trots omhoog. Sy het hom nou lekker op sy plek gesit, en tog voel sy nie gelukkig nie. Sy weet nie waarom sy die man nog liefhet, ná al sy beledigings en dinge nie.

'n Halfuur later hou sy voor die boekwinkel stil en loop by Teresa verby sonder om haar eens raak te sien. Gelukkig vind sy 'n resepteboek wat vir onkundiges soos sy saamgestel is. Sy koop ook 'n paar tydskrifte, en dan gaan sy na Lavinsky se winkel waar sy 'n skaal vir die kombuis en ook 'n stel maatbekers koop.

Hierna keer sy onverwyld terug plaas toe.

Wouter wag haar op die voorstoep in en vra beleef of daar pakkies is wat hy vir haar kan dra.

"Ja, daar is 'n skaal in die motor wat jy kan gaan haal," sê sy. "Jy kan ook my motor in die waenhuis trek as jy tyd het, want ek moet my nou dadelik gaan verklee. Daarna moet ek vir julle koffie maak, daardie hoop skottelgoed van ons middagete was en aandete berei."

"Toemaar, moenie jou bene breek nie, kleinding," sê hy met 'n skewe glimlag. "Arrie het die skottelgoed gewas en ek het dit weggepak."

Sy sê dankie en gaan na haar kamer toe om ander klere aan te trek. Sy trek weer die rokkie en sandale aan wat sy vanoggend aangehad het, en dan gaan sy kombuis toe om koffie te maak. Hier tref sy Wouter aan, reeds besig om vir hulle koffie te skink.

"Sit," sê hy. "Het jy toe 'n goeie resepteboek gekry?"

"Ek sal eers tant Elsa se koffie vir haar gaan gee," stel sy voor.

"Tant Elsa wil niks te drinke hê nie," lig hy haar in en neem ook langs die tafel plaas. "Ek het ook reeds haar medisyne vir haar gegee. Vertel my nou eers van die resepteboek. Wat wil jy met die skaal en die maatbekers maak?"

"Wel, ek moet 'n skaal en maatbekers hê," sê sy ernstig. "Dis om die bestanddele van elke resep te weeg of af te meet. Daar is nie een resep wat sê 'n knippie van dié en 'n mespuntjie van daardie nie. Die vleis en groente moet alles geweeg word."

"Genugtig, kleinding," sê hy en kyk haar verbaas aan, "jou kokery gaan mos vreeslik omslagtig en ingewikkeld wees."

"Ja," sê sy effens beteuterd, "dit lyk so. Wat moet ek vir aandete maak?"

"Wel, ek is nie juis baie honger nie. As jou wonderlike boek 'n resep vir pannekoek het, kan jy gerus vir ons pannekoek bak." Hy vertel haar nie dat hy reeds biltong en droëwors geëet het ingeval die aandete ook 'n mislukking is nie . . .

Maar die pannekoek is nie 'n mislukking nie. Lecia neem nou wel, ná al die geweeg en afmetery, ietwat lank om dit te bak, maar Wouter is aangenaam verras met die eindresultaat en geniet die pannekoek terdeë.

Die res van die week het Lecia haar hande so vol dat sy soms

160

nie weet of sy kom of gaan nie. Tant Elsa is nog baie siek, en Katrien lê ook in die bed met griep. Met Lecia se kokery gaan dit elke dag beter. Selfs Wouter het nog nie weer rede gehad om te kla nie. Trouens, hy hou meer daarvan om haar in die rol van 'n bedrywige tuisteskepper te sien, fyn en vroulik met haar somerrokkies aan, as op 'n trekker, 'n planter of 'n stroper.

Maar hierdie geswoeg en geslaaf van sesuur die oggend tot laat in die aand laat stadigaan sy merk op Lecia. Sy voel nou knaend moeg en glimlag deesdae maar selde. Wouter is hiervan bewus, maar ook hy het sy hande deesdae so vol met die boerdery dat hy haar op geen manier kan help nie.

Teresa, wat van tant Elsa se siekte te hore gekom het, besluit Saterdagoggend dat die ou tante se ongesteldheid haar 'n gulde geleentheid bied om Wouter vir die dag te besoek. Toe sy Lecia Maandagmiddag op die dorp gesien het, het dit haar weer eens getref dat die rooikop se aantreklikheid vir haar groot gevaar inhou. Wouter kan onmoontlik saam met haar onder een dak woon en dit nie raaksien nie . . . Nee, sy moet aanhou om Wouter se aandag op haarself te vestig.

Wat voorkoms betref, weet sy dat Lecia nie mooier as sy is nie, maar daar is iets in die rooikop wat mans onweerstaanbaar vind, iets waaroor sy nie beskik nie. En dis daardie iets wat sy vrees, want Wouter is 'n intelligente en skerpsinnige man wie se oë niks ontgaan nie.

Dis Saterdag – die sewende dag dat tant Elsa en Katrien siek is. Vir Lecia voel dit asof haar senuwees uitgerafel en rou is, want die afgelope week het haar lewe net bestaan uit kos voorberei, skottelgoed was, huis skoonmaak, vir Wouter bedien en die versorging van die sieke. Saans voel sy so uitgeput dat sy onmiddellik aan die slaap raak die oomblik dat haar kop die kussing raak. Tant Elsa begin nou tekens van beterskap toon, maar volgens die dokter gaan die brongitis haar nog 'n week of wat in die bed hou.

Lecia is net besig om die groente voor te berei wat sy vir middagete wil kook, toe Teresa te perd oor die werf aangery kom en voor die deur stilhou en afklim.

O, hemel tog, nie dit ook nie! dink Lecia mismoedig. Wat die

161

joos kom soek sy hier op 'n Saterdagoggend? As Wouter nie tuis was nie, sou ek vir haar gaan sê het sy moet huis toe gaan en op 'n ander dag weer kom kuier, maar sy het natuurlik gehoor tant Elsa is siek en nou maak sy van die geleentheid gebruik om vir Wouter te kom kuier. Vervlaks, die vroumens het ook geen skaamte of selfrespek nie. Ek verdrink myself liewer voordat ek agter 'n man aanloop. Ek hoop nie sy het nou besluit om elke Saterdag en Sondag hier op Blouberg te kom lê nie, want ek gaan baie beslis nie vir haar ook nog regstaan nie.

Terwyl die kos gesellig op die stoof staan en kook, berei Lecia 'n koue nagereg voor. Sy is nog besig om die room te klop wat die nagereg moet versier, toe Wouter by die kombuis ingestap kom.

"Ek weet jy het dit op die oomblik baie druk, Lecia," sê hy, "maar is dit moontlik dat jy vir Teresa 'n koppie koffie kan maak?"

"As jy 'n oomblik wag, kan jy dit self vir haar neem," sê sy en stoot die bakkie geklopte room eenkant toe. "Ek het nie vanoggend lus om haar skynheilige gesig te sien nie."

"Jy sal tog later haar gesig sien, kleinding, want ek het haar genooi om vir ete te bly," sê hy, en sy frons van ergernis.

"Toemaar, ek sal sorg dat julle twee alleen eet."

"As jy dit doen, gaan jy my baie kwaad maak," waarsku hy haar ernstig, maar Lecia steur haar nie in die minste aan sy waarskuwing nie. Sy voel op die oomblik te diep seergemaak omdat hy so onbedagsaam is om Teresa vir ete te nooi terwyl hy weet hoe vol sy haar hande het sonder 'n huishulp.

"Dan moet jy maar kwaad word," is al wat sy sê, en sy hou die skinkbord met 'n geslote gesig na hom toe uit. Sy moes Wouter se gramskap al dikwels verduur. Nog een keer sal aan haar geen verskil maak nie.

Lecia bly die hele môre onafgebroke besig. Haar gesig gloei van die hitte, en haar hare is natgesweet toe sy eindelik die vleisbord en groenteskottels eetkamer toe neem. Sy lui die klokkie, en dan gaan sy haastig kombuis toe om vir Katrien 'n bord kos in te skep. Sy neem elke dag vir haar 'n bord kos na haar huisie toe en verneem terselfdertyd hoe dit met haar gaan.

162

Sy is nog besig om Katrien se middagete in te skep, toe Wouter die kombuis binnekom. "Is daar iets wat ek vergeet het om op die tafel te sit?" vra sy terwyl sy met haar werk aangaan.

"Nee, jy het niks vergeet nie," sê hy. "Die tafel lyk deftig,en jou kos ruik heerlik. Ons wag net dat jy moet kom aansit."

"Wel, moenie wag nie," antwoord sy kortaf. "Ek sal later eet. Ek gaan nou eers Katrien se kos vir haar neem."

Hierop antwoord hy nie. Hy kyk haar net 'n oomblik stil aan en gaan dan terug eetkamer toe. Vir Lecia is dit baie duidelik dat hy nou vir haar die hoenders in is. Maar wat maak dit saak? Sy voel gans te moeg om haar daaroor te kwel.

Wouter en Teresa het reeds klaar geëet toe Lecia van Katrien af terugkeer. Sy voel op die oomblik glad nie honger nie, dus gaan dek sy maar die tafel af en begin die skottelgoed was.

Dis byna halfdrie toe haar werk in die kombuis eindelik afgehandel is. Nou kan sy darem 'n rukkie met tant Elsa gaan gesels. Sy kry juis deesdae so min tyd om met die liewe ou tante te gesels.

"Jy lyk baie moeg, Lesie," sê tant Elsa nadat sy op die voetenent van die bed plaasgeneem het.

"Dis seker maar die hitte wat my soos 'n uitgewaste lap laat lyk, tante," skerm sy, want tant Elsa bekommer haar juis te veel omdat sy die huishouding sonder 'n huishulp moet waarneem. "My hare voel so taai en klewerig van die sweet, ek sal hulle beslis vanmiddag moet was."

"Hoe laat het Teresa gery?" vra die ouer vrou na 'n rukkie met 'n swak stem.

"Sy het nog nie gery nie, tante. Wouter het haar vir middagete genooi, en nou sit hulle op die voorstoep en gesels. Sy sal bepaald vir aandete ook bly, maar as Wouter dink ek gaan vir haar iets spesiaals vir aandete voorberei, kan hy gerus weer 'n keer dink. Hulle gaan vanaand die vleis en groente eet wat vanmiddag oorgebly het, en as sy nie daarvan hou nie, kan sy by haar eie huis gaan eet."

"Ek sal met Wouter praat, Lesie. Jy het meer werk as wat jy kan behartig. Hy behoort nie mense vir ete te nooi terwyl Katrien siek is nie . . ."

163

"Nee, moet dit liewer nie doen nie, tant Elsa," keer Lecia. "Netnou dink Wouter dat ek by tante gekla het en skel hy my dalk nog vir 'n luiaard ook uit."

"Wouter sal dit nie vir mý sê nie, kind, want ek weet dat jy van Maandag af baie hard gewerk het."

"Ek verkies nog dat tante dit liewer nie met Wouter moet bespreek nie," hou sy vol. "Dit was in elk geval oom Isak se begeerte dat ek 'n goeie tuisteskepper moet word."

"Ek weet, Lesie, maar Isak het nie bedoel dat jy jou moet doodwerk nie. Hy was gans te lief vir jou om jou so iets aan te doen."

"Katrien is een van die dae weer op die been, dan sal alles weer regkom, tante," glimlag sy gerusstellend.

Sy staan van die bed af op, gee vir tant Elsa haar medisyne en sê dat sy nou eers haar hare wil gaan was.

Met haar nat hare gaan sit sy op die agterstoep om dit in die namiddagson droog te maak. Die son is nog betreklik skerp, maar sy is so moeg en uitgeput dat sy dit nie kan waag om haar oë teen die son te sluit nie, want dan gaan sy aan die slaap raak . . . Ja, sy sien werklik uit na die dag dat Katrien weer op die been sal wees en haar met die huiswerk kan help.

Sy is so diep ingedagte dat sy nie eens hoor toe Wouter op die agterstoep uitstap nie. Sy wip soos sy skrik toe hy agter haar sê: "Gaan jy koffie maak, Lecia, of moet ék dit doen?"

"Toemaar, ek sal dit maak," sê sy sag. "Jy moet net julle s'n kom haal. Ek sal tant Elsa se koffie vir haar neem."

Sy borsel haar hare uit haar oë en stap kombuis toe.

"As jy aandete vroeg opdien, kan ons drie vanaand gaan fliek," sê Wouter. "Daar word glo 'n rolprent vertoon wat Teresa baie graag wil sien."

"Ek sal sorg dat julle vroeg eet," sê sy terwyl sy die koppies van die rak afhaal, "maar jy verwag natuurlik nie dat ek julle sal vergesel nie."

"Natuurlik verwag ek dit," sê hy ernstig. "Dis pure onsin dat jy jou so doelbewus afsonder wanneer Teresa hier is, en ek is nou al hartlik siek daarvan. Jy gaan jou asseblief na die ete aantrek, en jy kom saam."

164

Sy skud haar kop vasberade. "Ek is nie bereid om tant Elsa hier alleen te laat nie, en ek verseg om derdemannetjie te speel. Jy kan maar hartlik sat voel as jy wil, maar ek weier om my in Teresa se geselskap te sit en verveel. Sy kom in elk geval vir jóú kuier, nie vir my nie."

"Sy kom vir ons almal kuier," weerspreek hy haar streng, "en buitendien, as meesteres van Blouberg is dit jou plig om elke besoeker te onthaal."

"Ek wens jy wil dit in jou kop kry dat ek nie die meesteres van Blouberg is nie," sê sy onthuts, "en met Teresa wil ek niks te doen hê nie. Trouens, ek duld haar net om jou ontwil. Maar as jy my die duiwel in maak, gaan ek my maniere vergeet en haar presies sê wat ek van haar dink –"

"Die water kook," stuit hy haar woordevloed. "Maar wag, ek sal die koffie liewer self maak. Jy is nou te ontstoke om met kookwater te werk. Netnou verbrand jy jou, dan sê jy dis my skuld."

"Verskoon my, ek is nie die soort wat valse beskuldigings rondslinger nie," help sy hom reg. Sy gaan haal die sjokolade-koek in die spens en sny dit vir Wouter en Teresa. Ook vir tant Elsa sit sy twee snytjies op 'n koekbordjie.

Wouter steek 'n stukkie koek in sy mond en kyk haar nadenkend aan.

"Jy raak nou werklik 'n meesterkok met jou kookboek."

"O, ons Branks bly nie altyd onnosel en eenvoudig nie." Sy neem tant Elsa se koffie, maar in die middeldeur steek sy skielik vas en vra oor haar skouer: "Hoe laat wil julle eet?"

"Maak dit maar die gewone tyd, so sesuur se kant."

Sy haal haar skouers half verontskuldigend op en stap aan.

Na die ete vertrek Wouter en Teresa sonder versuim. Teresa sal glo met haar pa reël om haar perd die volgende dag te laat haal. Lecia het gou die skottelgoed gewas, daarna gaan bad sy en trek haar slaapklere aan. Met haar kamerjassie aan, neem sy 'n tydskrif en gaan lê opgekrul op die voetenent van tant Elsa se bed en lees, en na 'n rukkie raak sy aan die slaap.

Daar is 'n sagte uitdrukking in tant Elsa se oë terwyl sy na die slapende meisie lê en kyk. Sy het die afgelope vyf maande baie lief geword vir hierdie rooikop wat so sprekend na haar oom Isak lyk. Haar hart gaan uit na die meisie, want dis vir haar baie duidelik dat Lecia totaal uitgeput en ooreis is.

Dis nog nie eens agtuur nie, toe hoor tant Elsa hoe Wouter se motor oor die werf in die rigting van die waenhuis ry.

Hy het Teresa natuurlik net huis toe geneem, dink sy verlig. Sy het ook al daardie harde trek om Teresa se mond waargeneem as sy dink niemand kyk na haar nie en sy hou nie van Teresa Viljoen nie. Die meisie aard bepaald na haar ma – 'n gevoellose, dominerende vrou. Sy is ook nie juis gewild onder die vroue van die distrik en op die dorp nie.

"Mag ek maar binnekom, tant Elsa?" hoor sy Wouter by die kamerdeur vra.

"Ja, kom maar in, Wouter," nooi sy vriendelik.

Hy kyk die slapende Lecia met opgetrekte wenkbroue aan en vra sag: "Waarom slaap sy hier, tante?"

"Die werk is te veel vir die kind, Wouter," sê tant Elsa simpatiek. "Sy is so moeg dat sy sommer net hier aan die slaap geraak het."

"Sy moes nie by tante oor die werk gekla het nie; sy moes met my daaroor gepraat het," sê hy ontevrede.

Maar tant Elsa tree dadelik vir Lecia in die bresse. "Ken jy Lesie vir iemand wat kla, Wouter? Nee, sy het nie by my gekla nie, maar ek is self 'n vrou, en ek weet hoe sy haar die afgelope week moes afsloof sonder Katrien in die kombuis. Dis nie maklik om al die werk alleen te doen en nog vir 'n siek mens te sorg nie . . . Nee, ek sê jou die kind is heeltemal oorwerk. Hierdie dinge het te skielik oor haar gekom. Kyk net hoe rooi en skurf is haar mooie hande. Ja, selfs in haar slaap kan 'n mens die moeë trek op haar gesig sien . . . Nee, sy het nie by my gekla nie, Wouter. Lesie kla nooit nie."

"Gaan sy vannag hier by tante se voete slaap?" Hy praat met tant Elsa, maar sy blik rus op Lecia se skurwe, rooi hande met die gebreekte naels wat vyf maande gelede so mooi sag en wit was. Hy kyk na haar gesig. Tant Elsa het gelyk, sy lyk inderdaad moeg en oorwerk. Hy merk nou die eerste keer op hoe maer sy die afgelope vyf maande geword het. Hy verwyt homself en wyle oom Isak oor hierdie toedrag van sake – oom Isak oor sy een onnodige testamentêre bepaling, en homself omdat hy nie hierdie dinge opgemerk het voordat tant Elsa sy aandag daarop gevestig het nie.

"Nee, sy kan nie hier by my voete slaap nie, Wouter, sy lê te ongemaklik," sê tant Elsa. "Ek sal haar later wakker maak sodat sy in haar eie bed kan gaan slaap."

"Ek dink tante moet haar liewer nie wakker maak nie. Laat haar maar slaap. Ek sal haar na haar kamer toe neem," bied hy aan. "Tante moet net sê wanneer."

"Jy kan haar nou maar kamer toe vat, Wouter, sy lê tog alte ongemaklik," sê tant Elsa besorg. "Moenie vergeet om 'n kombers oor haar te gooi nie."

"Ek sal nie vergeet nie, tante," belowe hy en tel Lecia versigtig van die bed af op.

Die rooikop word nie eens wakker toe hy haar op haar bed neerlê nie. Hy trek haar kamerjas uit en sprei die deken versigtig oor haar oop. Hierna maak hy die gordyne toe, trek die deur saggies agter hom toe en keer terug na tant Elsa se kamer.

"Nou ja, in verband met Lecia," sê hy en neem op 'n stoel langs die ou tante se bed plaas. "Wat stel tante voor moet ek doen om die huiswerk vir haar ligter te maak? Katrien, verstaan ek, is nog baie siek, en dokter Le Roux het gesê tante moet nog 'n week in die bed bly. Daarna moet tante nog twee weke rus om aan te sterk. Maria kan Lecia ook nie help nie, want sy verpleeg Katrien. Sofie het glo al 'n maand gelede by familie in die Vrystaat gaan kuier en sy is nog nie terug nie. Dus sien tante self dat hier niemand is wat Lecia in die kombuis kan help nie."

"Ja, dis waar, hier is niemand nie," sê tant Elsa met 'n swaar sug. "Ek wonder wat Isak sou gesê het as hy Lesie vandag kon sien."

"Hy sou baie trots op haar gewees het, tante," glimlag Wouter. "Dis maar 'n week dat sy die huishouding waarneem, en ek sê vir tante, daar is nie 'n ding uit sy plek nie."

Hy sit byna 'n uur by die ou tante en gesels, toe sê hy nag en gaan ook maar slaap. Hy lê tot laat die aand en wonder hoe hy die werk vir Lecia ligter kan maak, maar toe hy eindelik aan die slaap raak, het hy nog geen oplossing vir die probleem gevind nie.

Toe Lecia die volgende oggend haar verskyning in die kombuis maak, het Wouter reeds die pap gemaak en die vleis gebraai. Nou is hy besig om die eiers te bak.

"Môre!" sê sy en kyk verbaas na die bedrywigheid voor die stoof. "Wat het vanoggend oor jou lewer geloop dat jy ontbyt voorberei?"

Hy beantwoord haar môregroet en vervolg met 'n skewe glimlag: " 'n Vreeslike ding het verlede nag met my gebeur. Ek het gedroom jy werk jou dood, en ek het my byna siek gehuil omdat jy dood is. Toe besluit ek om in die vervolg die werk vir jou minder te maak deur elke oggend die ontbyt self voor te berei. Sê nou dankie!"

"Ja, dankie, maar jy flous my glad nie, Wouter Fouché. Ek weet tant Elsa het iets hiermee te doen . . ."

"Gaan dek die tafel, kleinding," maak hy haar goedig stil, "en onthou, van nou af sorg ek vir die ontbyt totdat Katrien weer op die been is. Ek sal ook die brood vir jou knie as jy weer moet bak."

"O nee, jy gaan nie met daardie harige arms van jou brood knie nie. Genade, ek weet nie waarom mans nou juis sulke harige kreature moet wees nie."

'n Terglustige vonkeling verskyn meteens in sy oë toe hy sê: "Ja, eienaardig, is dit nie? En tog is die Evatjies so lief vir die harige kreature."

"Wag, laat ek liewer gaan tafel dek voordat ek dalk te veel sê."

Daar is 'n sagte blik in Wouter se oë toe hy haar oulike figuurtjie met 'n glimlag agternakyk.

Die volgende drie weke is Lecia so besig dat sy nie een keer kans kry om met Lady te gaan ry nie. Katrien is nou wel weer in die tuig, maar Lecia kan sien dat sy nog nie heeltemal aangesterk het nie. Tant Elsa het ook twee weke gelede uit die bed opgestaan en is nou weer gereed om die huishouding oor te neem sodat Lecia 'n welverdiende blaaskans kan geniet.

Vanoggend was dit die eerste keer in vier weke dat Lecia weer 'n entjie op Lady kon gaan ry, en hier waar sy nou van die stalle af aangestap kom, hoor sy Wouter se stem wat haar na die telefoon toe ontbied.

"Ek kom," sê sy en draf haastig na die studeerkamer toe. Dis natuurlik die dierbare tant Emma, meen sy.

Maar dis nie tant Emma se stem wat sy hoor nie. Dis 'n polisieman wat haar in kennis stel dat haar tante, mevrou Emma Reyneke, in 'n motorongeluk beseer is en in 'n ernstige toestand in die hospitaal opgeneem is. Haar tante wil haar dringend spreek.

Lecia is so geskok dat sy nog steeds met die gehoorbuis in haar hand sit toe Wouter 'n paar minute later kom kyk waarom sy dan nog nie kom eet het nie. Sy is doodsbleek en verslae. Met nikssiende oë staar sy deur die venster, heeltemal onbewus van Wouter se teenwoordigheid toe hy langs haar kom staan.

Dis eers toe hy die gehoorbuis uit haar hand neem en simpatiek vra: "Wat is verkeerd, ounooi?" dat sy ietwat tot verhaal kom en haar blik van die venster af wegskeur.

"Dit was 'n polisieman wat gebel het," sê sy met 'n moeë stem. "Tant Emma is gisteraand ernstig in 'n motorongeluk beseer, en sy wil my dringend sien. Ek sal dadelik moet gaan inpak sodat ek oor 'n uur kan ry."

"Kom eet eers, kleinding. Daarna kan ons die saak rustig bespreek," doen hy aan die hand, maar Lecia skud haar kop.

"Ek wil nie eet nie, Wouter," sê sy en kom orent. "Ek moet nou dadelik gaan inpak. As ek oor 'n uur ry, behoort ek môre-oggend in Johannesburg te wees."

"Maar, kleinding, verstaan asseblief rede. Ek kan jou nie toelaat om alleen in die nag te ry nie. Ek sal vir jou plek bespreek op 'n vliegtuig."

"Vergeet die vliegtuig. Ek kan nie in Johannesburg sonder 'n motor wees nie . . . Nee, ek moet vanmiddag met my eie motor ry."

"Ek wens dit was vir my moontlik om jou te vergesel, Lecia, maar dis vir my absoluut onmoontlik om nou van die plaas af weg te gaan, en ek kan tant Elsa ook nie alleen agterlaat nie. Sal jy nie maar wag en môre per vliegtuig reis nie?"

"Nee, ek kan nie tyd verspil deur vir 'n vliegtuig te wag nie. As die ergste met tant Emma gebeur voordat ek haar gesien het . . . Nee, ek wil nie eens daaraan dink nie. In elk geval, as die vliegtuig môre van Kaapstad af vertrek, sal ek al in Johannesburg wees. Jy moet my nou asseblief verskoon, ek moet nou dadelik gaan inpak."

"Katrien kan solank jou klere gaan inpak. Kom eet eers, kleinding."

Dis byna halfdrie toe Lecia tant Elsa en Wouter groet. Tant Elsa is aangedaan toe sy Lecia nader trek en haar met 'n soen groet.

"Ons gaan na jou verlang, kind," sê sy met 'n onvaste stem. "Jy moet tog gou terugkom."

"Alles hang van tant Emma se toestand af, tante," sê Lecia. "En moet tante nou nie gaan staan en ooreis nie."

"Nou ja, kleinding, dan moet ek jou ook maar groet," sê Wouter en neem die skurwe rooi handjies wat sy na hom toe uithou in syne. "Ry asseblief versigtig en bel my sodra jy in Johannesburg aankom. En onthou, ons verwag jou gou terug."

Die volgende oomblik trek hy haar teen hom vas en groet haar met 'n soen – 'n soen wat Lecia al die pad Johannesburg toe vergesel en haar daardie nag helder wakker hou agter die stuur van haar motor.

10

Vir Lecia is dit 'n lang nag. Toe sy om agtuur langs tant Emma se huis stilhou, voel sy doodmoeg en uitgeput, maar sy weet ook dat sy nie nou al kan gaan slaap nie.

Sy stap om die huis en tref Maggie, tant Emma se huishulp, in die kombuis aan. Die ou vrou huil byna van blydskap toe sy haar sien.

"Ek het so gewonder wat nou van ou Maggie gaan word, noudat mevrou Emma so sleg verongeluk het," gesels Maggie terwyl hulle Lecia se tasse na haar kamer neem, "maar noudat juffrou Lecia hier is, voel ek sommer beter. Die juffrou het seker nog nie geëet nie."

"Nee, ek het gistermiddag laas geëet, Maggie, en koffie sal nou wonderlik smaak."

Terwyl Lecia vir die koffie wag, maak sy 'n oproep na Blouberg. Sy wag nie lank nie, toe hoor sy Wouter sê: "Fouché van Blouberg hier!"

"Hallo, Wouter, dis Lecia wat praat," sê sy. "Ek bel net om te sê dat ek veilig hier in Johannesburg aangekom het. Sodra ek ontbyt geëet het, sal ek hospitaal toe gaan en gaan kyk hoe dit met tant Emma gaan."

"Dis 'n verligting om jou stem te hoor, kleinding. Ek het my verlede nag byna siek bekommer oor jou veiligheid. Tant Elsa het ook maar min geslaap. Maar wat ek eintlik wou sê, ek hou glad nie daarvan dat jy nou dadelik al weer hospitaal toe wil ry nie. Ek stel voor dat jy ontvangs by die hospitaal bel en verneem hoe dit met jou tante gaan. Klim liewer dan in die bed en slaap 'n rukkie. Om so sonder slaap te bly, laat 'n mens net suf voel, en netnou beland jy ook in 'n ongeluk."

Hulle gesels nog 'n rukkie. Wouter belowe om haar die aand nege-uur te bel, toe sê hulle tot siens en lui af.

Na ontbyt gaan Lecia bad en haar aantrek om hospitaal toe te gaan. Sy weet Wouter het gelyk, sy behoort eers 'n rukkie te slaap, maar sy weet ook dat sy nie sal rus voordat sy tant Emma self gesien het nie.

'n Verpleegster is net besig om vir tant Emma 'n verdowings-middel vir die pyn te gee toe Lecia die siekekamer binnestap. Tant Emma is byna in trane toe Lecia haar groet.

"Ag, Lecia, my kind, ek het so vreeslik baie na jou verlang," kla tant Emma met 'n swak stem. "Ek was van my verstand af om jou na daardie ellendige plaas toe te stuur. Ou Elsa en daardie Wouter-vent het jou mishandel, ek kan dit sien. Kyk hoe maer is jy, en kyk net hoe lyk jou hande. Wat het hulle met jou aangevang, my hartjie?"

"Tante, wag nou, vertel eers vir my hoe dit met my liewe ou tante gaan. Ek wil weet wat alles gebreek en gekraak is."

"Nee, daar is nie veel gebreek nie. Net my heup en my arm

171

is gebreek. Die inwendige beserings is gelukkig nie ernstig nie," vertel tant Emma. "Maar vertel my nou van jouself, en waarom jy lyk asof jy jou amper doodgewerk het."

"Wag 'n bietjie, tante," keer sy weer. "Vertel my eers hoe die ongeluk gebeur het. Ek ken my ou tante mos nie as 'n roekelose bestuurder nie!"

"Dis daardie lieplapper se skuld, Leciatjie."

"Watter lieplapper, tante?"

"So 'n lange, en die ene hare en baard," verduidelik tant Emma. "Hy dra 'n halwe rok oor sy broek en 'n klomp stringe krale om sy nek. Hy foeter toe mos voor my motor in, en om die ellendige ding nie raak te ry nie, swaai ek uit en ry toe teen 'n boom vas. Maar vertel my nou eers wat ou Elsa en daardie Wouter-vent met jou aangevang het, my kind. Ek sê nou vir jou, die dag dat ek uit hierdie bed uit opstaan, sal dit sleg gaan met daardie twee op Blouberg."

"Dis nie Wouter en tant Elsa se skuld nie, tante," help sy tant Emma geduldig reg. "Oom Isak is die sondaar. En tog, Wouter en tant Elsa sê oom Isak was baie lief vir my. Hy het glo selfs eenkeer 'n fotograaf gestuur om my af te neem. Albei foto's pryk in oorlede oom Isak se studeerkamer."

Sy vertel tant Emma van die klousule in die testament waarin oom Isak die begeerte uitspreek dat Wouter haar alles in verband met die boerdery moet leer en dat tant Elsa van haar 'n goeie tuisteskepper moet maak. Sy vertel haar tante ook dat indien sy nie langer as 'n jaar op Blouberg wil bly nie, sy haar deel van die plaas aan Wouter mag verkoop. Ten laaste vertel sy van tant Elsa en Katrien se siekte en hoe sy tant Emma se raad gevolg het en vir haar 'n goeie resepteboek gaan koop het.

"So, dan is dit hoekom jy lyk of jy hardearbeid in 'n gevangenis gedoen het," sê tant Emma met 'n onvergenoegde trek om haar mond. "In elk geval, hulle sal nie weer die geleentheid kry om jou so te mishandel nie. Die helfte van daardie plaas is nie jou gesondheid werd nie."

"Tante, ek het nie daar gebly ter wille van die plaas of die geld nie," lig sy tant Emma in. "Toe ek hoor wat oom Isak alles

172

van my verwag, het ek vir Wouter gesê hy en oom Isak kan na hul peetjie gaan met Blouberg en al, ek kom terug Johannesburg toe . . ."

"Nou waarom het jy nie?"

"Wel, Wouter het gesê dat ek die eerste lafhartige Brank sal wees wat hy ken, en as ek van die plaas af wegvlug omdat ek iets van die boerdery moet leer . . . Nou ja, tante, ken my. Ek laat my nie as 'n lafaard bestempel nie, en oom Isak se testament was 'n duidelike uitdaging. Hy kon maar net sowel gesê het: Laat ek sien of jy ruggraat het of nie. Tante verstaan mos wat ek bedoel?"

"Ja, my kind, ek verstaan baie goed. Ou Isak het jou uitgedaag, en jy het sy uitdaging aanvaar. Nou goed, ons sal dit daarby laat."

Tant Emma lyk vir Lecia moeg en uitgeput, dus vertoef sy nie veel langer nie. Met die verskoning dat sy heelnag agter die motor se stuur gesit het en nou 'n uur of wat wil gaan rus, groet en vertrek sy.

Met haar tuiskoms klim Lecia dadelik in die bed. Sy word eers sesuur wakker, net betyds om gereed te maak vir die aand se besoek aan tant Emma.

Na die aandete vertrek sy onverwyld, maar met haar aankoms merk sy dadelik op dat tant Emma baie pyn verduur. Sy het ook pas gesit, toe gee die verpleegster vir tant Emma 'n inspuiting wat haar dadelik aan die slaap laat raak.

"Ek dink jy moet liewer nou gaan, juffrou," sê die verpleegster. "Mevrou Reyneke sal nou tot môreoggend slaap. Jy kan haar weer môre besoek."

Op pad huis toe dink Lecia diep na oor haar tante se beserings en haar eensaamheid so alleen in die groot huis sonder man of kind.

Later is Wouter en Teresa weer in haar gedagtes – en Wouter se belofte dat hy nie sal trou voordat haar proefjaar op Blouberg verby is nie.

As ek nie teruggaan plaas toe nie, mymer sy, sal dit nie vir Wouter nodig wees om sy huwelik tot later uit te stel nie . . . Ja, dit sal beslis vir almal beter wees as ek nie teruggaan nie. Tant

173

Emma sal nie meer alleen wees nie, ek sal die geleentheid kry om Wouter te vergeet, en vir Wouter sal daar niemand op Blouberg wees wie se onnoselheid sy siel kan versondig nie . . . Ja, hy sal bepaald bly wees om van my ontslae te wees. My afwesigheid sal vir tant Elsa ook geen probleme oplewer nie, want sy het al die jare alleen vir die mense van Blouberg gesorg. Sodra Wouter getroud is, sal Teresa vir tant Elsa met die huishouding kan bystaan.

Lecia word skielik deur hartseer en weemoed oorweldig. Wouter het haar nou wel by etlike geleenthede bitter beledig, maar daar was ook tye dat hy baie vriendelik en bedagsaam was. Sy sal beslis baie na hom verlang en seker nog bitter spyt wees omdat sy nie teruggegaan het plaas toe nie. Maar oor ses maande moet sy tog van hom afsien, waarom nie liewer nou nie? Om langer op Blouberg te vertoef, beteken maar net om die dag van afskeid langer uit te stel.

Nee, sy het reg besluit. Sy voel wel nou hartseer en verlore, maar wat sal dit haar baat om die dag van afskeid uit te stel? Elke dag wat sy langer op Blouberg bly, gaan net vir haar meer pyn en hartseer besorg.

Toe sy tuiskom, bedien Maggie haar met koffie. Sy neem haar handsak kamer toe en gaan wag dan in die sitkamer dat Wouter moet bel.

Haar gedagtes dwaal na tant Emma in die hospitaal, en dan weer na Wouter en tant Elsa. Toe verbreek die skril gelui van die telefoon meteens die neerdrukkende stilte, en oomblikke later hoor sy Wouter se mooi, diep stem. Dit laat haar hart dadelik vinniger klop.

"Hoe gaan dit met jou tant Emma, kleinding?" vra hy belangstellend.

"Vanoggend het sy 'n rukkie met my gesels, Wouter, maar vanaand het dit glad nie goed gegaan nie," vertel sy. "Haar heup en een van haar arms is gebreek, maar sy sê die inwendige beserings is gelukkig nie van 'n ernstige aard nie. In elk geval, sy verduur baie pyn."

"Nou, sê vir my, wie woon op die oomblik saam met jou in die huis, hartjie? Moenie vir my sê jy woon alleen nie!"

"Wel, nee, nie heeltemal alleen nie. Ek het met Maggie gereël, en sy sal snags hier kom slaap."

"En wie is Maggie, as ek mag vra?"

"Sy is al dertig jaar lank tant Emma se huishulp, en eintlik al deel van die huis en sy mense, Wouter."

"Sy mag al daardie dinge wees, my poppie, maar sy is ook maar net 'n vrou . . . Nee, ek voel nou glad nie gerus oor jou veiligheid nie. Jy moet liewer in 'n hotel gaan bly. Dit sal veiliger wees."

"Nee, ek kan nie. Ek en Maggie moet na die huis kyk. Ek hou ook nie van hotelle nie."

Lank nadat Lecia die bedlamp afgeskakel het, lê sy nog steeds aan Wouter en dink. Die gedagte dat sy hom nooit weer sal sien nie, bring warm trane in haar oë. Daar is 'n hunkerende verlange in haar wat sy stem oor die telefoon nie kan stil nie, en later rol die trane oor haar wange.

Die volgende twee maande gaan baie stadig verby. Noudat Lecia bedags niks te doen het nie, behalwe haar gereelde besoeke aan tant Emma, besluit sy om 'n kursus in kookkuns en naaldwerk te volg. Dit sal haar ten minste besig hou, meen sy.

Dit het winter geword, en die weer in Johannesburg is nou bitter koud. Tant Emma is nog in die hospitaal, want die heupbeen groei maar stadig aan. Wouter bel gereeld een keer per week om te hoor hoe dit met Lecia en haar tante gaan.

Lecia leef deesdae net vir Wouter se weeklikse oproep, en selfs tant Emma het al opgemerk dat daar iets radikaals skort met die eens lewenslustige meisie. Sy het die afgelope twee maande merkbaar stil geword, en daar is voortdurend 'n trekkie van hartseer om haar mond en in haar oë. Dis asof die lewenslus in haar geblus is en die lewe sy glans vir haar verloor het.

Hier waar Lecia nou langs tant Emma se bed sit, voel sy hartseer en ongelukkig.

"Wat makeer, my hartjie?" vra tant Emma bekommerd. "Jy lyk so hartseer en ongelukkig. Verlang jy na iemand?"

"Ag, dis sommer hierdie koue en gure weer wat my so mistroostig stem, tante," jok sy met 'n sweem van 'n glimlaggie, want hoe kan sy nou vir tant Emma sê dat sy hartseer en on-

175

gelukkig voel omdat Wouter haar nie gisteraand gebel het en moontlik nooit weer van hom sal laat hoor nie? Sy kan mos nie vir die liewe ou tante sê dat sy verlief is op 'n man wat reeds met 'n ander meisie op trou staan nie! Nee, dis beter dat tant Emma liewer niks van haar hartsake af weet nie.

"Dokter Rigter het vanmôre gesê ek kan oor twee dae huis toe gaan, my kind," hoor Lecia haar ou tante sê. "So, moet tog nie vergeet om môre vir my klere te bring nie. Ek sal jou môre-aand sê hoe laat jy my kan kom haal."

"Ai, dit sal goed wees om tante weer tuis te hê," sê Lecia en doen haar bes om haar opgewek voor te doen. "Die huis is so leeg en stil, en oor twee weke het ek ook my kursus voltooi. Van nou af gaan ek my rokke self maak en vir tante heerlike koeke en terte bak . . ."

Lecia voel verlig toe die besoektyd eindelik verstreke is. Sy is baie lief vir tant Emma, maar as 'n mens se hart voel asof dit aan skerwe gebreek is, wil jy liewer alleen wees, want niemand kan jou tog help nie, en daar is ook geen trooswoorde wat die pyn van 'n gewonde hart kan verlig nie.

Maggie is nog wakker toe Lecia tuiskom en bied dadelik aan om vir haar 'n warm melkdrankie te maak. Sy huil byna van blydskap toe sy hoor dat haar mevrou Emma oormôre uit die hospitaal ontslaan word.

"Ai, dit sal goed wees om mevrou Emma weer by die huis te hê," gesels Maggie terwyl sy die melk warm maak.

Die gelui van die telefoon laat Lecia se hart vinniger klop. Dan stap sy haastig sitkamer toe om te gaan antwoord. In haar hart bid sy dat dit 'n oproep van Wouter moet wees, maar haar verstand sê vir haar dat dit beter sal wees as dit liewer nie hy is nie.

"Lecia Brank hier!" sê sy, en haar stem bewe.

"Bly asseblief aan vir Blouberg," hoor sy die nou al bekende stem van die telefoniste by die sentrale sê.

Haar hart bons wild, en na 'n paar sekondes hoor sy Wouter se geliefde stem in haar oor.

"Hallo!"

"Naand, Wouter," kom dit swakkies.

"Kleinding, dis wonderlik om weer jou stem te hoor. Hoe gaan dit met jou tant Emma en met jou?"

"Met my gaan dit maar soos altyd, Wouter, en met tant Emma gaan dit bo verwagting goed," sê sy so bedaard as moontlik. "My tante word oormôre uit die hospitaal ontslaan."

"My poppie, jy het my nou die beste nuus vertel wat ek in maande gehoor het. Ek is vreeslik bly dat jou tante so mooi herstel het, en nou wil ek weet wanneer ons jou hier op Blouberg kan verwag. Jy is al twee maande in Johannesburg, weet jy?"

"Ek weet, Wouter, maar ek sal jou eers kan sê wanneer tant Emma tuis is. Ek vermoed dat sy baie swak sal wees, en wie, dink jy, gaan vir haar sorg as ek nie hier is nie?"

"Wel, dis heeltemal logies dat sy swak sal wees," antwoord hy, "maar ek gaan nie toelaat dat jy veel langer daar in die Goudstad bly nie, my hartjie. Jou tant Emma sal maar 'n verpleegster moet kry om haar te versorg, want ek het jou hier nodig. Dis een van die dae lamtyd, en daar is altyd 'n paar lammers wat tuis versorg moet word. Tant Elsa is al te oud om met jong lammers te sukkel, dus kan ek nie veel van haar verwag nie. Nee, jy sal nou moet opskud en huis toe kom, jong."

Hy praat van huis toe kom asof Blouberg haar permanente tuiste is, dink Lecia hartseer, maar sê hardop: "Ek herhaal, Wouter, ek kan op die oomblik niks belowe nie. Ek het tyd nodig om te sien hoe tant Emma vorder. 'n Heupbreuk is nie 'n maklike ding nie, en tant Emma is ook nie meer jonk nie."

"Nou wanneer sal jy my kan sê watter dag ons jou hier op Blouberg kan verwag, kleinding?"

"Moontlik 'n week ná tant Emma se tuiskoms."

"Goed, ek bel jou dan weer oor tien dae, my hartjie. Pas jou intussen op."

"Dankie, ek sal. Sê asseblief groete vir tant Elsa en . . . e . . . Wel, tot siens, Wouter."

"Tot siens, my kleintjie."

Daardie aand huil Lecia haar aan die slaap, want net sy weet dat Wouter en Blouberg haar nooit weer sal sien nie. Sy huil ook omdat haar eerste en enigste ware liefde so hopeloos is en omdat die lewe so pynlik eensaam is sonder Wouter.

Die volgende dag is sy nog meer in haarself gekeer. Sy voel so bitter hartseer en ongelukkig, maar die lewe staan nie stil nie. Daar is klasse wat sy moet bywoon, en sy moet ook vir tant Emma klere hospitaal toe neem.

Toe Lecia inkom, merk tant Emma dadelik op dat haar liefling-rooikop bitter ongelukkig voel, maar sy laat wyslik niks van haar vermoede blyk nie en gesels opgewek oor haar ontslag en wat sy alles wil doen wanneer sy weer tuis is.

Toe die klokkie later aankondig dat besoektyd verstreke is, belowe Lecia om die volgende oggend stiptelik om halftien by die hospitaal te wees om tant Emma huis toe te neem.

Daardie aand lê Lecia tot laat en dink hoe sy Wouter van haar besluit in kennis moet stel. Sy durf hom nie oor die telefoon vertel dat sy nie teruggaan plaas toe nie, want hy sal bepaald elke minuut van die oproep in beslag neem om haar uit te trap, en dan sal daar geen tyd oor wees om haar standpunt bevredigend te verduidelik nie.

Nee, sy ken Wouter as hy ontstoke is. Hy sal nooit dae lank op dieselfde noot hamer nie, maar as hy 'n mens uittrap, gee hy jou nie kans om 'n woord in te kry voordat hy alles gesê het wat hy wou sê nie . . . Dit sal hopeloos wees om haar besluit oor die telefoon te bespreek. Sy sal hom maar liewer per brief in kennis stel, sodat sy alles kan verduidelik sonder om in die rede geval te word.

Soos afgespreek, hou Lecia halftien die volgende oggend voor die hospitaal stil.

Tant Emma is reeds aangetrek en gereed toe die rooikop die kamer binnekom. Sy is opgewonde oor die vooruitsig om aanstons weer tuis te wees, en Lecia kan net glimlag oor haar ou tante se opgewondenheid.

"Nou ja, dan kan ons seker maar loop, Lecia-kind," sê tant Emma en kom mank uit die stoel orent.

Die verpleegster is dadelik by om haar te help, want Lecia is doodsbleek van skok toe sy sien hoe moeisaam haar dierbare tant Emma uit die stoel uit sukkel.

Onderwyl die verpleegster tant Emma in 'n rolstoel na die motor toe stoot, sê Lecia nie 'n woord nie. In stilte help sy die verpleegster om haar tante in die motor te kry. Sy bedank die jong verpleegster, dan groet en vertrek hulle.

Eers toe hulle deur die middestad is, vra Lecia sag: "Vertel my asseblief die waarheid, tant Emma. Gaan tante lewenslank so . . . so mank loop?"

Tant Emma bly so lank stil dat Lecia al begin wonder of sy 'n antwoord op haar vraag gaan kry, maar eindelik hoor sy haar ou tante sê: "Ja, my kind, ek sal lewenslank met krukke moet loop, en ek weet eerlikwaar nie wat ek gaan doen as jy weer op die plaas is nie. Ek was baie eensaam sonder jou, maar nou sal ek nog eensamer wees omdat ek nie meer so goed oor die weg kan kom nie."

"Tante sal nie weer eensaam wees nie, want ek het reeds be-sluit dat ek nie teruggaan nie," sê sy sag, maar slaag nie daarin om die hartseer in haar stem te verbloem nie. "My eerste plig is by tante, wat nog altyd vir my soos 'n eie ma was. Wouter kan my ook nie meer as 'n lafaard bestempel nie, want ek weet nou alles van die boerdery af, en ek het ook geleer om 'n bekwame tuisteskepper te wees. Tante is in elk geval vir my baie meer werd as die helfte van Blouberg. Ek sal tog nooit trou nie, dus sal daar geen kinders wees wat my oor hul erfplaas kan verwyt nie."

"Hoe kan jy so seker wees dat jy nooit sal trou nie, Leciatjie? Sulke mooi meisies soos jy bly nie ongetroud nie, my hartjie. Jy sal wel eendag die regte man ontmoet, 'n man met wie jy graag jou lewe sal wil deel –"

"Daardie man het ek reeds ontmoet, tante, maar hy het my nie lief nie, en hy staan reeds met 'n ander meisie op trou," val sy haar tante met 'n effens onvaste stem in die rede.

"Mag ek vra wie die man is, my hartjie?" kom dit simpatiek van tant Emma.

Lecia skud haar kop stadig. "Nee, moet liewer nie vra nie, tante," antwoord sy sag, nou weer hartseer en ongelukkig. "Dit maak nog te seer om oor hom te praat . . . miskien later."

Met hul tuiskoms gaan tant Emma dadelik rus. Lecia gaan na haar kamer toe om vir Wouter te skryf dat sy nie teruggaan plaas toe nie.

179

Sy sit 'n lang ruk op haar bed met die skryfblok op haar skoot. Toe begin sy eindelik skryf.

Beste Wouter

Ek het tant Emma toe vanoggend by die hospitaal gaan haal, maar ek vrees die ongeluk het 'n ontsettende letsel op my ou tante gelaat. Sy is mank en sal lewenslank met krukke moet loop. Jy sal dus verstaan as ek sê dat ek nie na Blouberg kan terugkeer nie. Ek kan my ou tante nie nou in die steek laat, noudat sy my so bitter nodig het nie.

Ek besef dat jy hulp moet hê met die versorging van die jong lammers, dus sal jy maar jou huweliksdatum moet vervroeg sodat Teresa jou kan bystaan.

Jy sal my natuurlik daaraan wil herinner dat ek nou alle aanspraak op my erfenis verbeur, maar dit maak nie saak nie. Ek het my maar net op Blouberg gevestig omdat ek nie graag as 'n lafaard bestempel wou word nie.

As dit nie vir jou te veel moeite sal wees nie, sal ek dit waardeer as jy my orrel, klavier en skilderye vir my sal aanstuur. Ek is nie van plan om op tant Emma te teer nie, dus wil ek so gou moontlik weer leerlinge vir musiekonderrig inneem.

Dra asseblief my groete aan tant Elsa oor. Ek hoop sy verkeer tans in goeie gesondheid. Vir jou wens ek net alles wat goed is toe, Wouter, en ek hoop van harte dat jy en Teresa baie gelukkig sal wees. Ek wil ook om verskoning vra omdat ek jou so dikwels met my onnoselheid en eenvoudigheid die harnas in gejaag het, maar dit was oom Isak wat daardie kruis op jou skouers gelê het. Trouens, ek wou jou al dikwels van daardie kruis onthef, maar ek het geweet dat jy my dan as 'n lafaard sou bestempel. Nou kan jy dit gelukkig nie meer doen nie, want jy het self gesê dat ek min of meer alles van die boerdery af weet. Ek glo ook dat ek as tuisteskepper nie te vreeslik sleg gevaar het nie. Alles van die beste en tot siens, Wouter. Lecia

Toe die brief later deur die gleuf in die rooi posbussie val, besef Lecia meteens dat sy nou alle bande met Wouter verbreek het. Hulle sal mekaar nooit weer sien nie, en 'n Brank sal ook nooit weer 'n spoor op Blouberg trap nie. In daardie brief het sy finaal van alles afstand gedoen.

180

Sedert Lecia die brief gepos het, is sy nog meer in haarself gekeer. Tant Emma, nou bewus van die meisie se hartseer, probeer op alle maniere om haar gedagtes af te lei, maar Lecia bly maar stil en neerslagtig.

Soggens gee sy gewoonlik musiekles, en die res van die dag sit sy saam met tant Emma in die sitkamer voor die kaggel waarin 'n gesellige vuur brand. Soms gesels hulle, maar meestal sit Lecia afgetrokke na die gloeiende kole en staar asof haar gedagtes baie ver is . . .

Dis reeds vier dae sedert Lecia die brief aan Wouter gepos het. Dit reën al heeldag, maar in die sitkamer is dit heerlik warm. Tant Emma sit voor die kaggel in 'n tydskrif en blaai, en Lecia sit sommer net aan die dae op Blouberg en dink.

Maggie het hulle pas met tee bedien, toe die telefoon meteens begin lui.

"Dis bepaald weer een van tante se menigte vriendinne," sê Lecia met 'n sweem van 'n glimlaggie toe sy opstaan om te gaan antwoord.

"Hallo!" sê sy.

Sy voel hoe haar bene skielik lam word toe die bekende stem by die sentrale sê sy moet aanbly vir Blouberg.

Na 'n rukkie hoor sy Wouter se dierbare stem in haar oor.

"Hallo!"

Haar stem bewe merkbaar toe sy antwoord: "Naand, Wouter, dis Lecia hier."

"Ja, naand, kleinding. Wat de duiwel makeer jou om vir my so 'n klomp onsin te skryf? Dink jy een oomblik dat ek my aan al daardie bog gaan steur? Wel, laat ek jou sommer nou sê, ek steur my nie 'n flenter daaraan nie. Jy het net jou tyd en skryfpapier gemors. Ek gee jou 'n week tyd, dan moet jy huis toe kom, en moenie dink ek sal huiwer om jou daar in Johannesburg te kom haal nie. Verstaan jy? Ek sal in geen omstandighede toelaat dat jy jou verpligtinge ontduik en jou erfenis verbeur nie. Ek hoop ons verstaan mekaar goed, Lecia."

"Wouter, jy is nou te ontstoke om my kant van die saak in te sien. Ek dink ons moet liewer gesels as jy in 'n beter luim is," stel sy voor, maar hy wil niks weet nie.

181

"O nee," sê hy, "ons gaan die saak vanaand in die reine bring. Kom jy oor 'n week huis toe, of moet ek jou kom haal?"

"Tant Emma het my nodig –"

"Ek glo dit glad nie," val hy haar streng in die rede. "Jy gebruik haar net as 'n skuifmeul omdat jy bang is vir al die pligte en verantwoordelikhede wat die plaaslewe meebring. Jy is inderdaad die eerste Brank in jou hele geslag wat bang is vir werk."

"As jy dink ek is bang vir werk, moet jy tog maar so dink as dit jou gelukkig maak," sê sy sag. "Ek weet ek kon niks in jou oë reg doen nie, maar ek het in elk geval my bes gedoen –"

"Kleinding, voel jy siek?" val hy haar besorg in die rede.

"Nee, ek voel nie siek nie."

"Jy moet wees. Ek ken jou nie soos jy vanaand is nie."

"Ek is nie siek nie, Wouter. Ek jok ook nie as ek sê tant Emma het my nodig nie. Ek glo nie Blouberg het my al ooit nodig gehad nie, en jy weet dit."

"Kyk, meisiekind, ek wil net sê ek kom jou haal as jy nie kom nie. Jy sal weer van my hoor. Tot siens, my hartjie."

"Wouter, daar is niks meer te sê nie . . ."

"Tot siens, my poppie."

Sy sug moedeloos. "Tot siens, Wouter."

"Dit klink asof die Wouter-vent ontevrede is omdat jy nie wil teruggaan plaas toe nie," sê tant Emma toe Lecia weer op die stoel langs haar plaasneem.

"Dit is sag gestel, tante, hy is bitter ontstoke," is al wat Lecia sê, en aan die geslotenheid van haar gesig kan tant Emma sien dat sy nie graag oor haar gesprek met Wouter wil gesels nie. Dit laat haar heimlik wonder, ofskoon sy niks sê nie.

Ná Lecia se gesprek met Wouter is sy meteens baie stil en afgetrokke. Sy verstaan hom nou glad nie. Sy het altyd gedink dat hy bly sal wees om van haar ontslae te raak . . . en tog lyk dit nie so nie.

Dis twee dae na Lecia en Wouter se telefoongesprek. Die lug is eindelik oopgetrek en 'n snerpende suidewind waai oor die stad, maar hier waar sy en tant Emma aan die noordekant langs die huis sit, skyn die middagson heerlik warm. Lecia sit lui agteroor na musiek oor die radio en luister, en tant Emma is half aan die slaap toe die luukse swart motor voor die deur stilhou en 'n netjies geklede man uitklim.

Lecia hoor die motordeur toeklap, maar steur haar nie daaraan nie. Dis eers toe sy die voorhekkie hoor oopgaan dat sy in daardie rigting kyk. Die volgende oomblik voel sy hoe haar hart met hamerslae begin klop, en 'n snaakse lamheid begin in haar bene opkruip. Hy moet haar al in die straat opgemerk het, want hy kom reguit, doelgerig na haar toe aangestap.

"Wouter!" roep sy swakkies uit en kom bewerig orent.

"Nie gedink ek sal jou kom haal nie, nè? Wel, ek het. Dagsê, kleinding," sê hy met 'n sweem van 'n glimlag. Hy neem haar ken in sy hand, buk af en soen haar saggies op die mond.

"Middag, Wouter," groet sy terug en stel hom dan aan tant Emma voor.

'n Wedersydse aangename kennismaking volg, en dan sê tant Emma: "Ek dink ons moet liewer binnetoe gaan. Dis seker al tyd vir koffie."

Toe Wouter sien hoe moeisaam tant Emma met die krukke oor die weg kom, draai hy na Lecia en sê: "Neem die krukke, kleinding, ek sal jou tante binnetoe neem."

Tant Emma se oë blink ondeund toe Wouter haar in sy arms optel en haar sitkamer toe dra. Hy sit haar versigtig op 'n stoel naby die kaggel neer en trek dan vir hom en Lecia elkeen 'n stoel nader.

"Maggie het die middag vry, dus sal ek vir ons gaan koffie maak," bied Lecia aan en gaan kombuis toe. Sy is bly om 'n rukkie alleen te wees sodat sy eers tot verhaal kan kom. Wouter is so skerpsinnig, sy vrees altyd dat hy deur die skerm sal sien waaragter sy haar liefde vir hom wegsteek.

Wouter en tant Emma sit gesellig en gesels toe Lecia hulle bedien met koffie en pynappeltert wat sy self gemaak het.

"Wouter wou in 'n hotel tuisgaan," sê tant Emma, "maar ek het vir hom gesê hier is meer as genoeg slaapkamers, en hy kan ook sy motor in een van die motorhuise trek. Jy kan hom aanstons gaan wys waar sy slaapkamer is, Leciatjie."

Aan tafel praat Lecia net wanneer daar met haar gepraat

183

word. Die res van die tyd gesels tant Emma en Wouter oor algemene sake. Maar na die ete is tant Emma skielik haastig om bed toe te gaan. Sy ken mans, en sy weet dat Wouter graag met Lecia wil praat. Sy glimlag in haar enigheid, want sy het hierdie boerseun lankal opgesom en is oortuig daarvan dat Lecia haar moses in hom teëgekom het. Hy kom nie vir haar voor soos die soort man wat hom deur 'n vrou aan die neus sal laat lei nie.

Nadat Lecia tant Emma in die bed gehelp het, tref sy Wouter in die sitkamer aan waar hy rustig voor die kaggel sit en rook.

"Jy is bepaald moeg van die lang ent pad . . ."

"Nee, ek is nie, my hartjie," sê hy en sit sy pyp langs hom in 'n asbakkie neer. "Kom sit, sodat ons kan gesels." Met sy een hand trek hy vir haar 'n stoel tot langs syne.

"Waaroor wil jy gesels, Wouter?" vra sy nadat sy plaasgeneem het.

"Oor jou lawwigheid om in hierdie miernes van 'n Johannesburg te wil woon. Het jy dan nie lief geword vir jou ou Blouberg nie, kleinding? Ek . . . Ons het dan so gehoop dat jy vir Blouberg lief sou word en daar sal wil bly. Dis tog jou familieplaas, en jy is die laaste van die Branks."

"Ek het lief geword vir die plaas," erken sy met haar blik op die gloeiende vuur, "maar ek moes al van baie dinge afstand doen wat ek liefgehad het, dus maak dit nie saak nie."

"Vir jou mag dit miskien nie saak maak nie, kleinding, maar vir my maak dit baie saak. Ek het jou hulp baie nodig. Tant Elsa kan die huishouding nie meer alleen behartig nie."

"Nou waarom trou jy dan nie?" vra sy sag.

"Ek sal," sê hy ernstig, "maar eers oor vier maande, en juis daarom moet jy terugkom plaas toe."

Sy skud haar kop stadig. "Ek kan nie, ek moet vir tant Emma sorg. Jy sien self wat haar toestand is."

"Ja, ek sien. Sy sal óf 'n verpleegster in diens moet neem óf by ons op die plaas moet kom woon. Trouens, ek sien geen rede waarom sy alleen hier in Johannesburg moet woon nie."

"Ek dink jy verwag nou te veel van tant Emma," maak Lecia dadelik beswaar. "'n Mens kan nie 'n ou boom verplant nie,

184

Wouter. Ek glo ook nie tant Emma sal op Blouberg wil woon nie, want al haar vriende en belange is hier in Johannesburg."

"Ek sal môre self met haar praat," belowe hy, "want ek gaan nie toelaat dat jy nou kop uittrek nadat jy reeds alles geleer het wat jy moes leer nie. Sy sal maar net moet verstaan dat Blouberg die Branks se erfplaas is en dat jou plek op Blouberg is."

Hulle gesels nog 'n rukkie oor die plaas en die boerdery, toe gaan maak Lecia tee. Hierna vertoef sy nie lank in Wouter se geselskap nie. Sy wag net totdat hy sy tee gedrink en sy pyp gerook het, toe maak sy aanstaltes om te gaan slaap, want dit is dringend noodsaaklik dat sy vanaand nog met tant Emma moet praat.

Sy is verlig toe sy sien dat haar tante nog wakker is.

"Skort daar iets, Lecia-kind? Jy lyk so bitter ongelukkig," merk tant Emma op toe die rooikop langs haar op die bed plaasneem.

"Alles loop skeef, tante," sê sy afgetrokke en vertel haar tante van Wouter se voorneme om die volgende dag met haar oor 'n moontlike verhuising na Blouberg te praat.

"Waarom laat dit jou so ongelukkig voel, my hartjie?" vra tant Emma. "Weet jy, ek hou nogal van die seun. Hy het so 'n rustige geaardheid."

"My liewe tante, jy vergis jou met hom. Wouter is 'n duiwel as hy eers kwaad is . . ." begin Lecia.

Maar tant Emma steur haar skynbaar nie daaraan nie, want sy sê onverstoord: "Hy is sterk en standvastig soos 'n rots. 'n Mens sal altyd op hom kan staatmaak. Ek hou van 'n man wat seker van homself is en weet wat hy van die lewe verlang. Ja-nee, ek glo nie die verhuising is so 'n slegte idee nie –"

"Tante, luister asseblief na my," val sy tant Emma in die rede. "Ek wil nie teruggaan plaas toe nie."

"Maar kind, jy het dan self vir my geskryf dat jy van die plaas hou!"

"Dis nie ter sake nie, tante. Ek wil nie teruggaan nie," herhaal sy.

"Nou goed, wat is die rede waarom jy nie wil teruggaan nie, my hartjie?" hou tant Emma vol. Sy kan sien dat Lecia iets te-

185

rughou, en as sy die kind behulpsaam moet wees, moet sy ten minste die waarheid weet.

"Ek . . . ek kan tante nie vertel nie," stamel sy effens, "maar glo my, asseblief, ek het 'n rede."

Tant Emma kyk haar etlike sekondes stil, ondersoekend aan. Toe is dit meteens asof daar vir haar lig opgaan. Gits, dat sy dit nou nie lankal kon raai nie!

Sy neem Lecia se een hand vertroulik in hare en sê sag: "Wouter is die man wat jy liefhet, nè, my kind?"

Lecia knik bevestigend. "Ja, hy is die man, tante, maar hy is nie vir my bedoel nie . . . Hy het vanaand gesê hy gaan oor vier maande trou. Tante verstaan dus waarom ek liewer hier in Johannesburg wil bly. Ek sal nooit saam met Teresa, sy aanstaande bruid, in dieselfde huis kan woon nie."

"Ja, ek verstaan, my hartjie. Gaan slaap nou maar. Ek sal daardie ventjie môre regsien."

Noudat tant Emma haar geheim ken, geniet Lecia 'n veel rustiger nag. Haar tante sal hierdie saak met Wouter in die reine moet bring, dan sal alles weer in orde wees. Net die pyn van haar liefde vir hom sal nog daar wees, maar daaraan kan niemand iets doen nie.

Die volgende oggend na ontbyt maak Lecia haar dadelik uit die voete sodat tant Emma en Wouter kan gesels. Sy is ook net buite hoorafstand, toe Wouter ernstig sê: "Ek dink dit het tyd geword dat ons 'n paar sakies bespreek, tant Emma."

"Ja, Lecia het my van jou voorstel vertel," erken sy en neem op 'n bankie op die sonstoep plaas. "Maar nou wil ek jou net dít vertel: as jy dink Lecia sal 'n huis met jou vrou deel, kan jy gerus weer 'n keer dink."

"My . . . vrou?" Hy kyk die ou tante verbaas aan.

"Ja, jou vrou, Wouter, en moenie maak of jy onnosel is nie," bestraf tant Emma hom. "Ek weet jy en daardie Teresa gaan oor vier maande trou, dus kan jy gerus ophou kerm."

Daar is 'n frons tussen Wouter se wenkbroue toe hy vra: "Tant Emma, waar kom jy daaraan dat ek met Teresa gaan trou?"

"Lecia het my natuurlik vertel, wie anders?"

Wouter skud sy kop. "Ek het geen plan om met Teresa te trou nie. Dis vir Lecia wat ek liefhet, en as ek daarin kan slaag om haar liefde te wen, wil ek haar oor vier maande vra om met my te trou. Maar sy was die laaste ruk so vreemd stil en terug-getrokke, glad nie die Lecia wat ek die eerste dag op Blouberg leer ken het nie."

"So, dan het jy darem gewonder waarom sy so stil en in haarself gekeer is? Wel, wat anders het jy verwag as jy by 'n ander meisie vlerksleep en met haar rondrits?" wys tant Emma hom streng tereg, maar sy is heimlik verras om te hoor dat hy vir Lecia liefhet. Dit verander natuurlik baie dinge, selfs haar belofte aan Lecia.

Wouter trek sy oë op skrefies toe hy vra: "Wat bedoel jy, tant Emma? Wat presies wil jy sê?"

"Net dat Lecia nie na jou sal kyk solank jy agter 'n ander meisie aanloop nie. Jy het jou hele saak daardeur verbrou. Jy sal haar nou nie met 'n geweer kan beweeg om terug te gaan plaas toe nie."

"Maar, maggies, enige mens met oë kan tog sien dat dit nie ek is wat agter Teresa aanloop nie!" sê hy ergerlik. "Ek en Teresa ken mekaar van kindsbeen af, en ek kan nie so ongemanierd wees om haar van die plaas af weg te jaag nie."

"O, wel, as jou jarelange vriendskap met Teresa vir jou meer beteken as jou liefde vir Lecia, moet jy maar self sien of jy Lecia se liefde kan wen met 'n ander meisie aan jou sy," sê tant Emma met 'n ligte skouerophaling, asof die onnoselheid van die mans-mens haar verstand te bowe gaan.

"Waar is Lecia, tante?" vra hy na 'n rukkie.

"Ek dink sy het 'n entjie gaan stap, of miskien 'n entjie gaan ry," antwoord tant Emma.

"Nou goed, laat ons dan maar solank oor die plaas gesels," stel Wouter voor. "Sal tante by ons op die plaas kom woon as Lecia instem om terug te kom?"

"Nee, ek sal nie, Wouter, want ek sal dit nie kan verdra om Lecia soos 'n man op die plaas te sien werk nie," sê tant Emma reguit.

"Maar, tante, Lecia het reeds alles in verband met die boer-

187

dery geleer wat sy moes leer. Haar plek is van nou af in die huis."

"Almiskie. Ek gaan haar nie weer beïnvloed nie," verseker tant Emma hom. "Sy moet hierdie keer self besluit of sy plaas toe wil gaan of nie."

"En as sy besluit om terug te gaan plaas toe, sal tante saam met ons op Blouberg kom woon?"

"Ek belowe niks nie," skerm sy versigtig. "Laat Lecia maar eers besluit wat sy wil doen. Daarna sal ek weer oor jou vraag nadink."

Hierna wag Wouter ongeduldig op Lecia se tuiskoms, maar toe sy eindelik haar opwagting by die huis maak, is sy haastig om die nagereg vir middagete voor te berei. Na die ete ontvang sy en tant Emma onverwagte kuiergaste. Wouter kry dus eers na die aandete en nadat tant Emma gaan slaap het die geleentheid om met haar te gesels.

"Kom sit asseblief hier by my op die rusbank, Lecia," nooi Wouter toe sy van tant Emma se kamer af terugkeer. "Daar is iets wat ek met jou wil bespreek."

Lecia kyk hom 'n oomblik onseker aan en neem dan plaas.

"Wat wil jy met my bespreek?" vra sy behoedsaam.

"Wel, ek het vanoggend met jou tante gepraat, en sy het gesê jy moet eers besluit wat jy wil doen. Daarna sal sy dit oorweeg of sy op die plaas sal gaan woon."

"Wouter, is jy seker dit is wat tant Emma gesê het?" Sy kyk hom skepties aan, want sy kan nie glo dat haar tante haar so in die steek sal laat nie.

"My poppie," sê hy en neem haar een hand in syne, "is jy daaraan gewoond dat ek vir jou leuens vertel?"

"Nee," antwoord sy sag, "maar dit klink nie vir my na tant Emma nie."

"Wel, dit was haar presiese woorde, maar nou wil ek weet wat jou antwoord is. Die finale besluit, volgens tant Emma, berus glo by jou."

Lecia is so intens bewus van sy hand wat hare vashou dat haar stem effens dun klink toe sy antwoord: "Ek dink tant Elsa moet maar uithou totdat jy getroud is, Wouter. Dis in elk geval

188

net vier maande. Ek hoop net jou vrou sal nie die arme ou mens ná jul huwelik verstoot nie."

"Nee, ek glo nie sy sal so iets doen nie, my hartjie," glimlag Wouter. "Sy is te begaan oor tant Elsa."

"Bedoel jy Teresa is regtig oor tant Elsa begaan?" Sy kyk hom skepties aan. "Ek kan dit nie glo nie. Sy is net oor haarself begaan."

"Ek het nie van Teresa gepraat nie, kleinding. Dis jy wat sommer uit die staanspoor tot die gevolgtrekking gekom het dat ek met Teresa wil trou. My poppie, Teresa is net 'n vriendin saam met wie ek grootgeword het. Sy het nog nooit vir my iets romanties beteken nie, want my hart behoort al die afgelope negentien jaar aan 'n oulike rooikop met sulke groot groen oë en rosige pruillippies wat ek darem al twee keer gesoen het. Ek was van plan om haar die hof te maak en haar liefde te probeer wen, maar nou weier sy beslis om terug te gaan plaas toe, en die joos alleen weet hoe ek haar hart nou gaan inpalm."

Lecia kyk hom 'n oomblik ongelowig aan, toe begin haar oë meteens ondeund blink.

"Genade, jy hét 'n hele string meisies, Wouter! Maar jy kan jou verhouding met Teresa nie so maklik wegpraat nie. Ek onthou dat ek dit eenkeer gewaag het om iets van haar te sê, toe vlieg jy my in en beskuldig my van katterigheid. Jy moet dus lief wees vir haar, anders sou jy my nie so afgejak het nie. Dan is daar nog die rooikop wat jy die hof wil maak, en laastens die meisie met wie jy oor vier maande wil trou. Ek dink jy het gans te veel meisies in die oog vir 'n man wat op trou staan."

"Luister, my poppie, ek dink ek het jou al destyds om verskoning gevra omdat ek jou van katterigheid beskuldig het. Ek glo nie dis regverdig dat jy dit nou teen my hou nie. Ek het ook nie 'n string meisies nie. Daar was al die jare net een meisie vir my, die rooikop met wie ek gehoop het om oor vier maande te trou. En daardie rooikoppie, kleinding, het negentien jaar gelede my hart gesteel toe 'n krap haar aan haar groottoontjie beetgekry het. Nadat ek die krap van die gras af gemaak het, het sy my met groot, betraande groen ogies aangekyk en met 'n hartseer stemmetjie gesê: 'Wouter, my toontjie is baie seer.'"

189

Hy glimlag stilweg en vervolg sag: "Al die jare het ek gewag dat sy moes grootword, want ek het geweet haar plek is op Blouberg en dat sy die een of ander tyd op Blouberg sal moet kom woon. Oom Isak was 'n baie gelukkige man die dag toe ek hom vertel het waarom ek nooit in 'n ander meisie sal kan belangstel nie. Ná die afsterwe van my klein rooikop se ouers wou oom Isak haar vir ons gaan haal het, want hy was self ook baie lief vir haar. Maar toe lees ons in die koerant dat sy in Europa in die musiek gaan studeer het. Sy was ook maar pas terug van die buiteland af, toe het oom Isak begin siek word en moes ek langer wag om die meisie van my hart weer te sien . . . en nou weier sy om terug te gaan plaas toe. My poppie . . ." Hy kyk haar met 'n sagte blik aan. "Gaan jy my werklik nie die geleentheid gee om jou liefde te probeer wen nie? Het ek dan al die jare verniet gewag?"

Vir Lecia voel dit asof haar hart skielik oorloop van vreugde en geluk, maar 'n klein tergduiweltjie dwing haar om te sê: "As jy my die hof wil maak, Wouter, sal jy dit hier in Johannesburg moet kom doen. Die oomblik dat ek 'n voet op Blouberg sit, gaan jy tog net weer met my raas en my uitskel vir alles wat onnosel en eenvoudig is."

"Dis waar, ek het dikwels met jou geraas, kleinding," erken hy, "maar ek was altyd bitter spyt daarna, en dit was maar net omdat ek besorg was oor jou. Toe jy die hond raak geskiet het, het ek geskrik, want jy kon jouself geskiet het, soos wat toe wel later gebeur het. Deur die skaap raak te ry, kon jy jou verongeluk het. En die dag toe jy die ploegskare verniel het, was ek ontstoke omdat die son jou so gruwelik verbrand het. Nou ja, die dag toe jy die koei in die storm gaan haal het, was dit maar weer dieselfde ding. Maar jy is nou klaar met die boerdery, my skat. Jou plek is nou in die huis en . . . Kleinding, ek kan jou nie hier in Johannesburg agterlaat nie. Nee, jong, ek het gans te veel na jou verlang. Sal jy nie maar terugkom nie?"

Sy glimlag gelukkig.

"Wel, as jy so baie na my verlang het soos wat jy sê, het ek seker geen keuse nie . . . Ja, ek sal teruggaan plaas toe, Wouter."

Hy neem albei haar hande in syne.

"Dankie, my skat, jy het my nou baie gelukkig gemaak."

"Wel, ek moet sê jy is 'n treurige skepsel, Wouter . . . en dan sê jy jy het my lief." Sy glimlag ondeund vir hom.

"Nou waarom sê jy dit, my meisie?"

"As jy my regtig liefhet, sou jy my ten minste met 'n soen bedank het omdat ek teruggaan plaas toe. Nee, ek glo nie jy het my lief nie, jong. Jy sit sommer net die een leuen ná die ander hier en versin."

Hy lag, en die volgende oomblik vou hy haar in sy arms toe. Sy lippe is ferm op hare, asof hy daarmee wil sê dat hy nie meer teenkanting van haar sal duld nie.

"Het jy my darem ook 'n klein bietjie lief, my skat?" fluister hy teen haar lippe.

"Nie 'n klein bietjie nie, Wouter, ek het jou baie lief . . ."

Sy lippe sluit weer warm en besitlik oor hare.

"My liefling," sê hy na 'n rukkie, terwyl hy haar nog in sy arms hou, "is dit nodig dat ons nog vier maande moet wag voordat ons trou? Ek dink dit sal beter wees as ons liewer so gou moontlik trou. Daar is tog niks wat ons verhinder nie, of hoe?"

"Wel, as jy belowe om my nie weer uit te skel nie, sal ek môre met jou trou . . . sommer hier in Johannesburg voor die landdros," sê sy met 'n stralende glimlaggie. Toe soek en vind sy lippe hare weer.

"Ons sal seker nog af en toe rusie maak, my skat," sê hy met sy asem warm teen haar lippe, "maar ons rusies sal altyd op hierdie manier eindig, met jou so in my arms, hier dig teen my hart."

Hul oë glimlag vir mekaar, want albei weet dat daar wel woordewisselings sal wees, maar hul liefde is sterk genoeg om hulle veilig deur sulke storms te dra.

'n Lang, vreemde pad

1

Elise is moeg maar tog diep gelukkig en tevrede toe sy haar en Estelle de Beer se kamer binnestap. Sy neem op die bankie voor die spieëltafel plaas en begin haar natgeswete goudblonde hare met lang hale borsel.

Toe sy daarmee klaar is, plaas sy die borsel terug op die spieëltafel. Ken in die handpalm gestut, bekyk sy haar spieëlbeeld krities.

Hm, nie te onaardig nie, sê sy in haar gedagtes aan haarself, terwyl sy die mooi, intelligente voorkop, viooltjieblou oë met die sagte, byna veraf uitdrukking, fynbesnede neus, hartvormige gelaat, sensitiewe mond en effens spits kennetjie beskou. Ja-nee, jy lyk beslis nie onaardig nie, Elise Eybers. Jy is nou wel aan die kort kant, maar jou figuur laat darem niks te wense oor nie . . . Ja-nee, so bolangs lyk dit glad nie of jou een en twintig lewensjare uit hartseer, eensaamheid en swaarkry bestaan het nie.

Sy sug. Dit was 'n moeisame pad, en nou lê daar nog 'n lang, vreemde pad voor . . . Wie weet wat die toekoms vir my inhou?

Haar gedagtes dwaal terug na haar kinderjare in die Jakaranda-kinderhuis. Dit was lang jare van hartseer en verlange na ouers wat sy nooit geken het nie, ouers wat haar op die tere ouderdom van een jaar deur die dood ontneem is. Toe was sy 'n weeskind. Die soektog na 'n enkele familielid het niks opgelewer nie, en die maatskaplike werksters moes later aanvaar dat die blonde meisietjie, Elise Eybers, geen naasbestaandes het nie. Sy was soos 'n eensame bootjie op 'n groot oseaan van mense, sonder anker of hawe, totdat sy in die kinderhuis opgeneem is.

Die jare wat daarop gevolg het, was eensame jare waarin sy nooit 'n enkele besoek ontvang het nie. Party van die kinders het naasbestaandes gehad wat hulle soms by die kinderhuis besoek en vir hulle lekkers en geskenkies gebring het, maar daardie voorreg het sy nooit geken nie. Niemand, behalwe die personeel, het ooit in haar belanggestel nie. Die enigste geskenkies wat sy nog ooit ontvang het, was dié wat hulle elke jaar met Kersfees by die een of ander liefdadigheidsvereniging gekry het.

Terwyl sy nog 'n kleuter was, het hierdie dinge haar nooit juis gehinder nie – in elk geval, nie sover sy kan onthou nie, want sy het nooit ouerliefde of selfs haar eie ouers geken nie. Die enigste liefde en aandag wat sy geken het, was dié wat sy van die matrone, haar sekretaresse en die res van die personeel ontvang het. Sy het later eers besef dat sy in werklikheid aan niemand behoort nie. In die kinderhuis was sy maar net een van 'n groot groep kinders wie se enigste tuiste die kinderhuis was. Dié besef was hartverskeurend.

Hierdie wete dat sy aan niemand behoort nie en heeltemal alleen is, het haar soms bitter ongelukkig, eensaam en hartseer gestem. Dit was dan dat sy na 'n afgesonderde hoekie in die tuin gevlug het waar sy ongesteurd haar hartseer en eensaamheid kon uithuil.

Die verskil tussen haar eie lewensomstandighede en dié van haar klasmaats op skool, meestal rykmanskinders, het by haar 'n minderwaardigheidsgevoel laat ontstaan wat haar uiters fyngevoelig gemaak het. Haar fyngevoeligheid was dan ook die rede waarom sy nooit, soos ander tiendejariges, haar diepste emosies en verlangens met meisies van haar eie ouderdom kon bespreek nie. Sy het haar gevolglik begin afsonder en later hopeloos in haarself gekeer geraak.

Maar ten spyte van haar teruggetrokkenheid was daar tog mense vir wie sy baie lief was, soos matrone en haar sekretaresse. Vir haar onderwysers en onderwyseresse het sy 'n heldeverering gekoester. Hulle was vir haar 'n simbool van kennis en wysheid, maar haar gevoel vir matrone was iets wat heeltemal los gestaan het van haar gevoelens vir ander mense. Tot vandag toe is sy nog net so lief vir dié innemende en lewenswyse vrou wat die kwesbaarheid van 'n kinderhartjie so goed verstaan.

Sy kan nie meer onthou wanneer die gedagte aan 'n loopbaan as onderwyseres by haar ontstaan het nie. Wat sy wel onthou, is dat sy die matrone gaan spreek het voordat sy hoërskool toe is. Sy wou leervakke neem, want sy het toe reeds die droom gehad om eendag onderwyseres te word, al moes sy bedags werk en saans studeer.

Sy het die matrone skugter van haar hartsbegeerte vertel en was inderdaad verras toe die ouer vrou met daardie mooi, sagte glimlag gesê het: "Ek is bly dat jy die begeerte koester om 'n professionele loopbaan te volg, Elise. Dit wys jou net dat die spreekwoord ''n aardjie na sy vaartjie' 'n ware woord is. Jou oorlede pa, doktor Gert Eybers, was 'n geleerde man en 'n knap argeoloog. Jou oorlede ma was sy assistente, dus self nie 'n ongeletterde vrou nie. Ek dink hulle sou baie trots gewees het op hierdie besluit van jou. In elk geval, leer maar die volgende vyf jaar mooi en lewer jou beste. Ons sal weer oor hierdie onderwerp gesels sodra jy matriek geslaag het."

Dit was vir haar 'n goue dag toe sy vyf jaar later van die matrone verneem het dat haar hartewens vervul sou word en dat sy haar as onderwyseres kon bekwaam.

Sy was 'n skrander skolier en 'n studielening is aan haar toegestaan. Ná matriek moes sy dus haar intrek in 'n meisieskoshuis neem . . . en dit was van daardie oomblik af dat sy die lewe in al sy werklikheid leer ken het.

'n Skaduwee skuif oor haar gesig toe sy aan die afgelope drie jaar dink. As kind was sy gewoond aan die eenvoudige dinge van die lewe, maar sommige van haar koshuismaats was net aan die beste gewoond. Aan klere het dit hulle nooit ontbreek nie. Haar eie klere was eenvoudig, haar sakgeld so gering dat sy verplig was om naweke te werk.

Haar kamermaat, Estelle de Beer, en nog twee medestudente, Linda en Marie, het haar getrou in haar soektog na werk bygestaan. Ná twee weke het sy eindelik werk as kassier in 'n bekende restaurant bekom. Dáár sou sy tydens haar vakansies ook kon werk.

Hierna het sy geen ernstige geldelike probleme ondervind nie, maar haar vrye tyd was uiters beperk. Tog het sy altyd daarin geslaag om haar geliefde matrone eer keer per maand te besoek en dan het sy gewoonlik die hele middag by haar gekuier.

Mettertyd het sy al beter bevriend geraak met Estelle, Marie en Linda. Aan die einde van die eerste semester was daar 'n hegte band van vriendskap tussen die vier. Al die studente het natuurlik geweet dat sy in 'n kinderhuis grootgeword het en met 'n lening studeer. Dit was vir hulle ook geen geheim dat sy naweke en vakansietye vir sakgeld moes werk nie. Sekere studente het hooghartig op haar neergesien weens haar armoede, terwyl ander haar weer gerespekteer het juis vanweë haar moedige poging om bo haar armoedige bestaan uit te styg.

Met haar drie vriendinne se bystand het sy gou geleer om grimering kunstig aan te wend en om haar lang hare te krul sodat die punte netjies na binnetoe gekam kan word. Haar fyn kleresmaak was iets inherent, daarvoor het sy niemand se raad nodig gehad nie.

'n Moeë dog sagte glimlaggie speel om haar mond terwyl sy aan Estelle se spontane uitroep dink nadat die drie haar die eerste keer met hul grimering opgesmuk het.

"My wêreld, maar is die meisiekind nie pragtig nie! Dit is nou mý idee van 'n mooi meisie," het Estelle vriendelik en opreg laat hoor. "Ons Elise is nou wel nie 'n Mona Lisa of 'n Venus de Milo nie . . ."

"Of 'n Cleopatra of 'n godin Diana nie," voeg Marie by.

"Julle het heeltemal gelyk," het Linda bedaard van haar laat hoor. "Elise lyk baie beslis nie na daardie ou klomp vroumense nie. Maar wie wil nou ook soos 'n Venus lyk? Ek het nog nooit van so 'n . . . e . . . fris vroumens gehou nie. En Mona Lisa . . . Nou ja, om eerlik te wees, ek glo nie die kunstenaar sou Mona Lisa geskilder het as hy Elise geken het nie −"

"Jy bedoel, hy sou liewer ons eie Elise wou geskilder het, nè?" het Estelle haar met 'n goedkeurende glimlaggie in die rede geval.

"Baie beslis. Hy sou vervlaks onnosel gewees het as hy daarna nog steeds met sy Mona Lisa volgehou het," was Linda se eerlike mening. "En wat Cleopatra betref . . . Wel, daardie amandelvormige oë van haar lyk vir my alte skelm en slinks. Ek hou nie van haar soort nie. Die godin Diana se gesig lyk vir my weer kompleet soos 'n volmaan . . . Nee wat, die hele klomp saam kan nie vir ons Elise kers vashou nie."

Elise onthou nog goed hoe bitter selfbewus die drie se vleiery

198

haar laat voel het. Daarom dat sy met goedige spot gesê het: "Toemaar, jul vleiery flous my glad nie. Daar is 'n ou gesegde wat lui: Al dra 'n aap 'n goue ring, hy is en bly 'n lelike ding. Net in die dae van feetjies kon 'n lelike eendjie in 'n sierlike swaan verander, maar daardie dinge het net in 'n wêreld van fantasie bestaan."

Die glimlaggie om haar mond verdwyn en 'n sagte blik verskyn in haar oë terwyl sy aan haar en haar drie vriendinne se mooi vriendskap dink. Sy hoor 'n deur iewers toeklap en ruk haar gedagtes weg uit die verlede. Haastige voetstappe nader die kamerdeur en die volgende oomblik storm Estelle die vertrek binne.

"Ek veronderstel jou ouers is gereed om te vertrek, Estelle?" sêvra sy en kom orent.

"Ja, ou kammie, ek kom net groet," antwoord Estelle. "Ek voel nou nog teleurgesteld omdat jy nie saam met ons plaas toe wil gaan nie. Ons twee kan so 'n heerlike vakansie op Groenheuwels deurbring . . ."

"Ek is seker dat ek die vakansie op jul plaas baie sou geniet het, Estelle. Ek waardeer jou uitnodiging baie, maar daar is soveel sakies wat ek tydens die vakansie in orde moet bring. Die matrone van die Jakaranda-kinderhuis het ook 'n rukkie gelede gebel en gevra dat ek haar vandag moet besoek. In elk geval, ek en jy en Linda en Marie was darem gelukkig om elkeen 'n pos hier in Pretoria te kry, al is dit nou nie by dieselfde skool nie."

"Dis waar, ou kammie, ons vier het baie om voor dankbaar te wees," stem Estelle saam. "Ons sal darem oor en weer kan kuier. Moet nou nie vergeet om vir my te skryf nie. Ek wil weet wat jy alles in ons afwesigheid aanvang en of jy van die nuwe losiesplek hou."

Elise belowe om gereeld te skryf, en toe groet en vertrek Estelle.

Noudat die meeste studente al vertrek het, is die koshuis meteens baie stil. Daar is nog goed wat Elise moet inpak voordat sy na Die Tuine, haar nuwe losiesplek, kan verhuis. Sodra sy haar bagasie na Die Tuine geneem het, sal sy haar na die kinderhuis moet haas om te hoor waaroor matrone haar wil spreek. Sy kan glad nie raai waaroor matrone haar ontbied het nie, aangesien sy haar reeds telefonies gelukgewens het met haar een en twintigste verjaardag, asook met haar onderwysdiploma.

Dit is byna drie-uur toe Elise by die kinderhuis aankom. Die grasperk, sierbome, blombeddings en roostuine lyk betowerend in hul kleurryke drag. Sy bly 'n oomblik in die skaduwee van 'n boom staan om die tuin waarin sy as kind gespeel het te bekyk. Maar voor haar gedagtes weer koers kry na die verlede, kom die bejaarde matrone na haar toe aangestap.

Daar is 'n sagte uitdrukking in Elise se oë wat op die stemmig geklede ouer vrou rus.

Sy is 'n dierbare mens, die enigste ma wat ek ooit geken het, dink die jong meisie en loop die ouer vrou haastig tegemoet.

"O, maar die tuin is pragtig!" begroet Elise haar in 'n vrolike luim. Sy kyk die ouer vrou waarnemend aan en vervolg: "Dit lyk nie of u ooit gaan oud word nie, matrone. U lyk vir my nog steeds dieselfde as drie jaar gelede."

"Wel, dis óf 'n kompliment, óf jy spot nou moedswillig met my, Elise," glimlag die matrone terwyl sy die aanvallige jong meisie goedkeurend aankyk.

"Nee, ek spot nie, dis die waarheid, matrone. Maar laat ons daar onder die boom op die tuinbankie gaan sit. Ek is vreeslik nuuskierig om te hoor waaroor u my wil spreek. Ek veronderstel dit is iets wat 'n mens nie oor 'n telefoon kan bespreek nie."

"Ja, jy het gelyk, kindjie, dit is nie iets wat ek oor die telefoon kon bespreek nie. Trouens, ek het hier persoonlike besittings wat aan jou ontslape ouers behoort het, goed wat ek al die jare vir jou in bewaring gehou het en graag vandag, op jou een en twintigste verjaardag, vir jou wou gee."

Hulle neem op die bankie plaas, dan vervolg die ouer vrou: "Ek hoop jy neem my nie kwalik omdat ek jou al die jare niks hiervan vertel het nie. Ek kan verduidelik waarom ek dit gedoen het, Elise . . ."

"Ek is seker u kan, matrone," stel Elise haar dadelik gerus. "Ek ken u as iemand wat nog altyd net aan my welsyn gedink het."

"Ek is bly jy verstaan, kindjie. Trouens, ek het gevoel dat jy, as skoolmeisie, nog nie die goed na waarde sal kan skat nie en straks alles verlore sal laat gaan. Maar noudat jy mondig is, meen ek dat dit die aangewese tyd is om dit vir jou te gee."

Daar is 'n veraf, weemoedige uitdrukking in Elise se oë toe sy half ingedagte sê: "Dis vir my so eienaardig dat albei my ouers gesterf het sonder om 'n sent vir my opvoeding na te laat. Ek kry al die indruk dat hulle twee onverantwoordelike mense was, of anders het hulle maar net nie vir hul kind omgegee nie . . ."

"Nee, jy moenie hul nagedagtenis met sulke onwaardige indrukke beswadder nie, Elise, kindjie." keer die matrone. "Jou ouers is tydens 'n ekspedisie oorlede wat deur jou pa self gefinansier is, daarom dat die boedel byna niks opgelewer het nie."

"Ag, nou ja, ek sal my gedagtes maar vir myself hou," sê Elise met 'n verwese glimlaggie. "Maar vertel asseblief vir my, matrone, waar was ek dan tydens die ongeluk wat my ouers se lewe geëis het?"

"Jy was hier in Pretoria in die sorg van 'n middeljarige egpaar wat tydens jou ouers se afwesigheid vir jou moes sorg. Maar kom, dan stap ons na my kamer toe, want alles is in 'n groot reistas gepak."

Die ouer vrou kom stram orent en Elise volg haar voorbeeld.

"Is daar ook foto's van my ouers in die tas, matrone?" vra sy terwyl hulle stadig in die rigting van die gebou stap.

"Ek sal nie kan sê nie, my kind. Trouens, ek het nog nooit die tas oopgemaak nie. Die egpaar wat vir jou gesorg het, het dit self gepak en vir bewaring na my gebring."

"As dit 'n groot reistas is, sal ek 'n taxi moet ontbied . . ." begin Elise, maar die ouer vrou val haar goedig in die rede.

"Laat staan maar die taxi, kindjie. Ek sal jou met my motor huis toe neem, dan kan ek sommer ook kyk hoe jou nuwe verblyfplek daar uitsien. Jy is nou wel sedert jou mondigwording nie meer in die sorg van die welsyn nie, maar vir my sal jy maar altyd die kind bly wat ek grootgemaak het."

Sy glimlag gemoedelik. "Ek het deur die jare baie lief vir jou geword, Elise. Jy was so mooi en intelligent en in baie opsigte so anders as die ander kinders. Glo my, ek het dikwels skuldig gevoel omdat ek so teer teenoor jou voel. Maar ek het darem altyd daarin geslaag om jou nooit bo die ander kinders te begunstig nie. Vandag kan ek jou al hierdie dinge vertel, want ek tree die einde van die maand af, dan sal dit nie meer saak maak dat ek een ou meisietjie twintig jaar lank in my hart bo al die ander kinders begunstig het nie."

"Dankie vir al die liefde, matrone," sê Elise sag en dankbaar. "Ek is vir u ook lief, want u was al die jare die enigste ma wat ek geken het."

Hulle stap die gebou binne en toe hulle eindelik in die privaatheid van die matrone se kamer staan, sê Elise met kommer in haar stem: "Ek hoop nie u gaan Pretoria die einde van die maand vir goed verlaat nie, matrone. Het u al op 'n permanente verblyfplek besluit?"

Die aangesprokene skud haar kop. "Nog nie. Ek sal maar eers die familie besoek, dan later oor verblyf besluit . . ."

Daardie middag in haar losieshuiskamer, met die tas op haar bed en die matrone as toeskouer, sluit Elise die reistas ná twintig jaar oop. Haar blik val dadelik op 'n plat, vierkantige pakkie wat sorgvuldig met bruinpapier toegedraai is. Sy maak die pakkie versigtig oop. Toe kyk sy vas in die glimlaggende gelaat van 'n bruid wat haar ewebeeld is, behalwe dat die bruid swart hare het. Die bruidegom is 'n groot, blonde man en vir Elise baie aantreklik.

"Dis bepaald jou ouers se huweliksfoto," hoor sy die matrone sê. "Jy is die bruid se ewebeeld."

Elise knik afgetrokke. In haar oë en om haar mond is weer die ou weerlose trekkie wat so kenmerkend van haar as kind was.

Daar is nog etlike foto's van haar en haar ouers. Die res van die tas se inhoud bestaan uit 'n tee- en koffiestel van silwer, twee silwerkoekborde, etlike waardevolle ornamente en 'n tiental kruike in verskillende vorms wat honderde jare oud is. Binne-in die grootste kruik is 'n notaboekie waarin haar pa die geskiedenis van elke kruik op skrif gestel het. Daar is ook twee eienaardige beeldjies, duidelik van Egiptiese herkoms. Die laaste artikel in die tas is 'n handgemaakte juwelekissie van stinkhout wat haar oorlede ma se juwele bevat.

Sy neem weer haar ouers se huweliksfoto op, staar lank na die stralend gelukkige bruidspaar en sê sag, asof sy met haarself praat: "Snaaks, maar dit voel nie vir my of ek ooit deel van hulle was nie. Ek besef natuurlik dat hulle my ouers was, maar dit voel nie vir my of ek ooit aan hulle behoort het nie . . . Nee, hulle is vir my heeltemal vreemd. Tog het ek gedurende my kinderjare so dikwels na hulle verlang. Ek wou hulle so bitter graag geken en hul liefde en geluk met hulle gedeel het. Ek het na hul liefde gesmag, maar ek het hulle vir my so heeltemal anders voorgestel . . . Ek sal maar my drome onthou, want dié was tog veel aangenamer as wat die werklikheid moontlik sou gewees het."

Sy sug, plaas die foto by die ander en pak alles terug in die tas. Die matrone kyk haar vraend aan, maar swyg wyslik. Dit is vir haar duidelik dat Elise om die een of ander rede bitter teleurgesteld is in haar ontslape ouers.

Nadat sy alles weer in die tas gepak het, neem sy langs die ouer vrou op die voetenent van die bed plaas. Daar is 'n weemoedige glimlaggie om haar mond toe sy sê: "Ek mag miskien ouderwets wees, matrone, maar wanneer ek eendag getroud is en kinders het, sal ek 'n punt daarvan maak om my kinders altyd saam met my te neem waarheen ek ook al gaan. Ek sal hulle nooit laat voel dat hulle in my en my man se pad of vir ons 'n oorlas is nie. Ek sal hulle al die liefde gee wat hulle toekom."

"En as jou man iewers heen moet gaan waar . . . Wel, sê maar na 'n wildernis waar die kinders se gesondheid in gevaar sal wees?"

"Dan sal ek dit my plig ag om tuis by my kinders te bly," antwoord Elise. "En as my man sy kinders liefhet, sal hy my optrede goedkeur en nie daarop aandring dat ek hom moet vergesel nie."

Dit is vir die bejaarde matrone meteens baie duidelik waarom Elise so teleurgesteld is in haar ontslape ouers. Volgens haar lewensuitkyk moes haar ma tuis gebly het en nie haar weerlose

203

baba in die sorg van vreemdes gelaat het nie. Hierop het sy egter niks te sê nie, dus stuur sy die gesprek doelbewus in 'n ander rigting, want sy voel geneig om met Elise saam te stem.

Nadat matrone laat die middag vertrek het, gaan pak Elise haar tasse uit. Sy pak egter nie die tas uit wat hulle van die kinderhuis af gebring het nie. Sy haal net die foto's uit en plaas dan die tas bo-op die hangkas. Haar ouers se huweliksfoto is geraam, en dié sit sy eenkant op die spieëltafel. Nie dat sy weet waarom sy dit doen nie, want dit voel tog nie of sy deel is van daardie gelukkige egpaar op die foto nie. Die res van die foto's sit sy in haar handsak.

Vir Elise is dit die eerste vakansie in drie jaar wat sy sommer net lui en rustig kan deurbring. Noudat sy klaar gestudeer het, voel sy dat sy eers goed moet uitrus voordat die skole in Januarie begin. Sy het in elk geval die afgelope drie jaar genoeg gespaar om haar deur te help totdat sy haar eerste salaris ontvang.

Die weke het vir Elise te vinnig verbygesnel, en nou, 'n week voor die skole begin, voel sy heerlik uitgerus en haastig om in die tuig te wees. Sy verlang ook na Estelle, Marie en Linda se vrolike geselskap en sien al ongeduldig uit na hul terugkoms.

Dit is 'n reënerige oggend toe haar drie vriendinne hul opwagting by Die Tuine maak om vir haar hallo te sê.

"Julle skelms," begroet sy die drie met 'n breë glimlag en lei hulle na haar kamer toe. "Kon julle my nie per brief van die dag en datum van jul aankoms verwittig het nie?"

"Ons het dit opsetlik verswyg, ou kammie, want sien, ons wou jou verras," deel Estelle haar vriendelik mee.

"Ons het vir jou 'n bietjie eetgoed van die huis af saamgebring, Elise," lig Marie haar in. "Maar in hierdie reënweer was dit onmoontlik om dit vanoggend vir jou te bring."

Hulle stap Elise se kamer binne.

"Maggies, maar jy het 'n gerieflike ruim kamer, Elise!" roep Linda spontaan uit. "Jy moet die hokkie sien waarin ek veronderstel is om te woon; niks groter as twee gewone badkamers nie, sê ek jou."

Estelle neem die geraamde foto van die spieëltafel af op en beskou dit aandagtig.

"Ek veronderstel die bruidspaar is jou ouers," sê sy. "Jy en die bruid lyk verbasend eenders, byna soos een mens, sou ek sê."

"Jy het reg geraai, dit is my ouers se huweliksfoto," antwoord Elise. "Maar sit, dan vertel ek julle hoe ek aan daardie foto gekom het."

Haar stem is kalm en bedaard terwyl sy hulle van die tas en sy inhoud vertel, so asof dit iets is wat haar nie diep raak nie. Dit dryf Estelle egter om te vra: "Was dit nie vir jou 'n verrassing nie, Elise?"

"Wel, enige mens sal bepaald onder dieselfde omstandighede nuuskierig wees om te weet hoe sy of haar ouers gelyk het," glimlag Elise ongeërg.

'n Ongelukkige trekkie verskyn meteens weer in haar oë, maar haar vriendinne ken reeds daardie trekkie, daarom keer Linda dadelik deur te sê: "Moet nou asseblief nie weer in jouself gekeer raak nie, Elise. Jy het vooraanstaande en . . . wel, vervlaks aantreklike ouers gehad, en dis meer as wat ons drie van ons ouers kan sê. Ek bedoel, hulle is nie vooraanstaande mense nie. Wys liewer vir ons die ander foto's en ook die inhoud van die tas. Daarna kan ons almal in die een of ander restaurant gaan koffie drink."

"En pannekoek eet," vul Marie aan.

"Wil jy glo, dit is net die regte weer vir boontjiesop en pannekoek," sê Estelle.

"Ek voel lus vir souskluitjies, of lekker melkkos wat met snysels gemaak is," laat Elise van haar hoor.

"Julle laat my mond nou behoorlik water vir al daardie lekker eetgoed," lag Linda.

Toe hulle heelwat later in 'n restaurant sit en pannekoek eet terwyl die reën buite aanhoudend neersif, vertel elkeen hoe sy die vakansie geniet het. Later gis hulle weer oor die personeel van die verskillende skole waar hulle oor twee dae moet begin skoolhou.

"Jy sal jou Engels moet begin opknap, ou kammie," spreek Elise vir Estelle aan, want laasgenoemde het 'n pos by 'n Engelse skool gekry.

"Ja, moet tog net nie sê 'I is' en 'we am' nie, want dan lag die kinders hulle dood," waarsku Marie tergerig.

"Ja, en moet ook nie vir die jong Engelse onderwysers ogies maak nie, Estelle," werp Linda ewe terglustig haar stuiwer in die armbeurs. "Dink aan jou stoere ou vader wat nie 'n woord Engels kan praat nie."

Daar is 'n ondeunde uitdrukking in Estelle se oë toe sy sê: "Ek het eendag iemand hoor sê dat 'n Engelsman 'n baie gawe lewensmaat is –"

"Onsin," val Linda haar ongeërg in die rede. "Enige man wat nie aan iets verslaaf is nie en goeie maniere het – ek bedoel nou 'n ou wat ná ses maande nog vir jou die motor se deur oophou – sal 'n redelik goeie lewensmaat wees."

"Wel, Engelsman ofte nie," raak Marie nou weer 'n wysheid kwyt, "wanneer 'n man op 'n mooi manier lief en goed is vir sy ma, kan jy hom maar met 'n geruste hart vat, Estelle . . ."

"Ja, en net by sy ma gaan kla wanneer hy jou nie goed behandel nie," vul Linda grappig aan.

Al vier bars heerlik uit van die lag. Met grappies en gelag bring hulle die oggend deur en pas voor middagete keer elkeen terug na haar losiesplek.

Die volgende drie jaar het vir Elise soos 'n droom verbygevlieg. Hier waar sy heerlik ontspanne, met haar oë gesluit, sit en dink aan haar loopbaan as onderwyseres, kan sy byna nie glo dat sy reeds drie jaar in die tuig is nie. Sy dink aan Linda wat 'n jaar gelede getroud is en nou in Kaapstad woon. Marie het ses maande gelede verloof geraak, maar twee maande later die verlowing verbreek. Net sy en Estelle het nog nie hul hart aan 'n man gegee nie.

Daar is 'n glimlag om Elise se mond terwyl sy aan Marie dink wat elke maand 'n ander kêrel op sleeptou het.

Ek en Estelle sal bepaald twee oujongnooiens word, dink sy. Ons is in elk geval goed op pad daarheen . . .

"Haai! Slaap jy, of is dit sommer net 'n dagdromery?" maak Estelle se vrolike stem ineens 'n einde aan Elise se somber gedagtes.

Sy maak haar oë oop, dan sien sy hoe Estelle en Marie, elkeen met 'n yslike strandsak in die hand, in vrolike luim na haar toe aangestap kom. Sy groet hulle met 'n verwelkomende glimlag en nooi hulle om te sit.

"Elise, my hartjie, ons het groot nuus vir jou," sê Marie opgewonde, "maar gaan haal eers jou handdoek en baaikostuum, sodat ons koers kan kry na die naaste swembad toe . . ."

"Wag 'n bietjie!" keer Elise versigtig. "Wat is so danig belangrik by die naaste swembad dat ons in aller yl daarheen moet haas? Ek verroer nie 'n voet hier van die stoep af voordat jy my die belangrike nuus meegedeel het nie." Sy draai na Estelle. "Waarvan praat sy, jong?"

"Man, ja, ons moes natuurlik eers verduidelik het," sê Estelle en neem 'n bekende Afrikaanse tydskrif uit haar strandsak. Terwyl sy in die tydskrif rondblaai, vervolg sy ter verduideliking: "Dis die Santiago-brouery wat 'n skoonheidswedstryd ten bate van die een of ander liefdadigheidsfonds reël. Die eerste prys is 'n gratis reis na Portugal en 'n maand lange verblyf daar, plus sakgeld. Die tweede prys is 'n gratis reis na Portugal en veertien dae verblyf daar, plus sakgeld."

"Is daar net twee pryse?" vra Elise sonder veel belangstelling.

"Ja, hier is die advertensie, kyk self," sê Estelle en druk die tydskrif sonder meer onder Elise se neus. " 'n Mens het nie eens nodig om persoonlik vir die keurders te poseer nie. Hulle vra net 'n kleurfoto en 'n inskrywingsfooi van 'n paar rand. Die wenners sal per brief in kennis gestel word, en die inskrywingsvorm kan gratis by die brouery verkry word."

Elise lees die advertensie vlugtig deur en gee Estelle se tydskrif terug.

"Wel, wat dink jy daarvan, Elise?" vra Marie opgewonde. "Ek sê jou, as een van ons drie nie die eerste prys verower nie, is my naam nie Marie Verster nie."

"Het ek jou reg gehoor, Marie, het jy gesê ons drié?" Elise kyk haar snaaks aan.

"Maar natuurlik gaan jy saam met ons aan die wedstryd deelneem, ou kammie!" sê Estelle ernstig. "Die Santiago-brouery behoort aan 'n ryk Portugees, gevolglik sal al die Portugese meisies hier in Suid-Afrika aan die wedstryd deelneem en –"

"Presies," val Elise haar bedaard in die rede. "Al die Portugese skoonhede sal aan die wedstryd deelneem, en die beoordelaars sal so 'n witrot soos ek nie eens raaksien nie."

"Wat, 'n witrot?" Marie kyk Elise verbaas aan. "Laat ek jou dit vertel, my hartjie, daardie klomp Portugese het nog nooit in hul lewe so 'n mooi nooi soos jy gesien nie. 'n Witrot . . . inderdaad! Nee, jong, gaan haal jou baaikostuum en hou op om met ons te argumenteer. Trouens, ons maak staat op jou om die eerste prys te verower."

"Marie het gelyk," gee Estelle antwoord. "Die Latynse meisies gee altyd voor dat hul swartkopmeisies die mooiste ter wêreld is, maar, ou kammie, hulle het óns drie nog net nie gesien nie. Glo my, ons beskik oor alles wat 'n meisie mooi en aantreklik maak. En wie, vra ek jou, het meer persoonlikheid en sjarme as ons drie . . .? Ons sal maklik albei pryse verower, daaraan twyfel ek geen oomblik nie."

"Ek stem volkome saam met Estelle," laat Marie weer hoor. 'n Guitige glimlag verskyn om haar mond toe sy vervolg: "Die een wat die eerste prys verower, moet sorg dat sy vir haar 'n ryk, aantreklike Portugese kêrel daar in die vreemde aankeer en hom vir ons kom wys."

"Wat, is dit ook deel van jul planne?" vra Elise droog.

"Maar natuurlik!" antwoord Marie. "Wat anders dink jy wil ons daar gaan maak? Ek soek lankal na so 'n lang, donker ou met baie geld."

"Nou kyk," sê Elise beslis, "ek is heeltemal bereid om saam met julle te gaan swem, maar vervlaks of ek 'n foto van my gaan laat neem om aan die wedstryd deel te neem. Al is ek net een en twintig jaar oud, weet ek darem waar om die streep te trek."

"O, nou goed," stem Estelle vriendelik in, maar werp Marie ongemerk 'n betekenisvolle blik toe. "As jy so sterk daaroor voel, ou kammie, sal ons net foto's van jou neem vir ons eie plesier, maar ek verseker jou dat ek en Marie elkeen 'n foto vir die wedstryd gaan instuur."

"Dit kan julle met my komplimente doen," sê Elise. "Moet net nie verwag dat ek dieselfde moet doen nie. Ek het trouens nog nooit gevoel dat ek in 'n posisie is om met ander mee te ding nie. Maar as julle twee voel julle het 'n kans om die Portugese meisies uit te stof . . ."

"Natuurlik voel ons so!" knip Marie haar vriendin se betoog teleurgesteld kort. "Eintlik voel ons so oor jóú, Elise. Jy was veronderstel om die eerste prys te verower . . . ek bedoel, ons voel oortuig daarvan dat jy wel die eerste prys sal inpalm."

"Luister, ou kammie," gooi Estelle ook weer haar gewig by Marie in, "ek was drie jaar lank jou kamermaat in die koshuis, en ek weet presies hoe beskeie jy is. Maar bewys ons asseblief hierdie een guns en neem dan net vir die pret aan die wedstryd deel. Onthou, elke rand wat die brouery insamel, word aan 'n liefdadigheidsfonds geskenk. Die deelname aan die wedstryd is maar net vir die pret en . . . wel, dis tog interessant."

"Ag, nou toe dan maar," swig Elise eindelik voor haar twee vriendinne se geneul. "Ek sal die geld skenk, maar meer as dit wil ek nie met die hele affêre te doen hê nie. As julle wil hê ek moet my vir die wedstryd inskryf, moet julle dit maar self doen. Ek gaan my glad nie eens moeg maak om 'n inskrywingsvorm te bekom nie en nog minder om dit in te vul."

"Dankie, ou kammie," sê Estelle met 'n joviale glimlag. "Ek en Marie sal die ou sakie vir jou behartig. Laat ons net toe om 'n paar foto's van jou in jou baaikostuum te neem."

"O, pragtig!" roep Marie opgewonde uit. "Kom, laat ons dadelik by die swembad foto's gaan neem, voordat Elise straks van gedagte verander en al ons pret bederf."

"Ja, dit word laat, ons sal beslis nou aanstaltes moet maak om te gaan," laat Estelle versigtig hoor. "Ek het die kamera en die inskrywingsvorms alles hier in my strandsak."

"Nou ja, laat ek dan maar my baaikostuum en handdoek gaan haal," sug Elise.

Sy staan traag van die stoel af op en besluit dat sy maar net sowel vandag kan gaan swem. Die swembaddens sal bepaald een van die dae sluit en dan het sy nog nie eens 'n laaste plonsie geniet nie. Laat Estelle en Marie maar voortgaan met hul planne vir die skoonheidswedstryd. Sy sal maar net lekker gaan swem.

2

Elise voel skoon pootuit en sy kry ellendig warm toe sy uit die bus klim en in die rigting van die losieshuis stap. 'n Saterdagoggend in die stad was nog nooit vir haar 'n aangename ondervinding nie. Trouens, sy probeer altyd om die stad dan te vermy. Dit is net wanneer sy iets dringends nodig het dat sy die stad op so 'n besige dag aandurf.

Met elke tree wat sy gee, word haar pakkies nou ook swaarder, maar eindelik bereik sy die losieshuis en bestyg die treetjies wat na die voorstoep lei.

"Wel, dis 'n verrassing!" sê sy met 'n vriendelike glimlag toe sy Estelle en Marie op die stoep sien sit. Sy sit al haar pakkies op 'n rottangtafeltjie neer, sak moeg op 'n stoel neer en skop haar skoene uit. "Sê 'n mens môre, of is dit al middag?"

Estelle kyk na haar horlosie. "Dis byna halftwee, maar vergeet van die groetery, ou kammie. Vertel liewer vir ons, het jy al iets van die Santiago-brouery gehoor?"

Elise skud haar kop. "Moes ek dan al iets van hulle gehoor het?"

"Wel, die finaliste is gister aangewys," herinner Marie haar, "en ek is seker jy is een van die finaliste."

"En wat van julle?" vra Elise.

Marie skud haar kop. "Nee wat, ons het nêrens gekom nie, maar ek is seker die beoordelaars het gekierang. Een van ons twee moes baie beslis in aanmerking gekom het. Maggies, as ek dink hoe mooi ek vir die kamera se lens geglimlag het, en ek kom sowaar nêrens nie."

"Toemaar, 'n volgende keer kom jy straks in aanmerking," troos Estelle met 'n guitige glimlaggie en draai weer na Elise. "Het jy al vanoggend gekyk of daar vir jou pos is?"

"Nee, ek het nie. Maar hoe lyk dit vir my julle weet iets? Om die waarheid te sê, ek het twee dae laas na ons posrak gekyk," bieg Elise. "Ek het al heeltemal van die skoonheidswedstryd vergeet."

'n Terglustige glimlaggie verskyn om haar mond. "In elk geval, ek het julle gewaarsku dat die Portugese meisies aantreklik is en ek behoort te weet, want ek het saam met 'n paar skoolgegaan."

"Onsin! Dié wat ek al in my lewe gesien het, was glad nie watwonders nie," kap Marie verontwaardig terug.

"Werklik? En dink jy miskien ons drie is watwonders –"

"Luister, julle twee," val Estelle haar gewese kamermaat bedaard in die rede, "dit sal ons niks baat om nou al 'n mening te lug nie. Ek stel voor dat Elise eers gaan kyk of daar vir haar pos is. As sy ook nie vir 'n prys in aanmerking gekom het nie, sal ek saam met Marie stem, want dan het die beoordelaars beslis gekierang en voorkeur aan die Portugese meisies gegee. Toe, Elise, gaan kyk of jy pos gekry het!"

"Vervlaks, maar jy is lastig, Estelle," maak Elise dadelik beswaar. "Jy gee my nie eens kans om 'n rukkie te rus nie. Nee, jong, jy kan jou nuuskierigheid nog 'n paar minute bedwing of anders self gaan kyk of daar pos is."

"Ek sal gaan kyk," bied Marie aan. Sy kom orent, verdwyn haastig deur die voordeur en keer ná 'n rukkie terug met 'n brief wat sy uitgelate bokant haar kop in die lug rondswaai. "Ek het mos gesê jy sal 'n prys verower!" roep sy uit. "Hier is die brief waarin hulle jou laat weet dat jy een van die finaliste is."

"Toemaar, dit is nie 'n brief van die brouery nie," sê Elise en hou haar hand uit. "Dis 'n brief van matrone af."

"Dis wat jý dink. Agterop die koevert staan baie duidelik Santiago-brouery Eiendoms Beperk," sê Marie toe sy die brief vir Elise gee.

Ook Estelle is nou die ene opgewondenheid.

"Lees die brief tog gou, ou kammie," spoor sy Elise aan. "Ek en Marie het mos in die koerant gesien dat jy een van die finaliste is, maar lees jy dan nie die koerant nie?"

Elise skud haar kop.

"Ek het die afgelope tyd min koerant gelees. Dis alles net

211

ongelukke en moord en . . ." Haar stem raak skielik weg en 'n ligte frons verskyn tussen haar mooi geboogde wenkbroue. "Ek . . . is een van die finaliste," sê sy ongelowig. "Die beoordeling vind Saterdagaand plaas, en ek moet daar wees."

Estelle en Marie is totaal uitgelate van blydskap. Hulle wens Elise hartlik geluk, maar vir die pligsgetroue Elise het daar nou 'n yslike probleem opgeduik. Sê nou sy wen? Sy kan mos nie nou oorsee gaan nie! Die skole het maar pas ná die Aprilvakansie heropen.

"Wel, dit is darem gerusstellend om te weet dat die beoordelaars nie gekierang het nie," sê Elise ietwat droog. "Ek sal hulle vanaand per brief bedank en sommer ook verduidelik waarom ek nie verder kan deelneem nie."

"O, duiwels en distels! Nou ja, nou praat ek nie 'n woord meer nie," lug Marie haar misnoeë.

Estelle gee haar egter nie die geleentheid om meer te sê nie, want sy voel Marie gaan nou te veel sê.

"Wag nou, Marie," keer sy, "jy kan later stoom afblaas as jy nog so voel. Laat ons eers hoor waarom Elise nie verder wil deelneem nie." Sy draai na Elise. "Jy sal 'n baie goeie verduideliking moet hê, ou kammie, anders gaan ek my ook liederlik vir jou vererg . . . Toe, jong, ons wag op 'n verduideliking."

Daar is 'n ondeunde glimlaggie om Elise se mond toe sy na haar vriendinne kyk. Sy kan duidelik in hul oë lees dat hulle dink sy is van haar wysie af. Maar wat hulle blykbaar vergeet, is dat sy ander verpligtinge het wat nagekom moet word.

"Ek weet werklik nie waarom ek die situasie breedvoerig aan julle moet verduidelik nie," sê sy en steek die brief terug in die koevert. "Julle is albei onderwyseresse en weet net so goed soos ek dat dit vir my onmoontlik is om my werk net so te los en af te sit Portugal toe. My leuse was nog altyd dat plig voor plesier kom."

"Nie hierdie keer nie," maak Marie dadelik beswaar. "Hierdie keer, ou sussie, gaan jy plesier eerste stel al . . . Wel, al bars die bottel ook. Ek verseker jou, die skool sal nie vergaan omdat jy nie daar is om dit in een stuk te hou nie. Die skool kan sonder jou klaarkom."

212

"Dis waar, Marie het gelyk," laat Estelle nou ook van haar hoor. "Dis nie elke dag dat 'n mens so 'n kans kry nie. Reken, 'n hele maand in Portugal met oorgenoeg sakgeld . . . Marie, ons sal iemand moet opspoor wat Elise by die skool kan aflos."

"O, baie beslis, anders sal ons haar nie met 'n span osse hier weggesleep kry tot by die . . . Ag, dit sal seker maar die lughawe wees. Mense reis mos deesdae per vliegtuig na hul bestemming en keer dikwels per boot terug. In elk geval, ek weet wie ons in dié verband kan nader, en ek weet ook dat sy beskikbaar is . . ."

"Stadig, julle," lag Elise. "Ek het nog nie –"

"Van wie praat jy nou, Marie?" val Estelle haar half ongeduldig in die rede.

"Ek praat van Linda," antwoord Marie. Sy draai na Elise. "Jy kan nou maar van al jou besware vergeet en op jou reis begin fokus, my hartjie. Linda en haar man kom die einde van die maand in Pretoria woon, en sy soek juis 'n afloswerkie. Ek dink ons moet haar nou dadelik gaan bel, voordat sy straks iets anders in die hande kry en ons nie kan help nie."

Elise lag. "Miskien wen ek nie eens nie."

Marie en Estelle gaan bel egter vir Linda, en sy stem dadelik in om Elise af te los as dit dalk nodig raak.

Daar breek vir Elise 'n baie bedrywige week aan. Etlike koerantfotograwe daag op om haar foto te neem en haar uit te vra, en haar foto verskyn saam met dié van die ander finaliste in die koerante.

Toe die Saterdagaand waarop die finale beoordeling plaasvind eindelik aanbreek, is sy en haar twee vriendinne baie opgewonde, veral toe die groot oomblik aanbreek en die finaliste voor die beoordelaars verskyn. Elise voel baie senuweeagtig toe sy 'n paar keer saam met die ander finaliste voor die beoordelaars verbystap . . .

Toe sy 'n rukkie later as die wenner aangewys word, kan sy haar ore nie glo nie. Van die ander meisies is baie mooier as sy, reken Elise. Die toejuiging is oorverdowend toe sy alleen op die verhoog verskyn, en kameras flits aanhoudend.

Die wenner van die tweede prys is 'n twintigjarige Portugese

213

meisie, Maria Caspera, en Elise moet weer saam met Maria poseer vir nog meer foto's.

Toe sy eindelik by haar vriendinne uitkom, voel dit vir haar asof sy in 'n warrelwind beland het.

"Veels geluk, ou kammie!" sê Estelle.

"Ek het sommer geweet jy sal wen!" kom dit opgewonde van Marie.

"Ag, dankie, julle," sê Elise, nog steeds in 'n dwaal, "maar ek kan dit nog nie heeltemal glo nie."

Die Santiago-brouery kondig aan dat haar reis soos volg gereël is: twee weke in Lissabon, een week in Oporto en die laaste week sal sy weer in Lissabon vertoef. Haar reiskaartjie na Oporto sal sy by die hotel in Lissabon kry.

Die rukkie voor Elise se vertrek gaan dit dol. Sy moet allerlei funksies bywoon ter wille van die publisiteit wat daaraan verbonde is vir die borge, en sy moet talle koerantmanne, tydskrifjoernaliste en radio- en televisiemense te woord staan. Saans gaan sy uitgeput slaap, maar sy vind dit nietemin opwindend.

Eindelik breek die dag van haar vertrek aan. Maria Caspera is reeds op die lughawe en is omring van familie en vriende toe Elise saam met Marie en Estelle daar aankom. Sy stel Maria aan haar vriendinne voor. Die pragtige meisie is in Suid-Afrika gebore, en is Engelssprekend.

Die aandlug is koud en almal het warm jasse aan. Toe Elise se vlug aangekondig word, groet haar twee vriendinne haar en wens haar 'n voorspoedige reis en 'n aangename vakansie toe. Dan sluit sy haar by die stroom passasiers aan en beweeg saam met hulle na die doeanetoonbank.

Elise is aangenaam verras toe die lugwaardin die sitplek langs Maria Caspera vir haar aanwys. Kort voor lank gesels hulle soos ou vriendinne wat mekaar reeds jare lank ken. Maria vertel Elise van haar familie tuis, haar getroude suster en ander familie wat in Lissabon woon. Elise vertel weer van haar ouers wat oorlede is, haar werk as onderwyseres en die hegte vriendskapsband tussen haar, Marie en Estelle.

Dis die eerste keer dat die twee meisies per vliegtuig reis. Vir albei is dit 'n heerlike, nuwe ondervinding. Tog is hulle bly toe hulle Lissabon die volgende oggend nader en eindelik op die Portela-lughawe neerstryk.

"O, maar dit is goed om weer vaste grond onder 'n mens se voete te voel," sug Maria verlig toe hulle saam met die stroom mense na die doeanetoonbank beweeg. "Ek het nog nooit in my lewe so lank op een plek stilgesit nie."

"Dis waar," stem Elise saam. "Ek het die vlug baie geniet, maar nou sien ek daarna uit om Lissabon te verken."

Nadat al die formaliteite afgehandel is, verlaat die twee meisies die gebou. Voor die gebou tref hulle die hotel se motor en bestuurder aan, wat hulle by die lughawe kom haal het. Maria voel baie teleurgesteld omdat haar swaer en suster, Pedro en Rita Mendes, haar nie by die lughawe kom groet het nie. Toe sy hulle egter later in die voorportaal van die Tagus-hotel aantref, helder haar gelaat soos met 'n towerslag op.

Elise word vriendelik aan Rita en Pedro voorgestel. Dit val haar dadelik op dat Rita vloeiend Engels praat. Pedro vind die taal egter maar moeilik. Hierna teken sy en Maria die hotel se register en volg die kruier met hul bagasie na hul kamers op die vierde verdieping.

"My suster het ons genooi om saam met hulle by die huis te gaan koffie drink," sê Maria toe hulle in die hysbak is. "Sy wil natuurlik al die nuus hoor in verband met ons ouers, broers en susters wat sy ses jaar laas gesien het."

"Dit is heeltemal verstaanbaar dat sy nuuskierig sal wees om al die nuus te hoor," sê Elise begrypend. "Ek waardeer haar vriendelike uitnodiging, maar ek dink tog dit sal beter wees dat jy vandag liewer alleen by jou suster gaan koffie drink. Ek veronderstel daar is vertroulike dingetjies waaroor julle graag wil gesels, dinge wat nie vir ander se ore bedoel is nie."

Maria kyk haar met 'n vriendelike glimlaggie aan en sê goedig: "Ek kan sommer sien jy ken ons Portugese nog swak, Elise, maar jy sal ons hopelik nou beter leer ken. In elk geval, my suster sal in die gesig gevat voel as jy haar uitnodiging om daardie rede van die hand wys. Daar is niks vertrouliks om oor te gesels nie. Dit is maar sommer net die gewone, alledaagse nuus wat sy wil hoor."

215

Hulle stap uit die hysbak en volg die kruier na hul kamers wat langs mekaar is. Ná 'n rukkie sluit hulle hulle weer by Pedro en Rita aan, en etlike minute later vertrek hulle na die Mendeswoning.

Maria en Elise sit agter in Pedro se motor. Nie een van die twee sê 'n woord nie, want albei verkyk hulle aan die eeue oue geboue en die kerke met hul menigte hoë, sierlike torings. Hulle ry om die plein wat met 'n hoë gedenknaald spog.

Elke belangrike of historiese gebou of plek word aan die twee meisies uitgewys, en eindelik hou hulle voor Pedro-hulle se huis stil. Vir Elise lyk dit na 'n woonstelgebou wat van 'n ander eeu dateer. Daar is geen blomtuine of grasperke voor die talle deure nie, want elke huis se voordeur loop met twee treetjies op die sypaadjie uit.

Die twee meisies kuier tot ná die middagete by Rita. Dit is reeds byna twee-uur en tyd vir die Portugese se gebruiklike siësta toe Pedro en Rita hulle weer voor hul hotel aflaai. Rita belowe dat sy en haar skoonma die twee die volgende dag sal neem om die stad te besigtig. Daarna groet hulle en vertrek.

Hier waar Elise voor haar kamervenster staan, besef sy nou eers waarom die hotel Tagus heet. Dit is bepaald omdat dit so naby die oewer van die Tagusrivier is en 'n mens van hier af selfs die hawehoof kan sien. Sy staan 'n lang ruk en kyk na die skepe wat in die hawe vasgemeer lê en besluit dan om maar eers haar reistas uit te pak, haar in 'n broekpak te verklee en dan vir haar drie vriendinne in Pretoria te skryf. Voor haar vertrek na Oporto sal sy vir elkeen 'n poskaart stuur.

Die strate was tydens die siësta baie stil, maar nou is dit asof die stad weer lewe kry. Ook die ergste hitte het afgeneem, en die twee meisies besluit om na die hawe te gaan kyk. Vir hulle, wat in die binneland woon, is 'n hawe vol skepe, bote en seiljagte iets uit 'n sprokieswêreld.

"As my familie hier in Portugal ons twee nou kon sien," sê Maria met 'n sagte laggie toe hulle later in die rigting van die hawehoof stap, "sou hulle seker iets oorkom. Jy weet dit blykbaar nog nie, maar hier in Portugal word geen ordentlike meisie of jong vrou toegelaat om sonder 'n duenna op straat te gaan nie."

216

"En wat, as ek mag vra, is 'n duenna?" wil Elise belangstellend weet.

"O, dit is 'n metgesel, 'n ouer vrou wat 'n wakende oog oor jou hou en vrypostige mans op hul plek sit," vertel Maria. " 'n Welopgevoede jong meisie word hier nie eens toegelaat om alleen saam met 'n kêrel uit te gaan nie. Trouens, die meeste families, en veral hoëlui, het glo nog die gewoonte om self vir hul kinders huwelike te reël – dit wil sê om self lewensmaats vir hul kinders te kies."

"Wel, ek moet sê dit klink vir my glad nie . . . e . . . opwindend nie," kan Elise nie help om te sê nie. "Ek is bly ek is nie 'n Portugese meisie nie, want ek sal net met 'n man van my eie keuse trou en met niemand anders nie. Maar vertel vir my, hoe voel die meisies hier in Portugal oor hierdie . . . e . . . wel, die manier waarop huwelike vir hulle gereël word en die feit dat hulle nie eens alleen met 'n kêrel mag uitgaan nie?"

"Ek weet self nie, Elise, maar Rita sê dit is vir hulle iets doodnatuurliks omdat hulle met die gewoonte grootword. 'n Mens mis tog nie iets waaraan jy nie gewoond is nie. Met jou en my sal dit natuurlik 'n perd van 'n ander kleur wees. Ons is gewoond aan 'n vry, ongebonde lewe."

"Wel, ek beny hulle hoegenaamd nie. Trouens, ek dink jy is gelukkig dat jy in Suid-Afrika grootgeword het waar die lewe nie so ingewikkeld is nie," sê Elise. "Ons land mag nou wel 'n baie jong landjie wees in vergelyking met Portugal, maar ons meisies is ten minste vry om vir hulself te dink en te besluit."

So onder die gesels het hulle tot by die groot hek gestap wat ingang tot die hawehoof verleen, maar hier bly Maria meteens staan.

"Ek glo nie dit sal raadsaam wees om hier in te gaan nie," sê sy met 'n gesteurde trek op haar gesig. "Kyk hoe staar die ellendige mans ons aan, kompleet asof ons twee goedkoop meisies is."

"Gits, ja, hulle dink bepaald ons is, want volgens hul eng leefwyse oortree ons stellig 'n maatskaplike wet," meen Elise, en vervolg met 'n geamuseerde glimlaggie en 'n ondeunde trek in haar oë: "Ons sal beslis 'n duenna moet aanskaf om ons na al

217

die besienswaardige plekke te neem. Kan jy aan iemand dink?"

"Nee, ek kan nie," sê Maria. "My ma is in Suid-Afrika en my ouma is al vyf en tagtig. Ons kan haar nie met ons saampiekel nie."

"Nee, ons kan nie, sy is te oud," stem Elise saam. "Maar ek moet sê, dit is vervlaks ergerlik om so . . . so gestrem te word deur hierdie mense se nougesetheid. Die brouery moes ons liewer saam met 'n toergeselskap gestuur het, dan het ons nie nou met hierdie probleem te kampe gehad nie."

"Toemaar, Rita en haar skoonma sal sorg dat ons die hele stad besigtig sonder om ons aan onplesierigheid bloot te stel," troos Maria. "Ek dink ons moet liewer nou teruggaan."

Terwyl hulle terug na die hotel stap, besluit Elise dat dit werklik onsin is om haar lewe so aan bande te lê ter wille van hierdie mense se preutsheid. Sy is nie 'n Portugese meisie nie en is dus nie aan hul gewoontes gebonde nie.

"Ek stel voor dat ons eers koffie drink," doen Elise aan die hand toe hulle die restaurant oorkant die hotel nader. "En moet asseblief nie weer sê die mans sal ons snaaks aanstaar omdat ons alleen is nie. Ek gee nie 'n flenter om wie ons aanstaar nie, en ek gaan ook nie toelaat dat hul preutsheid my vakansie bederf nie. Sal ons by een van die tafeltjies hier op die sypaadjie sit, of wil jy liewer daar binne gaan sit?"

"Wel . . . e . . . ek glo nie my swaer sal dit goedkeur dat ons alleen hier in 'n openbare restaurant kom koffie drink nie . . ." begin Maria, maar Elise gee haar nie kans om meer te sê nie.

"As dit oor 'n duenna is wat jy jou bekommer, kan jy my gerus as een beskou," sê Elise met 'n terglustige glimlaggie, onbewus van die lang, donker man en meisie by die tweede tafeltjie wat haar en Maria waarnemend beskou.

Maria bars uit van die lag.

"Wat, jý 'n duenna?" sê-vra sy nadat haar lagbui bedaar het. "My liewe Elise, jy is maar net een jaar ouer as ek en self nie eens getroud nie . . . Nee, jy lyk allermins soos 'n duenna, maar laat ons tog maar gaan sit en koffie drink. Het jy Portugese geld?"

Hulle neem by die tafeltjie langs die belangstellende man en meisie plaas.

"Ek het reisigerstjeks saamgebring, dus kan ons die inwendige mens behoorlik versterk," sê Elise. "Wat sal jy saam met die koffie geniet? Ek verkies roomkoekies met baie room . . . lekker vars room."

"Ek dink ek sal dieselfde neem, dankie, maar met minder room."

"Nou goed, dan sal dit koffie en roomkoekies wees. Maar jý sal die bestelling moet plaas, want ek glo nie die kelner sal my verstaan nie," sê Elise.

Maria plaas die bestelling en draai dan weer na Elise. "Ek dink ek moet jou Portugees leer praat, anders gaan jy ná my vertrek hopeloos verlore hier in Lissabon wees."

"Ja, nogal glad nie 'n slegte plan nie," glimlag Elise. "In elk geval, hier in Lissabon sal dit nog gaan, want ná jou vertrek sal Rita en Pedro hulle bepaald oor my ontferm. Maar wat gaan ek in Oporto aanvang? Daar sal ek die spreekwoordelike vreemdeling in Jerusalem wees."

"Hm, ja, jy sal baie beslis vir jou 'n duenna moet aanskaf," terg Maria met 'n sagte laggie.

Elise glimlag meteens ondeund toe sy sê: "Ek wonder wie sal op die ou end na wie moet kyk, die duenna na my, of ek na haar . . . Nee, jong, ek is nie bereid om my met so 'n verantwoordelikheid op te saal nie. Trouens, ek het nie 'n ou vrou se hulp nodig nie, ek is gewoond daaraan om vir myself te sorg. Dis net jul taal wat my oor is . . ."

Die kelner sit hul bestelling op die tafeltjie neer en Elise bring haar reisigerstjeks te voorskyn.

"O, griet, ek het nie 'n pen nie," sê sy ietwat droog. "Jong, jy sal die kelner moet vra om vir my sy pen te leen sodat ek 'n tjek kan teken."

Dit blyk egter dat die kelner ook nie 'n pen het nie, maar die lang, donker man by die tafel langsaan bied Elise sy pen aan – 'n duur vulpen met 'n goue dop.

"Hoe sê 'n mens dankie op Portugees, Maria?" vra Elise. "Miskien is dit beter dat jy hom namens my bedank – my Afrikaanse aksent slaan dalk te sterk deur."

Haar blik gaan vlugtig na die lang, donker man toe hy ewe

219

bedaard op Engels sê: "Ek verseker jou dit is 'n plesier om jou van diens te wees, señorita."

Elise bloos liggies, maar kry dit tog reg om met 'n glimlag te sê: "Baie dankie vir die gebruik van jou pen, meneer. Dit is baie vriendelik van jou."

"Die plesier is myne, señorita," sê hy.

Terwyl sy en Maria die koffie en roomkoekies geniet, gesels hulle oor die volgende dag se uitstappie saam met Rita. Maar Elise bly deurentyd bewus van die lang, donker man se teenwoordigheid en van sy blik wat telkens op haar rus. Toe hulle later van die tafeltjie af opstaan, voel albei dat dit paslik sal wees om darem vir die hulpvaardige man tot siens te sê.

Die twee meisies stap geselsend terug na die hotel, albei onbewus van die man se blik wat Elise tot by die ingang van die hotel volg. Elise het reeds besluit dat hy óf getroud óf verloof is aan die meisie in wie se geselskap hy verkeer, dus probeer sy om maar liewer nie aan hom te dink nie.

Maar so maklik is dit nie, want toe sy daardie aand in die bed lê en luister na die polsende hartklop van die stad, dink sy onwillekeurig aan die mooi, lang man. Sy sien hom weer voor haar geestesoog. Sy donkerbruin oë is skerp en intelligent, maar dit is ook oë wat 'n mens met een blik sal kan laat voel asof jy al die sondes in die wêreld begaan het. Sy reguit, swart hare het 'n natuurlike glans, en die wyse waarop dit gekam is, dui daarop dat hy baie aandag daaraan gee. Sy ken is sterk en manlik en sy wangbene hoog. Sy gladgeskeerde vel getuig van 'n gesonde, ewewigtige lewe, en sy donkergrys pak se foutlose snit spreek van die hand van 'n deskundige snyer.

Die man se hele voorkoms wek die indruk dat hy 'n bekwame en welvarende sakeman met dryfkrag en diep insig is – presies die soort man oor wie Elise altyd gedroom het . . . Ja, sy kan dit maar ruiterlik aan haarself erken dat hy die aantreklikste man is wat sy nog ooit gesien het – die man van haar drome.

Die wete dat sy uiteindelik haar droomman ontmoet het, baat haar egter niks nie. Sy is baie seker daarvan dat sy hom nooit weer sal sien nie. Vir al wat sy weet, is hy 'n getroude of verloofde man. Buitendien, sy weet nie eens wie hy is nie . . .

Daardie nag droom sy van die lang, donker vreemdeling. Dit is 'n nare, onbevredigende droom, want alles is so vaag dat sy feitlik niks daarvan kan onthou nie, behalwe dat sy skerp, deurdringende oë haar met ongekende kilheid aangekyk het, asof sy hom met afsku vervul.

Maar hier waar sy nou haar vroeë oggendkoffie in die bed sit en drink, kan sy deur die venster sien hoe die eerste strale van die son 'n paar verdwaalde wolkies rooi tint. Sy voel nog steeds effens bedruk oor haar nare droom, maar dan troos sy haar met die wete dat dit net 'n droom was en werklik niks is om oor bedruk te voel nie.

Ek sal hom in elk geval nooit weer sien nie, dink sy, dus is daar geen rede waarom ek oor die droom moet sleg voel nie. 'n Droom is tog maar net iets wat sy oorsprong het in die dinge in 'n mens se onderbewussyn. Die wetenskap het tog bewys dat drome geen waarheid of voorspellings inhou nie . . .

Met al hierdie gedagtes probeer sy haarself gerusstel, tot Maria aan haar kamerdeur klop en sê dat dit tyd is om gereed te maak vir hul uitstappie saam met Rita en haar skoonma – laasgenoemde vergesel die drie meisies sodat hulle in die eerbare teenwoordigheid van 'n duenna hul dag kan geniet.

Die volgende tien dae besigtig Elise en Maria alles in Lissabon wat besienswaardig is. Hulle gaan vaar met 'n motorboot op die Tagusrivier, besoek Sintra, 'n skilderagtige stranddorpie naby die mond van die Tagusvallei, asook al Maria se familie wat in Lissabon woon. Saans kuier hulle by Rita en Pedro, en soms neem Pedro hulle om na 'n fliek of 'n opera te gaan kyk. Hulle is elke aand uithuisig en kom soms baie laat eers tuis.

Vrydag, vier dae voor Maria se vertrek na Suid-Afrika en Elise se vertrek na Oporto, neem Pedro hulle vir 'n besoek aan Maria en Rita se oom, José Caspera, wat die plaasbestuurder is van die markies Germano Norberto Concalves de Nobrega.

Maria het nog nooit met hierdie broer van haar pa en sy gesin kennis gemaak nie, aangesien sy in Suid-Afrika gebore is en dit die eerste keer is dat sy Portugal besoek.

Onderweg na die plaas gesels Rita oor hul tant Ada se bedrywighede op die plaas, hul neef Raoul wat oom José met die

221

boerdery help, en hul niggie Nella wat haar ma in die huis by-
staan, want in die huis van die markies se plaaswerkers is geen
huishulpe nie.

"Net in die señor marquis se quinta is daar dosyne huishul-
pe," vul Pedro aan.

"Dan moet die markies bepaald 'n vermoënde man wees,"
meen Elise.

"O, hy is een van Portugal se rykste edelmanne, señorita
Elise," sê Pedro met ontsag. "Jy moet sy fabelagtige castelo net
buitekant Lissabon sien."

"Vir my is die markies se kasteel die mooiste in die hele Por-
tugal," laat Rita met openlike bewondering hoor. "Dit lyk byna
soos 'n Walt Disney-kasteel, net baie groter en dan het dit ook
baie meer versiersels aan die menigte torings. Trouens, vir my is
die castelo Nobrega 'n reusekunswerk."

"Hoe lyk die markies se quinta, Rita?" vra Maria belangstel-
lend.

"Baie mooi. Die gebou is drie verdiepings hoog en die óú styl
daarvan is pragtig . . ."

Drie uur later hou hulle onder 'n groot akasiaboom voor ou-
baas Caspera se huis stil. Die hele gesin is tuis om die twee
meisies uit die verre Suid-Afrika te verwelkom, maar ongeluk-
kig kan nie een van hulle 'n woord Engels praat of verstaan nie.
Tog laat hierdie mense nie toe dat 'n vreemde taal hulle in hul
gasvryheid strem nie, want Rita en Maria word telkens inge-
span om vir Elise te tolk.

Ná die middagete, terwyl die ouer mense die siësta geniet, gaan
ontspan die vier jong mense voor die deur in die koel skaduwee
van die akasiaboom. In die verte is die wit ringmuur wat die
markies se quinta omring duidelik sigbaar, maar van die gebou
is net die dak, wat tussen die hoë bome uitsteek, sigbaar. Die pad
wat na die quinta toe lei, loop voor die Casperas se huis verby.

Elise lyk soos 'n prentjie uit 'n modeboek hier waar sy, ge-
klee in 'n liggroen rok, ragfyn sykouse en wit hoëhakskoene,
rustig agteroor op 'n tuinstoel sit. Dit is vir haar interessant om
na Maria, Nella en Raoul se stemme te luister terwyl hulle op
Portugees gesels.

Later die middag, toe die ergste hitte begin afneem, kom sit Rita, Pedro en oubaas Caspera ook by die jong mense onder die boom terwyl die ouer vrou gaan koffie maak. Nella kom dadelik orent en gaan help haar ma in die kombuis.

"Ons sal vieruur weer moet gaan," sê Pedro toe die ouer vrou en Nella hulle daar onder die boom met koffie en beskuitjies bedien. "Dit is drie uur se ry stad toe en ek wil voor donker tuis wees . . ."

Terwyl Pedro nog praat, ry 'n lang silwergrys sportmotor met twee insittendes stadig voor die deur verby. Die man agter die stuur groet met 'n vriendelike glimlag en 'n ligte handgebaar. Sy blik gly vinnig oor die agt mense onder die boom. Toe verstar sy glimlag meteens. Hy skop die motor se rem vinnig vas, ry agteruit en hou 'n paar treë van die boom af stil.

Oubaas Caspera, wat regoor Elise sit, kom haastig orent toe hy die motor sien terugry. Elise kyk op, maar noudat die oubaas reg voor haar staan, kan sy nie eens sien wie die insittendes van die vaartbelynde motor is nie. Nie dat dit haar juis hinder nie, want sy ken tog nie veel mense hier in die vreemde nie.

Almal kom orent behalwe Elise en Maria, en nou kan hulle die motor nie eens meer sien nie. Hulle hoor net hoe die motordeur toeklap.

"Ek hoor Rita en my tante praat van die markies, dus moet dit hy wees," fluister Maria naby Elise se oor.

"Nou toe nou," glimlag sy vir Maria. "Ons twee is nogal bevoorreg om die vername heer en meester van die plaas te sien. Nou sal ons darem vir ons vriende in Suid-Afrika kan vertel dat ons 'n ware edelman in lewende lywe gesien het."

Maria stamp saggies aan Elise se arm en fluister onderlangs: "Elise, genugtig, kyk net wie is die vername markies!"

Elise kyk stadig op. Die volgende oomblik kyk sy vas in die skerp, deurdringende bruin oë van die vreemde man wat sy pen vir haar in die restaurant geleen het . . . die man van haar drome. Dit voel asof haar hart 'n gevaarlike ruk gee en dan teen 'n geweldige tempo begin klop. Haar bloed pols vinnig deur haar are en 'n ligte blos begin stadig teen haar nek opkruip. Toe laat sy haar blik stadig sak.

Ná etlike sekondes kyk sy weer op. Sy sien hoe die markies en Pedro in haar en Maria se rigting beweeg, hoe Maria beleef orent kom, en dan staan sy ook maar stadig van haar stoel af op.

Pedro stel die markies in sy eie taal aan Maria voor, daarna draai hy na Elise en sê in 'n mengsel van Engels en Portugees: "Laat my toe om die señor marquis Germano de Nobrega aan jou voor te stel, señorita Elise."

Hy draai na die edelman en vervolg: "Señorita Elise Eybers van Suid-Afrika."

'n Wedersydse aangename kennismaking volg. Pedro wissel 'n paar woorde op Portugees met die edelman, toe kyk die markies weer na Elise en sê op vloeiende Engels met 'n effense aksent: "Laat my toe om jou geluk te wens met die eerste prys wat jy in die skoonheidswedstryd verower het, señorita. Ek hoop jy geniet jou verblyf hier in Portugal."

"Dankie, meneer die markies," sê sy, "ek geniet dit terdeë."

Die markies kyk na sy polshorlosie en sê dan saaklik: "Ek sal nou ongelukkig moet gaan."

"Ja, ons sal ook nou moet ry," kondig Pedro aan, "anders kom ons te laat tuis."

Die markies kyk Pedro vraend aan. "Gaan slaap julle so vroeg, my vriend?"

"O nee," sê Pedro met 'n sweem van 'n glimlag, "ek het gistermiddag 'n bietjie werk van die kantoor af huis toe gebring. Ek moet dus die werk vanaand afhandel, anders sal ek nie my vrou en die twee jong meisies môreaand vir ete na die Costa do Sol kan neem nie."

"Nou ja, ek hoop jy is môreaand vry om jul gaste vir ete te neem, my vriend," kom dit bedaard van die edelman. Hierna sê hy tot siens en vertrek onverwyld.

Die silwergrys sportmotor het nog nie eens by die quinta se hek ingedraai nie, toe vertrek Pedro en sy geselskap ook.

Onderweg na Lissabon swyg Maria en Elise soos die graf oor die feit dat hulle die markies reeds by 'n vorige geleentheid gesien het, uit vrees dat hulle aan Pedro sal moet verduidelik waar dit was.

"Weet jy wie die meisie is wat saam met die aantreklike markies in sy motor was, Pedro?" vra Maria versigtig op Engels. Sy verswyg ook die feit dat sy en Elise die edelman elf dae gelede in dieselfde meisie se geselskap gesien het.

"Dis sy niggie, Rosanna Esterez," antwoord Pedro. "Rosanna en haar ma kuier die afgelope maand al by die señor marquis."

"Ek wonder of hy van plan is om met sy niggie te trou?" spreek Rita 'n gedagte hardop uit. "Sy lyk vir my nog baie jonk, trouens te jonk vir die markies se vier en dertig jaar."

"Ek het nou die dag iemand hoor sê dat Rosanna agtien is," lig Pedro hulle in. "Maar die verskil in ouderdom is vandag nie meer 'n probleem nie. In elk geval, die señor marquis het sy tante en niggie nie om dowe neute vir 'n besoek genooi nie, hy volg maar net die ou Portugese tradisie van die edelliede. Hierdie besoek is bedoel om vir Rosanna 'n huwelik te reël."

"Bedoel jy dat Rosanna se ma met die spesifieke doel hierheen gekom het om vir haar 'n man te soek?" vra Maria met 'n geamuseerde uitdrukking in haar oë.

"Jy stel dit . . . e . . . ietwat grof, Maria," betig Pedro haar. "Ek weet ons gebruike hier in Portugal is heelwat anders as julle s'n in Suid-Afrika, maar dit gee jou nog nie die reg om neerhalend na ons gebruike te verwys nie. Trouens, om 'n huwelik vir jou seun of dogter te reël, is besonder voortreflik. Ek het ook nie bedoel dat Rosanna se weduweema vir haar 'n man kom soek het nie. Ek het bedoel dat die señor marquis, wat die hoof van sy adellike familie is, óf besluit het om self met Rosanna te trou, óf 'n geskikte lewensmaat vir haar in gedagte het. In albei gevalle sou hy haar en haar ma genooi het om hom te besoek, sodat hy die reëlings met sy tante kan bespreek."

"Pedro, bedoel jy dat die markies vir Rosanna 'n lewensmaat gaan kies?" vra Maria met 'n ligte frons tussen haar oë. Dit sal miskien – en sy bedoel 'n vreeslike groot miskien – nog gaan as 'n mens se ouers vir jou 'n lewensmaat kies. Hulle het jou ten minste lief en sal net die beste vir jou begeer. Maar die markies! Nee, hy kom vir haar gans te trots, koud en hooghartig voor om so 'n intieme, persoonlike saak te behartig.

Maar dan sê Pedro: "As Rosanna se pa nog gelewe het, sou die señor marquis slegs sy goedkeuring aan haar ouers se keuse van 'n lewensmaat vir haar moes heg, maar noudat sy nie meer 'n pa het nie, neem die señor marquis die plek van 'n pa in."

"So, dan is dit daarom dat hy saam met haar kan rondrits sonder 'n duenna. In elk geval, ek is jammer om dit te sê, maar Rosanna se huwelik klink vir my glad te koud en saaklik om vir die bruid daardie een, wonderlike dag in haar lewe te wees," kan Maria nie help om te sê nie. "Trouens, ek besef nou eers hoe gelukkig ek is dat my ouers jare gelede Suid-Afrika toe gegaan het. In Suid-Afrika is ek ten minste vry om my eie lewensmaat te kies, en ek is ook vry om die hele Pretoria plat te loop sonder om 'n duenna met my saam te piekel . . . Nee, ek sê nou vir jou, Pedro, ek sou nie graag met Rosanna wou ruil nie, al is sy skatryk en ek maar 'n doodgewone haarkapster. Genade, om met so 'n trotse ysberg te moet trou! 'n Mens voel nie juis op jou gemak in sy teenwoordigheid nie."

"Dis waar, 'n mens voel nie juis op jou gemak in sy teenwoordigheid nie. Maar jy kan nie stry nie, die markies is 'n besonder aantreklike man, Maria," laat Rita nou ook van haar hoor. "Die meisie wat met hom trou, is baie gelukkig en bevoorreg."

"O, ek stry nie," sê Maria, "uiterlik is hy 'n romantiese figuur. Maar, my ou sussie, hy het 'n innerlike ook om mee rekening te hou, en ek sê jou reguit, sy koue innerlike staan my glad nie aan nie. In sy oë skuil iets wat vir my sê dat hy 'n duiwel kan wees wanneer hy kwaad is . . . Nee, dankie, ek wil hom nie hê nie, laat Rosanna hom maar vat –"

"Dis vir my baie duidelik dat jy van 'n man hou wat jy om jou pinkie kan draai," val Pedro haar met 'n geamuseerde glimlaggie in die rede. "Nou ja, ek wens jou by voorbaat geluk met jou ruggraatlose man, Maria. Maar om tot aangenamer dinge terug te keer . . . Jy, Rita en señorita Elise moet môreaand jul mooiste aandrokke aantrek. Ek wil julle na die Costa do Sol, 'n luukse restaurant, vir ete neem. Die plek word net deur die room van Lissabon ondersteun en ek is seker julle sal die aand baie geniet . . ."

226

Die drie meisies begin gesels oor klere en modes, en eindelik hou Pedro voor die Tagus-hotel stil.

"Ons sal julle môreaand halfagt kom oplaai," herinner Pedro hulle aan die volgende aand se uitstappie.

"Dankie, Pedro, ons sal betyds gereed wees," belowe Elise.

Toe groet en vertrek Pedro en Rita.

Tydens die terugreis van die plaas af het Elise byna niks gesê nie, maar hier waar sy nou in 'n geurige bad ontspan, dink sy weer aan die aantreklike markies.

Dis waar, sy het nog nooit so 'n aantreklike man soos hy gesien nie. Sy dink aan daardie oomblik toe sy drie sekondes lank in sy oë gekyk het. Dit het vir haar gevoel asof hy gewag het dat sy moet opkyk, want daar was iets in sy oë, iets wat daardie dag afwesig was toe sy hom die eerste keer in die restaurant gesien het. Dit wou vir haar al lyk asof hy bly . . . nee, nie bly nie, verras was om haar op sy plaas te sien. Miskien is dit maar wensdenkery van haar, maar daar was baie beslis iets vreemds in sy oë.

'n Lang ruk lê Elise daar in die bad aan die markies en dink, toe tref dit haar dat sy onherroeplik verlief is op die waardige edelman . . . ja, 'n wildvreemde man wat sy maar twee keer in haar lewe gesien het.

Is dit moontlik, wonder sy, dat 'n mens so plotseling op 'n vreemde man verlief kan raak? Is dit werklik liefde? Ek verstaan myself ook nie meer nie, want dit is nie in my aard om op 'n vreemde man verlief te raak nie . . . en tog het dit met my gebeur!

Sy dink aan Rosanna, die gelukkige meisie met wie die markies moontlik self gaan trou, en dan is sy meteens bly dat sy oor sewentien dae terugkeer na haar eie vaderland. In die verre Suid-Afrika sal sy hopelik vergeet dat sy die man van haar drome hier in die vreemde raakgeloop het . . . Maar sal dit werklik so maklik wees om te vergeet? Sal haar hart nie altyd na hom bly hunker nie?

Sy klim traag uit die bad en besluit om maar dadelik bed toe te gaan. Sy is moeg van al die getob en verlang na die slaap wat vergetelheid moet bring.

227

Ofskoon Elise eers laat daardie nag aan die slaap raak, is sy nogtans die volgende oggend vroeg wakker en uit die vere.

3

Sy is net gereed om af te gaan vir ontbyt, toe Maria aan haar kamerdeur klop en sag uitroep: "Is jy gereed, Elise?"

"Ek kom!" roep sy terug. 'n Rukkie later sluit sy haar by Maria aan. Terwyl hulle in die rigting van die hysbak stap, vra sy: "Gaan jy vanoggend saam met my stad toe?"

Maria kyk haar verras aan.

"Nou toe nou," lag sy, "ek wou jou dieselfde vra. Wil jy ook 'n nuwe rok gaan koop vir vanaand se uitstappie?"

"Ek dink die uitstappie regverdig 'n nuwe skepping. Jou swaer verwag ook dat ons twee vanaand asemrowend moet lyk. Maar waar gaan ons 'n duenna vandaan haal?"

"Elise, yl jy, of wat?" vra Maria en kyk haar 'n oomblik vraend aan. Sy druk die knoppie vir die hysbak en vervolg vasberade: "As jy dink ek gaan vanoggend 'n duenna met ons saampiekel, kan jy gerus weer 'n keer dink. Ek is nou hartlik sat vir hierdie mense se onsinnige tradisies en gebruike, en die eerste man wat my op straat aankyk asof ek sy speelding is, klap ek dat hy sterre sien."

"Maar jy is 'n Portugese meisie . . ."

Maria gee haar nie kans om meer te sê nie.

"Ek is 'n Suid-Afrikaanse Portugees, my liewe Elise, en glad nie aan hierdie mense se tradisies gebonde nie. Ek gaan in elk geval oormôre huis toe en ek glo nie Portugal sal my ooit weer sien nie. Rita en Pedro weet hoe ek oor hierdie land se konserwatiewe gewoontes voel."

Hiermee beskou Maria die saak as afgehandel, en ná ontbyt haal hulle 'n bus na die middestad. Hulle kuier tydsaam in die modewinkels rond, doen meer inkope as wat hulle aanvanklik beplan het en keer pas voor middagete terug.

Terwyl die stad se inwoners die gebruiklike siësta geniet, versorg Maria hulle hare vir die aand se uitstappie. Toe sy eindelik met Elise se hare klaar is, kyk sy die ouer meisie ondersoekend aan en sê: "Jy is darem regtig 'n mooi mens, Elise. Ek wonder hoe jy dit reggekry het om nog ongetroud te wees. Ek glo nie die skuld lê by die mans nie, want jy het myns insiens alles wat 'n meisie moet hê om aanloklik te wees –"

"Dankie vir jou wonderlike komplimente," val sy Maria met 'n ondeunde glimlaggie in die rede. "As jy my nou klaar bewonder het, kan jy gerus jou eie hare kam sodat ek jóú weer kan bewonder."

"Wat? Mý bewonder . . . ?" Sy kyk Elise met 'n snaakse glimlaggie aan. "Ek het al dikwels gewonder waarom ek die tweede prys verower het. Daar is so baie meisies wat aantrekliker as ek is . . ."

"Toemaar, ek het al dikwels gewonder waarom ék gewen het," stel Elise haar gerus. "Maar ek wonder nie meer nie, ek geniet die gratis vakansie wat my so goedgunstig te beurt geval het. Toe, kam nou jou hare. Ek brand al om te sien hoe jy met jou nuwe haarstyl gaan lyk. Met jou mooi, donker skoonheid en daardie pragtige wit skouerlose rok sal jy vanaand al wat man is, beïndruk."

"Dit is presies waar jy 'n fout begaan," lag Maria haar saggies uit. "Die Portugese mans hou meer van 'n natuurlike blondine met 'n sagte wit vel soos joune. Selfs die trotse markies kon nie gister sy oë van jou afhou nie, ten spyte daarvan dat hy, soos almal vermoed, eersdaags sy verlowing aan Rosanna gaan aankondig."

"Ek dink jy laat jou verbeelding met jou op loop sit," wys Elise die Portugese meisie goedig tereg. "As die markies gister met sy aankoms in my rigting gekyk het, kan jy dit toeskryf aan sy verbasing om my op sy plaas te sien. Jy sou ook verbaas gewees het as jy in sy skoene gestaan het."

Maria bars hartlik uit van die lag.

"Waarom lag jy?" vra Elise.

"Ag, ek lag sommer omdat ek my in my verbeelding in sy skoene sien staan . . . Ek bedoel, letterlik," antwoord Maria nog steeds vol lag. "Hy is so 'n lang man, ek is seker hy dra 'n baie groot skoen. Kan jy jou voorstel hoe ek in 'n paar allemintige manskoene sal lyk, Elise?"

"Ja, soos 'n nar," sê Elise laggend.

Hulle begin gesels weer oor die aand se uitstappie en eindelik is dit tyd vir hulle om te bad en aan te trek.

Hier waar die twee nou in die hotelsitkamer vir Pedro en Rita wag, skep hulle 'n aanloklike prentjie. Elise het 'n deftige swart rok aan waarvan die lyfie met swart krale versier is. Sy dra goudkleurige skoene en 'n swart aandsakkie en stola rond die geheelbeeld af. Die enigste juwele wat sy dra, is 'n goue armband en 'n goue hangertjie.

Maria het weer 'n wit rok en silwerkleurige skoene aan. Sy dra ook 'n aandsakkie, en 'n stola voltooi die prentjie. Haar juwele – armband, halssnoer en oorkrabbe – bestaan uit wit kunspêrels.

Hulle wag nie lank nie, toe hou Pedro voor die hotel stil. Rita, met haar bruin hare en grys oë, is in groen geklee. Net haar stola en mantilla is swart. Pedro is ewe deftig in sy wit aandbaadjie.

"Was ek en Elise veronderstel om ook mantillas te dra?" vra Maria toe Pedro vir hulle die motordeur oophou.

"'n Mantilla, my liewe Maria, is in sekere kringe deel van 'n vrou se aanddrag," antwoord Pedro. "Maar ek het geweet jy sou weier om dit te dra, daarom het ek dit gister nie eens gemeld nie."

"Dankie, dit was baie bedagsaam van jou, Pedro," glimlag Maria vriendelik. "Jy het gelyk, ek sien geen rede waarom ek my mooi kapsel met 'n mantilla moet bedek nie."

Hulle ry in 'n oostelike rigting, al met die rivier langs. 'n Entjie buitekant die stad staan 'n lang ry motors voor 'n helder verligte gebou. Pedro vind parkeerplek vir sy motor, en ná 'n rukkie stap hulle die ruim eetvertrek van die Costa do Sol binne. Een helfte van die lang vertrek bevat net gedekte tafeltjies, die ander helfte word as dansvloer gebruik waar die orkes tydens die ete sagte, strelende musiek verskaf, en ná die ete dansmusiek vir dié wat graag wil dans.

Uit die ruim vertrek lei 'n groot dubbeldeur na 'n wye terras wat tot op die oewer van die rivier strek. Die hele terras is met sierlike betontralies omring en met etlike tuinbankies versier.

Die meeste tafeltjies is reeds beset toe hulle die vertrek binnestap. Elise merk op dat die vroue almal baie deftig geklee is en dat elkeen 'n mantilla dra. Juwele van alle kleure skitter in die dowwe lig van dosyne lang, gekleurde kerse. 'n Kelner is dadelik by en neem hulle na die tafel wat Pedro bespreek het.

Pedro bestel vir al vier en namate die een gereg en wynsoort ná die ander aan hulle voorgesit word, besef die twee jong meisies dat hulle nog nooit in so 'n deftige plek soos die Costa do Sol geëet het en ook nog nooit so 'n koninklike maal geniet het nie.

"Wel, ek moet sê ek hou niks van die nougesette lewe hier in Portugal nie, maar ek hou van die smaaklike geregte wat hier aan 'n mens voorgesit word," sê Maria sag op Engels, onbewus daarvan dat die markies, wat alleen by 'n tafeltjie 'n ent van hulle af sit, se blik op haar rus terwyl sy praat.

Ook Elise is onbewus van die edelman se teenwoordigheid, want die kerslig is dof. Sy is ook onbewus daarvan dat die man se blik telkens op haar rus en elke beweging van haar met belangstelling waarneem.

"En wat dink jy van Portugal, Elise?" wil Rita weet.

"O, ek hou besonder baie van jul land," erken sy eerlik, "maar ek moet darem ook sê, vir 'n vreemdeling sal dit 'n bietjie moeilik gaan om hom of haar by jul gewoontes aan te pas – veral vir ons wat aan 'n vrye en selfstandige lewe gewoond is. Neem nou maar mý geval. Ek hou al skool, en as ek bekwaam genoeg is om kinders te onderrig en dissipline in die klaskamer te handhaaf, behoort ek tog seker verstandig genoeg te wees om vir myself te kan sorg sonder 'n duenna se hulp. Ek doen dit in elk geval reeds jare lank en ek het nog niks oorgekom nie."

"Elise het sonder ouers grootgeword," lig Maria haar swaer en suster in. "Sy was 'n jaar oud toe albei haar ouers oorlede is. Haar pa was 'n doktor in die argeologie en haar ma sy assistente wat hom gewoonlik op sy ekspedisies vergesel het. Hulle is juis tydens 'n ekspedisie oorlede."

"Ek is jammer om dit te hoor, señorita Elise," hoor sy Pedro met iets soos meegevoel in sy stem sê. "Ek begryp nou beter waarom jy so 'n selfstandige meisie is."

Hierna gesels hulle sommer oor algemene dinge. Ná die ete, terwyl die kelners die tafels begin opruim, val die orkes met 'n dromerige tango weg. Die jong mense het blykbaar net hiervoor gewag, want die dansende pare op die vloer vermeerder vinnig.

Elise se hart gee 'n eienaardige ruk toe die markies se mooi, diep stem skielik langs haar praat. Hy groet almal om die tafel en draai dan na Elise.

"Mag ek jou vra om met my te dans, señorita Elise?"

Elise onderdruk haar opgewondenheid en probeer so kalm moontlik sê: "Jy mag, meneer die markies."

Hy neem haar arm galant toe sy orent kom en lei haar na die dansvloer. Die volgende oomblik is sy net bewus van sy arm wat haar omvou en haar 'n klein bietjie stywer teen hom vashou as wat werklik nodig is.

'n Gevoel van geluksaligheid spoel soos 'n golf oor haar. Die warm aanraking van sy hande, die ritmiese polsing van sy hart teen haar bors en die aangename geur van sy naskeermiddel is alles dinge wat vreemde emosies in haar ontketen en haar opnuut laat besef hoe lief sy hierdie man het. Maar dan dink sy weer aan Rosanna, en dis asof elke druppel geluk soos lewegewende bloed uit haar sypel.

Haar oë moet haar emosies verraai het, want byna dadelik vra hy: "Waarom lyk jou oë skielik so hartseer, señorita? Is dit 'n spesiale vriend in jou vaderland na wie jy verlang?"

"Nee, meneer die markies," sê sy met 'n verleë glimlaggie sonder om na hom te kyk, "daar is nie 'n spesiale vriend nie."

"Jy laat my verlig voel, señorita," sê hy met 'n warm, vertroulike stem wat Elise vlugtig na hom laat opkyk. Maar dan laat sy haar blik weer vinnig sak toe hy vervolg: "Nou kan ek jou met 'n skoon gewete beter leer ken, iets wat ek lankal begeer om te doen. Maar die gedagte dat jy moontlik verloof is, het my nog telkens daarvan weerhou."

Elise voel nou duidelik verward. Waarom wil die man haar

232

graag beter leer ken terwyl hy so te sê op die punt staan om aan Rosanna verloof te raak? Is hy 'n wolf in skaapsklere, of is sy bedoelings werklik eerbaar? Sy wil so graag glo dat hy dit eerlik met haar bedoel, maar wat dan van Rosanna? Hoe gaan hy haar teenwoordigheid in sy geselskap verduidelik?

Sy besluit egter om te wag en te probeer agterkom wat hierdie gesiene edelman, vir wie almal hoë respek en agting koester, met haar beoog. As hy net met haar wil flankeer, sal sy presies weet hoe om op te tree . . . Ja, al sou dit ook iets binne-in haar vir altyd vernietig.

"Ek vrees die tyd om mekaar beter te leer ken, is baie beperk, meneer die markies . . ."

"My vriende noem my Germano, menina . . . jy mag my ook so noem," sê hy. "In my gedagtes is jy lankal Elise en nie señorita Eybers nie. Maar waarom sê jy ons tyd is baie beperk? Ek het gister verstaan dat ons jou nog twee weke en etlike dae by ons gaan hê. Baie dinge kan in twee weke gebeur, pequena . . ."

Die musiek loop meteens ten einde, maar die markies neem haar nie terug na haar vriende toe nie. Inteendeel, hy neem haar arm en lei haar na die groot deur wat op die terras uitloop.

Hierdie eiegeregtigheid van die edelman laat Elise vraend na hom opkyk. Hy is heelwat langer as sy, dus moet sy opkyk wanneer sy met hom praat.

Die markies glimlag.

"Ek gaan jou nie ontvoer nie, Elise. Ek neem jou maar net na 'n stil plekkie op die terras waar ons ongesteurd kan gesels."

"Waaroor wil jy so vertroulik met my gesels, Germano?" vra sy versigtig. Gaan hy nou, daar buite in die donker, sy ware kleure wys?

Sy voel hartseer en vertwyfeld, want as haar vermoede gegrond is, sal sy vanaand nog haar liefde vir hom in die kiem moet smoor. Maar sy laat niks van hierdie gedagtes of emosies deurskemer nie.

"Ek wil alles van jou af weet, pequena," sê hy. "Jy moet my alles van jouself vertel, selfs die intieme dinge wat jou diep raak, want dit is die enigste manier waarop ek jou in 'n baie kort ruk-

233

kie werklik sal leer ken. Ek het vroeër vanaand gehoor wie jou ouers was en dat hulle jou op die tere ouderdom van een jaar ontval het. Jy kan my dus die res vertel."

'n Groot, ronde volmaan kruip soos 'n vuurbal uit en werp 'n bleek lig oor die kleurryke, geteëlde vloer van die terras en die grys water van die Tagus wat saggies teen die terras se fondamente klots. Dis asof die sagte maanlig die hele omgewing tot 'n sprokieswêreld omskep.

Met sy hand nog steeds onder haar elmboog lei die markies haar na die verste kant van die terras wat oor die rivier uitkyk. Etlike tuinbankies staan langs die tralies, en hulle neem op een van die bankies plaas.

Die markies vra haar toestemming om te rook, aangesien sy self nie rook nie. Nadat hy sy sigaret aangesteek het, sê hy sag: "Jy kan maar by jou kinderjare begin, Elise. Ek neem aan dat jy jou ouers nooit geken het nie."

"Dis waar, ek het hulle nooit geken nie," beaam sy. "Vir my is hulle net mense op foto's, vreemdelinge wat enigiemand anders kon gewees het. Maar ek dink ek verveel jou . . ."

"Nee, jy verveel my nie," verseker hy haar. "Maar is ek reg as ek sê dat daar 'n tikkie verbittering in jou stem is?"

Sy draai haar kop weg en kyk hoe die maan blink, silwer liggies op die water laat verskyn. Dis bepaald die beweging van die water wat dit veroorsaak.

"Nee, ek is nie verbitter nie, Germano . . . nie meer nie. Die dae van verbittering is gelukkig verby. Die lewe het my geleer om saam met my teleurstelling te lewe. Ek het dit aanvaar soos wat ek ook die goeie dinge in die lewe aanvaar."

"Ek veronderstel die teleurstellings waarvan jy praat," sê hy, "het iets met jou oorlede ouers te doen."

"Dit het alles met hulle te doen," sê sy. "Maar jy sal nie die hart van 'n weeskind, of die teleurstellende ontnugtering van 'n jong meisie, verstaan nie. In elk geval, ná my ouers se afsterwe is ek in 'n kinderhuis geplaas . . ."

" 'n Kinderhuis . . . !" roep hy tegelyk geskok en verontwaardig uit, maar hy kom gou tot verhaal en vervolg bedaard: "Verskoon my dat ek jou in die rede geval het, maar waarom 'n kinderhuis? Hoe kon jou familie so iets toelaat? Dis . . . dis ongehoord!"

"Dit mag miskien vir jou vreemd klink, Germano, maar ek het skynbaar geen familie nie. Altans, die maatskaplike diens en werkster wat vir my as voog opgetree het, kon nie 'n enkele familielid opspoor nie. Dit was net ek . . . ek en die lang, eensame jare wat agtergebly het."

"Mag ek vra waaraan jou ouers oorlede is?"vra hy effens huiwerig.

Dis waar, hy voel in 'n mate huiwerig om weer ou wonde oop te krap, maar hoe sal hy haar kan leer ken in die kort rukkie wat hom gegun is, as sy hom nie alles van haarself en haar agtergrond vertel nie?

"Hulle het tydens 'n ekspedisie na Suid-Amerika in 'n motorongeluk omgekom," vertel sy met 'n onverskilligheid wat hy vreemd vind. "My pa het die ekspedisie glo self gefinansier, want hy was oortuig daarvan dat die een of ander Inka-stad wel bestaan het, en hy was vasberade om die stad te gaan soek en op te grawe."

"Waar was jy toe die ongeluk plaasgevind het, Elise?"

"In Pretoria, in die sorg van twee ou mense wat nie eens familie van ons was nie." Hy hoor weer die tikkie verbittering in haar stem toe sy vervolg: "Kan jy jou voorstel dat ouers so min vir hul enigste kind omgee? Hulle gaan 'n jaar of wat oorsee en laat hul kindjie in die sorg van vreemdes. Hulle het so min vir hul kind omgegee, Germano, dat hulle nie eens voorsorg getref het vir haar toekoms nie. My pa het feitlik elke sent wat hy besit het, vir die ekspedisie gebruik. Die staat moes sy kind grootmaak en vir haar sorg, en met 'n studielening het sy haar as onderwyseres bekwaam . . ."

Elise breek haar vertelling meteens af en kyk die markies effens verleë aan. "Ek is jammer," sê sy verontskuldigend, "ek moes jou nie hierdie onaangename deel van my lewensverhaal vertel het nie."

"Dit is nie nodig om verskoning te vra nie, pequena," stel die markies haar dadelik gerus. "Ek is bly dat jy my hierdie dinge vertel het. Nou begryp ek waarom daar so 'n klein tik-

235

kie bitterheid in jou stem is wanneer jy van jou ouers praat. Ek stem saam – jou ma moes by jou gebly het. Maar nou weet ek nie wat die omstandighede was nie, gevolglik sou dit onbillik van my wees om haar haastig te veroordeel. Maar vertel my van jou verblyf in die kinderhuis, jou studentejare en jou lewe as onderwyseres."

In die bleek lig van die volmaan, terwyl die water van die Tagus voor hul voete verbyvloei, vertel Elise hom van haar eensame kinderjare, haar hartseer en verlange en die mooi drome wat sy om haar ontslape ouers geweef het. Sy vertel hom van die jare toe sy 'n arm student was wat as kassier vir sakgeld moes werk, van haar lewe as onderwyseres en hoe Estelle en Marie haar omgepraat het om aan die wedstryd deel te neem, asook hoe sy Maria Caspera ontmoet het.

"Ek moet dus jou twee vriendinne bedank dat dit my beskore was om met jou kennis te maak, menina," sê hy. "Ek het nooit kon droom dat daar êrens in Suid-Afrika 'n meisie soos jy bestaan nie, en die grootste wonder van alles is dat jy nog ongetroud is."

"Jy vlei my, Germano," maak sy glimlaggend beswaar. "Ek dink ons moet liewer binnetoe gaan. Pedro-hulle wonder seker al wat van ons geword het."

Hy kyk na sy polshorlosie en sê gerusstellend: "Daar is geen haas nie, Elise, dit is nog vroeg. Señor Pedro sal ook nie onrustig word nie, hy weet jy is by my. Vertel my liewer, mag ek jou môre vir 'n uitstappie neem? Ek wil jou graag gaan wys hoe Sintra en 'n klein deeltjie van my land lyk."

"Ek . . . weet nie of dit die regte ding sal wees nie, Germano," sê sy ietwat huiwerig. Sy dink aan Rosanna, aan haar en Germano se moontlike verlowing. Maar sy weet dat sy nie hierdie dinge as verskoning kan aanvoer nie, daarom sê sy eenvoudig net: "Ek het dit nog altyd as waaghalsig beskou om vir 'n motorrit saam met 'n man te gaan wat ek nie goed ken nie. Maar jy is welkom om my by die hotel te besoek."

Daar is 'n sweem van 'n glimlag om die markies se mond toe hy sê: "Jy is 'n verstandige meisie en jou optrede is prysenswaardig, maar jy het nie nodig om my te vrees nie, Elise. Ek verseker jou dat jy volkome veilig by my sal wees. Ek wil jou net die geleentheid gee om my beter te leer ken. Sal jy nie maar die gode, of wat dit ook al is, uittart en môre so 'n bietjie van jou gevestigde roetine afwyk nie? Jou vriend Pedro Mendes en ook die bestuurder van die hotel waar jy tuis is, sal jou kan sê dat ek 'n eerbare en betroubare man is, menina."

"Nou goed, dan sal ek jou uitnodiging aanneem, Germano. Hoe laat moet ek gereed wees?"

"Sal nege-uur te vroeg vir jou wees?"

Elise kyk hom met 'n glimlaggie aan. "Ek staan baie vroeër as dit op," sê sy. "Ons middelklasmense wat daaraan gewoond is om vir 'n bestaan te werk, is ook daaraan gewoond om vroeg op te staan. Ek sal nege-uur gereed wees."

"Dankie," sê hy met warmte in sy stem, "ek sal alles in my vermoë doen om die dag vir jou aangenaam te maak." Hy kom orent, neem haar hande en trek haar liggies van die bank af op. "Ons gaan nou eers 'n drankie geniet, daarna kan ons weer dans," sê hy.

Hy neem haar terug na Pedro se tafel en word vriendelik deur die jonger man genooi om hom by hulle aan te sluit. Hy bestel vir elkeen 'n drankie en toe hul glase eindelik leeg is, vra hy Elise weer om met hom te dans.

Hulle dans nog twee keer, toe sê Pedro hulle sal moet ry, maar die markies wil haar nie nou al laat gaan nie.

"As jy nie omgee nie, señor Mendes," sê hy op Engels, "kan Elise saam met mý ry, want ek sal ook nou moet gaan."

"Ek gee glad nie om nie, señor marquis," antwoord Pedro beleef en ook op Engels. "Ek weet dat Elise heeltemal veilig by jou sal wees."

Hierna maak almal gereed om te vertrek. Die markies neem Elise se stola en hang dit om haar skouers. Dan neem hy haar arm en saam met die ander drie verlaat hulle die restaurant.

Onderweg na die hotel is dit vreemd stil in die motor. Elkeen is besig met sy eie gedagtes. Eers toe die markies voor die hotel stilhou en die enjin afskakel, draai hy na Elise. Die straatlig skyn by die motor se venster in en val op haar kop en skouers. Die soveelste keer bewonder Germano die skoonheid van haar mooi, stil gelaat. Hy wil haar in sy arms neem en haar teen al die onaangenaamheid van die lewe beskerm.

"Ek weet dit is al laat en jy is moeg, Elise," sê hy met tere besorgdheid in sy stem. "En tog wens ek dat ek jou vir altyd hier langs my kon hou. Die aand was vir my gans te kort, maar jy sal heelnag in my drome by my wees . . . Sal jy darem so 'n bietjie aan my dink totdat ons mekaar môre weer sien?"

"Is dit vir jou . . . e . . . belangrik dat ek aan jou moet dink, Germano?" vra sy.

"Van die allergrootste belang . . . Sal jy?"

Sy knik bevestigend. "Ek belowe. Sodra ek my bedlamp uitgedoof het, sal ek aan jou dink . . . aan jou en daardie wonderlike tango wat ons gedans het."

Hy plaas sy een hand oor albei hare wat in haar skoot rus. "Dankie, menina."

Tevrede met haar belofte vergesel hy haar tot by haar kamerdeur. Hier wens hy haar 'n aangename nagrus toe. Hy neem haar een fyn handjie en druk dit saggies teen sy lippe.

"Boa noite, Elise," sê hy. Toe stap hy haastig van haar af weg in die rigting van die hysbak.

Daar is 'n gelukkige glimlaggie om Elise se lippe toe sy haar kamerdeur oopstoot. Die volgende oomblik steek sy op die drumpel vas, want daar op 'n stoel voor die kamervenster sit Maria lewensgroot en wawyd wakker.

"Kom maar binne, Elise, dis nie 'n spook nie, dit is net ek," begroet sy Elise met 'n breë glimlag en vervolg ter verduideliking: "Ek kon eenvoudig nie die versoeking weerstaan om hier vir jou te wag nie. O, ek vergaan van nuuskierigheid! Sê gou vir my, het jy dit reggekry om daardie koue, onversteurbare markies te laat ontdooi?"

"Jy is absoluut onmoontlik, Maria," sê Elise met 'n onderdrukte laggie in haar stem. Sy stoot die kamerdeur saggies toe en sit haar stola en aandsakkie op die bed neer. "Hoe lank wag jy al hier in my kamer?"

"O, ek was hier so 'n rukkie voordat die markies se silwergrys gevaarte hier voor die hotel stilgehou het en hy jou hand begin vashou het," antwoord Maria terglustig.

238

Elise kyk die swartkop vlugtig en skerp aan.

"Vir jou inligting, ou kind, hy het nie my hand vasgehou nie, net sy hand 'n oomblik op myne geplaas –"

"Dit maak geen verskil nie, dit bly dieselfde ding, hy het aan jou hand gevat," val sy Elise met groot wysheid in die rede. "Maar moet nou nie dink dat ek jou daaroor veroordeel nie, Elise. Inteendeel, ek beny jou nie eens nie, al is die ellendige man in sy koue verhewenheid nogal baie aantreklik. Ek moet sê, hy en 'n wit aandbaadjie pas by mekaar soos kaas en wyn. Maar waarheen het julle so skielik verdwyn?"

"Ag, ons het sommer op die terras gaan gesels." Sy skop haar skoene uit en begin die pragtige swart aandrok versigtig uittrek.

"Genugtig, jy is so ongeërg oor die hele besigheid!" roep Maria half ongeduldig uit. "Besef jy dan nie dat die man tot oor sy ore op jou verlief is nie?"

"Wat?" kom Elise se stem effens gedemp uit die voue van die donkerpers nagrok wat sy besig is om aan te trek. Die nagrok glip oor haar kop en skouers, dan kyk sy Maria behoedsaam aan. "Is dit daardie laaste drankie wat jou verstand benewel het, of voel jy maar net in 'n terglustige luim?"

"Nie een van die twee nie, my hartjie, dit is jy wat jou óf blind hou, óf . . . Ag, jy sal ook nie verstaan nie, jy is mos nie vertroud met die konserwatiewe gewoontes en die nougesetheid van die Portugese adelstand nie."

"Jy het gelyk," sê Elise en neem op die bed plaas, "ek verstaan hierdie land se gewoontes glad nie, maar soms wonder ek of jy hul nougesetheid nie 'n bietjie oordryf nie."

"Wat, oordryf? Sê jy oordryf?" Maria begin saggies lag. "Elise, my liewe mens," sê sy nadat haar lagbui bedaar het, "die helfte is jou nog nie vertel nie. Om maar met die markies te begin . . . Soos jy nou reeds weet, is hy die hoof van sy familie tot by die verste bloedverwant. Met ander woorde, hy is nie net hul heer en meester nie, hy is ook hul raadgewer. Bewaar die neef of niggie wat dit waag om van die eng paadjie af te wyk wat deur hul voorouers daargestel is, want dan kry hulle met die hoof van die familie te doen, en hy laat gewoonlik nie met hom speel nie. Hy moet natuurlik op elke gebied vir sy familie as voorbeeld dien, dus is dit hom nie geoorloof nie en ook heeltemal benede sy waardigheid om hom aan 'n goedkoop flirtasie skuldig te maak."

"Maar hy mag tog seker 'n platoniese vriendin hê," meen Elise.

Maria lag haar hartlik uit.

"As jy miskien na sy vriendskap met jóú verwys, wil ek jou net daarop wys dat sy optrede in die restaurant allermins dié van 'n platoniese vriend was. Pedro sê hy het baie duidelik getoon dat hy ernstige bedoelings met jou het deur byna die hele aand alleen met jou op die terras te sit en gesels en daarna weer net met jou te dans. Pedro sê die markies het nog nooit so openlik 'n meisie uitgesonder en vir homself opgeëis nie. Maar vertel my, waaroor het Sy Verhewenheid nou eintlik die hele aand gesels?"

"Ag, hy het my sommer oor my kinderjare en al my doen en late uitgevra," sê sy met 'n ongeërgde sk ouerophaling. "Hy neem my môreoggend vir 'n uitstappie na Sintra toe."

"Ja-nee, dan het jy sy bevrore hart behoorlik laat ontdooi, want Pedro sê hy word maar bitter min in die geselskap van meisies gesien," sê Maria geesdriftig.

"Maar noudat ek so aan die mansmens dink, besef ek dat ek vir jou bitter jammer sal voel as jy dalk besluit om met hom te trou. Hy mag nou wel 'n aantreklike man wees, maar daardie uitgediende tradisies wat hy so getrou volg, is beslis nie vir 'n meisie bedoel wat aan 'n ongebonde lewe gewoond is nie. En dan het hy nog boonop 'n harde en ongenaakbare streep in hom wat sy vrou soms lang trane sal laat huil."

"Jy laat my lag, Maria," sê Elise met 'n sweem van 'n glim- laggie. "Jy en Pedro maak julle dinge wys wat glad nie bestaan nie. Die markies probeer maar net vriendelik wees omdat hy weet ek is 'n vreemdeling in sy land. Met al jul gissings het julle klaarblyklik van Rosanna vergeet. Nog iets wat julle vergeet het, is dat ek oormôre Oporto toe gaan en 'n volle week daar sal vertoef. Ek stel dus voor dat ons liewer gaan slaap."

Hierna sê Maria nag en gaan na haar eie kamer toe.

Nadat Elise die lig voor haar bed uitgedoof het, lê sy met ge- slote oë en 'n opgewonde hart aan die markies en dink. Sy dink aan haar belofte aan hom, en glimlag in die donker. Sy herleef elke oomblik wat sy in die edelman se geselskap deurgebring het . . . sy nabyheid, sy stem, sy aanraking. Maar dan skuif 'n donker wolk skielik oor haar hemel van geluk toe sy aan Rosanna dink . . . Rosanna wat self ook uit die adel spruit.

Sy sug swaarmoedig, want sy weet dat Germano nie vir 'n eenvoudige uitlandse meisie soos sy bedoel is nie. Al wat hy haar kan aanbied, is vriendskap . . . al hou hy ook haar hele hart in die palm van sy lang, slanke hand. Sy weet dat sy nooit weer 'n man so lief sal kry soos wat sy hom het nie. Hy is haar eerste liefde en helaas ook haar laaste. Dit breek haar hart om te dink dat hy vir Rosanna bestem is.

Sy dink aan die volgende dag se uitstappie en weet dat hy haar net uitneem omdat hy vir haar jammer voel. Hy is vertroud met haar lewensgeskiedenis en weet dat sy maar min van die lewe se sonkant geniet het . . . Ja, hy probeer maar net om vriendelik te wees, om haar verblyf hier in sy land aangenaam te maak. Daarom sal sy die volgende oggend betyds gereed wees vir hul uitstappie en die dag ten volle probeer geniet. Maar diep in haar hart sal sy weet dat dit vir haar 'n dag van afskeid is, want wanneer sy van Oporto af terugkeer, sal Germano moontlik al verloof wees. Ook Maria sal dan weer in Suid-Afrika wees, en dit sal vir haar maar 'n eensame week hier in Lissabon wees. Maar 'n dag lank sal sy Germano net vir haarself hê. 'n Paar uur lank sal hy net aan haar behoort.

Elise is vol swaarmoedige gedagtes, maar so onder al die getob deur raak sy eindelik aan die slaap. Selfs in haar drome bly die markies 'n prominente figuur . . . Nie eens die slaap is by magte om hom uit haar gedagtes te verban nie.

4

Elise is betyds wakker en gereed vir haar uitstappie saam met die markies. Sy is in 'n liggeel rok en netjiese wit skoene geklee. Haar hare blink soos ragfyn goue draadjies en haar hele gelaat straal van blye opgewondenheid en afwagting.

Hier waar sy voor haar oop kamervenster staan om te kyk wanneer Germano se motor voor die hotel stilhou, kan sy nie meer die tyd afwag om hom weer te sien nie.

Haar gewag word ná 'n rukkie beloon toe die vaartbelynde silwergrys sportmotor voor die hotel stilhou. Haar hart begin sommer dadelik opgewonde klop en sy kan voel hoe die bloed deur haar are bruis van skone blydskap. Maar meteens word dit baie stil in haar, vreemd stil, want die markies is nie alleen in sy motor nie. Sy sien hoe hy die motordeur oophou vir die twee vroue wat uitklim. Dis Rosanna en haar ma.

Elise besef meteens dat sy te veel van die dag se uitstappie verwag het. Sy moes geweet het dat dit te goed is om waar te wees. Haar blik rus op die agtienjarige Rosanna met die blink, swart hare en lang, skraal liggaamsbou. Sy het so 'n mooi donker vel dat sy nooit nodig sal hê om in die son te lê nie, en benewens dit alles het sy ook nog vir Germano.

Terwyl Elise nog al Rosanna se geluk en voortreflikheid staan en opsom, sien sy hoe die markies die twee vroue oor die straat vergesel, voor 'n modewinkel van hulle afskeid neem en terugkeer na die hotel. Dit tref haar dadelik dat sy en die markies tog alleen op die uitstappie gaan. Maar noudat sy Rosanna weer in sy geselskap gesien het, voel sy nie meer so opgewonde en bly nie. Die steurende gedagte dat hy daardie mooi, skraal meisie bo alle vroue vir hom as lewensmaat gekies het, oorheers momenteel haar denke.

Sy voel hartseer toe 'n kelner vir haar kom sê dat die señor marquis in die voorportaal vir haar wag. Maar toe sy haar ná 'n rukkie by die edelman aansluit, het sy darem daarin geslaag om haar in so 'n mate reg te ruk dat sy hom met 'n spontane glimlaggie kan groet. Sy weet egter dat daar 'n uitdrukking van hartseer in haar oë is, daaraan kan sy niks doen nie.

Daar is innige warmte in Germano se stem en in sy oë toe hy Elise se môregroet beantwoord.

"Bon dia, pequena! Jy lyk pragtig!"

Hy neem haar hand voordat sy iets kan sê, buig effens af en druk haar vingers liggies teen sy lippe. Elise voel hoe sy lang vingers teen haar arm opskuif tot by haar elmboog.

242

"Wanneer jy gereed is, kan ons maar gaan, Elise," sê hy.

Hierna lei hy haar deur die hoofingang van die hotel na sy motor wat voor die deur in die straat staan. Elise se blik dwaal vlugtig na die modewinkel oorkant die straat, maar sy sien geen teken van Rosanna en haar ma nie.

"Ek het die ganse nag van jou gedroom, my Elise . . . wonderlike drome," hoor sy die edelman sê toe hulle later deur die buitewyke van Lissabon ry, in 'n westelike rigting en al met die kus langs. "Jy was nog nooit so na aan my soos verlede nag in my drome nie, selfs nie eens gisteraand terwyl ons gedans het nie. En vandag lyk jy soos 'n goue sonstraaltjie, warm en betowerend. Maar daar is iets in jou oë wat my ongelukkig stem." Sy stem versag dan merkbaar. "Waarom voel jy so hartseer, cara?"

Elise skrik effens vir die man se vraag. Sy het nie geweet hy is so skerpsinnig en noulettend nie. Sy voel half in 'n hoek gedryf, want hoe op aarde kan sy hom die waarheid vertel? Nee, sy sal 'n bevredigende antwoord moet versin.

Sy kyk stil voor haar in die pad, onbewus daarvan dat hy haar onderlangs dophou.

"Ek voel nie hartseer nie, Germano, ek dink maar net hoe dikwels ek in my kinderjare verlang het om die see te sien . . . Ek kan ure lank na die rustelose golwe kyk sonder om moeg te word."

Ongeveer een kilometer van Sintra af bereik hulle 'n bosryke strand wat ook baie rotsagtig is. Elise is nie verbaas toe die markies die motor uit die pad trek en onder 'n boom stilhou nie. Hy het mos gesê hy wil haar 'n deeltjie van sy land wys.

"Ons gaan nou eers gesels, pequena," sê hy en skakel die motor se enjin af. Hy draai hom effens skuins op die sitplek en vra dan rustig: "Kon niemand nog ooit daarin slaag om jou van jou ongelukkige kinderjare te laat vergeet nie, Elise?"

"Dit is nie iets wat 'n mens vir goed kan vergeet nie, Germano," sê sy. "Soms duik die herinnering daaraan op die mees onverwagte oomblikke by 'n mens op."

Hy neem albei haar hande in syne, kyk diep in haar oë en vra met vreemde teerheid in sy stem: "Sal jy my nie toelaat om jou te help vergeet nie, cara? Ek wil jou so graag gelukkig sien. Ek weet ek kan jou gelukkig maak as jy my net die kans wil gee. Ons twee is van die grondlegging van die wêreld af vir mekaar bestem, Elise. Ek het dit dadelik geweet toe ek jou daardie middag die eerste keer in die restaurant gesien het . . . Ja, jy kyk my verniet so verbaas aan, cara, dis die reine waarheid. Ek het daardie middag al geweet dat ons vir mekaar bedoel is, dat jy die enigste vrou vir my is –"

"Germano, nee, moet dit asseblief nie weer sê nie," val sy hom in die rede en trek haar hande stadig uit syne. "Moet dit nooit weer sê nie."

Germano is effens bleek, maar sy stem verraai niks van sy ontsteltenis nie.

"Wat presies bedoel jy, Elise? Waarom mag ek nie sê dat ons twee vir mekaar bedoel is nie? Jy is tog nie verloof of getroud nie!"

"Nee, ék is nie, maar wat van jou en Rosanna?" vra sy sag.

"Wel, wat van ons?" Elise kan sweer daar is verbasing in sy stem en in sy oë. Maar met sulke skerp, deurdringende oë kan 'n mens nie met sekerheid sê nie.

Daar is 'n weemoedige glimlaggie om haar mond toe sy verduidelik: "Almal weet dat jy Rosanna en haar ma genooi het om jou te besoek sodat jy en Rosanna verloof kan raak. Trouens, hulle hou die koerante elke dag dop vir die amptelike aankondiging van jul verlowing."

Hy kyk haar 'n oomblik stil aan, toe glimlag hy meteens.

"Glo jy dat ek met 'n agtienjarige meisie in die huwelik sal tree, Elise?" vra hy geamuseer.

"Hoe sal ek weet, Germano? Ek is nie vertroud met jul gewoontes nie en . . . wel, Rosanna is 'n besonder aantreklike meisie. Ek verstaan van Maria dat 'n meisie uit die adelstand nie toegelaat word om alleen by 'n jong man te wees nie, tensy die man haar verloofde is."

"Dis heeltemal waar, minha cara," beaam hy. "Maar Maria weet klaarblyklik nie dat die hoof van 'n familie ook as duenna vir sy susters en jong niggies mag optree nie. Rosanna en haar ma is albei my verantwoordelikheid sedert my oom se afsterwe, en noudat Rosanna 'n hubare ouderdom bereik het, is dit my plig om te sorg dat sy met 'n geskikte jong man in die huwelik verbind word. Maar daardie jong man is nie ek nie, menina."

Elise se gelaat helder soos met 'n towerslag op toe sy hoor dat Germano geen plan het om hom aan Rosanna te verbind nie.

"Wie is nou eintlik veronderstel om vir jóú 'n huweliksmaat te kies, Germano?" vra sy terglustig.

Germano merk dadelik die verandering in haar gesigsuitdrukking op, en nou weet hy met sekerheid dat Elise hom nie ongeneë is nie, dat sy liefde vir haar wederkerig is. Daarom sê hy met groot vrymoedigheid: "Ek laat my hart vir my kies, cara."

"Jou . . . hart?" Sy kyk hom verward aan.

"Ja, my hart," herhaal hy met 'n glimlag. "En ek verseker jou, my verstand het my ook gisteraand verseker dat my hart reg gekies het, daarom kon ek gisteraand in alle eerlikheid en opregtheid sê dat dit vir my van die allergrootste belang is dat jy ook aan my moet dink, minha cara."

Hy neem weer haar hande in syne, kyk diep in haar oë en vervolg met 'n baie teer stem: "Ek het jou lief, Elise, diep en onherroeplik lief."

Toe sy niks sê nie, plaas hy sy een arm om haar skouers, neem haar ken in sy hand en lig haar gesig sodat sy dit nie weer kan laat sak nie. Toe kom sy stem sag, onseker: "Jy sê niks nie?"

"Wat kan ek sê, Germano? Ek is maar 'n gewone, alledaagse meisie en jy is 'n gesiene edelman en . . . wel . . . dis so gou . . . ek bedoel, ons ken mekaar skaars! Hoe kan jy so seker wees dat dit liefde is wat jy vir my voel?"

"My liefste Elise," sê hy met 'n geamuseerde glimlag, "liefde is 'n emosie, nie 'n virus wat jy onder 'n vergrootglas plaas vir ontleding nie. 'n Mens weet sommer net wanneer jy liefhet. Jy voel dit hier binne, want dit is 'n verterende vlam wat in jou aangesteek is. En wat jou eerste beswaar betref – daarvan kan jy gerus vergeet, cara. Ek het jou lief en dit is al wat van belang is."

Die volgende oomblik vou hy haar in sy arms toe. Sy raafswart kop sak af en Elise is net bewus van sy lippe wat hare met drif en hartstog opeis. Sonder dat sy eens daarvan bewus is, gly haar arms om sy nek, dan beantwoord sy elke soen van hom met volle oorgawe.

"Ek weet nou dat jy my ook liefhet, querida . . . Ek het die boodskap van jou lippe ontvang," fluister hy met sy asem warm teen haar mond. "Maar ek wil dit ook in woorde hoor, cara. Sê dat jy my liefhet. Toe, sê dit, my eie klein Elise!"

"Ek het jou lief, Germano . . . baie lief," sê sy en streel liefde-vol met haar een hand oor sy wang.

Hy soen haar weer en trek dan haar kop in die holte van sy skouer.

"My verpligtings teenoor Rosanna sal môreaand afgehandel wees, querida. Haar verlowing sal Dinsdag amptelik in die koe-rante aangekondig word. Daarna sal ek vry wees om aandag aan ons sake te skenk. Aangesien jou verblyf hier in Portugal nou vinnig ten einde snel, stel ek voor dat ons Woensdag ver-loof raak."

Elise skud haar kop. "Jy sal jou planne moet wysig, Ger-mano. Ons sal nie Woensdag verloof kan raak nie . . ."

"Wat bedoel jy, minha cara?" vra hy bedaard. "Waarom kan ons nie Woensdag verloof raak nie? Wil jy dan nie oor 'n paar weke met my trou nie?"

"Ons huweliksdag sal vir my die gelukkigste dag van my lewe wees, Germano. Maar jy verstaan nie, ek sal nie Woensdag hier wees nie. Ek vertrek môreoggend."

"Hou op om my te terg, querida," glimlag hy en soen haar vlugtig op die mond. "Ek weet jy is veronderstel om oor twee weke na jou vaderland terug te keer, maar dit is nou van die baan af. Portugal is nou jou tuiste, en oor 'n paar weke sal jy my marquesa wees."

"Ek terg jou nie," sê Elise ernstig. "Ek gaan môreoggend vir 'n week Oporto toe. My plek is reeds op die vliegtuig en in een van Oporto se hotelle bespreek. Die Santiago-brouery het alles gereël, Germano, nie ek nie."

"Wel, ek weier om jou alleen Oporto toe te laat gaan, cara. Moet asseblief nie daarop aandring nie, want dan gaan jy my kwaad maak. Noudat ons mekaar gevind en jy belowe het om my bruidjie te word, wil ek jou elke dag sien. Ons kan Woensdag ons verlowing aankondig en oor 'n maand in die huwelik tree . . ."

"Asseblief, jy is te haastig, Germano," val sy hom sag in die rede. "Ek verkies dat jy jou gevoel vir my eers baie goed moet ondersoek voordat ons verloof raak. My besoek aan Oporto sal jou die ideale geleentheid gee om seker te maak of jou gevoel vir my diep en opreg is."

"Twyfel jy aan my liefde, of twyfel jy aan jou eie, Elise?" Hy kyk haar ernstig, vraend aan.

Sy skud haar kop. "Nee, ek twyfel nie aan my gevoel nie, Germano. Ek weet dat my liefde vir jou innig en opreg is, maar ek wil hê jy moet eers goed oor die saak nadink voordat ons verloof raak. 'n Huwelik is 'n gewigtige saak. Jy kan dit nie bekostig om later bedenkinge oor jou keuse van 'n lewensmaat te hê nie, want dan sal dit te laat wees . . . Nee, dit is in ons albei se belang dat ek vir 'n week Oporto toe gaan."

"So, jy wil maar nie glo dat my liefde vir jou opreg en van 'n blywende aard is nie, menina," sê hy teleurgesteld. "Wel, ek verseker jou, daar is nie nog 'n man wat jou so lief kan hê soos wat ek jou het nie. Maar as jy voel jy moet eers 'n week van my af weggaan . . ."

"Ag, jy verstaan nie," sê sy half moedeloos. "Dis nie dat ek graag van jou af wil weggaan nie –"

"Pragtig, in daardie geval bly jy dan hier waar ek jou elke dag kan sien, jou in my arms kan neem en liefkoos soos nou." Hy druk haar hartstogtelik teen sy bors vas en soen haar lank en innig.

"O nee, jy gaan my nie op hierdie manier sag maak nie, señor marquis," waarsku sy hom met 'n ondeunde glimlaggie toe hy eindelik sy kop oplig, maar dan word sy weer ernstig toe sy vervolg: "Ek weet dat ek vreeslik baie na jou sal verlang, maar ek moet gaan, Germano."

"Nou goed, gaan dan maar, Elise. Maar onthou, jy doen dit teen my sin. Moet asseblief nie verwag dat ek ná ons verlowing of ná ons huwelik weer so toegewend moet wees nie. Dit is die laaste keer dat ek jou sal toelaat om alleen op reis te gaan. Ek doen dit trouens maar net sodat jy jouself kan oortuig dat ek jou waaragtig liefhet en jou nie sal vergeet die oomblik dat ek jou nie sien nie."

"Dankie, Germano," sê sy en soen hom liefdevol. Sy voel hoe sy arms haar stywer teen hom vasdruk, dan ontsnap 'n sug van ongekende geluk uit haar bors. Sy het nooit kon droom dat sy 'n man so innig lief sou kry nie. Sy voel so veilig en beskerm hier in sy arms met haar kop teen sy skouer. Dit voel asof sy eindelik 'n veilige beskutting teen die storms van die lewe ontdek het.

"Ek sal jou elke aand in Oporto bel, querida," sê hy met sy lippe teen haar wang.

"O nee, jy gaan 'n volle week lank niks van my hoor nie," keer sy. "Ek sal jou self bel sodra ek in Oporto aankom, dan weer die dag voordat ek vertrek, sodat jy darem kan weet hoe laat die vliegtuig hier in Lissabon aankom –"

Germano gee haar nie kans om meer te sê nie.

"Nee, kyk, Elise," sê hy ernstig, "jy voer hierdie onsinnige plan van jou nou te ver. Ek het aan jou eerste gier, om 'n week lank weg te gaan, toegegee, maar daar trek ek die streep. Ek weier volstrek om aan hierdie gril van jou toe te gee."

"Sal jy dit nie eens om mý ontwil doen nie?" vra sy pleitend.

"Ek kan nie sien hoe dit jou tot voordeel kan strek as ek jou nie bel nie, Elise, of . . . Is dit moontlik dat jy eers sekerheid oor jou eie gevoel moet kry?"

"Nie ek nie; jý, Germano," sê sy sag. "Ek kan nie glo dat 'n man soos jy my werklik so lief kan hê soos jy sê nie."

Sy stem versag meteens. "Querida, jy moet nooit aan my liefde vir jou twyfel nie. Jy is die enigste vrou vir my, die enigste vrou wat ek liefhet."

"My ouers het skynbaar ook gedink dat hulle my liefgehad het, maar toe die stem van my pa se professie hulle geroep het, het hul sogenaamde liefde vir my eenvoudig net verdamp." Sy glimlag verontskuldigend. "Vergewe my asseblief as ek vir jou sinies klink. Ek verseker jou, ek is nie sinies nie, ek is net baie versigtig. Die lewe het my geleer om versigtig te wees, en die lewe, Germano, is 'n harde leermeester."

Hy druk haar liefdevol teen hom vas en soen haar baie teer.

"Ek begryp hoe jy oor ander se liefde vir jou voel, my klein Elise," sê hy ná 'n rukkie. "As jy dan so sterk daaroor voel, sal ek maar wag totdat jy my self van Oporto af bel, maar dit sal vir my 'n groot beproewing wees. Dit sal vir my die langste week wees wat ek nog ooit beleef het. Maar jy moet my net een ding belowe, Elise. Sal jy?"

"Wat moet ek jou belowe, Germano?" Sy kyk hom met groot, vraende oë aan.

"Dat ons die dag ná jou aankoms hier in Lissabon verloof kan raak en 'n maand later in die huwelik tree. Jy sal dan mos nie meer aan my liefde vir jou twyfel nie, of hoe?"

"As jy vind dat jy my ná daardie proefweek nog liefhet, Germano, sal ek al die besluite aan jou oorlaat . . . Ek belowe jou dit."

Hy hou haar weer teen sy bors vas en soen haar hartstogtelik.

Hierna stel hy voor dat hulle op Sintra moet gaan tee drink. Hy wil haar graag deur die dorp neem en haar ook Sintra se strand gaan wys.

Elise geniet die oggend se uitstappie besonder baie. Portugal is vir haar 'n mooi land. Sy weet dat sy hier baie gelukkig sal kan wees, as dit net nie van haar verwag word om altyd 'n duenna met haar saam te neem wanneer sy iewers heen wil gaan nie. Tot dusver het Germano nog niks van 'n duenna gesê nie, maar sy sal die saak met hom bespreek sodra sy van Oporto af terug is.

Ná die middagete ry hulle met die kus langs en hou by etlike skilderagtige plekkies stil. Laat die middag stel die markies voor dat hulle aandete in die Costa do Sol nuttig. Maar hiervoor is Elise nie te vinde nie.

"Ek moet nog gaan inpak," herinner sy hom.

"Moet nou nie moeilik wees nie, cara," sê hy duidelik teleurgesteld. "Ons tydjie saam is juis so kort, nou wil jy dit nog korter maak . . . Nee, ek gaan dit nie duld nie. Hierdie laaste aand behoort aan my, ek gaan jou vanaand met niks en niemand deel nie."

"Ek wil nie ons laaste aand opsetlik verkort nie, Germano,"

249

verduidelik sy. "Ek wil self ook vanaand by jou wees, want dit is so selde dat die lewe my 'n bietjie geluk gun. Maar ek wil jou darem ook daaraan herinner dat die vliegtuig nie môre vir my sal wag as ek nog nie klaar ingepak het nie. Ek dink jy moet my eers hotel toe neem sodat ek kan inpak en my verklee. Jy sal jou tog ook moet verklee as jy wil hê ons moet in die Costa do Sol gaan eet."

"Dis waar, ons sal eers ander klere moet aantrek," sê hy nadenkend. "Ek dink dit sal beter wees om dan maar liewer in 'n restaurant te gaan eet waar formele drag nie 'n vereiste is nie. En as ek die hotel bel en vra dat een van die hotelpersoneel alles vir jou inpak, kan ons die aand sonder onnodige onderbrekings geniet."

"Ek glo nie jou voorstel sal slaag nie, Germano," sê sy met 'n glimlaggie wat duidelik om verskoning vra omdat sy hom so dikwels moet weerspreek. "Daardie persoon sal nie weet watter uitrusting ek môre wil dra nie."

Die markies kyk haar vlugtig aan, dan kyk hy weer na die pad. Elise bemerk die gesteurde trek om sy mond en die ligte frons tussen sy swart wenkbroue toe hy sê: "Dit lyk nie juis of jy my regtig so liefhet as wat jy voorgee nie, Elise."

"Germano! O, hoe kan jy so iets sê?" Sy kyk hom gekrenk aan.

"Wel, jy is so haastig om van my ontslae te wees, wat anders moet ek dink?"

"Jy is so verkeerd, my skat. Ek het jou so innig lief, waarom sou ek van jou ontslae wou wees?" Sy vly haar kop liefderyk teen sy skouer aan. "Jy sal altyd die enigste man vir my wees, Germano. As ek jou verloor, sal ek nooit weer 'n ander man kan liefkry nie. Niemand sal ooit jou plek in my hart kan vul nie."

Hy trek die motor buitekant Lissabon van die pad af en neem haar in sy arms. 'n Lang ruk kyk hy diep in haar oë en vra dan sag: "Het jy my regtig so lief, querida?"

"Ek bemin jou met my hele hart, Germano."

Hy soen haar met die teerheid van 'n man wat innig liefhet.

Die son is al onder toe die markies weer die motor aanskakel en die stad binnery, nou na 'n restaurant waar hulle aandete kan nuttig.

Ná die ete ry hulle na 'n stil plekkie toe waar hulle ongesteurd kan gesels, gevolglik is dit al oor elf toe hulle voor die Tagus-hotel stilhou en Germano haar tot by haar kamerdeur vergesel. Met die belofte dat hy haar die volgende oggend na die lughawe sal neem, sê hy nag en vertrek.

Maria het pas voor Elise by die hotel aangekom. Toe sy dus Elise se kamerdeur hoor toegaan, besluit sy om 'n rukkie by haar landgenoot te gaan gesels – so 'n laaste geselsie voordat sy die volgende oggend teruggaan Suid-Afrika toe.

"Ek hoop jy het darem die dag saam met die markies geniet," sê Maria toe sy later op die voetenent van Elise se bed gaan sit.

"Nie dat ek weet hoe jy dit regkry om 'n hele dag in sy koue, verhewe teenwoordigheid deur te bring nie. Ek, net soos Pedro en Rita, voel nooit op my gemak wanneer hy in die geselskap is nie. Daardie trotse houding en skerp, deurdringende blik van hom moedig 'n mens nie juis aan om op jou gemak en jouself te wees nie."

"Jy maak 'n fout, Maria. Germano is glad nie soos jy hom beskryf nie," maak Elise dadelik beswaar hier waar sy besig is om in te pak.

"Jy het gelyk, hy is nog 'n bietjie erger as wat ek hom beskryf het, my hartjie," lag Maria saggies. "Ek dink sy vrou sal hom deurentyd moet soebat vir 'n bietjie liefde en simpatie."

Elise laat val die kledingstuk uit haar hande en kyk die jonger meisie aan asof sy so effens van haar wysie af is.

"Jy moet my asseblief verskoon, Maria," sê sy blosend, "maar ek kan nie toelaat dat jy so . . . so neerhalend van my aanstaande verloofde praat nie. Ek weet nie waar jy aan al daardie verdraaide idees kom nie . . ."

"Wat, gaan jy aan die man verloof raak?" Maria kyk haar ongelowig aan.

"Ja, ons raak verloof sodra ek van Oporto af terug is."

"Maar dis verskriklik . . . !"

"Maria!"

251

"Dis absoluut verskriklik!" herhaal die swartkop sonder om haar aan Elise se verontwaardiging te steur.

"Maria, jy ken hom nog net nie soos ek hom ken nie," verdedig Elise haar beminde. "Hy is wonderlik . . . !"

"Ja, Switserland se sneeuvelde ook, maar ek sou nie graag daarmee getroud wou wees nie."

"Moenie verspot wees nie," bestraf sy Maria. "Germano is teer en begrypend, so . . . so beminlik . . ."

"Beminlik! O ja, hy bars uit sy nate van beminlikheid. Hy het die hele wêreld lief. Hy beskik oor 'n wonderlike gawe om almal op hul gemak te laat voel. Jy moet van jou wysie af wees, my liewe mens; ja, heeltemal van jou verstand af. Gits, as ek my saam met hom in die middel van 'n oseaan op 'n skip bevind en ek moet kies tussen 'n huwelik met hom of om oorboord te spring, sal ek eerder 'n kans met die see waag en spring."

"As jy hom beter geken het, sou jy anders gepraat het," sê Elise en gaan weer voort met inpak. "In elk geval, ek het Germano lief. Vir my is hy die wonderlikste man wat leef, maak nie saak wat jy en Rita en Pedro van hom dink of sê nie. Ons tree oor ses weke in die huwelik."

"O, wel, jy kan nie sê ek het jou nie gewaarsku nie, Elise. Onthou net een ding – wanneer jy eers met die markies getroud is, sal jy nie eens jou siel jou eie kan noem nie. Daardie man sal jou so oorheers dat jy later soos 'n marionet in sy hande sal wees. Jy moet begryp, hy is die hoof van sy familie en gewoond daaraan dat almal na sy pype dans. Jy sal nie eens die eer hê om vir jouself te dink en te besluit nie, want hy sal al die besluite neem en van jou sal verwag word om ja en amen op alles te sê. Ek stry nie, hy sal vir jou alles gee wat met geld gekoop kan word. Maar daar is dinge wat nie met geld gekoop kan word nie, Elise, en dit is juis daardie dinge wat die lewe mooi en gelukkig maak."

"Ons het mekaar lief, Maria," sê Elise sag. "Ek is seker dat ons liefde al daardie dinge sal oorbrug."

"Nou ja, dit is jóú lewe," sê Maria en kom stadig orent. "As jy kans sien vir die markies, wens ek jou al die geluk in die wêreld toe, want jy sal dit baie nodig kry. Daardie man het 'n harde en onverbiddelike streep in hom. Maar dit sal jy eers agterkom nadat julle getroud is . . . In elk geval, lekker slaap, Elise. Ek sien jou môreoggend op die lughawe."

Dit is al oor twaalf toe Elise eindelik in die bed klim en die lig uitdoof. Sy dink aan haar vertrek na Oporto en wonder heimlik of dit die regte ding is om te doen. Maar hierdie gedagte stoot sy gou opsy. Sy weet dat sy oneindig baie na Germano sal verlang, maar sy weet ook dat sy nooit met hom sal trou voordat sy heeltemal seker is van sy liefde nie, en om heeltemal seker te wees, moet sy hom tyd gee om eers sy hart te ondersoek . . . Met hierdie gedagte raak sy eindelik aan die slaap.

Elise is gereed om te vertrek toe die markies halftien die volgende oggend sy opwagting by die hotel maak. Hy neem albei haar hande in syne.

"Bon dia, querida," groet hy haar. Sy blik gaan vlugtig oor haar. Toe los hy haar hande. "Wanneer jy gereed is, kan ons maar gaan, cara."

"Ek is gereed, Germano," verseker sy hom. "Laat ek net 'n kruier vra om my bagasie na jou motor te neem."

Hy wink 'n kruier nader, gee hom die instruksies op Portugees en lei Elise na sy motor. Ná 'n rukkie is haar bagasie in die motor en kan hulle vertrek. Behendig vleg hy deur die druk verkeer en toe hulle eindelik buitekant die stad is, trek hy die motor van die pad af en skakel die enjin af.

Elise kyk hom vraend aan.

"Ek het nog nie vanmôre die geleentheid gehad om vir jou te sê hoe pragtig jy lyk en hoe lief ek jou het nie, minha cara." Hy neem haar in sy arms en soen haar vreemd intens.

"Ek wens jy wil afsien van hierdie reis na Oporto," sê hy met sy stem warm teen haar lippe. "Dit is nog nie te laat om jou plek op die vliegtuig te kanselleer nie, menina. Jy hoef net die woord te sê en ek sal alles vir jou reël."

"Nee," sê sy sag, "moet dit asseblief nie doen nie, Germano. Ek dink ons moet liewer nou gaan, anders kom ek nie betyds by die lughawe om Maria te groet nie."

Hy soen haar weer vlugtig, toe skakel hy die motor aan en ná etlike minute hou hulle voor die lughawe stil. Hulle tref Maria, Rita en Pedro in die groot lokaal aan en is net betyds om Maria te groet en haar 'n voorspoedige reis toe te wens, toe word die vlug na Johannesburg oor die luidspreker aangekondig.

Rita en Pedro wag net tot die vliegtuig opgestyg het, toe groet hulle Elise en nooi haar om hulle te besoek wanneer sy terug is in Lissabon. Hierna groet hulle die markies en vertrek onverwyld.

"Jy het my nog nie jou telefoonnommer gegee nie, Germano," herinner Elise hom toe hulle eindelik alleen is.

Hy neem haar arm en lei haar weg uit die gedrang. Hier skryf sy die telefoonnommer agterop die koevert van Estelle se brief wat sy die vorige dag ontvang het en plaas dit sorgvuldig in haar handsak.

"Bel my asseblief vir seker sodra julle in Oporto aankom, cara," sê hy. "Dis die telefoonnommer van my kantoor wat ek aan jou verstrek het, want ek sal heeldag op kantoor wees. As julle voorspoedig reis, behoort julle drie-uur in Oporto te wees. Ek sal dus van drie-uur af vir jou oproep wag. Moet ook nie vergeet om my te bel wanneer ek jou weer hier op die lughawe moet kom haal nie, Elise, querida."

"Ek sal nie vergeet nie, Germano. Ek . . . ek gaan vreeslik baie na jou verlang," sê sy sag.

"Dit is so onnodig dat ons nou vir 'n week van mekaar geskei moet wees," kla hy. "Ek dink dit is onbillik van jou en soms wonder ek of jy my werklik so liefhet soos wat jy beweer."

Daar kom 'n weemoedige trek in haar oë toe sy sê: "Omdat ek jou so innig liefhet, Germano, wil ek baie seker wees van jou gevoel vir my. Ek is al te diep seergemaak deur mense wat veronderstel was om my lief te hê . . . Ek wil hê ons huwelik moet baie gelukkig wees, my skat."

"Nou goed, gaan dan maar, minha cara," sê hy eindelik instemmend. "Onthou net dit: ek gaan oneindig baie na jou verlang en ek sal in spanning op jou terugkoms wag. En, pequena, dit is ook my hartewens dat ons huwelik baie gelukkig en geslaag moet wees. Ek kan nie meer wag dat ons huweliksnag moet aanbreek nie, sodat jy my eie vroutjie kan wees. Ek wil jou so graag teen al die leed en hartseer van die lewe beskerm. Met my liefde wil ek vir jou 'n veilige hawe skep wat jou teen al die storms en elemente van die lewe sal beskut. Ek wil nooit weer hartseer in jou oë sien nie, querida. Ek wil hê dat jy altyd net stralend gelukkig moet wees."

Elise kyk diep in sy oë wat soos twee donker poele lyk. Sy bedank hom met haar oë vir die versekering van sy liefde, want om hulle het die gedrang al weer toegeneem en nou kan sy haar dankbaarheid nie meer met 'n soen aan hom betoon nie.

Die vlug na Oporto word aangekondig. Elise merk op dat Germano se trots 'n stryd met die verlange van sy hart voer. Sy hart verlang om haar in sy arms te neem en met 'n soen van haar afskeid te neem, maar sy trots en waardigheid laat hom nie toe om die meisie van sy hart hier in die openbaar te soen waar dosyne oë op hulle gevestig is nie.

Die sekondes tik verby, en eindelix kry sy hart die oorhand oor sy trots. Hy neem haar in sy arms en soen haar lank en innig, kompleet asof hy haar met hierdie een soen wil wys dat sy liefde vir haar alle ander oorwegings oorheers.

"Até à vista, querida," sê hy met teerheid in sy stem en laat haar stadig uit sy arms vry.

"Ek sal jou vanmiddag bel . . . Tot siens, Germano," groet sy met 'n yl stemmetjie en stap haastig van hom af weg om haar by haar medereisigers aan te sluit. Sy wil nie omkyk nie, want haar gemoed voel te vol.

Elise is die laaste wat die trap langs die vliegtuig bestyg. Met haar voet op die eerste treetjie kyk sy terug na die lughawegebou in die hoop dat sy Germano sal sien. Maar sy kan die geliefde gestalte van die markies nie tussen die ander mense onderskei nie. Al wat sy sien, is 'n baie ou vrou wat stadig en moeisaam met 'n kierie na die vliegtuig aangestap kom. Deernis wel meteens in Elise op teenoor die bejaarde vroutjie wat so alleen aangesukkel kom. Sy neem haar voet van die treetjie af en haas haar sonder meer na die vreemdeling toe.

"Ek kan nie Portugees praat nie, mevrou," sê sy vriendelik toe sy die ou vroutjie bereik en haar arm neem, "maar laat my toe om u te help."

Elise is aangenaam verras toe die Portugese vrou met 'n mooi, sagte stem op Engels sê: "Baie dankie vir jou vriendelike bedagsaamheid, señorita. Ek glo nie jy sal ooit kan besef hoe baie 'n oumens so 'n vriendelike gebaar waardeer nie. Laat staan gerus die formele u. Ek wil jou graag beter leer ken, señorita . . . e . . ."

"My naam is Elise Eybers, en Suid-Afrika is my vaderland," lig sy die vriendelike vroutjie in.

"Dit is vir my aangenaam om met jou kennis te maak, señorita Elise," praat die Portugese vrou. "My naam is Loreta de Freitas, maar al my vriende noem my tia Loreta. Ek sal bly wees as jy my ook so wil noem. Ek sal die lugwaardin vra om jou langs my te laat sit, dan kan ons mekaar tydens die vlug beter leer ken."

Elise sê dit sal vir haar aangenaam wees om die vriendelike vrou tydens die vlug by te staan. Toe bereik hulle die vliegtuig en sy help die vroutjie versigtig by die treetjies op. Sy kan sien dat die oumensie baie uitgeput is toe hulle gaan sit, gevolglik bied sy aan om vir haar die veiligheidsgordel vas te maak.

Toe die vliegtuig later die verlangde hoogte bereik het, maak Elise weer tia Loreta se veiligheidsgordel los en sê besorg: "Jy waag baie om op jou ouderdom so alleen te reis, tia Loreta. Ek kan nie begryp waarom jou man en kinders dit toelaat nie!"

"My man is al twintig jaar oorlede," vertel die ou vroutjie. "Ons het net een kind gehad, en hy is op driejarige ouderdom oorlede. Maar ek sou graag wou weet waarom jou ouers jou toelaat om so alleen te reis!"

Elise vertel haar dat sy net 'n jaar oud was toe albei haar ouers haar deur die dood ontneem is en dat sy geen familie het wat hulle oor haar hoef te bekommer nie. Sy vertel haar egter niks van haar kinderjare en haar verblyf in die kinderhuis nie.

Sonder om opdringerig voor te kom, vra die ou vrou Elise uit oor haar lewe in Suid-Afrika en watter soort werk sy doen. Sy is so vriendelik, onskuldig en belangstellend dat Elise haar selfs vertel hoe sy met Estelle en Marie se hulp die eerste prys in die skoonheidswedstryd verower het, dat sy 'n week in Oporto sal vertoef en in die Miranda-hotel sal tuisgaan. Maar van die markies en hul huweliksplanne sê sy nie 'n woord nie. Haar liefde vir Germano is nog so nuut en teer dat sy dit voorlopig net in haar eie hart wil vertroetel.

Tia Loreta vertel weer dat sy sedert haar man se afsterwe alleen in haar villa in Oporto woon, met net die huishulp en haar geselskapsdame. Maar Juana is so 'n uitmuntende geselskapsdame dat sy 'n mens behoorlik van jou wysie af praat, en om daardie rede verkies sy om liewer sonder haar te reis.

Daar is 'n goedige trek van berusting en aanvaarding op die ouer vrou se gesig toe sy Elise van Juana se irriterende gewoontetjies vertel.

"Maar as sy jou so irriteer, tia Loreta, waarom ontslaan jy haar dan nie uit jou diens nie?" vra Elise, verwonderd oor die ou vroutjie se verdraagsaamheid.

"Juana is reeds dertig jaar in my diens, señorita," verduidelik die ou dame. "Sy is nou al oud, niemand sal haar meer in diens neem nie, en waarvan sal sy lewe as ek haar ontslaan? Sy het ook geen huis waarheen sy kan gaan nie, want sy het nooit getrou nie."

Hul reis is voorspoedig en 'n paar minute oor drie stryk die vliegtuig op die lughawe neer. Elise ondersteun die ou vroutjie tot by die twee mense wat haar by die lughawe kom afhaal het – die bejaarde geselskapsdame en 'n middeljarige man wat in die uniform van 'n chauffeur geklee is. Albei groet haar en tia Loreta vriendelik maar ook baie beleef.

Tia Loreta stel haar twee werknemers aan Elise voor en bied aan om laasgenoemde na die Miranda-hotel te neem. Maar die hotel se motor wag reeds vir Elise, dus bedank sy haar vriendelik, groet die drie en stap na die wagtende motor waar die bestuurder reeds haar bagasie agterin die kattebak laai. 'n Rukkie later is hulle op pad na die hotel toe.

5

Nadat Elise se bagasie na haar kamer geneem is, gaan vra sy die hotelbestuurder om vir haar 'n oproep na Lissabon te bespreek. Sy wys hom die telefoonnommer wat agterop die koevert geskryf is, en hy sê dat hy die oproep na haar kamer sal deurskakel.

Dit duur gelukkig nie lank nie, toe is haar oproep deur.

"Hallo! Dis Elise Eybers wat praat," sê sy.

"Boa tarde, querida," groet die markies se mooi, diep stem haar.

"O, Germano!" roep sy bly uit. "Ek was so bevrees dat jou sekretaresse straks die oproep sal beantwoord. Ek kan mos nie Portugees praat nie."

"Maar, cara, ek het mos gesê ek sal vir jou oproep wag! Terloops, ek het nie 'n sekretaresse nie. Ek het 'n sekretaris en hy kan darem op 'n manier Engels praat. Gaan dit nog goed met jou? Het julle voorspoedig gereis?"

"Dit gaan baie goed, en die reis was aangenaam. Ek voel net 'n bietjie verlore, so alleen hier in 'n vreemde stad," sê sy met 'n stralende glimlaggie wat die markies natuurlik nie kan sien nie.

"Ek is baie bly dat jy so verlore voel, menina," sê hy hoopvol. "As jy môre nog so voel, moet jy maar dadelik terugkom. Bel my net vroegtydig sodat ek kan weet hoe laat ek jou by die lughawe moet gaan haal."

Sy lag saggies in die spreekbuis. "Ek sal jou oor 'n week bel soos ons afgespreek het, Germano."

"Nou laat my dan asseblief toe om jóú voor daardie tyd te bel, pequena. Toe, moet nou nie weer nee sê nie."

"Jy sal net jou tyd en geld verkwis, Germano, want ek sal baie selde tuis wees. Ek het net 'n week tot my beskikking en in dié kort rukkie wil ek soveel van Oporto sien as moontlik."

"Maar, Elise, ek sal my siek bekommer oor jou veiligheid wanneer ek niks van jou hoor nie!" maak hy ernstig beswaar. "'n Week is nou wel nie lank nie, maar wanneer 'n mens se hart vol kommer en onrus is oor die veiligheid van jou beminde, kan 'n week eindeloos lank wees."

Maar dan hoor hy Elise gerusstellend sê: "Dit is absoluut onnodig om bekommerd te voel. Ek is gewoond daaraan om na myself te kyk, Germano, en ek tree ook nooit doelbewus onverantwoordelik op nie . . ."

Hulle gesels nog 'n rukkie, toe herinner Germano haar daaraan dat die oproep geld kos. Dus moet hulle vir mekaar tot siens sê en aflui.

Nadat Elise gebad en haar in 'n koel broekpak verklee het, gaan staan sy op die balkon voor haar kamer. Die hotel staan bo-op die koppie wat deel van Oporto is. Huise en geboue bedek die koppie tot daar onder teen die oewer van die Dourorivier. Haar blik volg die rivier tot waar die Dom Luiz-motorbrug die weg oor die rivier baan. Aan die oorkant van die rivier is 'n voorstad van Villa Nova de Gaia. Omdat die rivier nie geskik is vir groot skepe nie, is net kleiner bote en 'n aantal plesierbootjies op die water te sien. Groot vragskepe kom net tot by Leixoes, 'n kusdorpie naby die mond van die Dourorivier, waar hul vragte na kleiner bote oorgeplaas word.

Elise se blik verskuif en dan verwonder sy haar aan die pragtige terrasse wat die natuur teen die lang, rotsagtige berg aan die oorkant van die rivier gevorm het. Sy het nog nie so iets in Suid-Afrika gesien nie. Sy kyk na die kleurryke plesierbootjies en dan weet sy sommer dat haar verblyf hier in Oporto aangename dae gaan oplewer.

Ná ontbyt die volgende oggend besluit sy om 'n uitstappie na die rivier te onderneem. Die bedrywigheid daar op die water lyk vir haar alte interessant. Maar sy kry nie die geleentheid om hierdie besluit uit te voer nie, want sy is nog besig om haar grimering op te knap toe die telefoon op haar bedkassie begin lui.

Sy stap haastig na die telefoon toe, tel die gehoorbuis op en sê: "Hallo!"

"Bon dia! Praat ek nou met señorita Elise?" hoor sy tia Loreta se mooi, sagte stem sê.

"Ja, dit is Elise wat praat, tia Loreta," antwoord sy verras. "Gaan dit goed ná gister se vlug?"

"Met die gesondheid gaan dit goed, kind, maar ek mis jou aangename geselskap," hoor sy die ouer vrou sê. "Ek voel ook 'n bietjie bekommerd oor jou, so vreemd en alleen daar in die hotel. Mag ek jou 'n guns vra?"

"Vra gerus, tia, as dit moontlik is, help ek graag," bied Elise vriendelik aan. Sy hou besonder baie van hierdie eensame, verfynde ou vroutjie met die mooi, beheerste stem.

"Ek sal nooit die onmoontlike van jou vra nie, Elise," hoor sy haar sê. "Ek wil maar net vra of jy nie liewer jou intrek hier by my in die villa wil neem nie. Ek is seker jy sal dit hier meer geniet as daar in die onpersoonlike atmosfeer van die hotel waar jy tog niemand ken nie."

"Ag, maar dis baie vriendelik, tia," sê sy ingenome. "Ek waardeer die uitnodiging en besorgdheid oor my, maar is dit nie raadsaam om eers goed uit te rus ná gister se vlug voordat tia –"

"Ek sal baie beter kan rus wanneer ek weet dat jy veilig onder my dak is, Elise," val die ou vroutjie haar sag in die rede. "Kan ek maar die motor stuur om jou en jou bagasie te gaan haal?"

"Jy sal my net eers kans moet gee om weer die goed in te pak wat ek gister uitgepak het, tia. Dit sal nie langer as 'n uur duur nie."

"Dankie dat jy aan 'n ou vrou se wens toegegee het, Elise. Ek sal sorg dat die motor betyds by die hotel is."

Elise bedank haar vir haar vriendelike uitnodiging, toe sê hulle vir mekaar tot siens.

Terwyl sy inpak, dink sy aan die ou vroutjie wat al die jare so alleen woon. Hoe leeg en eensaam moet haar lewe tog wees. Aan haar kleredrag en die kosbare ringe aan haar vingers is dit duidelik dat sy 'n vermoënde vrou moet wees. Maar wat is die nut van rykdom as die dinge wat 'n mens so innig begeer nie met geld gekoop kan word nie?

Toe haar groot reistas eindelik gereed staan om vervoer te word, gaan Elise na die hotelbestuurder se kantoor toe om hom daarvan in kennis te stel dat sy vir die res van haar verblyf hier in Oporto by 'n vriendin sal kuier. Sy sê egter nie wie die vriendin is en waar sy woon nie. Dit, besluit sy, het niks met hom te doen nie.

Ná Elise se gesprek met die hotelbestuurder vra sy 'n kruier om haar reistas na die voorportaal te neem, waar sy op tia Loreta se motor sal wag. Maar toe die motor voor die hotel stilhou, is die hotelbestuurder nêrens te sien nie. Gevolglik vertrek sy sonder om eens die man te groet.

Die ou dame se villa is baie oud, maar nogtans 'n pragtige drieverdiepinggebou wat van grys klip gebou is, met 'n rooi teëldak en lang houtvensters met klein, vierkantige ruitjies. Die derde verdieping bestaan uit dakkamers wat die huishulpe huisves.

Elise merk op dat die huis half versteek is agter hoë sierbome, struike en 'n groot verskeidenheid blomme. Die grasperk is netjies gesny en goed versorg, en 'n entjie van die huis af blink die water van die Dourorivier.

Tia Loreta lyk duidelik tevrede en gelukkig toe sy en Elise later in haar sitkamertjie tee drink.

"Ek het met Alfredo, my motorbestuurder, gereël om ons twee vanoggend vir 'n motorrit deur die stad te neem sodat jy kan sien waar die winkels en ander belangrike plekke is. Nie dat ek jou sal toelaat om alleen stad toe te gaan nie, maar dit is belangrik dat 'n mens moet weet waar elke plek is," vertel sy.

Daar speel 'n vriendelike glimlaggie om Elise se mond toe sy haar leë koppie op die tafeltjie neersit en besorg sê: "Tia Loreta, ek hoop nie jy is van plan om jou te ooreis deur vir my as 'n duenna op te tree nie, want daar sal niks van kom nie. Na my mening is jý die een wat beskerming nodig het, nie ek nie."

"Toemaar, ek sal jou nie met 'n duenna belas nie, Elise," glimlag die ou vroutjie goedig. "Ek was lank genoeg in Engeland om te weet hoe meisies van ander lande oor 'n duenna voel. Trouens, ek het self ook so gevoel toe ek jonk was . . . Nee, ek wil jou maar net gaan wys hoe ons stad lyk, sodat jy darem die pad ken wanneer jy stad toe wil gaan."

Elise geniet die oggend se uitstappie. Hulle ry stadig deur die stad en tia Loreta wys elke gebou wat van belang is aan haar uit, gevolglik kom hulle pas voor die middagete eers tuis.

Ná die middagete, terwyl die ouer vrou die gebruiklike siësta

261

geniet, gaan sit Elise in die tuin waar dit koel en stil is en waar sy heerlik oor haar en Germano se toekoms kan droom. Sy dink aan hul telefoongesprek die vorige middag en sy weet dat dit groot wilskrag van haar gaan verg om hom eers oor 'n week te bel . . . Ja, sy erken ruiterlik aan haarself dat sy ontsettend baie na hom verlang. Maar sy gaan ook nie hierdie proefweek bederf deur hom voor die bepaalde tyd te bel nie. Nee, sy wil hê dat hy eers baie seker moet wees van sy gevoel vir haar voordat hulle verloof raak en in die huwelik tree.

Sy het al dikwels gehoor dat mense liefde met verliefdheid verwar en dan later in 'n egskeidingshof 'n einde aan 'n on-uithoudbare situasie moet maak. As sy dit kan verhelp, sal so iets nie met haar en Germano gebeur nie. Hul huwelik moet lewenslank wees.

Later gaan haal sy vier poskaarte in haar kamer om vir ma-trone Kruger, Estelle, Marie en Linda elkeen 'n paar reëls te skryf en te sê dat sy op die oomblik in Oporto is. Sy weet nou waar die poskantoor is, en sy sal die poskaarte die volgende dag sommer self gaan pos.

Die poskantoor is nie ver van die villa af nie, maar toe Elise die volgende oggend aan die ontbyttafel vir tia Loreta van die poskaarte vertel wat sy wil gaan pos, stel die ou vrou dadelik voor dat sy een van die huishulpe moet stuur. Maar hiervan wil Elise niks hoor nie.

"Ek hou daarvan om te stap, tia," sê sy. " 'n Daaglikse wan-deling is gesond en dit hou 'n mens fiks."

"Nou goed, as jy graag wil stap, sal ek jou nie keer nie, Elise, maar bewys my asseblief 'n guns en laat Juana jou vergesel. Ek voel dat jy die stad nog nie goed genoeg ken om alleen te gaan stap nie."

Om die besorgde ou vroutjie tevrede te stel, willig Elise in dat Juana haar mag vergesel. Hier waar hulle nou in stilte na die poskantoor stap, wonder Elise waarom Juana haar nou juis moet vergesel. Hulle kan nie eens gesels nie, want hulle kan nie mekaar se taal verstaan nie.

Hulle is byna reg oorkant die poskantoor, toe Juana met 'n handgebaar beduie dat hulle oor die straat moet stap, en hulle is reeds halfpad oor die straat toe sy Juana skielik benoud hoor gil. Die volgende oomblik sien sy hoe 'n groot, kragtige motorfiets buite beheer op haar afpyl, maar dit is reeds te laat om pad te gee, want die voorwiel tref haar teen die heup en slinger haar met geweld na die kant van die straat toe.

Elise hoor nog Juana se histeriese gille, toe tref haar kop die randsteen van die sypaadjie en 'n verblindende pyn skiet deur haar kop. Toe sink sy genadig in 'n inkswart duisternis weg waar geen pyn is nie . . .

Talle voetgangers dring om die beseerde meisie saam, tot 'n polisiebeampte hulle versoek om vir die ambulans pad te maak. Juana huil so van skok dat sy nie 'n woord kan praat nie, gevolglik word sy ook hospitaal toe geneem om vir skok behandel te word.

Maar van al hierdie dinge weet Elise niks nie. Sy is ook nie eens daarvan bewus toe sy versigtig op die ambulans se draagbaar getel en inderhaas hospitaal toe geneem word nie.

Toe Juana later oor die ergste skok is, vertel sy die dokter dat Elise 'n Afrikaanssprekende Suid-Afrikaner en ook 'n vriendin van tia Loreta is. Sy gee Elise se handsak vir die dokter en sê dat hy heel waarskynlik haar paspoort daarin sal vind, en dat hy uit haar paspoort waarskynlik meer te wete sal kom as wat sy hom kan vertel. As daar dan nog iets is wat hy wil weet, sal hy vir tia Loreta moet nader. Daarna waarsku sy die dokter dat Elise nie Portugees verstaan nie. Die waarskuwing is egter onnodig, want die dokter het drie jaar in Engeland gestudeer en is vertroud met Engels.

Tia Loreta is byna sprakeloos van skok toe haar broerskind, die middeljarige dokter Luis de Sica en superintendent van die hospitaal, haar bel en haar van die ongeluk en van Elise se beserings verwittig – etlike kneusplekke, hoofbeserings en harsingskudding. Juana, meen hy, sal nog dieselfde dag uit die hospitaal ontslaan word.

Die volgende twee dae is tia Loreta meer by die hospitaal as by haar villa, want Elise het nog nie haar bewussyn herwin nie. Gelukkig is die wond aan haar kop van so 'n aard dat dit nie nodig was om baie hare af te skeer vir die steke nie.

263

Vir die ouer vrou is dit geen moeite om elke dag ure aaneen langs Elise se bed te sit nie. In die kort rukkie wat sy Elise ken, het sy lief geword vir die mooi, besadigde jong meisie met haar minsame geaardheid en mensliewendheid. Dit breek haar hart om Elise so bleek en stil op die hoë hospitaalbed te sien lê. Sy lyk so klein, so jonk en weerloos.

Dit is reeds die derde dag dat Elise bewusteloos is. Dokter De Sica praat nie veel oor haar toestand nie, maar tia Loreta kan op sy gesig sien dat hy bekommerd voel. Dit laat haar die soveelste keer 'n smeekgebed opstuur dat Elise tog volkome moet herstel.

Die ouer vrou moes die namiddag van skone uitputting aan die slaap geraak het, want toe sy haar oë oopmaak, kyk sy vas in Elise se oë wat haar aandagtig beskou . . . Ja, daar is iets soos ernstige konsentrasie in die groot, blou oë, maar geen herkenning nie. Dit lyk kompleet asof daardie pragtige oë na 'n vreemdeling staar, asof Elise heimlik wonder wie die vreemde vrou is wat hier langs haar bed sit . . . Sy lyk so verlore.

Elise het reeds 'n halfuur gelede haar bewussyn in hierdie vreemde kamer herwin, met die vreemde, slapende vrou langs haar bed. Sy voel so vreeslik verward, want sy kan glad nie onthou hoe sy hier gekom het en waarom sy hier is nie. Trouens, sy kan nie eens onthou wie sy is en wat haar naam is nie. Sy probeer hard konsentreer, maar dit vererger net die hoofpyn waarmee sy wakker geword het, 'n hoofpyn waarvan sy die oorsprong ook nie weet nie.

Alles is vir haar so vreemd en verwarrend, daarom lê sy maar na die bejaarde, swart geklede vroutjie en kyk . . . O, as sy net kan onthou, as sy net van hierdie tergende hoofpyn ontslae kan raak!

Haar hoofpyn neem toe en word byna ondraaglik. Tia Loreta merk die uitdrukking van pyn op haar gesig op en vra besorg: "Het jy baie pyn, Elise?"

Elise . . . Saam met die pyntrek op haar gelaat is daar nou duidelik verwarring in haar oë. "Is dit . . . my naam?" vra sy met 'n moeë stem.

"Ja, dit is jou naam . . . Elise Eybers. Onthou jy dan nie, menina?" Tia Loreta doen haar bes om nie te laat blyk hoe Elise se vraag haar geskok het nie.

"Nee, ek onthou niks nie," hoor sy die meisie moeisaam sê. "Dit is bepaald omdat ek so . . . so 'n ontsettende hoofpyn het. Ek sal seker later onthou, maar op die oomblik voel dit of . . . of 'n digte sluier oor alles getrek is. Ek probeer dink, maar daar is net . . . net 'n grys newel. Wie is u, en waarom sit u hier langs my bed?"

"Jy het my altyd tia Loreta genoem, Elise," verduidelik die ouer vrou. "Drie dae gelede het 'n motorfiets jou in die straat raak gery, en jy was tot nou toe bewusteloos. Maar ek glo nie dit is raadsaam dat ons so baie praat nie. Ek sal die dokter ontbied om vir jou iets vir die hoofpyn te gee."

Sy lui die klokkie en ná 'n rukkie stap dokter De Sica en 'n verpleegster die kamer binne. Daar is merkbare verligting op die dokter se gelaat toe hy vriendelik op Engels sê: "So, dan het jy eindelik jou bewussyn herwin, señorita Eybers. Ons was al bekommerd oor jou, weet jy?" Hy neem haar pols en vra dan: "Hoe voel jy?"

"Ellendig, dokter," antwoord sy met 'n mat stem. "Ek het 'n ontsettende hoofpyn en . . . ag, ek het sommer oral seer."

"Dit lyk my sy ly ook aan geheueverlies, Luis," vul tia Loreta op Engels aan. "Sy het my nie herken nie en ook nie eens geweet wat haar naam is nie. Sy sê sy probeer dink, maar dit is asof 'n digte sluier oor alles getrek is."

Die dokter spreek die verpleegster op Portugees aan. Sy verlaat die kamer en dan draai hy weer na sy pasiënt en sê gerusstellend: "Moenie jou oor jou geheueverlies verontrus nie, señorita. Hou jou baie stil en moenie jou vermoei deur dinge te hard te probeer onthou nie. Geheueverlies is nie iets buitengewoons by 'n pasiënt wat harsingskudding opgedoen het nie. Sodra jy gesond is, sal jy jou geheue stelselmatig herwin. Ek gaan vir jou 'n inspuiting gee, dan moet jy probeer slaap. En onthou asseblief, dit is baie belangrik dat jy jou verstand so min moontlik moet vermoei. Rus baie en moet voorlopig liewer aan niks dink nie."

"Goed, ek sal rus, maar ek wil eers weet waar ek my op die

oomblik bevind. Watse plek is dit dié?" vra Elise met 'n swak stem.

"Dit is Oporto se hospitaal, señorita. Jy is nou in Portugal," vertel die dokter. "Jou tuiste is in Pretoria in Suid-Afrika. Die ou señora De Freitas sê jy is net met vakansie hier in Portugal. Ek verstaan jy en die ou señora is goed bevriend. Sy kan jou dus alles vertel wat jy wil weet, maar nie vandag nie. Julle kan môre oor die dinge van die verlede gesels."

Die verpleegster kom weer die siekekamer binne met die benodigdhede vir 'n inspuiting. Die dokter gee Elise 'n inspuiting, dan wens hy haar en tia Loreta 'n rustige nag toe en verlaat die vertrek.

Noudat Elise en die ouer vrou weer alleen is, probeer sy vergeefs om net een herinnering in haar gedagtes op te roep, maar niks wil tot haar deurdring nie. Dit voel vir haar kompleet asof daar 'n hoë, ondeurdringbare muur tussen haar en die verlede staan, asof haar herinneringe sommer net in die niet verdwyn het.

"Waar het ek voor die ongeluk gewoon ... e ... tia Loreta?" vra Elise uit die bloute. Sy noem die ouer vrou tia Loreta, maar sy herken haar nie. Sy kyk haar bekommerd aan en voel baie hartseer.

"Jy was my gas, Elise," antwoord die ouer vrou en vervolg dan gerusstellend: "Maar jy moenie jou nou al met gedagtes en vrae vermoei nie. Ek sal jou môre alles vertel wat jy wil weet."

Sy kyk na haar polshorlosie. "Ek sal nou moet gaan. 'n Verpleegster sal aanstons vir jou aandete bring, daarna moet jy rus. Ek sal jou weer môre kom besoek."

Ná die ete lê Elise met haar oë gesluit. Haar gedagtes kring voortdurend net om een onderwerp: haar geheueverlies. Haar lewe voel soos 'n boek waarvan al die geskrewe bladsye uitgeskeur is en waarvan sy moontlik nooit die volle inhoud sal weet nie. Op die oomblik bevat die boek net skoon bladsye waarop die pen van die lewe weer van nuuts af moet skryf. Maar wat moet daarop geskryf word? Daar is so bitter min wat sy van haarself weet, om van die verlede nie eens te praat nie. Daar is so 'n ontsettende leemte in haar geheue. Sy voel so benoud, so alleen ... so hopeloos verlore.

Dit voel vir Elise soos 'n nagmerrie . . . Ja, dit moet 'n aaklige nagmerrie wees. Sy kan nie sommer net uit 'n dae lange slaap ontwaak en vind dat sy geen verlede het, dat alles in haar net . . . net leeg is nie! Nee, dit kan nie waar wees nie! Sy droom nog, sy het nog nie wakker geword nie.

Van skone uitputting raak Elise later aan die slaap. Maar toe die verpleegster haar die volgende oggend vir koffie wakker maak, besef sy meteens dat haar geheueverlies nie 'n nare droom was nie, maar 'n harde werklikheid, 'n werklikheid wat sy sal moet aanvaar.

Ja, sy sal maar net moet leer om daarmee saam te lewe, totdat . . . wel, totdat sy haar geheue herwin het. Dit baat 'n mens tog niks om teen die prikkels van die lewe te skop nie. Die lewe het 'n manier om jou te druk en te vorm soos hy jou wil hê. Jy is die klei, en die lewe is die pottebakker.

Toe tia Loreta die siekekamer binnestap, groet Elise haar met 'n verwese glimlaggie.

"Jy lyk vanoggend baie beter, Elise," sê die ouer vrou en neem op 'n stoel langs die bed plaas. "Verduur jy nog baie pyn?"

"Nie wanneer ek baie stil lê nie," antwoord sy. "Maar ek voel vreeslik selfsugtig omdat jy jou so ooreis deur hier by my te kom sit, tia Loreta. Ek erken daar is baie dinge in verband met myself wat ek graag wil weet, wat ek eenvoudig moet weet. Maar jy lyk vir my so . . . so bejaard en swak. Dit laat my voel of ek van jou vriendelikheid misbruik maak."

'n Mooi, sagte glimlaggie verskyn op die ouer vrou se gelaat. "Jy is nog net so bedagsaam soos altyd, Elise. Maar wees gerus, jy maak nie misbruik van my vriendelikheid nie. Ons sal eerder sê ek beskou jou as die dogter wat ek nooit gehad het nie, en ek wil graag vir jou die ma wees wat jy nooit geken het nie. Lê net stil, dan vertel ek jou alles wat ek van jou af weet en hoe ons met mekaar kennis gemaak het."

Elise is 'n lang ruk baie stil nadat tia Loreta haar vertelling afgesluit het, maar sê eindelik: "Ek moet dus môre teruggaan na Lissabon, en 'n week later na . . . na 'n vreemde Suid-Afrika."

"Dis nie meer nodig nie, kindjie," stel die ouer vrou haar dadelik gerus. "Ek en jou dokter, Luis de Sica, het reeds alles vir jou gereël. Ons het vir jou 'n verblyfpermit verkry wat vir 'n jaar geldig is, en ook die Austra-lugdiens het ons 'n skriftelike versekering gegee dat hy jou reiskaartjie ná 'n jaar nog as geldig sal beskou. Jy kan dus ontspan, want ook die Suid-Afrikaanse ambassade sal vir jou by jul Departement van Onderwys aansoek doen om siekteverlof en . . . O ja, ek het jou twee vriendinne ook van die ongeluk in kennis gestel."

"Tia, dit was baie vriendelik van jou en dokter De Sica om so baie moeite om my ontwil aan te gaan. Ek waardeer dit baie, maar ek vrees ek sal nie langer hier in Portugal kan bly as die tydperk waarvoor die Santiago-brouery vir my voorsiening gemaak het nie. Ek moet tog 'n verdienste hê wat my aan die lewe kan hou!"

"Dit is juis wat ek met jou wil bespreek, Elise. Ek het gewonder of jy daarvan sal hou om vir my 'n geselskapsdame te wees."

"Ek sal dit verwelkom, tia. Maar wat van jou huidige geselskapsdame, dié Juana wat by my was toe die motorfiets my raak gery het?"

"O, daar is baie ou takies waarmee sy haarself kan besig hou, my kind," antwoord die ouer vrou en streel met 'n goedige glimlaggie oor Elise se mooi blonde hare. "Juana het my die afgelope dertig jaar al byna doof gepraat, ek sien regtig nie meer elke dag kans vir haar geselskap nie."

"Ek twyfel of ek in jou huiskring sal inpas, tia. Jy weet tog ek kan nie 'n woord Portugees praat óf verstaan nie."

"Ek en jy sal altyd op Engels gesels, liewe kind, maar as jy die Portugese taal wil leer, is ek bereid om jou leermeesteres te wees. Trouens, ek dink dit is presies wat ons twee moet doen. Dit sal jou gedagtes besig hou en terselfdertyd verhoed dat jy te veel op jou geheueverlies konsentreer. Ek sal vanmiddag vir jou die nodige boeke bring, dan kan jy hulle intussen deurkyk wanneer jy hier in die hospitaal verveeld voel."

Daar is 'n mistigheid van trane in Elise se oë toe sy dankbaar sê: "Tia Loreta, ek weet werklik nie hoe ek jou en dokter De Sica ooit vir jul vriendelikheid sal kan vergoed nie. Julle is albei so . . . so wonderlik goed vir my. Ek weet regtig nie wat ek gedoen het om dit te verdien nie, maar ek wil hê jy moet weet dat ek julle innig dankbaar is vir alles wat julle vir my gedoen het. Vir jou natuurlik die meeste, my liewe tia. Ek . . . ek sal probeer om vir jou daardie dogter te wees wat jy nooit gehad het nie."

"Ek sal weer alles in my vermoë doen om vir jou die ma te wees wat jy nooit geken het nie, Elise," belowe die ouer vrou. Sy neem Elise se een fyn handjie in hare en vervolg simpatiek: "Kindjie, ek weet dat jy, sedert jy gistermiddag jou bewussyn herwin het, voel of die aarde onder jou padgegee het. Dis op jou gelaat, in jou oë. Maar onthou, in hierdie stryd staan jy nie alleen nie. Jy het nou my skouer om op te leun wanneer jy voel dat die lewe te swaar laste op jou gelê het. Maak nou jou oë toe, dan rus jy 'n bietjie. Ek sal hier by jou bly totdat dit tyd is vir middagete."

Met haar hand in tia Loreta s'n raak Elise later aan die slaap. Sy word nie eens wakker toe die ouer vrou pas voor middagete die hospitaal verlaat nie.

Noudat Elise haar bewussyn herwin het, sterk sy vinnig aan. Tia Loreta besoek haar nou soggens en saans en die res van die dag bestee sy aan haar studie van die Portugese taal. Dokter De Sica en die verpleegsters is haar baie behulpsaam met die uitspraak van moeilike woorde, gevolglik maak sy goeie vordering en dit hou ook haar gedagtes besig. Maar saans nadat sy haar lig afgeskakel het, tob sy opnuut oor die dinge van die verlede wat sy nie kan onthou nie.

Tia Loreta het haar alles vertel wat sy weet, maar daar is twee leemtes in haar lewe waarvan selfs die ouer vrou nie weet nie – die tydperk vanaf haar ouers se afsterwe totdat sy aan die onderwyskollege begin studeer het, en dan die twee weke wat sy in Lissabon deurgebring het. Gedurende daardie tydperke moes daar dinge gebeur het wat haar soms hinder en rusteloos stem. Maar hoe sy ook al iets in die herinnering probeer roep, oor daardie twee tydperke hang 'n inkswart sluier wat ondeurdringbaar is . . .

Dit is reeds 'n week dat Elise in die hospitaal opgeneem is, en hier waar sy op die balkon sit en kyk hoe die grys wolke in die noorde saampak, skrik sy effens toe sy dokter De Sica langs haar sien staan. Sy was so diep ingedagte dat sy nie eens die rubbersole van sy skoene op die teëlvloer gehoor het nie.

Sy beantwoord die dokter se vriendelike môregroet.

"Ek is bly om te sien dat jy so mooi aangesterk het, señorita," sê hy. "As jy so aanhou, sal jy die hospitaal oor 'n paar dae kan verlaat."

Elise voel dadelik bedruk.

"Ek voel so veilig en beskut hier in die hospitaal, dokter. Dit . . . dit laat my effens bang voel wanneer ek daaraan dink dat ek hierdie veilige hawe die een of ander tyd moet verlaat," sê sy.

"Ek begryp hoe jy voel, señorita," kom dit simpatiek van die dokter, "maar dit is onvermydelik. Die een of ander tyd moet jy weer die drade opneem waar jy hulle 'n week gelede laat val het. Die lewe gaan nie vir jou op een plek stilstaan omdat jy jou geheue verloor het nie. Die lewe gaan voort, en jy moet saam. Maar onthou altyd, in tia Loreta het jy 'n baie goeie vriendin, en dit is nie sommer praatjies nie. Ek ken haar baie goed, want sien, sy is my eie tante. Daarom weet ek dat jy in haar villa net so veilig sal wees soos hier in die hospitaal. Ek sal natuurlik ook daar wees om jou by te staan as jy my nodig het. Jy is dus nie heeltemal sonder vriende nie, señorita."

"Dis waar, in daardie opsig is ek baie bevoorreg, dokter," sê sy met 'n hartseer glimlag. "Ek sal jou en tia Loreta altyd dankbaar wees vir jul hulp en bystand, en veral vir jul vriendskap."

'n Verpleegster verskyn op die balkon om die dokter daarvan te verwittig dat 'n ernstige geval sy aandag vereis, en ná 'n rukkie is Elise weer alleen met haar gedagtes en haar taalboeke.

Terwyl Elise in die hospitaal teen die swart newels van haar geheueverlies worstel, bly die markies, Germano Norberto Concalves de Nobrega, die hele dag op kantoor en binne bereik van die telefoon waarvan hy Elise die nommer gegee het. Daar is 'n groot blydskap in sy hart, want Elise moet vandag bel om te sê hoe laat hy haar op die lughawe moet gaan haal. Dit was vir hom 'n lang week sonder haar . . . te lank.

'n Sweem van 'n glimlag raak aan sy mond terwyl hy aan sy

geliefde Elise dink. Sy het tog so ernstig daarop aangedring dat hy sy gevoel vir haar eers goed moet ondersoek voordat hulle verloof raak . . . asof dit nou nodig was!

Vir hom was so 'n ondersoek beslis nie nodig nie. Vandat hy haar die eerste keer daar in die restaurant gesien het, het hy sonder twyfel geweet dat hy die meisie gesien het met wie hy graag wil trou. Daardie pragtige blou oë van haar wat 'n mens so eerlik en reguit aankyk, het hy geweet, is die oë van 'n opregte mens. Ja, dit is beslis nie die oë van iemand wat 'n man met leuens en koketterie om die bos sal probeer lei nie.

Dis waar, vir hom is Elise alles wat hy van sy aanstaande vrou verwag. Hy kan skaars wag dat sy moet bel. Sy verlange na haar oorheers sy denke en hy kan nie meer wag om haar by die lughawe te gaan haal nie . . . Hy kan nie meer wag om sy trouring aan haar vinger te sien en te weet dat sy onherroeplik aan hom behoort nie. Hy verlang om haar stem te hoor, om haar in sy arms te hou en haar sagte lippe teen syne te voel. Sy verlange na haar is soos 'n lewendige ding wat êrens in sy bors aan hom knaag.

Die ure sleep vandag vir hom tergend stadig verby. Hy het die afgelope vier uur herhaaldelik na sy polshorlosie gekyk. Hy kan nie begryp waarom Elise nog nie gebel het nie, dis dan al twaalfuur . . . !

6

Dit is later twee-uur, en nog het Elise nie gebel nie. Germano is ongeduldig, maar hy voel nou bekommerd ook.

Vervlaks, waarom bel sy nie? vra hy homself af. Sy het tog belowe om vandag te bel! Ek moes volstrek geweier het om haar alleen na Oporto te laat gaan . . . Ja, ek weet ook nie waarom ek dit gedoen het nie, ek het immers nog nooit voorheen so onverstandig gehandel nie!

Hy steek 'n sigaret aan en beskou die telefoon met 'n donker frons, kompleet asof dit die instrument se skuld is dat Elise nog

271

nie gebel het nie. As ek net geweet het in watter hotel sy tuis is, dink hy.

Hy besluit om 'n paar hotelle in Oporto te bel en te verneem of Elise daar tuis is, want hy sien werklik nie kans om langer hier in spanning te sit en wag dat sy moet bel nie. Dit lyk asof sy opsetlik besig is om sy geduld op die proef te stel.

Vasberade trek hy die telefoon nader en skakel die bekendste hotelle in Oporto.

Die derde hotel wat hy bel, is die regte een, want die hotelbestuurder vertel hom dat juffrou Eybers wel in die hotel tuis was, maar 'n dag ná haar aankoms die hotel verlaat het om haar by 'n vriendin aan te sluit.

"Het juffrou Eybers geen adres gelaat waarheen 'n mens haar kan bel nie?" vra hy met 'n diep frons tussen sy donker wenkbroue.

"Nee, sy het geen adres gelaat nie, meneer," antwoord die hotelbestuurder. "Hier was 'n reisgeselskap in die stad wat met juffrou Eybers se aankoms op die punt gestaan het om Spanje toe te vertrek. Ek vermoed dat sy 'n bekende in die geselskap raakgeloop en toe besluit het om haar die volgende dag by die reisgeselskap aan te sluit."

Hy bedank die man vir sy inligting, sê tot siens en lui af.

'n Lang ruk sit hy by sy lessenaar en peins oor Elise se vreemde optrede.

As sy vir 'n week Spanje toe wou gaan, waarom het sy hom nie daarvan verwittig nie? En was dit 'n vriendin of 'n vriend wat sy in Oporto raakgeloop het? Hy weet Elise is nie 'n onverantwoordelike meisie nie, maar sy kon hom immers van haar nuwe besluit laat weet het.

Hy bedink die saak verder en besef dan dat Elise weer na Oporto sal moet teruggaan as sy haar retoerkaartjie wil gebruik om na Lissabon terug te keer. Hy bel Oporto se lughawe, maar moet tot sy teleurstelling verneem dat daar nie plek vir Elise op die volgende dag se vliegtuig bespreek is nie.

Van hierdie oomblik af is hy vreemd stil. Hy weet nou glad nie wat om van Elise se optrede te dink nie, en hy weet ewe min wanneer hy haar in Lissabon terug moet verwag. Al wat hy weet, is dat sy veronderstel is om oor 'n week terug te keer Suid-Afrika toe.

Die volgende week bel hy Oporto se lughawe elke dag, net om te verneem dat daar geen plek vir juffrou Eybers op die Lissabon-vlug bespreek is nie. Aan die einde van die week dring die besef tot hom deur dat Elise se verblyf in Portugal verstryk het en dat sy na haar vaderland toe teruggekeer het sonder 'n woord van verduideliking aan hom.

Hier waar die markies nou voor die venster van sy studeer-kamer in die castelo Nobrega staan en kyk na die blink water van die Tagusrivier wat stil langs die castelo verbyvloei, wonder hy of Elise straks besluit het om eers haar sake in Suid-Afrika in orde te bring voordat sy met hom in die huwelik tree. Maar hierdie gedagte klink vir hom glad nie logies nie . . . Nee, daar moet 'n ander rede vir haar optrede wees.

Daar is 'n strak uitdrukking op sy gelaat. Toe, meteens, tref dit hom dat Elise hom al die tyd vir die gek gehou het en dat sy vir goed weg is Suid-Afrika toe. Sy het hom nooit liefgehad nie. Hul verhouding was vir haar net 'n vakansieromanse, 'n aangename spel om die tyd mee te verwyl.

Hy dink aan die erns waarmee sy daarop aangedring het dat hulle 'n week lank nie van mekaar moet hoor of mekaar moet sien nie. 'n Proefweek, het sy gesê.

Ek was inderdaad 'n gek om my so maklik 'n rat voor die oë te laat draai, verwyt hy homself. Alles wat sy my van haarself vertel het, was natuurlik ook leuens. Sy het stellig 'n man of 'n verloofde in Pretoria, maar kon ook nie die avontuur van 'n vakansieromanse weerstaan nie . . . Natuurlik een van daardie uitlandse flerries wat hulle daarop toelê om ryk mans op hulle verlief te maak, uit hulle te kry wat hulle kan en dan sommer net stil te verdwyn. Ek moes van beter geweet het as om my hart in haar blou oë te verloor . . .

In elk geval, sy het nie die geleentheid gehad om 'n fortuin uit my te kry nie, maar sy het my 'n les geleer.

Hy probeer om hom met onverskillige gedagtes teen Elise te verhard, maar diep in sy hart voel dit bitter seer. Hy weet dit sal veel beter wees om haar liewer so gou moontlik te vergeet.

273

Maar kan 'n mens vir jou hart sê om op te hou klop of vir jou longe om nie meer asem te haal nie?

Maklik sal dit beslis nie wees nie. Hy voel vandag nou wel teleurgesteld en bitter, maar môre sal die liefde en verlange nog steeds daar wees.

Hy sug. Hy sal sy lewe van nuuts af moet oriënteer, want die afgelope agtien dae het sy hele wese net om Elise gekring. Sy was die middelpunt van sy bestaan, sy hele toekoms. Nooit het hy kon droom dat sy net 'n ydele, bedrieglike vlinder is nie. Sy het vir hom so sag en minsaam voorgekom, so . . . onaangeraak. Maar dit wys jou net hoe 'n man hom met 'n vrou kan vergis.

Hy voel verbitter. Dit is asof alles in hom yskoud is en hy weet nie of hy ooit weer 'n vrou sal kan vertrou nie.

Hy gaan sit op die stoel agter sy lessenaar, maar nog wil die storm in hom nie bedaar nie, en Elise bly steeds die middelpunt van sy gedagtes. Haar hele optrede, meen hy, is dié van 'n flerrie en 'n bedriegster . . . En tog, daardie mooi, sagte blou oë is nie dié van 'n flerrie en 'n bedriegster nie. Ook haar glimlaggies was nooit koketterig nie.

O, Elise! skrei dit in sy hart. 'n Kort rukkie het jy my 'n klein deeltjie van die hemel laat smaak, en daarna my hart tussen jou twee fyn handjies verguis . . . Jy, my skone Elise met die sagte oë en lieftallige glimlaggie, jy het my die diepste wond toegedien wat ek nog ooit beleef het. Jy het 'n hart verguis wat net liefde en bewondering vir jou gekoester het. Maar ek gaan nie weer aan jou dink nie, my ou kleintjie. Ek gaan nooit weer nie . . .

Die gelui van die telefoon op sy lessenaar herinner hom meteens daaraan dat daar baie verantwoordelikhede is wat sy aandag vereis. Ja, van nou af sal werk sy voorland wees, want in sy lewe sal daar nooit weer plek vir 'n vrou wees nie. Hy is die soort man wat net een keer in 'n leeftyd kan liefhê.

Hy tel die gehoorbuis op. Dis sy sekretaris wat hom daaraan herinner dat hy oor 'n halfuur 'n vergadering moet bywoon.

'n Rustige atmosfeer heers in die tuin van die villa waar tia Loreta en Elise hul elfuurtee geniet. Elise is die oggend uit die hospitaal ontslaan. Sy het heeltemal herstel; net haar geheue het sy nog nie herwin nie. Nieteenstaande dokter De Sica se vermaning dat sy haar nie daaroor moet bekommer nie, en dat sy wel mettertyd haar geheue sal herwin, is daar nou knaend 'n weemoedige trek in haar oë en om haar mond wat die ouer vrou se hart na haar laat uitgaan.

Dieselfde middag, terwyl Elise besig is met haar Portugese lesse en tia Loreta haar gebruiklike siësta geniet, ontvang sy 'n kabelgram van Estelle, Marie en Linda wat lui: *Wens jou 'n spoedige herstel toe. Stop. Briewe volg. Stop.*

Ek kan hulle glad nie onthou nie, dink sy moedeloos. Selfs hul name beteken vir my niks nie. Daar is ook nie eens 'n geringe gevoel in my dat ek hulle geken het, dat ons bevriend was nie. Hulle is vir my volslae vreemdelinge . . .

Elise se gedagtes dwaal nou heeltemal van haar lesse af weg. Later voel dit vir haar asof selfs tia Loreta se studeerkamer vandag vir haar te nou is. Sy sit die kabelgram saam met haar boeke op die lessenaar neer, verlaat die huis en stap by die groot hek uit.

Die wind waai stofwolkies in die straat op, maar Elise stap al met die straat langs, oor die Dom Luiz-motorbrug, totdat sy haar later halfpad teen die berg aan die oorkant van die rivier bevind. Hier neem sy op 'n rots plaas en staar ver oor die stad. Die wind is nou heelwat sterker. Sy sien hoe die bome onder sy aanslag buig, hoe 'n bruin, dynserige stofwolk oor die stad hang en die plek eensaam en verlate laat lyk . . . ja, net so eensaam en verlate soos wat dit binne-in haar voel.

Daar is 'n verlange diep in haar hart wat haar die afgelope week al kwel en ongelukkig stem. Sy het dit nog nooit met tia Loreta of met dokter De Sica bespreek nie, want in werklikheid weet sy self nie na wie of wat sy verlang nie. Die gevoel is maar net hier diep binne-in haar en sy weet dat sy na iets of iemand verlang.

Ek is soos 'n skip sonder anker . . . iemand wat op 'n onmeetlike oseaan ronddobber, dink sy met 'n hartseer wat baie vlak in haar gemoed lê.

Ek kan niks van my verlede onthou nie, tog voel dit of ek

baie meer as net my geheue verloor het. Ek probeer om dit in herinnering te roep, maar alles is so futiel . . . Dis verskriklik, ontsettend! Hoe lank nog? O, Vader, hoe lank nog?

Sy druk haar gesig in haar hande. Dan skeur rou snikke uit haar bors en dit is asof selfs die natuur haar leed aanvoel, want ná 'n rukkie smelt haar snikke saam met die droewige geween van die wind.

Toe haar snikke later bedaar, droog sy haar trane af en merk op dat die lug byna heeltemal toegetrek is. Daar is 'n merkbare traagheid in haar bewegings toe sy orent kom en terugstap huis toe.

Tia Loreta sal onrustig voel as dit begin reën en sy is nog nie tuis nie, maar sy het so 'n dringende behoefte aan hierdie uitstappie gehad en aan die verligting wat die trane gebring het. Dit voel of die trane haar gesuiwer en haar gemoed skoon gewas het.

Sy haal ook net die villa toe die eerste reëndruppels begin val. Sy tref die ouer vrou op die voorstoep aan.

"Elise, kindjie," begroet tia Loreta haar, "ek was al so bekommerd oor jou." Sy bemerk aan Elise se oë dat sy gehuil het en vervolg met deernis in haar stem: "Kom sit, my kind, Juana het vir ons gaan koffie maak. Hoe vorder die Portugese lesse?"

"Bo verwagting goed, tia," glimlag Elise. "Ek dink ek sal die taal oor twee maande redelik goed kan praat. Ek moet bepaald Latyn op skool geleer het, want daar is so baie woorde wat ek ken, en die grammatika is ook nie so vreeslik moeilik nie. Terloops, ek het vandag 'n kabelgram van my . . . e . . . vriendinne in Suid-Afrika gekry."

"Dit sal jou goed doen om met jou vriende in Suid-Afrika te korrespondeer," meen tia Loreta, en merk dan die trekkie van kommer in Elise se oë.

"Ek kan hulle nie as vriende beskou nie, tia," sê sy sag. "Hulle is vir my vreemdelinge, ek sal nie eens weet wat om vir hulle te skryf nie . . . Ag, ek voel so verlore, so hopeloos verlore. Ek kan net nie begryp hoe dit moontlik is dat 'n mens jou hele verlede so plotseling kan vergeet nie. Regtig, ek sien nie kans om nog vir maande soos . . . soos 'n halwe mens voort te gaan nie. Daar was tog seker belangrike dinge in my lewe, mense wat ek liefgehad het en wat my liefgehad het!"

"Jou drie vriendinne sal hopelik daardie antwoorde kan verstrek, Elise. A, hier is Juana nou met die koffie. 'n Koppie koffie is net wat jy nodig het om jou weer moed vir die stryd te gee, my kind."

"Ek weet nie of daardie . . . daardie drie vriendinne my alles sal kan vertel nie, tia. Ek glo nie ek was ooit die soort mens wat my intieme sake met ander bespreek het nie . . . Nee, ek sal maar seker hierdie lang, vreemde pad enduit in onsekerheid moet bewandel. Niemand sal my ooit kan vertel van die intieme dinge wat in my hart omgegaan het nie."

"Jy sal al daardie dinge later onthou, my kind," sê die ouer vrou gerusstellend. "Moet net nie te veel daaroor tob nie, want dan put jy jou verstand uit, en dit sal jou niks baat nie. Wees geduldig, my kind, alles sal weer regkom."

Twee weke later kry Elise van Estelle, Marie en Linda elkeen 'n brief. Die briewe is baie versigtig bewoord, maar Elise merk dadelik op dat al drie se skrywe bedoel is om haar oor etlike dinge van die verlede in te lig; meestal onbenullige dingetjies, behalwe natuurlik die onthulling dat sy in 'n kinderhuis grootgeword het. Van haar tweeweekse verblyf in Lissabon word egter niks gemeld nie; dus het daar bepaald niks noemenswaardigs gebeur nie – altans, nie iets waaroor 'n mens gewoonlik huis toe skryf nie.

Dit is vir Elise baie vermoeiend om die drie briewe te beantwoord. Sy voel dat sy niks gemeen het met die drie meisies in Suid-Afrika nie, en dan het haar eie wêreldjie die afgelope vier weke so klein geword dat daar werklik niks is om oor te skryf nie. Haar briewe is dus meer 'n beskrywing van Oporto, sy mense en hul gewoontes.

Twee dae later, terwyl tia Loreta vir Elise in die studeerkamer met haar taallesse help, kondig 'n huishulp aan dat die twee jong menere De Sica in die sitkamer vir die ouer vrou wag.

Elise kyk tia Loreta vraend aan.

"Is hulle familie van dokter De Sica?" vra sy.

277

"Ja, hulle is Luis se tweelingseuns wat in Engeland in die medisyne studeer," verduidelik sy. "Rico en Duarte is nou wel vier jaar jonger as jy, pynlik voortvarend en terglustig, tog dink ek hul geselskap sal jou die wêreld se goed doen. Hulle is twee aangename seuns, baie goed opgevoed en vol lewenslus. Maar kom dat ons vir hulle gaan dagsê."

Elise help die tenger ou vroutjie om van die stoel af op te staan. Sy haak by haar in en saam stap hulle na die sitkamer toe.

"So, dan het julle twee darem eindelik besluit om vir ons te kom dagsê," glimlag tia Loreta nadat die bekendstelling afgehandel is en almal gaan sit het. "Hoe lank is julle hierdie keer met vakansie?"

"'n Hele maand, tia," sê Duarte met 'n vriendelike glimlag. Hy wil nog meer sê, maar sy tweelingbroer spring hom voor.

"Ons wil die señorita Elise eers beter leer ken voordat ons teruggaan Engeland toe," laat Rico ewe manhaftig hoor. "Pappa sê sy het die opgeruimde geselskap van jong mense nodig om haar op te beur, en . . . nou ja, ek en Duarte is nog lank nie verstokte oujongkêrels nie."

"Rico het gelyk, tia, ons ken die kuns om weer kleur aan mense se lewe te gee," spring Duarte nou op sy beurt sy tweelingbroer voor.

"Dis waar, ons wil die señorita graag wys dat die lewe vir haar nog baie pret en plesier inhou al het sy haar geheue verloor," sê Rico. "En jy weet tog dat sy by ons heeltemal veilig sal wees, tia."

"O, ek stem saam, Elise het beslis opbeurende geselskap nodig," sê tia Loreta. "Maar waarom julle twee jul saak so hartstogtelik by my bepleit, gaan my verstand te bowe," vervolg sy met 'n terglustige glinstering in haar donker oë. "Ek dink Elise is die persoon vir wie julle al hierdie dinge moet sê."

"O, ons sal nog," glimlag Duarte ondeund. "Ons wil maar net eers tia se toestemming hê om haar te besoek en haar saam met ons na vermaaklikheidsplekke toe te neem."

"Ja, Pappa het gesê die señorita is in tia se sorg, en al is sy Afrikaans en nie aan ons gewoontes gebonde nie, moet ons nogtans tia se toestemming vra wanneer ons haar na die een of ander vermaaklikheid toe wil neem," verduidelik Rico.

"Dit is baie bedagsaam van jul pappa," glimlag tia Loreta gemoedelik. "Ek is ook bly om te sien dat Engeland julle nie van jul eie landsgewoontes vervreem het nie."

"O, ons pas ons oral aan, tia," antwoord Duarte. "Maar sê nou eers, het ons tia se toestemming om die señorita Elise te besoek en uit te neem?"

"Wel, as Elise kans sien vir jul voortvarendheid, het ek niks daarop teë nie. Onthou net, ek hou julle twee verantwoordelik vir haar veiligheid wanneer julle haar iewers heen neem. Moenie dink omdat ek jul tante is, kan julle my om jul pinkie draai nie. Ek is baie lief vir julle twee, maar ek ken ook julle onnutsige streke."

Die twee jong mans begin hartlik lag. Hul oë blink van pret en terglustigheid.

"Ons maak nie meer mense met dooie slange en paddas bang nie, tia. Ons het daardie dinge al ontgroei," verseker Rico haar.

"Ons belowe om Elise met ons lewe te beskerm," stel Duarte haar ook gerus.

Hierna draai die twintigjarige Rico na Elise en sê met 'n breë, joviale glimlag: "Jy is baie kleiner as wat ek en Duarte gedink het, maar dit maak nie saak nie, ons sal mooi na jou kyk. Kan jy tennis speel?"

"Ag, ons sal haar leer as sy nie kan nie," tree Duarte flink tussenbei. Hy kyk Elise aan asof sy 'n oulike klein katjie is, en vervolg dan ewe gemoedelik asof hy met 'n skoolmeisie praat: "Ons sal jou al die dinge leer wat jy nie ken nie. Sal jy omgee as ons jou Elise noem? Ek is Duarte en my broer is Rico – die verkorting van Frederico."

Die twee jong studente se vriendelike voortvarendheid, ontluikende heerssug en manlike trots amuseer Elise geweldig. Sy besef dat sy die twee in 'n mate sal moet toelaat om vir haar te besluit, anders kan sy hul manlike trots straks ernstig krenk. Hulle is in elk geval eerlik en opreg.

"Ek gee glad nie om dat julle my op my naam noem nie, Duarte," antwoord Elise met 'n stadige glimlaggie. "Terloops, ek kan tennis speel – altans, ek dink ek kan. Ek weet in elk geval hoe die spel gespeel word."

"O, moet jou nie daaroor bekommer nie," laat Rico nou weer van hom hoor. "Sodra jy 'n raket in jou hand neem, sal jy instinktief weet of jy kan speel of nie en . . . Nou ja, Duarte het reeds gesê ons sal jou leer as jy nie kan speel nie. Ons wil jou ook leer dat 'n mens die lewe ten volle kan geniet al het jy die dinge van die verlede vergeet. Die verlede is in elk geval nie so vreeslik belangrik nie, pequena. Dit is die hede, en veral die toekoms, wat belangrik is."

Iets val hom skielik by. Hy draai na sy ou tante en vervolg: "Tia, ons het byna vergeet om my ma se boodskap oor te dra. Sy het tia en Elise genooi om ons môre te besoek."

"Ja, Mamma het gesê sy verwag tia en Elise voor elfuur," vul Duarte aan. "Julle tweetjies moet glo vir die dag by ons kom kuier."

"Dankie, jou ma kan ons halfelf verwag," sê die ouer vrou. "Hoe vorder jul studie?"

"Wel, ons twee is nog nie uitgeskop nie, tia, dus gaan dit nog voor die wind," antwoord Rico met 'n sagte laggie.

Die tweeling kuier by hul tante en Elise tot die horlosie twaalfuur slaan, toe groet en vertrek hulle.

Daar is 'n glimlaggie om die ouer vrou se mond toe sy sê: "Ek het so 'n vae vermoede dat jy 'n lewendige tydjie gaan hê, Elise. Die twee seuns klink vasberade om jou oral met hulle saam te sleep. Maar as jy voel dat jy die pas nie kan volhou nie, moet jy net praat. Daardie twee beskik oor 'n onuitputlike bron van energie en lewenslus wat my nog altyd verbaas het."

"Toemaar, ek sal nie toelaat dat hulle my ooreis nie, tia," belowe Elise. "As ek onderwys gegee het, sal ek seker nog weet hoe om twee lewenslustige seuns te hanteer . . ."

Die res van die dag bepaal Elise al haar aandag by haar taal-lesse, sonder om 'n enkele gedagte aan die tweeling te skenk. Vir haar is hulle twee mense wat op die grens van volwassenheid staan – half seun, half man.

Sy het skoon van die tweeling vergeet, totdat sy en tia Loreta die volgende oggend by dokter De Sica se huis aankom en die twee druk besig vind met herstelwerk aan die enjin van hul duinebesie. Die voertuig staan sommer daar voor die deur op die grasperk. Hul hande is met olie en ghries besmeer, selfs hul gesigte het nie 'n paar swart strepe vrygespring nie. Maar hulle glimlag breed tussen die swart strepe deur toe hulle Elise gewaar.

"Elise, jy kom asof jy geroep is," begroet Duarte haar.

"Ja, pequena, as jy môre saam met ons in hierdie besie wil ry, sal jy ons moet kom handgee," hoor sy Rico vanuit die duinebesie se ingewande sê.

"Wat, julle dink tog seker nie dat ek my ook so met olie en ghries gaan betakel nie –" begin Elise goedig terwyl sy en tia Loreta die doenigheid in die motortjie se enjin staan en bekyk. Maar Duarte val haar ongeërg in die rede.

"Luister, ou meisietjie, dit is nie nou die tyd om vir jou fyn te hou nie. Hierdie besie moet vandag herstel word, anders kan ons nie môre gaan bergklim nie," lig hy haar in asof sy die jongste spruit van die De Sica-gesin is.

Maar die dokter, wat hom nou ook by die groepie aangesluit het, tree dadelik vir Elise in die bresse.

"Julle seuns verwag tog seker nie dat Elise haar mooi rok met olie en ghries moet besmeer nie," sê hy. "En wat van haar fyn, wit hande?"

"Hier is baie water en seep waarmee sy haar hande kan was, Pappa . . ." begin Duarte.

"Ons sal ook vir haar 'n hemp en 'n kortbroek gee om aan te trek," vul Rico aan.

"Maar dis vandag Sondag!" protesteer Elise.

"Nou wat het dit met die saak te doen?" wil Duarte ernstig weet. "Vir ons is dit van die allergrootste belang dat ons môre met die duinebesie in die pad moet kan val."

"Nee, ek gee oor," glimlag Elise met 'n geamuseerde uitdrukking in haar oë. "Waar is daardie hemp en broek waarvan jy gepraat het, Rico?"

"Señorita Elise!" Die dokter kyk haar verbaas aan. "Jy moenie toelaat dat Rico en Duarte jou rondbeveel nie. En daardie smerige werk waarmee hulle wil hê jy hulle moet help, is baie beslis nie vir 'n dame bedoel nie."

"Maar hoe kan Pappa nou vir Elise afraai om ons te help?" kom dit half gekrenk van Duarte. "Ons het gister belowe om haar al die dinge te leer wat sy nie ken nie, en ek is seker sy weet niks van 'n motor se enjin af nie. Buitendien het ons haar hulp nodig. Sy moet vir ons die gereedskap aangee en ook hierdie armpie langs die vergasser vir my afdruk wanneer dit nodig is."

"Dokter, ek dink ek moet hulle maar handgee," sê Elise. "Dit lyk vir my of hulle nooit vandag hierdie blikkie op wiele aan die gang sal kry as ek hulle nie help nie."

Hierna verskyn mevrou De Sica op die toneel, en ná 'n uitgerekte argument tussen die tweeling en hul ma gaan verklee Elise in 'n kortbroek en hemp wat aan een van die seuns behoort. Die dokter bied haar 'n paar dun rubberhandskoene aan, en ná 'n rukkie verdwyn haar kop ook onder die kap van die motor.

Die vergasser is later skoongemaak en teruggesit, maar nou kom hulle agter dat die motor nie wil vat nie.

"Duarte, jy en Elise sal moet stoot," stel Rico ewe prakties voor waar hy reeds agter die stuur van die duinebesie sit.

"Wat, moet ek nou motor ook stoot?" Elise kyk Rico verontwaardig aan.

"Natuurlik moet jy help stoot! Hoe anders dink jy gaan ons die besie aan die gang kry?" vra Rico met 'n trek op sy gelaat wat duidelik sê dat sy 'n onnosele vraag gestel het. Sy kan mos sien dat daar gestoot moet word!

"Nou toe, maak die rem los sodat ons kan stoot," sê Duarte.

Die twee stoot totdat hulle uitasem is, maar die motor verseg om te vat.

"Julle stoot te stadig," kla Rico.

"Verskoon my, ons is nie olifante nie," werp Elise half gesteurd terug. "Klim uit en kom stoot self, want ek weier om hierdie rammelkas 'n tree verder te stoot."

"Moet nou nie moeilik wees nie, Elise," betig Rico haar. "Ons kan tog nie al drie stoot nie. Een moet agter die stuurwiel sit om die motor aan te skakel."

282

"Nou goed, ek sal die een wees wat die sitwerk agter die stuurwiel doen," hou sy vol. "Klim uit, dis nou weer jou beurt om die tjor te stoot."

"Asseblief, moenie onredelik wees nie, Elise. Van watter nut sal jy miskien agter die stuurwiel wees? Nee, probeer liewer om vinniger te stoot," stel Rico voor. Maar hiervan wil Elise niks weet nie.

"Luister hier, Rico de Sica," sê sy en pen hom met 'n kwaai blik vas, "jy moenie vir jou verbeel jy is die enigste mens op aarde wat 'n motor kan bestuur nie, verstaan jy my? Toe, klim uit en stoot. Ek sal hierdie smerige rammelkas self aan die gang kry."

Rico wil nog teëpraat, maar Duarte spring hom voor en sê bedaard: "Gee haar 'n kans, Rico, al is dit dan net om 'n bietjie agter die stuurwiel te rus."

"O, nou goed," stem Rico eindelik in. "Maar as jy oor Mamma se blomme ry, is daar vandag groot moeilikheid."

"Gaan stoot, man, ek is nie onnosel nie," val sy die jong man kortaf in die rede.

Met die twee jong mans aan die stoot neem dit nie lank nie, toe vat die motor. Die duinebesie staan en bewe soos 'n maer hond in 'n koue suidewind, en die geraas van die enjin kan jy wie weet waar hoor.

"Goeie hemel!" sê Elise toe die tweeling met hul lang bene oor die kant van die bewende voertuig klim en ingenome inskuif. "Dit lyk vir my of dit net gom en genade is wat hierdie rammelkas nog in een stuk hou. Hoor hoe ratel die ou dier se bakwerk."

"Vergeet dit," doen Duarte vriendelik aan die hand, "die bakwerk ratel maar altyd so. Dis in elk geval nie van belang nie."

"O, nou goed. Maar waarheen wil julle dan ry?" vra Elise.

"Huis toe," sê Rico.

"Ry om die huis en hou voor die agterdeur stil," stel Duarte voor. "Ons sal die besie ná die middagete moet was en poleer. Daarna sal hy weer so goed soos nuut wees."

Elise wil eers sê dat die tjor in die een of ander motorbegraafplaas hoort, maar sy swyg wyslik.

Toe die ghong middagete aankondig, is Elise weer netjies in

283

haar rok, kouse en deftige hoëhakskoene geklee. Maar toe hulle vir ete aansit, kyk die tweeling haar snaaks aan.

"Nou waarom het jy jou rok gaan aantrek, Elise?" vra Duarte. "Ons moet nog die duinebesie gaan was, of het jy vergeet?"

"Nee, ek het nie vergeet dat julle die rammelkas wil gaan was en poleer nie," glimlag sy liefies, "maar ek sal daar by julle staan en kyk dat julle die ou ding darem ordentlik was."

"Hm, dis net hoe 'n meisie is," mompel Duarte half binnensmonds.

"Ja, jong, hulle is hopeloos onvoorspelbaar," stem Rico saam. "'n Mens kan nooit op hulle peil trek nie."

Elise maak of sy hul gemor nie eens hoor nie en begin ewe gemoedelik met tia Loreta en haar gasvrou gesels.

Ná die ete, terwyl die ouer mense hul gebruiklike siësta geniet, gaan staan Elise by die tweeling en gesels, daar waar hulle die motor was en poleer. Die twee jong mans gesels net oor die volgende dag se bergklim, en so onder die gesels is die motor eindelik gewas en gepoleer.

Die son is byna onder toe tia Loreta en Elise eindelik groet en vertrek.

7

Rico en Duarte is gereed om Elise te gaan oplaai vir die dag se bergklim. Die duinebesie se enjin is reeds aangeskakel, toe dokter De Sica na hulle toe aangestap kom en met sy hand beduie dat hulle moet wag, hy wil eers met hulle praat. Albei jong mans se gesigte straal, want hulle is baie lief vir hul pa.

"Julle manne gaan natuurlik nou vir Elise oplaai?" sê-vra hy en vervolg bedaard: "In elk geval, daar is iets wat ek vergeet het om vir julle te vertel. Dit is in verband met Elise. Ek weet nie of tia julle gesê het nie, maar Elise is 'n bietjie ouer as julle twee –"

"Onmoontlik, Pappa," val Rico sy pa verbaas in die rede. "Elise kan niks ouer as sestien wees nie."

"Elise was reeds een en twintig, my seun," weerspreek sy pa hom, "en ek verwag dat julle haar soos die dame moet behandel wat sy is. Hou dit asseblief in gedagte dat sy nie altyd daarmee gediend sal wees om soos 'n skoolmeisie behandel te word nie."

Die twee jong mans kyk mekaar betekenisvol aan, toe sê Duarte half ingedagte: "Dit is allermins bemoedigende nuus, Pappa. Ek en Rico . . . ons twee . . . Ek bedoel, waarom het niemand vir ons gesê Elise is al so oud nie?"

"Jy bedoel, julle twee is verlief op die skone Elise," konstateer die dokter.

"Wel, ja, dit is waarop dit neerkom, Pappa," antwoord Rico, "maar een en twintig is gans te oud vir ons. Op daardie ouderdom wil meisies gewoonlik in die huwelik tree, en dit sal nog baie jare duur voordat ek en Duarte aan trou kan dink."

"Ek is bly julle besef dit," laat die dokter weer van hom hoor. "Maar as julle so oor haar voel, sou ek julle aanraai om haar liewer nie elke dag te sien nie."

Die uitstappie is vir Elise 'n aangename ondervinding. Hulle het nou wel nie tot by die kruin van die berg geklim nie, maar die oefening was genoeg om haar pootuit te laat voel toe hulle halfpad teen die berg halt roep vir middagete.

Vir die tweeling is die uitstappie nie so aangenaam soos gewoonlik nie, want vir Elise se onthalwe moet hulle stadig klim. Derhalwe besluit hulle om haar liewer nie weer saam te nooi wanneer hulle gaan bergklim nie.

Die hele dag is die twee jong mans so hoflik en bedagsaam teenoor Elise dat sy soms wonder of dit dieselfde tweeling is wat haar die vorige dag so gehiet en gebied het asof sy 'n skoolmeisie is. Sy wonder heimlik wat die verandering in hulle veroorsaak het.

Daardie hele dag kry Elise nie een keer die geleentheid om oor haar geheueverlies te tob nie. Ja, selfs in die bed daardie aand is sy so moeg dat sy net aan slaap dink.

Die volgende vier weke nooi die tweeling haar gereeld twee keer per week om hulle op 'n uitstappie te vergesel. Die res van die tyd help tia Loreta haar om die Portugese taal onder die knie te kry. Later dra selfs die tweeling hul deeltjie by deur met haar op Portugees te gesels. Gevolglik kan sy hulle die dag met hul vertrek na Londen in hul eie taal vir al hul vriendelikheid bedank en hulle 'n voorspoedige reis toewens.

Noudat Duarte en Rico vertrek het, is die dae vir Elise meteens baie stil en eensaam, en nou begin die getob oor haar vergete verlede opnuut. Sy het al twee keer briewe van haar vriendinne in Suid-Afrika ontvang, maar diep binne-in haar is iets wat haar vriendinne se briewe nie kan bevredig nie. Dit is 'n rusteloosheid, 'n soort verlange wat sy nie kan verklaar nie. Sy weet hierdie gevoel het iets met die verlede te doen, maar waarmee dit in verband staan, weet sy nie. En juis omdat sy dit nie weet nie, stem hierdie onverklaarbare gevoel haar soms bitter ongelukkig.

Tia Loreta is egter nie blind vir Elise se eensaamheid nie, al doen sy ook haar bes om dit vir die ouer vrou weg te steek. En nou, 'n week ná die tweeling se vertrek, is die ongelukkige trek in Elise se oë al weer so duidelik merkbaar dat die ouer vrou besluit om iets daaraan te doen. Sy weet dat sy niks aan die meisie se geheueverlies kan doen nie, maar sy kan darem probeer om die lewe vir haar gelukkiger te maak. Ja, sy moet Elise 'n rukkie see toe neem, na 'n stad wat genoeg afleiding vir 'n jong mens bied.

Ná die siësta maak die ouer vrou twee telefoonoproepe en sluit haar dan by Elise aan waar sy droomverlore op die voorstoep na die gesing van die voëls sit en luister.

"Ek hoop jy het lekker gerus, tia," begroet Elise die ouer vrou. Sy trek 'n stoel nader en help haar om te sit.

"Ja, dankie, filha, ek het baie lekker gerus," glimlag tia vriendelik, "maar daar is iets wat ek met jou wil bespreek. Weet jy, ek het so 'n aangename droom gehad," jok sy doelbewus. "Ek droom mos ek en jy is by die see. Ag, alles was so pragtig – die dynserigheid in die verte, die golwe wat so die een na die ander na die strand toe aangerol kom, en die meeue, so mooi wit teen die blou van die hemel. Ek dink ek en jy moet 'n rukkie Lissabon toe gaan, Elise. Jy is nou al twee maande hier in Oporto, dus sal jy seker nie omgee om my Lissabon toe te vergesel nie, nè?"

"Ek sal Lissabon baie graag wil sien, tia. Maar wat van groter belang is, is die feit dat jy nie alleen op reis kan gaan nie. Dus is dit nie eens nodig om te vra of ek jou sal vergesel nie, my liewe tia. Maar wanneer wil jy vertrek, ou moedertjie?"

"Ons vertrek oormôre. Trouens, ons plekke is reeds op die vliegtuig bespreek, dus kan jy môre begin inpak, my kind."

Toe Juana later saam met hulle op die stoep sit en koffie drink, vertel die ouer vrou haar van die voorgenome reis.

"Wel, dit is darem gerusstellend om te weet dat jy nie weer alleen gaan reis soos verlede keer nie," spreek Juana 'n mening uit.

"Ek sal mooi na tia Loreta kyk, Juana," verseker Elise haar op Portugees. "Ek sal persoonlik toesien dat sy haar nie ooreis nie."

Die volgende dag is Elise druk besig om haar klere na te sien en in te pak. Juana doen dieselfde vir tia Loreta.

Elise kan niks van haar vorige reis, twee maande gelede, onthou nie. Vir haar voel dit asof sy die eerste keer in 'n vliegtuig ry. Selfs toe hulle die middag op die Portela-lughawe neerstryk, is daar niks aan die lughawe wat haar eens 'n vae blik in die verlede gee of selfs 'n halwe gedagte by haar in herinnering roep nie. Alles is in 'n geheue weggesluit wat halsstarrig weier om na haar terug te keer. Sy kan nie eens haar kennismaking met tia Loreta onthou nie, en tog staan sy vandag weer op dieselfde plek waar haar reis na Oporto begin het.

Terwyl hulle deur die stad ry onderweg na tia Loreta se villa in Lissabon, bekyk Elise elke gebou, elke monument en standbeeld met fyn waarneming, maar helaas, die stad is vir haar net so vreemd soos die vliegtuig en die lughawe.

Sy bemerk die vraag in die ouer vrou se peinsende oë, en sy weet dat ook tia Loreta die hoop gekoester het dat sy iets sou herken, iets wat haar geheue sou prikkel en moontlik terugbring.

Elise skud haar kop en sê bitter teleurgesteld: "Dis hopeloos, tia, ek herken niks. Ek onthou ook niks van my verblyf hier in Lissabon nie."

Haar teleurstelling is so groot dat haar oë vol trane skiet. Sy soek in haar handsak na haar sakdoek, maar voel dan hoe tia Loreta 'n sakdoek in haar hand druk.

Nadat Elise haar trane afgedroog het, neem die ouer vrou haar hand vertroulik in hare en sê sag, vertroostend: "Moet jou nie so ontstel nie, filha. Ek weet die teleurstelling is groot, maar jy moenie te haastig word nie, my dogter. Luis het gesê jy sal jou geheue stelselmatig herwin, en ek het 'n gevoel dat jy jou geheue hier in Lissabon gaan herwin. Jy moet net weer al die plekke besoek wat jy tydens jou vorige verblyf hier in die stad besoek het."

"Hoe sal ek weet waar ek oral was, tia?" vra Elise met 'n dun stemmetjie waarin haar teleurstelling nog steeds deurskemer.

Die ouer vrou druk haar hand bemoedigend. "Jy moet al die plekke gaan besigtig wat gewoonlik deur toeriste besoek word, my kind."

"Tia, waarom is jou hande so uitermate warm? Voel jy nie gesond nie?" vra Elise met kommer in haar stem, haar eie teleurstelling nou heeltemal op die agtergrond geskuif.

Dis waar, Elise het die afgelope twee maande baie lief geword vir hierdie tenger ou vroutjie van wie sy so baie liefde en sorgsaamheid ontvang.

"Dis niks om verontrus oor te voel nie, Elise, kindjie," sê sy. "Ek het 'n bietjie hoofpyn, maar dit sal oorgaan sodra ek 'n hoofpynpoeier geneem het. Kom, moenie so bekommerd lyk nie, my kind. Ons is amper tuis, dan kan ek 'n hoofpynpoeier neem en 'n rukkie gaan rus."

"Maar, tia, jy is koorsig!" hou Elise vol.

"Ag, dis sommer niks nie, net 'n bietjie verkoue," glimlag die ouer vrou gerusstellend. "Môre sal alles weer reg wees, jy sal sien."

Ná 'n rukkie hou die motor voor tia Loreta se villa stil. Die deurwag, Diego, en sy vrou, Clara, wat in die eienares se afwesigheid na die villa kyk, kom verwelkom hulle by die motor. Albei is bly om haar so gou terug te sien.

Terwyl Diego die bagasie inbring, neem Clara en Elise die ouer vrou na die sitkamer.

" 'n Koppie koffie sal baie welkom wees, Clara," sê tia Loreta met 'n moeë stem. "Daarna kan jy my bed gereed maak dat ek 'n rukkie kan gaan rus."

Toe tia Loreta later in die bed is, wil Elise weet of sy nie maar 'n dokter moet ontbied nie, maar hiervan wil sy niks weet nie. Sy verseker Elise weer eens dat dit net 'n ligte verkoue is, niks om bekommerd oor te voel nie.

"Nou goed," sê Elise,"ons sal voorlopig van die dokter vergeet, maar ek sit nie 'n voet uit hierdie kamer solank tia se koors so hoog is nie."

Elise het woord gehou en net die kamer verlaat om aandete te nuttig. Daarna het sy weer haar plek op die stoel langs haar geliefde tia se bed ingeneem. Sy weet nie of sy haar dit verbeel nie, maar dit lyk asof die ou vroutjie se koors styg. Sy voel nou baie onrustig, want tia is al diep in die sewentig en haar gestel is glad nie sterk nie.

Elfuur daardie aand besef Elise dat die ouer vrou ernstig siek is. Haar koors is gevaarlik hoog en met rukke klink dit asof sy yl. Elise besluit dat sy onverwyld 'n dokter sal moet ontbied.

Met hierdie besluit geneem, haas sy haar na Clara en Diego se kamer en klop saggies aan. Dis Diego wat die deur oopmaak.

"U lyk ontsteld, juffrou Eybers," sê hy besorg. "Het mevrou De Freitas se toestand versleg?"

Elise knik bevestigend. "Ek dink jy moet liewer haar dokter ontbied, Diego. Dis onsinnig om so met haar gesondheid te dobbel."

"Mevrou De Freitas se huisdokter het verlede maand afgetree, maar ek sal sy jong nefie, dokter Armando Barreto, ontbied. Mevrou sal dit goedkeur, want sy ken die jong dokter baie goed."

Hierna keer Elise terug na die siekekamer toe, en 'n halfuur later kondig Diego die dokter se koms aan.

Die dokter is 'n skraal man van middelmatige lengte met bruin hare en grys oë. Elise skat hom niks ouer as agt en twin-

289

tig nie. Hy stel hom aan haar voor, vra haar uit na tia Loreta se ongesteldheid en begin dan met die ondersoek.

"Wat makeer haar, dokter?" vra Elise nadat die ondersoek afgehandel is. "Is dit verkoue?"

Hy skud sy kop.

"Nee, dit is nie verkoue nie, juffrou. Sy het longontsteking en in haar swak toestand kan dit ernstige gevolge hê. Het jy kennis van verpleging?"

Elise skud haar kop. "Ek het geen kennis van verpleging nie, maar ek sal darem vir tia Loreta haar medisyne kan gee."

"Dit is nie genoeg nie," sê die dokter. "Jou tia Loreta het die sorg van 'n goeie verpleegster nodig, iemand wat 'n inspuiting kan toedien wanneer dit nodig is."

"Dan moet jy asseblief vir haar 'n verpleegster in diens neem, dokter, want soos ek tia Loreta ken, sal sy sê dat haar siekte nie 'n verpleegster se sorg regverdig nie en dat ons net die verpleegster se tyd verspil."

Hy sit die voorskrif op die bedkassie neer en verduidelik hoe die medisyne geneem moet word. Met die belofte dat hy die volgende oggend 'n verpleegster sal saambring, groet en vertrek hy.

Ná die dokter se vertrek vra Elise vir Diego om die voorskrif na 'n noodapteek te neem, aangesien die ouer vrou die medisyne sonder versuim moet begin gebruik.

Daardie nag maak Elise nie 'n oog toe nie. Clara en Diego bied aan om beurtelings by tia Loreta te sit, maar sy weier om die siekekamer te verlaat. Toe sy twee maande gelede in die hospitaal was, het tia Loreta elke dag langs haar bed gesit en haar selfs daarna soos 'n eie ma versorg. Nou is dit haar beurt om die eensame ou vroutjie met liefde en sorg by te staan.

Die hele nag doen Elise vir die sieke wat sy kan, maar die koors neem nie af nie. Agtuur daag die dokter met 'n verpleegster op en beveel Elise om dadelik te gaan slaap.

"Ek sal nooit kan slaap solank tia Loreta se koors so hoog is nie, dokter," maak sy dadelik beswaar. "Ek verkies om hier by haar te bly totdat haar koors begin afneem."

290

"Jou tia Loreta is nou in bekwame hande, juffrou Eybers –" begin die dokter, maar Elise wil niks weet nie.

"Ek verkies nogtans om hier te bly, dokter," antwoord sy vasberade.

"Maar ek voel besorg oor jou, juffrou Eybers," kla hy. "Jy stel jou eie gesondheid onnodig in gevaar. Griep is aansteeklik, weet jy?"

"Ja, ek weet, dokter, maar dit gaan my nie verhinder om hier by tia Loreta te bly nie. Ek . . . e . . . Ag, jy sal tog nie verstaan nie. In elk geval, ek sal later gaan slaap."

Clara kom die vertrek binne met drie koppies koffie. Op die dokter se versoek plaas sy die skinkbord op die kleedtafel en verlaat weer die vertrek.

"Dit lyk of jy kan omval van moegheid, juffrou Eybers," sê die dokter en bied haar 'n koppie swart koffie aan.

Elise gebruik nooit melk of suiker in haar koffie nie, maar hierdie koffie smaak vir haar darem baie bitter.

Vieruur die middag word sy op haar bed wakker. Sy het 'n dowwe hoofpyn, en 'n oomblik lank voel sy heeltemal verward. Dis 'n vreemde kamer waarin sy haar bevind en . . . ja, ook die bed is vreemd. Sy sluit haar oë en dwing haar gedagtes terug na die dag se gebeure. Toe onthou sy van tia Loreta se siekte en dat sy die hele nag langs haar bed gesit het.

Ek moet op die stoel aan die slaap geraak het, dink sy, maar hoe het ek hier op die bed gekom?

Clara kom die kamer saggies binne met 'n koppie koffie en 'n bordjie koek.

"Hoe gaan dit met mevrou De Freitas?" vra Elise.

"Haar koors begin nou stadig afneem, juffrou Eybers," sê Clara duidelik verlig.

"O, maar dit is baie goeie nuus, Clara," glimlag Elise. "Maar hoe het ek hier op die bed beland? Ek glo nie ek het in my slaap geloop nie, of het ek?"

"Nee, jy het nie, juffrou," antwoord Clara beleef. "Die dokter het 'n ligte slaapmiddel in jou koffie gesit, en toe jy aan die slaap was, het hy jou op die bed kom neerlê."

"So 'n vermetele vent! Wel, hy gaan my nie langer uit tia

291

Loreta se kamer hou nie," sê Elise en stoot haar bene met 'n besliste beweging van die bed af. "Dankie vir die koffie en koek, Clara, dit sal lekker smaak."

Terwyl Elise bad en haar aantrek, dink sy onthuts aan die jong dokter se slinksheid om haar op so 'n manier uit die siekekamer te kry.

"Dit was eiegeregtig van hom," gesels sy in haar enigheid met haarself, "maar hy sal nie weer die geleentheid kry om 'n slaapmiddel in my koffie te sit nie . . . So ja, nou is ek gereed om weer by tia te gaan sit. Ek sal net eers 'n hoofpynpoeier neem."

Sy hoor 'n motor voor die deur stilhou en sien deur die venster dat dit die dokter is. Dadelik voel sy weer onthuts en besluit om in haar kamer te bly totdat hy gery het. Dit sal veel beter wees om in die vervolg liewer uit tia Loreta se kamer te bly wanneer hy daar is, meen sy.

Tia Loreta is wakker toe Elise haar kamer binnestap en langs die bed gaan sit.

"Ek hoor jy het heelnag langs my bed gesit, filha," sê die ouer vrou met 'n swak stem op Engels. "Armando was glo verplig om jou vanoggend ongemerk 'n slaapmiddel te gee, ten einde jou in die bed te kry."

"Ek dink dit was gemeen van hom, tia. As jy iets oorgekom het terwyl ek geslaap het –"

"Maar ek het nie, Elise," val sy haar met 'n sweem van 'n glimlaggie in die rede. "Jy moet ook nie vir Armando kwaad wees nie. Hy het maar net gedoen wat onder die omstandighede die beste vir jou was. Hy is 'n baie verantwoordelike jong man en 'n toegewyde dokter."

"Hy mag al daardie dinge wees, tia, maar ek verkies nog om my eie besluite te neem," hou Elise vol. "In elk geval, ek sal hom nie weer moeite besorg nie."

Daarna vermy sy hom. Elke keer wanneer sy motor voor die deur stilhou, maak sy verskoning en verlaat die siekekamer tot tyd en wyl hy weer gery het. So hou dit aan totdat tia Loreta haar die vierde dag vra waarom sy Armando so doelbewus vermy.

"Ek het jou mos belowe dat ek hom nie weer moeite sal besorg nie, tia," sê Elise met 'n vriendelike glimlaggie. "Ek sorg maar net dat ek onder sy voete uitbly."

"Ek glo nie die seun voel gelukkig oor jou optrede nie, filha. Hy vind dit eienaardig dat hy jou nog nie weer hier langs my bed aangetref het nie. Trouens, hy wou vanoggend van my weet waarom jy hom vermy en . . . wel, ek het nie geweet wat om vir hom te sê nie."

"Sê maar net vir hom ek bewys hom graag die guns om in die siekekamer onder sy voete uit te bly, tia. Ek hou nie daarvan om so . . . so onverhoeds aan die slaap te raak en met 'n ellendige hoofpyn wakker te word nie."

"Jy kan Armando se eiegeregtige optrede maar nie vergewe nie, nè?" glimlag die ou vroutjie.

"Kom ons sê liewer ek het versigtig geword, tia. In elk geval, jy behoort bly te wees dat ek so bedagsaam is om nie in sy pad te sit wanneer hy jou moet ondersoek nie."

"Toemaar, ek glo niks wat jy my nou vertel nie, my kind, maar ons sal dit daar laat. Onthou net, Armando is 'n eerbare en betroubare man. Hy sal nooit iets doen wat jou tot nadeel sal strek nie."

Ná hul gesprek is die ouer vrou so uitgeput dat sy dadelik aan die slaap raak. Dit was pas elfuur, dus besluit Elise om vir 'n wandeling na die hawehoof te gaan. Sy het vroeër deur haar kamervenster gesien hoe 'n groot passasiersboot deur twee sleepbote die hawe binnegelei word, en sy wil die boot graag van nader besigtig.

Sy gaan haal haar sonhoed en handsak in haar kamer en ná 'n rukkie stap sy by die groot hek uit. Die hawe is ongeveer vier blokke van die villa af en vir haar is dit net 'n gesonde wandeling. Sy stap voor die Tagus-hotel verby, maar die plek laat op haar geen indruk nie. Wat haar betref, het sy die hotel nog nooit voorheen gesien nie.

Dit is die eerste keer sedert sy en tia Loreta vyf dae gelede in Lissabon aangekom het dat Elise buite die terrein van die villa gaan stap. Sy nader die hawehoof en besluit om te maak asof sy een van die passasiers kom haal.

293

Sy nader die hek en sien terloops hoe 'n lang, donker man van die ander kant af deur die hek aangestap kom. Drie tree van haar af bly hy skielik staan, en dis vir haar asof sy gelaat met-eens ophelder. Die volgende oomblik staan hy reg voor haar.

"Querida!" hoor sy hom saggies met 'n vreemde warmte in sy stem uitroep.

Sy vererg haar dadelik vir die voorbarige man wat haar liefling noem. Hy is natuurlik een van die talle wolwe wat altyd op die loer lê vir 'n onskuldige meisie, meen sy, onbewus daarvan dat hierdie man geen wolf is nie, maar die markies Germano Nor-berto Concalves de Nobrega, die man aan wie sy op die punt gestaan het om verloof te raak. Maar sy herken hom glad nie. Vir haar is hy 'n volslae vreemdeling.

Dit is nou al byna twee maande dat die markies verbitter deur die lewe gaan. Hy het homself al byna oortuig dat hy Elise nie meer liefhet nie, maar noudat sy weer hier in al haar skoon-heid voor hom staan, besef hy dat sy liefde vir haar nog net so vurig is.

"Pequena," sê hy weer, "jy is inderdaad die mooiste vrou op aarde. Maar laat ons in my motor gaan sit. Daar sal ons rusti-ger kan gesels, want daar is so baie vrae wat ek jou wil vra –"

"Meneer," val sy hom met 'n kil stem in die rede, "ek weet nie wie jy is nie, en ek wil ook nie weet nie. Begryp my baie goed. As jy nog langer aanhou om my hier in die straat te moles-teer, sal ek verplig wees om jou te laat arresteer. Maak asseblief dat jy wegkom."

Germano is meteens doodsbleek. Hy weet dat hy hom nie ver-gis het nie, Elise het hom pas op 'n kil en hartelose wyse van haar af weggestuur. Sy het dus al die tyd met sy liefde gespeel, haar verlustig in sy liefdesbetuigings wat vir haar niks beteken het nie. Hy voel hoedat 'n onkeerbare woede in hom opstu, woede omdat sy 'n tweede keer daarin geslaag het om sy hart met liefde en verwagting te vul, net om alles in sy gesig terug te werp.

Daar is 'n harde, ongenaakbare trek om sy mond en in sy oë toe hy ewe kil sê: "Goed, ek sal gaan as jy dit so verkies . . . Adeus!"

Elise is nou so ontsteld oor die man se voorbarigheid dat sy

294

nie eens meer lus voel om na die boot te gaan kyk nie. Sy kan nie begryp waarom sommige mans nie 'n meisie op straat met rus kan laat nie. Hulle is soos diere, altyd op soek na prooi.

Sy voel so ontstoke dat sy nie eens sien toe die markies in sy silwergrys sportmotor klim en teen 'n gevaarlike snelheid wegtrek nie.

Tydsaam begin sy terugstap na die villa toe. Sy besluit om liewer nie 'n woord van die voorval aan tia Loreta te sê nie.

Dit sal haar net onnodig ontstel as sy hiervan moet weet, en die ellendige man het my darem nie leed aangedoen nie, dink Elise. Ek moet liewer van die hele affêre vergeet en net sorg dat ek nie weer alleen na die hawe toe stap nie . . . Verbeel jou, om my querida en pequena te noem en my dan nog boonop te nooi om saam met hom in sy motor te gaan sit. Hy moet seker dink ek is onnosel!

Sy is nog bitter ontstoke toe sy eindelik by die villa aankom.

8

Ná Elise se tuiskoms gaan sit sy by tia Loreta en gesels tot die ghong middagete aankondig. Later, terwyl die sieke slaap, neem sy 'n tydskrif en gaan sit op die voorstoep en lees.

Sy sit weggesak in 'n groot leunstoel, en met rukke dwaal haar gedagtes van die tydskrif af weg en staar sy peinsend na die hawe. Maar haar gedagtes is nie by die skepe in die hawe nie. Sy dink aan haar vorige verblyf hier in Lissabon waarvan sy niks onthou nie. 'n Lomerigheid oorval haar en sy raak net daar in die stoel aan die slaap.

Dis byna vieruur toe Elise wakker word. Haar oë is nog nie eens behoorlik oop nie, toe hoor sy 'n man terglustig sê: " 'n Mens geniet die siësta nie op 'n stoel nie, juffrou Elise, jy gaan lê gemaklik op jou bed en rus."

Haar oë vlieg verward oop, dan kyk sy vas in Armando Barreto se laggende grys oë waar hy ewe tuis en op sy gemak reg-oor haar sit.

295

"Dokter, ek het nie die siësta geniet nie. Ek . . . ek het sommer net aan die slaap geraak," sê sy nog steeds half deur die slaap.

"Dis gesond om smiddags 'n rukkie te rus, juffrou. Jy behoort dit elke dag te doen."

"Het jy jou pasiënt kom besoek, dokter? Jy . . . jy is ietwat vroeg vandag," stuur sy die gesprek in 'n ander rigting terwyl sy hom met gevoude hande sit en aankyk.

"Ek het nie die pasiënt kom besoek nie, ek het jóú kom spreek," sê hy. "Ek hoor jy is nog steeds verontwaardig omdat ek 'n slaapmiddel in jou koffie gegooi het. Wel, ek is jammer dat jy daaroor onthuts voel, want ek het dit vir jou eie beswil gedoen. Jy het vir my so uitgeput en bekommerd gelyk . . ."

"Toemaar, dokter, ek verstaan. Ek is ook nie meer verontwaardig oor die voorval nie," stel sy hom gerus. "Vertel my liewer, wanneer sal tia Loreta weer op die been wees?"

"Sy sal nog vyf dae in die bed moet bly. Daarna sal sy haar 'n paar dae stil moet hou om aan te sterk. Maar waaroor ek jou eintlik wil spreek . . . Ek het mevrou De Freitas se toestemming om jou vir ete te nooi. Sal jy vanaand saam met my gaan eet, juffrou Elise?"

"Dokter, ek weet nie, ek . . . Ons ken mekaar skaars . . ."

"Dan is dit tyd dat ons mekaar beter leer ken, en ons kan begin deur mekaar op die naam te noem," stel hy voor. "Jy kan begin deur my Armando te noem, en ek sal jou Elise noem."

Elise dink 'n oomblik na en vra dan ietwat huiwerig: "In verband met die . . . e . . . ete . . . Is dit formele drag?"

Die jong man se gelaat helder meteens op. "Ja," sê hy, "dis formele drag. Dit is 'n luukse restaurant langs die Tagusrivier waarheen ek jou wil neem. Sal jy my die eer aandoen en my uitnodiging aanneem, Elise?"

"Wel, as tia Loreta reeds toestemming gegee het dat jy my vir ete mag nooi, sal ek haar maar haar sin gee en jou uitnodiging aanneem. Maar moet asseblief nie 'n gewoonte daarvan maak nie . . . Hoe laat moet ek gereed wees?" vra sy bedaard.

"Jy klink nie juis gretig om Lissabon se naglewe te geniet nie," sê Armando met 'n goedige glimlaggie. "Jy stel my teleur, want ek het gehoop dat jy my volgende week na die hospitaal-

296

dans sal vergesel. Maar ons sal nie nou al daaroor gesels nie. In elk geval, ek sal agtuur hier wees om jou te kom haal."

Hierna staan hy op en sê dat hy eers sy pasiënt wil besoek voordat hy weer ry. Elise kyk hom agterna totdat hy deur die voordeur verdwyn. Toe is sy meteens weer alleen. Sy dink aan Armando se onverwagte uitnodiging en wonder of sy die regte ding gedoen het.

Terwyl die jong dokter by sy pasiënt vertoef, gaan Elise na haar kamer toe. As sy formeel geklee moet wees, sal sy nou moet gaan kyk of sy 'n geskikte rok het om aan te trek.

Die markies verkeer heeldag in 'n ongenaakbare luim. Ná sy ontmoeting met Elise by die hawe het hy reguit na sy kantoor gery, vasbeslote om nie weer 'n enkele gedagte aan haar te skenk nie. Hy verwens hom omdat hy die oggend so oorstelp van blydskap was toe hy haar daar by die hawe raakgeloop het. Hy moes glad nie eens met haar gaan praat het nie, want haar skielike verdwyning het tog duidelik bewys dat sy 'n goedkoop, hartelose flerrie is, 'n ydele verleidster wat net daarop uit is om harte te verower en dit dan onder die netjiese, dun hakkie van haar skoen te vertrap.

Tog kan hy nie help om te wonder waarom sy hier in Lissabon is nie. Maar dan dink hy weer aan haar valsheid. Sy het voorgegee dat sy hom glad nie ken nie, en dit nadat sy plegtig belowe het om met hom in die huwelik te tree.

Sy is totaal verrot van leuens en skynheiligheid, flits dit wrewelrig deur sy ontstoke gedagtes. Ek hoop ek sien haar nooit weer nie. Net die gedagte aan wat my lot sou gewees het as ek met haar in die huwelik getree het, laat my sidder . . . Ja, werklik, ek besef nou eers wat 'n ontsettende ramp my gespaar is. Om te dink dat ek die goedkoop flerrie my markiesin wou maak, die vrou wat as voorbeeld vir my familie moet dien. Wel, dank die hemel dat daar niks van gekom het nie, want sy sou inderdaad 'n bitter treurige voorbeeld gestel het . . .

Germano is nog vol bitter gedagtes toe hy eindelik sy kantoor binnestap en agter sy lessenaar inskuif. Sy sekretaris klop aan en stap die vertrek binne met 'n lêer in die hand. Hy maak sy mond oop om iets in verband met die lêer te verduidelik, maar Germano maak hom terstond met 'n ligte handgebaar stil.

"Miguel, bewys my asseblief 'n guns en neem daardie lêer terug," versoek hy sy sekretaris kortaf. "En onthou, ek is vandag vir niks en niemand beskikbaar nie."

"Laat my dan net toe om te sê dat u suster gebel het, meneer die markies," waag Miguel dit ten spyte van die markies se ontstoke bui.

"Het sy vir my 'n boodskap gelaat?" wil Germano kortaf weet.

"U suster het gesê ek moet u daaraan herinner dat u 'n tafel by die Costa do Sol vir vanaand bespreek het," deel Miguel hom mee. Hy sê egter nie dat die markies se suster van hom wou weet waarom haar broer nou al meer as twee maande lank in so 'n ongenaakbare luim verkeer nie, byna soos iemand wat met verbittering deur die lewe gaan. Al wat hy vir haar kon sê, was dat die markies geen probleme in die sakewêreld of op kantoor ondervind nie.

"Dankie, Miguel, ek het reeds my ete-afspraak met my suster vergeet," sê Germano. Hy staan van die stoel af op as teken dat die onderhoud afgehandel is. Met sy een hand in sy broeksak en 'n sigaret in die ander hand, gaan staan hy voor een van die lang vensters van sy kantoor.

Hier waar hy voor die venster staan, woed 'n ontsettende stryd in sy gemoed. Hy verag Elise vir wat sy is, tog kan hy haar beeld nie uit sy gedagtes kry nie. Sy is so mooi, so uitsonderlik mooi. En daardie sagte blou oë . . . ! Dit maak hom woedend om te dink dat sy haar skoonheid gebruik om mans mee aan te lok en te bedrieg. Uiterlik lyk sy so sag, skoon en rein soos 'n engel, maar van binne . . .

Nee, hy moet hierdie gedagtes laat vaar. Hy moet liewer nooit weer aan haar dink nie. Sy is nie die soort meisie aan wie 'n ordentlike man behoort te dink nie.

Die res van die dag is Germano stil, koud en ongenaakbaar, en toe hy die middag tuiskom, het sy luim nog nie verander nie. Sy jong weduweesuster, Julietta, wat sedert haar man se afsterwe by hom in sy castelo woon, voel al glad bang om met hom te praat, want deesdae moet sy haar woorde so versigtig tel. Net een verkeerde woord is genoeg om sy grimmigheid aan te blaas. Sy het dit een keer gewaag om hom te vra waarom hy so grimmig is, maar sy kille teregwysing het haar laat wens dat sy liewer haar mond gehou het.

Ten spyte van die harde uitdrukking op Germano se aantreklike gelaat is hy nogtans 'n indrukwekkende figuur toe hy en sy suster, albei baie deftig geklee, die Costa do Sol binnestap.

Die kelner neem hulle na 'n tafeltjie in die verste hoek. Hieroor voel Germano verlig, want in hierdie hoek sal bekendes hom nie maklik raaksien nie. Hy voel nie vanaand lus vir sy vriende se geselskap nie, want Elise se beeld is nog te vars in sy geheue. Hy het tyd nodig om hom te oriënteer, hom te vereenselwig met die gedagte dat sy hier in Lissabon is.

Waar Germano in die hoek met sy rug na die muur toe sit, het hy 'n wye uitsig oor die hele ruim vertrek wat met dosyne gekleurde kerse verlig is. Hy bestel vir hom en Julietta elkeen 'n voorgereg. Toe hy sy wynglas afgetrokke na sy lippe bring, merk hy Elise uit die hoek van sy oog in die geselskap van 'n vreemde man terwyl hulle deur die hoofingang gestap kom.

Dit is soos 'n elektriese skok wat deur hom gaan. Sy het dieselfde swart rok aan wat sy daardie aand saam met hom gedra het . . . Daardie aand was 'n spesiale aand, 'n aand toe sy net syne was, net aan hom behoort het – altans, dit is wat hy toe geglo het.

Germano is merkbaar bleek, maar andersins laat hy niks blyk van wat in hom omgaan nie. Hy bring die glas weer na sy lippe toe en ledig die inhoud met een teug.

Terwyl sy blik elke beweging van Elise volg, skuif die wysers van die horlosie en sy gedagtewêreld terug na 'n aand tien weke gelede . . . 'n wonderlike aand. Sy was net so pragtig soos vanaand met hare wat soos ragfyn goue draadjies blink, sagte rooi lippe wat lyk asof hulle op die eerste liefdesoen wag, en oë so blou soos 'n skoongewaste hemel.

Daardie aand het net ons twee bestaan, dink hy. Net ons

299

twee, die musiek en die gekabbel van die water teen die terras. Die maan het die rivier tot silwer omskep en ons twee het daar buite op die bankie gesit en gesels soos mense wat mekaar pas gevind het maar tog van die grondlegging van die wêreld af vir mekaar bestem was . . . Ja, daardie aand het sy net met my gedans. Sy het so volmaak in my arms gepas asof dit so vir haar beskik was. Alles was hare . . . my hart, my lewe en my toekoms. Sy was die spil waarom my hele wêreld gedraai het.

Hy sien hoe Elise en die jong man by 'n tafeltjie gaan sit. Dan hoor hy die kelner meteens langs hom praat. Hy plaas hul bestelling en is nie eens bewus van Julietta se blik wat stil, peinsend op hom rus nie.

Vir Elise het hierdie uitstappie geen betekenis nie, want saam met die verlies van haar geheue het sy ook iets anders verloor – iets wat haar hart vir die liefde van 'n man gesluit hou. Sy weet dat Armando heimlik die hoop koester dat hierdie vriendskap in iets diepers kan ontwikkel. Dit is in sy oë, elke keer wanneer hy na haar kyk, maar sy kan hom nou al sê dat dit 'n ydele hoop is. Sy het hom net hierheen vergesel om vir tia Loreta haar sin te gee, om geen ander rede nie.

Sy weet nie waarom dit so is nie, maar hierdie plek met sy kerslig stem haar vreemd hartseer. Dit is asof die atmosfeer, die mense, die sagte musiek op die agtergrond, 'n diep verborge snaar in haar roer. Maar waarom dit haar ongelukkig stem, kan sy nie begryp nie. Dit is mos nie 'n plek waar hartseer tuishoort nie!

Dis waar, almal lyk opgewek en gelukkig, dink sy. Dit is net ek wat nie so gelukkig voel nie, wat nie kan glimlag nie omdat daar vir my niks in die lewe oorgebly het om oor te glimlag nie. Alles wat ek doen, doen ek omdat ek moet, omdat die lewe so hardnekkig weier om vir my stil te staan . . .

"Mag ek weet waarom jy so stil en afgetrokke is, Elise?" hoor sy Armando vra.

"Daar is geen rede nie, ek is maar altyd so," antwoord sy sag.

Hy kyk haar ondersoekend aan. "Nee," sê hy, "jy lyk nie altyd so . . . so hartseer nie. Ek merk dit vanaand die eerste keer by jou op en ek vind dit eienaardig om in hierdie vrolike, romantiese atmosfeer so 'n hartseer uitdrukking in jou oë te sien."

"Ek het maar van nature sulke snaakse oë," skerm sy en stuur dan die gesprek in 'n ander rigting deur hom uit te vra oor sy werk.

Ná die ete val die orkes met vrolike dansmusiek weg. Armando vra Elise om met hom te dans en ná 'n rukkie beweeg hulle saam met etlike paartjies oor die dansvloer op die maat van 'n meesleurende tango.

Germano word doodsbleek toe die orkes die Maanlig-tango begin speel, want tien weke gelede het hy en Elise in volle harmonie op die maat van daardie meesleurende tango gedans. Daardie tango is vir hom soos 'n stem uit die graf van 'n teer beminde.

Sy oë rus koud en bitter op Elise en haar dansmaat. Dit is vir hom heiligskennis dat sy daardie spesiale tango, húl tango, met iemand anders kan dans asof die musiek vir haar niks beteken en geen enkele herinnering inhou nie.

O, sy is harteloos, gewetenloos, absoluut sonder gevoel, dink hy verbitter.

Die markies soek die hele aand lank 'n teken van menslikheid by Elise, maar vind niks nie. As haar blik hom net een keer tussen al die ander hier in die vertrek uitgesoek het, sou hy geweet het dat sy darem nog 'n klein bietjie gevoel van menslikheid in haar het. Maar sy ignoreer hom asof sy hom glad nie ken en hom nog nooit in haar lewe gesien het nie. Ondanks sy verbittering is sy stem nogtans bedaard toe hy met Julietta praat.

"Ek dink ons moet gaan," sê hy. Hy verstrek geen rede waarom hy vanaand so haastig is nie en Julietta weet al van beter as om hom te vra. Sy besef dat iets of iemand van hom die verbitterde man gemaak het wat hy is. Maar nou is hy so trots en hooghartig, 'n mens voel byna asof jy hom 'n oneer aandoen deur vir hom jammer te voel . . .

Dit is ver oor twaalf toe Elise daardie aand tuiskom. Tia Loreta is reeds aan die slaap, maar die verpleegster sê dit gaan baie goed met haar. Dus besluit Elise om ook maar te gaan slaap.

301

In die bed neem sy die aand se uitstappie in oënskou. Die Costa do Sol en die ete was baie deftig en van die beste. Armando was besonder bedagsaam en sjarmant en die musiek was soms strelend en soms opwindend. Ja, daar was alles om 'n genotvolle aand te verseker . . . en tog het die aand vir haar baie min pret ingehou.

Ek verstaan myself ook nie, dink sy en sug mismoedig. 'n Ander meisie sou die aand ten volle geniet het, want Armando is nie onaantreklik nie. Maar daardie motorfietsongeluk het iets in my lewe verander, iets wat van my die mens gemaak het wat ek vandag is – rusteloos en sonder belangstelling in mans, pret of plesier. Dit moet bepaald iets met my verlede te doen hê. En tog het tia, Estelle, Marie en Linda my feitlik alles van die verlede vertel. Volgens Estelle was daar geen man in my lewe nie en ook tia sê dat ek nie 'n enkele woord van 'n liefdesverhouding gerep het nie. Ek was dus die soort meisie wat net in my loopbaan belanggestel het. Dis natuurlik daarom dat ek so verlore voel, omdat ek op die oomblik nie skoolhou nie . . . Ja, dis nooit anders nie . . .

Hierdie laaste gedagte bring soveel verligting in haar gemoed dat sy byna dadelik aan die slaap raak.

Tia Loreta lyk inderdaad beter toe Elise die volgende oggend vir haar gaan môresê.

"Het jy gisteraand se uitstappie saam met Armando toe darem geniet?" vra die ouer vrou en beduie vir Elise dat sy moet sit.

"O, dit was nie sleg nie," antwoord sy sonder veel belangstelling en vervolg dan met 'n sweem van 'n glimlaggie: "Jy moet asseblief nie planne beraam om my en Armando bymekaar te bring in die hoop dat daar iets meer as vriendskap tussen ons kan ontstaan nie, ou moedertjie, want dan gaan jy teleurgesteld wees. Ek sal nooit iets meer as vriendskap vir Armando voel nie."

"Wat is verkeerd met hom dat jy hom nooit sal kan liefhê nie, my kind?" vra tia Loreta bedaard, kompleet asof sy by magte is om al Armando se foute reg te stel indien hy oor so iets beskik. "Is hy nie vir jou aantreklik genoeg nie?"

302

"O, hy is nie onaardig nie, tia, en sy maniere laat ook niks te wense oor nie. Dis maar net . . . wel, ek stel maar net nie op daardie manier in hom belang nie."

"Jy ken hom nog nie goed genoeg nie," meen sy. "Sodra jy hom beter ken, sal jy vind dat hy 'n besonder aangename man is."

"Tia, ek dink jy begryp my nie reg nie. Ek het niks teen Armando nie, ek stel net nie in mans belang nie," verduidelik Elise. "Ek weet nie of ek altyd so was nie, maar sedert die ongeluk is daar geen gevoel in my hart vir 'n man nie. Dis asof die teenoorgestelde geslag my heeltemal koud laat."

"Toemaar, hierdie kilheid sal weldra verdwyn, my hartjie," glimlag tia Loreta gerusstellend. "Luis het my verseker dat jy volkome herstel het. Jou kilheid is stellig te wyte aan die feit dat jy ietwat onseker voel omdat jy jou geheue verloor het. Maar alles sal mettertyd regkom."

"Ek wonder," sê Elise sag, half ingedagte.

"Wat wonder jy, kindjie?"

"Ek dink maar net aan my geheueverlies, tia. Dit is al byna drie maande, en ek kan nog niks van my verlede onthou nie. Ek glo nie ek sal ooit my geheue herwin nie."

"Jy sal, kindjie," troos tia Loreta, "jy moet net nie haastig word nie. Luis sê hierdie dinge het tyd nodig, jy moet net moed hou en geduldig wees. Sodra ek weer op die been is, gaan wys ek jou ons besienswaardige koetshuis . . ."

"Nee, wag 'n bietjie, tia," keer Elise. "Jy het vir my gesê ek moenie te haastig word nie. Ná hierdie siekte gaan dit tyd neem vir jou om aan te sterk, moet dus nie nou al begin planne beraam vir uitstappies nie. Hou net moed en wees geduldig, tia. Armando het gesê jy sal nege dae in die bed moet bly."

Elise verwyl die hele oggend by haar geliefde tia en ná die middagete onttrek sy haar na haar kamer om vir haar drie vriendinne te skryf.

Tia Loreta is reeds uit die bed toe Armando een middag tydens die siësta by die villa opdaag. Hy tref Elise in die tuin aan waar sy afgetrokke deur 'n Portugese tydskrif sit en blaai.

"Steur ek jou?" vra hy. Sy oë liefkoos elke trekkie op haar mooi, stil gelaat.

"Nee, jy steur my nie, Armando," sê sy sag. "Jy mag sit as jy wil."

Hy neem plaas en vra belangstellend uit na haar en tia Loreta se gesondheid.

"Wat maak jy môreaand, Elise?" vra hy dan.

"O, niks besonders nie, maar waarom vra jy?" Sy sit die tydskrif langs haar op die bankie neer sodat sy al haar aandag aan hom kan gee.

"Dit is môreaand die hospitaaldans, meisie, en ek het gewonder of jy jou nie oor my sal ontferm en my sal vergesel nie," sê hy. "Ons hoef nie tot aan die einde van die verrigtinge te bly nie. Ek sal jou voor twaalfuur huis toe bring as jy wil."

"Ek kan nie tia Loreta hier alleen laat nie, Armando," maak sy verskoning.

"En as ek iemand bring om by haar te bly, sal jy dan saam met my gaan?" Hy kyk haar vraend, afwagtend aan.

"Is jy seker jy kan niemand anders vind om jou te vergesel nie?"

"Maar ek wil nie iemand anders hê nie, Elise, ek verkies dat jy my moet vergesel."

"O, nou goed," stem sy eindelik in. "Maar ek weet regtig nie waarom jy my met jou wil saamneem nie. Jy weet tog al uit ondervinding dat ek 'n ongesellige mens is."

'n Skewe glimlag verskyn om die jong dokter se mond toe hy sê: "Ek wil jou juis leer hoe om die lewe te geniet, meisie. Jy is gans te jonk om die lewe so ongemerk by jou te laat verbygaan. Buitendien, jy is nie 'n ongesellige mens nie, jy voel maar net ongelukkig omdat jy die dinge van die verlede tydelik vergeet het. Maar een van die dae sal jou geheue terugkeer en dan sal alles weer reg wees."

"Ag, julle sê hierdie dinge maar net om my te troos."

"Nee, ons sê dit nie om jou te troos nie, Elise," paai Armando. "Jou brein is nie beskadig nie, jy het jou geheue weens skok verloor . . ."

Hulle sit daar in die tuin en gesels totdat dit tyd is vir Armando se middagsaaldiens. Hy gaan loer eers by tia Loreta in en vertrek kort daarna.

Die volgende dag, terwyl Elise haar hare versorg en haar aandrok nasien vir die aand se dans, kan die ouer vrou nie uitgepraat raak oor Armando se goeie hoedanighede en deugde en hoe veilig sy, Elise, in die jong man se geselskap is nie.

"Ek dink julle twee pas perfek bymekaar . . ."

"Tia, bewys my asseblief die guns en moet tog nooit aan my en Armando in daardie sin dink nie," val Elise die ouer vrou sag in die rede terwyl sy die soom van haar aandrok herstel waar dit losgetrek het.

"My kind, Armando is 'n besonder verstandige jong man. Geen man sal jou ooit so goed verstaan soos hy nie."

"Hy mag al daardie dinge wees, tia, en ek twyfel geen oomblik daaraan dat hy 'n uitstekende eggenoot vir die regte vrou sal wees nie. Maar ek is nie daardie vrou nie en hy sal die grootste fout van sy lewe maak as hy op my gaan staan en verlief raak. Ek glo nie ek moet ná vanaand weer saam met hom uitgaan nie. Netnou dink die man ek gee vir hom om, en dit sal net 'n hele hoop komplikasies veroorsaak."

"O, ek is bewus daarvan dat jy Armando nie liefhet nie, Elise," sê die ouer vrou gemoedelik, "maar as jy hom eers goed ken, sal jy nie anders kan as om hom lief te kry nie. Die liefde, my kind, het soms die manier om 'n mens met 'n groot ompad tegemoet te kom."

"Ek glo nie aan daardie soort liefde wat 'n mens met 'n lang ompad bereik nie, tia. Dit klink vir my meer na kameraadskap. Ek glo dat die liefde met die eerste kennismaking sy intrek in 'n mens se hart moet neem, want die liefde vra nie oor watter hoedanighede 'n mens beskik nie."

Daar is 'n onpeilbare uitdrukking op die ouer vrou se gesig toe sy sê: "Elise, kindjie, jy praat asof jy 'n grondige kennis van die liefde het, asof jy self al liefgehad het."

Elise glimlag verleë.

"Ek weet nie, moontlik het ek al liefgehad, tia," sê sy sag. "Maar dit is hoe ek oor die liefde voel, en daarom weet ek dat ek nooit iets meer as vriendskap vir Armando sal voel nie."

Clara bedien die twee daar op die stoep met elfuurtee, dan vra die ouer vrou haar om Elise se aandrok te stryk.

"Jy moet jou nie vanaand op die dansvloer ooreis nie, kindjie," waarsku sy toe Clara met die wit aandrok deur die voordeur verdwyn. "Ek sal bly wees as jy môreoggend saam met my stad toe sal gaan . . . Nee, moet asseblief nie vir my sê dat ek nog nie sterk genoeg is nie," maak sy Elise stil toe laasgenoemde haar mond oopmaak om iets te sê. "Ek verseker jou, ek is heeltemal sterk genoeg vir so 'n uitstappie."

"O, nou goed dan, tia, ek sal jou môreoggend vergesel. Maar onthou, jy gaan teen my sin stad toe." Sy neem die ouer vrou se hand tussen hare en vervolg met 'n baie teer stem: "Ou moedertjie, ek het lief geword vir jou, en ek wil nie hê jy moet iets oorkom nie. Belowe my dat jy jou nie môre in die stad sal ooreis nie."

"Ek belowe, my kind. En onthou, ek het jou net so lief, asof jy my eie dogter is, daarom hoop en bid ek dat jy met 'n Portugese man sal trou sodat jy altyd naby my kan wees."

"En as ek nie met 'n Portugese man trou nie, liewe tia, neem ek jou saam met my Suid-Afrika toe."

"Ons sal sien," glimlag die ou vroutjie. "Noudat ek weer op die been is, gaan ek jou aan al Lissabon se vernaamste jong mans voorstel. Daar moet een gelukkige onder hulle wees, een wat my dogter waardig sal wees."

Hulle glimlag in mekaar se oë soos 'n ma en dogter wat mekaar volkome begryp.

Toe Elise daardie aand aangetrek en gereed is vir die dans, gaan wag sy in tia Loreta se kamer vir Armando.

"Lyk ek darem goed genoeg vir vanaand se dans?" vra Elise en gaan staan langs die ouer vrou se bed. "Laat die wit my nie te vaal en kleurloos lyk nie?"

"Nee, jy lyk pragtig, my ou dogter," verseker tia Loreta haar. "Die mans gaan vanaand net oë vir jóú hê en die meisies gaan groen wees van jaloesie . . . Nee, die wit rok pas jou pragtig, Elise."

"Tia, jy is 'n talentvolle vleier," lag Elise haar saggies uit.

"Nee, ek vlei jou nie, my kind, ek bedoel elke woord wat ek sê. En moet ek jou nog iets vertel? Jy lyk vir my baie mooier in hierdie wit rok as in daardie swart aandrok."

Voordat Elise weer iets kan sê, kondig Diego die koms van dokter Armando Barreto aan. Sy druk haar lippe saggies teen die ouer vrou se voorkop en gaan na die sitkamer waar Armando vir haar wag.

Die jong man se blik rus vol liefde en verering op Elise toe sy die sitkamer binnestap en vriendelik vir hom naandsê. Hy kyk haar 'n oomblik stil aan en sê dan ingenome: "Jy is die mooiste vrou wat ek nog ooit gesien het, Elise."

Sy bedank hom vir die kompliment, toe neem hy die wit manteltjie wat oor haar arm hang en plaas dit versigtig om haar skouers. Hierna neem hy haar arm en lei haar na sy motor wat voor die deur staan.

Die stoele langs die mure van die reusesaal is byna almal beset toe Elise en Armando hul opwagting maak. Oral staan groepies en gesels. As beskermheer van die hospitaal sit Germano, vergesel van sy suster, naby die deur, sodat hy nie anders kan as om Elise en Armando raak te sien toe hulle die saal binnekom nie.

Hulle stap by etlike groepies verby na twee onbesette stoele toe. Germano voel weer dadelik ontstoke toe Elise by hom verbystap en maak asof sy hom nie ken nie . . . en dit nadat sy drie maande gelede sy liefkosings met oorgawe beantwoord het.

Hy merk op dat haar metgesel dieselfde jong man is wat haar nou die aand na die Costa do Sol vergesel het. Elise was nog altyd vir hom die mooiste vrou wat hy ken, maar vanaand lyk sy soos 'n eteriese wese in daardie wit aandrok wat haar soos 'n waas omhul.

Haar engelagtige voorkoms is alles skyn, dink hy. Selfs die ou duiwel doen hom voor as 'n engel van die lig. Hulle twee is voëls van eenderse vere. Vol leuens en bedrog.

Hy sien hoe Armando haar manteltjie verwyder. Dan laai die bitterheid weer fel in hom op. Dit is vermetel van haar om telkens by dieselfde plekke op te daag waar ek my bevind! dink hy. Dit lyk byna asof sy dit opsetlik doen, of sy behae daarin skep

307

om my op hierdie manier uit te tart. Maar sy gaan nie haar sin met my kry nie. Aangesien ek vir sake Madrid toe moet gaan, kan ek net sowel môreoggend Spanje toe vertrek. En wanneer ek terugkom, sal sy hopelik al weg wees uit Lissabon.

Toe die orkes die eerste nommer begin speel, neem Germano sy suster se arm en lei haar na die dansvloer. Hy wonder hoe Elise sal reageer as hy haar vir 'n dans vra. Maar hy sal haar nie vra nie. Hy wil haar soort nie in sy arms hou nie, nie eens op 'n dansvloer nie. Hy vind dit eienaardig dat hy die afgelope kere nog nie een sekonde 'n glimlag op haar gesig gesien het nie. Dis byna asof sy diep bedruk is. Maar dit kan ook wees dat sy besluit het om nie langer 'n moordkuil van haar hart te maak deur haar met glimlaggies anders voor te doen as wat sy is nie.

Germano is egter verbaas toe Elise en Armando halftwaalf gereed maak om te vertrek. Hy het verwag dat hulle tot aan die einde van die dans sou bly. Maar nou ja, sy het seker ander planne vir die res van die aand.

Die aandlug wat by die motor se venster inwaai, is koel en verfrissend. Elise geniet die rit huis toe veel meer as wat sy die dansery geniet het.

"Die aand is nog jonk," sê Armando toe hulle die villa nader. "Gaan jy my vir 'n drankie of 'n koppie koffie innooi?"

"Ek weet nie. Dit is ietwat laat vir besoekers."

"Ek moet vanaand met jou praat, Elise," hou hy vol, "maar ek gaan beslis nie in die motor met jou sit en gesels nie, want dit sal net ongewenste praatjies uitlok."

Hy draai by die groot hek in, hou voor die villa stil en klim uit. Voor Elise nog iets kan sê, hou hy die motordeur vir haar oop om uit te klim.

"Dit spyt my, maar ek gaan myself innooi," kondig hy aan toe Diego vir hulle die voordeur oopmaak.

In die sitkamer nooi Elise hom om te sit. Sy mik om op 'n stoel te gaan sit, maar Armando vra haar beleef om by hom op die rusbank te kom sit.

"Wat sal jy drink?" vra sy en neem op die punt van die rusbank plaas. Sy kan nie help om te wonder waaroor hy met haar wil praat nie. Hy het tog die hele aand die geleentheid gehad om te sê wat hy op die hart het!

"Ek wil nie regtig iets drink nie, Elise. Ek het net die voorstel gemaak omdat ek met jou wil gesels," verduidelik hy met 'n skewe glimlag.

Sy kyk hom vraend aan. "Nou goed, waaroor wil jy met my gesels, Armando?"

"Ek wil oor ons twee gesels, meisie . . . oor my en jou. Jy weet tog seker al dat ek jou liefhet . . ."

"Nee, wag, Armando," keer sy vinnig. "Moet asseblief nie meer sê nie. Dit spyt my dat jou . . . dat jy so oor my voel. Glo my, ek wou dit nie so gehad het nie, en . . . Wel, ek sal nooit jou liefde kan beantwoord nie. Vir my is jy net 'n vriend, Armando, 'n baie goeie vriend."

"Jy was al twee keer saam met my uit, Elise. Het my gesel-skap dan niks vir jou beteken nie?" Sy stem is kalm en rustig, maar so het sy hom die afgelope tien dae leer ken, altyd kalm en rustig.

"Ek het jou geselskap geniet soos wat 'n mens 'n vriend se geselskap geniet, Armando, maar van liefde is daar geen sprake nie. Ek is jammer, maar ek kan nie 'n liefde veins wat nie be-staan nie en wat nooit sal bestaan nie."

"Elise, is jy ernstig? Gaan jy nie eens my liefdesverklaring oorweeg nie?"

Sy is bewus van sy teleurstelling, maar sy weet ook dat dit niks sal baat om hom vergeefs te laat hoop op iets wat nooit 'n werk-likheid sal word nie. Daarom sê sy sag dog reguit: "Ek is baie ernstig, Armando. Ons kan niks meer as vriende wees nie."

Hy staan op. "In daardie geval is dit beter dat ek jou liewer nie weer sien nie, Elise," sê hy kalm. "Ek kan nie belowe dat ek jou gou sal vergeet nie, want dit sal onmoontlik wees. Maar wat ek jou wel kan belowe, is dat ek jou nie weer sal lastig val nie . . . Goeienag, Elise."

"Nag, Armando."

Sy kyk die jong dokter se regop figuur stil agterna, toe kom sy stadig orent en gaan na haar kamer toe.

Daardie nag huil Elise haar aan die slaap. Sy huil omdat sy

innig jammer voel vir die ongelukkige Armando, en sy huil ook omdat daar iets in haar lewe ontbreek en sy nie weet wat dit is nie.

9

Die volgende oggend voel Elise se oë steeds koorsig van die vorige nag se trane. Sy is verplig om hulle eers te dokter voordat sy afgaan vir ontbyt, want tia Loreta is 'n besonder skerpsinnige mens en sal dadelik merk dat sy gehuil het.

"Het jy toe die dans geniet, my dogter?" vra tia later aan tafel.

Elise haal haar skouers liggies op. "Ek sal nie sê dat ek die aand baie geniet het nie, en ek kan ook nie sê dat dit my verveel het nie, tia. Dit is maar net dat ek effens onverskillig staan teenoor dié soort vermaak."

"Ek sal baie beslis jou belangstelling in iets moet prikkel," sê die ou vroutjie nadenkend. "Dit is nie goed vir 'n jong mens om so belangeloos te wees nie. Maar moontlik loop ons iets in die stad raak wat jou belangstelling gaande sal maak."

Elise kyk vinnig op. "Is jy nog van voorneme om vanoggend stad toe te gaan, tia?"

"O ja, my besluit staan nog. Diego sal vir ons die motor bestuur," lig sy Elise in. "Dit is 'n lekker, sonnige dag vir 'n uitstappie."

Elise skud haar kop onseker, maar sê dan met 'n innemende glimlaggie: "Jy is 'n koppige en eiewyse mensie, my liewe tia, maar ek kan jou tog nie van hierdie wilde plan laat afsien nie. Hoe laat ry ons?"

"Ná ontbyt, sodra ons albei gereed is, my hartjie."

Hierna gesels hulle oor Lissabon se modewinkels – altans, tia Loreta gesels en Elise luister.

Ná die ete gaan maak hulle hulle gereed vir die uitstappie, en toe Elise klaar is en met die trap afgaan, wag tia Loreta reeds by die voet van die trap.

Elise verwyt haarself dadelik omdat sy die bejaarde vrou laat wag het. Met haar handsak in die een hand en 'n hoed in die ander draf sy haastig met die trap af, dog halfpad na onder swik haar een voet skielik. Sy gryp wild na die gepoleerde reling toe haar been onder haar invou, maar sy gryp dit mis en voel hoe sy met die trap begin afrol.

Sy is vaagweg bewus van die ouer vrou se benoude gille, toe tref haar kop die reling van die trap en sy sink in 'n inkswart put weg.

Diego en Clara storm albei die vertrek binne toe hul werkgeefster so benoud gil, maar hulle is te laat om Elise te hulp te snel, want sy lê reeds bewusteloos op die laaste treetjie.

Terwyl Clara die geskokte tia Loreta 'n glasie suikerwater aanbied, buk Diego oor Elise om vas te stel of haar pols nog klop.

"Juffrou Elise se pols klop nog," sê hy verlig.

"Ag, dank die Vader," sê tia Loreta met 'n bewerige stem en vee die trane uit haar oë. "Ontbied dadelik 'n ambulans, Diego, en moet asseblief nie aan juffrou Elise raak nie. As haar rug beseer is . . . Nee, dit is ontsettend, ek wil liewer nie aan so iets dink nie. Clara, ek dink jy moet vir juffrou Elise slaapklere en ander benodigdhede in 'n tassie pak. Ek sal dit saam met my hospitaal toe neem."

Die ouer vrou probeer kalm bly, maar die trane bly oor haar wange rol. Dit breek haar hart om Elise, die meisie wat reeds die plek van 'n eie dogter in haar hart ingeneem het, so stil op die trap te sien lê.

Dit duur nie lank nie, toe hou die ambulans voor die villa stil. Elise word versigtig op die draagbaar geplaas en na die voertuig geneem. Tia Loreta, met Diego agter die stuur, volg die ambulans in haar motor. Sy het so gretig daarna uitgesien om Elise vandag na die modewinkels te neem en vir haar die mooiste aandrok te koop wat in Lissabon te vinde is, en nou ry sy agter die ambulans aan wat Elise hospitaal toe vervoer.

In die wagkamer van die hospitaal wag tia Loreta diep bekommerd terwyl die dokter die bewustelose meisie ondersoek. Sy wonder watter uitwerking hierdie ongeluk op Elise gaan hê. Nadat sy die dokter van die pasiënt se vorige ongeluk vertel het,

311

het hy nie juis onrustig gelyk nie, maar sy het al geleer om haar nie aan die uitdrukking op 'n dokter se gesig te steur nie.

Sy wag reeds meer as 'n uur toe 'n verpleegster haar eindelik kom sê dat die ondersoek afgehandel is en dat Elise gelukkig nie ernstig beseer is nie.

"Dokter kan nie uitmaak waarom juffrou Eybers nog steeds bewusteloos is nie, want daar is hoegenaamd geen rede waarom sy nie haar bewussyn kan herwin nie," vertel die jong verpleegster.

Tia Loreta luister bedaard na die verpleegster, maar ná haar laaste sin vat die De Freitas-humeur skielik vlam.

"As die dokter te eenvoudig is om vas te stel waarom juffrou Eybers nog steeds bewusteloos is, eis ek dat 'n meer ervare dokter haar moet ondersoek . . . Verbeel jou, dan sê hy sy is nie ernstig beseer nie! Waar is daardie dokter? Ek wil hom sonder versuim spreek," eis sy, nou billik ontstoke.

"Die dokter is reeds huis toe, mevrou," sê die verpleegster beleef.

"Hm . . . Hy was natuurlik te haastig om van diens af te gaan, daarom dat hy nie kon vasstel waarom juffrou Eybers nog steeds bewusteloos is nie," beskuldig sy die onbekende dokter met 'n koue stem. "Wat het julle met my kind gemaak, met juffrou Eybers?"

"Sy is in die bed, mevrou. As u haar wil sien, sal ek u na haar toe neem," bied die verpleegster beleef aan. Aan die duur swart mantilla en die kosbare ringe aan die vrou se vingers kan sy sien dat die tenger mensie 'n persoon van aansien is.

Hulle ry met die hysbak na die eerste verdieping toe, en ná 'n rukkie staan tia Loreta langs Elise se bed. Die trane rol weer dadelik oor haar wange toe sy Elise so stil op die hospitaalbed sien lê. Sy buk moeisaam oor en soen die bewustelose meisie baie teer op die voorkop. Hierna vra sy die verpleegster om vir haar 'n stoel langs die bed neer te sit.

"Ek vrees u kan net 'n paar minute bly, mevrou –" begin die verpleegster terwyl sy 'n groot rottangstoel langs die bed neersit. Maar tia Loreta het nou heeltemal genoeg van die dokter en hierdie verpleegster gehad.

Sy meet die jong verpleegster met 'n ongenaakbare blik en sê kil: "Net 'n paar minute? Moenie dat ek my vererg nie. Nie jy óf die matrone óf die superintendent sal my vandag van hierdie bed af wegkry nie, juffrou. Ek gaan hier sit totdat juffrou Eybers haar bewussyn herwin het, en julle kan dit gerus so aanvaar."

Sy neem op die stoel plaas en steur haar nie langer aan die verpleegster nie. Al wat vir haar van belang is, is dat Elise haar bewussyn moet herwin. Sy hoop nie die kind het nou haar geheue permanent verloor nie, want dit sal Elise se moed finaal breek.

Tia Loreta sit die hele oggend langs Elise se bed. Sy gaan nuttig middagete in die naaste restaurant en neem dan weer haar plek langs die bewustelose meisie se bed in. Die hospitaal word al stiller en haar ooglede swaarder, totdat hulle later te swaar is om langer oop te hou . . .

Dit is al ver oor drie-uur toe Elise se oë stadig oopgaan. Sy het 'n hoofpyn wat soos hamers teen haar slape klop, en haar mond voel droog. Haar blik gly stadig, waarnemend deur die vertrek, dan besef sy dat sy haar in 'n hospitaal bevind. Haar blik val op die slapende ou vroutjie langs die bed, en 'n ligte frons verskyn op haar voorkop.

'n Lang ruk staar Elise na die vrou, toe onthou sy meteens dat dit tia Loreta is, die vriendelike ou vroutjie saam met wie sy van Lissabon af na Oporto gevlieg het en by wie sy inwoon. Sy dink aan die motorfietsongeluk en besef dan waarom sy haar in die hospitaal bevind.

Daar is nou 'n sagte lig in haar blik wat op die vrou rus. Tia Loreta lyk vir haar so moeg en ooreis. Sy wonder hoe lank sy al hier langs haar bed sit.

Op 'n skielike ingewing steek sy haar hand uit, plaas dit liggies op die ouer vrou se skouer en sê sag: "Tia Loreta!"

Haar ooglede fladder oop, dan kyk sy vas in Elise se glimlaggende blou oë.

"My kind," sê sy opgewonde, "dan het jy eindelik jou bewussyn herwin! Ek is so jammer dat ek aan die slaap geraak het. Voel jy baie sleg?"

"Ek het net 'n ellendige hoofpyn," sê Elise met 'n glimlaggie en neem haar hand van tia Loreta se skouer af. "En dan voel ek natuurlik vreeslik selfsugtig omdat ek jou al hierdie moeite aangedoen het, tia. Jy het jou gruwelik ooreis deur die hele dag hier langs my bed te sit. Het die motorfiets Juana ook raak gery?"

"Motorfiets? Watter motorfiets, kindjie?" vra sy ietwat verward.

'n Sagte laggie ontglip Elise se lippe. "Ek kan sien jy is nog nie mooi wakker nie, tia. Ek praat van die motorfiets wat vanoggend na my aangejaag gekom het terwyl ek en Juana op pad poskantoor toe was."

"Elise, kindjie, dan onthou jy?" roep die ou vroutjie verras uit.

Nou is dit weer Elise wat ietwat verward vra: "Jy sê dit so snaaks, tia. Wat laat jou dink dat ek dit nie sou onthou nie? Dit was 'n groot, swart motorfiets met 'n syspanwa, 'n soort voertuig wat 'n mens omtrent nooit meer op die pad aantref nie. In elk geval, ek hoop nie die dokter gaan my dae lank hier in die hospitaal hou nie, want dan sal ek maar bitter min van Oporto te sien kry, aangesien ek Maandag weer Lissabon toe moet vertrek –"

Die snaakse uitdrukking op die ouer vrou se gesig laat haar 'n oomblik swyg. Sy kyk haar ernstig aan en vervolg sag: "Tia, wat gaan aan, waarom kyk jy my so snaaks aan?"

"Elise, kindjie," sê die ouer vrou met meegevoel in haar stem, "ná daardie motorfietsongeluk het jy al die tyd aan geheueverlies gely, en nou, ná drie maande, het jy eindelik weer jou geheue herwin . . ."

"Drie maande!" roep Elise geskok uit. "Dit kan nie waar wees nie, tia. Ek kan onmoontlik ná drie maande nog hier in Oporto wees . . ."

"Maar, kindjie, onthou jy dan niks van die dinge wat ná die ongeluk gebeur het nie?" val die ouer vrou haar sag in die rede. "Onthou jy nie dat jou voet vanoggend op die trap geswik het nie?"

Elise skud haar kop stadig. "Ek onthou net van die motorfiets vanoggend."

"Dit was drie maande gelede, my kind. Ons is ook nie meer

314

in Oporto nie. Ons is al twee weke hier in Lissabon. Maar laat die verpleegster eers vir jou iets bring vir die hoofpyn, dan vertel ek jou alles wat die afgelope drie maande gebeur het – daardie drie maande waarvan jy niks kan onthou nie."

Tia Loreta lui die klokkie en ná 'n rukkie kom die jong verpleegster die siekekamer binne.

"A, ek sien ons pasiënt het haar bewussyn herwin," sê die verpleegster opgewonde op Portugees.

"Ja, ek het, uiteindelik. Maar ek het 'n ontsettende hoofpyn en ek voel sommer oral gekneus," sê Elise. Dan tref dit haar dat sy die verpleegster op Portugees aangespreek het. Sy voel nou so hopeloos verward dat sy nie eens hoor toe die verpleegster sê sy sal vir haar iets vir die hoofpyn gaan haal nie.

Sy kyk die ouer vrou met 'n verwarde frons aan en vra: "Tia, hoe is dit moontlik dat ek Portugees kan praat?"

"Ek het jou die taal geleer, my hartjie. Maar ek sal jou aanstons alles vertel. Laat die verpleegster net eers vir jou iets vir die hoofpyn bring."

Terwyl hulle vir die verpleegster wag, voel dit vir Elise asof haar hele lewe deurmekaar is. As daardie motorfietsongeluk werklik drie maande gelede plaasgevind het, het Germano tevergeefs op haar terugkoms gewag . . . en hulle sou 'n dag of wat ná haar tuiskoms verloof geraak het. Sy wonder of sy nog daardie brief van Estelle het, die een waarop sy Germano se telefoonnommer geskryf het. As sy die brief nog het, sal sy Germano maar bel en aan hom verduidelik waarom sy toe nooit haar opwagting op die bestemde tyd in Lissabon gemaak het nie.

Die verpleegster kom die vertrek binne en gee haar 'n glasie met wit vloeistof.

"Hierdie medisyne sal gou 'n einde aan jou pyne maak, juffrou Eybers," sê sy vriendelik.

Elise bedank haar en drink die mengsel.

"Wel," sê sy toe die verpleegster weer die vertrek verlaat het, "nou kan jy my gerus alles vertel, tia. Dit is beslis nie aangenaam om te weet dat daar 'n tydperk in jou lewe is waarvan jy niks weet nie. Hoe is dit moontlik dat ek drie maande in Portu-

315

gal kon aanbly sonder 'n verdienste? En hoe op aarde gaan ek nou in Suid-Afrika kom met 'n reiskaartjie wat nie meer geldig is nie? Ek wil nie pessimisties wees nie, tia, maar dit wil my voorkom asof my ellende wit in die blom staan."

"Jy het geen ellende of probleme nie, liewe kind," help die ouer vrou haar dadelik reg en vertel haar dan alles wat die af- gelope drie maande plaasgevind het, ook van die twee De Sica- broers en Armando. Sy vertel Elise van hul koms na Lissabon, van die ongesteldheid wat haar nege dae in die bed gehou het en dat sy al weer vyf dae op die been is.

"Hoe lank moet ek hier in die hospitaal bly, tia?" vra Elise nadat die ouer vrou haar vertelling afgesluit het.

"Ek weet nie, my kind. Ek het nog nie die dokter te siene gekry nie. Jy was glo sy laaste pasiënt voordat hy van diens gegaan het, maar ek sal hom môreoggend spreek wanneer hy weer aan diens is, en as jy nie ernstig beseer is nie, neem ek jou huis toe. Ek en Clara kan net so goed na jou kyk."

Die dokter is egter net so 'n vasberade mens soos tia Loreta. Ofskoon Elise nie ernstig beseer is nie, dring hy nogtans daarop aan dat sy 'n week lank in die hospitaal moet bly. Tia Loreta moet dus noodgedwonge die stryd gewonne gee.

Noudat Elise haar geheue herwin het, sleep die dae in die hospitaal vir haar gans te stadig verby. Elke oomblik dat sy wakker is, verlang sy na Germano. Sy kan nie meer die tyd af- wag dat die dokter haar uit die hospitaal ontslaan nie sodat sy Germano kan bel en verduidelik waarom hy drie maande lank niks van haar gehoor het nie.

As sy net weer sy stem kan hoor . . . daardie mooi, diep stem wat vir haar so dierbaar geword het . . . 'n stem wat van inner- like diepte en 'n stil, sterk karakter getuig. Sy wonder of hy ook na haar verlang, of het haar lang stilswye straks alles wat tussen hulle was, vernietig?

Ons liefde was te mooi en opreg om sommerso in die niet te verdwyn, dink sy. Dit is nie die soort liefde wat gou en maklik uitbrand nie . . . Dit is 'n liefde wat gekom het om te bly, 'n liefde wat onverganklik is.

Tia Loreta se aankoms maak meteens 'n einde aan Elise se

316

gedagtes hier waar sy op die hospitaal se balkon sit en droom.

"Waarom lyk jy vanoggend so ongelukkig, Elise, voel jy sleg?" vra tia terwyl sy vir haar 'n stoel langs Elise s'n trek.

"Ek voel heeltemal gesond, dankie, tia. Miskien lyk ek 'n bietjie ongelukkig omdat ek al so moeg is vir hierdie plek. Môre sal ek presies 'n week hier in die hospitaal wees," kla Elise.

"Wel, as dit is waarom jy so ongelukkig lyk, kan jy maar solank begin glimlag, want die dokter het pas toestemming gegee dat jy môre mag huis toe gaan," sê die ouer vrou. "Ek het reeds die villa gebel en Clara versoek om jou kamer gereed te maak."

"O, tia, dit is die beste nuus wat ek in 'n lang tyd ontvang het," glimlag Elise. Sy neem die ou vroutjie se een hand in albei hare en vervolg effens aangedaan: "Wat sou ek tog hier in die vreemde sonder jou gedoen het, my liewe tia? Ek sal jou nooit vir al jou liefde en sorgsaamheid kan vergoed nie. Jy was en is nog steeds vir my soos 'n eie ma . . . Nee, jy beteken vir my veel meer as 'n eie ma, want my eie ma het my nie soveel liefde gegee soos jy nie, tia. Vir haar was ek net 'n oorlas."

"Jy moenie toelaat dat die verlede jou so seermaak nie, kindjie," troos die moederlike ou vroutjie. "Een van die dae ontmoet jy die man van jou hart, dan kan jy 'n nuwe lewe begin waarin daar geen plek vir die verlede sal wees nie."

"Ek het daardie man reeds hier in Lissabon ontmoet, tia," bieg Elise met 'n warm blos op haar wange, "maar ek weet nie of hy my ná drie maande se stilswye nog wil hê nie. Hy dink straks al dat ek hom vergeet het en niks meer met hom te doen wil hê nie."

"As jy vir my sê wie die man is, sal ek hom persoonlik gaan spreek, Elise," bied sy vriendelik aan. Maar hiervan wil Elise nie hoor nie.

"Baie dankie vir jou vriendelike aanbod, tia," sê sy, "maar ek dink dit sal beter wees dat ek liewer self aan hom verduidelik. As hy verstaan en alles weer reg is tussen ons, sal ek hom aan jou voorstel. Maar as hy intussen iemand anders gevind het, sal ek verkies dat jy liewer nie moet weet wie hy is nie."

Hierna weier Elise om meer te vertel van die man wat daarin

geslaag het om haar hart te verower, en die ouer vrou dring ook nie verder daarop aan nie.

Met die belofte dat sy die aand vir Elise klere sal bring om die volgende dag mee huis toe te gaan, groet en vertrek tia Loreta kort voor middagete.

Die volgende oggend is Elise vroeg uit die bed en aangetrek. Sy kan nie wag dat tia Loreta haar moet kom haal nie. Sy verlang so ontsettend baie na Germano. Ja, sy kan nie meer wag om hom te bel en alles aan hom te verduidelik nie.

'n Paar minute oor nege daag tia Loreta by die hospitaal op. Elise het reeds die personeel gegroet wat haar die afgelope week verpleeg het, en ná 'n rukkie vertrek die twee vroue.

Onderweg na die villa herken Elise baie plekke wat sy voor haar vertrek na Oporto besoek het. Toe hulle later voor die villa stilhou en haar blik na die hawe toe dwaal, dink sy met 'n gelukkige hart terug aan die middag toe sy Germano die eerste keer in die restaurant gesien het. Daardie dag was haar gelukkigste dag, want dit was die dag toe die liefde sommer ongevraag sy intrek in albei se harte geneem het.

"O, dis wonderlik om Lissabon weer te sien, ou moedertjie," sê Elise met 'n stralende gesig toe Diego vir haar die motordeur oophou. Clara is dadelik by en help die ouer vrou om uit die voertuig te klim.

Hulle klim met die stoeptrap op en bly 'n rukkie op die stoep staan, van waar hulle 'n pragtige uitsig oor die hawe en 'n groot deel van die stad het.

"Jy sê dis wonderlik om Lissabon weer te sien, my kind, en tog is ons al drie weke terug in Lissabon."

"Ja, so het jy my in die hospitaal vertel, tia, maar van daardie twee weke voordat ek op die trap gegly het, onthou ek niks nie. Wat my betref, het ek Lissabon laas gesien die dag toe ek op die lughawe met tia kennis gemaak het. Maar laat ek tia liewer binnetoe neem. Die wind is nogal onplesierig hier op die stoep."

"Ja, laat ons liewer binnetoe gaan. Daar wag nie minder as vier briewe wat ek moet beantwoord nie," sê tia Loreta.

318

Elise neem die ouer vrou na die studeerkamer toe.

"As jy jou vriend wil bel, my kind, staan dit jou vry om die telefoon na jou kamer te neem," sê tia Loreta. "Omdat ek maar altyd alleen is, het ek nog nooit daaraan gedink om meer telefone aan te vra nie. In elk geval, daar is 'n muursok vir die telefoon in jou kamer."

Elise bedank tia Loreta vir haar bedagsaamheid. Sy trek die telefoon se kontakprop uit die muur, neem die instrument en gaan na haar kamer.

Ek hoop ek het nog die koevert waarop Germano se telefoonnommer geskryf is, dink sy en haal haar bruin handsak uit die hangkas.

Haar hande bewe toe sy die inhoud van die handsak op die bed uitskud. As sy daardie brief van Estelle vernietig het, weet sy werklik nie hoe sy met Germano in aanraking sal kan kom nie. Sy weet van sy quinta, maar sy woonadres in Lissabon ken sy nie.

Sy krap tussen die goed op die bed – haar paspoort, identiteitsboekie, rybewys, twee boekies wat reisigerstjeks bevat, sneesdoekies, grimering en . . . ja, twee briewe. Op die eerste koevert is niks geskrywe nie, maar die tweede een is die brief waarna sy soek.

Met die verlangde koevert in die hand klop Elise se hart so bly en opgewonde dat sy effens lighoofdig voel. Sy is kwalik bewus van haar lighoofdigheid, want haar blydskap is te groot. Haar bene voel skoon lam van opgewondenheid toe sy Germano se kantoornommer skakel, want aanstons, weet sy, sal sy sy mooi, diep stem hoor en sal alles weer reg wees.

'n Vreemde manstem beantwoord die oproep. Sy weet intuïtief dat dit Germano se sekretaris is, dus vra sy op Portugees of sy met die markies kan praat sonder om haar naam te verstrek. Hierdie oproep moet vir Germano 'n heerlike verrassing wees.

Die man sê dat die markies die oggend van Madrid af tuisgekom het en baie besig is. Hy weet nie of die markies beskikbaar is vir private oproepe nie, maar hy sal vasstel.

Ná 'n rukkie stel die sekretaris haar in kennis dat die markies haar sal spreek. Sy moet net 'n oomblikkie aanbly, dan skakel hy haar deur.

Elise se hart klop asof dit by haar keel wil uitspring. Toe skielik hoor sy Germano se geliefde stem kortaf op Portugees sê: "Goeiemôre! Wie is dit wat praat?"

Elise lag saggies en antwoord op Engels: "Jy sal nooit kan raai nie, Germano. Dit is ek, Elise Eybers."

Daar is meteens 'n doodse stilte, en Elise wonder of iemand hulle afgesny het. Maar dan hoor sy hom afgemete en nadruklik vra: "Wat wil jy hê?"

Sy trek haar asem so skerp in dat Germano dit duidelik aan die ander kant kan hoor.

"Jy klink so . . . so kortaf en ontevrede, Germano . . ."

"Ontevrede!" roep hy bars uit. "Jy stel dit sag, baie sag, juffrou Eybers. Dit verbaas my dat jy dit sowaar waag om my te bel. Maar laat ek jou dit vertel, jy is die mees verwaande en vermetele skepsel wat ek ken –"

"Maar, Germano," val sy hom sag in die rede, "ek bel om aan jou te verduidelik . . ."

"Dit spyt my, maar ek het nie tyd om na jou verduidelikings te luister nie, en ek wil dit ook nie hoor nie. Moet my ook nooit weer bel nie, verstaan jy? Nooit weer nie!"

"Nou goed, ek sal jou nie weer bel nie, Germano, maar laat my asseblief net toe om te verduidelik . . ." probeer sy weer in 'n poging om hom tot besinning te bring. Maar Germano wil niks weet nie. Die feit dat sy drie maande lank niks van haar laat hoor het nie en toe ewe skielik met 'n ander man hier in Lissabon kom pronk en boonop maak asof sy hom nie eens ken nie, is iets wat hy haar nooit sal vergewe nie.

"Ek herhaal: ek stel nie in jou verduidelikings belang nie, en nog minder in jou," hoor sy hom bars sê. "Ek besef dat dit nie om my ontwil is dat jy gebel het nie, dus moet my rykdom die trekpleister wees. Dit is mos die maatstaf waarmee jou soort 'n man se waarde meet. Maar jy kan van my en my besittings vergeet, ek ken jou spel . . . Tot siens!"

Daar is 'n snik in haar stem toe sy weer praat, 'n snik wat Germano nie ontgaan nie, maar wat hom heeltemal koud laat.

"Ek is jammer dat ek jou gebel het, Germano," sê sy sag, so sag dat hy hom moet inspan om te hoor wat sy sê. "Ek sal jou nooit weer lastig val nie . . . Tot siens."

Bleek van skok plaas sy die gehoorbuis terug op sy plek. Toe sak sy op die bed neer en begin bitterlik huil. Die gedagte dat Germano, die man wat sy so innig liefhet, haar vir 'n fortuin-soekster aansien, is meer as wat sy kan verduur.

'n Lang ruk sit Elise daar op die kant van die bed met haar gesig in haar hande verberg, terwyl haar skouers ruk soos sy snik. Sy hoor dit nie eens toe haar kamerdeur oopgaan nie, want binne-in haar voel dit asof haar hart verguis is. Vandag, die dag van môre en al die ander môres hou vir haar niks meer in nie. Sy kan maar net sowel dood wees . . . Sy snik saggies en sielsverlore.

Sy voel 'n hand op haar skouer en hoor tia Loreta se stem.

"Wat het tog gebeur dat jy so bitter hartseer is, my kind?"

Die ou dame neem langs Elise plaas en vou haar arm ver-troostend om die meisie se skouers wat so ruk van die snikke. Sy het Elise nog nooit so droewig hoor huil nie. Sy was die af-gelope drie maande so sterk en moedig . . . en nou dit.

Toe Elise se snikke later bedaar, vra die ouer vrou met innige meegevoel: "Het jy hom gebel, my kind?"

Elise knik haar kop en sê ná 'n rukkie hartseer: "Ja, ek het hom gebel, tia. Hy het my afgejak, my nie eens kans gegee om te verduidelik nie . . ."

Toe begin sy weer bitterlik huil, en die ouer vrou besef dat die onbekende man Elise 'n diep wond toegedien het, 'n wond wat lank sal neem om te genees.

Later, toe Elise se snikke heeltemal bedaar, gaan was sy haar gesig en kom sit weer langs die ouer vrou op die bed.

"Wil jy nie maar vir my vertel wie die gevoellose man is wat jou so seergemaak het nie, kindjie?" vra tia Loreta met deernis in haar stem. "As hy nie na jou wil luister nie, sal hy straks na my luister."

Elise skud haar kop stadig. "Hy het reguit vir my gesê dat hy nie in my verduidelikings en ook nie meer in my belangstel nie. Hy het gesê ek moet hom nooit weer bel nie . . . Hy wil niks

321

meer met my te doen hê nie, tia. Ek . . . ek moet maar liewer probeer om hom te vergeet. Ek wens ek het liewer nie my geheue herwin nie, dan sou ek hom nie onthou het nie en daar sou ook geen liefde in my hart vir hom gewees het nie."

"Toemaar, ek sal sorg dat jy hom vergeet, kindjie," troos die ouer vrou. "Van nou af gaan ons al my vriende besoek, onthale bywoon en self ook baie onthaal. Daar sal baie jong mans wees wat jou graag na vermaaklikheidsplekke sal wil neem, en so met verdrag sal die wond in jou hart ook genees. Jy moet net nie hier by die huis sit en tob oor daardie man nie. As hy so 'n onredelike man is dat hy nie eens na 'n verduideliking wil luister nie, is hy jou liefde ook nie werd nie."

"My verstand sê vir my dat jy gelyk het, tia, maar my hart wil nog nie rede verstaan nie. Dit . . . dit bly maar leeg en . . . so bitter seer hier binne."

Ná die middagete, terwyl tia Loreta die siësta geniet, gaan Elise ook op haar bed lê en huil haar later aan die slaap.

Elise se telefoonoproep het Germano heeltemal onkant betrap. Ná haar stilswye van drie maande, en daarna haar ongehoorde gedrag van die afgelope paar weke, het hy nooit kon droom dat sy hom sou bel nie. Trouens, haar oproep was nie net onverwags nie, maar ook onwelkom, daarom dat hy so ontstoke was toe hy gehoor het dat dit sy was wat met hom wou praat.

Daardie vent met wie sy so openlik flankeer, is natuurlik nie ryk genoeg na haar sin nie, daarom dat sy my nou wil terughê, dink hy wrewelrig terwyl hy met 'n koue blik deur sy kantoorvenster oor die stad staar. Maar sy sal my nie weer 'n rat voor die oë draai nie. Sy het my een keer laat glo dat sy my liefhet, maar sy sal dit nie weer 'n keer regkry nie. Sy het my op 'n harde manier ontnugter, maar nou ken ek haar spel.

Die volgende oggend, terwyl tia Loreta en Elise stadig deur die tuin stap, word die ouer vrou na die telefoon ontbied. Ná 'n rukkie sluit sy haar by Elise aan waar sy nou op die voorstoep sit en sê met 'n geheimsinnige glimlaggie: " 'n Jarelange vriendin van my se dogter, señora De Moratin, het pas gebel om ons na haar onthaal te nooi."

"Ek glo nie ek en jou vriendin het al met mekaar kennis gemaak nie, tia. Hoe weet sy van my?" vra Elise afgetrokke.

"Sy het my en my geselskapsdame genooi, my kind." Haar geheimsinnige glimlaggie word breër. "Ek het dit opsetlik verswyg dat ek 'n nuwe geselskapsdame het, want ek wil almal vanaand verras. Trouens, ek wil vanaand met jou spog, want ek weet dat nie een van die ander jong meisies by jou sal kan kers vashou nie."

"Jy spot met my, tia. Almal sal kan sien dat ek soos 'n uitgewaste lap lyk."

"Jy lyk nog net so pragtig soos altyd, Elise," verseker die ouer vrou haar. "Ons moet net vir jou 'n mooi aandrok gaan koop – so 'n mooi silwerkleurige een met 'n bypassende mantilla van die allerfynste kant. Die hele uitrusting sal 'n geskenk van my wees."

Elise wil eers teëstribbel en sê dat sy nie so 'n duur geskenk kan aanvaar nie, maar dan besef sy dat sy die ou vroutjie met so 'n optrede ongelukkig sal maak. Daarom sê sy met 'n verwese, hartseer glimlaggie: "As dit jou gelukkig sal maak, tia, neem ek jou geskenk aan. Moet dit net nie herhaal nie, want dan sal dit vir my voel of ek op jou teer. Jy het reeds so baie vir my gedoen . . ."

"Moet asseblief niks meer sê nie, my kind," keer die vroutjie. "Ons het hierdie saak reeds by 'n vorige geleentheid bespreek en ook ooreengekom dat ek vir jou 'n ma sal wees en jy vir my die dogter wat ek nooit gehad het nie. Kom, ek dink dit is tyd dat ons ons aantrek om stad toe te gaan."

By een van Lissabon se bekendste boetieks ontsien tia Loreta geen koste om die tabberd te bekom wat sy vir Elise in gedagte het nie. Vanaand, besluit sy, moet vir Elise 'n spesiale aand wees, sy moet haar hartseer 'n paar uur lank vergeet.

Wat die ouer vrou vir die uitrusting betaal het, weet Elise nie, maar toe sy daardie aand aangetrek en gereed is vir die onthaal, kan selfs Clara nie help om te sê nie: "O, juffrou Elise, dit is die pragtigste rok wat ek nog ooit gesien het! En die mantilla – so fyn en fraai! Jy lyk soos iemand wat nie op hierdie aarde tuishoort nie."

"Ja, lyk sy nie pragtig nie!" beaam tia Loreta met 'n inge-
nome glimlaggie. Haar blik ontmoet Elise s'n, dan vervolg sy
met 'n teer stem op Engels: "Jou oë lyk so hartseer, my kind. Ek
wens ek kon jou help."

"Dankie, ou moedertjie, ek weet jy sou my gehelp het as dit
in jou mag was, maar moet asseblief nie toelaat dat my onge-
lukkigheid die aand vir jou bederf nie. Die lewe is nie altyd 'n
aangename spel nie en geluk is bepaald nie vir almal bedoel nie.
Ek is seker maar vir die ongeluk gebore, tia."

Hierop sê die ouer vrou niks nie, en ná 'n rukkie vertrek hulle
na mevrou De Moratin se onthaal.

Daar word nie veel in die motor gesels nie, want die ouer
vrou weet dat Elise sedert die vorige oggend nie baie lus is vir
gesels nie. Ná 'n rit van vyftien minute draai die motor by 'n
geboogde ingang in waarvan die twee hoë ysterhekke oopstaan.
Hulle volg 'n rylaan, en eindelik hou Diego voor 'n kolossale
gebou stil. Die gebou se talle skerp torings laat Elise dadelik
aan 'n Walt Disney-kasteel dink.

Stadig en versigtig help Elise die ouer vrou by die trap op wat
na 'n indrukwekkende voordeur lei. Die deurwag ontvang hulle
by die voordeur, neem hulle na die ontvangsvertrek en kondig
die aankoms van mevrou De Freitas aan.

Daar is reeds 'n vyftigtal gaste in die ontvangsvertrek. 'n
Klein groepie mense staan naby die deur toe tia Loreta en Elise
die vertrek binnestap. Hul gasvrou, 'n lang, skraal vrou van
ongeveer dertig, tree na vore en groet die ouer vrou hartlik.

"Laat my toe om my jong vriendin, Elise Eybers, aan jou
voor te stel, Julietta," sê tia Loreta. Sy draai na Elise en vervolg:
"Ons gasvrou, mevrou Julietta de Moratin."

Elise is nog besig om die gasvrou te groet, toe die ouer vrou
sê: "Elise, ontmoet ons gasvrou se broer . . ."

Meer as dit hoor Elise nie, want met skok kyk sy vas in Ger-
mano se donker oë wat haar met koue woede aanstaar. Sy is
meteens doodsbleek, maar kry dit tog reg om byna onhoorbaar
te sê: "Aangenaam, meneer die markies."

Die markies knik net, toe stap hy sonder meer weg en sluit
hom by 'n groepie mans aan wat eenkant sit en gesels.

Nadat Elise aan al die gaste voorgestel is, neem sy en die ouer vrou op 'n klein rusbank plaas, maar dis eers toe hulle sit dat die ouer vrou opmerk hoe ontsettend bleek sy daar uitsien.

"Wat makeer, kindjie?" vra sy besorg. "Jy is so bleek soos die dood!"

Elise se stem is baie sag toe sy sê: "Tia, sal jy baie teleurgesteld wees as ek nie vir die onthaal bly nie? Ek het so 'n ontsettende hoofpyn, ek dink dis migraine."

"As jy sleg voel, my kind, moet jy liewer dadelik bed toe gaan. Ek het jou bepaald te gou ná jou ontslag uit die hospitaal uitgeneem. Diego moet jou maar eers huis toe neem. En sê vir Clara sy moet vir jou twee van my hoofpynpille gee. Kom, dan stap ek saam met jou tot by die voordeur. Ek sal later vir jou by ons gasvrou verskoning maak," bied die ouer vrou aan.

Toe Diego 'n rukkie later voor die markies se kasteel wegtrek, voel dit vir Elise asof sy kan huil van verligting. As sy vroeër die dag geweet het dat mevrou Julietta de Moratin die markies se suster is, sou sy nooit 'n voet in daardie kasteel gesit het nie.

Sy sien weer die koue woede in Germano se oë, en dan weet sy meteens waarom hy so woedend was. Hy het natuurlik gedink dat sy haar doelbewus aan hom wou opdring, daarom dat sy vanaand saam met tia Loreta na sy kasteel gekom het.

As ek net kon weet waarom hy my so haat en my as 'n fortuinsoekster bestempel, dink sy met 'n hartseer wat dreig om haar te oorweldig. Maar dit sal ek seker nooit weet nie, want ná vanaand sal ons mekaar nooit weer sien nie. Noudat ek weet hoe goed bevriend tia Loreta met hom en sy suster is, sal ek haar moet vertel dat hy die man is wat ek liefhet en . . . Ja, ek sal beslis 'n rukkie moet weggaan. Dit sal my hart breek om my geliefde tia alleen hier agter te laat, maar dit sal nie vir lank wees nie. Ek moet net 'n klein rukkie tyd hê om myself weer te vind en my te vereenselwig met hierdie groot hartseer wat die lewe my al weer aangedoen het.

Toe hulle eindelik voor die villa stilhou, het Elise klaar besluit dat sy nog die aand sal moet vertrek. Want wanneer tia Loreta eers tuis is, sal sy dit nooit oor haar hart kry om die dierbare ou vroutjie alleen hier agter te laat nie.

Diego het Elise net veilig in die huis besorg, toe ry hy terug na die kasteel om vir sy werkgeefster te gaan wag.

Die huis is baie stil toe Elise die trap bestyg. Sy bereik haar kamer sonder om Clara met 'n oog te sien, en begin haar haastig verklee. Om 'n tas te pak, neem nie lank nie, want sy neem net 'n paar dagrokke, broekpakke en 'n paar ander benodighede met haar saam. Toe Elise klaar ingepak het, skryf sy 'n briefie van verduideliking en neem dit na die ou vroutjie se kamer toe. Hierna bel sy 'n taxi om haar na 'n hotel te neem waar sy kan oornag, want sy het reeds besluit om die volgende oggend na Sintra te vertrek.

Ná tia Loreta en Elise se aankoms is die gaste voltallig, want Julietta het net haar intiemste vriende genooi. 'n Gesellige atmosfeer heers in die ruim vertrek terwyl die gaste met ligte drankies bedien word.

Germano sit nog steeds en gesels by die groepie mans by wie hy hom ná tia Loreta en Elise se aankoms aangesluit het. Hy het gesien toe tia Loreta en Elise die vertrek verlaat het en is ook daarvan bewus dat die ou dame alleen teruggekeer het, maar daar is soveel bitterheid in hom dat hy nie juis ag slaan op Elise se afwesigheid nie. In hom is daar net een gedagte: dit is vermetel van haar om nou selfs in sy kasteel te kom indring, en dit nadat hy haar uitdruklik laat verstaan het dat hy niks met haar en haar soort te doen wil hê nie.

Dit was vir Germano 'n groot skok om te sien dat sy dierbare ou peettante in so 'n gewetenlose fortuinsoekster se hande beland het. Hy wonder hoe Elise dit reggekry het om haar by die skerpsinnige ou vroutjie in te wurm, want tia Loreta is bekend vir haar diepe insig in die menslike natuur. Hy besluit om sy ou peettante vanaand nog te waarsku teen Elise se geslepenheid.

Germano is nog steeds in sy eie wrewelrige gedagtes vasgevang toe hy tia Loreta vir sy suster hoor sê: "Ek wil graag vir Elise se afwesigheid verskoning maak, Julietta. Sy het skielik begin sleg voel, en ek het voorgestel dat sy liewer bed toe moet gaan. Ek dink ek het haar te gou uitgeneem ná haar ontslag uit die hospitaal. Sy het nege dae gelede 'n ongelukkie gehad en is gisteroggend eers uit die hospitaal ontslaan . . ."

'n Gevoel van verligting neem van Germano besit. Hy is bly dat Elise vertrek het, want hy weet nie hoe hy haar die hele aand in sy kasteel sou verduur het sonder om beledigend te wees nie. Hy kon haar soort nog nooit duld nie, en die gedagte dat sy nou weer besig is om tia Loreta 'n rat voor die oë te draai . . . !

Nee, hy sal haar ná die ete in verband met juffrou Elise moet inlig.

Die maaltyd verloop gesellig. Almal is bly om tia Loreta weer te sien. Op die vraag hoe lank sy in Lissabon gaan vertoef, antwoord die ouer vrou dat sy nog nie daaroor besluit het nie, maar sy en Elise sal bepaald 'n paar maande hier vertoef voordat hulle teruggaan Oporto toe.

Die gedagte dat Elise saam met tia Loreta in Oporto gaan woon, laat Germano wrewelrig frons, maar hy troos homself met die wete dat die ouer vrou die volgende dag van die gewetenlose skepsel ontslae sal raak.

Ná die ete, terwyl almal met koffie bedien word, neem Germano langs tia Loreta plaas en sê met 'n stroewe stem: "Tia Loreta, daar is iets waaroor ek baie dringend met jou wil praat. Ek stel voor dat ons in my studeerkamer gaan gesels wanneer ons klaar koffie gedrink het."

"Jy klink baie ernstig, Germano," glimlag die ou vroutjie goedig.

"Dit is 'n baie ernstige saak, tia," verseker hy haar.

Terwyl die twee koffie drink, gesels hulle oor algemene sake, maar toe die ouer vrou se koppie leeg is, help Germano haar orent. Hy vra die gaste om hulle te verskoon en neem haar dan na sy studeerkamer toe.

"Wel, laat ek hoor waaroor jy my so dringend wil spreek, Germano," sê die ou vroutjie toe sy eindelik gemaklik op 'n sagte leunstoel sit en hy agter sy lessenaar.

"Nou goed, ek sal begin deur eerstens te vra hoe en waar jy met Elise Eybers kennis gemaak het en hoe goed jy haar ken, tia," sê Germano met bitterheid in sy stem.

Sy kyk hom met 'n geheimsinnige glimlaggie aan en sê sag: "So, dan wil jy met my oor Elise gesels. Jy is so 'n verstokte oujongkêrel, ek het eerlikwaar nie gedink dat haar skoonheid jou sou beïndruk nie –"

"Sy beïndruk my nie in die minste nie, tia," val hy haar kort-af in die rede, "vir haar soort is hier nie plek in my kasteel nie. Maar ek wag nog op jou antwoord, tia Loreta."

Daar is 'n snaakse, onpeilbare uitdrukking in die ouer vrou se oë toe sy half ongeërg sê: "O, ek het drie maande gelede hier op die lughawe met Elise kennis gemaak, terwyl ek met groot moeite alleen moes aansukkel om dieselfde vliegtuig as sy te haal. Sy het haar oor my ontferm, want die res van die passasiers was reeds in die vliegtuig. Sy het my gehelp by die trap en ook met my veiligheidsgordel en handbagasie.

"Van daardie oomblik af het sy my soos 'n eie dogter by-gestaan, tot by Oporto se lughawe waar sy my in Juana en Alfredo se sorg gelaat het. Die volgende oggend het ek haar by die Miranda-hotel gebel en haar genooi om haar intrek by my in die villa te neem, want sy was veronderstel om 'n week in Oporto te vertoef."

Sy vertel hom van die ongeluk waarin Elise betrokke was en van haar geheueverlies. Toe merk sy meteens op dat Germano wasbleek is tot aan sy lippe.

"Tia Loreta!" roep hy sag, verbyster uit. "Wil jy vir my vertel dat Elise haar geheue verloor het?"

"Ja, Germano, sy het," antwoord sy en vertel dan verder van Elise se verblyf in Oporto se hospitaal en die maande wat daarop gevolg het. Sy vertel hom dat sy drie weke gelede besluit het om na Lissabon terug te kom in die hoop dat iets hier in die stad Elise sou help om te onthou. Sy vertel hom ook van haar eie siekte, van dokter Armando Barreto se vriendskap met Elise, en van die ongeluk wat die jong meisie weer in die hospitaal laat beland het, maar ook haar geheue aan haar terugbesorg het.

"Elise het deur baie diep waters gegaan, Germano," sluit sy haar vertelling af, "maar dis of die lewe haar nog nie genoeg gekasty het nie, want toe sy haar geheue 'n week gelede herwin het, kon sy weer nie onthou wat die afgelope drie maande ge-beur het nie. Sy was vas onder die indruk dat sy haar in Oporto se hospitaal bevind. Nadat ek haar alles vertel het soos wat ek

328

dit nou vir jóú vertel, het sy meteens baie ongelukkig gelyk. Eers die dag voor haar ontslag uit die hospitaal het sy my vertel dat sy 'n man hier in Lissabon liefhet, maar dat sy nie weet of hy ná die drie maande se stilswye nog iets met haar te doen sal wil hê nie –"

"Wie is die man, tia?" val hy haar met 'n skor stem in die rede.

"Ek weet nie, Germano. Elise het belowe om hom aan my voor te stel as dit blyk dat hy haar nog liefhet. Maar hy het haar bepaald nie baie liefgehad nie, want toe sy hom gisteroggend gebel het, wou hy haar nie eens kans gee om te verduidelik waar-om hy drie maande lank niks van haar gehoor het nie. Sy het so droewig gehuil en . . . nou ja, sedertdien is sy baie hartseer. Ek voorspel donker dae vir haar, want sy is nie die soort meisie wat maklik oor 'n liefdesteleurstelling sal kom nie. En die moontlik-heid dat hul paaie op straat sal kruis, is natuurlik nie uitgesluit nie. Sy sal bepaald nou wil teruggaan na haar eie land toe . . ."

"Nee, sy gaan nie terug nie," val Germano haar skerp in die rede. Hy en sy peettante kyk mekaar 'n paar oomblikke stil aan, toe sê hy sag, amper boetvaardig: "Ek is jammer, tia, ek moes jou nie so skerp aangespreek het nie, maar kan jy dink hoe ek op hierdie oomblik voel? Ek, my liewe tante, is die man wat op die punt gestaan het om aan Elise verloof te raak. Ons sou die dag ná haar tuiskoms van Oporto af verloof geraak en 'n maand later getrou het. Kan jy begryp hoe ek gevoel het toe ek haar twee weke gelede hier by die hawe raakloop en sy maak asof sy my nie ken nie, asof ek een van Lissabon se leeglêers is wat haar in die straat wil molesteer . . ."

"Maar sy het jou werklik nie herken nie, Germano," sê tia Loreta sag.

"Ek was nie toe bewus daarvan dat sy aan geheueverlies gely het nie, tia. Maar dit was nie al nie. Die volgende week het ek haar twee keer in die geselskap van 'n vreemde man gesien, en elke keer het sy gemaak of sy my nooit geken het nie. Vir 'n man wat liefhet, is sulke gedrag van sy beminde onvergeeflik."

"En toe sy jou gisteroggend gebel het, het jy vir haar gesê dat jy niks meer met haar te doen wil hê nie!"

329

"Ja, so iets, tia. Ek was verbitter en woedend, en ek het vir haar baie harde dinge gesê. Met jul aankoms vanaand was ek net so woedend omdat sy in my kasteel kom indring het . . ."

"Sy het nie geweet dat Julietta jou suster is nie, Germano, en sy het ook nie geweet dat die onthaal in jou kasteel sou plaasvind nie," help sy hom reg. "Maar wat is jou plan met Elise? Wat gaan jy doen noudat jy alles weet?"

"Ek gaan haar sonder versuim om verskoning vra, tia Loreta . . . Toemaar, jy kyk my verniet so skepties aan. Ek is dalk in sekere opsigte 'n harde man, maar ek het Elise lief met 'n innigheid en diepte wat eindeloos is. Sy is die eerste meisie wat ek nog ooit gevra het om met my te trou, en sy sal ook die laaste wees. Ek is ongelukkig die soort man wat net een keer in 'n leeftyd kan liefhê."

"Nou goed," sê tia Loreta en kom moeisaam orent, "as jy haar om verskoning wil vra, sal ons sonder versuim moet ry. Ek hou natuurlik nie daarvan dat jy haar hierdie tyd van die aand moet steur nie, maar ek verkies nogtans dat jy vanaand al jul moeilikhede uit die weg moet ruim sodat sy 'n rustige nag kan geniet."

"Laat my eers toe om jou binnetoe te neem, tia. Ons moet darem eers vir die gaste nagsê voordat ons gaan."

'n Paar minute later dreun Germano se motor voor sy castelo verby, onderweg na sy peettante se villa. Hy ry vinnig, want hy is haastig om by Elise te kom, haastig om haar om verskoning te vra. Sy hart brand om haar weer in sy arms te hou en haar sagte lippe teen syne te voel . . . Ja, sy hart is vol vreugde, want Elise, sy eie dierbare Elise, het hom nie bedrieg nie.

10

Germano voel soos 'n ingehokte dier hier waar hy in tia Loreta se sitkamer vir Elise wag. Hy weet ook nie waarom sy peettante en Elise so lank wegbly nie. Dit is al byna tien minute dat hy vir hulle wag.

Hy is net oorgehaal om self te gaan kyk wat aangaan, toe tia Loreta die sitkamer alleen binnekom. Dit is vir hom met die eerste aanblik baie duidelik dat sy bitter ontsteld is, en met drie treë staan hy voor haar.

"Waar is Elise, tia? Moenie vir my sê sy weier om met my te praat nie, want dan sal ek genoodsaak wees om haar self uit die kamer te gaan haal . . ."

Sy maak hom met 'n ligte handgebaar stil.

"Dit is veel erger as dit, Germano," sê sy ontsteld en kyk hom beskuldigend aan. "Elise is nie in haar kamer nie, net . . . net hierdie brief wat sy vir my geskryf het. Jy moet dit maar lees, want ek voel gans te ontsteld om enigiets te verduidelik. Al wat ek jou kan sê, is dat sy weg is."

"Weg! Waarheen, tia Loreta?" Germano kyk haar aan asof dit háár skuld is dat Elise weg is.

"Hou asseblief op om onnodige vrae te vra," bestraf sy hom effens skerp. "Jy staan met al die antwoorde in jou hand. Lees die brief, dan sal jy wel alles weet. Maar laat ek jou net dit vertel: dit is jóú skuld dat sy weg is."

Germano voel bitter omgekrap en radeloos. Sy hand bewe toe hy die brief oopvou en lees.

My liewe ou tia, dit breek my hart om jou alleen daar in die villa agter te laat. Vergewe my, asseblief, maar ek moet 'n rukkie weggaan om myself weer in 'n mate te vind. Alles het vir my meteens net te veel geword. Ek moes nooit my geheue herwin het nie, dan sou daar nie 'n Germano gewees het wat my lewe ongelukkig kan maak nie.

Ja, tia, die markies Germano de Nobrega is die man wat ek gisteroggend gebel het, die man wat ek liefhet en van wie se bestaan ek nou êrens wil gaan vergeet. Jy verstaan tog, my liewe tia, dat ek nie langer hier in Lissabon kan bly waar ek hom telkens by die een of ander geselligheid kan raakloop nie, want op daardie manier sal ek hom nooit kan vergeet nie . . . en ek moet hom vergeet. Hy haat en verafsku my, beskuldig my selfs daarvan dat ek 'n gewetenlose fortuinsoekster is – nie dat ek weet waarom hy my van so 'n verskriklike ding beskuldig nie.

Nee, dit is die beste dat ek liewer weggaan, my ou moeder-

331

tjie, totdat dit vir my moontlik is om sonder 'n traan of hartseer
aan Germano te dink. Later, wanneer ek my êrens gevestig het,
sal ek met jou in verbinding tree, maar voorlopig wil ek net
vergeet. Moet jou asseblief nie oor my bekommer nie, tia, ek
kan vir myself sorg.

Ek hoop ons bly nie lank geskei nie, my ou moedertjie, want
ek is lief vir jou. Jy was die afgelope drie maande vir my soos 'n
eie ma, so liefdevol en sorgsaam. Ek weet ek gaan baie na jou
verlang. Maar wanneer die verlange te groot word, sal ek jou
bel, tia. Sorg intussen mooi vir jouself. Ons sien mekaar weer
een van die dae . . . Soos altyd, Elise.

Germano is bleek en stil toe hy die brief aan haar teruggee.

"Ek sal haar gaan soek, tante, ek sal soek totdat ek haar
vind," sê hy ná 'n rukkie.

"Ek dink jy moet liewer daarvan vergeet, Germano . . ."

"Tia Loreta!" roep hy skerp en ongeduldig uit. "Hoe kan jy
so iets sê? Natuurlik moet sy gevind word, en gou ook!"

"Dink jy Elise sal jou met oop arms ontvang, dít nadat jy haar
daarvan beskuldig het dat sy 'n gewetenlose fortuinsoekster is?
O nee, sy het meer verstand as dit, Germano. Die grootste fout
wat jy nog ooit in jou lewe begaan het, was toe jy gisteroggend
geweier het om na haar verduideliking te luister. Selfs 'n dief
en 'n moordenaar het die reg om hulle te verdedig, maar jy het
Elise daardie reg ontsê. Ek glo glad nie dat jy haar so liefhet
soos wat jy voorgee nie."

"Tia Loreta, wat presies bedoel jy?" Hy meet sy bejaarde
peettante met 'n kil blik, want niemand het nog ooit só met
hom gepraat nie en niemand het nog ooit sy eerbaarheid in
twyfel getrek nie. As sy nie so oud was nie, sou hy haar nou
behoorlik op haar plek gesit het oor haar astrantheid.

Maar dan hoor hy sy bejaarde ou peettante ewe reguit sê:
"Wel, ek glo nie jy is die soort man wat Elise gelukkig sal kan
maak nie, Germano. Ek dink jy moet liewer van haar vergeet.
Sodra sy haar hartseer en verlange te bowe gekom het, sal ek
haar aan ander jong mans voorstel wat haar liefde –"

"Dit, my liewe tante, sal jy net oor my dooie liggaam kan
doen, maar baie beslis nie solank daar nog lewe in my is nie,"

val hy haar skerp in die rede. Hy meet haar weer met 'n kil, ongenaakbare blik en vra dan onheilspellend sag: "Dink jy regtig dat ek haar aan 'n ander man sal afstaan? As jy dít dink, tia Loreta, ken jy my nog nie baie goed nie . . . Nee, ek gaan haar soek."

"En waar gaan jy haar nogal soek, as ek mag vra?"

"Wel, sy kan net by een van drie plekke wees: Estoril, Sintra of Torres Vedras," sê hy. "Elise is te lief vir jou om ver van jou af weg te gaan, tia. Ek sal môre al die hotelle in daardie drie dorpies bel."

"Nou goed, kyk of jy haar kan opspoor, maar laat my asseblief dadelik weet sodra jy haar gekry het," versoek sy. "Ek gaan nie toelaat dat jy haar nog ongelukkiger maak as wat jy haar reeds gemaak het nie, dit moet jy baie goed verstaan."

Germano pen die tenger ou vroutjie met 'n onverbiddelike blik vas. Toe sê hy afgemete: "Tia Loreta, jy praat nie nou met 'n onverantwoordelike kind nie, jy praat met my. En laat ek jou dit vertel – daar is net een vrou wat ek sal toelaat om my oor die vingers te tik, en daardie vrou is nie jy nie, tia."

Hy draai om en wil net wegstap, maar sy vat hom aan die arm en vra met 'n onderdrukte laggie: "Wie is die bevoorregte vrou wat jy sal toelaat om jou oor die vingers te tik, Germano?"

Hy kyk haar etlike tellings stil aan.

"Haar naam is Elise Eybers, die meisie met wie ek een van die dae in die huwelik gaan tree. En nou moet jy my asseblief verskoon, ek moet nou gaan . . . Goeienag, tia!"

"Ek hoop jy vind Elise . . . vir ons albei. Nag, Germano!"

Die volgende oggend ontvang tia Loreta 'n telefoonoproep van Germano se suster, Julietta, om te verneem waarom sy en Germano die vorige aand so half geheimsinnig opgetree het. Nadat sy haar die hele verhaal van Germano en Elise vertel het, besef Julietta eindelik waarom haar broer die afgelope drie maande so kil en ongenaakbaar was dat geen mens met hom kon huishou nie.

Die feit dat haar broer uiteindelik die vrou van sy hart ontmoet het, laat Julietta terstond besluit om ook aan die soektog

na Elise deel te neem. Germano was nog altyd streng en onver-
biddelik in sy besluite, maar die afgelope drie maande was hy
net onmoontlik, absoluut onuitstaanbaar . . . Ja-nee, Elise moet
gevind word, want net sy sal die duiwel in hom kan tem.

Terwyl Julietta en tia Loreta oor die telefoon gesels, bel Ger-
mano die een hotel na die ander van sy kantoor af. Daar is 'n
vasberade trek op sy gesig en doelbewustheid in elke beweging
van sy hande.

Sy sekretaris het sommer vroeg die oggend al besluit dat hy
die dag nie 'n voet in sy werkgewer se kantoor gaan sit tensy die
markies hom ontbied nie. Hy het die edelman die afgelope drie
maande dikwels in 'n slegte luim gesien, maar nog nie soos van-
dag nie. Dit lyk asof die man lus het om iemand te vermoor.

Dit is byna twaalfuur toe Germano eindelik die regte hotel in
Sintra bel – die Strand-hotel. Die hotelbestuurder deel hom mee
dat juffrou Eybers tienuur die oggend haar intrek in sy hotel
geneem en 'n uur gelede strand toe gestap het.

Germano wissel nog 'n paar woorde met die man, toe sê hy
tot siens en lui af. Hierna bel hy tia Loreta om die goeie nuus
aan haar mee te deel.

"En noudat jy haar gevind het, wat gaan jy nou doen, Ger-
mano?" wil sy dadelik weet.

"Ek gaan haar eers om verskoning vra, tia, en dan bring ek
haar huis toe, hier na jou villa toe," sê hy gemoedelik.

"Ek hoop dit gaan so eenvoudig wees soos wat jy dink," kan
sy nie help om te sê nie. Germano klink vir haar gans te seker
van sy saak. Hy vergeet blykbaar dat Elise nie 'n Portugese mei-
sie is nie. Maar sy het nie vandag lus om met hom te argumen-
teer nie, dus sê sy maar liewer niks verder oor sy planne om
Elise terug te bring nie, en ná 'n rukkie lui hulle af.

Sy het net die gehoorbuis neergesit, toe bel sy vir Julietta om
haar te vertel dat Germano vir Elise opgespoor het.

"Wel, dit is die beste nuus wat ek in 'n lang tyd gehoor het,
tia Loreta," sê Julietta met 'n sagte laggie. "Germano sal weer
in 'n goeie luim wees nadat hy met haar gepraat het. En glo
my, dit sal 'n seën wees, want hy was die afgelope drie maande
absoluut onuitstaanbaar."

"Toemaar, ek het self ook gisteraard onder sy tong deurge-loop," lag tia Loreta. "Ons moet maar hoop en bid dat dinge tussen hulle sal regkom, want dit lyk vir my of net Elise oor die vermoë beskik om hom in 'n vriendelike luim te hou."

"Dis waar, die liefde vermag wonderwerke, tia Loreta. Elise is 'n bevoorregte meisie om so 'n allesoorheersende liefde soos Germano s'n te besit . . ."

Hulle gesels etlike minute oor Elise en die markies, toe sê hulle vir mekaar tot siens en lui af.

Vir Elise was dit 'n verbysterende oomblik toe sy agterkom dat sy 'n gas in die markies se kasteel is. Sy onverwagte verskyning langs sy suster het haar so ontsenu dat sy gewens het die aarde moes oopgaan en haar insluk. Maar daardie koue woede in sy oë . . . ! Haar vel word hoendervleis ten spyte van die warm namiddagson hier langs die strand.

Sy staar met nikssiende oë na die water wat elke oomblik 'n entjie verder oor die sand stoot. Die water borrel tussen die rotse, dan skuif 'n witgekruinde golf vinnig oor die borrelende watermassa en stoot 'n breë skuimrand ver oor die wit sand uit.

'n Fris windjie kom nou oor die see. Dit stoot haar hare van haar nek en skouers af weg en waai haar rok styf teen haar bene aan. Sy ruik die sout van die see in die wind, en op hierdie oom-blik is dit net sy, die see en die gedreun van die hoogwater wat op hierdie klein deeltjie van Sintra bestaan . . . Ja, net hulle, en die groot hartseer wat loodswaar in haar binneste lê.

Elise kan die Germano van die afgelope paar dae nie vereen-selwig met die man wat haar drie maande gelede by die Portela-lughawe weggesien het nie. Die man wat sy drie maande gelede geken het, was teer en liefdevol. Dit was in sy oë, in sy stem, in elke aanraking van sy hande. Maar die man met wie sy nou die oggend oor die telefoon gepraat het, en wat sy die vorige aand by die onthaal raakgeloop het, is hard, koud, verbitter en ongenaakbaar, 'n absolute vreemdeling vir haar.

Op hierdie oomblik dring dit tot haar deur dat sy Germano maar 'n skamele drie dae geken het voor haar vertrek na Opor-

335

to, en nou wonder sy of een mens 'n ander werklik in so 'n kort tydjie kan leer ken?

Hy het my drie maande gelede net die mooi in hom laat sien, die mooi wat hom vir my so dierbaar gemaak het, dink sy hartseer. Maar gisteraand en eergisteroggend het hy my ook 'n ander deel van hom laat sien, 'n deel wat ek nooit in hom verwag het nie . . . die koue, ongenaakbare deel van sy samestelling. Hy het my hart in besit geneem net om dit te verguis . . . 'n hart wat net liefde vir hom gehad het.

Die water stoot nou vinnig nader aan haar voete. Sy gee 'n paar treë agteruit en voel skielik hoe twee hande om haar skouers sluit. Sy swaai verward om, en die volgende oomblik kyk sy vas in Germano se donker oë.

"Jy?" kry sy dit swakkies op Engels uit, totaal verbyster en ontsenu. Maar sy ruk haar gou reg, skud sy hande van haar skouers af en staan 'n paar treë van hom af weg, kompleet asof sy aanraking haar gebrand het.

"Ja, ek, querida . . ."

"Verskoon my, ek is nie jou liefling nie, meneer die markies," val sy hom teregwysend in die rede. Sy het groot moeite om die trane te bedwing wat agter haar ooglede brand, maar sy vervolg moedig: "Ek weet nie waarom jy hierheen gekom het nie, en ek gee ook nie om nie. Dus kan jy gerus maar weer gaan en my in vrede laat. Ons twee het niks meer vir mekaar te sê nie."

Sy wil net omdraai en wegstap, toe sy hom ernstig hoor sê: "Maar, cara, ek het nie geweet dat jy aan geheueverlies gely het nie –"

"Ek gee nie 'n flenter om wat jy geweet of nie geweet het nie. Gaan nou, en laat my asseblief met rus," val sy hom sag in die rede. Haar keel voel dik en sy vrees dat sy straks in trane voor die man gaan uitbars.

Maar dan sê hy weer: "Ek kan alles verduidelik, Elise."

"Ek stel geensins belang in jou verduidelikings nie, en ek wens jy wil dit nou eens en vir altyd besef. Moet ook nooit weer die moeite doen om met my te praat nie, want ek wil niks met jou te doen hê nie. Ek verkies om jou liewer nooit weer in my lewe te sien nie. Jou rykdom is dus heeltemal veilig, ek het geen planne om jou daarvan te beroof nie."

Met hierdie woorde draai sy om en vlug haastig van hom af weg. Sy voel hoe die trane warm oor haar wange stroom, maar sy doen nie eens die moeite om hulle af te vee nie. Sy wil net wegkom van hierdie man wat haar die diepste wond van haar lewe toegedien het.

Elise se teleurstelling in Germano rus soos 'n swaar gewig op haar hart. Nou die oggend het hy volstrek geweier om na haar verduideliking te luister, maar vandag verwag hy dat sy na sý verduidelikings moet luister . . . Nee, niks wat hy sê, kan sy beskuldiging dat sy 'n fortuinsoekster is ongedaan maak nie. Hy is vermetel en verwaand, en sy wil hom nooit weer sien nie. Sy is nou ook glad nie meer so seker dat sy hom nog liefhet nie. Hy is te koud, te hard, te ongenaakbaar om 'n vrou se liefde waardig te wees.

Elise is uitasem toe sy haar hotelkamer binnestap. Met 'n doelbewuste gebaar draai sy die sleutel in die deur se slot. Toe eers voel dit asof sy vry kan asemhaal, asof sy veilig verskans is teen alles wat wreed en onaangenaam is. Sy gaan staan voor die venster en sien met verligting hoe Germano se motor voor die hotel wegtrek en in die rigting van Lissabon verdwyn.

Tia Loreta wou net vir aandete aansit, toe Germano die eet-kamer binnestap. Sy gesig lyk soos 'n donker onweerswolk en daar is iets in die trotse houding van sy kop waarvan sy aflei dat sake vir hom glad nie gunstig verloop het nie.

"Naand, Germano," sê sy. "Sit, dan eet jy saam met my."

Hy skud sy kop beslis. "Nee, dankie, tia," sê hy half afgetrok-ke, "ek sal met jou gesels terwyl jy eet. Daar is 'n dringende saak wat ek met jou wil bespreek, en dit kan nie wag tot later nie."

"In daardie geval moet ons liewer in die sitkamer gaan ge-sels," stel sy prakties voor.

Germano neem haar arm en lei haar na die sitkamer. Eers toe hulle sit, vra sy die vraag wat sy dadelik ná sy aankoms al wou vra: "Het jy Elise te sien gekry?"

Die onweerswolk in sy oë word meteens donkerder.

337

"Ja, ek het haar gesien," antwoord hy, "maar ek vrees die ontmoeting was bitter teleurstellend. Elise wil niks met my te doen hê nie. Trouens, sy wil nie eens met my praat of na enige verduidelikings luister nie."

"Ek het dit verwag," sug sy. "Jy wou self ook nie oor die telefoon na haar verduideliking luister nie. Jy het haar afgejak, verkleineer en verneder, dus het jy net gekry wat jy verdien."

Hy kyk haar vinnig en skerp aan. "Jy is baie onsimpatiek, tia Loreta . . ."

"Het jy dan iets anders verwag?"

Hy glimlag skeef.

"Nee," sê hy, "ek het nie. Ek ken jou te goed om in hierdie saak simpatie van jou te verwag, my liewe tia Loreta. In elk geval, ek en Elise is nou kiets. Ek het haar afgejak en haar van my af weggestuur, en sy het my vandag in eie munt terugbetaal. Maar jy ken my, tia. Ek gee nie 'n saak maklik gewonne nie en vir my liefde sal ek tot die bitter einde veg, want daar is nie nog 'n Elise nie."

"So, en wat gaan jy doen?" wil sy belangstellend weet. Sy glo dat hy tot die bitter einde sal veg vir sy liefde, want hy is net so 'n vasberade man soos wat sy oorlede pa was. Die De Nobregas gee nooit 'n saak gewonne nie.

"Ek sal later my planne aan jou meedeel, tia," sê hy. "Jy moet eers na Sintra gaan en Elise gaan haal. Belowe haar dat jy haar nooit met my in aanraking sal laat kom nie."

"Wat sal dit jou baat?" Sy kyk hom skepties aan, nie seker of sy reg gehoor het nie.

"Moet jou nie oor my bekommer nie, my liewe tia. Sorg asseblief net dat jy Elise weer veilig onder jou eie dak kry, en let wel, ek verwag nie dat jy jou belofte aan haar moet verbreek nie . . ."

"Jy het nie nodig om my dááraan te herinner nie, Germano," sit sy hom vinnig op sy plek. "As ek so 'n belofte aan Elise maak, sal ek dit baie beslis gestand doen. Ek maak nooit ydele beloftes nie en Elise weet sy kan my vertrou."

"Gaaf," sê Germano nou duidelik verlig. "Wanneer gaan jy haar haal, tia Loreta?"

338

"Ek sal haar eers vanaand bel en hoor of ek haar môre mag besoek," antwoord sy. "As die hotel my geval, sal ek stellig 'n week of twee daar vertoef. Elise het 'n rybewys, dan kan ons lang motorritte met die kus langs onderneem en die wêreld daarlangs besigtig."

"Dis nie 'n slegte plan nie, tia," stem Germano geredelik saam. "Maar wanneer kom julle terug Lissabon toe? Ek bedoel nou die dag en datum."

"Dit kan ek jou nie nou al sê nie. Ons sal terugkom sodra Elise gereed voel om terug te kom."

"Wel, as dit nie 'n ontwykende antwoord is nie, weet ek nie so mooi nie," kla Germano. "Kan jy my nie 'n bietjie meer duidelikheid gee nie, tia?"

"Nee, ek kan nie, ek het nie die toekoms in my hande nie," sit sy hom weer eens op sy plek, maar vervolg ietwat meer toegewend: "Ek sal jou laat weet wanneer ons terugkom."

Ná hierdie belofte groet en vertrek Germano, gerus in die wete dat Elise van môre af weer veilig in sy peettante se sorg sal wees.

Elise het pas van die eetkamer af teruggekeer toe die telefoon in haar kamer begin lui. Sy voel aanvanklik huiwerig om die oproep te beantwoord, want sover haar wete strek, weet net Germano dat sy in hierdie hotel tuis is, en met hom wil sy niks te doen hê nie. Die telefoon hou aan lui en Elise besluit om Germano nou eens en vir altyd op sy plek te sit.

"Ja, naand!" sê sy onverskillig en vervolg nog voor die persoon aan die ander kant 'n woord kan inkry: "Dit lyk vir my of jy Engels nie mooi verstaan nie, Germano. Ek het jou vanmiddag gesê jy moet my met rus laat en dat ek niks met jou te doen wil hê nie, en nou bel jy my. Jy hoop natuurlik dat ek oor die telefoon met jou sal praat. Wel, jy maak 'n fout. Ek wil glad nie met jou praat nie – nie nou nie, ook nie môre nie, nooit weer nie . . ."

Tia Loreta se hartlike lagbui laat Elise meteens verleë stilbly.

"My simpatie het nog heeltyd by jou gelê, my kind," hoor sy die ouer vrou laggend sê, "maar nou wonder ek of Germano dit nie nodiger het nie."

"Sy soort het nie simpatie nodig nie, my liewe tia, hulle kom baie maklik daarsonder klaar."

"Miskien het jy gelyk, wie weet? Maar ek het jou nie gebel om oor Germano te gesels nie, kindjie, ek wil weet of ek welkom is om jou môre te besoek?"

"My liewe tia, natuurlik sal jy welkom wees! Jy weet mos al dat jy by my altyd welkom sal wees! Trouens, ek sal baie bly wees om jou hier by my te hê. Moet net nie vir Germano met jou saambring nie, want dan gee ek dadelik pad. Ek . . . ek wil hom liewer nooit weer sien nie. Ons paadjies het vir goed uitmekaar gegaan. Alles is verby, tia. Ek moet nou . . . net vergeet, dis al."

"My kind, jy het my belofte dat ek alles in my vermoë sal doen om jou nooit weer met hom in aanraking te laat kom nie, en al kom jy ook saam met my terug Lissabon toe, sal ek my belofte nakom –"

"Ek gaan nie gou terug Lissabon toe nie, tia," val sy haar met 'n hartseer stem in die rede. "Eers later, wanneer daar 'n roof oor die wond gegroei het."

"Ek verstaan, my kind, en ek respekteer jou gevoel . . ."

Hulle gesels nog 'n rukkie, toe sê albei nag en lui af. Hierna bel die ouer vrou vir Julietta. Sy vertel die jong vrou van haar telefoongesprek met Elise en dat sy ook na Sintra gaan, waar sy meen om 'n week of twee te vertoef.

"Jy gaan dus nie 'n vinger verroer om Elise en Germano weer bymekaar te bring nie, tia Loreta?" vra Julietta duidelik teleurgesteld. Sy het gehoop dat die minsame vrou 'n versoening tussen die twee sal kan bewerkstellig.

"Nee, ek gaan nie, Julietta," antwoord sy. "Ek het Elise dit belowe, en dit was in elk geval Germano se voorstel dat ek haar dit moet belowe. Nee, hy kan self sy kastaiings uit die vuur haal. Dit sal hom leer om in die vervolg redeliker te wees. As hy nou die oggend na Elise se verduideliking geluister het, sou hy hom nie nou in hierdie ellende bevind het nie . . . Laat hy maar self sien kom klaar. Ek gaan Sintra toe om Elise te beskerm."

"Ek wil Elise graag beter leer ken, tia Loreta. Mag ek julle daar kom besoek?" vra Julietta. "Ek wil graag die meisie leer ken oor wie my broer so gaande is. Ek stel my voor dat sy keuse iets buitengewoons moet wees."

"Jy is welkom, Julietta," antwoord die tante. "En as jy 'n paar jong vriendinne wil saambring, sal dit goed wees. Ek dink Elise het jong mense se geselskap nodig om haar oor hierdie krisis te help."

"Goed, tia, ek sal so maak," belowe Julietta en glimlag ingenome. "Ek sal Elena, Ada en Liliana saambring. Ons vier sal in 'n japtrap skoonskip maak van al Elise se hartseer en teleurstellings, dit belowe ek jou."

Ná hierdie gesprek voel tia Loreta heelwat beter, want vanaand is die villa vir haar gans te stil. Sy het al so gewoond geraak aan Elise dat sy haar nie meer 'n lewe sonder die kind kan voorstel nie. En tog, oor nege maande moet sy teruggaan Suid-Afrika toe . . .

Julietta het woord gehou, want 'n dag ná tia Loreta se aankoms daag sy en haar drie vriendinne by die hotel op. Hulle tref die ouer vrou en Elise op die hotelstoep aan waar 'n mens ver oor die see kan uitkyk en 'n stil en rustige atmosfeer heers.

Julietta stel haar drie vriendinne aan Elise voor, dan neem hulle eers plaas voordat sy vra: "Gaan dit nog goed met tia Loreta en met jou, Elise?"

Dit is die ouer vrou wat antwoord: "Ons geniet dit hier, want ons is albei ewe lief vir die see, maar ek is bly dat julle vier vir ons kom kuier het. Dit is nie goed vir Elise om aldag net in 'n ou mens se geselskap te verkeer nie."

Elise is op die punt om haar te weerspreek, maar Julietta spring haar voor.

"In daardie geval sal ons dikwels kom kuier en Elise soms vir uitstappies neem," sê sy. Sy draai na Elise en vervolg met 'n vriendelike glimlaggie: "Ek gaan nie verskoning vra omdat ek jou op jou naam noem nie, Elise, en ek gaan ook nie jou toestemming vra nie. Ek gaan eenvoudig net daarop aandring dat jy ons ook op die naam noem, ons is mos nou almal vriende. En met ons volgende besoek kom ons per boot, dan gaan vaar ons met die kus langs en hou piekniek êrens op 'n ongerepte strand. Ek is seker jy sal dit geniet."

"Dit klink aangenaam," sê Elise met 'n weemoedige glimlaggie, "maar jy moet asseblief nie om my ontwil moeite doen nie."

"Dit is geen moeite nie, ek doen dit graag," verseker Julietta haar. "Ek sal jou môre bel om te sê vir watter dag ek die uitstappie gereël het."

Hulle gesels daar op die stoep totdat die ghong middagete aankondig.

Ná die ete groet en vertrek die vier jong vroue weer. Tia Loreta gaan na haar kamer toe vir die siësta en Elise gaan sit 'n sonhoed op en stap af strand toe.

By die strand aangekom, gaan sit sy eenkant op 'n rots en staar diep ingedagte oor die blougroen water van die Atlantiese Oseaan. Baie dinge flits deur haar gedagtes. Sy dink aan haar kinderjare, haar studentejare, die kinders wat sy onderrig het, en al die ander dinge wat sy beleef het sedert sy en Maria Caspera hier in Lissabon aangekom het . . . Ja, dit was 'n lang, vreemde pad, en nog is die einde nie in sig nie.

Sy dink aan Rita en Pedro Mendes en besluit om hulle te besoek sodra sy en tia Loreta terug is in Lissabon, maar wanneer dit sal wees, weet sy nie. Sy glo nie Lissabon sal haar gou sien nie, want Lissabon is die stad waar Germano woon . . .

Dis waar, sy het vir Germano gesê dat sy hom nooit weer wil sien nie, maar sy het dit bloot gesê omdat sy bang is om hom weer te sien, bang dat haar verraderlike hart verskonings vir hom sal begin soek.

Ek dink ek is van my wysie af, daarom dat ek die ellendige man nog steeds liefhet, dink sy met 'n hartseer trekkie om haar mond. Dis daardie motorfietsongeluk se skuld, dit het bepaald iets in my brein beskadig, want geen meisie met verstand sal vir so 'n harde, ongenaakbare man lief wees nie . . . Ja, dis nooit anders nie. Daardie ongeluk het iets aan my gedoen. Maar ek sal wel eendag oor my liefde vir hom kom, ek moet hom net nie weer sien nie.

Sy dink aan daardie aand by die Costa do Sol toe sy die markies die eerste keer werklik leer ken het. Sy hoor nog die musiek van die Maanlig-tango, voel nog sy arms om haar asof dit gister was. En die volgende dag was dit nie net sy arms wat haar vasgehou het nie, maar ook sy lippe wat haar soms vurig en soms baie teer geliefkoos het.

Warm trane rol ongehinderd oor haar wange, want haar hart voel nog te seer om nou aan al die herinnerings van die afgelope maande te dink, herinnerings wat Germano insluit . . . Sy weet nie of sy hom ooit sal kan vergeet nie.

Dit is byna tyd vir namiddagkoffie toe Elise by die hotel opdaag. Sy tref tia Loreta op die stoep aan waar sy rustig na die see sit en kyk terwyl sy vir haar koffie wag.

Die ou dame merk dadelik op dat Elise gehuil het, maar swyg wyslik. Sy weet dat Elise nog baie trane sal stort voordat sy hierdie krisis te bowe gekom het en haar hart gaan uit na die beproefde meisie.

"Ek dink jy het 'n bietjie te lank op die strand in die son gesit, filha. Jou arms is effens rooi gebrand," sê sy.

"Ek het dit nie eens gevoel nie, my liewe tia," glimlag Elise verwese en neem op die stoel langs haar plaas. "Die ou see het vir my so 'n vreemde bekoring. Ek kan ure lank na die wispelturigheid van die golwe sit en kyk sonder om ooit moeg te word. Ruik net die heerlike seelug, 'n mens kan selfs die sout in die see ruik."

"Ek is bly dat Julietta aangebied het om jou met die boot uit te neem," glimlag die ouer vrou goedig. "Jy sal die uitstappie baie geniet."

Hulle word met koffie bedien en daarna sit die twee op die stoep en gesels totdat die son onder is en 'n koel windjie van die see se kant af opsteek.

Ná die ete bel Julietta om te sê dat sy alles vir hul uitstappie gereël het. Sy sal Elise tienuur die volgende oggend by die private kaai naby die hotel oplaai, want die jag is te groot om strand toe te bring.

Elise aanvaar Julietta se uitnodiging en reëlings sonder veel belangstelling, byna halfhartig. Germano se koelbloedige beskuldigings dat sy 'n fortuinsoekster is, het haar half sku gemaak vir 'n vriendskap met sy suster en ander vermoënde mense soos hulle. Sy besef dat sy liewer nie Julietta se uitnodiging moes

343

aanvaar het nie, want aanstons dink Germano dat haar vriendskap met sy suster net om hul rykdom gaan.

Elise is nog besig om hierdie saak te bepeins, toe sy Julietta laggend hoor sê: "Jy klink vreeslik huiwerig om ons op die uitstappie te vergesel, Elise, of is dit maar net my verbeelding?"

"Ek glo nie jou broer sal daarmee genoeë neem dat jy met my bevriend is nie, Julietta. Hy dink ek is 'n fortuinsoekster –"

"Wel, ek het nie 'n fortuin nie," val sy Elise laggend in die rede. "Ek verkeer dus in geen gevaar nie. Germano is die man wat die skatte besit, nie ek nie, en ek is darem al oud genoeg om my eie vriende te kies. Nee, jong, sorg jy maar net dat jy môreoggend by die kaai is."

"Nou goed, ek sal daar wees en . . . dankie vir die uitnodiging, Julietta."

Hierna sê hulle vir mekaar nag en lui af.

Toe Elise die volgende oggend in 'n geel broekpak by die ontbyttafel aansit, stel tia Loreta voor dat sy vir die uitstappie liewer 'n koel strandrok moet dra, want sy is seker dat Julietta-hulle ook strandklere sal aanhê. Elise kan nie die wysheid hiervan insien nie, maar sy hou daarvan om die ouer vrou haar sin te gee. Gevolglik gaan verklee sy haar ná ontbyt in 'n koel, kleurryke strandrok en goudkleurige sandale.

Daar is 'n teer, sagte blik in die ouer vrou se oë toe Elise haar op die voorkop soen en die hotel verlaat. In haar hart bid sy dat daar weer geluk in hierdie meisie se lewe moet kom, geluk wat al die hartseer uit haar mooi oë sal wegneem.

Die wit-en-rooi jag lê reeds langs die kaai vasgemeer toe Elise die plek nader. Dis 'n lang, luukse, vaartbelynde jag.

Julietta moet die pad na die hotel dopgehou het, want toe Elise die kaai bereik, kom sy haastig met die loopplank afgestap. Haar môregroet is vrolik, vol ingehoue opgewondenheid.

"Ek hoop nie ek het julle lank laat wag nie," maak Elise verskoning.

Julietta lag haar verskoning vrolik weg en sê vriendelik: "Ons het ook maar pas hier aangekom, Elise."

Geselsend bestyg hulle die loopplank, dan neem Julietta haar

344

gas na 'n luukse sitkamer wat van weelde en gerief getuig. Sy nooi Elise om te sit, bied haar 'n ligte drankie aan en sê met 'n breë glimlag: "Geniet solank die drankie, dit sal help dat jy nie seesiek word nie. Ek gaan net vir Liliana-hulle roep."

Terwyl Elise aan die drankie proe, verwonder sy haar aan die luisterryke vertrek – paneelmure, dik, sagte mat en duur meubels. Dit voel asof sy in die sitkamer van 'n luukse hotel sit.

Elise is nog besig om haar aan die weelde te verkyk, toe voel sy die geklop van die boot se kragtige enjin wat saggies deur die vloer vibreer. Net etlike sekondes is sy bewus van die vaartuig se beweging toe hulle van die kaai af wegvaar.

Sy het reeds die glas geledig, en nog steeds wag sy vir Julietta en haar drie vriendinne. Sy sit die leë glas op die tafel langs haar neer, en dis toe sy opkyk dat sy Germano in wit geklee die sitkamer sien binnestap. Lank en dinamies lyk hy, asof hy al die reg in die wêreld het om hier te wees, asof die jag met alles daarin aan hom behoort.

Elise voel hoe elke druppel bloed uit haar gelaat wegvloei. Sy kom verward orent en kyk hom met 'n mengeling van pyn en verwyt in haar oë aan.

"Al weer jy?" roep sy effens hees uit. "Wat maak jy hier?"

Hy kom reg voor haar staan. Haar hart klop soos 'n vreesbevange voëltjie s'n, maar sy laat niks blyk nie.

"Ek is hier om met jou te praat, Elise."

"Jy het geen reg om hier te wees nie," val sy hom onbeheers in die rede.

Hy glimlag skeef toe hy sag vra: "Het 'n man nie die reg om op sy eie jag te wees nie, menina?"

"Jou . . . jag!" Sy verloor byna haar asem van verontwaardiging.

"Ja, myne. Jy het tog seker nie verwag dat ek jou sal toelaat om met 'n klein bootjie op die oop see te gaan nie? Nee, cara, jou lewe is vir my te kosbaar om daarmee te speel. Ek het jou nog altyd lief, weet jy?"

"Ek weier volstrek om na jou te luister," sê sy kwaai, "en as die jag jóú eiendom is, eis ek dat jy my nou dadelik by die kaai gaan aflaai."

345

Hy skud sy trotse kop en sê bedaard: "Dit sal eers gebeur nadat ons gesels het en al die misverstande uit die weg geruim is."

"Dan sal ek strand toe swem," daag sy hom uit. Sy draai haar rug op hom en wil by die vertrek uitstorm, maar sy arm skiet uit en die volgende oomblik word sy ferm teen sy bors vasgehou.

"Jy gaan nie weer van my weghardloop nie, querida," sê hy beslis. "Vandag gaan jy luister na wat ek te sê het, of jy daarvan hou of nie."

"Laat my dadelik gaan, of ek skreeu sodat Julietta en almal my kan hoor," dreig sy terwyl sy met alle mag probeer om haar uit sy arms te bevry.

"Hou op met spartel, cara," sê hy met 'n sagte laggie. "Ek sal jou self laat gaan sodra jy tot besinning gekom het. Terloops, al skreeu jy ook hoe hard, niemand sal jou hoor nie, want hier is niemand wat jou kán hoor nie."

"Wat bedoel jy?" vra sy met 'n onvaste stem, baie na aan trane.

"Net dat ek en jy, die kaptein, die werktuigkundige en 'n kelner alleen op die jag is, querida, en al skreeu jy ook hoe hard, sal nie een van hulle drie jou hoor nie –"

"Jy jok vir my," val sy hom beskuldigend in die rede. "Waar is Julietta en haar vriendinne?"

"Hier was geen vriendinne van Julietta op die jag nie, cara," sê hy onversteurd. "Julietta is ook nie meer op die jag nie. Sy het agtergebly om vir die dag by tia Loreta te kuier en haar geselskap te hou. Hulle gaan Sintra verken."

"Jy . . . bedoel?" Toe bars sy onverwags in trane uit en huil asof haar hart wil breek.

Met een kragtige beweging tel Germano haar in sy arms op en dra haar na die rusbank waar hy haar versigtig neersit. Hy neem ongevraag langs haar plaas, neem haar teer in sy arms en hou haar teen sy bors vas waar sy al haar hartseer en frustrasie kan uitsnik.

Terwyl Elise met haar kop teen die markies se bors sit en snik, sit Julietta by tia Loreta op die hotelstoep en gesels.

"So, jy sê Elise en Germano is alleen op sy jag?" sê-vra die ouer vrou half ingedagte.

"Wel, ek moes iets doen sodat Germano die geleentheid kan kry om met Elise te praat, tia," verdedig Julietta haar optrede. "Sy weier beslis om met hom te praat, en jy wil nie 'n vinger verroer om dinge vir hom makliker te maak nie en . . . Hy het haar baie lief, tia Loreta. Sedert sy na Oporto vertrek het, was hy soos 'n kwaai bul wat rooi sien. Geen mens kon met hom huishou nie, en op kantoor het dit niks beter gegaan nie. Oor die geringste ou dingetjie wou hy almal se koppe afbyt. Ek was later te bang om met hom te praat –"

"En tog, toe Elise hom bel, weier hy volstrek om na haar verduideliking te luister," val die ouer vrou haar in die rede. "Hy was uiters beledigend en onredelik teenoor Elise. Dit verbaas my glad nie dat sy weier om met hom te praat nie."

"Tia Loreta, ek weet nie presies wat tussen hulle skeefgeloop het nie, maar ek voel nogtans dat sy Germano die kans behoort te gee om sy kant van die saak te stel. Hulle het mekaar lief, en ek dink dit is onsinnig dat 'n misverstand of 'n argument hulle nou van mekaar moet vervreem. In elk geval, sy sal hom nie vandag kan ontvlug nie. En wie weet, moontlik kom dinge vandag tussen hulle reg. Ek sal daarvan hou om haar vir 'n skoonsuster te hê. Sy is so mooi, klein en fyn, geen wonder Germano is tot oor sy ore verlief nie."

"Dis waar, ek sal ook bly wees as sake tussen hulle regkom," erken die ouer vrou. "Maar ek sal Elise nie in 'n ding dwing nie, en ek hoop daardie broer van jou werk saggies met haar."

"My broer is nie net 'n edelman nie, tia, hy is ook te alle tye 'n heer –"

"Ag, kom nou," maak die ou dame haar ongeërg stil. "Heer of nie heer nie, 'n gefrustreerde man is soos 'n renoster wat op die oorlogspad is – gee vir niks en niemand om nie."

"Germano is nie so nie, tia," tree Julietta dadelik vir haar broer in die bres. "Hy is ook nie 'n kind nie. Hy is die hoof van ons familie en het nog altyd geweet hoe om elke situasie te hanteer. En buitendien, Elise het hom nog steeds lief, daarom dat sy gedurigdeur so hartseer lyk."

347

"Wel, sy het vir my gesê dat sy hom nie meer wil hê nie, en ek blameer haar nie. Jy kan sê wat jy wil, Julietta, maar jou broer het Elise sleg behandel."

"Ek dink ons moet liewer wag en kyk wat gebeur, tia. As Elise vir Germano finaal die trekpas gee, sal hulle vroeg terug wees. Maar as hulle twee-uur nog nie hier is nie, kan ons die sjampanje solank op die ys sit."

"Hm, ek moet sê jy klink baie optimisties," kan die ouer vrou nie help om te sê nie.

Maar Julietta lag haar saggies uit en sê prettig: "En jy, my liewe tante, is weer gans te pessimisties. Glo my, 'n ding is nooit so erg soos wat dit lyk nie, en die liefde, my liewe ou tante, oorbrug baie dinge."

Toe Elise se snikke later bedaar, wikkel sy haar vlugtig uit Germano se arms en droog haar trane af. Sy weet dat haar oë nou rooi en geswel is, daarom draai sy haar gesig van hom af weg.

"Voel jy nou beter, cara?" hoor sy hom met teerheid in sy stem vra.

Sy knik haar kop.

"Sal jy my asseblief terugneem na Sintra?" vra sy met 'n bewerige stem.

Hy beantwoord nie haar vraag nie. Hy sê net: "Laat my toe om jou te wys waar die badkamer is, pequena. Sodra jy jou gesig met koue water afgespoel het, sal ek druppels in jou oë gooi. Daarna sal jy sommer baie beter voel."

Hy staan van die bank af op en wil haar arm neem, maar Elise skud haar kop en sê sag: "Ek kan alleen loop, dankie."

Hy neem haar na die badkamer, en terwyl sy haar gesig afspoel, wag hy in die aangrensende kajuit vir haar. Toe sy eindelik haar verskyning in die kajuit maak, versoek hy haar om op die bed te sit en haar kop agteroor te hou sodat hy druppels in haar oë kan gooi.

"So ja," sê hy en vee die oortollige druppels met sy sakdoek van haar wang af. "Jou oë sal aanstons beter voel, menina."

Hy kyk na haar mooi, blanke hals, na die sagte lippe wat hy drie maande gelede na willekeur geliefkoos het. Die drang om

348

daardie lippe weer teen syne te voel, is byna onweerstaanbaar, maar hy onderdruk die gevoel en gaan sit die oogdruppels terug in die noodhulpkassie.

Hierna keer hulle terug na die sitkamer. Germano ontbied die kelner en bestel tee.

Hy wag totdat Elise haar tee gedrink het, toe vra hy: "Kan ons nou gesels, minha cara, of voel jy nog te ontsteld omdat ek besluit het om jou 'n paar uur te ontvoer?"

"Hoe lank gaan jy my nog hier op jou jag hou?" antwoord sy hom met 'n weervraag.

"Totdat ons hierdie misverstand uit die weg geruim het," sê hy. "Daarna sal ek die kaptein versoek om ons terug te neem."

"Jy kan nie ernstig wees nie." Sy kyk hom verwytend aan waar hy rustig langs haar op die rusbank sit.

"O, maar ek is," sê hy vasberade. "Ek is baie ernstig, Elise. Ons gaan nie terug voordat jy my die kans gegee het om my optrede te verduidelik nie. En, cara, laat ek jou maar sommer nou vertel dat ek 'n vasberade man is. Ek gee nooit 'n saak maklik gewonne nie. En as dit nog boonop 'n saak van die hart is, is ek nog meer vasberade dat al die misverstande uit die weg geruim moet word."

"Wel, ek het niks vir jou te sê nie, Germano. Ses dae gelede het ek die onvergeeflike oortreding begaan om jou te bel, en vir daardie oortreding kan ek net sê ek is jammer. En wat die onthaal betref . . . Wel, ek het nie geweet Julietta is jou suster en dat sy by jou inwoon nie. Dus kan ek maar net weer sê ek is jammer dat ek jou in die verleentheid gebring het."

"Querida, as jy maar weet hoe pragtig jy daardie aand gelyk het –"

"Nee, ek weet nie," val sy hom onverskillig in die rede. "Maar ek veronderstel 'n fortuinsoekster moet altyd aantreklik lyk, anders sal sy nie daarin slaag om ryk mans se aandag te trek nie."

"Jy sal my daardie beskuldiging seker nooit vergewe nie, nè?"

Sy draai haar kop vinnig weg sodat hy nie die pyn in haar oë moet sien nie.

"Wat maak dit saak of ek jou vergewe of nie? Jy is 'n gesiene edelman en ek is maar net Elise Eybers, niks beter as jou huishulpe nie. Dus het jy seker die reg om te dink dat ek 'n fortuinsoekster is. Ander mense wat my omstandighede ken, sal bepaald ook so dink," sê sy gelate.

"Ek is jammer, menina – vreeslik jammer omdat ek jou so 'n ontsettende beskuldiging toegeslinger het. Ek sal enigiets op aarde doen as ek net daardie beskuldiging ongedaan kan maak."

"Daar is niks om jammer oor te voel nie," sê sy uiterlik bedaard. "Hierdie dinge is in 'n groot mate my skuld. Ek het ten eerste geweet dat ek nie van jou stand is nie, ek moes nie toegelaat het dat daar 'n vriendskap tussen ons ontstaan nie. Maar dit is nou dinge van die verlede. Ek sal nie weer dieselfde fout begaan nie . . ."

"Nee, dit is nie dinge van die verlede nie, Elise," weerspreek hy haar. "Ek besef dat ek jou bitter seergemaak het, en as jy my dit nie kan vergewe nie, sal dit my verdiende loon wees. Maar as ek jou vir altyd moet verloor, sal die lewe vir my nie meer die moeite werd wees nie."

"Jy kan nie iets verloor wat jy nie het nie, Germano," help sy hom reg. "Jy het self ses dae gelede 'n einde aan ons . . . e . . . vriendskap gemaak. Jy het baie uitdruklik gesê dat jy nie in my belangstel en dat ek jou nooit weer moet bel nie, of het jy dit miskien vergeet?"

"Nee, querida, ek het dit nie vergeet nie. Ek het ook nie my ongehoorde gedrag teenoor jou die aand met die onthaal vergeet nie. Maar nou wil ek jou alles vertel wat daartoe gelei het. Eintlik het alles begin toe jy so ernstig daarop aangedring het om na Oporto te gaan . . ."

"Maar jy het dan toegestem dat ek mag gaan," maak sy beswaar.

"Teen my sin, omdat jy so graag wou gaan," help hy haar reg. "Wanneer 'n man 'n vrou opreg liefhet, cara, is dit vir hom baie moeilik om vir haar nee te sê, en ek wou jou bo alles gelukkig maak.

"Jy is hier weg met die belofte aan my dat ons 'n week later, dit wil sê die dag ná jou terugkoms, verloof mag raak, en 'n maand later in die huwelik tree. Kan jy jou voorstel hoe ek gevoel het toe jy nie op die bestemde tyd opgedaag het nie? Ek het nie eens geweet in watter hotel jy tuis was nie. Ek het die hotelle begin bel totdat ek by die regte een uitgekom het, en toe moes ek hoor dat jy die dag ná jou aankoms by vriende gaan woon het.

"Maar my liefde het nog vir jou verskoning gemaak, totdat jou verblyf in Portugal verstryk het. Toe het ek weer gedink dat jy moontlik terug is Suid-Afrika toe om nog 'n paar maande skool te hou en terselfdertyd jou sake in orde te bring voordat jy met my in die huwelik tree. Ek het oneindig baie na jou verlang en elke dag tevergeefs na 'n brief van jou uitgesien. Later was ek heeltemal mismoedig, ongeduldig en gefrustreer.

"So het drie maande verloop, en toe, op 'n dag, loop ek jou by die hawe raak. My blydskap het geen perke geken nie. Ek wou jou sommer daar in die straat omhels ... maar jy het my glad nie geken nie. Kan jy dink hoe ek gevoel het toe die vrou wat ek met my hele hart liefhet, gedreig het om my te laat arresteer?"

Elise kyk hom geskok aan, want hiervan weet sy niks nie, maar Germano sit sy vertelling voort.

"Ná hierdie voorval by die hawe het ek jou een aand by die Costa do Sol in die geselskap van 'n vreemde man gesien en die aand met die dansparty by die hospitaal weer met dieselfde man, en elke keer het jy gemaak of jy my nie eens ken nie – altans, so het ek gedink. Ek het mos nie geweet dat jy aan geheueverlies gely het nie, minha cara.

"Nou ja, jy sal seker begryp as ek sê dat al hierdie dinge my verbitter teenoor jou laat voel het. Toe bel jy my een oggend, sommerso uit die bloute asof jy moeg geword het vir die ander man en ek skielik weer goed genoeg was vir jou ... Ek was verbitter, querida, en ek wou jou net so seermaak soos wat jy my seergemaak het. En tog het dit my nie bevrediging gegee nie, want my liefde vir jou was nog steeds soos 'n brandende vlam in my hart.

"Maar dit was nog nie die ergste nie, cara. My bitterheid kon nie opweeg teen die ontsettende selfverwyt toe tia Loreta my daar in die castelo vertel het dat jy aan geheueverlies gely het en maar pas eers jou geheue herwin het nie. Ek weet nie of tia Loreta jou die res vertel het nie . . ."

"Sy het," antwoord Elise sag. "Maar jou beskuldiging het my diep laat nadink, Germano. Ek het altyd geweet dat ek nie van jou stand is nie en ek . . . ek besef nou dat ek nie by jou soort lewe sal inpas nie."

"Nee, moenie nou sulke onsin vir my sê nie, querida," maak hy haar dadelik stil. "Ons het mekaar lief, en ek hou jou by jou belofte van drie maande gelede." Hy neem haar in sy arms en voordat sy nog kan keer, eis sy lippe hare op in 'n soen wat van eindelose verlange en liefde spreek.

Elise is nie bestand teen die man se vurige omhelsing nie, nog minder is sy bestand teen haar eie liefde vir hom, die liefde waarteen sy nou al ses dae lank so vrugteloos stry.

"Sê dat jy my nog liefhet, cara," fluister hy teen haar lippe.

"Dit sal nooit uitwerk nie, Germano. Ons is nie . . ."

"Antwoord net my vraag, querida," dring hy aan.

"O, nou goed," gee sy eindelik toe. "Ek het jou nog net so lief soos altyd, maar daar is ander dinge wat net so belangrik is, dinge waaroor ek nie beskik nie . . ."

"Ek wil nie van ander dinge hoor nie." Sy oë kyk diep in hare. "Jou liefde is vir my al wat van belang is. Sal jy oor vier weke met my trou?" Sy antwoord nie. "Sal jy, querida?"

"Laat my eers los. Op hierdie manier maak jy my net swak en toegewend, en netnou sê ek ja in plaas van nee . . ."

As antwoord snoer hy haar mond met 'n kus wat haar hart snaakse fratse laat uithaal. Dan kyk hy haar met 'n warm glim-lag aan.

"Ek gaan jou nou weer vra," sê hy en soen haar vlugtig op die punt van haar neus. "Sal jy oor vier weke my bruid word, cara, of moet ons dit drie weke maak?"

"Ek sal eers daaroor moet slaap," kom dit ontwykend. "Jy het my nou skoon lugtig vir jou gemaak. 'n Ongeluk vind so maklik plaas, en sê nou ek verloor weer my geheue en herken jou nie?"

Hy begin saggies lag. "Ek sal 'n goue hangertjie om jou nek hang met jou naam en adres daarop, sodat elkeen kan sien waar jy tuishoort. En as jy nog oor my huweliksaansoek wil slaap, cara, sal jy nou dadelik en ook baie vinnig moet slaap, want ek gee jou presies tien minute, dan wil ek 'n antwoord op my vraag hê."

Hy gaan skink vir hulle elkeen 'n ligte drankie en neem dan weer langs haar plaas.

"Het jy al aan jou antwoord begin dink, menina?" vra hy en hou een glas na haar uit.

"Ek sal oor ses maande met jou trou . . ."

"Wat!" Hy stort byna sy drankie uit.

"Ek het nie bedoel om jou te skok nie," glimlag sy. "Jy besef tog seker dat ek eers 'n paar maande sal moet skoolhou om vir my bruidsuitrusting te betaal."

"Waar wil jy gaan skoolhou?" Hy kyk haar skepties aan.

"In Suid-Afrika, waar anders?"

"Volstrek nie," keer hy beslis. "Ek laat jou nooit weer onder my oë uit nie, en dit is finaal."

"Dan sal ek in Lissabon vir my werk soek," stel sy voor.

"Jy kan nie in Lissabon werk nie."

"Wel, dan in Oporto."

"Moenie moeilik wees nie, cara," bestraf hy haar. "Jy gaan nêrens werk nie. Jy bly hier in Lissabon waar ek 'n oog oor jou kan hou."

"O, nou goed," stem sy eindelik in, "ek sal dan maar die eeue oue beeldjies en kruike wat my pa met sy opgrawings ontdek het aan die een of ander museum verkoop."

Hy vra haar uit na die beeldjies en kruike, en bied dan aan om dit self van haar te koop sodat dit vir hul kinders as erfenis behoue kan bly. Hierna neem hy die robynring van sy pinkie af en steek dit aan haar ringvinger.

"Dit moet voorlopig as verloofring dien, totdat ek die familie-ring vir jou kleiner laat maak het," sê hy. "Ek sal dit môre laat doen, dan kan ons oormôre amptelik verloof raak."

Sy kyk na die swaar ring, en bied hom dan haar lippe aan.

"Wel, noudat jy jou sin gekry het, kan ons gerus op die dek gaan sit waar ek na die see en die meeue kan kyk . . . Of is jy haastig om terug te gaan, Germano?"

353

Hy lag saggies, druk haar styf teen sy bors vas en soen haar weer lank en innig.

"As ek reg onthou," sê hy ná 'n rukkie met sy lippe teen haar wang, "was dit jy wat haastig was om terug te gaan."

"Dit was vanoggend," sê sy met 'n ondeunde glimlaggie, maar in die blou dieptes van haar oë is daar net onverbloemde liefde vir hierdie man aan wie sy haar pas verloof het.

Die son is al byna onder toe hulle weer aan wal gaan. Vrolik, geselsend lê hulle die kort afstand na die hotel af. Hulle tref Julietta en tia Loreta op die stoep aan, waar hulle die hele middag al op die twee se aankoms wag.

Elise groet tia Loreta met 'n liefdevolle soen op die voorkop en draai dan na Julietta.

"Jy is 'n mooi een om my sonder beskerming saam met jou broer op die groot oseaan los te laat. Die feit dat ek nog lewe en nie vir die haaie gevoer is nie, het ek baie beslis nie aan jou te danke nie," sê sy kamma gekrenk, maar die lag in haar oë vertel die teenoorgestelde.

"Wel, jy lewe darem nog, en dit sê al baie," lag Julietta vrolik. "Maar vertel vir ons, is die misverstande uit die weg geruim?"

Daar is 'n stralende glimlag op Elise se gesig toe sy haar arm liefdevol deur Germano s'n haak en prettig sê: "Glo dit as jy wil, maar ek en jou broer is verloof. Ja, ek het belowe om oor vier weke met hom te trou."

"Wel, dit is die beste nuus wat ek in 'n baie lang tyd gehoor het," lag Julietta opgewonde en dra dan haar goeie wense aan die verloofdes oor.

Ook tia Loreta wens hulle hartlik geluk en vervolg dan tevrede: "Ek is so bly dat julle mekaar eindelik weer gevind het, filha. Dit was vir my bitter om jou elke dag so ongelukkig te sien . . . Eers jou geheueverlies en toe weer die misverstand. Ek voel vandag saam met jou bly en gelukkig, my kind."

"Dankie, tia. Ja, dit was 'n lang, eensame pad wat ek geloop het, maar die res van my lewenspad sal nie meer eensaam wees nie, want Germano en ons kinders sal altyd daar wees om glans aan my lewe te gee. En jy, ou moedertjie, sal ook daar wees om in ons vreugde te deel – jy wat vir my so baie in die lewe beteken het."

Sy draai na Germano en vervolg met 'n stralende glimlaggie: "Germano, jy moet nog vir tia Loreta dankie sê omdat jy uiteindelik 'n vrou gaan kry. As dit nie vir haar was nie, sou jy nooit 'n vrou gehad het nie, want dis net ek wat so onnosel is om met so 'n koue, harde en ongenaakbare man soos jy te trou. Maar die ongeluk is, ek het jou so innig lief, Germano, en daarom moet ek jou maar vat, met jou foute en al."

Sy wil nog meer sê, maar hy snoer haar mond met sy lippe.

Blom van Venesië

1

Die drie en twintigjarige Terri Massyn kan nog nie glo dat sy werklik 'n graad in landboukunde behaal het nie. Sy is blond, fyn en van gemiddelde lengte. Haar medestudente, almal mans, was oortuig daarvan dat sy nooit die paal sou haal nie, aangesien die landbou, volgens hulle, net vir mans bedoel is. Maar sy het hard gewerk en die teendeel bewys. Nou sal sy graag 'n pos as plaasbestuurder in die hande wil kry . . . of miskien haar eie plasie besit.

Terri krap in een van haar lessenaarlaaie rond, op soek na haar jongste bankstaat om te kyk of sy darem nog genoeg geld het om in 'n plasie te belê. Miskien sal die bank haar selfs die res van die koopsom leen . . . 'n plasie met sterk onderaardse water.

Sy vind die bankstaat – aangenaam verras dat haar geldsake nog so gesond is nadat sy vier jaar lank vir haar studie betaal het en ook in al haar behoeftes voorsien het. Sy moet nou nog net 'n vliegkaartjie na Italië koop, sodat sy haar suster op die Italiaanse eiland Santa Teresa kan gaan besoek, voordat sy aan 'n pos of 'n eie plasie kan dink.

Terri se ouers is al langer as vier jaar oorlede. Sy en haar ouer suster, Lana, wat al sewe jaar lank getroud is en in Italië woon, het ná hul ouers se dood gelykop geërf. Haar erfgeld voorsien die afgelope vier jaar in al haar behoeftes, en moet nou ook help sodat sy haar eie plasie kan bekom . . . 'n hoenderplaas, 'n melkplaas of 'n saaiplaas – of miskien 'n sitrusplaas. Maar daaroor sal sy besluit nadat sy die plek gesien het.

Met die bankstaat vergete in haar hand, droom Terri wonderlike drome oor 'n eie plasie. Maar voordat sy die grond aankoop, besluit sy, moet oom Willie – een van haar medestudente se pa – eers gaan kyk of daar sterk onderaardse water is. Want as hý sê daar is sterk water, kan 'n mens met 'n geruste hart laat boor. Hy was nog altyd in die kol.

Die skril gelui van die telefoon ruk Terri terstond uit haar heerlike droomwêreld. Sy tel die gehoorbuis op en sê met 'n ligte frons: "Juffrou Massyn. Goeiemôre!"

Dit is 'n vreemde manstem wat in 'n mengsel van Engels en

Italiaans sê: "Buon giorno! Dit is Marco de Castellano wat praat. Is jy signorina Teresa Massyn, signora Lana Contarno se suster?"

Dit tref Terri dadelik dat sy nou met grááf Marco de Castellano praat, 'n edelman wat Lana al 'n paar keer in haar briewe gemeld het. Derhalwe antwoord sy kalm, maar tog effens nuuskierig en ook op Engels: "Dit is met haar wat jy praat, meneer die graaf. Ek hoop my suster-hulle verkeer nog almal in goeie gesondheid."

"Dit gaan nog goed met jou suster en die kinders, signorina, maar jou swaer, Roberto, het vanoggend aan 'n hartaanval beswyk. Jou suster is baie hartseer en verward, en ek is seker jou teenwoordigheid sal haar die morele ondersteuning bied wat sy in hierdie hartseer dae baie nodig sal hê."

"Ek is jammer dat Roberto oorlede is, meneer die graaf," sê Terri met skok en meegevoel in haar stem. "Ek sal met die eerste beskikbare vlug na Italië vertrek om my by Lana en die kinders aan te sluit. Ek was in elk geval van plan om hulle volgende week te besoek. Maar ek sal nou dadelik navraag doen en so gou moontlik vertrek."

"Dit sal nie nodig wees nie, signorina. Ek het reeds navraag gedoen. Daar vertrek vanaand om elfuur 'n vliegtuig na Rome. Ek vrees ek het eie reg gebruik en vir jou plek op daardie vliegtuig bespreek. Jou reiskaartjie is reeds betaal, jy kan dit net gaan afhaal."

"Wel, ek moet sê dit was ietwat voorbarig van jou, meneer die graaf," kan die uitgesproke Terri nie help om te sê nie. "Ek hou daarvan om my eie besluite te neem en my eie reëlings te tref. Maar aangesien die omstandighede ietwat ongewoon is, sal ek jou maar moet verskoon."

"Dankie vir jou vriendelike tegemoetkomendheid, signorina," hoor sy die edelman sê. Sy frons liggies, want sy kon sweer daar was iets soos 'n gedempte laggie in sy stem. Maar sy moes haar bepaald vergis het, want sy stem is byna steurend bedaard toe hy vervolg: "My private vliegtuig sal op die lughawe Fiumicino wag om jou na Venesië te neem. Van daar sal my helikopter jou na die eiland toe bring."

"My wêreld, dit klink na 'n vreeslike omslagtigheid om daardie eiland te bereik. Wat op aarde het my swaer en suster besiel om op so 'n afgeleë, haas onbereikbare plek te gaan woon? Die eiland klink vir my amper na 'n afgesonderde tronk," praat Terri al weer uit haar beurt. Sy het 'n oomblik lank vergeet dat byna die hele eiland aan die graaf behoort.

"Jy maak 'n fout, signorina. Die eiland is hoegenaamd nie afgeleë of onbereikbaar nie. Trouens, jou suster en die kinders was nog altyd baie gelukkig op die eiland," hoor sy die edelman met 'n merkbare kilheid in sy stem sê. Sy besef egter dadelik dat sy al weer die verkeerde ding gesê het en die man om verskoning sal moet vra.

"Verskoon my, meneer die graaf, ek het regtig nie bedoel om die eiland te verkleineer nie," maak sy dan ook dadelik verskoning. "Dit is vir my, wat hier in Johannesburg gebore en getoë is, maar net baie ongewoon dat 'n mens nie van die lughawe af met 'n motor na jou tuiste kan ry nie. Ek weet eerlikwaar nie hoe my suster op so 'n afgesonderde plek gelukkig kan wees nie. Ek hoop ek sal dit twee weke lank kan uithou.

"In elk geval, as ek die elfuurvlug vanaand moet haal, sal ek nou dadelik moet gaan inpak en ook 'n paar dringende sake in orde bring. Dankie dat jy my geskakel het. Dra asseblief my groete en my innige meegevoel aan my suster oor, meneer die graaf."

"Ek sal so maak, signorina. Sorg jy maar net dat jy nie daardie vlug verpas nie, want dit sal al my reëlings omvergooi en jou suster oneindig baie kommer besorg, waarsonder sy baie goed kan klaarkom."

"Toemaar, moenie jou bekommer nie, ek sal nie daardie vlug verpas nie, meneer die graaf. Dan sê ek maar voorlopig tot siens!"

"Arrivederci, signorina Massyn!" hoor sy die man se mooi, diep stem sê.

Terri staan etlike sekondes lank diep ingedagte met die telefoon se gehoorbuis in albei haar hande. Sy dink aan haar suster, Lana, se beskrywing van die graaf. Hy is trots, kil en hooghartig, het Lana kort ná haar en Roberto se huwelik geskryf. Maar afgesien daarvan, is hy 'n wonderlike man. Hy is natuurlik skat-ryk en geniet groot respek en agting van die mense in Italië. Sy het ook iets geskryf van die graaf se jonger broer wat ook die een of ander belangrike titel het.

Die ontslape Roberto was glo verlangs familie van die twee edelmanne, en het ook 'n tante en 'n neef wat die eienaars is van 'n pragtige hotel in Venesië, langs die bekende Groot Kanaal.

Terri was sestien jaar oud toe Lana en Roberto sewe jaar gelede in Venesië in die eg verbind is. Sy was destyds in graad elf en een van die uitruilstudente wat daardie jaar in Amerika skoolgegaan het, en kon dus nie Lana en Roberto se troue saam met haar ouers bywoon nie.

Terri se hart bloei vir haar suster wat met twee jong kinders agtergelaat is. Die seun, Armando, is maar vyf jaar oud en die dogter, Lisa, drie. Sy hoop dat Roberto darem vir hulle voor-sorg getref het, anders sal Lana maar weer moet terugval op haar vorige loopbaan as model . . . dis te sê as sy nog so mooi, lank en skraal is. Toe sy Lana vier jaar gelede op hul ouers se begrafnis gesien het, was sy nog net so mooi soos altyd.

Terri weet Roberto het 'n landgoed op 'n deel van die vrug-bare eiland Santa Teresa, wat in die Adriatiese See geleë is, on-geveer drie seemyl noordoos van Venesië af. Die res van die eiland behoort glo aan die edelman wat haar flussies geskakel het . . .

Terri plak die gehoorbuis haastig en verleë terug. Sy was so verdiep in haar eie gedagtes dat sy skoon van die edelman se oproep vergeet het.

Sy besef dat sy onverwyld met haar woonstelmaat, Linda Verster, in verbinding sal moet tree om haar van die graaf se oproep te vertel. Sy behoort immers nie langer as twee of drie weke in die buiteland te vertoef nie.

Terri bel dadelik die skool waar Linda onderwys gee en ná 'n rukkie hoor sy haar vriendin se stem.

"Linda, dit is Terri wat praat en –"

"Laat ek raai. Jy het 'n pos gekry?" val Linda haar opge-wonde in die rede.

"Verkeerd, iets anders het my getref. Onthou jy, ek het jou

362

eendag vertel van 'n Italiaanse graaf wat verlangs familie is van my swaer Roberto? Nou ja, hy het my flussies van Italië af geskakel . . ."

"Gelukkige mens. Ek spring uit my vel as 'n graaf my bel," roep Linda uit. "As hy jou weer bel, kan jy gerus vir hom sê jy het 'n woonstelmaat wat baie belangstel in adellike here, en hom graag wil ontmoet."

"Staak nou dadelik jou lawwigheid en hou op om my telkens in die rede te val," bestraf Terri haar en gaan ernstig voort: "Die vent het my net gebel om te sê dat Roberto vanoggend aan 'n hartaanval beswyk het en dat ek vanaand die elfuurvlug na Rome moet haal. Hy het glo al klaar vir my plek op die vlug bespreek en ook my kaartjie betaal. Ek moet dit net gaan haal. Alles het hy sonder my toestemming en medewete gereël, asof ek 'n kind is wat nie my eie reëlings kan tref nie!"

"Ek is jammer om van Roberto se afsterwe te hoor, Terri," laat Linda nou besadig hoor. "Ek is net jammer dat ek hom nooit geken het nie. Lana was altyd vir my so 'n mooi meisie . . . Maar wag, ek hou jou nou op. Jy het bepaald 'n honderd en een dinge om af te handel. Sien jou vanmiddag."

Hulle lui af en Terri skakel dadelik die lugdiens se kantoor om seker te maak dat alles vir haar vertrek gereël is. Daarna vertrek sy na die bank om reisigerstjeks te koop, doen 'n paar haastige inkopies en keer dan terug na die woonstel vir 'n laat middagete, want daarna moet sy haar tas pak vir 'n paar weke se verblyf in Italië.

Terri koop vir haar die ligste tas wat sy kan vind, sodat sy meer klere kan saamneem. Die gedagte dat Lana op 'n landgoed woon en dat sy moontlik met die boerdery kan help, laat Terri besluit om haar ligblou oorpak ook saam te neem.

"Ek weet nie wat jou besiel om 'n oorpak saam te neem nie, Terri. Pak liewer meer deftige tabberds in, en kyk of jy nie die graaf se hart kan verower nie," praat Linda skielik oor Terri se skouer terwyl sy lustig aan 'n appel smul.

"Lyk ek miskien vir jou of ek my bont varkie verloor het?" wil Terri half verontwaardig weet, sonder om haar vriendin aan te kyk.

"Wat op aarde skort met die graaf dat jy so verontwaardig klink, my liewe mens?" vra Linda verbaas terwyl sy op die voetenent van die bed gaan sit en vir Terri die klere help opvou.

"O, daar skort niks op aarde met hom nie, behalwe dat hy trots, kil en hooghartig is, en boonop ook eiegeregtig."

Linda se hartlike lagbui laat Terri met 'n ligte frons swyg, want sy sien niks snaaks om oor te lag nie.

"As jy langer so frons, gaan jou gesig sowaar so bly staan," terg Linda voort. "Ek moet sê die graaf klink vir my na 'n koue, dominerende man, maar ek sal nogtans baie graag met hom wil kennis maak . . . al is dit dan ook net om te sien hoe die edelman lyk wat jou so die herrie in gemaak het."

Terri kyk Linda 'n oomblik verontwaardig aan, maar dan begin albei meteens lag.

"Na die hoenders met Lana se wonderlike graaf!" sê Terri nadat haar lagbui bedaar het. "Hy weet dit miskien nie, maar hy gaan nog sy dreuning met my teëkom. Vandag se eiegeregtigheid het ek uitsluitlik oorgesien omdat dit as gevolg van 'n sterfgeval was en die nood dit vereis het. Maar daar trek ek die streep."

"Wel, as daardie graaf weet wat goed is vir hom, sal hy sorg dat hy uit jou pad bly!" laat Linda met 'n ondeunde glimlaggie hoor. Sy gee die laaste kledingstuk aan om gepak te word, dan word die tas se ritssluiter versigtig toegetrek.

Terri wonder hardop of die tas nie straks die maksimum gewig oorskry nie.

"Ek sal die skaal in die badkamer gaan haal, dan weeg ons die tas," bied Linda behulpsaam aan.

Die tas is egter lig genoeg sodat Terri nog twee rokke by haar bagasie kan voeg. Hierna word dit weer geweeg.

"Ek het nie wit skoene vir daardie twee rokke ingepak nie, Linda," val dit Terri ineens by.

"O, dit is nie 'n probleem nie. Ons sit dit saam met jou grimering en goed in die handtassie wat jy saam met jou in die vliegtuig neem," doen Linda aan die hand.

"Ek weet nie wat ek vandag sonder jou hulp sou gedoen het nie, Linda," erken Terri met 'n verligte glimlaggie.

"Ag, ons help mekaar mos maar altyd," laat Linda ongeërg

364

hoor en vervolg lighartig: "Met ons twee se kennis en vernuf kan 'n mens die hele wêreld se probleme in 'n kits oplos."

Terri kyk haar vriendin glimlaggend aan en sê: "Laat staan liewer die wêreld se probleme en neem my maar net vanaand lughawe toe, dan het jy klaar al weer 'n probleem opgelos."

Die twee meisies kuier die res van die middag gesellig saam totdat dit tyd is om na die lughawe te vertrek.

"Ek gaan jou baie mis," sê Linda toe sy Terri op die lughawe groet. "Die woonstel gaan soos 'n grafkelder wees sonder jou."

"Vra vir Celesta om die volgende vier weke by jou te kom bly," stel Terri voor. "Sy sal dalk bly wees om 'n paar weke lank van die skoonfamilie ontslae te kan wees."

"Ek sal dit beslis doen," belowe Linda voordat hulle groet.

Terri-hulle het die volgende oggend pas op die lughawe in Rome aangekom, toe sy na 'n bepaalde toonbank ontbied word, waar die graaf De Castellano se sekretaris, Alfredo Vaccardo, aan haar voorgestel word.

Terri erken die bekendstelling beleef; dan hoor sy Alfredo op verstaanbare Engels sê: "My werkgewer, die graaf De Castellano, het gesê ek moet jou voorlopig namens hom welkom heet in Italië, signorina."

Terri bedank die man. Dan gaan haal hulle haar bagasie en word sy na die graaf se tweemotorige vliegtuig geneem wat gereed staan om na Venesië te vertrek.

Dit is 'n vliegtuig wat ses passasiers kan dra, maar sy en Alfredo is vanoggend die enigste passasiers.

"Ek hoop jy gaan jou verblyf hier in Italië geniet, signorina," begin Alfredo vriendelik gesels nadat die vliegtuig opgestyg het. Hy besef nou eers waarom die graaf hom streng opdrag gegee het om die signorina met sy eie lewe te beskerm. Hy het altyd gedink signora Lana Contarno is die mooiste vrou wat hy nog ooit gesien het, maar hierdie jonger suster van haar beskik oor iets wat die ouer suster nie het nie. Dit is nie iets waarop hy sy vinger kan lê nie, want dit is iets wat sy uitstraal. Maar dit maak haar beslis veel aantrekliker as haar ouer suster.

"Dankie, ek is seker ek sal my verblyf in jul land geniet, meneer Vaccardo, al kan ek nie jul taal praat nie," breek Terri se musikale stem deur sy gedagtes.

"Die taal is nie vandag meer 'n onoorkombare faktor nie, signorina," stel hy haar dadelik gerus. "Baie van my mense kan Engels verstaan en op 'n manier praat. En dié met wie jy in Venesië in aanraking sal kom, kan almal die Engelse taal redelik goed praat en verstaan."

"Ek hoop jy kan dieselfde sê van die mense op die eiland waar my suster woon," laat Terri, soos gewoonlik, eerlik hoor.

"Jy sal met almal op die eiland kan kommunikeer," verseker Alfredo haar.

Hulle gesels nou oor die eiland, en Terri vra hom belangstellend uit na Lana se boerdery. Sy is verras om te hoor dat Roberto nie net druiwe gekweek het nie, maar ook olywe.

"So, dan was my swaer nie net 'n druiweboer nie, hy het ook olywe aan die binneland verskaf," sê Terri hardop, half aan haarself, eerder as aan Alfredo.

Hulle kom kort voor middagete in Venesië aan, waar die graaf se helikopter wag om haar na die eiland te neem. Terri groet Alfredo vriendelik met die hand, nadat hy haar versigtig gehelp het om in die helikopter te klim. Hulle styg dadelik op, en ná 'n rukkie vlieg hulle oor die stad met sy waterkanale, in die rigting van die eiland wat vanuit die lug soos 'n groen oase lyk.

Dit duur egter nie lank nie, toe land hulle op die eiland. Terri word onmiddellik met 'n motor na 'n tweeverdiepinghuis geneem, waar 'n man haar beleef by die voordeur ontvang en haar ewe beleef nooi om binne te kom. Hy ontbied 'n diensmeisie om haar jas en bagasie na haar kamer te neem, en lei haar dan na 'n weelderige ontvangslokaal waar Lana en die twee kinders op haar aankoms wag.

Terri groet haar suster en is om die twee kinders se onthalwe bly om te sien dat sy haar groot verlies so moedig probeer verwerk.

Sy groet ook die twee kinders, Armando en Lisa, wat nog nie werklik verstaan wat die heengaan van hul pa vir hulle beteken nie. Dan hoor sy Lana sê: "Ek is so bly dat jy gekom het, Terri. Ek het jou so lanklaas gesien. Kom sit hier langs my, sodat ons 'n rukkie kan gesels voordat die klok vir middagete lui."

Terri neem langs haar suster op die rusbank plaas, en dan wil Lana weet wat haar suster se planne is noudat sy die verlangde graad verwerf het.

"Ek het besluit om vir my 'n plasie te koop," vertel Terri.

"Maar is 'n plaas nie vreeslik duur nie?"vra Lana belangstellend. Van hierdie dinge weet sy absoluut niks nie. Voor haar troue het haar lewe net om die modewêreld gekring, en ná haar troue was sy voortdurend in weelde toegedraai, want Roberto was 'n ryk man. As Terri haar die grootte van so 'n plaas in hektaar moet noem, sal sy nie weet hoe groot dit veronderstel is om te wees nie.

"O ja, grond is deesdae baie duur," hoor sy Terri sê. "Maar ek het darem nog genoeg geld in die bank om in 'n plasie te belê. Die res sal ek by die bank probeer leen. Die polis wat op my vier en twintigste verjaardag aan my uitbetaal word, wil ek gebruik vir saad, diere en plaasgereedskap."

"Ek het so gehoop dat jy vir altyd hier by my en die kinders sou bly, Terri . . ." begin Lana.

Dan lui die klok vir middagete en die gesprek word vir eers gestaak.

Ná die ete word die twee kinders deur 'n kindermeisie na hul kamers geneem om 'n uur of wat te rus en Lana bied aan om Terri te gaan wys waar haar kamer is.

Terri is aangenaam verras toe sy merk dat haar tas reeds uitgepak is. Lana neem op 'n rusbankie voor die venster plaas, en sê met eindelose hartseer in haar stem terwyl Terri haar in slenterdrag verklee: "Die begrafnis vind môreoggend in Venesië vanuit die Sint Markus-katedraal plaas. Ek . . . probeer om ter wille van die kinders kalm en sterk te bly. Maar dit is nie maklik wanneer alles in jou . . . vergruis voel nie."

Lana bars meteens in trane uit. Sy druk haar gesig in haar hande en snik asof haar hart wil breek.

Terri gaan was haar hande en gesig in die badkamer wat aan haar slaapkamer grens, daarna gaan sit sy op die bankie voor die spieëltafel. Sy grimeer haar gesig en kam haar hare; alles baie tydsaam, sodat Lana ongestoord van haar opgekropte hartseer ontslae kan raak.

Toe Lana se snikke later bedaar, maak Terri asof niks gebeur het nie; sy bied net aan om oogdruppels in haar suster se rooi gehuilde oë te sit. Nadat Lana haar gesig gewas en gegrimeer het, stel Terri voor dat hulle 'n entjie gaan stap.

"Ons kan strand toe stap," stel Lana voor. "Daar is altyd 'n koel, verfrissende seebries. Ek en Roberto het gewoonlik teen sononder strand toe gestap en dan gekyk hoe die plaaswerkers van die rotse af hengel." Sy sug hartseer en gaan weemoedig voort: "Ons was só lief vir mekaar. Ons was feitlik onafskeidbaar en het so na aan mekaar gelewe . . ."

Lana se oë skiet weer vol trane en Terri maak asof sy nie daarvan bewus is nie. Terri glo nie daaraan dat 'n mens jou hartseer moet opkrop nie, dus moedig sy Lana aan om oor haar en Roberto te gesels.

Later, toe hulle weer huis se kant toe staan, bied Terri haar sonbril vir Lana aan sodat die kinders nie aan haar oë sal sien dat sy gehuil het nie.

Terri is vroeg die volgende oggend uit die bed, want die begrafnis is vir tienuur gereël. Lana nuttig ontbyt gewoonlik in die bed, gevolglik sluit Terri haar by die kinders in die eetkamer aan. Daarna wag sy 'n paar minute op haar suster.

Lana is van haar hoed tot haar skoene in somber swart geklee en gereed toe een van die graaf se bote opdaag om hulle na Venesië te vervoer. Terri is in 'n swart snyerspak geklee met swart leerhofskoene, 'n wit kantbloes met 'n hoed en handskoene van dieselfde kleur. Lisa is in wit geklee en Armando in 'n vlootblou snyerspakkie.

Die boot neem hulle tot voor die hotel van die ontslape Roberto se tante en neef, Adela en Mario Contarno. Die hotel is langs die Groot Kanaal geleë en binne loopafstand van die pragtige Sint Markus-katedraal.

Terri word aan tante Adela en die twee en dertigjarige Mario voorgestel, en sy is bly dat hulle ook Engels kan praat en verstaan – die ouer vrou nou nie heeltemal so goed soos Mario nie, maar Terri verstaan haar darem.

Die hotel blyk egter 'n ou kasteel te wees wat Mario se ma omskep het tot 'n luukse hotel met al die moderne geriewe.

Lana en Terri word eers met tee bedien voordat hulle na die katedraal vertrek. Aangesien Terri tydens die diens niks verstaan wat die Italiaanse geestelike sê nie, bepaal sy maar haar aandag by die twee kinders wat weerskante van haar sit. Mario sit tussen Lana en sy ma.

In die begraafplaas, toe die kis met die oorledene se oorskot op een van die rakke in die Contarno-familie se grafkamer geplaas word, is dit Mario wat Lana met sy arm ondersteun om haar staande te hou. Terri het 'n kind aan elke hand. Vir haar is dit nie so 'n hartseer oomblik nie, want sy het Roberto nie eintlik geken nie. Trouens, sy het hom maar een keer baie vlugtig op die lughawe gesien terwyl hulle onderweg was na Namibië.

Terri se diepblou oë staar stil en afgetrokke oor die skaar mense die verte in, terwyl baie dinge deur haar gedagtes gaan. Ná 'n rukkie laat sy haar blik sak . . . en die volgende oomblik kyk sy vas in die ernstige, bruin oë van 'n skraal man, byna twee meter lank, wat trots, regop en waardig oorkant haar staan. Sy blik hou hare etlike sekondes gevange. Dan verskuif sy haar blik haastig na die lang, donker vrou langs hom, en dan na die bejaarde vrou wat langs die jonger vrou staan. Albei vroue is in swart geklee, en Terri vermoed dat hulle familie van die oorledene is.

Lisa begin ná 'n rukkie rusteloos word, gevolglik tik Terri vir Mario op die skouer en verduidelik fluisterend: "Lisa begin nou rusteloos word; ek dink ek moet hulle liewer uit die gedrang neem."

Mario knik instemmend en dan baan Terri vir haar en die kinders 'n weg deur die skare, totdat hulle eindelik buite is. Lisa en Armando vly hulle sommer dadelik op die strook goed versorgde gras langs die betonpaadjie neer, en nou lyk hulle weer gelukkig en tevrede . . . twee rykmanskinders wat nog nie werklik besef wat die verlies van hul pa vir hulle beteken nie.

Armando en Lisa wou net op die koel gras begin hardloop

en speel, toe die plegtigheid ten einde loop en die mense die begraafplaas begin verlaat. Lana, Mario en tante Adela sluit hulle by Terri en die kinders aan en saam keer hulle terug na die hotel vir middagete.

2

"Marco, die graaf De Castellano, het ons vroeër by die begraafplaas vir namiddagtee genooi, Terri," kondig Lana aan terwyl sy en Terri hul handsakke en handskoene in een van die hotel se slaapkamers neersit en hul grimering opknap. "Hy sê daar is 'n belangrike saak wat hy met my wil bespreek, en hy sal sy gondel stuur om ons te kom haal."

"Ek glo nie ek is ingesluit in die graaf se uitnodiging nie, Lana," help Terri haar bedagsaam reg. "Ek het die edelman nog nooit ontmoet nie en hy wil in elk geval sake met jou bespreek. Sy uitnodiging was bepaald net aan jou en die kinders gerig.

"Terwyl jy en die kinders die graaf besoek, sal ek 'n deeltjie van die stad gaan besigtig; veral die Sint Markusplein, waar ek sommer ook by die een of ander restaurant 'n koppie tee sal geniet."

"Ek is seker Marco het jou by sy uitnodiging ingesluit, Terri," weerspreek Lana haar terwyl sy haar lang, blonde hare kam.

"Ek merk nou eers dat ek en jy dieselfde kleur hare het –"

"Ek praat nie nou oor ons hare nie, Terri," val Lana haar bedaard in die rede. "Ek praat van Marco, die graaf, se uitnodiging."

"Ek het jou reeds gesê die man wil sake met jou bespreek, Lana . . . sake wat my glad nie aangaan nie. Trouens, ek sal dit ook baie meer geniet om die stad te verken as om met jul graaf kennis te maak."

Lana sit die haarborsel versigtig neer en kyk Terri effens verward aan toe sy sê: "Ek verstaan nou glad nie wat jy bedoel nie, kleinsus. Jy het Marco nog nooit eens gesien nie, en tog klink jy half vyandig teenoor hom."

Terri gaan staan voor die venster. Met haar rug na Lana gekeer, erken sy prontuit: "Jy het gelyk, ousus, ek hou niks van jul graaf nie. Ek dink hy is 'n eiegeregtige, dominerende en baasspelerige vent, en ek koester hoegenaamd geen begeerte om met hom kennis te maak nie."

"Ek begryp glad nie waarom jy sulke nare dinge van Marco sê nie, Terri," sê Lana effens verward. "Jy ken hom dan nie eens nie!"

"Dis waar, ek ken hom nie. Maar ons telefoongesprek eergister het my baie duidelik laat besef dat hy die soort mens is wat hom verbeel hy het die eerste en laaste sê oor almal." Sy vertel Lana van haar en die graaf se telefoongesprek en sluit af: "Maar ek het hom baie goed laat verstaan dat ek niemand toelaat om vir my te besluit nie."

"Dit is nogal jammer dat julle sommer uit die staanspoor haaks is," merk Lana half verontskuldigend op. "Marco is in werklikheid 'n baie aangename en behulpsame man, Terri. Hy het my al oneindig baie gehelp en bygestaan sedert Roberto se heengaan. Ek is seker jy sal van hom hou sodra jy hom beter ken. Almal hier in Italië koester groot respek, eerbied en agting vir hom en sy broer –"

"Ek verkies nogtans om die stad te gaan verken, eerder as om met jul voortreflike graaf kennis te maak," val Terri haar suster met 'n besliste stem in die rede. "Hy mag vir jou en sy mense iemand wees na wie met groot eerbied, respek en agting opgesien moet word, maar vir my is hy net 'n doodgewone man soos elke ander man."

"O, nou goed, gaan verken dan maar die stad. Moet net nie verdwaal nie, my sussie," waarsku Lana besorg.

"Toemaar, jong," stel Terri haar laggend gerus, "as ek so onnosel is om te verdwaal, sal ek die eerste gondel wat ek sien, nader wink en die gondelier vra om my na die Albergo Grande te bring."

Ná die middagete gaan rus Lana, haar tante en die twee kinders. Terri trek haar baadjie uit en gaan sit in die hotel se sitkamer waar sy 'n mooi uitsig het oor die kanaal en sy bedrywighede

371

van gondels en lang, smal afleweringsbote wat kom en gaan, almal groot genoeg om onder die brûe deur te vaar.

Toe die graaf se gondel later die middag voor die hotel vasmeer om Lana en die kinders na sy kasteel, die castello De Castellano, te neem, gaan haal Terri haar handsak en stap tydsaam in die rigting van die Sint Markusplein, waar sy later by 'n restaurant instap en tee drink.

Die graaf en sy weduweetante, Francesca Villani, en dié se weduweedogter, Carla Albereto, is al drie in die kasteel se klein sitkamer toe die butler Lana en die kinders se aankoms aankondig en die sitkamer se deur vir hulle oophou om binne te gaan.

Lana groet die graaf en sy familie – wat vir 'n onbepaalde tyd by hom kuier – en neem op sy uitnodiging plaas.

"Het jy en die kinders alleen gekom, Lana?" hoor sy die graaf merkbaar gesteurd vra, nadat hy op die stoel langs hare gaan sit het.

"Ja, ons het alleen gekom," sê Lana sag en half verwese. "Terri, my suster, wou nie saamkom nie. Sy meen dat jou uitnodiging net aan my en die kinders gerig is, omdat jy my oor die een of ander saak wil spreek."

"Waar is jou suster nou?" wil die graaf met 'n ligte frons weet.

"Sy het 'n ent gaan stap om 'n deel van die stad te besigtig. Sy het gesê sy wil graag die Sint Markusplein besigtig en sal middagete sommer in 'n restaurant geniet," vertel Lana.

"Jy moes haar nooit toegelaat het om die stad alleen te besigtig nie," laat die graaf besorg hoor.

"Ek vrees ek het geen seggenskap oor Terri nie, Marco," weerspreek Lana hom. "My suster was twee jaar gelede al mondig. Met haar volgende verjaardag sal sy vier en twintig wees."

Die graaf se gesig helder merkbaar op toe hy verras sê: "Bedoel jy dat sy drie en twintig jaar oud is?"

Lana knik haar kop. "Terri is oor ses maande vier en twintig, Marco, en baas van haar eie lewe. Terloops, Terri is sommer 'n bynaam, 'n verkorting van Teresa, haar doopnaam."

"Ek het jou suster vanoggend in die begraafplaas tussen die

372

twee kinders gesien staan. Sy het my aangenaam beïndruk en ek wou baie graag vanmiddag met haar kennis gemaak het," hoor die drie vroue hom sê.

Carla frons onderlangs en ook haar ma lyk duidelik gesteurd omdat Marco so teleurgesteld is oor Terri se afwesigheid. Trouens, Carla en haar ma het Marco uitsluitlik besoek met die hoop dat hy 'n gevoel van liefde vir Carla sal ontwikkel en met haar in die huwelik sal tree. Hulle verwelkom dus glad nie sy belangstelling in die pragtige Suid-Afrikaanse meisie nie, wat hulle glo 'n bedreiging vir Carla se geluk inhou.

Lana is nog so hartseer en afgetrokke dat sy nie eens bewus is van die graaf se teleurstelling nie.

"Is jou suster ook 'n model, Lana?" hoor hulle die graaf ná 'n paar sekondes belangstellend vra.

Lana skud haar kop en verduidelik sag: "My suster het 'n graad in landbou en het ook baie praktiese ondervinding in veeartseny. Sy het my gister vertel dat sy planne het om ná haar tuiskoms vir haar 'n plaas te koop wat sy self sal bestuur, asook om 'n deel van die boerdery self waar te neem."

Die edelman lyk duidelik geskok. Daardie pragtige, fyn meisietjie 'n plaasboer en veearts!

"Haar planne is ongehoord, absoluut ongehoord!" roep die graaf onverbiddelik uit.

'n Diensmeisie verskyn in die oop deur met die dienwaentjie, en die graaf is verplig om sy skok en ergernis te beteuel en met gedwonge bedaardheid te sê: "Ek sal jou môreoggend op die eiland besoek, Lana, en dan sommer ook die sakeonderhandeling wat ek in gedagte het met jou bespreek."

Nadat die diensmeisie die vertrek verlaat het, sê die graaf weer: "Ek stel voor dat jy by jou suster aandring om haar tuiste hier by jou en die kinders te maak, aangesien albei jul ouers oorlede is en daar tog niks is wat haar in Suid-Afrika bind nie."

'n Glimlaggie waarin al die hartseer van die wêreld opgesluit lê, verskyn om Lana se mond toe sy probeer om vir Terri in die bres te tree. "Ek sal Terri vandag nog vra of sy permanent by my sal kom woon, Marco. Maar ek vrees niemand kan haar dwing om haar tuiste hier te maak nie. Jy sê daar is niks wat haar in Suid-Afrika bind nie. Maar hoe weet jy of daar nie 'n verloofde of 'n geliefde vir haar in Suid-Afrika wag nie?"

"Sy dra nie 'n verloofring nie, dus kan sy nie verloof wees nie," sê die graaf beslis.

"Hoe weet jy Lana se suster dra nie 'n verloofring nie, Marco?" wil Carla met bedekte afguns weet. Sy hou glad nie van sy skielike besorgdheid oor die vreemde meisie nie.

"Ek het vroeër vandag geen ring aan haar vinger gesien nie, sy kan dus nie verloof wees nie," hou die edelman vol. "Die enigste juwele wat sy gedra het, was goue oorkrabbetjies en haar polshorlosie."

Hierdie woorde van die graaf lewer afdoende bewys dat hy Terri baie noukeurig moet dopgehou het, om selfs te kan weet watter juwele sy gedra het. Dit laat Carla duideliker as ooit besef dat Terri 'n groot bedreiging vir haar toekomsplanne inhou; daarom sal sy 'n plan moet maak om die meisie so gou moontlik terug te laat gaan na haar eie land toe. En om daarmee te begin, sal sy Marco môre na die eiland moet vergesel . . . Ja, sy sal die Suid-Afrikaanse indringer goed moet laat verstaan dat sy onwelkom is in Italië.

"Ek sal vir seker met Terri praat, Marco," belowe Lana. "Ek sal self ook bly wees as sy haar hier wil kom vestig. Maar ek kan nie belowe dat sy my voorstel sal aanvaar nie. Jy ken Terri nog nie. Sy het 'n selfstandige wil en laat niemand toe om vir haar te besluit nie. Ek vrees sy is soms pynlik reguit en uitgesproke en stuit vir niks en niemand as dinge haar nie geval nie."

"Jy het nie nodig om my dit te vertel nie. Ek het reeds met haar uitgesprokenheid kennis gemaak . . . al was dit ook telefonies," kom dit ongeërg van die edelman.

Lana se stem is opvallend bekommerd toe sy verontskuldigend sê: "Ek is jammer daaroor. Ek hoop nie sy het jou ernstig beledig nie, Marco."

"O nee, sy het net vir my gesê dit is baie voorbarig van my om vir haar te besluit en al die reëlings vir haar reis hierheen te tref," vertel die graaf met 'n geslote gesig waaruit niemand iets wys kan word nie. "Daarna het sy hardop gewonder hoe dit moontlik is dat jy gelukkig kan wees op so 'n eensame, afgesonderde eiland. Sy verkies om op 'n plek te bly waar sy net in 'n motor hoef te klim om te ry waar sy wil wees."

Lana kan egter nie help nie om met 'n weemoedige glimlaggie te sê: "Ja, dit is baie beslis my kleinsus van wie jy praat. Net sý sal so iets vir 'n vreemdeling sê. Ek sal haar probeer oorreed om jou om verskoning te vra, Marco . . ."

"Nee, moet dit asseblief nie doen nie," keer hy haastig en vervolg met 'n sweem van 'n glimlaggie: "Sy het reeds oor die telefoon gesê dat sy my voorbarigheid maar sal verskoon omdat die omstandighede ietwat ongewoon is."

Lana glimlag onderlangs, want só ken sy vir Terri.

Die son hang laag in die weste toe die graaf se boot Lana, Terri en die kinders na die eiland terugneem.

"Jy is stil, Lana. Is dit as gevolg van die graaf se sakegesprek met jou?" wil Terri weet toe hulle die eiland nader.

"Nee, Marco het toe glad nie sake met my bespreek nie. Hy kom my glo môre op die eiland besoek . . . Maar daar is iets waaroor ek met jóú wil gesels, Terri," sê Lana. "Dis eintlik 'n guns wat ek jou wil vra."

Die son is besig om te sak, en terwyl die vier passasiers in die boot met bewondering toekyk hoe die westelike horison in 'n geel, rooi en karmosyn sprokieswêreld verander, sê Terri belangstellend: "Jy maak my nou nuuskierig, ousus. Wat is die guns?"

"Ek wil jou vra om permanent by my en die kinders te kom woon, om jou tuiste hier by ons te maak, Terri."

Die son verdwyn agter die Adriatiese See en verander die horison in 'n karmosyn vlam wat selfs die paar wolkies pienk kleur.

Terri draai haar gesig weg van die rooi nagloed in die weste, kyk Lana peinsend aan en verklaar ernstig: "Net op een voorwaarde, Lana: as jy my sal toelaat om jou boerdery te behartig. Ek sal nooit toelaat dat jy my onderhou nie. Jy het twee kinders wat opgevoed moet word . . . of gaan jy die landgoed van die hand sit?"

Lana skud haar kop stadig en sê hartseer: "Ek sal graag die

plaas vir Armando wil behou, kleinsus. Maar ek sal jou voor-stel eers met Marco moet bespreek en –"

"Waarom met hom? Wat het hy met die saak te doen?"val Terri haar met 'n ligte frons in die rede.

"Roberto het Marco in sy testament aangestel as eksekuteur van sy boedel. Ek kan dus niks doen sonder sy goedkeuring nie," verduidelik Lana.

"O, nou goed. Bespreek dit dan met hom. Maar onthou, dit is die enigste voorwaarde waarop ek by jou en die kinders sal kom woon."

Met hul tuiskoms word Lana deur haar huishoudster, sig-nora Maria, verwittig dat twee van die plaaswerkers ongesteld is. Die een het 'n spier in sy rug verrek en die ander een het longontsteking.

"Moenie jou daaroor kwel nie," stel Terri haar suster da-delik gerus. "Ek sal die dinge doen waarvoor hulle gewoonlik verantwoordelik is. Jy moet my net sê wat dit alles behels. Het jy 'n voorman?"

"Roberto het gewoonlik self toesig gehou oor die werkers," sê Lana met kommer in haar stem. "Die plaaswerkers is al baie jare lank in ons diens en weet presies hoe en wanneer dinge gedoen moet word."

"Nou goed, moenie jou langer oor dié dinge kwel nie. Ek sal van môre af vir alles sorg; tensy daar iets is wat vanaand nog gedoen moet word," belowe Terri.

"Die huishoudster sê daar is nog nie gemelk nie," lig Lana haar in.

"Ek gaan my nou dadelik verklee; daarna sal ek gaan melk en kyk wat nog alles gedoen moet word," verseker Terri haar en gaan onverwyld na haar slaapkamer om haar ligblou oorpak aan te trek.

Nadat Terri die drie koeie gemelk en versorg het, vra die huishoudster vir haar of sy nie een van die diensmeisies sal wys hoe die roomafskeier werk nie, want die helfte van die melk word gewoonlik afgeroom vir botter en huishoudelike gebruik.

"Laat die diensmeisie gerus maar aangaan met haar eie werk,

signora Maria. Ek kan al hierdie dinge self doen," stel Terri haar vriendelik in kennis. "Stuur net iemand om die melk en die room te kom haal en om die roomafskeier weer skoon te maak. Ek sal al die stukke wat gewas moet word, afhaal en vir haar op die tafel neersit."

Terwyl Terri en Lana later aandete nuttig, vra Lana haar suster om verskoning omdat sy met die melkery moes help. Sy verseker Terri dat sy môreoggend sonder versuim twee tydelike plaaswerkers in diens sal neem, want sy verneem dat die een besig was om 'n land te ploeg.

"Ek dink jy moet dit liewer laat staan," raai Terri haar aan. "Ek sal alles van môre af self waarneem. Dit is mos my werk, ousus. Dit is waarvoor ek opgelei is. Ek sal môre die land vir jou klaar ploeg en by jou ander plaashulp verneem wat daarop gesaai of geplant moet word."

"Ek sal dit alles môre met Marco bespreek en hoor wat hy van jou aanbod te sê het, Terri. Maar ek waarsku jou om nie te optimisties te wees nie, want Marco kan soms onverbiddelik wees as iets hom nie geval nie. En ek is ook nie so seker dat hy jou aanbod sal goedkeur nie. Hy het al juis vanmiddag byna 'n oorval gekry toe hy hoor jy is 'n landboukundige."

"Wel, gelukkig het hy geen seggenskap oor my nie, dus sal ek my glad nie aan hom steur nie. En as hy 'n oorval kry, kan hy dit met my komplimente kry."

Lana begin meteens saggies lag – die eerste keer dat Terri haar hoor lag sedert sy gister op die eiland aangekom het.

"Jy is soos 'n tonikum vir 'n seer gemoed, Terri," sê Lana nadat haar lagbui bedaar het. "Ek hoop van harte dat jy jou tuiste hier by ons gaan maak."

"Dit, my ou sussie, hang uitsluitlik daarvan af of jy my gaan toelaat om jou plaasbestuurder te wees."

Dit is byna elfuur toe Lana en Terri aanstaltes maak om te gaan slaap.

Terri staan die volgende dag vroeg op om voor ontbyt te melk en die paar hoenders te versorg, want ná ontbyt wil sy eers na die skuur toe stap om te kyk of die plaasgereedskap darem in 'n goeie toestand is voordat sy die halfgeploegde land klaar ploeg. Dan word die graaf ook nog vanoggend hier op die eiland verwag.

Die gedagte aan die graaf se besoek stoot Terri terstond uit haar gedagtes. Sy besoek is gelukkig aan Lana en het niks met haar te doen nie. Sy is ook glad nie gretig om met hom kennis te maak nie, net nuuskierig om te sien hoe hy lyk.

Aangesien die edelman vanoggend verwag word en Terri nie graag haar suster in 'n verleentheid wil stel nie, trek sy haar oorpak uit nadat sy die hoenders versorg het en verklee haar in 'n swart langbroek en knalrooi langmoubloes waarvan die twee punte voor op haar smal middeltjie geknoop word. Haar skoene is swart leerhofskoene met plat hakke. Haar lang, goudblonde hare, wat gewoonlik op haar skouers golf en krul, is nou in 'n netjiese poniestert vasgebind. Haar gesig is liggies gegrimeer en Terri besluit dat sy goed genoeg lyk om voor die graaf te verskyn, indien hy met haar wil kennis maak – iets waarna sy glad nie uitsien nie, want op die oomblik stel sy net belang in die plaasgereedskap wat sy ná ontbyt wil bekyk.

"Mag ek saam met jou na die skuur toe stap, zia Terri?" vra Armando in 'n mengsel van Engels en Italiaans toe hulle ná ontbyt van die tafel af opstaan.

Dit is egter Lana wat sy vraag beantwoord: "Jy mag saamgaan, Armando, maar hou jou asseblief skoon. Ek wil my nie voor zio Marco vir jou skaam nie."

"Toemaar, ek sal sorg dat hy hom nie vuil smeer nie," belowe Terri. Sy neem die seuntjie se hand en laat hom toe om haar na die skuur te lei.

Terri is nog besig om een van die skuur se groot deure oop te maak, toe 'n pragtige rooi Ferrari oor die werf aangery kom en voor Lana se huis stilhou.

"Zio Marco!" roep Armando opgewonde uit en nael so vinnig as wat sy beentjies hom kan dra na die rooi vuurwa en die man en meisie wat nou uit die voertuig klim.

Terri kry die groot, swaar deur eindelik oop en stap die groot skuur binne. Dit is taamlik donker in die skuur, gevolglik maak sy ook die ander deur oop.

378

Nou kan sy darem beter sien wat om haar aangaan en sy besluit om maar eers die trekker se enjin na te sien. Sy skakel dit aan en dan verdwyn haar kop onder die enjinkap in.

Daar is 'n donker frons op die graaf se gelaat terwyl hy kyk hoe Terri die swaar deur oopmaak. As hy nog getwyfel het oor sy besluit, is hy nou vasbeslote om dit deur te voer. Hy besef dat dit sy plig is om Terri van die boerdery af weg te hou, want dit lyk nie juis asof Lana haar daaraan steur nie.

Die graaf en sy niggie Carla wag vir Armando wat na hulle aangehardloop kom. Hy groet die seuntjie met 'n vriendelike glimlag, neem sy handjie en beweeg na die voordeur wat oopstaan.

"Ek sien jou suster is besig om die skuur se deur oop te maak," sê die edelman toe hy, sy niggie en Lana sitkamer se kant toe stap.

"Sy het vroeër vanoggend gesê sy wil gaan kyk of die plaasgereedskap darem in 'n goeie toestand is," verduidelik Lana.

Die graaf lyk weer dadelik onthuts, maar kry dit tog reg om bedaard te vra: "Het jy jou suster al gevra om haar tuiste hier by jou en die kinders te maak, Lana?"

"Ek het Terri gistermiddag op die boot gevra, terwyl sy die pragtige sonsondergang bewonder het," sê Lana half verwese. "Sy het my verseker dat sy net op een voorwaarde by my sal bly: as sy my boerdery kan waarneem. En ek vrees niemand sal haar van besluit kan laat verander nie, Marco."

"Ek dink jy het nie hard genoeg geprobeer om haar van besluit te laat verander nie," beskuldig Marco haar. "Ek verstaan nie watse soort suster jy is wat sal toelaat dat jou jonger suster die boerdery vir jou behartig nie. Besef jy watter harde werk dit is?"

"Terri het haar hulp self aangebied, Marco," verdedig Lana haarself. "Dit is die soort werk waarvan sy hou; daarom het sy in die landbou gaan studeer. Maar sê jy vir my watter verskil gaan dit maak as sy vir my, vir haarself of vir iemand anders boer? Ek verseker jou dit is die enigste manier hoe ek haar hier sal kan hou, as ek haar toelaat om my boerdery te bestuur."

"Ek kan glad nie verstaan waarom jul ouers toegelaat het dat

sy in die landbou, van alle dinge, gaan studeer het nie. Sy is so
. . . e . . . klein en fyn; ek kan my haar glad nie op 'n trekker
voorstel nie. Ek dink ek moet haar self oor hierdie onsinnige
besluit gaan spreek," laat die edelman vasbeslote en onverbid-
delik hoor.

"Ek vrees dit gaan nie so maklik wees om Terri van besluit
te laat verander nie, Marco," probeer Lana hom reghelp. "Ek
herhaal: Terri laat haar deur niemand vertel wat sy moet doen
nie en sy laat haar ook deur niemand intimideer nie. Maar ek
sal Armando stuur om haar te gaan roep."

Carla het nog nie 'n woord gesê nie, maar van binne word
sy verteer deur jaloesie omdat die graaf so begaan is oor die
vreemde indringer. Sy is nou wel nie so mooi, fyn en blond soos
Lana se suster nie, maar sy is ook nie onaantreklik nie, al is sy
lank en donker. Mans het haar nog altyd aantreklik gevind en
sy is seker dat sy Marco se liefde sal kan wen as Lana se suster
maar net wil teruggaan na haar eie land toe.

Carla is nog vas van plan om Terri te laat verstaan dat sy
benede hul stand is en ook glad nie welkom in Italië nie.

"Zia Terri, Mamma het gesê ek moet jou kom roep," hoor die
fyn meisie Armando skielik agter haar sê terwyl sy die groen-
voersaad ondersoek. "Ek dink zio Marco wil met jou praat."

"Goed, ou grootman, gaan sê vir jou mamma ek kom nou-
nou," belowe Terri en stap ná 'n rukkie huis toe. Sy gaan was
eers haar hande en stap dan na die sitkamer waar sy Lana en
haar gaste hoor praat.

"Terri, laat my toe om jou voor te stel aan signora Carla
Albereto en conte Marco de Castellano . . . My suster, Teresa
Massyn," sê Lana toe Terri haar in die sitkamer by hulle aan-
sluit.

Terri erken die bekendstelling beleef. Dan tref dit haar dat
sy die twee mense die vorige dag in die begraafplaas opgemerk
het. Hulle het regoor haar gestaan, en sy het selfs een keer vas
in die graaf se oë gekyk ook.

Terri se blik gaan vlugtig, opmerksaam oor die graaf se ge-
slote gesig nadat hy en sy niggie die bekendstelling erken het,
dan verskuif haar blik na Carla, wat haar trots, neus in die lug

en uit die hoogte aankyk asof sy iets slymerigs is wat in 'n vullis-blik hoort.

Die uitgesproke blondekop vererg haar op die plek vir die hooghartige, aanstellerige vroumens. Sy kyk Carla met smeulende blou oë aan en sê diep onthuts: "Ek weet nie wie jy so danig is nie, of jou verbéél jy is nie, mevrou Albereto, dat jy so hooghartig op my neerkyk asof ek iets onaangenaams is wat die see uitgespoel het. Maar laat ek jou dít vertel: op dié oomblik het ek 'n baie laer dunk van jou as wat jy ooit van my kan hê."

Ná hierdie streng teregwysing neem Terri ongeërg langs Lana op die rusbank plaas en steur haar nie verder aan Carla nie, wat nou met 'n blosende gesig luister na wat haar adellike neef driftig op Italiaans vir haar sê – 'n taal wat Terri glad nie verstaan nie.

Terwyl Terri aan die woord was, het die graaf sy niggie met 'n donker frons aangekyk. Hy en Lana het albei gesien hoe neerhalend Carla die jonger meisie aangekyk het. Nou blits sy oë woedend op Carla terwyl hy haar driftig aanspreek.

Terri weet nie wat die graaf vir sy niggie gesê het nie, maar sy is nog steeds rooi tot in haar nek toe sy opstaan, haastig uitstap en buite in die motor gaan sit.

Carla is nog nie eens by die deur uit nie, toe vra die graaf Terri beleef om verskoning vir sy niggie se onvriendelike gedrag.

Maar Carla is bitter omdat Terri haar nou by die graaf in onguns gebring het. Sedert haar man se afsterwe koester sy al die begeerte om met Marco te trou en sy gravin te wees – die gravin De Castellano, wat respek en agting van almal sal geniet.

Carla wou Terri met haar meerderwaardige houding goed laat verstaan het dat sy onwelkom is in hul geledere, maar sy het nooit kon droom dat die Afrikaanse meisie so 'n rissie is wat nie met haar laat speel nie. Lana het nou wel gesê haar suster is pynlik reguit en uitgesproke, maar sy het vergeet om te sê dat sy so 'n klein vuurvreter is.

Carla is woedend omdat Terri die oorsaak is dat die graaf haar voor Lana moes vra om hier buite in die motor vir hom te kom wag. Sy was nog nooit in haar lewe so diep verneder nie.

Terwyl Carla buite in die motor voel asof sy slange kan vang, gesels die graaf met Terri oor die nadele van haar ooreenkoms met Lana.

"So 'n fyn en tenger meisietjie soos jy as plaasbestuurder is absoluut ongehoord, signorina Teresa. So iets is nog nooit in Italië toegelaat nie," verseker die graaf haar ernstig op Engels.

Maar Terri laat haar nie so maklik 'n rat voor die oë draai nie.

"Dit verbaas my dat jy so iets kan sê, meneer die graaf," laat Terri ewe ernstig hoor. "Ek het van Italiaanse mense gehoor dat die vroue hul mans hier in Italië op die lande en met die boerdery help. Wil jy vir my sê dat die mense vir my leuens vertel het?"

"O, nee, hulle het nie vir jou leuens vertel nie, signorina," help die graaf haar dadelik reg. "Die mense het net versuim om vir jou te vertel dat dit die gebruik is onder die arm boere wat nie plaaswerkers kan bekostig nie."

"Wel, in daardie geval is dit nie ongehoord vir my om my suster se boerdery te bestuur nie. Ek verseker jou ek is glad nie so tengerig as wat ek lyk nie, meneer die graaf," kap Terri ongeërg terug.

"Jou suster is nie een van daardie arm boere wat nie plaaswerkers kan bekostig nie, signorina Teresa. Lana is 'n skatryk weduwee wat oorgenoeg werkers in diens kan neem."

"Landbou is my werk, meneer die graaf, dit is waarvoor ek opgelei is. As my suster dan nie my hulp en kennis nodig het nie, sal ek oor twee weke moet huis toe gaan om vir 'n soortgelyke betrekking aansoek te doen, of anders my eie plaas te koop en dit tot 'n lonende onderneming te omskep. Maar ek sou verkies het om my suster te help."

"Ek wil graag hierdie grond by jou suster koop, aangesien die res van Santa Teresa reeds aan my behoort," lig die graaf hulle in.

"Lana durf nie haar seun se erfenis verkoop nie," kom dit half verontwaardig van Terri. "Ek verstaan hierdie grond is al baie geslagte in die Contarno-familie?"

"Nie baie geslagte nie," help die edelman haar reg. "Roberto se oupa het sy familieplaas op die vasteland aan my oupa verruil vir hierdie stukkie grond op die eiland. Die Contarno-familieplaas, Verde Valle, grens tans aan my plaas, Bella Vista, 'n paar kilometer buite Venesië."

"Ek voel nog Lana behoort die grond in die familie te hou vir Armando. Ek glo nie Roberto sou dit goedgekeur het as sy dit nou van die hand sit nie," hou Terri vol.

Die edelman se donker oë vernou opmerklik toe hy Terri agterdogtig aankyk en reguit vra: "Veg jy nou vir jou suster en haar kinders se toekoms, of vir jou eie voordeel, signorina?"

Terri se blou oë begin weer dadelik smeul toe sy vra: "Wat presies probeer jy insinueer, meneer die graaf?"

"Dit is tog duidelik dat jy tuis nie 'n betrekking het nie en dus hoop om hier vir jou suster te werk. Waarom laat jy jou suster nie self oor haar en haar kinders se toekoms besluit nie, signorina?" voeg die edelman haar skerp toe. Sy mag nou wel die mooiste meisie wees wat hy nog ooit ontmoet het, maar hy weier beslis om haar in hierdie saak haar sin te gee. Sy sake is ook nie met haar nie, maar met haar suster.

Terri vererg haar bloedig vir die graaf se valse beskuldiging. Haar gesig is opvallend bleek toe sy sê: "Verskoon my. Ek wou net my suster help, nie myself op haar koste verryk nie. Vir jou inligting, meneer die graaf: my diens aan my suster sou gratis gewees het, omdat ek geen sinnigheid koester om op haar te teer nie. Maar dit maak nie meer saak nie, want ek het nou finaal besluit om oor twee weke huis toe te gaan. Ek is nog nooit so deur vreemdes beledig soos deur jou en jou niggie nie. Ek glo nie ek hou van hierdie land se mense nie."

Met hierdie woorde staan Terri op en gaan haastig na haar slaapkamer, voordat die edelman haar nog om verskoning kan vra. Van hom en sy niggie het sy genoeg gehad vir 'n leeftyd.

Nadat Terri haar in haar oorpak verklee het, stap sy na die skuur toe om die trekker te gaan haal. Sy besluit om maar gou die land klaar te ploeg, ingeval Lana nié die plaas aan die graaf verkoop nie.

Toe Terri ná 'n rukkie op die trekker verby die graaf se duur motor ry, draai Carla haar gesig haastig weg. Sy is nog steeds woedend omdat Terri die oorsaak is dat Marco vir haar kwaad is en haar versoek het om in die motor vir hom te gaan wag. Maar sy besef ook dat sy baie lig sal moet loop vir Terri, want so klein en fyn as wat sy is, sal sy bepaald ook nie skroom om Marco in te vlieg nie. Lana het gelyk gehad. Wanneer haar suster kwaad is, stuit sy vir niemand nie.

Terri is ook net verby die graaf se motor, toe keer Armando haar voor.

"Zia Terri!" roep Armando uit nadat Terri die trekker tot stilstand gebring het. "Zio Marco wil met jou praat!"

"My liewe kind, sê vir jou zio Marco ek sê hy kan met my komplimente in sy peetjie vlieg. Ek het niks vir hom te sê nie en ek wil ook nie weet wat hý te sê het nie," voeg Terri die seun toe. Toe ignoreer sy die kind se verbaasde gesiggie, skakel die trekker aan en ry in die rigting van die halfgeploegde land.

Sy het byna klaar geploeg, toe hou die graaf se motor langs die land stil. Hy klim haastig uit, stap na die punt waar die trekker nou enige oomblik gaan draai en beduie met 'n handgebaar aan Terri om stil te hou. Sy doen dit egter teen haar sin, maar bly op die trekker sit en wag dat hy na haar toe moet kom.

Daar is 'n ergerlike trek op die graaf se skraal, fynbesnede gesig toe hy hom by Terri aansluit en sy blik op haar oorpak val. Maar dan val dit hom weer by dat hy haar om verskoning wil vra omdat hy haar vroeër onwetend beledig het. Haar koppigheid jaag 'n mens ook so die harnas in dat jy dinge sê wat jy andersins nooit sou gesê het nie, dink die edelman en stap nader totdat hy langs die trekker staan.

"Ek wil jou graag om verskoning vra omdat ek jou vroeër beledig het, signorina," hoor Terri hom sê. "Ek het geen verskoning vir my gedrag nie, dus kan ek net sê ek is jammer."

"Nou goed, ek aanvaar jou verskoning, meneer die graaf. Maar nou moet jy my asseblief verskoon," sê Terri met 'n geslote gesig waaruit die man niks wys kan word nie. "Ek wil graag die land klaar ploeg en die saad insit . . ."

"Moet asseblief nie verder met die ploeëry aangaan nie, signorina. Ek –"

"Verskoon my, meneer, maar ek aanvaar nooit bevele van ander nie," val Terri hom opstandig in die rede. "Dit is my suster se plaas . . ."

"Nie meer nie," help hy haar dadelik reg. "Die grond behoort nou aan my. Trouens, die hele eiland behoort nou aan my. Jy kan jou dus nou soos die dame gedra wat jy is, en die boerdery aan die mans oorlaat."

"In daardie geval sal ek my so gou moontlik van jou eiendom verwyder, meneer," belowe Terri, nog steeds met 'n geslote gesig.

"Hoe gaan jy die eiland verlaat, signorina?" wil die graaf weet. Vir Terri klink dit asof daar iets soos 'n uitdaging in die man se stem is. Maar dan gaan hy ter verduideliking voort: "Al my bote is in Venesië. Ek het met die helikopter hierheen gevlieg."

"O, ek sal wel 'n plan maak, al moet ek ook 'n vissersbootjie huur . . ."

"Ek sal jou aanraai om liewer jou suster te gaan help inpak om na die vasteland te verhuis," versoek hy Terri met oë wat smeul van ergernis oor haar halsstarrigheid.

"Gaan gee bevele aan jou onderhoriges, meneer," raai Terri hom met 'n ongenaakbare houding aan.

Hierna ignoreer sy die graaf openlik. Sy skakel die trekker aan en neem dit terug na die skuur, sonder om eens vir hom tot siens te sê. Vir Carla sal sy eerder met die trekker uit haar pad ry as om vir haar tot siens te sê.

Met vernoude oë kyk die edelman die pragtige, uitgesproke meisie agterna. Dan gaan sy blik stadig oor die halfgeploegde land, en dit is vir hom duidelik dat sy baie goed opgelei is. Maar onder sy mense het elke vrou haar plek – en Terri se plek is by haar suster in die huis.

Daar is 'n ongelukkige trek op die graaf se aantreklike gelaat toe hy in sy motor klim en na sy herehuis toe ry wat op die hoogste punt van die eiland staan. Vandat hy Terri gister in die begraafplaas gesien het, so beeldmooi, fyn en vroulik, het hy gehoop dat hulle vriende kon wees, mekaar goed sou leer ken, en later . . .

"Lana se suster is absoluut ongemanierd om jou so af te jak,

385

Marco," maak Carla met 'n ligte frons 'n einde aan sy gedagtes.

"Nee, dit is nie juffrou Teresa wat ongemanierd is nie, Carla, dit is jý wat jóú maniere iewers verloor het," wys die graaf haar streng tereg. "Wie het jou die reg gegee om juffrou Teresa aan te kyk asof sy iets onaangenaams en benede jou is? Ek blameer haar glad nie dat sy jou op jou plek gesit het. Dus, moet nooit dink jy is beter as sy nie, Carla, want jy is nie en jy sal dit nooit wees nie. Maar vir jou inligting: juffrou Teresa het 'n rede waarom sy my afgejak het, en jou belediging is deel van daardie rede."

Hy vertel Carla egter nie dat hy Terri ook vroeër onwetend beledig het nie, en dat dit lyk asof die pragtige witkop nou glad nie van Italië en sy mense hou nie. Hy voel bitter teleurgesteld hieroor en hy kan maar net hoop dat Lana haar sal kan oorreed om wel haar tuiste hier in Venesië te maak. Hy hoop nog steeds om haar vriendskap en vertroue te wen, ten spyte van haar afjak.

Carla voel op die oomblik platgeslaan en baie bitter omdat Marco so openlik kant kies vir daardie parmantige witkop. Sy erken dat haar optrede aanstoot gegee het, maar dit was bedoel om die klein snip af te stoot sodat sy huis toe kan gaan en nie dalk by Lana haar intrek sal kom neem nie. Sy hoop egter dat sy in haar doel geslaag het, anders het sy haar Marco se gramskap verniet op die hals gehaal.

Carla is diep bewus van Marco se afsydigheid teenoor haar, maar sy maak asof daar niks tussen hulle gebeur het nie. Sy sal dit alles en nog meer van hom verduur, as sy maar net eendag die geëerde posisie as sy vrou, die gravin De Castellano, kan beklee.

Ná haar tuiskoms gaan Terri dadelik bad en verklee haar in 'n bruin langbroek en blompienk bloes. Daarna lui die klok vir middagete en moet sy haar dadelik na die eetkamer haas.

Terwyl hulle die maaltyd nuttig, gesels Terri oor gemeenskaplike vriende in Suid-Afrika wat Lana jare laas gesien het. Sy meld egter nie 'n woord van die graaf se aankondiging dat Lana na die vasteland gaan verhuis nie. Sy het reeds besluit om haar liewer uit Lana se sake te hou, voordat haar goeie bedoelings dalk weer verkeerd vertolk word.

Ná die ete kondig Terri aan dat sy 'n entjie langs die strand wil gaan stap. Maar dan hoor sy Lana sag en vriendelik sê: "Kom sit eers 'n rukkie by my in die sitkamer, kleinsus. Daar is iets belangriks wat ek jou wil vertel."

Hulle neem in die sitkamer op 'n rusbank plaas, en toe Terri niks sê nie, laat Lana met 'n sweem van 'n glimlaggie hoor: "Dit lyk asof jy nie belangstel in wat ek jou wil vertel nie."

"O, nee, ek stel belang, ousus. Ek wag maar net dat jy my moet vertel," sê Terri en kyk Lana afwagtend aan.

"Ons gaan na die vasteland verhuis, waar jy in 'n motor sal kan klim en ry net waar jy wil wees. Ek is seker jy sal gelukkig wees op die vasteland –"

"Jy verhuis tog seker nie om mý onthalwe nie, Lana," val Terri haar in die rede terwyl sy haar ousus ernstig en reguit aankyk.

"Wel, Marco meen dat jy meer tevrede op die vasteland sal wees . . ."

"Wag 'n bietjie," keer Terri met 'n gesteurde frons. "Sê asseblief vir daardie Marco-vent om nie my lewe te probeer reël en vir my te besluit nie. Dit gaan my nie aan waar jy en jou kinders woon nie, Lana. My tuiste is Suid-Afrika, nie hier in Italië nie. En waar jy die volgende twee weke bly, terwyl ek by jou en die kinders kuier, maak aan my geen verskil nie. Moet dus asseblief nie dink jy moet jou grond op die eiland om my onthalwe van die hand sit nie."

"Ek verkoop nie hierdie landgoed nie, Terri, ek verruil dit vir die Contarno-familie se oorspronklike familieplaas, Verde Valle, wat aan Marco se familieplaas grens," vertel Lana. "Die ruil van plase pas my baie goed, want Armando moet volgende jaar skool toe gaan en dit sou baie ongerieflik gewees het om hom elke dag by die skool op die vasteland te besorg.

"Die plaas Verde Valle is natuurlik ook baie groter as hierdie een op die eiland. Marco het ook gesê hy sal vir my 'n baie bekwame plaasbestuurder bring, wat sal sorg dat alles glad verloop."

"In daardie geval het jy dan nie my hulp nodig nie. Maar ek sal jou eers help om na die nuwe plaas te verhuis en gevestig te raak, voordat ek huis toe gaan om my eie sake in orde te gaan bring," belowe Terri.

"Ek wens jy wil liewer by my en die kinders bly, Terri. Waarom wil jy alleen op 'n plaas gaan sukkel, of miskien vreemde mense met jou kennis verryk? Die kinders is lief vir jou en ons wil jou baie graag hier by ons hê," soebat Lana. "Sal jy nie maar jou besluit heroorweeg nie?"

"Ek vrees dit is vir my heeltemal onmoontlik om van besluit te verander, ousus. Met 'n bekwame plaasbestuurder in jou diens sal daar vir mý niks te doen wees nie. Ek is ook nie van plan om my studiegeld in die water te gooi deur nou met gevoude hande te sit en niks doen nie. Ek het feitlik die helfte van my erfgeld gebruik om my in die landbou te bekwaam. In Suid-Afrika is baie werk, ás ek dalk nie 'n lening kry om my eie plaas te koop nie.

"Ek sal ook nooit gratis by jou kan bly nie, ousus, al is jy ook hoe ryk. Om by jou te bly, moet ek 'n verdienste hê om vir my verblyf te kan betaal, en die enigste werk waarvoor ek opgelei is, is nie hier vir my beskikbaar nie," verduidelik Terri. "Vergeet dus nou alles en vertel my wanneer en hoe jy na die vasteland gaan verhuis."

"Ons vertrek oor 'n week met Marco se vragboot," laat Lana teleurgesteld hoor. "Maar ek sal aanhou neul totdat jy instem om by ons te kom intrek."

"Dit sal jou niks help om aan te hou soebat nie, ousus," verseker Terri haar met 'n gemoedelike glimlaggie. "Jy sal elke keer maar net dieselfde antwoord kry."

Hierna sê Terri dat sy 'n entjie langs die strand wil gaan stap en sy nooi Lana saam. Maar Lana wys haar uitnodiging vriendelik van die hand met die verskoning dat sy heelwat sake met haar huishoudster moet bespreek. In werklikheid wil sy Marco dringend spreek voordat hy die eiland verlaat. Sy wil hê hy moet weet dat hul verhuising na die vasteland niks verander het aan Terri se plan om oor twee weke na Suid-Afrika terug te keer nie.

Lana se motor het ook pas voor Marco se drieverdiepingwoning stilgehou, toe hy en Carla op die voorstoep verskyn, onderweg na die helikopter om na Venesië terug te keer. Sy klim haastig uit die voertuig terwyl die edelman haar tegemoetloop.

"Jy lyk so haastig, dit wil my al lyk asof jy probleme het, Lana," begroet hy haar.

"Ja, ek vrees daar het iets opgeduik waaroor ek jou dringend moet spreek," kondig Lana onomwonde aan.

Die graaf nooi haar binne en nadat hulle al drie gaan sit het, vertel Lana hom van haar en Terri se gesprek 'n rukkie tevore.

Marco lyk weer dadelik kil en ongenaakbaar. Hy kan met die beste wil ter wêreld nie verstaan waarom die pragtige Terri, so fyn en vroulik, haar met 'n man se werk wil bemoei nie . . . en dit nogal plaaswerk, van alle dinge!

Ook sy stem is kil en ongenaakbaar toe hy met 'n donker frons sê: "Ek kan nie verstaan waarom jou suster so koppig en eiesinnig moet wees nie, Lana. Waarom kan sy nie by jou bly en jou geselskap hou nie?"

"Terri was van kindsbeen af baie lief vir die grond en die natuur, Marco," tree Lana vir haar kleinsus in die bres. "Sy sal nooit verander nie en ek verstaan haar siening. Sy het boonop baie geld aan haar geleerdheid bestee en kan dit nie bekostig om al daardie geld in die water te gooi deur nou met gevoude hande te gaan sit nie. Sy is ook te trots om gratis by my te woon."

Die edelman kyk haar stil aan en knik dan, asof baie dinge vir hom duidelik is.

"Ek stel voor dat jy jou nie langer hieroor bekommer nie, Lana. Ek sal wel iets bedink wat ons klein vuurvreter hier sal hou," laat Marco nou weer gemoedelik hoor. "Al moet ons nou ook vir haar 'n pos op Verde Valle skep. Ek moet ongelukkig oor 'n uur 'n vergadering bywoon, dus sal ons weer later hieroor gesels."

Daar is 'n vreemde blinkheid in die graaf se oë toe hy van die stoel af opstaan, wat duidelik sê dat daar meer as een manier is om 'n mens se doel te bereik, en dat Terri dit nog wel sal leer. Hierna groet en vertrek hy en Carla.

3

Vir Lana, Terri, die huishoudster en die diensmeisies was dit 'n bedrywige week van inpak en organiseer en beplan, en nou kyk hulle hoe 'n klompie mans op 'n vragmotor aankom om Lana se meubels en ander besittings na die private hawetjie te neem, waar die graaf se vragboot wag om alles na Venesië te vervoer. By Venesië se hawe sal daar weer 'n ander vragmotor wees om alles na Lana se nuwe plaas te neem.

Ná 'n rukkie land die graaf se helikopter om Lana, Terri en die kinders na Venesië te neem, waar hulle middagete in tante Adela en Mario se hotel sal nuttig voordat hulle na die nuwe plaas vertrek.

"Watter kamer verkies jy vir jou as slaapkamer, Terri?" vra Lana nadat hulle die slaap- en badkamers op die tweede verdieping van hul nuwe tuiste besigtig het.

Terri haal haar skouertjies liggies op terwyl sy sonder belangstelling sê: "Ek gee glad nie om waar ek slaap nie, ousus. Aangesien ek oor 'n week vertrek, sal enige kamer goed –"

"Ek wens jy wil vir goed by ons bly, Terri," val Lana haar pleitend in die rede, waar hulle nou aan die bopunt van die trap met hul rûe na die grondverdieping staan, onbewus van die graaf wat agter hulle op die boonste treetjie staan.

Terri glimlag toe sy sê: "Ek was nie met 'n skatryk man getroud soos jy nie, Lana. Ek moet 'n verdienste hê om in my behoeftes te kan voorsien. Ek is ook nie van plan om op jou te teer nie, soos jul geëerde graaf miskien dink. Bêre gerus jou geld vir jou kinders; ek is jonk en gesond, en kan self werk om in my behoeftes te voorsien."

"Is julle twee besig om die voordele of die nadele van die huis te bespreek?" klink die graaf se stem meteens agter hulle op. Hy stap nader en groet die twee vroue met 'n galante kopknik.

Lana en Terri beantwoord sy vriendelike groet. Dan is Lana aan die woord deur te verduidelik waaroor hulle gepraat het. Terri maak verskoning en gaan help die huishoudster om die slaapkamers se linne te sorteer – heeltemal onbewus daarvan dat die edelman 'n ruk later vertrek. Met hom en sy niggie wil sy niks te doen hê nie en sy sal bly wees as sy hulle nie weer voor haar vertrek na Suid-Afrika hoef te sien nie.

Terri is die volgende drie dae so besig om die huishoudster en die diensmeisies te help om orde in die deurmekaar huis te skep, dat sy nog nie kans gehad het om die plaas werklik te besigtig nie. Maar hieraan steur sy haar nie veel nie, aangesien sy oor vier dae na Suid-Afrika vertrek en Lana se boerdery haar in elk geval nie aangaan nie; veral noudat die graaf vir haar 'n bekwame plaasbestuurder gaan bring.

'n Entjie van die woonhuis af is nog 'n tweeverdiepinggebou. Van die huishoudster het Terri verneem dat die boonste verdieping die diensmeisies en die plaaswerkers huisves. Die onderste verdieping bestaan uit stalle waar die melkkoeie, lêhenne en slagdiere in die winter gehuisves word.

Die een werker is nog ongesteld, gevolglik neem Terri nog steeds die melkery en die versorging van die paar lêhenne waar, sodat Toni en Pedro aandag aan die lande, die wingerde en die olyfboorde kan skenk.

Terri het vanoggend ná ontbyt vir haar plek bespreek op 'n vliegtuig wat oor vyf dae van Rome na Johannesburg vertrek. Lana is besig om die plaas se rekords en geldstate bymekaar te kry vir die graaf, sodat sy boekhouer dit kan nasien en by-werk; gevolglik voel Terri verveeld omdat hier niks is waarmee sy haar kan besig hou nie. Sy kan ook nie eens die plaas gaan verken nie, want sy weet nie tot waar die grense strek nie en sy kan dalk op iemand anders se grond oortree.

Sy staan voor haar kamervenster oor hierdie ledigheid en peins, toe die graaf se motor op die werf stilhou. Sy merk dat daar nog 'n man by hom in die voertuig is.

Natuurlik die nuwe plaasbestuurder, dink Terri, of miskien nog 'n plaaswerker, want hy het werksklere aan en kan dus nie 'n persoonlike vriend van die edelman wees nie.

Sy sien hoe Lana by die voordeur uitstap en haar by die graaf en die vreemde man aansluit, waar hulle nou langs die edelman se motor staan. Terri kan nie hoor wat hulle sê nie, maar sy sien hoedat die graaf die vreemde man aan Lana voorstel. Ná die

391

bekendstelling stap die man in die rigting van die skuur. Lana begin ernstig met die graaf praat terwyl hulle in die rigting van die voordeur beweeg – bepaald oor die boekhouding.

Terri het geen sinnigheid om die graaf te sien of met hom te gesels nie, daarom hou sy haar in haar kamer besig.

"Hoe gaan dit met jou opstandige kleinsus?" vra die graaf in sy eie taal vir Lana toe hulle die sitkamer binnestap. "Het sy haar al vereenselwig met ons wense?"

Lana skud haar kop en sê ernstig: "Ek het haar weer gevra om haar tuiste by my en die kinders te maak, maar sy het reguit gesê aangesien hier nou niks vir haar te doen is nie, gaan sy oor drie dae huis toe. Sy het reeds vir haar plek bespreek op 'n vliegtuig wat oor vyf dae van Rome na Johannesburg vertrek."

"Maar jou inkomste is mos ruim genoeg om vir haar ook te sorg," sê die graaf met 'n gesteurde frons.

Lana glimlag toe sy geduldig verduidelik: "Ek het so 'n voorstel aan haar gemaak. Sy het dit egter beslis van die hand gewys en gesê ek moet liewer my geld vir my kinders bêre. Sy is gesond en jonk genoeg om te werk en vir haarself te sorg."

"Laat haar hierheen kom, asseblief. Ek sal haar gou tot ander insigte bring," laat die edelman vererg hoor. Hy is nie daaraan gewoond dat mense sy wense verontagsaam nie en Terri sal dit baie goed moet verstaan.

Lana lyk merkbaar neerslagtig toe sy weer eens vir haar kleinsus in die bres tree. "Jy sal niks met Terri uitgerig kry nie, Marco. Sy het te veel trots en selfrespek om net gratis by my in te woon. Sy het dit baie duidelik gestel dat sy net op een voorwaarde by my sal bly: as sy vir my op die plaas kan werk om haar verblyfkoste te dek . . ."

"Ons sal sien," sê hy gesteurd. "Ontbied haar, asseblief."

Lana ontbied die huishoudster en vra haar of sy miskien vir Terri gesien het.

"Ek het haar vroeër na haar kamer sien gaan, signora. Sal ek haar vir u ontbied?" wil die huishoudster weet.

"Ja, doen dit, asseblief," sê Lana. "My heer die graaf wil graag met haar praat."

Terri sit voor die venster deur 'n tydskrif en blaai, toe die huishoudster in die oop kamerdeur verskyn. Sy dra Lana se boodskap aan die jong meisie oor en dit laat Terri weer dadelik vererg voel.

"Verskoon my, maar ek stel glad nie belang in wat die graaf te sê het nie, signorina Maria. Ek sal ondertoe gaan sodra hy vertrek het," besluit Terri.

Maar Maria tree dadelik vir haar werkgeefster in die bres.

"Dink aan jou suster, signorina, wat jy met so 'n besluit in 'n ernstige verleentheid plaas. Ek vermoed die conte wil iets ernstigs met jou bespreek," hou Maria vol.

"Wel, ek het niks om met hóm te bespreek nie," kap Terri halsstarrig terug.

Daar is 'n bekommerde uitdrukking op Maria se gelaat toe sy weer sê: "Ek kan jou suster nie in so 'n verleentheid bring deur jou boodskap aan haar oor te dra nie, signorina. Ek wens jy wil liewer self gaan hoor waaroor hulle met jou wil praat."

"O, nou goed," stem Terri eindelik met 'n gesteurde frons tussen haar geboogde, ligbruin wenkbroue in. "Om van jou geneul en getorring ontslae te raak, sal ek afgaan en gaan hoor wat jou vermetele graaf te sê het. Maar ek waarsku jou: daar gaan 'n dag kom dat hy my te ver dryf en dan verongeluk ek hom!"

Terri kyk Maria skerp aan, staan van die stoel af op en stap saam met haar ondertoe.

In die sitkamer groet Terri die graaf so kil en kortaf dat die man verbaas vra: "Is jy nog steeds vir my kwaad, signorina Teresa?"

"Nee, meneer die graaf, ek is nie kwaad nie," antwoord Terri met 'n geslote gesig en 'n onpersoonlike stem terwyl sy eenkant op 'n stoel gaan sit.

"Gaaf, dan kan ons nou begin vriende word," stel die edelman bedaard voor.

Maar Terri is nie daarvoor te vinde nie.

"Nie vriende nie, graaf, net kennisse," help sy hom reg. "Wanneer ek oor drie dae vertrek, sal ons mekaar stellig nooit weer sien nie."

"Dit is juis waaroor ons nou gaan gesels en –"

393

"Spaar gerus jou asem, meneer," val Terri hom, nog steeds met 'n onpersoonlike stem, in die rede. "My plek op die vliegtuig is reeds bespreek. Ek vertrek oor drie dae na Rome, waar ek die vliegtuig na Johannesburg sal haal."

"Maar jou suster wil hê jy moet by haar en die kinders bly, signorina Teresa. Gee jy so min vir jou suster om dat jy haar en die kinders sonder gewetenswroeging sal verlaat, terwyl sy jou morele ondersteuning so dringend nodig het?"

"Lana weet wat om te doen as sy wil hê ek moet by haar en die kinders bly, meneer die graaf. Sy kán nie of sy wíl nie aan my voorwaarde voldoen nie; daarom is daar niks meer om oor te praat nie." Terri kom orent. "As julle my dus sal verskoon . . ."

"Nee, ons verskoon jou nie," sê die edelman kortaf. "Sit, asseblief, daar is 'n paar dinge wat ons moet bespreek." Hy wag totdat Terri weer sit voordat hy voortgaan: "Ek het nog nooit so 'n koppige en eiesinnige meisie soos jy gesien nie, signorina . . ."

"Verskoon my, maar weet die meisies hier in Italië dan nie wat hulle wil hê nie? Of sê hulle maar ja en amen op alles wat ander vir hulle besluit, ongeag of hulle daarvan hou of nie?" wil Terri weet.

"Ons meisies besef dat hul ouers oor meer lewenskennis en ervaring beskik, en dus ook meer bekwaam is om vir hulle te besluit," help die edelman haar reg.

"Ek is nie van plan om met jou oor jou eie mense te argumenteer nie, meneer. Inderdaad gaan hulle my nie aan nie, en ek stel ook hoegenaamd nie in hulle belang nie."

"Waarin stel jy dan werklik belang, signorina Teresa?" wil die graaf ernstig weet met donker oë vol vraagtekens.

"Wel, op die oomblik stel ek net belang in my roeping as landboukundige . . ."

"Wat van jou roeping as vrou en ma? Het daardie dinge geen plek in jou lewe nie?" wil die graaf weet. Hy kan glad nie begryp hoe so 'n mooi, fyn meisietjie so behep kan wees met 'n boerdery nie. Sy behoort te trou en 'n gesin te hê.

Maar dan hoor hy Terri sonder veel erg sê: "O, ek sal wel trou wanneer ek eendag die regte man ontmoet en hy my vra om met hom te trou . . ."

"Watter een van jou twee roepings sal dan voorkeur geniet, signorina?"

Die edelman kyk haar half uitdagend aan, maar Terri laat nie toe dat dit haar van stryk bring nie.

"Dit sal uitsluitlik van omstandighede afhang, meneer die graaf," troef Terri hom.

"Ek dink ons moet liewer gesels oor jou verblyf hier by jou suster, signorina," verander hy die onderwerp van die gesprek.

"Ek is nie daarvan bewus dat ek ingestem het om by Lana te bly nie, meneer. Ek herhaal: ek vertrek oor drie dae . . ."

"Selfs al bied jou suster jou 'n pos aan?" Hy kyk haar ernstig, ondersoekend aan.

"Lana verwag tog seker nie dat ek bevele moet uitvoer van 'n stommerik wat nie oor mý kennis van landbou en boerdery beskik nie . . ."

"Wie het gesê jy moet iemand anders se bevele uitvoer, signorina?" wil die graaf nou weer met 'n meerderwaardige houding weet, omdat Terri elke keer beter wil weet as hy.

"Jy het reeds op die eiland belowe dat jy vir Lana 'n bekwame plaasbestuurder sal bring," verduidelik Terri. "Ek het toevallig gesien toe jy die plaasbestuurder netnou gebring het."

"Dit is nie 'n plaasbestuurder nie, signorina, dit is 'n gewone werker," help hy Terri reg. "Jou suster het nou drie betroubare en bekwame plaaswerkers wat elke oggend hul opdragte van mý plaasbestuurder sal ontvang, aangesien jy nie ons taal magtig is nie en derhalwe nie met hulle sal kan kommunikeer nie. Jy sal dus opsigter wees oor jou suster se plaas en kyk dat die plaaswerkers alles wat hulle doen, reg doen. Maar ek wil hê jy moet altyd onthou dat ek hierdie besluit absoluut teen my sin geneem het. Ek sal dit nooit werklik kan aanvaar dat jy 'n man se werk hier op die plaas doen nie."

Hy kyk na sy polshorlosie. "Ek sal intussen aansoek doen om 'n werkspermit vir jou sodat jy in Italië kan aanbly. As 'n gegradueerde landboukundige behoort dit nie moeilik te wees om vir jou 'n permit te bekom nie. Kan jy perdry?"

"Ek kan baie goed perdry," verseker Terri hom, nou 'n bietjie vriendeliker. Sy besef dat dit inderdaad baie van hom moet geverg het om hierdie toegewing te maak, iets wat indruis teen alles in hom wat man is en selfs ook teen sy adellike tradisies en gebruike.

"Nou goed, kom ry saam met my na my plaas toe, dan sal ek jou te perd die grenslyne van jou suster se plaas gaan wys," hoor Terri hom sê, nou ook effens vriendeliker. "Maar ek herhaal: jou plek is hier in die huis by jou suster en die kinders."

Terri vererg haar weer dadelik vir die man se bekrompenheid. Maggies, hulle lewe mos darem in 'n verligte eeu en nie 'n paar honderd jaar gelede nie toe vroue sleeprokke, lang moue en hoë halse gedra het en te preuts was om hul enkels te vertoon.

Voordat Terri haar kan keer, is die woorde reeds uit: "Mý doen en late gaan jou gelukkig nie aan nie, meneer die graaf."

Die edelman se oë blits weer kwaai op haar toe hy orent kom en met 'n ongenaakbare stem sê: "Ek gaan jou parmantigheid, sowaar as ek leef, nie langer duld nie, signorina! Ek verwag meer eerbied en respek van jou."

Terri se oë spat nou self ook blou vonke toe sy orent kom, die edelman woedend aankyk en bitter ontstoke sê. "Laat ek jou dít vertel, meneer die graaf: jy mag siek en sat wees vir my parmantigheid, maar ek is ook al keelvol vir die afgesaagde ou storie dat ek in die huis hoort met 'n stukkie naaldwerk in die hand, soos 'n adellike meisie uit die Victoriaanse tyd. Vir jou inligting: ek kan glad nie naaldwerk doen nie. Ek kan ook nie brei of kos kook of koek bak nie. Ek is die vrotste huisvrou wat die mensdom nog ooit gesien het . . ."

Lana se onderlangse geproes maak meteens 'n einde aan Terri se verontwaardigde diskoers.

Daar is ook 'n vreemde blinkheid in die graaf se oë toe hy meer bedaard sê: "As jy gereed is, kan ons maar gaan, signorina."

"O, ek is lankal gereed," kom dit steeds opstandig van Terri. Sy sê vir Lana tot siens en beweeg in die rigting van die voordeur sonder om vir die edelman te wag. Hy haal haar egter in voordat sy die motor bereik.

Die graaf hou die motordeur beleef vir haar oop om in te klim, dan ry hulle in stilte voort terwyl Terri die omgewing afgetrokke beskou. Die graaf bewaar ook maar die swye, in die hoop dat Terri se humeur gou sal afkoel. Hy sal graag wil hê hulle moet vriende wees, nie vyande nie. Intussen hou hy haar onderlangs dop.

Dit duur nie lank nie, toe hou hulle voor Bella Vista se pragtige woonhuis stil. Hulle klim uit en beweeg in die rigting van die voordeur, wat oopstaan.

Die graaf lei Terri na die groot, koel sitkamer, en haar wrewel vat weer dadelik vlam toe sy die edelman se niggie, Carla, en 'n ouer vrou in die vertrek opmerk.

"Jy het al my niggie ontmoet, signorina Teresa," hoor sy die graaf sê, "maar ek glo nie jy het al my weduweetante, Carla se ma, ontmoet nie."

Hy stel die ouer vrou, mevrou Francesca Villani, aan Terri voor. Terri erken die bekendstelling beleef, maar Carla ignoreer sy openlik en maak geen geheim van haar gevoel teenoor die jong weduwee nie.

Die graaf nooi Terri om te sit. Hy bied haar 'n koppie tee aan, wat sy beleef van die hand wys. Dan kom sê die huishoudster vir hom dat sy plaasbestuurder hom dringend wil spreek.

Hy maak verskoning en verlaat die vertrek. Dit tref Terri meteens dat sy alleen is met die vermetele Carla en haar ma. Sy is vasbeslote om Carla summier op haar plek te sit as sy net een woord sê wat haar nie aanstaan nie.

Maar Carla ignoreer die uitgesproke blondekop asof sy glad nie bestaan nie. Die ouer vrou verwerdig haar darem om 'n gesprek met Terri aan te knoop deur belangstellend te vra: "Hoe lank gaan jy nog by Lana kuier, signorina Massyn?"

Sy het by Carla gehoor dat hierdie meisie 'n bedreiging vir haar toekomsplanne inhou, dus hoop sy om haar dogter se onthalwe dat Terri se besoek aan haar suster van korte duur gaan wees.

Die ouer vrou en Carla is albei verbaas en verontwaardig toe Terri ongeërg sê: "Ek is bevrees die graaf het eindelik daarin geslaag om my te oorreed om my tuiste by Lana en die kinders te maak, mevrou Villani."

"En wat van jou mense in Suid-Afrika, signorina? Jy het tog

seker 'n spesiale vriend in jou vaderland wat nie met sulke reëlings geneë gaan wees nie," probeer die ouer vrou haar slinks afraai om haar permanent in Italië te vestig en sodoende moontlik Carla se planne in die wiele te ry.

"Daar is nie eintlik familie in Suid-Afrika om van te praat nie, mevrou Villani. Daar is ook nie 'n spesiale vriend wat kapsie kan maak teen my besluit om hier te bly nie. Ek is gelukkig nog baas oor my eie lewe en kan daarmee maak wat ek wil . . ."

Die verskyning van die graaf maak meteens 'n einde aan Terri en die ouer vrou se gesprek.

"Ek is bevrees ek sal jou by 'n later geleentheid moet gaan wys hoe ver Verde Valle se grense strek, signorina Teresa. Daar is glo 'n groot probleem in die stal. Die jong merrietjie Regina, wat moet vul, ondervind ernstige probleme. Dit is haar eerste vul en sy is 'n volbloed wat baie waardevol is. Ek sal die veearts onmiddellik moet ontbied," verduidelik die edelman met kommer in sy stem.

"Laat my eers toe om na die merrie te gaan kyk voordat jy 'n veearts ontbied, meneer die graaf," doen Terri besorg aan die hand. "Miskien kan ek haar self help, dan is dit nie nodig om vir die veearts te wag nie."

"Ek weier volstrek dat jy aan die perd raak, signorina. Dit is nie 'n taak vir so 'n fyn en tenger meisie soos jy nie," wys hy haar aangebode hulp beslis van die hand. "Jy moet my asseblief verskoon, ek moet die veearts nou dadelik gaan bel."

Terri trek haar skouertjies liggies op toe sy sê: "Ek sal die merrie nogtans wil sien."

Die graaf verlaat die vertrek om die veearts telefonies te ontbied en maak asof hy haar nie gehoor het nie. Hy keer egter ná 'n kort rukkie terug met 'n onvergenoegde uitdrukking in sy donker oë.

"Ek is bevrees die veearts is nie tuis nie; daarom het ek geen ander keuse nie as om jou hulp te aanvaar, signorina Teresa," sê die edelman onvergenoeg. "Ek hoop jy kan iets vir haar doen terwyl ons vir die veearts wag."

Terri kyk die graaf bedaard aan en sê: "Laat 'n diensmeisie asseblief vir my 'n skottel warm water, seep, ontsmettingsmiddel en 'n handdoek na die stal toe bring. As sy 'n plasiekvoorskoot het, kan sy dit ook bring. Maar verduidelik net eers vir my waar die perd se stal is."

"Ek gaan saam met jou," stel hy haar kortaf in kennis terwyl hy een van die diensmeisies ontbied deur 'n klokkie te lui.

Hy dra Terri se versoek aan die diensmeisie oor en dan hoor hulle Carla met 'n lieftallige, onderdanige stem vra: "Kan ek en Mamma ook na die perd gaan kyk, Marco?" Sy is vasbeslote om Terri so min moontlik alleen in Marco se geselskap te laat. Sodra hy gereed is om vir haar die plaas se grense te gaan wys, sal sy wel sorg dat sy ook saamry.

"Julle kan saamkom as julle wil," antwoord Marco, "maar daar is nie plek in die stal vir ons almal nie. Julle sal by die deur moet staan."

Terri is nog besig om die perd se kop te streel en kalmerend met die dier te praat, toe 'n diensmeisie die benodigdhede bring.

Die graaf se plaasbestuurder, die vyf en veertigjarige Nando, kan gelukkig Engels verstaan, want Terri het 'n vermoede dat hy haar moontlik sal moet bystaan.

"Wat gaan jy maak, signorina Teresa?" wil die graaf weet toe Terri haar hande en arms was en ontsmet en daarna die voorskoot aansit.

"Ek sal die dier inwendig moet ondersoek om vas te stel wat die obstruksie veroorsaak. Ek vermoed die vul lê verkeerd gedraai of iets," verduidelik Terri, en sê Nando aan om solank sy hande en arms te was en te ontsmet, ingeval hy sal moet hand bysit.

Die edelman lyk glad nie gelukkig oor Terri se aankondiging nie. Hy weet nie wat hy van haar verwag het nie, maar dit was baie beslis nie dat sy Regina met die geboorteproses moes bystaan nie.

"Ek dink jy moet liewer wag dat die veearts kom help, Marco," laat die ouer vrou beterweterig op Italiaans hoor. "Dit is baie duidelik 'n geval vir 'n veearts, nie vir 'n landboukundige nie."

"Die meisie het glo ook kennis van veeartseny, tante," lig die graaf haar in. "Dit lyk vir my darem of sy weet wat sy doen. Ek hoop sy kan iets doen, want die dier sal dit nie maak tot vanmiddag wanneer die veearts beskikbaar sal wees nie."

"Ek stem saam met my ma. Juffrou Massyn lyk vir my glad nie opgewasse om die perd te help nie," laat Carla nou ook van haar hoor. "Ek dink sy probeer ons maar net beïndruk."

"Ek dink julle is albei bevooroordeeld teen Teresa omdat sy so fyn en tenger is. Maar vir jou inligting, Carla: dit is nie vir Teresa nodig om mense te probeer beïndruk nie, sy doen dit sonder om eens te probeer."

Die graaf se aandag is nou by Terri wat besig is om die perd inwendig te ondersoek en hy merk nie die betekenisvolle blik wat Carla met haar ma wissel nie.

Vir die ouer vrou is dit nou ook baie duidelik dat Marco niks verkeerds in Terri sien of van haar wil hoor nie. En dit voorspel niks goeds vir Carla se heimlike drome en toekomstige planne om die gravin De Castellano te word nie. Sy wou Carla nie glo toe dié haar 'n week gelede vertel het van Marco se partydigheid vir die blonde Suid-Afrikaner nie. Maar nou weet sy beslis dat Carla 'n gevaarlike mededinger het in juffrou Massyn.

Terri verstaan nie 'n woord Italiaans nie – gelukkig vir Carla, wat nog nie geleer het om haar woorde te oorweeg wanneer sy van die blondine praat nie.

"My vermoede was toe korrek: die vul lê heeltemal agterstevoor gedraai," deel Terri die graaf mee. "Ek sal haar moet help, anders gaan jy haar en die vul albei verloor."

Die edelman lyk nou duidelik bekommerd. Carla en haar ma swyg wyslik om hulle nie die graaf se gramskap op die hals te haal nie.

Met die plaasbestuurder se hulp bring Terri die pikswart hingsvul 'n kwartier later veilig in die lewe. Terri gaan sit hom versigtig op 'n hopie strooi voor sy ma neer, waar sy haar eersteling met trots kan beruik en bewonder.

Daar is bewondering in die edelman se oë terwyl sy blik op Terri rus. Sy bespreek die perd se voeding vir die volgende twee dae met Nando, terwyl sy haar hande en arms was en afdroog en dan die voorskoot verwyder.

Terri gaan hurk by die vul en bekyk hom met belangstelling. Dan voel sy hoe iets saggies teen haar skouer skuur en in haar hare vroetel. Sy glimlag, want sy weet dat dit die merrie is wat dankie sê vir haar tydige hulp. Ook die graaf en Nando weet wat hierdie vriendelike gebaar van Regina beteken.

Terri kom orent, streel met haar hand oor Regina se blink, swart nek en vertel haar hoe 'n dapper perd sy is. Dan hoor sy die graaf agter haar sê: "Ek is jou inderdaad baie verskuldig, signorina Teresa. Ek het nooit kon droom dat jy die perd op só 'n manier sou help nie."

Terri draai stadig om en kyk die edelman reguit aan.

"Dis waar," sê sy dan," hoe sou jy geweet het? Jy ken my nie en oordeel my knaend volgens my uiterlike . . . wat vir my beroep glad nie vleiend is nie. Maar glo my, ek kan alles op 'n plaas doen. Wanneer jou trekkers, bakkies of ander voertuie meganiese foute ontwikkel, kan jy my gerus laat kom om dit vir jou te herstel," bied Terri aan.

Die graaf kyk haar nou weer verontwaardig aan. Maar op Nando se gesig en in sy oë is daar net eerbied en bewondering vir hierdie pragtige, dapper meisie wat vandag gewys het van watter staal sy gemaak is.

"Ek dink ons almal sal nou 'n koppie tee waardeer," besluit die edelman. Hy neem Terri se arm en lei haar by die stal uit, tot Carla en haar ma se ergernis, wat niks daarvan hou dat hy Terri so vertroulik aanraak nie.

"Ek dink dit is nog vroeg genoeg om vir my te gaan wys tot waar Verde Valle se grense strek, meneer die graaf," stel Terri voor toe Carla aan die ander kant van die edelman inval. Sy het geen sin daarin om onnodig lank in Carla se teenwoordigheid te vertoef nie, daarom verkies sy dat hulle liewer dadelik vertrek.

"Mag ek ook saam met julle gaan, Marco?" kom dit nederig van Carla, terwyl sy hom met 'n lieftallige glimlaggie aankyk.

"As jy die afgelope paar maande geleer het om perd te ry, is jy welkom," sê die edelman. Hy versoek die stalkneg om vir hom en Terri elk 'n perd op te saal en draai dan na die blondekop. "Ons gaan eers tee drink sodat jy 'n rukkie kan sit en ontspan. Die vul lyk vir my sterk en gesond, dink jy nie ook so nie?"

"O, beslis. Sy ma lyk ook goed," stem Terri saam. "Ek is bly dat sy darem al aandag aan haar vul gee."

"Sy het jou ook baie vriendelik bedank vir jou tydige hulp," laat die graaf met 'n glimlag hoor – die eerste keer dat Terri hom sien glimlag.

Terwyl hulle in die sitkamer tee geniet, gesels die graaf onderhoudend met Terri oor haar lewe sedert haar ouers se afsterwe.

Sy vertel hom van haar studentejare en haar vriende en sluit af deur te sê: "Ek en my vriendin, saam met wie ek 'n woonstel gedeel het, het maar stil gelewe –"

"'n Vriendin? Was dit nie dalk 'n vriend nie?" val Carla haar spottend in die rede, wat daarop gemik is om Terri voor die graaf te verkleineer.

Terri se gramskap vat weer dadelik vlam en haar blou oë blits vernietigend op Carla toe sy veragtend sê: "Verskoon my, mevrou Albereto, maar as jy daaraan gewoond is om in sonde saam met 'n man te leef, moet jy nie dink alle mense het so laag gedaal nie. Hou dus asseblief jou sarkasme en vuil gedagtes vir jouself. Nog een skewe aanmerking van jou, en ek belowe jou jy doen dit tot jou eie nadeel."

Ná hierdie vlymskerp waarskuwing kom Terri orent en wil net die vertrek verlaat, toe sy die graaf hoor sê: "Net 'n oomblik, asseblief, signorina Teresa! My niggie het jou ernstig beledig en ek dring daarop aan dat sy jou dadelik om verskoning vra."

Sy oë brand op Carla en sy stem is so koud soos die Suidpool toe hy na sy niggie draai en kortaf sê: "Toe, ek wag dat jy mý gas wat jy in mý huis en in mý teenwoordigheid beledig het, om verskoning vra."

Carla en haar ma is nou albei so bleek soos die dood, want dit is vir hulle baie duidelik dat Marco woedend is omdat sy Terri weer beledig het – en dit in sy eie huis. Hierdie oortreding, weet hulle, gaan hy Carla nie maklik vergewe nie.

Die gedagte dat Marco haar en haar ma straks na haar getroude broer toe sal stuur, spoor Carla aan om Terri met stywe lippe om verskoning te vra.

Hierna trap Marco haar op Italiaans uit en vertel haar onom-
wonde wat hy van haar ongehoorde gedrag dink. Hy laat haar
ook baie goed verstaan dat hy 'n herhaling van haar onbeleefd-
heid nie sal duld nie.

Die edelman kyk na sy polshorlosie, neem Terri se arm en sê
dan weer bedaard: "Ons kan maar gaan. Die perde is seker al
opgesaal."

Carla en haar ma kyk die ruiters deur die venster agterna toe
hulle oor die werf ry en later deur die groot hek verdwyn. Daar
is 'n peinsende uitdrukking op die ouer vrou se gesig.

"Dink jy Marco is verlief op Teresa?" vra sy nadat die ruiters
uit hul gesigsveld verdwyn het.

Daar is 'n harde trek om Carla se mond en in haar oë toe sy
met kommer in haar stem sê: "Ek hoop nie so nie, Mamma,
want dan sal ek verplig wees om by haar die indruk te wek dat
daar 'n verhouding tussen my en Marco is, en dít sal baie ge-
waag wees. As Marco dit moet agterkom . . ."

"Ek dink die beste plan sal wees om liewer 'n aantreklike,
vooraanstaande en ryk man aan haar voor te stel," doen die
ouer vrou aan die hand.

"Ek sal dit in gedagte hou," belowe Carla. "Maar ek moet
sê, ek wens sy het nooit 'n voet in Italië gesit nie. Haar teen-
woordigheid veroorsaak 'n verwydering tussen my en Marco.
Hy het nog nooit iewers heen gery sonder my nie. Hy weet ek
kan nie perdry nie, dus kon hy met die motor gery het sodat ek
kon saamgaan . . ."

Terwyl Carla en die ouer vrou Terri bespreek, is Terri verras
om te sien dat Lana nou 'n veel groter plaas het as die een wat
sy op die eiland besit het.

"Ek wil jou weer eens bedank omdat jy Regina en haar vul se
lewe gered het, signorina Teresa . . ."

"Dit is nie nodig om my weer te bedank nie, meneer die
graaf," keer Terri haastig. "Ek het self aangebied om te help . . .
en Regina het ook reeds dankie gesê!"

"Dis waar, Regina sal jou altyd onthou," sê hy met 'n vrien-
delike uitdrukking op sy gelaat en in sy oë. "Maar ek het nog-
tans besluit om Vivace, die perd waarop jy nou ry, met saal en

403

toom vir jou as geskenk te gee. Jy sal 'n perd nodig kry op die plaas. 'n Mens kan nie oral met 'n bakkie ry nie."

Terri kyk na die pragtige, lewendige bruin merrie waarop sy ry, en sy wonder of sy die perd as 'n geskenk moet aanvaar.

"Ek weet regtig nie of ek so 'n duur geskenk van jou moet aanvaar nie, meneer die graaf," sê sy ná 'n rukkie.

"Wel, ek weier om met jou oor die perd te stry," kap die edelman dadelik terug. "Jy het my vanoggend 'n baie groot guns bewys en ek het 'n gevoel dat ek jou hulp nog dikwels gaan nodig kry. En nou gaan ons nie verder oor die perd praat nie."

Terri besef dat hy nou die laaste woord oor die onderwerp gespreek het, gevolglik bedank sy hom vir die duur geskenk. Daarna gesels hulle oor die boerdery.

Dit blyk dat Verde Valle se olywe en druiwe die enigste produkte is wat 'n inkomste lewer, en dit sit Terri se gedagtes dadelik in hoogste rat. 'n Hoenderboerdery en genoeg varke om die plaaslike hotelle en restaurante te voorsien, sal beslis 'n gesonde inkomste verseker. Tante Adela het eendag vir haar gesê dat sy verkies om lewende hoenders te koop, en in daardie geval sal die koste verbonde aan die hoenderboerdery ook heelwat minder beloop.

Terri is nog besig om die uitbreiding van Lana se boerdery te beplan, toe sê die graaf langs haar, waar hy op die rug van 'n groot swart hings sit: "Aangesien ons op die oomblik nader aan my huis is, nooi ek jou graag vir middagete, Teresa."

"Dankie, ek neem jou uitnodiging aan, meneer die graaf. Ek sal ook graag weer wil gaan kyk hoe dit met Regina en haar vul gaan," sê Terri, en sy is nie eens daarvan bewus dat die graaf haar informeel aangespreek het nie.

"Nou goed, laat ons dan maar gaan. Dit is al amper tyd vir middagete. Ons kan ná die ete na Regina en haar vul gaan kyk. En terloops, my naam is Marco, en ek verkies dat jy my ook op my naam noem, Teresa."

Terri kyk op na hom en is meteens bewus van 'n onpeilbare uitdrukking in die byna swart oë. Sy laat haar blik dadelik sak, draai haar perd om en wag dat die graaf langs haar inval.

Daar is 'n geheimsinnige glimlaggie om die edelman se mond

toe hy langs Terri ry. In 'n gemoedelike stilte ry hulle deur die veld waar die graaf se skape wei en hou ná 'n rukkie voor die stalle stil.

Die graaf gee 'n paar opdragte aan die stalkneg, dan stap hy en Terri geselsend in die rigting van die voordeur.

"Ek het Teresa vir middagete genooi, zia Francesca," verduidelik die graaf toe hulle die sitkamer binnestap. "Stel asseblief die huishoudster daarvan in kennis."

Aan Terri sê hy: "Kom, Teresa, ek sal jou gaan wys waar jy jou hande kan was."

"Toemaar, ek sal haar gaan wys," bied Carla aan en kom terselfdertyd orent. Maar Marco het 'n vae idee dat Terri niks van sy niggie hou nie, daarom wys hy haar aanbod summier van die hand.

"Gaan sit, asseblief, Carla," versoek die edelman kortaf. "Ek wil ook gaan, dus sal ek Teresa self gaan wys."

"Ek wou maar net help," laat Carla verleë hoor.

"Dankie, maar ek sal sê as ek iemand se hulp nodig het," stel hy haar onomwonde in kennis. Hy kan nie verstaan wat deesdae met Carla aangaan nie. Sy het haar nog altyd stil en op haar plek gedra gedurende die maande dat sy en haar ma by hom kuier. Maar sedert Teresa se aankoms op die eiland, tree sy doelbewus op die voorgrond wanneer Teresa teenwoordig is – en sy was selfs al twee keer opsetlik beledigend teenoor die Suid-Afrikaanse meisie.

Hulle bereik een van die gastekamers wat oor 'n eie badkamer beskik en die edelman maak die deur vir Terri oop.

"Ek sal in die gang voor die kamerdeur vir jou wag," verseker hy haar en stap dan na die slaapkamer langsaan.

Later, in die eetkamer, trek Marco die stoel aan die regterkant vir Terri uit. Carla voel weer dadelik vererg omdat Terri op háár plek aan tafel sit: die bevoorregte plek aan die gasheer se regterkant. Maar sy laat niks van haar gramskap blyk nie en moet gedwee sit en luister hoe Marco met Terri gesels oor die verbouing en bewerking van olywe.

"Maar dit is nie nodig dat jy jou oor die bewerking van die olywe bekommer nie, Teresa. Ek het nog altyd Lana-hulle se druiwe en olywe opgekoop; die druiwe vir my wynkelders hier op Bella Vista, en die olywe vir my inmaakfabriek in Verona."

"Ek is bly jy het my vertel, Marco. Ek het al dikwels gewonder wat Lana met haar druiwe en olywe maak, want ek sien geen wynkelder op haar plaas nie," laat Terri vriendelik hoor.

Ná die ete gaan kyk hulle eers hoe dit met Regina en haar vul gaan. Carla stap saam, maar sy hou haar stil en op haar plek.

Terri is bly toe sy sien dat die pragtige, blink swart vul al op sy eie bene staan. Die merrie sien ewe goed daar uit en Terri en Marco voel albei gelukkig oor die diere se goeie toestand.

Hierna gaan wys hy vir Terri die wynkelders waar honderde bottels wyn lê en verouder. Hy laat haar twee uitvoerwyne proe en gaan wys haar dan waar die wyn gepars word.

Dit is al weer byna tyd vir middagete toe die graaf ewe gemoedelik aankondig: "Ek gaan jou nou eers veilig by jou suster besorg, Teresa. Die perde behoort al uitgerus te wees."

Terwyl hulle later saam met Lana tee drink, vertel Marco vir haar hoe behendig Terri vanoggend vir Regina bygestaan het toe hy nie 'n veearts kon opspoor nie.

"Dit is vir my byna ongelooflik dat so 'n fyn, tenger meisie so 'n vermoeiende taak kon verrig . . . en daarna so ontspanne gelyk het," vertel hy voorts.

"Wat het jy verwag, Marco? Dat ek sou flou word of iets?" terg Terri met ondeunde oë.

Lana kyk die twee geamuseer aan en wonder heimlik oor hul skielike vriendskap, maar sy laat niks blyk nie.

"Nee, nie dit nie, Teresa," glimlag die edelman gemoedelik. "Ek het verwag dat jy doodbang sou wees."

"Wel, ek verseker jou dat ek glad nie so swak en hulpeloos is soos wat ek miskien vir jou lyk nie, Marco . . ."

"Jy lyk vir my fyn en tenger, piccina, maar baie beslis nie nutteloos nie," help die edelman haar ernstig reg. "Jy het vanoggend uitgeblink as veearts, en jy is ook 'n uitstekende ruiter –"

"Maar 'n vrotsige huisvrou," val Terri hom glimlaggend in die rede.

"Om 'n goeie huisvrou te wees, is glad nie so belangrik nie,

Teresa," weerspreek die graaf haar. "Jy moet net sorg dat jy met 'n ryk man trou, dis al!"

"Ek vrees ek sal net met 'n man kan trou wat ek liefhet en respekteer; maak nie saak of hy ryk of arm is nie. Maar vertel my, wat doen jou niggie bedags om haar besig te hou?" wil Terri belangstellend weet.

"Sy lees baie, hou haar ma geselskap en ry soms saam met my wanneer ek iewers heen moet gaan," verduidelik hy.

"Wel, ek moet sê dit lyk vir my of jul adellike dames glad nie van werk hou nie . . ." begin Teresa.

Marco help haar egter dadelik reg: "Carla is nie uit die adelstand nie, Teresa, net my tante. Carla se pa was 'n ryk sakeman, soos jou oorlede swaer. Maar ek raai jou sterk aan om Carla se voorbeeld te volg, of jou andersins met vroulike takies besig te hou soos my ma."

"Wat is die takies waarmee jou ma haar besig hou, Marco?" wil Terri belangstellend weet.

"O, borduurwerk, brei, hekel en tapisserie en –"

"Ek sal eers moet klas loop om al daardie dinge te leer," val Terri hom glimlaggend in die rede. "Daarom sal ek my maar liewer by Lana se boerdery bepaal. Dit is alles dinge wat ek klaar geleer het. Ek sien ook nie kans om so lui te wees soos jou niggie nie."

"Ek sien daar is aan jou geen salf te smeer nie, Teresa, dus sal ek nou maar weer gaan. Laat my gerus weet as hier 'n probleem opduik." Sy laaste woorde word egter aan Lana gerig.

4

Ná Marco se vertrek vertel Terri vir haar suster van die perd, saal en toom wat Marco haar as 'n geskenk gegee het omdat sy Regina en haar vul se lewe gered het. Sy nooi Lana om na die perd te kom kyk wat onder 'n boom vasgemaak staan.

Hulle bereik die perd, dan sê Lana verbaas: "My goeiste, dit is een van Marco se spogperde wat hy vir jou gegee het, kleinsus. Jy weet dit miskien nie, maar jy is buitengewoon bevoorreg om so 'n geskenk van hom te ontvang."

"Ek het aanvanklik kapsie gemaak teen die duur geskenk. Maar Marco wou niks weet nie en ek was op die ou end verplig om sy geskenk te aanvaar," verduidelik Terri glimlaggend terwyl sy die perd na die stal toe lei. "Marco het bepaald gedink my werk regverdig so 'n spesiale geskenk."

"Hy sou nooit hierdie perd vir 'n veearts gegee het as vergoeding vir sy diens nie," hou Lana vol. "Ek dink Marco hou besonder baie van jou, Terri . . ."

"En ek dink jy yl nou, ousus," antwoord Terri geamuseer. "Dit was maar net omstandighede wat ons gedwing het om die strydbyl te begrawe. As jy mý vra, is daar iets meer as net vriendskap tussen hom en sy niggie. Jy moet haar oë sien wanneer sy met hom praat; die liefde en bewondering straal behoorlik uit haar."

"Sy het nog nooit haar gevoel vir hom so openlik in my teenwoordigheid getoon nie," sê Lana met 'n ligte frons. Carla en haar ma kuier al by Marco sedert Carla haar man veertien maande gelede in 'n vliegtuigongeluk verloor het. Marco het egter nog nooit laat blyk dat hy vir Carla iets meer as simpatie voel nie. Maar hy is 'n baie diepsinnige mens, en niemand sal ooit kan raai wat in hom omgaan nie.

Lana is nog besig om oor Carla en Marco te peins, toe hulle die stal bereik en Terri die perd begin afsaal.

"Ek verstaan van Marco dat hier net olywe en druiwe op jou plaas verbou word, ousus," sê Terri terwyl sy die stal se onderdeur sorgvuldig toemaak. "Ek het daaraan gedink dat ons moontlik jou boerdery kan uitbrei deur 'n hoender-en-varkboerdery te begin . . . of miskien net 'n hoenderboerdery en 'n paar varke."

"Het jy hierdie plan al met Marco bespreek?" wil Lana sonder veel belangstelling weet. Sy het nog nooit in die boerdery belanggestel nie, al hou sy daarvan om op die plaas te woon. Toe Roberto nog gelewe het, het sy en die kinders hom oral op sy sakereise vergesel. Maar dit was altyd aangenaam om weer terug op die plaas te wees.

"Nee, ek het dit nie met Marco bespreek nie," sê Terri onge-erg. "Trouens, ek sien geen rede waarom ek dit met hom moet bespreek nie. Verde Valle is immers jou plaas, nie syne nie!"

"Ek vrees ons sal Marco in alles moet raadpleeg terwyl die boedel nog nie afgehandel is nie, Terri," herinner Lana haar. "Maar ek sal hom môre, of die dag daarna, in dié verband spreek. Ek wil net eers môre met die skool gaan reëlings tref sodat Armando oor twee maande daar toegelaat kan word as 'n dagleerder. Jy kan my en die kinders môre vergesel as jy wil!"

Terri skud haar kop, glimlag vriendelik en sê gemoedelik: "Gaan julle gerus maar alleen, ousus. Marco het my die lande gewys wat geploeg moet word vir groenvoer, hawer en mielies. Ek sal môre liewer met die ploeëry begin."

"Ek stel voor dat jy die ploeëry eers met Marco bespreek voordat jy daarmee begin . . ."

"Marco kan na sy peetjie gaan as hy dink ek gaan elke ou dingetjie eers met hom bespreek," laat Terri met 'n ergerlike frons hoor. "Ek gaan môre die eerste land begin ploeg, met of sonder sy toestemming. Wat ek doen, gaan hom beslis nie aan nie – en jy kan hom dit maar sê ook, Lana."

"Ek sal hom sê as ek hom miskien voor jou sien," laat Lana met 'n geamuseerde glimlaggie hoor. Wat Terri nie weet nie, is dat Marco se plaasbestuurder van Bella Vista af alles kan sien wat op 'n groot deel van Verde Valle gebeur en dadelik sy werk-gewer telefonies sal inlig sodra hy Terri op die trekker gewaar. Sy sal Marco egter môre ná die middagete bel en hom van Terri se planne vir 'n hoender-en-vark-boerdery vertel.

Nadat Terri haar perd vir die nag versorg het, stap sy na die skuur om te kyk of daar brandstof in die trekker se tenk is. Sy wil dadelik ná ontbyt met die ploeëry begin.

Terri voel vanoggend baie gelukkig. Dit het die vorige nag sag gereën en die grond is klam en net reg om geploeg te word.

Nadat Lana en die kinders ná ontbyt na Venesië vertrek het, verklee Terri haar in haar oorpak en stap haastig na die skuur waar die trekker gereed staan vir gebruik.

Sy klim op die trekker, koppel 'n hefboom wat die ploegskare

409

van die grond af oplig, skakel die trekker aan en ry na die landery wat die naaste aan die huis geleë is. Sy kyk na die skuins ligging van die grond en besluit om die land in die breedte te ploeg om erosie te voorkom.

Dit duur ook nie lank nie, toe sny die ploeg se vyf skare deur die grond. Die trekker dreun deur die oggendstilte en die heerlike geur van klam grond hang in die lug . . .

Waar Nando naby die grens tussen Bella Vista en Verde Valle op sy perd se rug sit, frons hy liggies toe hy vaagweg die gedreun van 'n trekker hoor. Hy begryp nie wie dit kan wees nie, want hy het niemand aangesê om met die ploeëry te begin nie.

Ná 'n rukkie besluit Nando om nader te ry en ondersoek in te stel. Dan verstar sy blik toe hy Terri se blou gestaltetjie op die trekker sien. Hy het haar dadelik herken aan die blonde hare wat onder Armando se laphoedjie uitsteek. Hy begryp nou waarom die graaf hom aangesê het om haar bewegings dop te hou en alle onreëlmatighede aan hom te rapporteer.

Haar bedrywigheid op die trekker, besluit Nando, is bepaald ook 'n onreëlmatigheid, hoewel sy groot eerbied en respek by hom afdwing, want hy ken baie min mense wat sulke netjiese en reguit vore kan ploeg.

Nando besef dat hy die graaf onverwyld van haar bedrywigheid in kennis sal moet stel, al voel hy ook hoe onwillig om dit te doen. Die edelman het hom vertel dat sy 'n gegradueerde landboukundige is en ook heelwat van veeartseny af weet. Hy kan dus verstaan dat sy lief is vir die grond, die natuur en die diere . . .

Terri se hart sing saam met die gedreun van die trekker en in haar verbeelding sien sy al die wuiwende groen landerye.

Sy het al amper 'n derde van die land geploeg toe sy 'n ruiter op 'n swart perd na haar toe sien aankom. Maar eers toe die ruiter die land bereik, herken sy die graaf op sy swart hings. Hy ry na die kant van die land waar sy aanstons met die trekker sal moet draai, en wag haar daar bitter ontstoke in.

Terri nader die man op die perd en merk dadelik dat hy in 'n

410

dwars luim is; daarom besluit sy om liewer nie nou met hom oor haar voorgenome hoender-en-vark-boerdery te praat nie. Maar sy wonder nogtans waarom hy so die herrie in is.

Sy hou 'n entjie van die graaf af stil en skakel die trekker af. Die volgende oomblik staan hy langs haar, en nou lyk dit vir die witkop asof sy gramskap teen haar gemik is.

Terri maak egter asof sy onbewus is van sy luim en groet hom vriendelik: "Goeiemôre, Marco!" Daarna spring sy ligvoets van die trekker af.

"Ek sien niks wat goed is in hierdie môre nie," kom dit grimmig van die edelman wat nou reg voor haar staan.

Terri besluit om haar nie aan die man se humeur te steur nie en sê steeds in 'n vrolike luim: "Ja, ek kan aan jou gesig sien dat die dag vir jou vrotsig begin –"

"Moenie jou met my staan en slim hou nie, Teresa!" val Marco haar onthuts in die rede.

"Ek hou my nie slim nie, Marco, ek vertel jou net die waarheid," kap Terri ongeërg terug. "Jou gesig lyk net so dreigend soos 'n onweerswolk . . ."

"Skei liewers uit met jou beskrywings van my gesig, en vertel my wie jou toestemming gegee het om met die ploeëry te begin," maak die graaf haar weer onverbiddelik stil.

Ook Terri se humeur begin nou vlam, want wie dink hy miskien is hy om met haar te praat asof sy 'n plaaswerker is?

Sy ruk haarself op tot haar volle lengte, kyk die graaf met vlammende oë aan en sê kil en afgemete: "Van wie, as ek mag vra, meneer die graaf, is ek veronderstel om bevele te kry?"

"Van my . . ." begin die edelman.

Maar Terri is woedend en sy gee die man nie kans om meer te sê nie.

"Jy kan met jou bevele en al na die hoenders gaan, vir al wat ek omgee!" snou sy hom toe. "Wie dink jy miskien is jy dat ek bevele van jou moet aanvaar? Wat ek van die landboubedryf vergeet het, kan jy gaan leer!"

"Ek sal sowaar as wat ek leef nie toelaat dat jy so met my praat nie, Teresa . . ."

"Moet dan nie met my kom staan en skoorsoek nie," ant-

411

woord sy met 'n vernietigende blik. "Omdat Lana niks mag doen sonder om jou vooraf te raadpleeg nie, beteken dit glad nie dat ek dit ook moet doen nie. Ek is my eie baas en ek sal maak wat ek wil. En dit is ook nie dat ek oortree het nie. Jy het self gesê dat hierdie drie lande geploeg en gereed gemaak moet word vir groenvoer, hawer en mielies . . ."

"Het ek gesê jý moet dit doen?" Die graaf se oë blits op haar.

Terri laat nie toe dat hy haar ontsenu of van stryk af bring nie.

"Ek het nie jou toestemming nodig as ek dit wil doen nie," help sy hom onthuts reg. "Ons het reeds ooreengekom dat ek die bestuurder is van hierdie plaas . . ."

"Nie die bestuurder nie, Teresa, 'n opsigter wat haar oog oor die drie werkers moet hou en kyk dat hulle alles reg doen."

Terri kyk die edelman aan met oë wat blou vonke spat toe sy onheilspellend sag sê: "Meneer, ek dink jy moet liewer nou gaan, want ek voel ek gaan nou ontplof."

Daar is iets in Terri se stofbesmeerde gesiggie wat die edelman se stem effens versag toe hy haar weerspreek: "Jy kan gerus maar ontplof, Teresa. Ek is nie bereid om 'n voet te versit nie, tensy jy saam met my huis toe gaan."

"Wel, jy kan sê en doen wat jy wil. Ek gaan nou hierdie land klaar ploeg. Jy kan gerus maar jou ry kry."

Met hierdie woorde klim Terri op die trekker en merk nie eens op toe die graaf op sy groot, swart hings klim nie. Sy word egter nie die geleentheid gegee om die trekker aan te skakel nie, want die volgende oomblik tel die graaf haar met 'n kragtige arm van die trekker af op en sit haar voor hom op die saal neer, met sy een arm ferm om haar dun middeltjie.

Terri wil nog kapsie maak teen die man se eiegeregtigheid, hom versoek om haar dadelik neer te sit. Maar die graaf is reeds besig om die perd in die rigting van die huis te stuur.

"Dit sal jou niks baat om my met jou manlike krag te probeer uitoorlê nie, meneer die graaf!" raas Terri verontwaardig terwyl haar stormagtige gesiggie net sentimeters van syne af is.

Daar is iets aangrypends, iets betowerends in Terri se blou oë en kwaai gesiggie wat die graaf se blik etlike sekondes lank gevange hou. Hy voel hoe 'n vreemde teerheid teenoor hierdie pragtige, opstandige meisie in hom opwel. Geen meisie het nog ooit so 'n wonderlike gevoel in hom wakker gemaak nie. Alles in hom hunker na haar, en hy weet dat hy haar met sy eie lewe sal beskerm as dit moet.

Terri merk die trek van genoeë op die graaf se gesig en sy wonder of hy nou met haar spot. Dié gedagte laat haar humeur nog hoër vlam.

Sy is op die punt om hom te vra wat hy so amusant vind, toe trek hy die perd voor die huis in, spring rats uit die saal en tel haar van die dier se rug af asof sy so lig soos 'n veertjie is.

Die ontstoke witkop werp hom 'n giftige blik toe, draai haar rug op hom en begin haastig weer aanstryk in die rigting van die land waar die trekker nog steeds staan, maar Marco is dadelik by. Hy neem haar arm, dra haar half na die sitkamer toe en druk haar daar saggies op die rusbank neer.

Hy neem ongenooid langs haar plaas en sê met 'n vreemde kalmte in sy stem: "Ek weet jy voel op die oomblik lus om my te verongeluk, Teresa, maar ek kan nie toelaat dat jy jou aan sonsteek blootstel nie. Ek het my plaasbestuurder aangesê om die trekker buite werking te kom stel, totdat een van jou suster se plaaswerkers gereed is om die landerye te ploeg en die saad in te sit . . ."

"Dink jy dit sal my verhoed om daardie landerye te ploeg, meneer die graaf?" vra Terri bedaard. "Ek kan 'n trekker en 'n bakkie net so goed soos enige werktuigkundige herstel. Dus, jy kan gerus vir Nando die moeite spaar, want ek sal die trekker sommer gou weer in 'n werkende toestand hê."

"Nie as hy belangrike onderdele van die trekker en die ploeg verwyder nie," troef hy haar ewe gemoedelik. "Die ploeg is absoluut nutteloos sonder skare, en die trekker is ewe nutteloos sonder wiele. Nando moet al daardie onderdele op die bakkie laai en na Bella Vista toe neem."

"Ek sien," sê Terri met oë wat weer gevaarlik begin smeul. "As jy en Lana verwag dat ek ook bedags met gevoude hande moet sit en op ander teer, begaan julle albei 'n baie groot fout."

Marco kyk haar 'n oomblik stip in die oë. Hy weet hierdie steek is vir sy niggie bedoel wat so 'n ledige lewe op sy koste voer, daarom sê hy liewer niks nie. Hy is daarvan bewus dat Terri nie van Carla hou nie en hy kan haar ook nie verkwalik nie, want Carla was nog nooit juis vriendelik teenoor haar nie.

"Ná al die jare van studie het jy tog seker 'n vakansie verdien, Teresa," laat Marco nou weer hoor. "Waarom beskou jy nie jou verblyf hier by jou suster as 'n vakansie nie?"

"Ek het nie 'n vakansie nodig nie," weerspreek Terri hom, weer opvallend onthuts. "Maar dit is vir my nou duidelik dat jy en Lana my onder valse voorwendsels hier laat bly het. Ek weet nie wat julle hoop om daarmee te bereik nie. Maar wat dit ook al is, ek hou nie daarvan nie. En as hier dan niks vir my te doen is nie, is dit tyd dat ek huis toe gaan. Ek hou nie van 'n leeglêery nie."

Die gedreun van die trekker wat oor die werf ry, laat Terri meteens besef dat die graaf nie gespeel het nie. Hy het Nando werklik aangesê om die ploeg en die trekker uitmekaar te maak.

"Hier is baie ander dinge wat jy kan doen sonder om jou aan sonsteek bloot te stel," hoor sy die edelman weer sê. "Sit vir jou 'n sonhoed op en gaan kyk wat die drie werkers by die olyfboord en wingerd doen. Ek is seker jy sal hulle goeie raad kan gee. En nou moet jy my asseblief verskoon, Teresa. Ek moet nou dadelik teruggaan na Bella Vista toe."

Die graaf kom waardig orent, groet Terri vriendelik en verlaat die vertrek. Ná 'n rukkie hoor sy hoe hy oor die werf wegry, in die rigting van sy plaas. Toe stap sy na die stal toe, saal Vivace op en ry na waar Pedro, Toni en Manuel besig is om die wingerd en olyfbome se grond los te maak en te bemes.

Terri beskou die groot plastieksakke om seker te maak dat dit die korrekte bemesting is. Maar alles is in Italiaans geskryf, 'n taal wat sy glad nie kan lees of verstaan nie. Gevolglik gaan sy dadelik terug huis toe.

Nando wou net vertrek met die vyf ploegskare en die trekker se wiele in die bakkie, toe Lana by hom verbyry, hom met 'n handgebaar beduie om te wag, en toe in die skuur gaan stilhou.

414

Lana klim haastig uit die motor en stap na Nando toe om te gaan hoor waarom hy op Verde Valle is met trekkerwiele en ploegskare op die bakkie.

Lana kry gou die oggend se gebeure uit Nando, want hy het self gesien hoe die graaf met Terri voor hom op die perd huis toe ry. Hy weet natuurlik nie wat ín die huis tussen Terri en die edelman plaasgevind het nie, maar dit kan Lana self raai. Sy weet mos hoe vinnig Terri se humeur kan opvlam. Sy hoop net dat hierdie voorval nie straks veroorsaak dat haar kleinsus nou sal wil huis toe gaan nie.

Daar is nog steeds 'n bekommerde trek op Lana se gesig toe Terri kort voor middagete tuiskom; net betyds om haar gesig en hande te was, haar in 'n vrolike somerrok en wit sandale te verklee en haar gesig te grimeer. Toe lui die klokkie vir middagete.

Lana meld niks aan tafel van haar gesprek met Nando nie. Dit is iets wat sy ná die ete privaat met Terri sal bespreek. Hulle gesels dus oor die skool en Armando se onderwyseres.

"Ek hoor jy en Marco het weer 'n potjie geloop," sê Lana later, nadat 'n diensmeisie hulle in die sitkamertjie met koffie bedien het.

"Ek sal graag die dag wil sien wanneer hy hom nié met ander se sake bemoei nie," laat Terri weer dadelik opstandig hoor. "Hy maak asof hy die eerste en laaste sê oor my het, en ek is nou al tot sterwens toe sat daarvan dat hy hom ewig met my sake inmeng. Hy maak asof ek 'n broeikasplant is . . ."

Lana se sagte laggie ruk Terri weer dadelik tot kalmte. Sy maak verskoning vir haar ergernis en vervolg goedig: "Daardie man sal nog die oorsaak wees dat ek 'n aanval van beroerte kry. In elk geval, ek het nou finaal besluit om huis toe te gaan, ousus. Hier is niks vir my om te doen nie. Ek weet nie eens of jou plaaswerkers die regte bemesting vir die druiwe en olyfbome gebruik nie, want alles op die verpakkings is in Italiaans. En die dinge wat ek nog kán doen, word ek belet om te doen."

"Het jy met Marco gepraat oor die hoender-en-vark-boerdery wat jy beplan het, Terri?"

Terri skud haar kop en sê met oë wat weer van ergernis smeul:

415

"Nee, ek het nie, ousus. Ek was te ontstoke om enigiets met hom te bespreek. Hy sal so 'n voorstel in elk geval van die hand wys. Kan ek maar vanmiddag jou motor leen? Ek wil graag in Venesië rondstap en die stad besigtig, want ek het besluit om saam met 'n toergroep tot by Rome te reis, waar ek 'n vliegtuig na Johannesburg sal haal."

"Ek dink jy moet eers met hierdie planne wag totdat ek met Marco oor die hoender-en-vark-boerdery gesels het," stel Lana voor. "As hy dit ook van die hand wys, sal ek nie langer by jou aandring om hier by my in Italië te bly nie. Ek weet uit eie ondervinding hoe moeilik dit is om in 'n land te bly waarvan jy die taal nie verstaan nie. Ek sal Marco nou dadelik gaan skakel terwyl hy nog op Bella Vista is."

"Ek dink jy mors net jou tyd," sê Terri toe Lana opstaan en na die studeerkamer toe stap.

"Ons sal sien," laat Lana met 'n glimlag oor haar skouer hoor. Sy het 'n vae vermoede dat Marco verlief is op haar pragtige kleinsus. En as dit die geval is, sal hy alles doen om Terri in Venesië te hou totdat hy gereed is om sy liefde aan haar te verklaar, of totdat hy haar vertroue gewen het en sy hom, sy land en hul adellike gewoontes beter ken.

Marco, sy tante en sy niggie het pas klaar geëet en is nog besig om hul koffie in die sitkamer te geniet, toe 'n diensmeisie hom kom sê dat signora Contarno hom oor die foon wil spreek. Hy maak dadelik verskoning en verlaat die vertrek.

"Hallo, Lana! Marco hier! Hoe gaan dit daar?"

"Sleg, dankie! Dis Terri," sê Lana. "Sy wil huis toe gaan. Sy sê hier is niks vir haar om te doen nie."

"Maar sy is veronderstel om haar oog oor die drie plaaswerkers te hou. Ek het vroeër vir haar gesê sy moet die perd laat opsaal en gaan kyk wat die drie werkers doen. Ek is seker sy kan hulle baie goeie raad gee . . . ."

"Terri kan nie Italiaans praat nie, Marco," herinner Lana hom. "Sy het 'n draai by hulle gemaak en sy sê sy kon nie eens lees watter soort bemesting hulle vir die wingerd en die olyfbome gebruik nie."

416

"Moet jou nie bekommer nie, Lana, ek sal wel vir haar iets vind om te doen."

"Ek hoop dit sal iets wees wat haar sal besig hou. Sy wil graag 'n hoender-en-vark-boerdery begin . . ."

"Wat! 'n Hoender-en-vark-boerdery?" roep Marco geskok uit. "Volstrek nie. Dit is buite die kwessie. Ek sal dit hoegenaamd nie toelaat nie – en jy kan dit maar vir haar sê."

"Ek is jammer dat jy so sterk daarteen gekant is, Marco," sê Lana teleurgesteld. "Ek verseker jou, dit is nog al wat Terri hier sal hou."

"Ek sal vir haar iets anders vind waarmee sy haar kan besig hou," belowe die graaf.

Toe sê hulle tot siens en lui af.

"Waarom lyk jy so omgekrap, Marco?" vra die ouer vrou toe hy hom weer by haar en Carla in die sitkamer aansluit. "Is daar al weer moeilikheid met Lana se jong suster?"

"Teresa wil nou 'n hoender-en-vark-boerdery begin," vertel hy met 'n grimmige trek op sy gesig.

"Ek kan glad nie verstaan waarom jy jou nog met haar bemoei nie, Marco," laat Carla met 'n ligte frons hoor. "Sy is 'n vreemdeling sonder 'n greintjie respek of agting vir ander. Waarom laat staan jy haar nie sodat sy kan teruggaan na haar eie land toe nie?"

"Nee, ek kan dit nie toelaat nie," keer die graaf met 'n besliste houding. "Sy moet hier bly waar ek my oog oor haar kan hou."

"Sy is natuurlik van die werkersklas, daarom dat sy so graag die plaaswerkers se werk wil doen," meen die ouer vrou.

Marco lag kortaf en gesteurd toe hy sy tante skerp aankyk en met 'n kil stem sê: "My liewe tante, jy weet self jy praat nou onsin. Het jy al ooit so 'n beeldskone, fyn meisie onder die werkersklas gesien? Teresa en Lana kom uit 'n baie goeie familie. Hul ma was 'n mediese dokter en hul pa 'n baie bekende advokaat. Teresa het maar net die verkeerde loopbaan gekies, en ek probeer om haar belangstelling in 'n ander rigting te lei."

'n Donker frons van jaloesie keep diep tussen Carla se swart wenkbroue. Sy skrik half toe sy Marco onverwags hoor sê: "Waarom frons jy so, Carla?"

417

"Ek dink maar net aan jou beskrywing van Lana se suster. Ek sien niks aan haar wat beeldskoon is nie. Lana is nogal aanvallig . . ."

"Dan is jy blind, of jy hou jou blind, want ek het nog nooit so 'n mooi meisie soos Teresa gesien nie. Sy is natuurlik 'n vurige klein parmant wat vir niks en niemand stuit nie. Maar sy straal 'n jeugdige frisheid uit soos 'n verkwikkende lentebries."

Carla en haar ma verwens Terri in hul enigheid omdat sy ooit 'n voet in Italië gesit het. Voor haar aankoms in Venesië het Carla gehoop om Marco se hart te wen. Maar noudat hy Terri gesien het, is hy meestal nie eens meer bewus van Carla en haar ma se bestaan in sy kasteel nie . . . en nou erken hy ook nog openlik dat Terri beeldskoon is, die mooiste meisie wat hy nog ooit gesien het – iets wat hy nie voorheen van 'n meisie gesê het nie.

Carla is egter nog vasbeslote om nie moed op te gee nie. Sy moet probeer om Terri teen Marco te beïnvloed . . . miskien voor haar skimp dat daar 'n verhouding tussen haar en Marco bestaan.

Marco se stem, toe hy aankondig dat dit tyd is om te gaan, maak meteens 'n einde aan Carla se ongelukkige gedagtes.

Ná Lana se telefoongesprek met die graaf bied Terri aan om die verwaarloosde visdammetjie voor die deur, wat half gevul is met grond, skoon te maak sodat Armando sy gunstelingvissies kan aanhou.

"Ek dink jy moet dit liewer nie doen nie, Terri," keer Lana besorg. "As Marco jou dit sien doen, kom klim hy weer in jou keel af."

"As dít jou enigste beswaar is, ousus, kan jy gerus daarvan vergeet," probeer Terri haar gerusstel. "Aangesien ek nou finaal besluit het om huis toe te gaan, kan hy maan toe vlieg."

"Maar gaan jy dan nog huis toe?" wil Lana weet. "Marco het gesê hy sal vir jou iets vind om te doen."

"Hy is so bekrompe, ek kan my voorstel watter soort werk dit sal wees," laat Terri met minagting hoor. "Maar ek gaan my glad nie aan hom steur nie. Gaan geniet jy en die kinders maar jul gewone middagslapie."

418

Geklee in haar ligblou oorpak, tuinhandskoene en 'n breë-randsonhoed, is Terri later so besig om grond en gras met 'n graaf uit die visdammetjie te verwyder, dat sy nie hoor toe die graaf se motor op die werf stilhou nie.

Sy ruk soos sy skrik toe die edelman skielik bars agter haar sê: "Jy kan hierdie gewerskaf gerus maar staak, Teresa. Dit lyk vir my asof ek my oog voortdurend oor jou sal moet hou."

Hy wil die graaf uit haar hande neem, maar Terri swaai dit weg en hou dit buite sy bereik. Haar gesig is stormagtig toe sy onthuts sê: "Ek neem geen bevele van jou nie, meneer die graaf. Jy het geen seggenskap oor my nie, is dit duidelik? Jy kan baas-speel oor jou familie en oor Lana, maar nie oor my nie –"

"Jy verstaan nie, Teresa," val hy haar grimmig in die rede. "Ek het hierdie visdam doelbewus met grond laat opvul, om-dat dit 'n gevaar inhou vir die driejarige Lisa. Sy kan in hierdie visdam verdrink, weet jy? Of is jy te behep met jou kennis van landbou om ander se veiligheid in ag te neem? Gee asseblief vir my die graaf."

Sy hou die graaf woordeloos na hom uit. Dan hoor sy hom weer sê: "Ek sal een van jul werkers aansê om die visdam weer op te vul . . ."

"Jy bedoel, my suster se plaaswerkers. Ek het niks met julle te doen nie, en hulle gaan my ook nie aan nie," antwoord sy vererg, terwyl sy op die kant van die visdam gaan sit.

"Ek het regtig gedink dat jy die strydbyl begrawe het, Te-resa," sê die man weer, terwyl hy haar ernstig aankyk. "In elk geval, hier is ander werk op die plaas wat jy kan doen, behalwe om lande te ploeg of 'n hoender-en-vark-boerdery aan die gang te –"

"Ek kan sowaar aan géén werk dink wat jou goedkeuring sal wegdra nie," val Terri hom met 'n stormagtige blik in die rede. "Maar laat ek, net interessantheidshalwe, hoor wat dit is."

"Jy kan 'n groentetuin beplan wat Manuel vir julle kan uitlê. Dit behoort jou 'n paar dae lank besig te hou," verduidelik die edelman.

"Vergeet dit, meneer die graaf," raai Terri hom teleurgesteld aan en klim flink uit die visdam. "Laat Manuel gerus maar sy eie beplanning doen. Ek beplan net dinge wat ek self tot stand kan bring. Manuel kan ook buitendien nie Engels lees of verstaan nie . . . Jy sal my nou moet verskoon sodat ek kan gaan bad en my aantrek. Ek besef nou jy is die baas van hierdie plaas, en nie my suster nie; ook dat jy my nooit sal toelaat om iets op hierdie plaas te doen nie. Dus sê ek dan maar tot siens, meneer die graaf."

Terri draai om en stap haastig van hom af weg, onbewus daarvan dat hy haar stil, peinsend agternastaar. Iets sê vir hom dat haar tot siens nie sommer net 'n gewone tot siens is nie. Hy kyk na sy polshorlosie en merk dat dit tyd is vir sy tante en Carla, wat in die motor vir hom wag, se gewone middagslapie.

Daar is 'n bekommerde uitdrukking op Marco se gelaat toe hy in die motor klim en wegry, want hy weet nie watse planne Terri nou in die mou voer nie. Hy kan ook nie by Lana gaan uitvis nie, want hy moet Carla en haar ma onverwyld tuis besorg. Hy weet ook nie waarom hy hulle oral met hom saamneem nie. As hy alleen was, kon hy Lana nou dadelik gaan spreek het.

Hy besluit om Carla en haar ma voortaan nie meer so dikwels met hom saam te neem nie. Maar dan tref dit hom dat dit Carla is wat altyd vra om saam te ry.

Nadat Terri gebad het, trek sy 'n swart langbroek, knalrooi bloes met 'n dun, swart gordel en swart plathakskoene aan. Sy het reeds besluit om Vivace, die pragtige perd, terug te neem na sy vorige eienaar, aangesien sy oor twee dae saam met 'n toergeselskap na Rome vertrek. Dit is nie prakties moontlik om die perd saam met haar na Suid-Afrika te neem nie.

Lana se huis en dié van Bella Vista is albei naby die grenslyn, gevolglik stap Terri sommer huis toe nadat sy die perd aan Nando se sorg toevertrou en verduidelik het dat sy oor twee dae vertrek en nie die graaf se perd met haar kan saamneem nie.

Lana is nie verbaas toe Terri haar later die middag van die graaf se besoek vertel nie en dat sy daarna die perd vir hom teruggeneem het, aangesien sy oor twee dae na Rome vertrek.

Daardie aand sit Lana en haar kleinsus tot laat en gesels oor

420

Terri se vertrek en haar planne vir die toekoms, en kom byna twaalfuur eers in die bed.

"Ek het weer oor jou vertrek nagedink, kleinsus, en ek is jammer dat jy nou terug wil gaan Suid-Afrika toe. Dit was aangenaam om jou hier by my en die kinders te hê. Maar ek verstaan dat jy jou eie heil wil uitwerk; daarom sal ek jou nie vra om te bly nie," laat Lana hoor toe Terri haar die volgende oggend klaarmaak om die stad vir oulaas te gaan besigtig.

"Ek sal mooi na jou motor kyk, ousus," belowe Terri toe sy die motordeur oopmaak en inklim.

"Ek weet jy sal," verseker Lana haar. "Geniet die dag, kleinsus."

Hulle sê tot siens en dan vertrek Terri.

Onderweg na Venesië dink sy aan die driedaagse bustoer wat by Padua, Verona, Milaan, Genoa, Bologna, Florence en Arezzo aandoen, onderweg na Rome. Dit is duidelik dat sy darem 'n groot deel van Italië sal sien voordat sy oor vier dae terugvlieg na Johannesburg. Sy moet net onthou om vir Linda van Rome af te skakel, sodat sy vir haar op die lughawe kan wag.

Terwyl Terri met 'n gondelier onderhandel om haar 'n paar van Venesië se kanale te gaan wys en haar daarna weer by die Piazzale Roma te besorg waar sy die motor gelaat het, skakel die graaf se plaasbestuurder om hom te verwittig dat Terri vir Vivace teruggebring het.

"Juffrou Massyn sê sy kan Vivace nie saam met haar na Suid-Afrika neem nie, daarom bring sy hom maar terug, my heer die graaf," verduidelik Nando. "Moet ek Vivace op stal hou, of moet ek haar in die kamp jaag?"

"Hou haar voorlopig op stal, Nando," beveel die edelman. "Dankie dat jy my geskakel het. Ek sal miskien later vandag, of môre, by Bella Vista aandoen."

Nando sê daar is 'n paar sake wat hy dan met die graaf wil bespreek. Toe lui hulle af, want hy kan aan die graaf se stem hoor dat hy nie in 'n luim is om minder ernstige probleme te bespreek nie.

Die graaf se oë smeul van verontwaardiging toe hy die gehoorbuis terugsit. Dan was hy tog in die kol, dink hy. Dan was haar tot siens in werklikheid vaarwel, en nie sommer net 'n gewone tot siens nie.

Hy sien Terri weer voor sy geestesoog soos sy die dag met Roberto se begrafnis gelyk het – fyn, vroulik en beeldskoon. Sy oë versag meteens, want hy weet nou helder en seker dat hy Terri bemin met 'n innigheid wat hy nog nooit vir iemand anders gevoel het nie. Hy het gister al geweet dat hy vir haar 'n spesiale aangetrokkenheid koester, maar hy kon nie sy gevoel vir haar toe al definieer as hierdie oorweldigende liefde nie . . . En nou wil sy hom sommerso stilletjies ontglip.

Daar speel 'n sweem van 'n glimlaggie om sy streng mond toe hy die telefoon nader trek en Lana se nommer skakel. Dit duur ook nie lank om alles uit Lana te kry nie – selfs die naam van die reisagentskap wat binnelandse toere reël.

"Waar is Teresa? Kan ek asseblief met haar praat, Lana?" vra Marco, nou met kommer in sy stem en 'n harde trek om sy mond. Want as hy Lana nie geskakel het nie, sou Terri die volgende dag vertrek het sonder dat hy dit eens geweet het.

"Terri is nie tuis nie, Marco," hoor hy Lana sê. "Sy is kort ná ontbyt met my motor hier weg om Venesië vir oulaas te gaan besigtig. Ek weet glad nie hoe laat sy tuis sal wees nie."

"Julle mense verbaas my werklik, Lana," sê die edelman met 'n onverbiddelike stem. "Hinder dit jou nie dat jou suster alleen en onbeskermd hier in die stad rondloop nie?"

"Ek en Terri het selfstandig grootgeword, Marco, en jy moet asseblief aanvaar –"

"Ek sal dit nooit aanvaar nie," val hy Lana verontwaardig in die rede. "Ek kom Teresa vanmiddag spreek, en sal intussen haar reis na Rome en Johannesburg kanselleer."

"Nee, moet dit asseblief nie doen nie, Marco," keer Lana dadelik. "My suster is bitter ongelukkig hier op Verde Valle. En as jy haar reis kanselleer, vrees ek sy gaan ryloop tot in Rome. Ek ken my sussie en ek verseker jou sy sal dit doen."

"Sy sal dit nie doen nie, want ek gaan dit vir haar die moeite werd maak om hier te bly . . ."

"Jy sal dit nie regkry nie, Marco," sê Lana bedaard. "Soos jy self weet, het al jou vorige pogings misluk. Jy is gans te nougeset om Terri die dinge te laat doen wat sy graag wil doen. Jy moet onthou, Terri is anders opgevoed as jou suster en jou niggie."

"Roberto was ook nougeset, maar jy het jou by ons gewoontes aangepas, Lana."

"Ek was met Roberto getroud," herinner Lana hom. "Al my belange was hier, my man en my kinders; ek móés my aanpas. Maar hier is niks wat Terri dwing om haar by jul gewoontes aan te pas nie, Marco."

"Ek kom Teresa vanmiddag spreek en ek belowe jou sy sal instem om by ons te bly. Jy sal sien," verseker hy haar.

Hulle gesels nog 'n rukkie en lui dan af.

Die dag is vir Terri 'n ware belewenis – die pragtige marmer van die Sint Markus-katedraal, die kolossale geboue propvol kunswerke, ou kastele waarvan baie tot hotelle omskep is, en die pragtige katedraal van Santa Maria della Salute.

Dit is lank ná die middagete toe die gondel grasieus met die Groot Kanaal langs, onder die Accademiabrug deur, verby die Palazzo Rezzonico vaar tot by die Piazzale Roma waar sy Lana se motor gelaat het.

Haar bloed begin weer dadelik kook toe sy die bemoeisieke graaf se motor voor Lana se deur opmerk. Sy besorg Lana se motor in die skuur en besef dan met verligting dat die graaf se besoek hierdie keer gelukkig niks met haar te doen het nie. Môreoggend vertrek sy en sal hom hopelik nooit weer sien nie.

"Ons was al bekommerd oor jou lang afwesigheid, Teresa," begroet die edelman haar met 'n gemoedelikheid wat Terri dadelik op haar hoede stel. Maar dan tref dit haar weer dat sy môreoggend vertrek en sy voel weer onmiddellik ontspanne.

"My suster ken my, meneer die graaf. Sy weet dat ek vir myself kan sorg en die een of ander tyd veilig tuis sal kom," lig sy hom ongeërg in, neem dan langs Lana op 'n rusbank plaas en steur haar nie verder aan hom nie.

Terri gesels rustig met Lana oor alles wat sy in Venesië gesien het en merk dus nie die geamuseerde uitdrukking in die graaf

423

se oë nie. Hy is terdeë daarvan bewus dat sy hom opsetlik ignoreer. Hy sal haar moet inlig dat hy haar reis gekanselleer het. Hy glimlag in sy enigheid by die gedagte wat hierdie aankondiging aan haar hoogs ontvlambare humeur gaan doen.

Marco wag ook net totdat Lana die klokkie vir namiddagtee lui, toe sê hy ewe uit die bloute: "Lana het my vertel dat jy reëlings getref het om ons môreoggend te verlaat, Teresa. Ek is bevrees ek het eie reg gebruik en daardie reëlings gekanselleer."

"Jy het wát gedoen?" roep Terri verbyster uit, nie seker of sy reg gehoor het nie.

"Ek het jou reis na Rome gekanselleer."

"En wie, as ek mag vra, het jou die reg gegee om my reëlings te kanselleer?" ontplof Terri bitter ontstoke, terwyl sy hom met 'n vernietigende blik meet. "Ek het nog altyd geweet jy is vermetel en aanmatigend, maar ek het nooit geweet jy is só vermetel nie."

Sy kom orent, draai na Lana en vervolg: "Skink maar solank vir my 'n koppie tee, ousus. Ek gaan net gou die reisagentskap bel om te sê dat hulle nie my reis moet kanselleer nie."

"Net 'n oomblik, asseblief, voordat jy die reisagentskap skakel, Teresa," keer die graaf. "Ek het 'n rede waarom ek jou reis gekanselleer het . . ."

"Ek kan aan geen rede dink wat jou die reg gee om my reis sonder my toestemming te kanselleer nie," sê Terri bitter verontwaardig.

"Sit, asseblief," sê die ellendige man ewe kalm en bedaard, asof sy hom nie pas vertel het presies wat sy van hom dink nie.

"Nou goed, ek sal sit," stem sy baie onwillig in en neem weer op die rusbank plaas. "Maar ek waarsku jou. Jou rede sal baie goed moet wees om jou aanmatigende optrede te regverdig."

"Ek doen nooit iets sonder goeie rede nie, Teresa," verseker hy haar. "Ek wil met jou gesels oor die hoenderboerdery wat jy in gedagte het . . ."

"Net gesels?" vra Terri snipperig.

"Wel, nee, ek is bereid om 'n paar toegewings te maak," verduidelik hy, steeds bedaard.

"Watse toegewings? Dat ek darem mag toekyk hoe my suster

se plaaswerkers die hoenderboerdery begin en dit tussen hulle drie behartig?"

"Jy vertrou my nie . . ."

"Jy het my nog geen rede gegee om jou in dié opsig te vertrou nie," wys Terri hom dadelik tereg. "Wat is die wonderlike toegewings waarvan jy praat, meneer die graaf?"

Terri kyk hom behoedsaam aan. Sy vertrou hierdie skielike mak houding van hom glad nie, want hy het nog altyd net fout gevind met alles wat sy wou doen.

Daar is 'n glimlag om die graaf se mond toe hy sê: "Ek het besluit dat jy 'n hoenderboerdery mag begin. Maar daar is 'n paar dinge wat ons môre kan bespreek – dinge in verband met die hokke, die aankoop van kuikens, ensovoorts. Maar ek weier beslis dat jy 'n enkele hoender slag . . ."

"My plan was nog nooit om geslagte hoenders te verkoop nie," help Terri hom vererg reg. "As jy hierdie saak vroeër met my bespreek het, sou jy lankal geweet het dat ek net lewende hoenders aan die hotelle en restaurante wil verkoop. Maar dit is net hoe jy is: keur alles af sonder om eens te hoor waaroor dit gaan . . ."

"Nou goed, as dit jou beter sal laat voel, vra ek jou nederig om verskoning omdat ek versuim het om dieper op die saak in te gaan," probeer hy haar kalmeer.

Maar die witkop voel nog steeds half vererg, want hy het haar siel darem al te veel versondig, daarom sit sy hom vir oulaas nog op sy plek: "Dit is nie 'n kwessie van verskoning nie, dit is die beginsel daarvan."

"Goed, goed, ek sal dit in die vervolg onthou," paai die graaf, uiterlik so mak soos 'n lam. Maar Lana, wat hom ken, weet dat dit alles skyn is net om Terri in 'n goeie luim te kry.

"Nou sê my net dit: Waarom wil jy die hoenderboerdery eers môre met my bespreek, en nie nou nie?" wil Terri agterdogtig weet.

"My sekretaris moet eers vasstel waar jy maand oue kuikens te koop sal kry, en waar jy oral afset sal vind vir lewende hoenders. My sekretaris sal hierdie dinge baie gouer kan vasstel as jy, Teresa."

Hy kyk na sy polshorlosie en kom dan orent. "Ek sal nou dadelik moet gaan as Alfredo vandag nog moet navraag doen oor kuikens en afsetgebied vir lewende hoenders."

Hy groet die twee vroue baie beleef en vertrek.

5

Terri voel dadelik gesteurd toe sy die sitkamer binnekom en merk dat die graaf se tante en niggie ook teenwoordig is. Sy gee nie om dat sy tante teenwoordig is nie, maar vir sy aanstootlike niggie het sy nie 'n druppel tyd nie. Sy verkies om haar liewer glad nie te sien nie. Haar tande is egter geslyp vir Carla en sy moet net een verkeerde woord sê, dan sal sy, Terri Massyn, haar presies vertel wat sy van haar dink.

Terri groet die drie gaste met 'n ongeërgde "Hallo!" Sy gaan sit op die punt van 'n rusbank, en is heimlik verbaas toe die graaf sy stoel verlaat en by haar op die rusbank kom sit.

"So, nou kan ons beter gesels," hoor sy die edelman bedaard sê. Hy vertel dat sy sekretaris 'n plaasboer gevind het wat kuikens verkoop en waar sy maand oue kuikens kan koop. Hy sal môre iemand stuur om die hokke vir haar te maak, want die hokke moet gedurende die wintermaande, wanneer dit sneeu, vanuit die plaaswerkers se kwartiere bereik kan word sonder dat hulle deur die sneeu hoef te loop.

"Maar ek wil nie só 'n groot boerdery aan die gang sit nie!" help Terri hom dadelik reg.

"Dankie vir niks," sê die edelman ongeërg langs haar. "Maar moenie dink ek gaan jou nou toelaat om ook met 'n klein varkboerdery te begin nie, Teresa, want ek weier dit beslis."

Terri is merkbaar teleurgestel toe sy gedwee sê: "O, nou goed. Maar ek moet sê dit is 'n jammerte, want daar is niks op aarde so lekker soos 'n bruingebraaide speenvarkie nie."

Die graaf kyk haar skerp, ondersoekend aan. Sy draai hom glad nie 'n rat voor die oë met daardie sedige uitdrukking op haar gesig nie. Maar hy kan darem ook nie help om te vra nie:

"Wil jy met varke boer, of net 'n klompie aanhou vir eie gebruik?"

"Wel, vir eie gebruik sal ook goed wees," sê Terri. "Hier is so baie afvalkos, groente en afgeroomde melk wat gemors word en wat die varke kan eet."

"Ek sal die man wat vir jou die hoenderhokke moet maak, aansê om ook vir jou 'n varkhok te maak. Dit is dan 'n belofte: ek sal kom proe hoe 'n bruingebraaide speenvark smaak wat jy self voorberei het."

"Dink jy ek jok vir jou?"wil Terri verontwaardig weet. "Vir jou inligting: ek maak nooit van leuens gebruik om my sin te kry nie, meneer die graaf."

"Ek het nie gesê jy vertel 'n leuen nie, Teresa. Trouens, ek was ernstig toe ek gesê het ek sal die gebraaide speenvark kom proe wat jy self voorberei het. In elk geval, ek sal kyk of ek vir jou 'n sog kan kry wat reeds gedek is."

Daar is 'n stralende glimlag op Terri se gelaat toe sy waarderend sê: "Dankie, meneer die graaf, ek sien jy is darem nie regtig so onaangenaam as wat jy jou altyd voordoen nie –"

"Wat sê jy?" val die edelman haar skerp in die rede.

"Nee, sommer niks. Ek het net hardop gedink," laat Terri ondeund hoor.

Die edelman meet haar met nougetrekte oë toe hy streng sê: "Jy flous my glad nie. Verstaan jy? Ek en jy gaan nog eendag 'n ernstige konfrontasie hê."

"Ek hoop dit is nog ver in die toekoms, graaf," antwoord Terri ondeund.

"Onthou net een ding baie goed, Teresa. Jy gaan nie altyd jou sin met my kry nie," waarsku Marco haar terwyl hy haar deurdringend aankyk.

Terri beskou hom nou peinsend, knik haar kop en sê ewe rustig: "Ek weet. Hierdie toegewing van jou was maar net 'n uitsondering."

"Dit is goed dat jy dit besef. Onthou dit net altyd," herinner hy haar. Hierna kom hy orent en kondig aan dat hulle moet gaan, aangesien sy sekretaris vandag nog vir Terri 'n varksog sal moet soek.

In die motor, ná hul vertrek, kan Carla slange vang van woede en jaloesie omdat Terri nog elke keer daarin geslaag het om haar sin met die onverbiddelike edelman te kry. Geen vrou het dit nog ooit reggekry om hom so om haar pinkie te draai soos daardie witkop-vuurvreter nie. Carla besef dat sy baie gou iets sal moet doen as sy eendag die gravin wil wees.

Die ouer vrou is stil en diep ingedagte, want ook sý is bewus van Marco se vreemde toegewendheid teenoor Teresa, wat vir hulle almal eintlik nog 'n vreemdeling is. As hy straks besluit om met Teresa te trou, dink die ouer vrou, sal sy en Carla moet teruggaan na haar seun en skoondogter, waar hulle nie soveel weelde sal geniet soos hier in Marco se kasteel nie.

Ook die graaf is stil en ingedagte. Hy wonder waar hy vir Terri die beloofde sog gaan vind. Hy hoop Alfredo sal weet. Ook die perd sal Nando vandag nog aan Teresa moet terugbesorg. Hy dink aan die pragtige, uitgesproke klein parmant, en hy voel hoe warm sy hart vir haar klop.

Ook Lana is verlore in haar gedagtes terwyl sy Terri, wat oor die werf stap, vanaf die voorstoep agternakyk. Sy besef dat die graaf nog nooit soveel verdraagsaamheid teenoor enigiemand getoon het nie. Hy het Terri feitlik nog in alles haar sin gegee. Maar sy sal Terri moet waarsku om hom nie te ver te dryf nie, want hy kan hard en onverbiddelik wees as dinge hom werklik nie geval nie.

Met hul tuiskoms stap die graaf dadelik na sy studeerkamer om Alfredo te skakel. Carla en haar ma gaan sit in laasgenoemde se private sitkamer, waar hulle ongehinderd oor die graaf se gevoel vir Terri kan bespiegel.

"Ons sal moet sorg dat Marco nooit met die witkop alleen is nie," stel die ouer vrou voor. "Intussen sal ek met Marco praat, dan reël ons 'n klein dinee vir Saterdagaand. Jy kan solank aan 'n hubare man dink wat ons kan nooi om aan Lana se suster voor te stel. Dit sal natuurlik 'n aantreklike, vermoënde man moet wees; iemand op wie Teresa verlief sal kan raak."

"Dit is nou regtig 'n briljante idee, Mamma!" roep Carla opgewonde uit. "Ek weet net wie ons aan haar kan voorstel: Leonardo Maranzano. Hy is 'n skatryk sakeman en ook aantreklik."

"Nou goed, ek sal Marco nog vanmiddag in dié verband spreek," belowe die ouer vrou, nou met 'n rustiger gemoed en 'n sprankie hoop. Dalk gaan hierdie weelde en gemak in die kasteel haar tog nie ontneem word nie.

Nadat die graaf alles telefonies afgehandel het, skakel hy Terri en vertel haar dat die man môre met die bou van die hokke sal begin, en dat Alfredo intussen navraag sal doen in verband met 'n sog. Hy vertel haar ook dat Vivace nog vandag aan haar terugbesorg sal word. Hierna lui die ghong vir middagete.

Die maal is byna reeds verstreke toe die ouer vrou versigtig sê: "Ek wonder of ek jou 'n guns mag vra, Marco?"

Die edelman kyk sy tante vlugtig aan en wil dan sonder veel belangstelling weet: "Wat wil tante vra?"

"Ek het net gewonder of ons nie 'n klein dinee vir Saterdagaand kan reël nie, 'n dinee vir ongeveer dertig gaste," verduidelik sy.

"Wie het tante almal in gedagte?" wil hy nou met meer belangstelling weet.

"Wel, ek het aan Adela en haar seun gedink, aan Lana en haar suster . . ."

"O, nou goed," stem hy in. "Ek sal dit later met die huishoudster bespreek."

"Dit is nie nodig dat jy die moeite doen nie, Marco," laat Carla met geveinste nederigheid hoor. "Ek kan dit ook maar met haar bespreek –"

"In my kasteel, en in al my ander wonings, gee net ek opdragte aan my werknemers, Carla, en niemand anders nie," val hy haar skerp in die rede, want hy het al van sy huishoudster gehoor dat sy haar met die huishouding probeer inmeng. "Die dag wanneer ek in die huwelik tree, sal dit my vrou se voorreg wees. Maar tot dan laat ek niemand toe om hom of haar met my huishouding in te meng nie."

Carla bloos bloedrooi van woede en verleentheid oor Marco se skerp teregwysing. Sy besluit ook terstond om haar in die vervolg liewer uit sy sake te hou en haar ook nie meer met sy huishouding te bemoei nie. Sy huishoudster het hom bepaald vertel dat hulle al twee keer lelik gebots het omdat sy haar beveel het om strenger teenoor die binnemeisies op te tree – 'n bevel wat sy geïgnoreer het.

Carla neem haar egter voor om die huidige huishoudster dadelik in die pad te steek die dag wanneer sy die gravin De Castellano word.

"Ek sal alles met my huishoudster reël," sê Marco. "Jy kan intussen jou gastelys vir my sekretaris gee, tante. Hy sal die uitnodigings self hanteer."

Carla voel nog bitter ontstoke toe sy haar ná die ete in haar slaapkamer gaan terugtrek. Sy kan nie begryp waarom alles vir haar deesdae so skeefloop nie. Sy was so seker dat sy Marco se liefde sou wen . . . totdat Lana se suster haar opwagting hier in Venesië gemaak het. Met haar, Carla, vind hy sedertdien net fout, terwyl hy daardie voorbarige klein parmant toelaat om hom om haar pinkie te draai – en dan dink hy boonop sy is die mooiste mens wat leef!

Wel, sy wat Carla is, gaan seker maak dat Leonardo die klein vuurvreter Saterdagaand raaksien. En soos sy Leonardo ken, sal hy haar dadelik vir homself opeis, indien sy hom geval. Haar broer het haar juis vertel dat Leonardo nou ernstig vrou soek. As sy keuse dus op die astrante witkop val, sal sy weer 'n goeie kans hê om Marco se liefde te wen.

Terri is net besig om Vivace in die stal te versorg, toe Lana in die staldeur verskyn met die graaf se uitnodigingskaartjie in die hand.

"Ek hoop jy het 'n deftige aandrok in jou klerekas, kleinsus," praat Lana van die stal se deur af en hou die kaartjie na Terri uit.

"Ek het twee aandrokke saamgebring, maar ek weet nie of hulle deftig genoeg is vir die graaf se dinee nie," sê Terri nadat sy die uitnodiging gelees het en die kaartjie weer vir Lana gee. "Jy moet maar eers kyk of een van die twee geskik sal wees vir so 'n deftige okkasie, voordat jy die uitnodiging namens my aanvaar, ousus."

"Ek sal nou dadelik gaan kyk," antwoord Lana, "want as nie een van die twee geskik is nie, sal ons môre vir jou 'n nuwe rok moet gaan koop."

"Nie óns nie, ék, ousus," help Terri haar reg. "Ek het darem 'n klompie ekstra geld saamgebring vir 'n noodgeval. Ek kan dus my eie rok koop as ek een nodig het."

"Nou goed, ek kom jou aanstons sê of jy 'n nuwe skepping nodig sal hê."

Hierna stap Lana haastig in die rigting van die huis en Terri gaan voort om Vivace te roskam totdat sy blink.

Terri is net klaar, toe Lana weer haar verskyning by die stal maak en van die staldeur af sê: "Ek het toe na jou aandrokke gaan kyk, kleinsus. Albei is pragtig. Ek hou natuurlik meer van jou swart kantrok. Maar aangesien ek en al die ouer vroue in swart geklee sal wees, stel ek voor dat jy die silwerkleurige een dra met toebehore van dieselfde kleur. Ek sal van my diamant-juwele vir jou leen om by daardie pragtige skepping te dra."

"Dankie vir jou aanbod," sê Terri gemoedelik, "maar ek pronk nie graag met geleende goed nie, ousus. Ek sal liewer my pêrels dra. Hulle is darem eg en nie goedkoop namaaksels nie."

"O, nou goed, dra dan maar jou pêrels, my selfstandige klein-sus," sê Lana met 'n hartseer glimlaggie. "Sonder diamante sal jy Saterdagaand nog steeds die mooiste onder die skones wees."

"Nee, wag 'n bietjie," keer Terri. "Ek koester geen planne om met enigiemand te wedywer nie. Dit is in elk geval 'n dinee, nie 'n skoonheidskompetisie nie. Al wat ek aan my voorkoms sal verander, is my hare, wat ek vir die geleentheid by 'n haar-salon sal laat opkam."

"Jou hare golf en krul so pragtig, ek dink jy moet dit liewer los soos dit is, Terri," sê Lana versigtig. Sy het al gemerk dat die graaf sy oë kwalik van Terri se weelderige hare kan afhou. Dit is duidelik dat hy ook hou van Terri se hare wat so natuurlik tot op haar skouers golf en krul.

"Wel, as jy so dink, ousus," sê Terri en maak die stal se on-derdeur sorgvuldig toe, "sal ek my hare dan maar laat los hang, soos gewoonlik."

Hulle gesels oor die dinee en bespiegel oor die gaste wat genooi is, terwyl hulle in die rigting van die huis stap. Terri besef dat sy net genoeg tyd het om te bad en haar te verklee voordat die klokkie vir middagete sal lui.

Terri dink die hele week nie weer een keer aan die graaf se dinee in sy kasteel nie. Bedags hou sy haar oog oor die bou van die hokke, en soggens ry sy gewoonlik ver ente met die pronkerige Vivace.

Terwyl sy haar Saterdagaand aantrek en gereed maak vir die dinee, wonder sy of haar tafelmaat darem Engels sal kan verstaan. Sy hoop so, anders sal hulle vingertaal moet praat en dit is vir haar net so vreemd soos Italiaans.

"Jy lyk soos 'n feëprinses, my sussie," kom dit eerlik en opreg van Lana toe Terri die sitkamer met natuurlike grasie binnestap. Sy hang 'n deftige stola met lang, silwer fraiings om haar smal skouers en dan is sy gereed om te vertrek.

Lana en Terri word deur die graaf se butler, wat in swart en wit geklee is, by die hoofingang ontvang. 'n Ander helper neem hul stolas en aandsakkies, dan word hulle deur die butler na die luisterryke ontvangsvertrek geneem waar hul aankoms formeel aangekondig word en waar hul gasheer hulle persoonlik welkom heet.

"Ek is bly om te sien dat jy darem nie weer 'n uitweg kon vind om my uitnodiging van die hand te wys nie, Teresa," sê die graaf so sag dat net sy kan hoor wat hy sê. Lana is reeds besig om die gaste te groet, aangesien sy almal goed ken.

"Ek versin nooit 'n uitweg nie, meneer die graaf," sê Terri ewe sag. "Maar laat ek jou dít sê: jou kasteel is onbeskryflik mooi."

Die edelman se gelaat helder dadelik op en selfs om sy streng mond speel daar nou 'n sagte glimlag toe hy weer sê: "Dit is vir my inderdaad verblydend om te hoor dat jy darem van my castello hou, Teresa. Laat my toe om die gaste aan jou voor te stel."

Hy neem Terri se arm en stel haar aan al die gaste voor wat sy nog nie ken nie. Daarna lei hy haar na die knus rusbankie toe waarop Lana sit.

Die ontslape Roberto se tante en neef is ook onder die gaste, en Terri is bly dat daar darem 'n paar bekendes is.

Lana en Terri was die laaste gaste om op te daag. Nadat Terri dus gaan sit het, word die gaste met 'n aptytwekker bedien.

Vanaand is dit nie net die graaf wat sy oë nie van Terri kan afhou nie, maar ook die gesiene Leonardo en Lana se neef, Mario.

Carla en haar ma voel heimlik in hul skik toe hulle merk dat Leonardo baie duidelik aangetrokke voel tot die blonde Teresa.

Terri, salig onbewus van Carla en haar ma se komplot, geniet Leonardo se besadigde geselskap. Later aan tafel sit sy tussen Leonardo en Mario. Lana sit aan die graaf se linkerkant en Carla aan sy regterkant, die plek wat gewoonlik aan 'n geëerde gas toegesê word.

Carla gesels onderhoudend met die graaf om sy aandag te hou, maar sy blik dwaal gedurig na Terri en dikwels hoor hy nie eens wat Carla sê nie. Sy is egter terdeë bewus hiervan, al laat sy dit nie blyk nie. Diep binne-in haar brand dit van jaloesie teenoor die pragtige Terri.

Marco voel gesteurd omdat die sprankelende Teresa tussen Mario en Leonardo sit. Sý moes vanaand die eregas aan sy regterkant gewees het, nie Carla nie. Maar hy sal later van sy huishoudster verneem wie oor die gaste se plekke aan tafel besluit het en waarom sy hom nie in die saak geraadpleeg het nie. Hy het egter 'n idee wie daarvoor verantwoordelik is . . . en waarom. Carla en haar ma se aspirasies is lankal nie meer vir hom 'n geheim nie.

Ná die ete, terwyl die vroue in die ontvangsvertrek koffie drink, en die mans 'n sigaret saam met hul koffie in die eetkamer geniet, nooi die graaf Leonardo om nader te sit, aangesien hy 'n vertroulike saak met hom wil bespreek.

Carla straal behoorlik toe die vername mevrou De Spino by haar kom sit en met 'n betekenisvolle glimlaggie sê: "Ek sien jy is nog steeds die graaf se geëerde gas, mevrou Albereto. Ons sien uit na die dag wanneer hier weer 'n gravin in die kasteel sal wees."

433

Die binnekoms van die mans dwing die vrou om by haar man te gaan sit. Dit is ook al wat verhoed dat Carla haar 'n misleidende antwoord gee wat 'n wanindruk kan wek.

Carla se geluk is egter van korte duur. Tot haar ontsteltenis kom sit Leonardo langs haar en neem haar aandag die res van die aand in beslag. Marco plaas weer vir hom 'n stoel langs Terri s'n en bly die res van die aand aan haar sy.

Hierdie doelbewuste optrede van die graaf laat etlike wenkbroue vraend lig, en selfs mevrou De Spino is nou nie meer so seker of Carla wel die toekomstige gravin gaan wees nie. Maar dit laat haar nogtans wonder waarom die pragtige juffrou Massyn dan nie vanaand aan tafel op die ereplek aan die graaf se regterkant gesit het nie . . . of het Carla dit opsetlik so gereël?

Baie van die edelman se vriende is bewus van Carla en haar ma se aspirasies. Maar hulle was ook onder die indruk dat Carla se gevoel vir Marco wederkerig is, al het hy dit nog nooit laat blyk nie.

Dat die graaf op die oomblik 'n baie gelukkige man is, is so opvallend dat almal dit kan sien. Selfs Lana het hom nog nooit so gelukkig en tevrede gesien nie, en dit laat ook Terri heimlik wonder wat oor sy lewer geloop het dat hy vanaand so tevrede met homself lyk.

Net Carla en haar ma voel glad nie gelukkig met die verloop van sake nie. Leonardo was veronderstel om op Terri verlief te raak, en nou draai hy die hele aand om Carla. Hulle is albei oortuig daarvan dat Marco daarvoor verantwoordelik is, want Leonardo sal nooit so vrypostig wees om sonder toestemming langs die gasheer se niggie te kom sit nie.

Carla se ma is so bitter teleurgesteld omdat hul plan geboemerang het dat sy kort daarna verskoning maak en gaan slaap. Terri luister weer met soveel aandag terwyl die graaf haar die kasteel se geskiedenis vertel dat sy nie eens daarvan bewus is dat die ouer vrou gaan slaap het nie.

Terri kom vanaand die eerste keer agter dat die graaf 'n baie interessante man en bedagsame gasheer kan wees as hy wil. Dit is die eerste keer dat sy die edelman se geselskap werklik geniet. Sy is ook daarvan bewus dat hy vanaand buitengewoon aantreklik lyk in sy wit dineebaadjie wat sy swart hare sterk beklemtoon. Ja, hy is inderdaad die aantreklikste man wat sy ken. Dit is net jammer dat hy soms so dwars is, want dan laat hy haar gewoonlik voel asof sy hom op die plek kan verongeluk. Maar vanaand is hy baie aangenaam en sy geniet sy geselskap.

Die aand gaan vir die edelman gans te gou om. Dit is die eerste keer dat hy Terri in so 'n vriendelike gemoedstemming sien, want met hom was sy gewoonlik onvriendelik en soms selfs aggressief. Hy neem 'n vaste besluit om die skone Teresa, sy blom van Venesië, van nou af altyd in hierdie vriendelike stemming te probeer hou. Hy weet nie of hy altyd daarin sal slaag nie, maar hy gaan tog probeer.

Terri en Lana is die laaste gaste wat vertrek. Die graaf vergesel hulle tot by sy private gondel en help hulle eiehandig om in te klim. Hierna gee hy 'n paar ernstige opdragte aan sy gondelier en wens die twee vroue dan 'n aangename nagrus toe.

Carla slaak byna hoorbaar 'n sug van verligting toe Lana en Terri vertrek. Sy is uiters bekommerd en haastig om met Marco oor Leonardo te praat. Sy gaan wag vir hom by die kasteel se hoofingang, sodat hy haar nie straks sal ontglip en gaan slaap nie.

"Waarom het jy nog nie gaan slaap nie, Carla?" wil Marco effens gesteurd weet toe hy haar by die hoofingang aantref.

"Ek het vir jou gewag, Marco. Daar is iets wat ek met jou moet bespreek," verduidelik sy ernstig en merkbaar bekommerd.

"Kan dit nie wag tot môre nie?" Hy kyk haar aan met 'n ligte frons wat enigiets kan beteken.

Carla skud egter haar kop heftig.

"Dit is dringend, Marco. Ek moet jou vanaand spreek," hou sy vol.

"O, nou goed, kom dan na my studeerkamer toe," stel hy ongeduldig voor en wag dat sy vooruit moet loop. Hy het glad nie vanaand lus om na ander se probleme te luister nie. Hy wou vanaand sy eie hartsake bepeins het.

In sy studeerkamer nooi hy haar kortaf om te sit. Hy neem self ook plaas en wag dat sy hom moet vertel wat haar pla.

"Dit is oor Leonardo wat ek met jou wil praat," begin Carla, nou duidelik bekommerd. "Ek hoop nie jy het huweliksplanne vir my en Leonardo in gedagte nie, Marco."

Hy kyk haar met opgeligte wenkbroue aan, wat haar ongemaklik laat voel.

"Ek was beslis onder die indruk dat jy 'n diep gevoel van toegeneentheid vir hom koester; waarom anders het jy en my tante hom dan na vanaand se dinee genooi?" wil hy reguit en op die man af weet.

Carla bloos bloedrooi toe sy opvallend ongemaklik sê: "Wel, eintlik het ons hom genooi as tafelmaat vir juffrou Massyn –"

"Vir Teresa?" val hy haar onthuts in die rede.

"Wel, vir Lana of . . ."

Die edelman meet haar met 'n ongenaakbare blik wat haar weer opnuut laat bloos. Ook sy stem is onverbiddelik toe hy sê: "Nóg jy nóg my tante nooi ooit weer 'n maat vir Teresa of Lana. Hulle is mý verantwoordelikheid en ek sal dit nie duld dat jy óf my tante mans aan hulle probeer afsmeer nie. Is dit duidelik?"

Carla knik verleë. Maar die edelman gaan meedoënloos voort: "Ek het Leonardo reeds toestemming gegee om jou die hof te maak. Jy en my tante kan dus jul aandag begin toespits op 'n toekoms vir jou saam met Leonardo."

Carla is bleek tot aan haar lippe toe sy openlik geskok sê: "Ek wil Leonardo nie hê nie, Marco, en –"

"Daar skort hoegenaamd niks met hom nie," val hy Carla met 'n frons in die rede. "Hy is 'n gegoede man en kom uit 'n baie goeie familie. Dit is buitendien tyd dat jy weer trou, Carla. En onthou altyd: as twee en dertigjarige weduwee kan jy dit nie bekostig om kieskeurig te wees nie. Ek raai jou dus aan om met Leonardo te trou."

"Dit is nie vir my wat hy wil hê nie, Marco. Dit is vir juffrou Massyn . . ." probeer Carla nogeens om Terri uit haar pad te kry.

Maar die edelman verongeluk terstond al haar en haar ma se planne toe hy haar baie ernstig verseker: "Onsin, hy kan Teresa nie kry nie. Ek het hom toestemming gegee om jóú die hof te

436

maak. En nou moet jy my asseblief verskoon. Ek verwag 'n oproep om te hoor of Teresa-hulle veilig tuisgekom het. Goeie-nag, Carla!"

Haat en jaloesie skroei deur Carla toe sy die studeerkamer verlaat. Marco het vanaand duidelik aan almal getoon waar sy geneentheid lê. Maar sy gaan haar droom baie beslis nie ná een mislukte poging prysgee nie. Sy het nog 'n troefkaart om te speel, en daarmee moet sy die blonde indringer vir goed uit-skakel.

Carla is egter nie die enigste wat bekommerd is oor die feit dat die graaf vanaand so openlik getoon het waar sy hart lê nie. Lana voel self ook diep bekommerd, maar om 'n ander rede. Haar kommer gaan oor Terri wat soos klei in die hande van die wêreldwyse edelman sal wees. Hy sal haar vorm soos wat hy haar wil hê, en benewens dit alles is sy so onskuldig en so onbekend met die gewoontes van die land se edellui dat sy nie eens weet waarom hy vanaand ná die ete elke oomblik aan haar sy gebly het nie.

Lana weet nie of sy Terri moet waarsku dat die graaf absolute gehoorsaamheid en onderdanigheid van sy vrou sal eis nie en dat sy twee keer moet dink voordat sy 'n verhouding met hom aanknoop. Maar sy besluit om voorlopig liewer stil te bly. Sy wil Terri nie bevooroordeeld instel teencor die man nie, maar die een of ander tyd sal sy haar tog moet inlig.

Op aandrang van Carla tree haar ma die volgende oggend nog voor ontbyt telefonies met Leonardo in verbinding om aan hom te verduidelik dat die graaf onwetend 'n fout begaan het toe hy hom toestemming gegee het om Carla die hof te maak. Sy verduidelik aan Leonardo dat Carla se broer reeds vir haar 'n toekomstige lewensmaat gekies het en sy is bly toe Leonardo sê hy verstaan.

Die graaf se plaasbestuurder op Bella Vista skakel hom 'n week ná die dinee om te sê dat juffrou Massyn se vark- en hoen-derhokke voltooi is. Hy het ook gehoor van 'n boer wat varke verkoop. Maar aangesien juffrou Massyn so 'n ruim kennis van diere het, moet sy liewer self vir haar 'n sog gaan uitsoek. Die man verkoop ook sy swart kuikens goedkoper as die ander boere.

"Dankie, Nando," bedank die graaf hom beleef. "Ek sal die boer aanstons bel en juffrou Massyn dan neem om vir haar 'n sog te gaan uitsoek. Miskien hou sy ook van die man se kuikens."

Ná sy telefoongesprek met Nando maak hy kontak met die boer en daarna met Terri.

"Ek hoop die voltooide hokke is na jou sin, Teresa," laat hy gemoedelik hoor.

"O, ja, hulle is baie netjies gemaak," deel sy hom mee. "Ek moet nou net die vark en kuikens kry."

"Dit is eintlik waarom ek jou gebel het, om te sê dat ek jou môreoggend na 'n boer sal neem waar jy vir jou 'n sog kan uitsoek. En as jy in swart Australop-kuikens belangstel, kan jy dit ook by hom kry."

"Dankie, meneer die graaf. Hoe laat moet ek jou môreoggend verwag?" wil Terri in 'n opgewekte stemming weet – 'n opgewektheid wat die edelman se oor nie ontgaan nie en wat hom tevrede laat glimlag.

"Ek sal kort ná ontbyt by jou wees, Teresa," belowe hy.

Hierna sê hulle tot siens en lui af.

Carla se ma, wat verby die oop deur van die graaf se studeerkamer loop, hoor hoe hy reël om môreoggend ná ontbyt by Terri te wees. Sy besluit om dadelik vir Carla te vertel, sodat sy kan reël om môreoggend saam met hom te ry.

Soos die ouer vrou en Carla beplan het, ry hulle die volgende oggend saam met Marco toe hy na Lana se plaas vertrek. Maar tot albei se teleurstelling laai hy hulle op Bella Vista af en kondig aan dat hy Terri nou eers na 'n plaasboer moet neem sodat sy vir haar 'n vark kan gaan uitsoek en sommer ook die man se kuikens kan deurkyk.

"Mag ek maar saamry, Marco?" vra Carla met 'n stroopsoet stem.

Die edelman kyk haar met opgetrekte wenkbroue aan toe

438

hy sê-vra: "Ek het nie geweet jy stel in varke en kuikens belang nie, Carla?"

"Ek stel net in hulle belang wanneer hulle in die een of ander vorm opgedis word," sê sy met 'n vertroulike glimlag. "Maar ek wil graag saamry vir die genot van die uitstappie."

Carla bly in die motor sit toe die graaf later voor Lana se huis stilhou, waar laasgenoemde en Terri op die koel voorstoep sit.

Terri, geklee in 'n vrolike, geblomde rok, kom dadelik orent toe die graaf voor die deur stilhou en uitklim. Sy sê vir Lana tot siens en draf onverwyld na die motor, waar die graaf nou die deur vir haar oopmaak om langs Carla in te klim.

Terri is nie verbaas toe sy Carla in die motor opmerk nie. Maar as die graaf dink sy gaan langs sy afstootlike niggie sit, wag daar vir hom 'n verrassing.

Terri groet die edelman vriendelik, ignoreer sy niggie en die deur wat hy vir haar oophou en verklaar ongeërg, terwyl sy die agterste deur van die motor oopmaak: "Ek sal liewer agter sit, dankie."

"Voor is genoeg plek vir drie mense," sê hy geduldig, terwyl hy die deur nog steeds vir haar oophou.

Terri vervies haar op die plek omdat hy so aanhou en nou gee sy ook nie 'n flenter om of hy en sy niggie hulle vir haar vererg nie. Met haar ken trots in die lug en oë wat kwaai glim, sê sy: "Jy behoort al te weet dat ek en jou niggie allergies is vir mekaar, meneer die graaf. Net een van ons kan voor sit, nie albei nie."

Hierop klim Terri agter in die voertuig en steur haar nie verder aan die edelman en sy niggie nie. Hy weet seker nou dat dit nutteloos is om sy afstootlike niggie se teenwoordigheid op haar af te dwing! En as hy nie daarvan hou nie, kan hy in sy peetjie vlieg met sy niggie, die vark, die kuikens en al!

Tot Terri se grootste verbasing verskyn daar 'n glimlag om die edelman se mond toe hy die motordeur langs Carla toeklap, by Terri se deur kom staan en met 'n vreemde blinkheid in sy oë deur die oop venster vra: "Sal ek Carla aansê om agter te sit, Teresa?"

Carla byt op haar tande van woede. Vir haar sal dit die groot-

439

ste vernedering van haar lewe wees as Marco haar nou moet vra om agter te gaan sit, sodat hierdie klein vuurvreter voor by hom kan kom sit. Sy het trouens nooit daaraan gedink dat hy haar dalk mag vra om agter te gaan sit nie.

Maar dan hoor sy Terri sê: "So simpel is ek nog lank nie om so iets van jou te verwag nie, meneer die graaf. Trouens, ek sit heeltemal gemaklik, dankie. Ons kan maar ry as jy gereed is."

Carla bly weer in die motor sit toe Terri en die graaf na die boer se varke en kuikens gaan kyk. Terri hou van die boer se swart hoenders en plaas 'n bestelling vir maand oue kuikens. Daarna kies sy 'n sog en ondersoek die dier vlugtig om seker te maak dat sy heeltemal gesond is.

Die graaf beklink die koop en laat weet die boer dat sy plaas-bestuurder die diere daardie middag sal kom haal.

Later in die motor, onderweg huis toe, merk Terri terloops op: "Dink jy nie ook die boer se skape lyk pragtig nie, meneer die graaf?"

"Moenie vir my sê jy wil nou met skape ook boer nie, Teresa! Ek kan glad nie verstaan waarom jy jou nie ook met vroulike dinge kan besig hou soos jou suster nie," reageer die edelman ietwat onvergenoeg.

Maar Terri gee hom nie kans om meer te sê nie.

"Ag, nee, jy hamer tog nie weer op daardie noot nie, meneer die graaf," keer sy dadelik. "Jy moet Suid-Afrika toe gaan en gaan kyk hoeveel vrouestudente daar aan die landboukollege studeer."

"Ek gee nie 'n flenter om wat die mense in Suid-Afrika doen nie!" kap die edelman verontwaardig terug. "Jy is nou in Ita-lië."

"Dit sê niks nie," verdedig Teresa haar standpunt. "Ek bly steeds 'n Suid-Afrikaner. Ek sal dit ook waardeer as jy nou sal ophou pruttel oor die loopbaan wat ek gekies –"

"Teresa, ek gaan dit nie langer duld dat jy so oneerbiedig met my praat nie," val hy haar onthuts in die rede.

"Nou ja, hou dan op om jou ewig met mý sake in te meng!" wys sy hom nou self ook vererg tereg.

"Ek dink signorina Massyn is uiters ongemanierd om so

oneerbiedig met haar meerdere te praat," laat Carla van haar hoor.

"Wel, laat ek jou dít vertel, mevrou Albereto: jou maniere is nog swakker, want jy steek jou lelike, lang neus nou in sake wat jou glad nie aangaan nie," voeg Terri haar woedend toe. Sy tik die graaf liggies op die skouer en vra hom om 'n oomblik stil te hou.

Die edelman wonder waarom hy moet stilhou. Hy hoop nie die klein rissie wil Carla te lyf gaan nie, want sy sal beslis die slegste daarvan afkom: Carla is baie langer as sy. Maar hy voldoen nogtans aan haar wens, vasbeslote om nie 'n bakleiery in die motor toe te laat nie.

Terri wag net totdat die voertuig staan, toe klim sy haastig uit en gaan staan langs die graaf se oop venster. Haar oë glim van woede toe sy vir die edelman sê: "Ek beskou nie jou óf jou vermetele niggie as my meerdere nie, meneer die graaf. Maar aangesien júlle so dink, sal dit beter wees dat ek liewer nie verder saam met julle ry nie. Dankie vir jou hulp met die aankoop van die vark en die kuikens. Tot siens, meneer die graaf."

Terri wil net wegstap, toe sy die edelman self ook grimmig hoor sê: "Klim terug in die motor, Teresa!"

Terri draai haar rug op hom en sy niggie en stap driftig aan in die rigting van Lana se landgoed wat reeds in sig is.

Die graaf klim haastig uit die voertuig en sê woedend aan Carla: "Neem die motor huis toe. Ek en jy sal later gesels."

Hy sit Terri met lang treë agterna en haal haar gou in.

Maar die blondekop is ontstoke en wil dadelik weet: "Wat wil jy nou weer hê? Waarom ry jy nie saam met jou ongeskikte niggie nie? Jy is net so onwelkom by my soos wat ek by jou en jou niggie is –"

"Bly liewer stil, Teresa. Jy weet jy praat nou onsin," val hy haar skerp in die rede.

Hierna swyg Terri soos die graf en in stilte bereik hulle later haar tuiste. Lana is ongelukkig nie tuis nie, dus besluit die graaf dat hy eers na die nuwe hokke wil kyk voordat hy gaan. Die huishoudster bied hom 'n koppie tee aan, maar hy wys dit vriendelik van die hand.

Nadat die graaf die hokke deurgekyk het, sê Terri, nog steeds stroef: "Jy kan met die perd huis toe ry, meneer die graaf."

Hy bedank haar ewe kortaf en in stilte stap hulle na die stal toe.

Terri begin ook sommer dadelik om die perd op te saal. Maar die graaf neem die saal uit haar hande en sê dat hy dit self kan doen.

Hierna neem Terri die toom, sit die stang in die perd se bek en sê deur stywe lippe: "Aangesien jy 'n edelman en my meerdere is, moet jy my liewer toelaat om die perd vir jou op te saal, meneer die graaf."

Hy maak die buikgord vas, kom orent en kyk haar deurdringend aan toe hy haar streng teregwys: "Jy gaan nog eendag my geduld, tot jou eie nadeel, té ver beproef, Teresa."

"Moenie vrees nie, dit sal nooit gebeur nie, meneer die graaf," voeg Terri hom kil en met 'n geslote gesig toe. "As ek vroeër geweet het dat jy en jou familie julle as my meerdere beskou, sou ek lankal wye draaie geloop het om uit jul pad te bly."

Sy wag nie om te hoor wat die edelman hierop te sê het nie, maar draai om en stap huis toe, onbewus van die peinsende uitdrukking in sy oë terwyl hy haar stil agternastaar. Die een oomblik voel hy lus om haar te skud omdat sy haar aan Carla se onsinnige uitlatings steur; die volgende oomblik voel hy weer bitter spyt oor hierdie woordewisseling wat, soos dit vir hom lyk, ernstige afmetings aanneem en haar van hom kan vervreem. Hy was net besig om haar vriendskap en vertroue te wen . . . en nou hierdie terugslag wat haar weer ligjare ver van hom verwyder het.

Dit gaan 'n stryd wees om haar vriendskap en vertroue terug te wen. Maar dit sal hom niks baat om daaroor te staan en tob nie. Hy moet huis toe gaan en gaan afreken met Carla, wat weer uit haar beurt gepraat het.

6

Toe Carla alleen by Bella Vista se herehuis opdaag, wil haar ma dadelik weet wat van Marco geword het dat sy nou alleen daar aankom. Gevolglik moes Carla haar inlig oor die argument wat in die motor ontstaan het en dat Marco saam met Terri na Verde Valle gestap het.

"Marco het gesê hy sal later met my gesels," vul Carla met 'n stem vol wrewel aan. "Hy gaan my natuurlik uittrap – en dit nadat ek sy kant in hul woordewisseling gekies het. Verbeel jou, sy sê ek het 'n lelike, lang neus!"

"Jy moes jou nooit met hul gestry ingemeng het nie," wys haar ma haar bestrawwend tereg. "Marco het niemand se steun nodig nie en jy weet tog al hoe partydig hy vir juffrou Massyn is."

Die diensmeisie het pas die dienwaentjie met die teegerei binnegestoot en die ouer vrou is nog besig om vir hulle tee te skink, toe Marco die sitkamer binnestap. Hy skink vir hom 'n drankie, en dit is vir albei vroue baie duidelik dat hy woedend is.

Carla is egter die eerste wat praat toe hy gaan sit en haar met 'n kil blik aankyk.

"Ek weet ek het vroeër vanoggend verkeerd opgetree, Marco, en ek vra om verskoning," sê sy uiterlik nederig, maar binne-in haar kook dit van opstand en jaloesie.

"Dit is jammer dat jy jou onbeskoftheid so laat besef het," werp hy met 'n ysige stem toe. "Maar wat jy in die vervolg baie goed moet onthou en in jou kop moet kry, Carla, is dat my adellike afkoms vir Teresa absoluut van geen betekenis is nie. En as dit mý nie hinder nie, waarom pla dit jou?"

Hy meet Carla met 'n onverbiddelike blik en toe sy niks sê nie, gaan hy ewe streng voort: "Nog iets. Jy hou jou voortaan uit my en Teresa se woordewisselings. Verstaan jy? Dit is vandag die laaste keer dat ek met jou daaroor gaan praat. Jy gedra jou en hou jou beledigings vir jouself, of anders neem ek jou en tante Francesca onmiddellik terug na jou broer toe."

Ná hierdie ernstige teregwysing en waarskuwing verlaat die

graaf die weelderige vertrek om sy plaasbestuurder te gaan spreek oor Teresa se diere wat gehaal moet word en haar perd wat iemand moet terugneem. Carla voel asof sy in die aarde kan wegsink, want Marco het haar nog nooit so hard aangespreek nie.

Lana en die kinders kom kort voor die middagete tuis. Terri is nog in 'n dwars luim en dit dryf Lana om te vra of sy en Marco weer gestry het.

"Jy stel dit sagkens, ousus," sê Terri nadat die diensmeisie die kinders na hul onderskeie kamers geneem het om hande te was en hare te kam voordat hulle vir middagete aansit.

"Ek en die graaf het 'n herrie van 'n stryery gehad en ek wil hom en sy ongemanierde niggie nooit weer sien nie. Ek moes uit die staanspoor uit hul pad gebly en hulle soos die pes vermy het. Maar dit is nog nie te laat nie. Van nou af wil ek met hulle niks te doen hê nie en ek sal sorg dat ons paaie nooit weer kruis nie."

"Jy het my nog nie vertel waaroor jul geskil gegaan het nie, Terri," herinner Lana haar, merkbaar ontsteld.

Terri vertel haar wat gebeur het. Daarna maak die kinders hul verskyning in die sitkamer en dan lui die klokkie vir middagete.

Lana besluit om die graaf ná die ete te bel en verskoning te vra as haar suster miskien iemand beledig het. Maar dit is die edelman wat háár ná die ete bel en verskoning vra omdat sy niggie so beledigend was teenoor Terri.

"Ja, dit is inderdaad jammer dat so iets gebeur het," sê Lana bedaard. "Terri het my baie ernstig verseker dat sy niks meer met jou en Carla te doen wil hê nie, Marco. Sy gaan glo voortaan sorg dat jul paaie nooit weer kruis nie. Ek vertel jou hierdie dinge maar net sodat jy haar nie weer by jou uitnodigings moet insluit nie . . ."

"Nee, wag 'n bietjie," keer hy haastig. "Ek is glad nie van plan om sake te laat soos wat dit op die oomblik is nie, Lana. Ek gee Teresa maar net kans dat haar humeur 'n bietjie afkoel. Ek sal volstrek nie toelaat dat Carla se kortsigtigheid 'n einde aan my en Teresa se vriendskap maak nie. Ek sal sorg dat Carla haar om verskoning vra."

Hulle gesels 'n rukkie oor sake aangaande die boedel en lui dan af.

Lana voel baie beter noudat sy met Marco gepraat het. Sy hoop nou net Terri hou haar nie halsstarrig wanneer hy Carla bring om haar om verskoning te vra nie.

Terri is die volgende week baie bedrywig met die kuikens en die sog, wat die twee kinders uit die staanspoor Sara gedoop het. Volgens die boer by wie hulle Sara gekoop het, behoort haar kleintjies oor twee maande hul verskyning te maak – 'n gebeurtenis waarna selfs Armando en Lisa, wat nog nooit 'n klein varkie gesien het nie, gretig uitsien. Intussen is almal – Lana, die kinders, die binnemeisie en die huishoudster – besig om Terri Italiaans te leer. Saans sit sy pal met 'n woordeboek, en bedags kry sy mondelinge lesse.

Twee weke nadat Terri haar boerdery begin het, kry sy, Lana en die kinders 'n uitnodiging van tante Adela om die volgende dag, 'n Sondag, saam met haar en Mario deur te bring.

Die kinders is nie juis opgewonde oor die uitstappie nie, want dit beteken dat hulle feitlik die hele dag van die kuikens af weg sal wees. Maar Lana en Terri sien uit na die kuiertjie by tante Adela en Mario. Venesië met sy kanale, sierlike brûe en waterverkeer sal vir Terri altyd 'n aardigheid bly.

Sondag ná die middagete, terwyl Lana, die kinders en tante Adela hul gebruiklike Sondagmiddag-siësta geniet, gaan wys Mario vir Terri waar Armando se skool is, die stad se mark en 'n baie bekende teater waarin baie van die wêreld se beste operasangers al opgetree het.

Later die middag stel Mario voor dat hulle in 'n restaurant op die Sint Markusplein gaan tee drink.

"Ek het al voorheen hier kom tee drink," sê Terri toe hulle oor die plein stap in die rigting van die restaurant.

"Buona sera, Teresa . . . Mario!" hoor Terri die baie bekende stem van die graaf skielik agter hulle. As sy alleen was, sou sy gemaak het asof sy hom nie hoor nie en aangestap het.

445

Maar ook Mario, soos al die inwoners van Venesië, koester groot respek en agting vir die edelman; daarom bly hy dadelik staan om die graaf en Leonardo Maranzano, wat saam met die graaf is, eers te groet.

Mario, wat met Leonardo gesels, is onbewus van die geslote uitdrukking op Terri se gelaat toe die graaf bedaard sê, terwyl sy donker blik ondersoekend oor haar warm gesiggie dwaal: "Ek het nie geweet jy is vandag in die stad nie, Teresa."

"Lana en die kinders is ook by die hotel," stel Terri hom kortaf en met stywe lippe in kennis.

"Was jy en Mario op 'n besigtigingstoer, signorina Massyn?" hoor sy Leonardo vra.

Haar gesig versag onmiddellik toe sy hom aankyk en met 'n vriendelike glimlaggie sê: "Ek is al sewe weke in Italië en ek het nog nie eens die helfte van Venesië gesien nie –"

"Dit is jou eie skuld dat jy nog so min van ons pragtige stad gesien het," val die graaf haar in die rede. "As jy Lana se boerdery in die hande van 'n bekwame bestuurder wou laat, kon ek jou lankal die stad kom wys het." Hy draai na Mario. "Waarheen was julle onderweg, my vriend?"

"Ons wou in een van die restaurante kom tee drink het," verduidelik Mario beleef.

"Aangesien dit ook ons bestemming is," sê die graaf, "nooi ek julle om saam met ons te kom tee drink."

"Ek dink ons moet liewer teruggaan hotel toe, Mario . . ." begin Terri met 'n trek van ontevredenheid om haar mond en op haar hele gesig.

Maar die graaf is nie hiermee gedien nie. Hy het Terri twee weke kans gegee om oor haar grimmigheid te kom, en nou het dit tyd geword dat hulle gesels en dat Carla haar om verskoning vra vir haar belediging.

"Waarom die skielike haas, Teresa? Ek dag julle wou kom tee drink?" Die edelman kyk haar so deurdringend aan dat Terri haar blik met 'n ligte frons voor syne laat sak.

"Ons kan gerus maar eers iets saam met Marco en Leonardo gaan drink, Teresa," hoor sy Mario sê. "Lana en my ma rus bepaald nog. Daar is dus geen rede vir haas nie."

"O, nou maar goed, laat ons dan maar gaan," stem Terri baie onwillig in. Sy ignoreer die graaf openlik deur 'n geselsie met Leonardo aan te knoop.

Hierdie optrede van Terri laat die edelman heimlik glimlag. Dit is vir hom baie duidelik dat sy nog die herrie in is vir hom. Maar hy is ook vasbeslote om die vrede tussen hulle te herstel. Noudat sy haar sin met die hoenderboerdery gekry het, is dit tyd dat sy hom beter leer ken.

Terri is egter so intens bewus van die edelman se teenwoordigheid aan haar sy, terwyl hulle in die rigting van die restaurant beweeg, dat haar geselsie met Leonardo sommer gou opdroog.

"Ek wil eerskomende naweek vir ons 'n uitstappie na Verona reël, Teresa," hoor sy die edelman vertroulik sê. "Ek dink jy sal van ons beroemde stad Verona hou. Ek het ook 'n landgoed naby Verona, waar ons die naweek kan deurbring."

"Ek sal die uitstappie eers met my suster moet bespreek . . ."

"Ek sal dit self met Lana bespreek, Teresa. Sorg jy maar net dat jy gereed is wanneer ons Saterdagoggend vertrek," antwoord die vermetele edelman, kompleet asof sy reeds ingestem het om hulle na Verona te vergesel. As hulle alleen was, sou sy hom presies vertel het wat sy van hom dink!

Maar hulle is nie alleen nie, daarom sê sy sag, kortaf en met 'n geslote gesig: "Ek vrees ek sal nie aan jul uitstappie kan deelneem nie."

Die edelman frons liggies. Hulle stap die restaurant binne en by die eerste onbesette tafel hou hy 'n stoel uit en nooi haar om te sit. Hy neem langs haar plaas en wil dan weet wat sy verkies om te drink.

Nadat almal bedien is, hervat die graaf sy gesprek van flussies met Terri, terwyl Mario en Leonardo aspekte van die hotelbedryf bespreek.

"Aangesien ek die uitstappie uitsluitlik om jou onthalwe reël, Teresa, sal ek graag wil weet waarom jy nie daaraan kan deelneem nie," wil die graaf met onversteurbare kalmte weet. Hy het die aand met sy dinee besluit om haar altyd in 'n vriendelike stemming te hou en hy het hom die afgelope twee weke oor en oor verwens omdat hy daardie goeie voorneme verbreek het.

447

Hy het daarna eers regtig besef hoe diep die pragtige, en soms opstandige, Teresa al in sy hart gekruip het. Hy sien nie kans om haar te verloor nie, en het reeds besluit om met alle mag te veg om haar liefde te wen.

"Ek sou dink jy behoort te weet waarom ek weier om aan jou uitstappie deel te neem, meneer die graaf," maak Terri se stem ineens 'n einde aan sy gedagtes.

Hy kyk haar etlike sekondes lank met nougetrekte oë aan en sê dan sag: "Nee, ek weet nie, Teresa, en ek gaan ook nie raai nie. Vertel my dus maar wat jou rede is; miskien kan ek jou bedenkinge uit die weg ruim."

"Daar is niks wat jy uit die weg kan ruim nie, meneer die graaf," sê Terri effens bleek. Hierdie man en sy niggie het haar twee weke gelede veels te diep seergemaak. "Ek pas net nie by julle adellikes in nie en daarom verkies ek dat julle my met rus laat . . ."

"Wat bedoel jy dat jy nie by ons adellikes inpas nie?" Hy merk aan die trekkie om haar mond en in haar oë dat sy diep seer voel, al laat sy dit nie met woord óf gebaar blyk nie.

"Nou goed, as jy die waarheid wil weet, sal ek jou vertel," sê Terri, merkbaar bleek. "Ek pas nie by julle adellikes in nie, want om mee te begin, verstaan ek julle glad nie. Julle is nie soos ons gewone mense nie. As ek my standpunt verdedig en jou vra om jou uit my sake te hou, is ek nie net oneerbiedig nie, maar ook ongemanierd. Tog is dit niks as een van julle mý beledig nie. Ek is mos nie uit jul adelstand nie, dus maak dit ook nie saak nie.

"In elk geval, ek het twee weke gelede al besluit dat ek liewer niks met julle, my meerderes, te doen wil hê nie, meneer die graaf. Dankie vir die vrugtesap; maar nou moet jy my asseblief verskoon."

Terri staan van die stoel af op en draai na Mario, wat nog druk in gesprek met Leonardo verkeer.

"Ek gaan nou, Mario. Gesels julle maar, ek sal self regkom, ek weet mos darem al waar die hotel is . . ."

"Moenie bekommerd wees nie, ek sal Teresa veilig by die hotel besorg, Mario," sê die graaf ongeërg. Hy neem Terri se arm, gaan betaal die rekening by die toonbank en lei haar dan na buite.

"Ek sal self my weg na die hotel vind, meneer die graaf," stribbel Terri dadelik teë toe hulle buite is.

"Ek weet, maar ek wil met jou oor my niggie praat . . ."

"Verskoon my, maar ek stel glad nie in jou niggie belang nie."

"Ek weet hoe jy oor ons albei voel, Teresa," verseker hy haar, "en ek wil jou sommer nou om verskoning vra omdat ek my humeur met jou verloor het. Jy het gelyk, jy verstaan my nie. Jy sal nooit verstaan wat dit aan my doen om jou soos 'n plaaswerker te sien swoeg en sweet nie. Maar ek gaan nooit weer oor jou loopbaan neul nie. Ek vra jou om verskoning vir my aandeel aan daardie argument. Ek sal Carla môre plaas toe bring sodat sy jou ook om verskoning kan vra vir haar beledigende aantyging."

"Nou goed, ek aanvaar jou verskoning, meneer die graaf. Maar ek wil jou net dít sê: Ek het nie 'n druppel tyd vir jou niggie nie en ek sal altyd 'n afkeer van haar hê. Ek weet nie wat ek haar aangedoen het nie, want sy het sommer met ons eerste ontmoeting laat blyk dat sy niks van my hou nie. Wel, ek hou nog minder van haar . . ."

"Ek verstaan, piccina," sê hy glimlaggend. "Maar ek glo nie Carla sal jou ooit weer te na kom nie, nie ná die skrobbering wat ek haar gegee het nie."

Lana, die kinders en tante Adela het reeds middagete geniet toe Terri en die graaf by die hotel opdaag. Hulle word dadelik iets te drinke aangebied, wat albei van die hand wys.

Die graaf is nog besig om die uitstappie na Verona met Lana te bespreek, toe maak Mario en Leonardo ook hul opwagting by die hotel. Hierna vertoef Lana-hulle nie lank nie, toe groet en vertrek hulle. Die graaf vergesel hulle tot by Lana se motor. En met die belofte dat hy hulle môre sal besoek, neem hy van hulle afskeid.

Met hul tuiskoms wil Terri dadelik van Lana weet waarom die graaf na Verona verwys het as 'n beroemde stad.

"Dit is die stad waar Romeo en Juliet gewoon het," verduidelik Lana, bly dat die vrede tussen Terri en die graaf weer herstel is. "Ek het eenkeer deur die plek gery en ek dink jy sal dit alles baie interessant vind."

"Ek sal Verona graag wil besigtig," erken Terri. "Maar ek voel glad nie lus om 'n hele naweek op die graaf se landgoed deur te bring nie, want sy afstootlike niggie sal natuurlik ook daar wees. Hy sê darem hy glo nie sy sal my ooit weer te na kom nie, ná die skrobbering wat hy haar gegee het."

Die graaf hou woord en bring Carla die volgende oggend om Terri om verskoning te vra omdat sy gesê het die witkop is ongemanierd en oneerbiedig. Maar net hy, Carla en haar ma weet dat hy gedreig het om Carla tuis te laat wanneer hy, Terri, Lana, die kinders en sy tante vir die naweek na Verona vertrek, indien sy aanhou weier om Terri om verskoning te vra.

Nadat Carla vir Terri baie bot en innerlik ontstoke om verskoning gevra het, ignoreer sy die jonger meisie asof sy glad nie bestaan nie. Hieraan steur Terri haar egter nie, want dit pas haar pragtig. Nou hoef sy nie met Carla te gesels nie. Maar toe die graaf vir Terri vra om die kuikens vir hom te gaan wys, wil Carla dadelik van Terri weet of sy mag saamgaan.

Lana kan nie help om onderlangs te glimlag nie toe hulle saam met haar kleinsus in die rigting van die hoenderhokke stap. Dit tref haar weer dat Carla so jaloers is op die pragtige blonde Terri dat sy Marco nie 'n oomblik alleen saam met haar gun nie. Sy wonder of Carla ooit weet dat Terri en Marco gister die ganse middag in mekaar se geselskap deurgebring het.

Lana wonder nou met kommer of die naweekuitstappie na Verona 'n goeie ding is. Sy is baie lief vir haar kleinsus en sal dit nie verdra as Carla haar probeer seermaak met haar sieklike jaloesie nie. Maar dan dink sy weer aan Terri se vurige humeur en uitgesprokenheid, en dit tref haar dat Carla voortaan lig sal loop vir haar kleinsus, wat niemand toelaat om haar te intimideer nie.

"Die kuikens lyk vir my baie gesond, Teresa," sê die edelman gemoedelik toe hulle na die varkhok toe stap.

"Dis waar, hulle is baie gesond," stem Terri saam en gaan

450

glimlaggend voort toe hulle langs Sara se hok staan: "Sara – dit is nou die sog – lyk net so gelukkig en gesond. Trouens, Armando en Lisa kan nie meer wag dat die klein varkies hul verskyning moet maak nie."

"En ek," sê die graaf, terwyl hy diep in Terri se sagte oë kyk, "kan nie meer wag vir daardie bruingebraaide speenvarkie wat jy self gaan voorberei nie, piccina."

"Hou maar net moed, meneer die graaf," sê Terri met 'n sagte laggie. "Dit sal nou nie meer lank wees nie, dan eet jy die lekkerste speenvarkie wat jy nog ooit geproe het."

"Maar het ek nie eendag gehoor dat jy glad nie kan kook nie?" Hy kyk Terri gemaak beskuldigend aan.

Terri se blou oë lag hom ondeund uit toe sy sê: "O, maar ek is besig om te leer, meneer die graaf. Ek kan al 'n skaflike lasagne, fettuccine en hoender cacciatore maak. Signora Maria is 'n baie bekwame leermeester."

"Ek dink jy moet liewer wegbly uit signora Maria se kombuis, Teresa. Netnou verongeluk jy daardie pragtige vingertjies met haar skerp vleismes. Laat sy jou liewer leer brei of kunsnaaldwerk doen," stel die edelman ernstig voor.

"Terri is ook besig om Italiaans te leer," vertel Lana, voordat Terri haar weer vir die man kan vererg.

Die graaf kyk die jong meisie verras aan en sê met 'n bly glimlaggie: "En jy meld nie eens 'n woord daarvan nie. Ons het gister heelmiddag saam deurgebring, en ek hoor nou eers dat die mooiste meisie in die hele Italië my taal aanleer."

"Dink jy nie dit is al tyd om te ry nie, Marco?" maak Carla opsetlik 'n einde aan sy en Terri se gesprek. Sy het nie eens geweet dat hulle gistermiddag saam deurgebring het nie. Maar nou weet sy ten minste waarom hy sedert gistermiddag so kortaf met haar is en haar selfs gedwing het om hierdie blonde indringer om verskoning te kom vra.

Marco kyk na sy polshorlosie en dan weer na Carla toe hy ongeërg sê: "As jy haastig is, moet jy maar die motor neem en huis toe gaan, Carla." Hy hou die motorsleutels na haar uit.

Carla besef meteens dat sy 'n fout begaan het om Marco, in 'n vlaag van jaloesie, aan te jaag. Nou sal sy die sleutels móét

451

neem en huis toe gaan, anders sal sy moet verduidelik waarom sy hom aangepor het. Sy neem die sleutels, maar verwens haar omdat sy altyd uit haar beurt praat.

Ná Carla se vertrek geniet Marco eers 'n glasie ligte wyn saam met Lana en Terri, wat tee drink. Daarna gaan wys Terri hom die groentetuin wat sy agter die huis aangelê het.

"Ek sien jy was die afgelope paar weke baie bedrywig, my klein duifie."

Terri bloos liggies toe sy dink aan al die troetelname waarmee hy haar al van gister af aanspreek. Dit was baie kortsigtig van hom om in Carla se teenwoordigheid na haar te verwys as die mooiste meisie in die hele Italië. Geen wonder sy was skielik so haastig dat hulle moes vertrek nie. As hy so aangaan, sal Carla hom nog na sy peetjie stuur en dalk weier om met hom te trou.

Die graaf is bewus van die blos op Terri se wange. Hy weet ook wat die rede daarvoor is, al laat sy niks blyk nie. Hy het reeds gister besluit om Terri stadigaan bewus te maak van sy gevoel vir haar. En dit is juis met die oog op 'n nadere kennismaking vir hulle albei dat hy die naweekuitstappie na Verona gereël het. Hy is van plan om die naweek vir haar so aangenaam moontlik te maak, en haar ook die geleentheid te gee om hóm beter te leer ken.

"Ja, ek was die afgelope paar weke nogal taamlik besig," sê Terri ongeërg, asof sy nie pas tot in haar nek gebloos het nie. "Ek het signora Maria se kruietuin uitgebrei en ook die verwaarloosde blomtuin opgeknap. Dit is net jammer hier is nie 'n swembad nie. Ek verstaan Armando en Lisa kan nie eens swem nie."

"Ek weet van iemand in die stad wat kinders leer swem," vertel die graaf. "Laat hulle maar eers leer swem. Teen daardie tyd sal Roberto se boedel afgehandel wees en kan Lana self vir haar 'n swembad laat bou. Intussen kan julle gerus Bella Vista se swembad gebruik. Ek sal dit voor my vertrek aan Lana ook noem."

Hierna stap hulle huis toe. Hulle is ook net tuis, toe 'n dringende telefoonoproep die graaf na sy kasteel ontbied.

"Wel, sodra ons terug is van Verona, kan ons elke middag in Bella Vista se swembad gaan ontspan, totdat ons weer ons eie swembad het," merk Lana gemoedelik op. Sy wou nog die kinders se swemlesse met Terri bespreek, maar dan lui die klokkie en hulle moet gaan aansit vir middagete.

Die volgende vier dae verstryk vir Terri gans te gou, en dan moet sy Sara en die kuikens in die plaaswerkers se sorg laat en haar tas vir die naweek pak.

Lana is, soos gewoonlik, in swart geklee, maar Terri het 'n ligblou rok van kreukeltrae stof en wit bybehore aan toe die graaf se lang, luukse motor Saterdagoggend voor Lana se deur stilhou om hulle op te laai.

Terri merk dadelik dat Carla, soos gewoonlik, voor langs die bestuurder sit en haar ma agter.

"Teresa, jy kan ook voor sit," stel die graaf voor nadat 'n diensmeisie die twee susters se bagasie in die motor se bagasiebak gelaai het.

"Die kinders sal dit meer geniet om voor te sit, meneer die graaf," sê Terri, wat geen sinnigheid koester om langs haar aartsvyand te sit nie. Sy het nou wel Carla se verskoning aanvaar, maar hulle sal nooit vriende kan wees nie.

"In daardie geval sit ek liewer agter en kan signorina Massyn voor by die kinders sit," besluit Carla met 'n frons.

"Nou goed, gaan sit agter, dan kan Teresa en die kinders voor by my sit. Lisa sal in elk geval gelukkiger wees by Teresa as by jou, Carla," laat die graaf sonder erg hoor.

"Zio Marco, mag ons altyd hier voor by jou en zia Terri sit?" vra Lisa met haar beminlike stemmetjie, hier waar sy die wêreld heerlik sit en bekyk vanaf Terri se skoot.

"Jy en Armando mag altyd voor by my en zia Teresa ry, angela mia," verseker die graaf haar met 'n glimlag sonder om sy blik van die pad af te neem.

Binne-in Carla brand dit van verontwaardiging oor Lisa se voorbarigheid om so iets van Marco te vra. Sy kon die twee kinders nog nooit duld nie. Maar sy besef dat sy haar mond sal moet hou, want Marco is lief vir die twee kinders wie se pa immers familie van hom was. Sy sal dit ook nie waag om haar Lana se gramskap op die hals te haal nie, want Lana sal nie skroom om by Marco te gaan kla nie.

Carla besef dat sy Lisa en Armando hierdie naweek sal moet duld, of sy nou daarvan hou of nie.

Onderweg na Verona vertel die graaf vir Terri van sy landgoed buite die stad waar hy net olywe kweek.

"Jy skyn baie plase te hê, meneer die graaf," laat Terri vriendelik hoor.

"Nie baie nie, net twee plase en die eiland, piccina," sê hy rustig en ontspanne. "Ek het etlike sakeondernemings in Rome en Milaan, en ook 'n villa in Rome. Maar my setel is in Venesië waar my castello is. Ek sal jou nog eendag gaan wys hoe Rome lyk. Dit is 'n stad wat 'n mens nooit vergeet nie. My jonger broer, Reno, woon saam met my ma en my suster in Rome in die castello Gasperus wat hy van ons oupa aan moederskant geërf het. Reno het ook sy titel geërf . . ."

Die graaf vertel haar van sy twee en dertigjarige broer, wat 'n baron is, en sy vyf en twintigjarige suster, Nina de Castellano, wat 'n regsgeleerde is en in Rome as prokureur praktiseer. Terri wil hom eers daarvan beskuldig dat sy eie suster dan ook die "mans se wêreld" betree het, maar besluit dan om liewer die vrede te bewaar.

Hulle hou later die oggend voor 'n restaurant in Verona stil vir tee en verversings. Carla klim haastig uit en sorg dat sy aan Marco se sy bly. Maar tot haar ergernis neem hy in die restaurant tussen Terri en Armando plaas en bepaal sy aandag uitsluitlik by Terri.

Carla het een keer Marco se aandag probeer trek en Terri uit die geselskap probeer sluit deur van mense te praat wat net aan hom, Lana en haar ma bekend is, maar Marco het so onder Carla se gesprek deur na Terri gedraai en haar ewe gemoedelik vertel wie die mense is van wie sy niggie praat. Daarna het sy Terri nie weer uit die geselskap probeer sluit nie en moes sy gedwee toekyk hoe Marco sy aandag tussen Terri en die vyfjarige Armando verdeel.

Hulle kom 'n uur voor middagete op die graaf se landgoed

met sy groot, drieverdieping-herehuis aan. Terri se slaapkamer is langs Lana en Lisa s'n, op die tweede verdieping. Albei slaapkamers bied 'n wye uitsig oor die immergroen olyfbome en berge wat mistig en blou in die verte lê.

Terri was haar gesig en hande, grimeer haar gesig en kam haar hare. Toe is sy gereed om af te gaan vir middagete. Sy klop saggies aan Lana se kamerdeur en is bly toe sy haar suster nog in die kamer aantref. Die huis en almal is vir haar nog vreemd, daarom verkies sy om liewer nie alleen ondertoe te gaan nie.

Lana was Lisa se handjies en ná 'n rukkie sluit hulle hulle by die gasheer in die ontvangsvertrek aan. 'n Diensmeisie neem Lisa na 'n kleiner eetkamer, waar Armando reeds op haar wag vir middagete.

Ná die ete, terwyl hulle in die ontvangsvertrek met koffie bedien word, sê die graaf dat hulle aanstons na Verona sal vertrek, waar hulle die res van die middag 'n paar besienswaardighede kan besigtig.

"Ek dink Teresa sal graag wil sien waar Romeo en Juliet gewoon het," vul hy aan.

"Julle sal my asseblief moet verskoon, Marco," kom dit van die ouer vrou. "Ek sien eerlikwaar nie kans om in hierdie warm son te gaan rondloop nie. Ek sal maar liewer gaan rus."

Die twee kinders het ná die ete twee swaaie ontdek en besluit om ook tuis te bly en liewer op die swaaie te ry.

Lana en Terri het albei gemaklike plathakskoene aangetrek voordat hulle na Verona vertrek het, maar Carla het haar hoëhakskoene aangehou, bang dat dit afbreuk sou doen aan haar deftige voorkoms.

Hul eerste besoek is aan Juliet se huis. Dit is in 'n binnehof, weg van Via Cappello af. Die huis dateer van die dertiende eeu. Dit is gebou van stene en gekapte klip, met die beroemde balkon nog in 'n redelike toestand. Daar is 'n oulike beeldjie van Juliet en 'n plaat teen die muur wat die balkontoneel beskryf. Daar is ook koptelefone vir die gebruik van toeriste, met behulp waarvan hulle die verhaal van Juliet en Romeo in byna enige taal kan hoor. Maar aangesien almal die storie ken, maak die graaf en sy groepie nie van die koptelefone gebruik nie.

"Dit is alles pragtig en dit voer 'n mens so ver terug in die verlede," sê Terri, onbewus van die graaf wat langs haar kom staan het.

"Ja, dit is alles baie mooi," hoor sy hom langs haar sê. "Maar ek is bevrees Romeo se huis het nie in so 'n mooi toestand behoue gebly nie."

Terri spreek haar spyt hieroor uit en dan stap hulle tydsaam verder, deur 'n geboogde gang in Via delle Arche Scaligere. Sy dink nog aan Juliet se huis, toe wys die graaf na 'n bouvallige huis in 'n hoek en vertel dat dít Romeo se huis is.

Die huis is van donker stene gebou met verwaarloosde vensterhortjies. Teen die muur is ook 'n plaat met 'n aanhaling uit die toneelstuk, maar toeriste word nie toegelaat om binne te gaan nie, omdat die plek in so 'n swak toestand is.

"Ek het nooit geweet dat Romeo en Juliet se huise ná al die eeue nog bestaan nie," laat Terri met verwondering hoor.

Carla, wat effens agter geraak het met haar hoëhakskoene, kom staan langs die graaf en ignoreer Terri en Lana asof hulle glad nie bestaan nie. Haar voete pyn van die ver ent wat hulle al gestap het en sy verwens haar omdat sy nie ook gemaklike skoene aangetrek het nie.

Die graaf gaan wys vir hulle nog 'n paar besienswaardighede, daarna die arena en die groot Romeinse amfiteater wat in die hart van die stad geleë is.

Die edelman betaal die toegangsgeld by die kaartjieskantoor, en dan loop hulle in 'n geboogde gang langs, met treetjies wat lei na ry op ry sitplekke, terwyl die graaf sy niggie met haar hoëhakskoene elke keer moet bystaan.

Hulle klim tot heel bo, waar hulle 'n pragtige uitsig het oor die stad. Hier staan hulle die stad 'n lang ruk en beskou, terwyl die graaf etlike belangrike plekke vir hulle uitwys. Toe klim hulle weer af na die arena en moet die graaf sy niggie weer voortdurend bystaan. By die laaste treetjie swik Carla se voet. Sy trap skeef en verstuit haar enkel.

"Ek sal graag wil weet waarom jy nie ook plathakskoene kon aantrek soos Lana en Teresa nie," sê die graaf half vererg, want sy het hulle die hele middag nog opgehou en 'n las van haarself

456

gemaak met haar onmoontlike skoene wat glad nie vir stap en trappe klim bedoel is nie.

Carla maak met 'n bewerige stem verskoning vir haar lompheid. Sy besef dat Marco kwaad is, dus bly sy liewer stil.

Twee toeriste wat die massiewe kliptrap vanuit die arena bekyk, snel die graaf te hulp. Hulle dra Carla half tot buite voor die arena, waar hulle wag terwyl die graaf die motor gaan haal.

Die twee mans help Carla om in die motor te klim, terwyl die edelman die agterste deur vir haar oophou. Marco bedank die twee toeriste, staan 'n rukkie met hulle en gesels, dan groet en vertrek die twee vreemdelinge.

Met Carla veilig agter in die motor, nooi Marco vir Terri en Lana om voor by hom te sit.

"Ek sal julle twee môre die res van Verona se besienswaardighede kom wys," belowe Marco toe hulle voor die arena wegry.

Carla verwens haar die soveelste keer omdat sy nie ook gemaklike skoene aangetrek het nie. Sy wou selfs op hierdie verkenningstog deftig lyk vir Marco, en nou sal sy moet tuisbly wanneer hy môre vir Lana en Terri die res van Verona kom wys.

Tuis ontbied Marco 'n paar diensmeisies om Carla uit die motor te help en na haar slaapkamer te neem. Terri bied aan om na haar aartsvyand se beseerde voet te kyk, maar Carla wys haar aanbod van die hand en sê sy verkies dat 'n mediese dokter haar voet behandel.

Die jonger meisie trek haar skouertjies ongeërg op en steur haar nie verder aan Carla nie wat nou, vergesel van 'n besorgde ma, na haar slaapkamer geneem word.

Terwyl Terri en Lana 'n koue stortbad neem en verklee, ontbied die graaf 'n dokter om na Carla se beseerde enkel om te sien. Die dokter stel egter voor dat Carla liewer na 'n hospitaal geneem word vir x-straalfoto's, ingeval haar enkel dalk gebreek is.

Marco vertrek dadelik met die beseerde meisie en haar ma na die hospitaal. Gelukkig is Carla se enkel net erg verstuit en hulle is kort voor sononder weer tuis.

Lana, Terri en die kinders ontspan op die grasperk voor die deur toe die graaf se motor voor sy herehuis stilhou. Hy help sy tante om uit die voertuig te klim en sluit hom dan by Terri-hulle aan terwyl twee binnemeisies Carla uit die motor help en na haar slaapkamer neem.

Marco sit vir hom 'n stoel langs Terri s'n en neem met ge-noegdoening langs haar plaas. Hy vra beleef verskoning omdat hy haar en Lana die res van die middag aan hulself moes oor-laat om Carla na die hospitaal toe te neem. Hy belowe egter om die volgende dag daarvoor te vergoed.

Maar die volgende oggend sien Lana nie kans vir nog 'n tog deur Verona nie.

"Ek is nie meer gewoond aan sulke strawwe oefening nie," verklaar sy aan die ontbyttafel. "Ek is skoon styf van gister se stap en trappe klim. Jy en Terri sal my regtig vandag moet ver-skoon, Marco."

"Jy is verskoon, as dit is hoe jy voel, Lana," sê Marco. "Ek sal Teresa dan die res van Verona gaan wys."

Carla wag in spanning om te hoor of Terri nie ook wil kop uittrek nie. Maar dan voel sy hoe die jaloesie en ergernis deur haar skroei toe Terri in 'n vrolike luim sê: "Ek sien kans vir nog baie sulke uitstappies. Trouens, ek het gister iemand iets hoor sê van Piazza Bra, glo 'n interessante mark wat feitlik oordek is met groot, kleurryke sambrele oor die stalletjies."

"Ek sal jou alles gaan wys wat jy wil sien, piccina," belowe die edelman met 'n innemende glimlaggie en oë wat elke trekkie op haar gelaat openlik liefkoos.

Almal aan tafel, behalwe Terri self, is bewus van die graaf se teer gevoel vir haar. Lana se blik verskuif onverwags na Carla, dan trek sy haar asem skerp en geskok in toe sy die haat en afguns in die jong weduwee se donker oë sien. Haar blik rus vernietigend op Terri.

Lank nadat Terri en Marco vertrek het, voel Lana nog steeds onrustig oor die openlike haat wat sy in Carla se oë gesien het.

"Ons gaan nie Verona vandag weer platloop nie, piccina mia. Ons gaan sommer met die motor deur die stad ry; daarna gaan wys ek jou die Gardameer, ongeveer 'n halfuur se ry van Verona af."

Toe hulle teen elfuur by die restaurant instap vir tee, skakel die edelman sy huishoudster om te sê dat hy en Terri nie tuis sal wees vir middagete nie. Hierdie nuus stem Carla die res van die dag in 'n dwars luim. Lana steur haar egter glad nie aan Carla se humeurigheid nie.

Terri geniet elke oomblik van die uitstappie. Onderweg na die meer vra Marco haar uit oor haar kinderdae, haar studentejare en die rede waarom sy so 'n veeleisende beroep gekies het.

So onder die gesels deur bereik hulle die meer wat Sondae wemel van kleurryke seilbootjies, motorbote en waterskiërs. Die graaf bespreek vir hulle 'n tafel in die restaurant vir middagete, daarna gaan sit hulle op die restaurant se veranda om die vakansiegangers se bedrywighede op die water te geniet, terwyl hulle wag om met ligte drankies bedien te word.

"Ek is so bly dat jy my die meer kom wys het, meneer die graaf . . ."

"My naam is Marco, Teresa, en ek sal bly wees as jy my weer op my naam wil noem."

"Nou goed, ek sal jou weer Marco noem. Dit lyk darem of ons eindelik vriende gaan wees . . ."

"Marco, caro!" maak 'n vrouestem meteens inbreuk op hul gesprek. Die volgende oomblik pyl 'n jong meisie op hulle af, met 'n middeljarige man agter haar wat sukkel om met haar pas by te hou.

Marco staan dadelik op toe die meisie nader hardloop. Vir Terri lyk dit byna of die vreemde meisie haar in die edelman se arms gaan werp. Maar sy neem net die graaf se uitgestrekte hand in hare, kyk hom met verering aan en raak 'n string Italiaanse sinne kwyt waarvan Terri nie 'n woord verstaan nie.

Marco groet ook die middeljarige man en draai dan na Terri.

"Ontmoet signorina Genina Nomades en haar pa, signor Jorge Nomades, van Spanje, Teresa," sê die edelman op Engels. "My baie goeie vriendin, signorina Teresa Massyn," gaan Marco voort. "Ek vrees Teresa se Italiaans is nog baie beperk, dus sal ek in haar teenwoordigheid Engels praat."

Al drie erken die bekendstelling beleef. Dan sluit Genina en haar pa hulle ongenooid by Terri en Marco aan, en Marco het geen ander keuse nie as om die twee vir middagete te nooi.

Terwyl hulle wag dat dit tyd word vir middagete, vertel Jorge dat hulle onderweg is na Venesië om vriende te besoek.

"Ek hoop om julle in Venesië te sien," sê Marco beleef, maar hy voel bitter teleurgesteld omdat Genina en haar pa hierdie dag vir hom en Teresa kom bederf het. Want soos hy Genina ken, sal sy die res van die dag aan sy sy bly asof hy uitsluitlik aan haar behoort.

"O, ek hoop om nog baie van jou in Venesië te sien, caro," vertel Genina met 'n verleidelike glimlaggie en plaas haar hand vertroulik op sy arm. Vir Terri ignoreer sy heeltemal. Sy het lankal haar oog op hierdie aantreklike edelman en sy is vasbeslote om hom vir haar te wen. Dit is trouens die enigste rede waarom sy haar op die oomblik in Italië bevind.

Vir Marco is dit 'n groot verligting toe dit eindelik tyd is vir middagete. Maar ook aan tafel monopoliseer Genina hom so dat hy nie kans kry om 'n woord met Terri te praat nie. Gevolglik sê hy dadelik ná die ete dat dit tyd is vir hom en Terri om te vertrek.

Genina is merkbaar teleurgesteld omdat Marco so gou wil vertrek. Vir Terri is dit baie duidelik dat die Spaanse meisie dolverlief is op hom. Hierdie waarneming hou sy egter vir haarself, want Genina weet blykbaar nie van Carla nie.

Terri is heimlik verlig toe hulle groet en vertrek.

Onderweg na die graaf se landgoed gesels hy oor alles behalwe die twee Spanjaarde wat hierdie uitstappie vir hom en Terri kom bederf het.

Hy het met soveel verwagting uitgesien na hierdie naweek saam met die meisie wat so diep in sy hart gekruip het. Hy het so gehoop dat hulle mekaar beter sou leer ken. Hy het so baie van hierdie naweek verwag. Maar nou is dit al weer haas tyd dat hulle moet teruggaan na Venesië – en hulle het nog net een oggend alleen saam deurgebring.

"Ek wil vir jou dankie sê vir die aangename uitstappie, Marco," kom dit vriendelik van Terri toe hulle die graaf se landgoed nader. "Ek het alles baie geniet, veral ons besoek aan die meer."

"Ek is bly jy het die uitstappie geniet. Ek het gehóóp dat jy dit sou geniet," sê die graaf toe hy voor sy herehuis stilhou.

Hulle tref die huismense op die koel voorstoep aan. Marco word byna dadelik na die telefoon in sy studeerkamer ontbied, terwyl Carla op 'n bedekte wyse probeer uitvis waarom hulle nie tuis was vir middagete nie.

"Ons was nie lank by die meer nie, toe daag 'n Spaanse vriendin van Marco en haar pa ook daar op."

"Wie is die Spaanse meisie?" vra Carla met geveinsde onverskilligheid.

"Haar naam is Genina en haar pa is Jorge Nomades," verduidelik Terri. "Marco het hulle toe vir middagete genooi, en ek verstaan dat hulle deur Italië reis."

"Ek wonder of hulle reis Venesië insluit?" vra Carla, meer aan haarself as aan iemand in die besonder.

"O, ja, beslis," lig Terri hulle in. "Marco het juis gesê hy hoop om hulle in Venesië te sien. Hulle gaan dus lank in Venesië bly. Ek moet sê sy is die mooiste meisie wat ek tot dusver in Italië gesien het."

7

Daar is 'n gesteurde frons op Carla se voorkop en 'n groot onrus in haar hart, want dit lyk asof sy nou teen twee meisies sal moet meeding om Marco se liefde en die geëerde posisie as gravin.

Terri is nog besig om vir Lana van die meer, die bootjies en die vakansiegangers te vertel, toe die graaf hom ook by hulle aansluit en sê dat hulle dadelik ná die middagete sal moet vertrek.

"Signorina Massyn sê jy het 'n Spaanse vriendin by die meer raakgeloop, Marco?" probeer Carla om meer oor Genina en haar pa uit te vis.

Marco knik en sê: "Jy sal in Venesië met hulle kennis maak."

Terri vertel vir Lana breedvoerig wat sy daardie oggend alles in Verona gesien het. Later word hulle met tee bedien en dan is dit weer tyd om na Venesië te vertrek.

Armando en Lisa hardloop vooruit en klim voor in die motor; hul zio Marco het mos gesê hulle kan altyd voor by hom en Terri ry. Twee diensmeisies laai die bagasie in die motor se bagasiebak, terwyl die huishoudster en haar man vir Carla na die motor toe help.

Carla vererg haar weer dadelik toe sy die twee kinders voor in die motor opmerk, waar sy gehoop het om self met haar beseerde enkel te sit. Haar stem is skerp toe sy onthuts sê: "Julle is twee stout en voorbarige kinders om sommer voor te gaan sit sonder toestemming. Het julle nie maniere nie?"

Carla ruk egter soos sy skrik toe die graaf skielik met 'n bars stem agter haar sê: "Dit is jý wat voorbarig is, Carla, om twee onskuldige kinders so te beledig. Aangesien dit my motor is, het die kinders net my toestemming nodig om voor te sit – en dit het hulle reeds gisteroggend gekry. Ek dink jy moet eers jou ma laat inklim, want ek glo nie Lana sal langs jou wil sit nie."

Carla bloos bloedrooi van verleentheid omdat Marco haar so skerp oor die vingers getik het, en boonop voor almal, ook die diensmeisies. Sy blameer Terri vir hierdie vernedering, omdat sy gister voorgestel het dat die kinders voor moet sit. Sy wens Terri het liewer in haar eie land gebly; sy wens hulle is al by die kasteel waar sy alleen kan wees met haar vernedering.

"Gaan zia Terri weer by ons sit?" wil Armando weet toe hy Terri langs die motor opmerk.

"Jou zia Teresa gaan beslis voor by ons sit," verseker Marco hom vriendelik.

"Haar naam is Terri, zio Marco," help Armando hom reg.

"Ek dink jy het verkeerd, my vriendjie, haar regte naam is Teresa," weerspreek Marco hom glimlaggend.

Armando kyk Terri ernstig aan en vra: "Is jou naam regtig Teresa, zia Terri?"

Terri knik met haar goudblonde hoof toe sy sê: "Ja, ou grootman, my naam is regtig Teresa."

462

Armando wag eers dat Terri inklim, toe sê hy met 'n goedige laggie: "Jy het dieselfde naam as zio Marco se eiland."

"Ja, maar onthou, ek is nie 'n eiland nie, ek is 'n mens!" lag Terri saam.

Hulle is reeds etlike kilometers anderkant Verona, toe Lisa, wat op Terri se skoot sit, begin gaap en sê sy is vaak.

"Maak maar jou ogies toe en slaap, my pragtige poppie," sê Terri en druk haar lippe teen die sagte swart babahaartjies, onbewus daarvan dat die graaf hierdie teer gebaar van haar uit die hoek van sy oog met 'n sagte blik in sy oë waarneem. Hy besef met genoegdoening dat Terri net so 'n liefdevolle ma vir haar kinders sal wees soos Lana.

Toe hulle laat die middag voor Lana se deur stilhou, neem Marco die slapende Lisa by Terri. Almal klim uit, behalwe Carla en haar ma, wat verkies om vir Marco in die motor te wag.

"Wel, dit is verblydend om te weet dat ek en jy 'n naweek saam deurgebring het sonder om een keer te stry, piccina mia," merk die graaf gemoedelik op terwyl hulle in die rigting van die voordeur stap.

"O, maar ek baklei nooit met mense wat nie opsetlik 'n argument soek nie. Dit was nog altyd jy wat eerste met my gebaklei het, Marco," beskuldig Terri hom ewe gemoedelik.

"Ek sal liewer niks hierop sê nie, want dan gaan ons weer dadelik begin stry," verseker die edelman haar. "Ek hou nogal van hierdie vrede tussen ons, en sal graag wil sien dat dit voortduur."

"Dit sal voortduur, Marco, as jy net ophou om fout te vind met die dinge wat ek doen," help Terri hom glimlaggend reg.

"So, dan weet jy darem dit is die dinge wat jy dóén wat my elke keer die harnas in jaag," beskuldig hy haar.

Terri lag hom heerlik uit, maar sê dan weer bedaard toe hulle die huis binnestap: "Ek wil graag weer vir jou dankie sê vir die aangename naweek, Marco. Ek sal daarvan hou om Verona en die meer weer eendag te besoek; maar nie saam met jou ongeskikte niggie nie, my vriend."

"Ons sal weer eendag so 'n uitstappie onderneem – sonder my ongeskikte niggie," verseker die edelman haar met 'n glimlaggie.

Terri neem die slapende kind by Marco om haar op haar bedjie te gaan neerlê. Dan draai Marco na Lana en vra haar op Italiaans om verskoning vir Carla se onaangename optrede teenoor Armando en Lisa.

"Ek verstaan glad nie wat deesdae met haar aangaan nie," sê Marco voorts. "Sy was selfs al 'n paar keer beledigend teenoor Teresa ook."

"Ek vermoed sy is jaloers op my sussie," stel Lana hom met 'n verwese glimlaggie in kennis.

"Wat laat jou so dink?" wil die graaf met 'n ernstige uitdrukking in sy oë en op sy gesig weet.

"Dit is Carla se oë. Hulle is vol haat wanneer sy na Terri kyk, en sy dink niemand sien haar nie. Ek hoop nie sy doen my sussie eendag leed aan nie, want dan sal ek my verwyt omdat ek haar gesoebat het om hier te bly," kom dit diep besorg van Lana.

"Moenie jou bekommer nie, Lana. Dit sal nooit gebeur nie, daarvoor sal ek sorg," verseker die graaf haar baie ernstig.

Lana het hom nou baie stof tot nadenke gegee. Maar hy het reeds vroeër vanmiddag besluit om ná hul tuiskoms met Carla en haar ma te praat.

Terri kom die vertrek weer binne, net betyds om die edelman te groet.

Lana voel nou baie verlig, noudat sy met Marco gepraat het oor Carla se vyandigheid teenoor die pragtige Terri. Sy weet dat hy iets sal doen om Terri se veiligheid te verseker.

Marco is stil en lyk ongenaakbaar toe hy in die motor klim en die voertuig in die rigting van Venesië stuur. Hy besef nou dat hy lankal sake met Carla moes gereël het. Wat sy nodig het, is 'n man en kinders wat haar aandag in beslag kan neem en van al haar vitterigheid skoonskip kan maak.

Marco wag ook net totdat hulle sy kasteel binnestap, toe draai hy na Carla en haar ma en sê saaklik: "Ek wil jou en jou ma asseblief in my studeerkamer spreek, Carla."

Carla kyk die graaf behoedsaam aan toe sy vra: "Wanneer wil jy ons spreek, Marco? Nou, of later?"

"Ek wil julle nou spreek. Kom asseblief dadelik na my studeerkamer."

Carla en haar ma kyk mekaar bekommerd aan, want dit wil vir hulle al voorkom asof Carla vandag te ver gegaan het toe sy Lana se kinders beledig het.

Marco wag totdat die diensmeisie wat Carla bystaan die vertrek verlaat en al drie gemaklik sit, toe sê hy saaklik: "Ek het nou finaal besluit om in die huwelik te tree."

Carla se gelaat helder soos met 'n towerslag op, en ook haar ma lyk nou opvallend ingenome. Sy is bly dat Marco eindelik besef hy het 'n goeie vrou soos Carla en 'n meesteres vir sy kasteel nodig.

Maar dan sê Marco: "Ek was reeds vier en dertig jaar oud en behoort nou aan 'n huwelik en 'n eie gesin te dink. Dan sal ek natuurlik ook my huwelikslewe saam met my bruid hier in die kasteel wil begin, sonder om deur familie of vriende omring te wees."

"O," sê die ouer vrou, merkbaar teleurgesteld, "ek kan altyd by my getroude seun in Milaan gaan bly."

"Dit is natuurlik jou seun se plig om jou by hom en sy gesin te laat woon," vervolg Marco, "maar jy kan ook by Carla en haar man gaan bly, tante. Ek het reeds besluit dat Carla nou 'n finale keuse tussen Mario en Leonardo Maranzano sal moet doen. Sy moet ook nou vir my sê wie van die twee sy as lewensmaat verkies, sodat ek dit môre met die persoon kan reël. Mario en Leonardo is albei welgestelde mans wat goed vir Carla sal sorg."

Carla is wasbleek toe sy vra: "Met wie gaan jý dan in die huwelik tree, Marco?"

"Jy sal weet wanneer jy 'n uitnodiging na my huwelik ontvang . . ."

Die gelui van die telefoon laat Marco meteens stilbly. Hy tel die gehoorbuis op en is verbaas toe hy Jorge Nomades hoor sê: "Ek skakel net om te sê dat ons pas in Venesië aangekom het, Marco. Ons is in die Albergo Grande tuis."

"Ek is bly dat jy geskakel het, my goeie vriend. Ek wil jou en Genina graag nooi om vanaand my gaste vir aandete te wees."

Hulle gesels nog 'n rukkie en lui dan af.

Carla is nou oortuig daarvan dat die Spaanse meisie die gravin gaan word, die geëerde posisie en hoë aansien gaan geniet wat sy al so lank vir haarself begeer. Sy weet die gravin sal nie net in die kasteel die septer swaai nie, maar sy sal ook in die hoë sosiale kringe die toon aangee.

Carla en haar ma is nog besig om oor hul groot verlies te peins, toe hoor hulle Marco sê: "Ek wag om te hoor wie jy vir jou toekomstige bruidegom gekies het, Carla. Jy besef natuurlik dat 'n weduwee nie kieskeurig kan wees nie –"

"Ek sal eerder met Romano Garcia trou. Hy is 'n baie goeie vriend van my broer," val sy haar neef met 'n ergerlike frons in die rede. Hy praat asof sy 'n middeljarige weduwee is.

"Nou goed, ek sal jou en jou ma eerskomende Sondag na jou broer toe neem, sodat hy jul verlowing kan aankondig en die huwelik kan reël. Intussen sal ek met Romano in verbinding tree en Saterdagaand vir jou en jou ma 'n afskeidspartytjie hier in die kasteel reël."

Hierna ontbied hy sy huishoudster en stel haar in kennis dat hulle vanaand twee gaste vir ete sal hê.

Carla en haar ma voel albei verpletter toe hulle Marco se studeerkamer verlaat. Hulle het die afgelope klompie maande gewoond geraak aan al die weelde hier in die kasteel. Hulle weet eerlikwaar nie hoe hulle daarsonder gaan klaarkom nie. Romano is nou wel 'n ryk man, maar hy kan hulle nooit die weelde en die baie diensmeisies gee waaraan hulle hier in die kasteel gewoond geraak het nie. Carla besef meteens dat sy die onbekende Genina haat omdat sy die rede is dat hulle nou die kasteel moet verlaat.

Die aand is vir Carla 'n ware beproewing. Uit skone naywer probeer sy op 'n bedekte wyse by Genina die indruk wek dat daar meer as net vriendskap tussen haar en Marco bestaan. Maar kort-kort moet sy magteloos toekyk hoe die vrypostige Genina aan die graaf se sy en arm klou asof hy reeds aan haar behoort. Sy kyk Carla telkens uitdagend aan asof sy die ouer meisie goed wil laat verstaan dat sy 'n vasberade mededinger is, onbewus daarvan dat Carla vir haar geen bedreiging inhou nie.

Carla is aan die een kant bly dat Marco besluit het om alleen met sy bruid in die kasteel te woon, want sy sal nooit saam met Genina of met Teresa in die kasteel kan bly nie – die pragtige,

466

weelderige kasteel wat sy reeds as haar permanente tuiste beskou het, waar sý eendag die septer sou swaai.

Carla voel asof sy kan huil omdat Marco iemand anders bo haar verkies – en dit nogal 'n vreemdeling. Sy het altyd gedink Marco is lief vir haar. Hy was so gaaf en bedagsaam teenoor haar ná haar man se dood. Hy het haar en haar ma self na die kasteel toe gebring en persoonlik gesorg dat haar man se boedel vinnig afgehandel word. Hy het haar ook nooit 'n skewe woord toegevoeg nie . . . totdat Lana se vuurvreter-suster haar verskyning gemaak het.

Carla en haar ma is bly toe dit eindelik tyd is vir Jorge en sy dogter om te vertrek. Albei is dit eens dat Genina stemmigheid sal moet aanleer as sy met Marco wil trou.

Marco, Carla en haar ma is die volgende oggend nog besig om ontbyt te nuttig, toe Genina die edelman skakel om hom vir middagete te nooi, en hom versoek om haar ná die ete die stad te gaan wys.

"Julle moet asseblief nie vir my wag vir middagete nie. Ek sal nie tuis wees nie," stel Marco hulle saaklik in kennis toe hy weer sy plek aan die tafel inneem.

"As jy na Bella Vista toe gaan, Marco, sal ek en Mamma graag wil saamgaan," probeer Carla op bedekte wyse uitvis waarheen hy gaan, in die hoop dat sy dan ook sal vasstel met wie hy gaan trou.

"Ek gaan nie na Bella Vista toe nie," is egter al wat hy sê. En nou weet sy nog steeds nie saam met wie hy gaan eet nie.

Vir Carla het dit 'n obsessie geword om te weet wie die meisie is wat daarvoor verantwoordelik is dat sy en haar ma die kasteel moet verlaat. Sy troos haar egter met die gedagte dat sy wel Saterdagaand sal vasstel.

Terri is skoon verbaas toe Lana Vrydagoggend vertel van hul uitnodiging na Carla en haar ma se afskeidsete Saterdagaand in die kasteel, en dat sy van Marco verneem het dat Carla en haar ma na haar broer toe gaan, waar sy dan aan 'n vriend van haar broer verloof sal raak.

467

"Nou toe nou!" kom dit geamuseer van Terri. "En ek was al die tyd onder die indruk daar is 'n verhouding tussen Carla en Marco!"

"Dit is die indruk wat Carla by almal probeer wek het," laat Lana met 'n glimlag hoor, bly dat die jong weduwee wat so vol haat en afguns is eindelik die stad gaan verlaat. "Sy het bepaald Marco se vriendskap vir liefde aangesien en toe gehoop dat hy met haar sou trou."

"Wel, ek kan nie sê dat ek spyt is oor Carla se vertrek nie," merk Terri op. "Sy het haar bes gedoen om haar ongewild te maak by my – en miskien by baie ander mense ook."

"Ek hoop jy het 'n baie mooi rok wat jy môreaand kan dra, my sussie," sê Lana toe 'n diensmeisie die dienwaentjie met die teegerei binnestoot.

"Tussen die klere wat my vriendin aangestuur het, is 'n wit aandrok waarvan die lyf kunstig met krale en blinkers geborduur is," vertel Terri. "Ek hoop dit sal geskik wees vir die spesiale geleentheid. Dit is nie 'n skepping van Dior nie, net maar 'n rok wat ek onlangs in een van Johannesburg se boetieks gekoop het."

"Ons sal later na jou rokke gaan kyk," belowe Lana terwyl sy vir hulle tee skink. "Ek is bly jou vriendin het daaraan gedink om al jou klere per vliegtuig aan te stuur."

Terri is die res van die dag so besig dat sy nie weer een keer aan Carla en haar ma se vertrek dink nie. Sy het op 'n keer vlugtig gewonder of Genina en haar pa al in Venesië aangekom het, en toe ook nie weer aan hulle gedink nie.

Terri lyk Saterdagaand asof sy uit 'n modeboek gestap het. Haar skraal gesiggie is kunstig gegrimeer. Haar spieëlbeeld toon dat haar sagte mond effens weerloos lyk, maar haar blou oë blink soos twee saffiere. Om haar hals, pols en aan haar ore skitter geleende diamante van Lana, en die bybehore van haar wit rok is silwerkleurig. Haar stola is egter wit met lang, silwer fraiings, en haar goudblonde hare is vir die geleentheid opgekam en getooi met klein pêreltjies.

"Jy lyk vanaand weer net so mooi soos 'n feeprinses, my sussie," komplimenteer Lana haar met haar voorkoms.

"In daardie geval sal ek beslis vir my 'n towerstaf moet aanskaf," spot Terri in 'n vrolike luim. "Jy lyk self pragtig, ousus. Maar jy was maar altyd die mooi een in ons gesin . . ."

"Net terwyl jy nog klein was," help Lana haar goedig reg. "Vandag is jý die mooi een."

"Nee, ek dink ons albei lyk vanaand darem goed genoeg vir so 'n deftige okkasie," spot Terri liggies. "Ek weet nie of jy dit weet nie, maar swart pas jou pragtig, ousus."

Al die gaste het reeds opgedaag toe Lana en Terri by die kasteel aankom. Dit is asof daar 'n kort stilte in die luisterryke ontvangsvertrek heers toe die butler die aankoms van signora Contarno en signorina Massyn aankondig.

Die edelman is dadelik by om die twee susters te groet en hy neem Terri se bekoorlike gestalte met een blik waar.

"Jy is vanaand onweerstaanbaar bekoorlik, mia bella fiore," sê die graaf terwyl sy oë diep in Terri s'n kyk. Maar dan draai hy na Lana. "Laat my toe om jou en Teresa voor te stel aan 'n paar gaste wat julle nog nie voorheen ontmoet het nie."

Marco stel Lana voor aan Genina en haar pa. Dan gaan sluit sy haar by tante Adela en Mario aan. Die edelman neem Terri se arm en gaan stel haar voor aan 'n paar gaste met wie sy nog nie voorheen kennis gemaak het nie. Daarna lei hy haar na die rusbankie waarop Lana sit en plaas vir hom 'n stoel daarnaas.

Terri laat haar blik stadig oor die tweehonderd gaste gaan, dan merk sy tot haar verbasing dat Genina haar openlik vyandig aangluur.

"Waarom die ligte frons tussen jou wenkbroue, Teresa?" hoor sy die graaf langs haar vra.

Sy kyk hom met 'n ondeunde glimlaggie aan toe sy met haar kenmerkende eerlikheid sê: "Ek wonder maar net waarom Genina my so vyandig aangluur. Het ek haar miskien onwetend te na gekom?"

"Nee, jy het haar op geen manier te na gekom nie, piccina," stel Marco haar dadelik gerus. "Sy is bepaald jaloers omdat jou skoonheid die sagte teerheid van 'n orgidee weerspieël. Ek sal jou van nou af mia bella orchidea noem, my pragtige orgidee."

469

"Dan sal jy regtig die oorsaak wees dat daardie Spaanse swartkop my oë uitkrap," laat Terri met 'n tergende laggie hoor.

"Ek sal haar nooit toelaat om daardie pragtige blou oë met die dieptes van kosbare juwele te skaad nie, Teresa mia," sê die graaf met 'n uitdrukking in sy donker oë wat elke trekkie op haar gelaat liefkoos.

Terri begin bloos onder sy intense, liefkosende blik. Maar dan kom 'n wynkelner die vertrek binne en dit trek gelukkig die graaf se aandag van haar af.

Die gaste word met drankies bedien en die edelman kom trots en waardig orent. Hy beweeg tussen die gaste deur en maak seker dat almal bedien word.

Genina doen haar bes om hom aan haar sy te hou, maar die graaf gaan staan langs sy tante, vra om stilte en kondig dan aan dat Carla en sy tante die volgende dag na Milaan vertrek, waar Carla se broer en haar aanstaande verloofde woon.

Ná die aankondiging sluit die graaf hom weer by Terri aan. Carla is nou duidelik in haar dop gekruip. Sy besef dat sy 'n bespotting van haar gemaak het om almal te laat glo dat sy die toekomstige contessa De Castellano is. Genina kan weer nie help nie om Carla met spot en selfversekerdheid aan te kyk nie. Lana, wat al hierdie dinge merk, kan raai waaroor al die nyd en afguns gaan. Carla en die Spaanse señorita wou bepaald albei die graaf vir hulle inpalm. Nou is Carla uit die wedloop en verlustig Genina haar in Carla se neerlaag. Lana hoop nie die Spaanse meisie gaan nou haar jaloesie op Terri fokus nie, want dan gaan sy haar rieme styfloop.

Genina se selfversekerdheid en eiewaan duur egter net totdat hulle vir ete aansit en sy tot haar ontnugtering moet toekyk hoe Marco Terri se arm neem, haar na die eetkamer vergesel en haar die geëerde plek aan sy regterkant aanwys. Terstond is al die vrede uit Genina se hart en is sy net bewus van 'n intense afguns teenoor die blonde meisie met wie sy nie genoeg rekening gehou het nie.

Genina word die plek aan die graaf se linkerkant aangewys, met 'n vreemde man as haar tafelmaat.

Carla, wat skuins oorkant Genina sit, geniet die Spaanse mei-
sie se ontnugtering en kan nou self ook nie help om Genina met
spottende oë aan te kyk nie. Vir haar wil dit nou al voorkom
asof Terri die graaf se uitverkorene is . . . of is dit maar net deel
van sy gasvryheid om Terri aan sy regterkant te laat sit?

So onder haar tafelmaat se gesprekkies deur luister Genina
na Marco en Terri se geselskap. Gelukkig kan sy Engels praat
en verstaan sy dus alles wat hulle sê. En wanneer Marco 'n paar
woorde met haar wissel, hang Genina behoorlik aan sy lippe.
Maar dan neem haar tafelmaat haar aandag in beslag – en sy
wens hy was aan die ander kant van die aardbol saam met juf-
frou Massyn!

Marco vertel vir Terri dat hy Carla en haar ma die volgende
dag per helikopter na Milaan neem, maar hy hoop om môre-
aand weer tuis te wees.

"Hoe vorder jy met die Italiaanse lesse?" wil hy belangstel-
lend weet.

"Wel, ek kan darem al ja, nee, dankie en asseblief sê," laat
Terri met 'n ondeunde glimlaggie hoor wat die edelman se hart
opnuut aangryp en hom weer eens laat besef dat sy die mooiste
meisie is wat hy nog ooit gesien het. Dit is vir hom egter verba-
send dat sy op drie en twintigjarige ouderdom nog ongetroud
is.

"Vreemd," sê die edelman, nou self ook met 'n glimlaggie,
"ek het gehoor jy vorder fluks met die Italiaanse lesse."

"Ek is bly om dit te hoor. Signora Maria is 'n baie goeie on-
derwyseres," meen Terri. "Terloops, ek, Lana en die kinders het
gister in Bella Vista se swembad gaan swem. Ons het geprobeer
om die kinders te leer swem, maar ek glo nie ons is goeie leer-
meesters nie."

"Toemaar, ek sal Maandag met iemand reël om die kinders te
leer swem," belowe Marco. Hy hou sy wynglas na haar uit en
sê sag: "Op jou sonderlinge skoonheid, mia bella orchidea."

"Dankie vir die mooi kompliment, Marco," sê Terri met 'n
ligte blos wat haar wange effens dieper kleur, maar sy wonder
hoeveel meisies hy al met dieselfde woorde gekomplimenteer
het . . . die Latyners is mos bekend as romantiese mense.

Ná die ete, terwyl die vroue in die ontvangsvertrek met koffie bedien word en die mans 'n gesellige drankie en 'n sigaret in die eetkamer geniet, neem Genina opsetlik langs Carla plaas en sê met 'n bedekte stekie: "So, jy vertrek môre om met 'n man in Milaan te gaan trou. Weet jy, ek het Sondagaand al geraai dat daar geen verhouding tussen jou en Marco is nie, ten spyte van die vertoon waarmee jy die teendeel probeer bewys het."

"Marco is my neef en ons is baie lief vir mekaar, as jy dit miskien nie weet nie, juffrou Nomades," laat Carla bedaard hoor. "Ek sal oòk nie so selfvoldaan lyk as ek jy was nie. Daar is baie visse in die see wat maar te graag aan my neef se hoek sal byt. Maar ek het 'n sterk vermoede dat daar net een is wat hy graag aan sy hoek wil hê, en daardie vis is baie beslis nie jý nie, juffrou Nomades!"

Ná hierdie waarskuwing kom Carla orent en gaan sluit haar by haar ma en die vrou van die hospitaalsuperintendent aan.

Genina se swart oë blits nou vuur op Terri, waar sy en Lana op 'n rusbank met 'n regter se vrou gesels. Sy besef nou terdeë dat sy met Terri sal moet rekening hou. Want as Carla se waarsku-wing enigsins waarheid bevat, is Terri die vis wat Marco graag aan sy hoek wil hê. Maar sy het na Italië gekom om Marco se hart te verower, nie om hom aan so 'n niksbeduidende witmuis af te staan wat nie eens Italiaans kan praat nie!

Genina staan van haar stoel af op en gaan sluit haar by tante Adela aan. Sy vra die ouer vrou belangstellend uit na Terri en Lana, en wil selfs weet waar hulle woon en hoe 'n mens by Ver-de Valle uitkom. Die ouer vrou vind die meisie se vrae vreemd, maar sy laat dit nie blyk nie.

Genina gesels met tante Adela totdat die mans weer hul ver-skyning in die ontvangsvertrek maak. Daarna gaan sluit sy haar onverwyld by Marco aan en haak ewe onbeskaamd by hom in, asof daar 'n ernstige verhouding tussen hulle bestaan.

Om Genina nie te affronteer nie, lei Marco haar na 'n stoel en nooi haar beleef om te sit. Hy staan 'n kort rukkie by haar en gesels en beweeg dan tussen sy gaste rond, terwyl hulle weer met drankies bedien word.

Terri merk hoe Genina deurentyd probeer om Marco aan

haar sy te hou. Sy merk ook hoe vyandig die Spaanse meisie haar aangluur wanneer die edelman by haar kom staan en gesels.

Genina se vyandige houding amuseer Terri, want sy kan die ouer meisie se houding glad nie verstaan nie. Noudat sy Carla se hand in die as geslaan het, het sy mos nie nodig om op iemand anders jaloers te wees nie!

Dit is byna middernag toe die gaste begin groet en vertrek. Genina sorg dat sy en haar pa die laaste is wat vertrek. Maar dan voel sy asof sy kan huil deur van hulle afskeid te neem, en dit nadat hy Terri en Lana tot by hul gondel vergesel het.

Genina besef dat sy iets in verband met juffrou Massyn sal moet doen, want Marco skenk gans te veel aandag aan haar.

Die Spaanse swartkop-skoonheid is die volgende dag lusteloos en uit haar element oor die onsekerheid waarin sy verkeer. As sy maar net geweet het of daar 'n verhouding is tussen Marco en Terri! Maar hoe op aarde gaan sy dit vasstel?

Genina het ná ontbyt lank voor die venster van die hotel se sitkamer gestaan en toe skielik besluit om Terri te gaan vra. Sy sal 'n motor huur en self na Verde Valle toe ry. Niemand het nodig om te weet waarheen sy gaan nie.

"Die Spaanse señorita het toe Carla se hand in die as geslaan," laat Terri met 'n goedige glimlaggie hoor toe sy en Lana van die ontbyttafel af opstaan. "Marco het haar verbasend vinnig na Milaan verwyder toe Genina besluit het om haar opwagting hier in Venesië te maak."

"Ek glo nie dit is die rede waarom hy Carla en haar ma Milaan toe geneem het nie," weerspreek Lana haar. "Ek dink Carla het die afgelope twee maande te eiegeregtig en baasspelerig geword. Maar sê vir my nou eerlik. Wat dink jy régtig van Marco, Terri?"

Terri haal haar skouertjies ongeërg op en sê: "Wel, ek dink hy is buitengewoon aantreklik en hy kan baie gaaf wees as hy wil. Maar hy kan ook 'n duiwel wees as hy in 'n dwars luim is – natuurlik sy warm Latynse bloed."

Terri kyk na haar polshorlosie. "Ek is bevrees jy sal my nou

473

moet verskoon, ousus. Ek wil eers gou gaan kyk of jou wingerd en olyfbome nog gesond is. Ek was 'n week laas daar."

Etlike minute later sien Lana hoe haar kleinsus te perd oor die werf ry in die rigting van die wingerd en die olyfboord.

Kort voor elfuur, terwyl Lana op die voorstoep vir Terri wag, hou 'n motor voor die deur stil. Genina Nomades klim uit die voertuig en sluit haar ongenooid by Lana op die voorstoep aan.

Lana groet die Spaanse meisie beleef en nooi haar binnetoe, terwyl sy in haar enigheid wonder waarom die meisie besluit het om haar te besoek; hulle ken mekaar skaars!

Genina gesels 'n rukkie oor Spanje, hul verblyf in Venesië en oor Marco se vertrek vanoggend na Milaan. Maar toe Lana nie veel tot die gesprek bydra nie, skep die voortvarende Genina moed en begin onverwyld oor Terri gesels deur Lana reguit uit te vra oor haar suster se verblyf in Italië.

"Ek verstaan jou suster kuier net hier by jou, mevrou Contarno. Hoe lank gaan sy nog hier by jou bly?" vra Genina onomwonde, vas onder die indruk dat Lana die sagsinnigste mens is wat lewe en haar ewe gedwee sal toelaat om haar met hul private sake in te laat.

"My suster sou byna twee maande gelede al teruggegaan het Suid-Afrika toe, juffrou Nomades," sê Lana op haar gewone bedaarde manier, "maar tot my vreugde het die graaf haar uiteindelik oorgehaal om haar permanent in Italië te vestig."

"Is daar 'n verhouding tussen jou suster en Marco?" wil Genina met 'n ergerlike frons tussen haar swart wenkbroue weet – 'n frons wat Lana se oog nie ontgaan nie.

Lana vervies haar vir die voorbarige meisie. Sy kyk Genina openlik neerhalend en uit die hoogte aan toe sy met 'n ongenaakbare stem sê: "Ek glo nie my suster se private sake gaan jou of enigiemand anders aan nie, juffrou Nomades."

"Verskoon my, ek het nie hierheen gekom om moeilikheid te maak nie, mevrou Contarno," sê Genina, nou self ook vererg omdat Lana haar so uit die hoogte aankyk. "Ek wil maar net jou suster waarsku dat my en Marco se . . . e . . . vriendskap al baie lank bestaan en dat ek nie verniet van Spanje af hierheen gekom het nie –"

474

"Wat bedoel jy daarmee dat Terri van Marco af moet weg-bly? Kan dit 'n geval wees dat wat jý nie kan kry nie, niemand anders mag kry nie?" val Lana haar minagtend in die rede.

Die donker meisie ruk haarself onthuts op en sê ontstoke: "Hoe dúrf jy?"

Lana is nou self billik ontstoke toe sy Genina met blitsende oë toevoeg: "En hoe durf jý na my huis toe kom met jou ver-metele waarskuwing? Waarom gaan vra jy nie vir Marco om sy vriendskap met my suster te beëindig nie?"

"Waarom sal ek hom so iets vra?" kom dit vererg van Genina. "Ek dink jy heg te veel waarde aan jou suster se belangrikheid as 'n gegradueerde landboukundige –"

"Inteendeel," antwoord Lana die voorbarige meisie skerp, "dit is jý wat te veel waarde heg aan haar teenwoordigheid hier in Italië. Jy glo natuurlik dat sy belangrik genoeg is om 'n bedreiging te wees vir jou planne om Marco se liefde te probeer wen, anders sou jy ons nie vandag besoek het nie . . . Ek dink jy moet liewer nou gaan, juffrou Nomades, want as my suster jou hier moet vind en hoor waarom jy hier is, sal sy Marco sommer reguit vra waar jy die reg vandaan kry om so 'n vermetele en voorbarige waarskuwing aan haar te kom rig. Jy ken my suster nog glad nie, dus raai ek jou aan om baie lig te loop vir haar. Sy stuit nie eens vir die duiwel as sy kwaad is nie. Tot siens, juf-frou Nomades. Ek sal my huishoudster ontbied om jou na die voordeur te neem."

"Ek sal die deur self vind, dankie!" roep Genina verontwaar-dig uit en stap drifig in die rigting van die voordeur.

Ná 'n rukkie hoor Lana hoe die motor voor die deur wegry en sy is bly dat Terri die onaangenaamheid van 'n jaloerse mei-sie gespaar gebly het.

Kort ná Genina se vertrek daag Terri by die huis op en wil dadelik weet wie die besoeker was.

"Dit was sommer net iemand wat verdwaal het," laat Lana ongeërg hoor.

Dan word die dienwaentjie met die teegerei binnegestoot en die kinders sluit hulle ook by hulle in die sitkamer aan.

475

8

Terri se bekoorlike beeld bly die graaf voortdurend by tydens die terugreis Sondagmiddag van Milaan af. Hy sien haar voor sy geestesoog soos sy die vorige aand in haar spierwit rok gelyk het – beeldskoon en onaangeraak. Hy weet nie wat hy sal doen as haar hart reeds aan iemand anders behoort nie. Sy is die enigste meisie wat hy nog ooit as vrou begeer het en sy sal die pragtigste gravin wees wat Italië nog ooit gesien het.

Die graaf is kwalik tuis, toe skakel Genina.

"Ek is bly dat jy eindelik tuis is, caro," sê sy met 'n liefderike stem. "Ons sal nou hopelik meer van jou te sien kry. Weet jy, ek en Pappa het nog nie eens jou plaas of jou eiland gesien nie."

"Wel, ek moet Bella Vista môre besoek. Jy en jou pa is welkom as julle wil saamgaan. Maar ek moet by ander plekke ook aandoen, dus sal julle my 'n uur of wat moet verskoon nadat ek julle op Bella Vista afgelaai het," doen hy sonder veel belangstelling aan die hand.

"Kan ons jou nie na die ander plekke toe ook vergesel nie, caro?" waag Genina om te vra.

Maar Marco vat haar dadelik kort.

"Onmoontlik," weier hy effens kil en kortaf. "My sake is streng privaat, Genina. Ek dink jy en jou pa moet my liewer op 'n ander dag na Bella Vista vergesel."

"Ag nee, asseblief nie, caro!" pleit sy. "Ek is jammer as ek uit my beurt gepraat het. Ek belowe jou ons sal geduldig op die plaas wag totdat jou sake afgehandel is. Mag ons nou maar môre saam met jou plaas toe gaan?"

"Nou goed dan," stem hy eindelik in. "Ek sal julle môre-oggend ná ontbyt by die hotel kom haal."

Hulle lui af en dan bel hy Lana en vra om met Terri te praat.

Hy wag nie lank nie, toe hoor hy Terri se mooi, musikale stem sê: "Hallo! Terri Massyn hier!"

"Hallo, Teresa!" hoor sy die edelman se diep stem sê. "Ek hoop nie ek het jou gesteur nie!"

"Nee, toemaar, jy steur my nie, Marco," sê sy met 'n sagte laggie. "Trouens, ek verwelkom hierdie verposing. Op aandrang van signora Maria moet ek na 'n program op beeldradio kyk – waarvan ek die helfte van die dialoog glad nie eens verstaan nie. Kan jy jou iets verveligers voorstel as dit?"

"Nee, beslis nie. En nou is ek bly dat ek jou gebel het, piccina . . . Vind jy die plaaswerkers se diens darem nog bevredigend?"

"Ek kan natuurlik nog nie met hulle kommunikeer nie, maar ek vind ook niks met hulle werk verkeerd nie. Ek hoop darem om jul taal oor 'n paar maande vlot te kan praat."

"Dit is inderdaad goeie nuus," sê die edelman en glimlag ingenome met homself. Dit is al waarvoor hy wag: dat sy die Italiaanse taal darem op 'n manier kan bemeester voordat hy haar in alle erns die hof maak. Maar dan hoor Terri hom belangstellend vra: "Het Sara se kleintjies nog nie aangekom nie?"

"Nee, nog nie," lig Terri hom gemoedelik in. "Die kinders kan nie meer wag om die klein varkies te sien nie. Weet jy, hulle het nog nooit eens klein varkies gesien nie!"

"Dit wys jou net, jy moes lankal hier kom bly het, dan het hulle lankal geweet hoe 'n klein varkie lyk. Lisa mag dalk een uit die hok neem en daarmee popspeel."

"Ek sal dit nie betwis nie," lag Terri. "Klein varkies is so rond en oulik, en 'n mens voel sommer lus om hulle te vertroetel."

"Ek moet Bella Vista môre besoek, en Genina het my flussies gebel en gevra of sy en haar pa mag saamgaan. Nou het ek net gewonder of jy nie môreoggend saam met ons wil kom tee drink nie?"

"Ek is jammer, ek en Lana is reeds vir elfuurtee genooi . . ."

"Wie het julle genooi?" wil Marco met 'n ligte frons weet.

"Ek dink sy het iets gepraat van 'n regter se vrou. Maar ek is nie baie seker nie, Marco."

Hulle gesels nog 'n rukkie oor gemeenskaplike belange en kennisse, dan lui hulle af.

Die edelman is diep teleurgesteld omdat hy Terri nie die volgende dag sal sien nie. Maar hy besluit om haar die dag daarna te besoek – en dan wil hy nie vir Genina óf haar pa sien nie.

477

Die uitstappie na Bella Vista was vir Genina uiters teleurstellend. Marco het net saam met hulle koffie gedrink, toe verskoning gemaak om sy plaasbestuurder te gaan spreek. Nie lank daarna nie het hy en sy plaasbestuurder met 'n bakkie vertrek en kort voor middagete eers tuisgekom. Ná die middagete moes hulle weer dadelik vertrek, aangesien hy sy sekretaris dringend moes spreek. Hy het Genina en haar pa ook net voor die hotel afgelaai en toe verskoning gemaak omdat hy hulle nie na binne kon vergesel nie.

"Toe Genina gisteraand gesoebat het om vanoggend saam met my na Bella Vista te gaan, het ek haar gewaarsku dat dit vir my 'n baie besige dag gaan wees, meneer Nomades," sê Marco verontskuldigend. "Jy sal my dus nou moet verskoon, want ek moet nou dadelik vertrek . . . Tot siens, Genina . . . meneer Nomades!"

Genina, wat as enigste kind gruwelik deur skatryk ouers verwen is, is die res van die dag humeurig en vind met alles fout. Die kelners en binnemeisies, wat nooit iets na haar sin kan doen nie, loop daardie middag behoorlik onder haar tong deur. Hulle kla by Mario en sy ma, en almal hoop van harte dat die verwende meisie en haar pa gou sal vertrek.

Ná die ete daardie aand skakel Genina die graaf weer om te hoor of hy nie die volgende dag sy eiland vir haar en haar pa sal gaan wys nie.

"Ek hoor die mense sê jou eiland lê soos 'n pragtige groen oase in die Adriatiese See," vertel sy half pleitend. "Ons sou dit graag wou sien!"

"Nou goed, ek sal so 'n uitstappie reël," gee hy aan haar wens toe. "Maar baie beslis nie môre nie."

"Nou kom eet dan môremiddag saam met ons," nooi sy met 'n pruilmond wat net sy in die spieël van haar kleedtafel kan sien.

"Nee, ek het môre 'n vol program," laat die edelman nou met 'n gesteurde frons hoor omdat Genina haar so skaamteloos aan hom opdring. Hy sal haar beslis die een of ander tyd goed moet laat verstaan dat daar nooit iets meer as vriendskap tussen hulle kan wees nie.

478

"Wat van môreaand?" hoor hy haar weer vra. "Kan jy nie môreaand saam met ons kom eet nie, caro?"

"O, nou goed! Môreaand dan," stem hy merkbaar onwillig in, maar die Spaanse meisie maak asof sy dit nie hoor nie.

Genina is so opgewonde en in haar skik dat sy haar nie eens steur aan die graaf se openlike onwilligheid om saam met hulle te kom eet nie. Al waaraan sy op dié oomblik dink, is hoe sy hom met haar aanvalligheid kan bekoor en moontlik sy liefde kan wen.

Hulle gesels nie lank nie. Met die verskoning dat hy sy sekretaris dringend moet spreek, lui hulle af.

Genina is weer dadelik vies omdat Marco altyd 'n verskoning het om nie met haar te gesels nie. Maar wag maar, môreaand en ook gedurende hul uitstappie na die eiland, sal hy net aan haar behoort! Dan sal daar geen sake of gesprekke met sy sekretaris wees wat hom van haar af kan weglok nie. Hy sal al sy aandag aan haar móét wy.

Terri is in haar ligblou oorpak geklee en besig om die hoenderhokke skoon te maak, toe die edelman daar opdaag.

Lana en die kinders is nie tuis nie, maar die huishoudster, signora Maria, vertel hom toe dat Terri in die hoenderhokke besig is. Sy bied hom iets te drinke aan, maar hy wys dit beleef van die hand en sê dat hy eers wil gaan kyk wat Teresa in die hoenderhokke aanvang.

Terri se oorpak laat die edelman weer dadelik gesteurd frons. Hy wens Lana wil die ellendige oorpak aan die brand steek! Hy sal nooit kan verstaan waarom so 'n pragtige meisie haar vroulike skoonheid onder so 'n sakkerige oorpak wegsteek nie.

Maar hy onderdruk sy ergernis, glimlag en groet haar met 'n vriendelike: "Buon giorno, Teresa! Ek sien jy is baie besig. Wat maak jy nou eintlik?"

Terri draai vinnig om en vereer hom met 'n stralende glimlag. Sy beantwoord sy môregroet en sê besorg: "Hier is 'n paar kuikens wat siek is. Ek sien hier is tampans in die hok."

"Wat is tampans?" wil die edelman belangstellend weet terwyl hy nader staan.

Terri sluit eers die hok se hekkie sorgvuldig en sluit haar dan by hom aan terwyl sy verduidelik: "'n Tampan is 'n bloedsuiende insek. Ek sal die hokke so gou moontlik moet ontsmet. Waar is die naaste apteek of 'n winkel waar ek die ontsmettingsmiddel sal kan koop?"

"Kom, ek sal jou na 'n winkel toe neem waar jy enige soort ontsmettingsmiddel sal vind."

"Nee, wag eers," keer Terri glimlaggend. "Ek sal my eers moet verklee voordat ons kan ry. Die Venesiërs skrik hulle sowaar gedaan as hulle my in hierdie oorpak sien."

"Wel, ek is bly om te sien dat jy darem al begin besef hoe verkeerd dit is om die afskuwelike oorpak te dra," sê hy met ligte verwyt. "Maar ek wil nie vandag met jou stry nie, mia cara. Gaan verklee jou gerus, ek sal solank hier buite rondstaan en jou boerdery besigtig."

"Ek sal nie lank weg wees nie," verseker sy hom en stap haastig in die rigting van die huis.

Dit duur nie lank om haar in 'n rok en skoene te verklee, haar gesig te grimeer en haar hare te kam nie. Toe gaan sluit sy haar by die edelman aan, wat nou op die voorstoep vir haar wag.

"Hm, ja, nou lyk jy weer soos die bekoorlike dametjie wat jy is, piccina mia," sê die graaf met openlike bewondering in sy stem en in sy oë wat haar hele gestalte liefkoos.

"Dit lyk vir my jy sal my ook nooit aanvaar soos wat ek is nie, Marco. In elk geval, ons kan maar gaan as jy gereed is," laat sy in 'n gemoedelike stemming hoor, want ook sý het nie vandag lus om met hom te baklei nie.

Met die edelman se hulp vind Terri gou die regte middel waarmee sy die hokke teen insekte kan ontsmet.

"Dankie vir jou behulpsaamheid, Marco," bedank sy hom toe hulle die winkel verlaat. "Ek besef nou eers hoe belangrik dit is dat ek jul taal vinnig moet aanleer. As jy nie vandag by my was nie, sou daardie man in die winkel natuurlik glad nie geweet het wat ek soek nie."

"Ek is altyd tot jou beskikking, en jy weet dit," verseker die graaf haar ernstig. "Maar ons gaan nou eers koffie drink voordat ons enigiets anders doen."

Hy neem haar een hand in syne en lei haar geselsend na 'n restaurant wat in dieselfde gebou geleë is, ongeag die mense wat hulle verras aankyk, want dit is die eerste keer dat hulle die edelman hand aan hand met 'n meisie in die openbaar sien stap.

"Genina en haar pa wil graag my eiland besigtig," vertel Marco toe hulle in die restaurant koffie geniet. "Ek het besluit om 'n uitstappie na die eiland te reël, eerskomende Sondag. Ek sal een van my motors stuur om jou, Lana en die kinders na die hawe te neem waar my jag vasgemeer is."

"Dankie, ek het self nog net 'n deeltjie van die eiland gesien en sal ook graag die res wou sien. Maar dit is nie nodig dat jy ons juis nou moet saamneem nie, Marco. Ek is seker Genina het bedoel dat jy net vir haar en haar pa die eiland moet gaan wys."

"Ek vermoed ook so," knik hy met 'n alwetende glimlaggie.

"Wel, gaan jy dan nie aan haar wens voldoen nie?" Terri kyk hom vraend aan, nie seker wat hy met die woorde bedoel nie.

Die edelman skud egter sy raafswart kop stadig en sê ongeerg: "Ek sien hoegenaamd geen rede waarom ek aan Genina se wens moet voldoen nie. As sy graag die eiland wil sien, sal sy haar by my reëlings moet berus."

"O, nou goed, ek sal Lana van jou uitnodiging in kennis stel," belowe Terri. "Ek is seker die kinders sal die uitstappie ook baie geniet."

Dit is lank ná elfuur toe Marco 'n gondel huur en Terri versigtig help om in te klim en op die agterste bankie plaas te neem. Dan gaan sit hy langs haar.

Genina, wat verveeld voor haar kamervenster na die waterverkeer staan en kyk, se blik verstar meteens toe die gondel wat die graaf gehuur het voor die hotel verbyvaar met hom en Terri, vrolik, geselsend langs mekaar op die bankie.

So, dan is dít sy vol program vir die dag! gesels sy wrewelrig in haar gedagtes met haarself. Sy wens sy het die moed gehad om hom reguit te vra of daar 'n verhouding is tussen hom en Terri . . . O, sy haat die blondekop wat in haar pad van geluk

481

staan! Sy kan nie aanvaar dat Marco se liefde aan iemand anders behoort nie.

Terwyl Genina die gondel met bitter gedagtes agternastaar, vaar dit onder 'n brug deur en uit haar gesigsveld, na die Piazzale Roma waar die graaf se motor op hulle wag.

"Dankie dat jy my stad toe geneem het en ook gehelp het om die regte ontsmettingsmiddel te bekom, Marco," bedank Terri hom vriendelik toe sy met hul tuiskoms uit die motor klim.

"Gaan jy nie eers die hoenderhokke behandel nie?" wil die edelman weet terwyl hy saam met haar in die rigting van die voordeur stap.

"Ja, ek gaan dit netnou doen. Ek wil net eers my oorpak aantrek," verduidelik Terri.

"Wat! Daardie oorpak wat jou soos 'n hulpbehoewende plaaswerker laat lyk? Volstrek nie!" roep die graaf onthuts uit, ondanks sy voorneme om nie weer met haar te raas nie. Hy neem Terri se arm en dwing haar om stil te staan.

Dan blits sy oë in hare. "Ek belowe jou, as jy dit ooit weer waag om daardie aaklige oorpak aan te trek, Terri, sal ek dit stuksgewys van jou afsny met 'n mes of 'n skêr!"

"Jy . . . jy is van jou wysie af!" beskuldig sy hom met 'n verwese stem en 'n moedelose blik. "Verwag jy dat ek die hokke in hierdie rok en hoëhakskoene moet ontsmet?"

"Nee, ek verwag dit nie. Maar gewone slenterdrag sal honderd keer aanneemliker wees as daardie afskuwelike oorpak," antwoord hy streng. "Onthou, jy is 'n dame, nie 'n plaaswerker nie, Teresa."

"Dit help niks dat jy so met my staan en baklei nie, Marco," waarsku Terri hom opstandig. "Al jou bakleiery sal nooit van my die soort vrou maak wat jy blykbaar van my verwag om te wees nie."

"Ek wil nie met jou baklei nie, Teresa, en dit sal ook nooit nodig wees om met jou te baklei nie. Jy moet net dinge probeer doen wat dames gewoonlik –"

"Maar ek dóén al daardie dinge waarvan jy praat!" val Terri hom steeds opstandig in die rede. "Die huishoudster is besig om my te leer kos kook, en saans help ek vir Lana om vir die kinders truie en warm sokkies te brei."

"Ek is werklik bly om dit te hoor," sê hy met 'n vriendelike glimlaggie. Hy lig haar ken met 'n wysvinger op, kyk diep in haar mooi oë en vervolg sag, vertroulik: "Jy moet nou nog net in die huwelik tree en vir jou eie kinders truie en kouse brei."

"Toemaar, moenie jou daaroor kwel nie. Ek sal wel trou wanneer die tyd daarvoor ryp is," belowe sy en neem sy vinger onder haar ken weg. "Kom jy binnetoe, of wil jy hier buite wag terwyl ek my gaan verklee?"

"Ek sal binne gaan wag, want ek wil sommer ook hê jy moet daardie blou oorpak vir my gee," sê hy ongeërg, asof die oorpak ook aan hom behoort.

"En as ek weier?" Sy kyk hom uitdagend aan.

"Ek glo nie jy sal nie, piccina, want ek sal dit weet die oomblik wanneer jy daardie oorpak aanhet . . en jy weet wat ek dan sal doen, nè?"

"Ek glo nie jy sal jou dreigement regtig uitvoer nie, Marco," sê sy toe hulle die voorstoep bereik. "Ek dink jy probeer my net flous."

"Wees verseker, ek maak nooit ydele dreigemente nie, Teresa. Maar as jy dit op die proef wil stel . . . ." Hy kyk haar so betekenisvol aan dat Terri besluit om die oorpak maar liewer vir hom te gee, ingeval hy dalk regtig sy dreigement uitvoer.

Die graaf bly totdat Terri die hokke ontsmet het. Lana en die kinders is nog nie tuis nie, gevolglik nooi hy Terri vir middagete langs Bella Vista se swembad.

"Ons kan voor die ete ook swem," belowe hy. "Gaan haal gou jou baaikostuum; ek is seker jy sal die middag langs die swembad geniet."

Terri het lanklaas so heerlik ontspan soos hier langs Bella Vista se swembad. Sy en Marco speel byna 'n uur lank soos kinders in die water, duik mekaar en jaag reisies; daarna dryf hulle sommer net ontspanne op hul rûe in die water, gesels en lê na die wolke en kyk, totdat dit tyd is vir middagete onder 'n groot, kleurryke sambreel langs die swembad.

Albei het kort strandjasse oor hul nat baaiklere aan waar hulle middagete langs die swembad eet, met die son en enkele wolke soos 'n spieëlbeeld op die water.

"Dit voel byna asof ek met vakansie is," sê Terri toe sy en Marco ná die ete heerlik agteroor sit en ontspan op twee dekstoele.

"Jy kan elke dag met vakansie wees, piccina. Jy hoef maar net die boerdery in jul plaaswerkers se hande te laat –"

"Ons gaan nie vandag daaroor praat nie, Marco," val sy hom gemoedelik in die rede. "Ek voel te lui om met jou te stry. Wees tevrede; jy het nou my blou oorpak in jou besit."

Die edelman lag saggies, neem haar een hand in syne en druk dit liefdevol teen sy lippe. Dan vou hy haar handjie saggies toe met sy lang vingers en hou dit vas asof sy en haar hand net aan hom behoort.

"Ek hoop jy is altyd te lui om met my te stry, liefste Teresa," sê hy gemoedelik. "Jy moes jou gesig gesien het toe jy die opgerolde oorpak vir my gegee het! Ek was bevrees jy gaan dalk in trane uitbars."

"Dis waar, ek het moedeloos gevoel omdat jy daardie ronde gewen het," sê Terri met 'n lui stem.

"Hm, miskien laat ek jou toe om die volgende ronde te wen," terg hy met 'n ondeunde glimlaggie. Hy draai sy gesig na haar en kyk vas in haar blou oë wat hom stilweg uitlag.

"Ek gaan jou by daardie belofte hou, Marco," glimlag sy ingenome. "En glo my, ek gaan sorg dat dit 'n gróót oorwinning is!"

"Dit is nie nodig dat jy 'n oorwinning oor my moet behaal nie, piccina mia," sê die edelman terwyl hy haar goed versorgde handjie liefdevol bekyk asof dit vir hom buitengewoon interessant is. "Afgesien van Lana se boerdery, kan jy my enigiets vra en dit is joune."

"Enigiets?" Sy kyk hom met ondeunde oë aan.

"Enigiets, afgesien van die dinge wat betrekking het op boerdery," verseker hy haar met 'n geamuseerde glimlag.

"Jy is baie slim," beskuldig sy hom. "Jy weet goed dat my hele lewe om landbou kring en dat ek nie juis veel belangstel in ander sake nie."

"Wag maar, jy sal later in ander dinge belangstel," belowe hy. "Jy sal nog sien."

Hulle ontspan langs die swembad totdat dit haas tyd word vir middagkoffie. Hulle speel en baljaar weer 'n rukkie in die water, dan gaan trek hulle hulle aan en geniet daarna middagkoffie op die patio.

"Ek het lanklaas 'n middag so baie geniet, Marco," laat Terri met genoegdoening hoor toe sy haar leë koppie langs haar op die tafeltjie neersit. "Ek hoop jy het dit ook geniet."

"Ek het dit so baie geniet, cara, dat ek min lus het om jou nou al huis toe te neem," verseker hy haar ernstig. "Ek stel voor dat ek en jy dikwels hier langs Bella Vista se swembad kom ontspan."

"Ek is altyd gereed om te kom swem wanneer dit jou pas, Marco. Maar ek sien die son is al besig om onder te gaan, dus sal jy my nou huis toe moet neem," versoek sy vriendelik en kom terselfdertyd orent.

"Ja, ek is bevrees ons sal nou moet gaan," sê die edelman en staan baie halfhartig van die stoel af op. "Nie dat ek jou graag nou al wil huis toe neem nie, maar ek het die lastige Genina belowe om vanaand saam met haar en haar pa in die hotel te gaan eet. Ek het al skoon van die uitnodiging vergeet."

"Ek sal Lana inlig oor Sondag se uitstappie na die eiland, Marco," belowe Terri toe sy later by die motor van hom afskeid neem. "Geniet die aand saam met jou vriende, Marco."

"Dit kan ek jou nie belowe nie. Maar pas jouself intussen mooi op, piccina mia," vermaan hy besorg.

Hulle sê tot siens en met 'n ligte handgebaar vertrek die edelman na sy kasteel in Venesië om hom vir sy dinee-afspraak te verklee.

Lana en die kinders is ook al tuis toe Terri voor die deur uit die edelman se motor klim. Signora Maria het Lana met haar tuiskoms vertel dat Terri die oggend al saam met die graaf daar weg is en nog nie tuis is nie. Gevolglik is Lana gretig om te hoor waar hulle die ganse dag was dat hy Terri nou eers tuis besorg.

Lana het egter nie nodig om lank te wag nie, want met haar

485

aankoms vertel Terri haar dadelik van Sondag se uitstappie na die eiland Santa Teresa, en van haar en Marco se doen en late sedert die oggend.

Lana is meteens onrustig. Sy sal Terri nou dadelik moet vertel van Genina se onlangse besoek en haar ook waarsku dat die Spaanse meisie haar glad nie vriendelik gesind is nie.

"Juffrou Nomades is so jaloers op jou dat sy kan sterf, klein-sus," waarsku Lana haar besorg nadat sy Terri van Genina se besoek vertel het.

"Toemaar, noudat jy my van haar besoek vertel het, sal ek haar nie rede gee om my oë uit te krap nie, ousus," probeer Ter-ri haar suster met 'n gemoedelike glimlaggie gerusstel. "Ek sal sorg dat ek Sondag uit haar en Marco se pad bly. Miskien sal Marco ons toelaat om daardie berg op sy eiland uit te klim."

Die twee susters gesels daarna oor Sondag se uitstappie en wat hulle vir die geleentheid sal aantrek. Albei besluit op slen-terdrag – Lana op swart, aangesien sy in rou is, en Terri op 'n wit langbroek, rooibont hemp met 'n wit gordel en wit aanglip-seilskoene met rubbersole.

Genina voel daardie aand nog steeds omgekrap omdat die graaf haar uitnodiging van die hand gewys het om saam met juffrou Massyn stad toe te kon gaan. Sy is ook vasbeslote om hom te vertel dat sy weet wat sy vol program alles ingesluit het.

Sy wag ook net totdat hulle daardie aand vir die ete aansit, toe sy effens gekrenk sê: "Ek het my vandag verskriklik verveel, so alleen hier in die hotel, Marco. Jy kon my gerus maar saam met jou en juffrou Massyn geneem het."

Marco kyk Genina so skerp en onverbiddelik aan dat sy blosend swyg.

"Ek het nie op jou gespioeneer nie, Marco," verduidelik Ge-nina ná 'n rukkie toe Marco niks sê nie.

"Dis te hope," sê hy so kil en kortaf dat Genina skoon ver-bouereerd voel en haarself verwens omdat sy nie liewer stilge-bly het oor sy uitstappie saam met juffrou Massyn nie. Ook haar pa is bewus daarvan dat die edelman hom bloedig vir sy dogter vererg het.

"Ek het jou en juffrou Massyn vanoggend toevallig in 'n gondel voor die hotel gesien verbygaan, Marco," verduidelik Genina senuweeagtig. Maar toe hy niks hierop sê nie, besef sy dat sy die hele aand met haar voorbarigheid bederf het.

Marco gesels die hele aand net met haar pa en ignoreer Genina doelbewus. Sy is volgens hom gans te aanmatigend vir 'n meisie wat hy maar 'n baie kort rukkie ken. Dus sal hy haar voortaan op haar plek moet hou . . . en ná Sondag se uitstappie sal hy finaal 'n einde aan haar opdringerigheid maak.

Toe Marco later aanstaltes maak om te vertrek, vra Genina hom nederig om verskoning omdat sy vroeër die aand so voorbarig was en sê voorts: "Ek hoop nie my kortsigtigheid het veroorsaak dat jy nou ons uitstappie na jou eiland gaan kanselleer nie, Marco."

"Moenie jou kwel nie, die uitstappie sal nie gekanselleer word nie," verseker die graaf haar met 'n onpersoonlike stem. Daarna groet en vertrek hy.

Noudat Marco haar verseker het dat Sondag se uitstappie nie gekanselleer is nie, konsentreer Genina op maniere hoe sy hom Sondag kan bekoor en hul vriendskap herstel. Sy is gevolglik Sondagoggend fyn uitgevat in 'n duur swart-en-rooi rok van fyn Spaanse kant, deftige rooi hoëhakskoene en swart bybehore, en haar swart hare is ewe formeel deur die beste salon in Venesië versorg.

Genina se hart klop bly en opgewonde toe die edelman se gondel nege-uur Sondagoggend voor die hotel vasmeer om haar en haar pa op te laai. Sy was die hele oggend al op die uitkyk vir die graaf en is dus gereed om dadelik te vertrek. Sy voel egter teleurgesteld toe Marco haar die sitplek langs haar pa aanwys, maar sy swyg wyslik en voldoen aan sy versoek. Sy het nou tyd om hom met haar donker skoonheid te bekoor. Haar pa moet haar net dikwels met hom alleen laat; dit is waarop sy staatmaak, op die intieme oomblikke alleen saam met hom.

Marco, geklee in 'n oopnekhemp, gesels gemoedelik met Jorge oor die wynboubedryf op die eiland, terwyl die gondel oor die water vaar.

487

Die gondel neem hulle na waar die graaf se twee motors ge-woonlik staan, en van daar af ry hulle per motor na die hawe waar die edelman se luukse jag vasgemeer is.

Genina se blik verstar meteens toe sy die groot groep mense, onder wie Terri is, by die wit jag opmerk.

"Ek het gedink ek en my pa gaan die enigste gaste wees wat jy vandag na jou eiland toe neem, Marco," kan Genina nie help om bitter teleurgesteld op te merk nie.

"Ek kan dit nie doen nie. Dit sal 'n verkeerde indruk wek as ek julle twee alleen vir 'n dag na my eiland toe neem," ver-duidelik die edelman met 'n ongeërgde houding terwyl hy die motordeur vir Genina oophou om uit te klim.

"Ek verstaan nie. Wat bedoel jy met 'n verkeerde indruk, Marco?" wil Genina met 'n ligte frons weet – en vergeet skoon dat sy hom vandag met haar minsame glimlaggies wou beïn-druk en bekoor het.

"My familie en vriende kan straks die indruk kry dat daar iets meer as net vriendskap tussen jou en my bestaan, Genina, en dit wil ek tot elke prys vermy. Ek is trouens nog nie gereed vir 'n huwelik nie," verklaar hy eerlik terwyl hulle in die rigting van Terri en die res van sy gaste stap, wat almal in slenterdrag geklee is.

Genina draai haar gesig haastig weg sodat Marco nie die te-leurstelling en woede op haar gesig sien nie – woede omdat hy haar verniet laat hoop het. Verlede jaar in Spanje het hy haar met soveel vriendelikheid en sjarme behandel. Sy het regtig ge-dink sy gevoel vir haar behels veel meer as vriendskap . . . Sy het so baie van hierdie vakansie in Venesië verwag. Maar sy gaan nie hoop laat vaar nie. Sodra hy "gereed" is vir 'n huwelik, wil sy byderhand wees.

Lana, die kinders en Terri staan opgewek en gesels met tante Adela, Mario en die landdros se vrou en dogter – wat onder die genooide gaste is – totdat almal aan boord gaan.

Genina merk verleë op dat sy en haar pa die enigste twee is wat nie in slenterdrag geklee is nie. Sy voel nou vies vir haarself omdat sy Marco nie vroegtydig oor die uitstappie uitgevra het nie. Sy het nou wel nie so 'n slanke postuurtjie soos Terri en haar suster nie, maar sy sou beter tussen die gaste gepas het in slenterdrag.

Nadat almal in die jag se sitkamer is, kom hurk Marco langs Terri en nooi haar om saam met hom op die dek te gaan staan, waar sy die eiland sal kan sien die oomblik wanneer dit in sig kom. Hy neem haar hand, help haar orent, en saam verlaat hulle die kajuit.

Voordat Terri die kajuit verlaat, merk sy terloops op hoe een van die mans aan boord langs Genina gaan sit en vriendelik met haar begin gesels, asof hy glad nie bewus is van die woede in haar smeulende oë nie. Hy besef egter heimlik dat Lana se pragtige suster beslis 'n vyand in hierdie Spaanse meisie het.

Toe die jag etlike minute later langs die eiland se kaai vasmeer, nie ver van die graaf se woning af nie, is Genina van die eerstes wat die jag verlaat. Daarna bly sy knaend aan Marco se sy, vasbeslote om hom nie weer die geleentheid te gee om saam met Terri weg te glip nie.

Dit is 'n vrolike groep wat later op die gras onder die bome op seilstoele en piekniekkussings gaan sit, waar hulle die dag se vermaaklikheid bespreek.

"Ek dink dit is 'n lekker dag vir bergklim," kom dit van iemand.

"Ek sekondeer die voorstel," roep 'n ander vrolik uit.

"En nadat ons die berg geklim het, kan ons al die stof en sweet hier onder in die see kom afspoel," stel Terri voor. "Ek hoop julle het almal handdoeke en baaikostuums saamgebring."

'n Koor van stemme stem saam. Maar dan tree Marco tussenbeide deur hulle besorg daarop te wys dat die eiland se strande nie oor haainette beskik nie, en dat hulle liewer van die swembad gebruik moet maak.

Lana, die kinders en die ouer mense besluit om nie saam met die jong klomp te gaan bergklim nie – en dit beteken dat Marco, die gasheer, ook tuis sal moet bly. Hy hou niks daarvan dat Terri saam met die klomp gaan bergklim nie. Maar sy lyk so opgewonde oor die uitstappie dat hy dit nie oor sy hart kan kry om haar te vra om liewer ook te bly nie.

Voordat die jong klomp egter vertrek, vermaan die edelman

hulle om baie versigtig te wees. Hy gaan staan langs Terri en fluister sodat net sy kan hoor: "Wees asseblief om mý onthalwe baie versigtig, cara."

"Ek is altyd baie versigtig," fluister sy glimlaggend terug, onbewus daarvan dat Genina hulle met smeulende oë dophou. Maar Marco is terdeë bewus van Genina se jaloesie en besluit weer eens om haar voortaan op haar plek te hou.

"Ek wens nogtans ek kon saamgaan om persoonlik 'n oog oor jou te hou, piccina. Maar ongelukkig kan ek nie my ouer gaste alleen hier laat nie," sê hy besorg.

"Moenie bekommerd wees nie. Ons sal almal heel en in een stuk voor die middagete terug wees," probeer Terri sy kommer wegpraat, en glimlag bemoedigend vir hom.

Met 'n vrolike groet vertrek die groepie. Die mans dra elkeen 'n rugsak met bottels tee en water.

Dit is nie 'n baie hoë berg nie, maar uiters rotsagtig en dit duur langer as 'n uur om die hoogste punt te bereik.

Van hier af kan hulle die hele eiland sien, tot daar gunter oor die blou Adriatiese See. Hulle sit 'n lang ruk bo-op die berg die wêreld om hulle en beskou, en begin dan eindelik weer die terugtog sodat hulle betyds kan wees vir middagete.

Die terugtog verloop baie vinniger, maar ongelukkig nie so voorspoedig nie. Halfpad teen die berg af gly Terri se voet op 'n los klip, en die volgende oomblik gly sy wild ondertoe. Mario, 'n jong gas, gryp haar arm, maar hy gryp mis en sy val drie meter ver, waar sy op 'n smal lys beland wat gelukkig keer dat sy verder die afgrond in val.

Almal is bleek geskrik en die paar meisies bars hardop in trane uit. Mario leun oor die krans, vra Terri noukeurig uit na haar beserings en merk dadelik dat hulle haar nie sonder 'n tou sal kan bereik nie. Hy vra Martino om gou huis toe te gaan en Marco van die ongeluk te verwittig, en om sommer ook 'n tou saam te bring.

Terri se linkerarm pyn geweldig, maar verder het sy gelukkig niks oorgekom nie, behalwe dat sy onbedaarlik bewe en naar is van die skok.

Martino bereik die graaf se woning moeg en uitasem. Hy lig

die edelman en sy gaste in oor die ongeluk teen die berg, en wil dan weet of Mario 'n tou het waarmee hulle Terri kan bereik.

Marco en Lana is albei bleek geskrik.

"Is my suster dood?" roep Lana verbyster uit, en dit lyk asof sy elke oomblik kan flou word.

"Nee, Lana, sy lewe," stel Martino haar haastig gerus. "Terri het 'n paar meter ver geval en op 'n smal lysie beland, waar ons haar nie sonder 'n tou kan bereik nie. Sy sê haar een arm pyn, andersins ly sy skynbaar net aan skok."

"Ek sal dadelik per radio met my helikopterloods in verbinding tree," sê Marco diep bekommerd. "As Teresa beseer is, sal dit makliker en veiliger wees om haar met die helikopter van die berg af te bring."

Hierna gaan hy onverwyld na sy studeerkamer, van waar hy die helikopter per radio ontbied, en sluit hom dan weer aan by Lana en Martino, wat eenkant sit en gesels.

Lana is nog doodsbleek van skok en merkbaar bekommerd. Die edelman skink dus vir haar en Martino elk 'n drankie. Dan sê hy gerusstellend: "Die helikopter sal oor vyftien minute hier wees. Ek sal Teresa sommer met die helikopter na die hospitaal toe neem. Ek sal ook die kaptein van die jag aansê om julle dadelik ná die middagete terug te neem na die vasteland. Martino moet sorg dat meneer en juffrou Nomades veilig by die hotel kom, en jy en die kinders, Lana, moet vir ons in die kasteel gaan wag."

Hierna gaan spreek Marco die kaptein van die jag en wag dan vir die helikopter.

Dit neem Marco en die loods nie lank om Terri van die berg af te kry en met haar na Venesië se hospitaal te vlieg nie.

Genina is woedend toe sy hoor Marco is saam met Terri na die hospitaal toe en dat hulle almal ná die middagete weer huis toe moet gaan. Marco het feitlik heeloggend geen aandag aan haar geskenk nie, en nou moet sy en haar pa boonop alleen saam met 'n klomp vreemde mense huis toe gaan.

Hierdie uitstappie was vir Genina van die begin af 'n groot teleurstelling, toe sy moes hoor dat sy en haar pa nie Marco se enigste gaste is nie. En nou is hy saam met die helikopter hier weg en moet hulle self by die huis kom.

Terwyl die helikopter oor die see vlieg en Marco 'n wakende oog oor Terri hou, dink hy met vrees in sy hart dat sy haar waarskynlik sou doodgeval het as daardie uitstaande rotslys haar nie gestuit het nie. Hy is nou éérs bly dat hy Lana op die vasteland gevestig het, waar daar geen gevaar bestaan wat Terri se lewe kan bedreig nie – geen berge wat sy kan klim nie en ook geen haaibesmette strande waar sy kan swem nie.

Twee portiers staan gereed met 'n draagbaar toe die helikopter voor die hospitaal neerstryk, en ná 'n rukkie verdwyn hulle met Terri deur die hoofingang van die ongevalleafdeling. Die edelman wissel 'n paar woorde met sy loods en gaan dan haastig na binne om by te wees wanneer die dokter Terri se arm ondersoek. Daar word dadelik x-straalfoto's van die beseerde se arm geneem, nadat die dokter haar baie deeglik ondersoek het vir inwendige beserings. Gelukkig toon die foto's dat haar arm nie ernstig beseer is nie; daar is net 'n kraak tussen die gewrig en die elmboog.

Nadat Terri se arm tot by die elmboog in gips geplaas is, ontvang sy 'n inspuiting vir skok. Daarna neem die graaf haar na sy kasteel, waar Lana en die kinders vir hulle wag.

"Ek stel voor dat julle almal veiligheidshalwe in my kasteel oornag, net ingeval Teresa gedurende die nag mediese hulp nodig kry," doen Marco met hul tuiskoms aan die hand, terwyl sy huishoudster vir hom en Lana iets te ete voorsit. "Sy het wel 'n inspuiting vir skok ontvang, maar 'n mens weet nooit wat gedurende die nag kan gebeur nie."

"Ons het nie een slaapklere nie . . ." sê Lana, duidelik verlig omdat Terri nie ernstig beseer is nie.

"Ek sal die motorbestuurder na Verde Valle toe stuur om vir julle die nodige te gaan haal," bied die edelman aan. "Skakel net jul huishoudster, Lana, en stel haar van hierdie reëlings in kennis. Sodra Teresa iets geëet het, moet sy dadelik bed toe gaan en gaan rus."

Terri laat haar die reëlings maar geval, want sy voel nog steeds bewerig van die skok. Toe sy dus later met die hulp van 'n binnemeisie gebad en in haar slaapklere geklee is, klim sy in die bed en neem twee van die pynstillers wat die dokter voorge-

492

skryf het. Sy raak ná 'n rukkie aan die slaap, en word nie eens vir aandete wakker nie.

Nadat Lana en die kinders ook later gaan slaap het, neem die edelman op 'n stoel langs Terri se bed plaas om gedurende die nag by haar te waak. Hy voel glad nie gerus oor haar toestand nie en sy is vir hom ook gans te bleek.

Marco sit heelaand rustig langs Terri se bed en lees. Maar in die vroeë oggendure begin sy meteens rusteloos word. Sy is boonop doodsbleek. Hy plaas sy hand saggies op haar voorkop en is uiters ontsteld toe hy merk dat sy 'n baie hoë koors het.

Sonder om Lana of sy huishoudster wakker te maak, ontbied Marco sy huisdokter en wag in spanning dat die man sy opwagting moet maak.

Die dokter kom gelukkig gou en ondersoek die pasiënt deeglik. Hy gee Terri 'n inspuiting en ná 'n rukkie begin sy weer kleur in haar wange kry. Sy is nou rustig en die edelman begin ook meer gerus voel.

Terwyl die dokter sy tas sorgvuldig toemaak, verduidelik hy aan Marco dat Terri aan vertraagde skok ly, maar dat sy nou, ná die inspuiting, 'n rustige nag sal geniet. Hierna groet en vertrek hy.

Aan die ontbyttafel die volgende oggend vertel Marco vir Lana van die nag se gebeure en stel voor dat hulle nog 'n paar dae in die kasteel vertoef.

"Jy moes my wakker gemaak het toe Terri so koorsig en rusteloos was, en nie al die verantwoordelikheid self gedra het nie," sê Lana besorg.

"Jy sou ook niks vir haar kon doen nie. Net die dokter kon die nodige doen," probeer hy Lana gerusstel. "Die dokter sal haar weer in die loop van die oggend besoek. Ek stel voor dat ons haar 'n paar dae in die bed hou."

Lana kyk die graaf met 'n glimlag aan en sê: "Jou voornemens is uitstekend, Marco, as ons net Terri se samewerking het. Ek weet eerlikwaar nie of sy daarmee gediend sal wees om 'n paar dae in die bed te bly nie. Jy weet self hoe 'n selfstandige wil sy het."

493

"Dis waar," stem hy met 'n geamuseerde glimlaggie saam. "En tog sal sy nie ons Teresa wees as sy gaan staan en verander nie!" Hierdie woorde toon baie duidelik aan Lana dat dit 'n verliefde man is wat praat, maar sy laat niks van haar vermoede blyk nie.

9

Terri is 'n oomblik lank heeltemal verward toe sy die volgende oggend in 'n vreemde kamer wakker word. Maar dan val haar blik op die gips aan haar arm, en die vorige dag se gebeurde ontvou soos 'n prentjie in haar geheue. Sy betas die gips aan haar arm, wat nog steeds pyn, en toe kom 'n diensmeisie die vertrek binne met haar ontbyt op 'n skinkbord.

Terri se Italiaans is nog nie so gevorder dat sy die meisie kan vra waarom sy met ontbyt in die bed bedien word en waar haar klere is nie, daarom bedank sy die meisie maar net beleef en laat haar toe om die skinkbord op haar skoot neer te sit.

Sy slaag darem daarin om die ontbyt met een hand te nuttig en wil net opstaan om in die klerekas na haar klere te gaan soek, toe daar 'n klop aan die kamerdeur is.

"Binne!" roep sy in Italiaans uit.

Die deur gaan oop en Marco kom die vertrek binne. Hy groet haar met 'n vriendelike: "Wel, ek moet sê jy lyk vanoggend baie beter as verlede nag, cara. Jy het darem weer kleur in jou wange."

Hy neem op die stoel langs haar bed plaas toe sy met beslistheid sê: "Ek hoop nie jy en Lana koester die lawwe plan om my vandag in die bed te hou nie, Marco, want daar sal niks van kom nie . . ."

Hy maak haar met 'n ligte handgebaar stil. "Jy was verlede nag baie siek, Teresa. Ek het feitlik die hele nag hier langs jou bed gesit, en in die vroeë oggendure was jy so koorsig en rusteloos dat ek ons huisdokter moes ontbied. Jy sal dus verstaan waarom ek sê jy moet 'n paar dae in die bed bly."

"Hier in jou kasteel?" Sy kyk hom half verslae aan.

"Ja, hier in my castello, piccina mia," sê hy en knik met sy donker, trotse kop. "Ek verkies dat jy die volgende paar dae naby die dokter moet wees."

"Maar julle kan my nie in die bed hou nie! My arm voel vandag klaar beter," stribbel sy teë. Sy stoot haar regterhand se vingers deur haar hare. "Ek het nie eens 'n kam of 'n borsel hier om my hare mee te versorg nie."

Marco kom vlugtig orent, gaan haal die pragtige kam-en-borselstel op die kleedtafel en plaas dit op Terri se skoot.

"Dit was my ouma s'n," verduidelik hy met 'n ingenome vonkel in sy donker oë. "Ek verseker jou, hierdie kam en borsel is nog nooit deur so 'n mooi vrou soos jy gebruik nie."

"Toemaar, ek weet jy sê dit maar net om my beter te laat voel," laat sy steeds moedeloos hoor. "Was hierdie kamer ook jou ouma se slaapkamer?" vra sy terwyl sy die vertrek met sy antieke weelde met waardering bewonder.

"Ja, dit was my ouma se slaapkamer, cara. Ek gebruik my oupa se slaapkamer net langsaan." Hy wys na 'n middeldeur wat die twee slaapkamers verbind en sê voorts: "Jy het nie nodig om te vrees dat ek daardie deur sal gebruik nie. Ek loop ook nie in my slaap nie."

"Ek is verlig om dít te hoor. Maar ek het nie daardie versekering nodig nie, want as ek net vandag nog in die bed moet bly . . ."

"Ek is bevrees jy sal drie dae in die bed moet bly om al die pyn en skok te verwerk."

"Dit is nie nodig dat ek hiér in die bed moet bly nie. Ek kan mos tuis, op die plaas, ook in die bed bly!" stribbel sy weer dadelik teë. Dan is sy intens bewus van die pyn in haar arm, en die edelman merk dat sy in pyn verkeer.

Marco neem 'n dosie met pille uit sy sak, bied haar twee daarvan en 'n glas water aan, en verduidelik dat dit pynstillers is wat die dokter voorgeskryf het.

Sy drink die pille en ná 'n rukkie bedaar die pyn in haar arm.

Toe Marco merk dat die pyn bedaar het, keer hy terug na die vorige onderwerp van bespreking deur te sê: "Ek verkies dat jy die volgende paar dae in my castello bly, waar jy naby die dokter kan wees, Teresa, en –"

"En wat van my reputasie? Ek weier om alleen hier by jou in jou kasteel te bly," val sy hom opstandig in die rede.

"Jy sal nie alleen hier bly nie, cara. Lana en die kinders sal ook hier wees," probeer hy geduldig om haar gerus te stel. "Jou reputasie is dus heeltemal veilig."

Hy wou haar nog vertel dat sy eie naam vir hom ook van groot belang is, maar dan kom 'n diensmeisie die kamer binne om te sê dat daar 'n telefoonoproep vir hom in sy studeerkamer is. Hy maak verskoning en gaan haastig na sy studeerkamer, oortuig dat dit sy sekretaris is wat met hom wil praat.

Die edelman voel onmiddellik gesteurd toe hy Genina se stem in die gehoorbuis hoor.

Marco groet die meisie beleef en toe hy niks verder sê nie, hoor hy Genina half vererg sê: "Ek het so uitgesien na gister se uitstappie. Dit is bitter jammer dat juffrou Massyn dit vir ons almal gaan staan en bederf het."

"Dit was nie Teresa se skuld nie, Genina. So 'n ongeluk kan met enigiemand gebeur," verdedig hy Terri teen die ouer meisie se beskuldiging.

"O, wel, dit maak ook nie saak nie. Feit bly staan, haar onverantwoordelikheid het die dag vir ons almal bederf. Maar waarom ek eintlik bel, caro, is om jou vir middagete te nooi."

"Ek is bevrees dit is gans onmoontlik . . ." antwoord die graaf.

Genina gee hom skaars kans om klaar te praat, en wil met 'n pleitstem weet: "Nou wat van vanaand, Marco? Jy is tog seker nie vanaand ook besig nie?"

"Nee, ook nie vanaand nie," sê hy beslis. "Ek sal trouens die hele week nie beskikbaar wees nie."

Hierdie antwoord wek dadelik Genina se agterdog en dit noop haar om te vra: "Is juffrou Massyn nog in die hospitaal, of is sy al terug op die plaas?"

"Teresa is sedert gister nie meer in die hospitaal nie," antwoord Marco ontwykend. "En nou sal jy my asseblief moet verskoon, Genina. Ek moet nou dadelik aflui."

Genina voel ergerlik en agterdogtig oor die graaf se ontwykende antwoord, en ook omdat hy hul telefoongesprek so haastig en sonder rede beëindig het. Sy het 'n sterk vermoede dat sy optrede weer iets met Terri te doen het, soos 'n week gelede toe hy haar uitnodiging van die hand gewys het om die dag saam met Terri deur te bring.

Op 'n skielike ingewing skakel sy Lana se huisnommer. Die huishoudster beantwoord die oproep en op Genina se vraag oor hoe dit met Terri gaan, sê signora Maria dat sy glad nie weet nie, aangesien Terri, Lana en die kinders nie tuis is nie.

"Nou waar is hulle dan, mevrou?" wil Genina weet met oë wat vuur blits en 'n harde trek om haar mond.

"Hulle bly voorlopig by my heer die graaf in sy kasteel, sodat juffrou Massyn naby die dokter kan wees," verduidelik die huishoudster. "Maar wie is dit wat praat?"

Signora Maria wag nog op 'n antwoord, toe plak Genina reeds die gehoorbuis hardhandig op die mikkie terug en smyt die hele instrument so woedend op die vloer neer dat dit oopbars en aan stukke spat.

Dit is vir Genina nou baie duidelik dat die graaf se gevoel vir Terri baie meer as vriendskap inhou . . . of is dit maar net sy gewoonte om almal te help wat in nood verkeer?

Ek sal juffrou Massyn beslis moet laat verstaan dat Marco aan mý behoort! dink Genina wrewelrig, en besluit om die volgende paar dae op die uitkyk te wees vir die graaf se gondel wat hulle huis toe moet neem.

Ná die kort telefoongesprek met Genina keer die edelman terug na Terri en tref ook vir Lana en die kinders daar aan.

"Ek sê nou net vir Lana sy moet asseblief my klere bring sodat ek kan opstaan. Ek sal doodgaan as ek drie dae in die bed moet bly, Marco," kla Terri mistroostig toe die graaf op die voetenent van die groot antieke hemelbed gaan sit.

Sy oë rus sag en vol verering op Terri toe hy bemoedigend sê: "Ek sal heeltyd hier by jou sit en jou geselskap hou . . . en sorg dat jy nie doodgaan nie, cara."

"En ek sal gou huis toe bel om te hoor hoe dit met jou diere gaan," stel Lana doelbewus voor sodat die twee 'n rukkie alleen kan wees.

Sy verlaat die vertrek en keer ná 'n rukkie terug met 'n ligte frons tussen haar mooi geboogde wenkbroue.

"Waarom frons jy so, Lana? Skort daar miskien iets met die diere?" wil Terri onrustig weet. Ook die edelman kyk Lana bekommerd aan.

"Nee," sê Lana en skud haar goudblonde kop met sy netjiese kapsel, "daar skort niks met jou diere nie. Signora Maria sê 'n vrou het flussies gebel om te hoor hoe dit met jou gesteld is. Sy het toe vir die persoon gesê dat ons voorlopig hier in die kasteel bly om naby die dokter te wees. En toe sy vra wie praat, het die persoon die gehoorbuis neergeplak sonder om te sê wie sy is. Sy sê die stem klink na dié van 'n jong meisie."

Dit is meteens asof 'n donker wolk oor die edelman se gelaat skuif. 'n Harde trek verskyn om sy mond en sy donker oë lyk stormagtig.

"Ek weet van net een meisie wat so vermetel sal wees," sê die graaf. "Maar moet jou nie daaroor bekommer nie, Lana. Ek sal self op die saak ingaan."

"Is dit iemand wat saam met Terri-hulle gaan bergklim het?" wil Lana steeds bekommerd weet.

Marco skud sy kop en sê onheilspellend sag: "Nee, sy was nie saam met Teresa-hulle op die berg nie. Maar moet julle nie oor haar oproep bekommer nie. Laat alles aan my oor. Dit is moontlik dat sy nou na my castello toe sal bel, en dan sal sy haar naamlose oproep aan my moet verduidelik."

Terri steur haar nie veel aan die meisie se oproep nie. Wat vir haar op die oomblik van belang is, is die feit dat Sara, die sog, haar kleintjies nou elke dag verwag. Sy huiwer ook nie om die graaf daarvan in kennis te stel nie.

"Ek is seker Sara kan haar kleintjies kry sonder jou hulp, piccina mia. 'n Vark is mos darem nie 'n delikate dier wat 'n veearts se hulp nodig het nie. Sy sal sonder jou hulp regkom, jy sal sien," belowe hy. Maar toe Terri nog steeds mistroostig bly, sê hy weer: "Wat pla jou nou, Teresa? Hou jy nie van ons hier in die castello nie, of is die bed nie gemaklik nie?"

"Jy weet dit is nie die eintlike rede waarom ek plaas toe wil gaan nie . . ."

"Gaaf, dan sal ons nie langer daaroor argumenteer nie," sê hy besorg. "Ek gaan nou, maar ek kom elfuur saam met jou en Lana tee drink."

Nadat Marco die vertrek verlaat het, maak 'n diensmeisie haar verskyning om Terri in die badkamer by te staan sodat sy kan bad en vars slaapklere aantrek.

Intussen tree Marco met die Albergo Grande se telefoniste in verbinding en stel vas dat Genina wel twee keer kort ná mekaar vir 'n buitelyn gevra het, net soos hy vermoed het. Kort daarna het die telefoon in haar kamer stukkend op die vloer gelê en moes die hotel haar van 'n ander instrument voorsien.

"Almal vermoed natuurlik dat juffrou Nomades die telefoon self op die vloer stukkend gegooi het, my heer die graaf. Die kelners en die kamermeisies kla almal omdat sy so 'n onheilige humeur het," vertel die spraaksame telefoniste voorts. "Hulle sê sy breek dikwels goed wanneer sy kwaad is. Ek verseker jou: almal hier in die hotel sal bly wees om haar te sien vertrek, want sy versuur die lewe vir almal. Ons het al voorheen moeilike gaste gehad, maar nog nooit een met so 'n onredelike humeur soos juffrou Nomades nie."

Ná hierdie verduideliking lui die edelman af. Hy besef nou dat Genina nie net abnormaal jaloers is op sy pragtige Teresa nie, maar ook 'n baie skynheilige mens is. Geen wonder dat sy op haar ouderdom nog nie eens verloof of getroud is nie.

Toe dit haas tyd is vir elfuurtee, sluit Marco hom weer in die slaapkamer by Terri en Lana aan. Terri lyk vir hom nou rustiger en meer tevrede om die paar dae in sy kasteel in die bed te bly.

Die edelman neem weer op die voetenent van die bed plaas en laat sy blik stadig, liefkosend gaan oor die pragtige meisie wat soos 'n skoolmeisie lyk in die groot hemelbed. Dan tref dit hom weer dat sy liefde vir haar oorweldigend is en dat hy haar met sy eie lewe teen gevaar sal beskerm. Hy dink hoe naby sy gister aan die dood was en hy voel hoe alles in hom koud word . . .

Marco besef dat hy Terri van sy liefde sal moet vertel wanneer sy terug is op die plaas. Maar voordat hy dit kan doen, moet hy Genina eers van Venesië af wegkry. Hy besef dat sy optrede 'n einde aan sy vriendskap met die Nomades-gesin sal maak, maar daaraan kan hy ongelukkig niks doen nie. Genina dwing hom om daadwerklik op te tree.

Soos Marco belowe het, hou hy en Lana Terri die volgende drie dae geselskap terwyl sy in die bed lê; daarna neem hy hulle terug na Verde Valle, want dit lyk darem asof Terri nie meer aan skok ly nie.

Genina, wat die afgelope drie dae al geduldig op die uitkyk is vir die graaf se gondel, se geduld word die vierde dag beloon toe sy die gondel die oggend deur haar kamervenster voor die hotel sien verbygaan, met Lana en haar twee kinders op die agterste bankie en Marco en Terri op die middelste bankie. Sy sien hoe beskermend die graaf sy arm om Terri se skouers hou . . . en voel hoe haat en afguns soos 'n rooiwarm vlam deur haar skroei.

Sy dink aan Marco se woorde vyf dae gelede, dat hy nog nie gereed is vir 'n huwelik nie. Toe tref dit haar meteens dat Lana moontlik die vrou is wat hy begeer, die vrou vir wie hy sal moet wag totdat haar routyd verstryk het.

Genina is meteens verward. Sy het nog nooit so gefrustreerd gevoel soos nou nie. Maar sy gaan beslis nie moed verloor nie. Sy het nog altyd gekry wat sy wil hê en sy is vasbeslote om die gravin De Castellano te word.

"Jy moet jou arm goed oppas sodat dit gesond kan wees vir Carla se troue," sê Marco toe hulle later in Lana se sitkamer gaan sit.

"Ek is bevrees nie een van ons twee is na die troue genooi nie," merk Lana bedaard op.

"Julle sal nog genooi word," verseker die edelman haar.

"In daardie geval sal ek, Terri en die kinders nuwe uitrustings vir die geleentheid moet kry," laat Lana gemoedelik hoor. "Ek vermoed dit gaan 'n baie deftige troue wees."

"Moet jou oor niks bekommer nie, Lana," stel Marco haar dadelik gerus. "Sodra die gips van Teresa se arm verwyder is, sal ek julle na Rome toe neem om jul inkope te doen. Ek sal self die reëlings tref vir ons verblyf in Rome. Moet jou dus ook nie daaroor bekommer nie."

"Ek sal Rome baie graag wil sien," sê Terri. "In watter deel van Rome is die hotel waar ons gaan bly, Marco? In die nuwe deel of in die ou deel?"

"Ons gaan in my jonger broer se castello bly," antwoord hy. "Lana het al met my ma, my broer en my suster kennis gemaak, maar ek wil hê hulle moet jou ook leer ken. Ek dink jy sal van my mense hou, piccina mia. Dat hulle baie van jou sal hou, betwyfel ek nie."

Marco gesels nog 'n rukkie met Terri en Lana oor hul verblyf in Rome, toe groet en vertrek hy weer.

Ná die edelman se vertrek, vra Terri haar suster uit na die graaf se ma, broer en suster.

"Ek het hulle nog net een keer gesien, en dit was die dag met my troue," vertel Lana. "Roberto het my vertel dat Marco se jonger broer, Reno, feitlik alles geërf het wat aan hul oupa aan moederskant behoort het; die cubaas se titel sowel as sy kasteel in Rome – die castello Gasperus. Marco het weer alles geërf wat aan hul oorlede pa behoort het. Ná hul pa se dood het hul ma verkies om by haar jongste seun in die kasteel te bly waar sy gebore en getoë is. Marco en Reno het glo albei skatryk geërf."

"Het die ou baron dan nie 'n seun gehad nie?" wil Terri belangstellend weet.

"Nee, hy het nie 'n seun gehad nie. Marco se ma was haar ouers se enigste kind," verduidelik Lana.

Die twee susters sit in die woonkamer en gesels totdat die klokkie vir middagtee lui.

Ná die ete gaan kyk Terri eers hoe dit met Sara en die kuikens gesteld is; daarna gaan lê sy sodat haar arm kan rus.

Noudat Terri, Lana en die kinders na die plaas vertrek het, wag Genina ongeduldig dat die volgende drie dae moet verstryk sodat Marco weer beskikbaar kan wees. Hy het vier dae gelede gesê dat hy die hele week nié beskikbaar sal wees nie. Sy kan nie begryp wat hom so besig hou dat hy nie meer dikwels saam

501

met haar en haar pa in die hotel kan kom eet of hulle net kan besoek nie.

Sy wag net totdat die week verstryk het. Maandagoggend skakel sy die edelman en sê met 'n pleitstem: "Noudat jou besige week eindelik verstryk het, caro, wil ek jou graag nooi om vanaand saam met my en Pappa hier in die hotel te kom eet. Ná die ete kan ons drie 'n opera bywoon . . ."

"Nee, wag 'n bietjie, Genina," maak Marco haar haastig stil. "Ek stel voor dat jy iemand anders vir aandete en 'n uitstappie na die operahuis nooi. Aangesien ek reeds die meisie gevind het met wie ek hoop om binne afsienbare tyd in die huwelik te tree, sal dit nie regverdig teenoor haar wees dat ek alleen in jou en jou pa se geselskap gesien word nie.

"Jy het al met baie mans hier in Venesië kennis gemaak. Ek stel voor dat jy een van hulle nooi en jou kennismaking met hom opvolg. Jy moet my asseblief verskoon, want ek sal nou moet aflui . . . Tot siens, Genina!"

Genina is op dié oomblik so ontstoke omdat sy verniet na Venesië gekom het – net om te hoor dat iemand anders, en nie sy nie, die gravin De Castellano gaan word – dat sy nie eens daarvan bewus is toe Marco aflui nie. Sy stamp haar voet so woedend teen die vloer dat die dun hakkie van haar deftige skoen morsaf breek. Sy voel asof sy kan skreeu van woede en frustrasie. Sy wens sy het nooit 'n voet in Italië gesit nie. Sy wens sy het nooit met die edelman kennis gemaak nie . . . O, sy wens iets vreesliks tref hom!

Die Spaanse meisie gaan staan voor haar kamervenster om hierdie ongelukkige toedrag van sake te bepeins, toe sy Lana en die kinders voor die hotel sien verbygaan. 'n Briljante gedagte tref haar meteens en sy begin haastig gereed maak om Terri op die plaas te gaan besoek.

As dit juffrou Massyn is op wie Marco sy visier gestel het, dink Genina, moet sy haar dadelik gaan waarsku en haar vertel watter soort man hy is en waarvoor sy of haar suster hulle gaan inlaat, indien een van hulle met hom sou trou.

Soos sy gehoop het, sit Terri alleen op die voorstoep toe sy voor Lana se huis stilhou en uit die voertuig klim.

Terri is merkbaar verbaas oor die vreemde meisie se onverwagte besoek, maar nooi haar nogtans om te sit en wag dat sy die rede vir haar besoek verduidelik.

Genina wei etlike minute lank uit oor hul reis deur Italië en kom dan eindelik by die doel van haar besoek toe sy sê: "My besoek aan Venesië nader nou vinnig sy einde, daarom het ek vanoggend besluit dat dit my plig is om jou en jou suster teen Marco te kom waarsku voordat ek vertrek."

"Ek verstaan glad nie wat jy bedoel nie, juffrou Nomades," laat Terri met 'n verwarde frons hoor.

"Marco, juffrou Massyn," sê die swartkop, "is glad nie die wonderlike man wat jy en jou suster miskien dink nie. Hy is absoluut onbetroubaar en maak 'n spel daarvan om met meisies se gevoelens te speel . . ."

"Met wie se gevoelens het hy gespeel, juffrou Nomades?" vra Terri wantrouig, terwyl sy die meisie afkeurend aankyk. Sy weet nie so reg of sy hierdie meisie moet glo nie. Maar dan val dit haar by dat Genina die graaf baie langer ken as sy en dat sy gerus kan luister na wat die ouer meisie te sê het.

"Jy vra met wie se gevoelens hy gespeel het?" roep Genina verontwaardig uit. "Hy het met mý gevoelens en sy niggie Carla s'n gespeel, juffrou Massyn. In Spanje het hy my laat glo dat hy my liefhet en dat ek alles in sy lewe is en –"

"Het Marco al hierdie dinge vir jou gesê?" val Terri haar in die rede om meer duidelikheid oor die graaf se optrede te kry.

"Wel . . . e . . . Nee, hy het dit nie in soveel woorde gesê nie," verduidelik Genina, nou met 'n gesteurde frons omdat dit vir haar lyk asof Terri haar woorde in twyfel trek. Maar sy verduidelik voorts: " 'n Mens het nie altyd woorde nodig om te weet hoe 'n man oor jou voel nie. Sy optrede teenoor my was so teer en bedagsaam. Ons was elke oomblik van die dag bymekaar, en saans het ons gaan dans, of 'n opera bygewoon, of sommer net iewers gaan eet en mekaar se geselskap geniet.

"Maar met my en my pa se aankoms hier in Venesië moes ek tot my verbasing vind dat die geëerde graaf nie net met my gevoelens gespeel het nie, maar ook met sy niggie s'n. Carla, net soos ek, was ook vas onder die indruk dat hy haar gaan vra om

503

met hom te trou. In elk geval, 'n week gelede sê hy toe ewe on-geërg vir my dat hy nog baie jare lank eers sy vryheid wil geniet, dis te sê as hy ooit eendag sover kom om te trou. Jy moet dus maar versigtig vir hom wees, juffrou Massyn. Marco is glad nie betroubaar nie . . ."

Terri wou eers vir haar sê dat dit vir haar meer gelyk het asof dit sy en Carla is wat knaend by die edelman vlerkgesleep het en nie hy by hulle nie. Maar sy sê dit nie, kyk die meisie net skepties aan toe sy effens neerhalend sê: "Ek kan glad nie ver-staan wat dit alles met my te doen het nie, juffrou Nomades."

"Wel, eintlik het ek jou maar net kom waarsku om op jou hoede te wees, anders kan jy straks ook een van sy slagoffers word." Sy kyk na haar duur polshorlosie en dit is vir Terri dui-delik dat sy skielik haastig is om te vertrek. "Ek sal nou onge-lukkig moet gaan," sê sy dan.

"Wil jy nie eers vir tee bly nie, juffrou Nomades?" vra Terri beleef.

"Nee, dankie, nie vandag nie. Ek sal nou dadelik moet gaan," antwoord Genina en kom orent. Sy groet Terri beleef en vertrek onverwyld.

Daar is 'n vreemde uitdrukking in Terri se oë toe sy Genina se voertuig agternastaar, maar dan kom sy orent en stap tydsaam, diep ingedagte na Vivace se stal.

Toe Lana en die kinders later die oggend tuiskom, vertel Terri haar van Genina se besoek. Hulle gesels nog oor Genina se on-beskaamde gedrag, toe kom Armando die sitkamer binne en vertel opgewonde dat Sara sewe kleintjies het.

Terri en Lana, nou self ook opgewonde, gaan kyk saam met die twee kinders na die nuwe aankomelinge. By aanskoue van die varkies wonder Terri of sy Marco moet bel en hom van Sara se kleintjies moet vertel. Sy besluit egter om dit liewer nie te doen nie. Netnou dink hy sy loop agter hom aan, en dit wil sy tot elke prys verhoed, maar sy sal darem ook graag wil hê hy moet weet van Sara se prestasie.

Terri het gelukkig nie nodig om die edelman te skakel nie, want hy doen self die volgende middag op Verde Valle aan, onderweg na Bella Vista.

"Ek kom kyk net of jy jou darem nog soet gedra, Teresa," verduidelik Marco die doel van sy besoek toe hy langs haar op die rusbank inskuif, waar sy op die koel voorstoep deur 'n tydskrif sit en blaai.

"O, ek gedra my baie stil," sê sy en glimlag op in sy donker oë wat haar besorg aankyk. Geen wonder nie, dink sy, dat Carla en Genina wou doodgaan oor hom. Die man is inderdaad hartbrekend aantreklik. Maar sy sê hardop: "Sara het toe eindelik sewe kleintjies."

"Wanneer het dit gebeur? Vandag?" wil hy belangstellend weet.

"Nee, gisteroggend," laat Terri gemoedelik hoor, duidelik in haar skik met Sara se moederskap en die aanwas van haar boerdery.

"Gister al? En jy laat my nie eens weet nie!" kom dit sag, verwytend van die graaf terwyl hy Terri skerp, ondersoekend beskou.

Terri bloos tot in haar nek toe sy ietwat huiwerig sê: "Ek wou jou gister gebel het, Marco, maar . . . wel . . . ek was bang jy dink straks ek probeer jou aandag trek."

Hy kyk haar 'n paar oomblikke lank so strak en deurdringend aan dat sy begin kriewelrig raak. Toe sê hy sag, maar baie duidelik: "Ek wens jy wil, mia cara."

Terri dink terstond aan Genina se waarskuwing. Sy maak asof sy Marco nie gehoor het nie en vra ongeërg: "Wanneer het jy Genina laas gesien?"

Hy kyk haar met nougetrekte oë aan toe hy haar vraag beantwoord: "Ek het haar presies tien dae gelede gesien. Maar waarom vra jy?"

"O, om geen spesifieke rede nie. Ek het maar net gewonder hoe dit met haar gaan," laat Terri ongeërg hoor.

"Ek glo dit natuurlik nie, maar ek sal dit voorlopig daar laat, hoewel ek moet sê ek het nie geweet jy en Genina is sulke goeie vriendinne nie," hoor Terri hom sê.

Die blondekop frons gevaarlik.

"Ek weet nie wat jy bedoel nie, Marco. Maar vir jou inligting: Genina tel baie beslis nie onder my vriendinne nie."

505

"Ek het so gedink," sê hy half ontstoke. "En tog het sy jou al twee keer besoek, Teresa."

"Verskoon my, maar haar eerste besoek was aan Lana; ek was nie eens tuis nie. Sy het mý net een keer besoek. Maar hoe weet jy van al Genina se besoeke?" wil Terri nuuskierig weet.

"Omdat ek dit uit 'n betroubare bron verneem het," verduidelik hy.

Terri bloos liggies en vra: "Dan weet jy sy was gister hier? Wel, haar besoek sê niks nie en ek beskou haar glad nie as 'n vriendin nie. Trouens, ek dink sy is net so afstootlik soos Carla."

"Wat het sy vir jou gesê dat jy haar afstootlik vind, cara? Het sy jou beledig?" vra hy met 'n harde trek om sy mond en in sy oë.

"Dit is nie wat sy gesê het nie, dit is haar optrede wat my afstoot. Maar vergeet dit en laat ek jou liewer Sara se kroos gaan —"

"Dit is vir my duidelik dat hier iets tussen jou en Genina gebeur het," val hy Terri sag in die rede. "Miskien sal jy my later daarvan vertel, dus sal ons maar eers na Sara se kroos gaan kyk."

Hy neem Terri se hand en saam stap hulle na Sara se hok.

Die twee staan etlike minute lank na die varkies en kyk, toe lei die edelman haar na 'n tuinbankie onder 'n groot kastaiingboom en nooi haar om te sit. Hy vra of hy mag rook, steek vir hom 'n sigaret aan en sê bedaard: "So ja, nou kan jy my vertel waarom Genina jou besoek het, cara."

"Dit is nie belangrik nie . . ."

"Moet asseblief nie my geduld beproef nie, Teresa," sê hy streng.

Terri kyk hom 'n oomblik stil, oorwegend aan en antwoord dan met 'n ondeunde glimlaggie: "Eintlik het sy my teen jou kom waarsku; gesê ek moet versigtig wees vir jou, want jy is 'n onbetroubare man wat met meisies se gevoelens speel. Jy het eers met haar gevoelens gespeel en daarna met Carla s'n. Ek het vir haar gesê ek verstaan nie wat jou optrede met my te doen het nie. Dit is toe dat sy gesê het sy waarsku my maar net om versigtig te wees vir jou . . ."

506

Terri bly meteens stil toe sy die koue, harde uitdrukking in Marco se donker oë en op sy gesig sien. Hy kom terstond orent en sê met 'n onverbiddelike stem: "Ek is bevrees ek sal Genina nou dadelik moet bel. Ek kan onmoontlik toelaat dat sy my naam met sulke leuens beswadder."

"Leuens?" Terri kyk hom skepties aan, nie seker of sy hom moet glo nie.

"Ja, leuens, Teresa," sê hy nadruklik. "Dit is benede my waardigheid om met mense se gevoelens te speel. Maar jy moet my asseblief 'n paar minute verskoon. Ek moet haar nou dadelik gaan bel."

Hy stap haastig weg in die rigting van die huis en keer ná 'n paar minute terug met die nuus dat Genina en haar pa reeds vroeg daardie oggend na Spanje vertrek het.

Dit hinder Terri omdat sy nie kan besluit wie sy moet glo nie. Een van die twee, weet sy, is 'n leuenaar, en sy sal moet vasstel wie dit is.

10

Die dae sleep vir Terri eindeloos stadig verby. Maar eindelik kan die gips van haar arm verwyder word en sy en Lana hulle gereed maak om saam met Marco na Rome te vertrek, waar hulle die voorste modehuise sal besoek vir nuwe uitrustings vir Carla se troue.

Marco spreek haar nog steeds op troetename aan, maar hy het nog nooit met haar gevoelens probeer speel nie en sy begin haar vertroue in hom herwin.

Terri is in 'n beskuitkleurige pakkie met taankleurige bloes en bybehore geklee toe sy signora Maria groet om saam met Lana, die kinders en die graaf na die lughawe te vertrek.

"Jy sal van Rome hou, signorina," verseker Maria haar.

"Ek hoop om die hele Rome tydens my besoek te besigtig," sê Terri opgewonde.

Maria slaan haar hande in vervoering saam en roep in ekstase uit: "Roma, non basta una vita . . . ja, Rome, 'n leeftyd is nie genoeg nie."

Terri bars hartlik uit van die lag en klop Maria op die skouer.

"Ek gaan in elk geval probeer om soveel van jou geliefde Rome te sien as wat ek moontlik kan, signora Maria."

Hierna vertrek hulle na die lughawe, waar die graaf se vliegtuig gereed staan om met hulle na Rome te vlieg.

Die edelman neem langs Terri in die vliegtuig plaas en maak haar sitplekgordel vas, asof hy bang is dat sy dit nie behoorlik sal doen nie.

Terri kyk gefassineer na die graaf se mooi gevormde kop, waarvan die swart, golwende hare netjies gekam is, toe hy oor haar buig om haar gordel vas te maak.

Hoe beter Terri hom leer ken, hoe meer besef sy waarom Carla en Genina so dol op hom was. Hy is nie net buitengewoon aantreklik nie, maar ook altyd hoflik en sjarmant en weet hoe om 'n meisie soos 'n ware dame te laat voel. Dit is net jammer dat hy so heftig teen haar loopbaan gekant is en sy om daardie rede dikwels in sy onguns beland.

Toe die vliegtuig die verlangde kruishoogte bereik, maak Terri self haar gordel los en beskou die landskap met groot belangstelling deur die venstertjie langs haar. Marco wys etlike belangrike plekke en koersbakens aan haar uit, terwyl Lana die kinders besig hou.

Hulle stryk op die lughawe Fiumicino neer waar die graaf se jongste broer, die twee en dertigjarige baron Reno Filipe Antonio Henrico de Castellano, en sy vyf en twintigjarige suster, Nina, vir hulle wag.

Marco stel Terri aan sy broer en suster voor, wat haar onopsigtelik met belangstelling beskou, en nadat die formaliteite afgehandel is, vertrek hulle na die baron se kasteel wat buite Rome op 'n heuwel pryk.

Dit is vir Terri 'n groot verligting toe sy hoor dat Marco se familie darem kan Engels praat, aangesien haar Italiaans nog nie so goed is dat sy 'n gesprek in dié taal kan voer nie.

Tuis, in die eeue oue kasteel met sy een ronde en een vierkantige toring, maak Terri kennis met die graaf se ma, die contessa

508

Christina de Castellano. Sy is 'n skraal vrou van gemiddelde lengte en in haar vyftigerjare, maar steeds baie mooi.

Die gravin is aangenaam verras toe sy met Terri kennis maak, die meisie van wie Marco haar al so baie vertel het. Sy beskou die pragtige jong meisie vanaf haar goudblonde kop tot by haar klein voetjies met vriendelike belangstelling en sê dan met 'n gemoedelike glimlaggie: "Marco het gelyk gehad toe hy gesê het jy lyk soos 'n oulike skoolmeisie met grootmensklere aan, signorina Teresa. Jy is inderdaad 'n oulike meisietjie."

Terri bedank die ouer vrou vir wat sy skynbaar as 'n kompliment bedoel het, en dan soek en vind haar blou oë die graaf s'n.

Terri pen hom met 'n kwaai blik vas toe sy verontwaardig uitroep: "'n Skoolmeisie! Dan is dít die rede waarom jy so oor my baasspeel, Marco, omdat ek vir jou soos 'n onnosele skoolmeisie lyk . . ."

"Nee, nie 'n onnosele skoolmeisie nie, cara, 'n skatlike, parmantige ou meisietjie," paai Marco laggend en ondeund. "Maar om jou te wys dat ek jou darem as 'n volwassene beskou, nooi ek jou om vanaand saam met my te gaan dans."

Toe Terri niks sê nie, gaan staan Marco voor haar. Hy plaas 'n lang wysvinger onder haar ken, lig haar gesiggie versigtig op en vra behoedsaam: "Jy is tog nie nou vir my kwaad nie . . . of is jy, piccina mia?"

"Nee, toemaar, ek sal jou hierdie keer vergewe. Jy steur jou tog in elk geval nie aan my gramskap nie," sê Terri, vasbeslote om die vrede te bewaar, en sy neem sy vinger ongeërg onder haar ken weg.

"Ek is bly dat jy dit besef, mia cara. Dit beteken dat ek jou darem al na my hand begin leer het," sê Marco terwyl hy haar na 'n antieke rusbank toe lei. Hy neem langs haar plaas en vervolg in 'n gemoedelike stemming: "Jy moet nou nog net die boerdery aan die mans oorlaat!"

"Nou ja, hier begin ons weer," sug Terri beskuldigend. "Ek het geweet die wapenstilstand is te goed om waar te wees . . ."

"Nee, wag 'n bietjie," keer die graaf haastig en neem haar een hand in syne. "Ek wil nie met jou stry of rusie maak nie, cara. Ons gaan hierdie paar dae in Rome aan onsself bewys dat ons wél met mekaar in vrede kan lewe. Môre gaan julle Rome se modehuise besoek en jul inkope afhandel, daarna gaan ek jou elke dag 'n deel van Rome wys – totdat jy die ganse Rome gesien het."

"Lana se huishoudster sê 'n leeftyd is nie lank genoeg om die hele Rome te besigtig nie, en ons het net 'n paar dae tot ons beskikking," laat Terri ondeund hoor. Sy probeer om haar hand onopsigtelik uit syne te trek, maar sy vingers sluit stywer om hare en sy is genoodsaak om die poging te laat vaar.

"Ons gaan 'n week in Rome vertoef, Teresa mia," vertel die edelman.

"'n Week!" roep sy ontsteld uit. "En wie gaan in my afwesigheid na die hoenders en die varkies omsien?"

"Ek het Pedro aangesê om na alles om te sien," probeer Marco haar dadelik gerusstel. Sy donker oë begin ondeund blink. "Ek het hom aangesê om die varkies sommer elke dag te bad ook. Ek hoop dit dra jou goedkeuring weg."

Terri meet hom met 'n reguit blik toe sy effens verwytend sê: "Jou skielike besorgdheid beïndruk my inderdaad, Marco, aangesien jy jou nog nooit voorheen aan my goedkeuring gesteur het nie . . ."

Die graaf se lagbui maak terstond 'n einde aan Terri se verwyte. Hy druk haar hand vlugtig teen sy lippe en hou dit dan weer vas asof dit iets baie kosbaar is.

Sy ma, broer en suster is aangenaam verras om hom so opgewek te sien. Hulle besef dat Terri daarvoor verantwoordelik is, want dit is vir hulle almal baie duidelik dat hy tot oor sy ore verlief is op die pragtige meisie.

"Ek belowe jou dit gaan van nou af anders wees, piccina mia," sê hy ernstig. "Jou goedkeuring sal van nou af voorkeur geniet."

"Dit wil ek eers sien," kan Terri nie help om te sê nie.

Hierna raak die geselskap algemeen en ná 'n rukkie kom sit Nina ook by Terri en Marco op die rusbank. Marco het hulle al so baie van sy pragtige Teresa vertel dat dit vir haar voel asof sy die meisie baie goed ken. Dit duur ook nie lank nie, toe gesels

Terri en Nina soos jarelange vriendinne, want albei het met hul keuse van 'n loopbaan die mans se wêreld betree.

Ná die middagete, terwyl die gravin haar gebruiklike siësta geniet en Nina vir Lana geselskap hou, gaan stap Marco en Terri deur die kasteel se pragtige tuine wat in terrasse teen die heuwel lê.

Marco is so hoflik en sjarmant dat dit vir Terri begin lyk asof hy 'n spesiale gevoel vir haar koester. Maar dan dink sy weer aan Genina se waarskuwing en dit laat haar besef dat die edelman nie tot so 'n besondere gevoel in staat is nie.

Terri laat egter niks van haar gedagtes blyk nie. Sy geniet die wandeling deur die pragtige tuine en die graaf se sjarmante hoflikheid wat haar laat voel of sy iets baie besonders is.

Die graaf bly voortdurend aan Terri se sy, asof hy dit nie kan verdra om 'n oomblik van haar geskei te wees nie.

Later die middag besluit Marco dat hy en Terri 'n entjie gaan ry.

"Ons sal nie lank weg wees nie," vul hy aan. "Ek het 'n afspraak met Teresa om vanaand te gaan dans, en dit is 'n afspraak wat ek vir niks ter wêreld wil afstel nie."

Hulle groet die huismense en vertrek met een van Reno se motors, wat die gravin se motorbestuurder vir Marco tot voor die deur van die kasteel laat bring het.

"Mag ek vra waarheen ons gaan?" wil Terri belangstellend weet toe hulle van die kasteel af wegry.

"Ek gaan jou die pretpark van villa Borghese wys, piccina. Dit is 'n stukkie van Rome wat elke besoeker moet sien. Maar ons gaan eers deur 'n deel van die plek stap, want ek wil graag die tempel van Borghese vir jou gaan wys. Dan is daar ook die legendariese fonteine van Trevi, waar jy veronderstel is om iets te wens en daarna 'n muntstuk in die water te gooi sodat jou wens bewaarheid kan word, wat ek jou ook wil gaan wys."

Met Terri se hand liefderik in syne, stap hulle later deur 'n deeltjie van die villa Borghese. Terri het nie werklik kennis van kuns nie, maar sy vind die borsbeelde van die ou meesters in die park besonder indrukwekkend. Maar wat haar die meeste bekoor, is die vierkantige tempel van Borghese wat in die middel van 'n meertjie, so groot soos Pretoria se ou Kerkplein, staan.

Terri verwonder haar aan die Italiaanse volk se voorliefde vir beelde, want selfs op elke hoek van die tempel van Borghese pryk 'n beeld.

Die fonteine van Trevi met sy beelde van watergode, van perde wat wild met hul pote in die lug kap, en water wat soos 'n waterval oor kunstige rotsnimfe stroom, laat op Terri so 'n indruk dat sy heimlik besluit dat sy dit weer sal wil sien.

"Gaan jy nie wens nie, cara?" hoor sy die edelman langs haar vra terwyl sy in vervoering staan en kyk na die perde wat so wild op hul agterpote steier.

"Natuurlik gaan ek wens," laat sy laggend hoor. Sy is op die punt om 'n muntstuk uit haar beursie te neem, toe Marco haar een in die hand stop.

"Wat sal ek wens?" vra Terri met 'n opgewonde gesig en oë wat soos saffiere blink. "Ek sal maar wens dat Pedro mooi na my diere kyk."

"Ek glo nie jy is veronderstel om jou wens bekend te maak nie, cara. Maar wens dit maar en gooi die muntstuk in die fontein," spoor die graaf haar aan.

"Dit klink asof jy haastig is om te gaan," merk Terri op toe sy die muntstuk in die water gooi.

"Ja, ons sal ongelukkig nou moet gaan, Teresa mia," sê hy gemoedelik. "Die son is al amper onder en ons wil vanaand nog gaan dans. Ek hoop jy het die uitstappie geniet."

"Ek het dit baie geniet, Marco. Baie dankie dat jy my gebring het." Sy glimlag stralend op na hom.

Hul oë ontmoet 'n oomblik lank en die boodskap wat sy in Marco s'n lees, laat haar hart meteens vinniger en vreemd opgewonde klop. Maar dan dink sy weer aan Genina se waarskuwing en sy besef dat dit fataal sal wees as sy haar hart in die edelman se donker oë verloor.

Terri draai haar gesig haastig weg, onbewus van die feit dat Marco meer in haar oë en op haar gesig gelees het as wat sy ooit sou kon raai.

Vir Marco is dit egter 'n wonderlike openbaring, die feit dat Terri hom nie ongeneë is nie. Hy besef met blydskap in sy hart dat die tyd haas ryp is om haar van sy liefde te vertel en haar te vra om sy bruid te word. Ja, voordat hulle na Venesië terugkeer, moet sy verloofring aan haar fyn vingertjie pryk.

Marco en Terri is albei in 'n opgewekte stemming toe hulle van die fonteine van Trevi vertrek, onderweg na die kasteel Gasperus. Marco ry 'n bietjie vinnig sodat hulle darem nog betyds by die kasteel aankom om hulle vir aandete te verklee. Maar dit lyk nie asof hulle betyds gaan wees nie, want halfpad tussen die stad en die kasteel het die motor 'n pap band.

Marco bring die voertuig behendig tot stilstand, kyk na sy polshorlosie en sê besorg: "Ons gaan waarskynlik nie betyds tuis wees vir aandete of vir die dans nie, cara."

"Dink jy daar is 'n noodwiel en gereedskap in die motor se bagasiebak?" wil Terri weet, nie werklik bekommerd nie.

"Ek sal nie kan sê nie, piccina. Ek is nie meer vertroud met my broer se gewoontes nie."

"Wel, ek stel voor dat ons ondersoek instel, Marco. As daar 'n noodwiel en gereedskap is, het ons geen probleme nie . . ."

"Jy dink tog seker nie dat ek jou sal toelaat om die noodwiel aan te sit nie, Teresa!"

"Wel, jy sal my móét toelaat om dit te doen, anders sal ons moet voetslaan huis toe – altans, kasteel toe," stel sy hom voor 'n keuse.

Hy kyk haar 'n oomblik besorg aan en sê dan: "As daar 'n noodwiel en gereedskap is, sal ek die wiele self omruil. Jy kan net toesig hou en kyk dat ek dit reg doen, want dit is baie jare gelede dat ek so iets gedoen het."

Terri belowe om net toesig te hou, maar sy werk net so hard soos hy om die pap band te vervang, en eindelik is die motor weer padvaardig. Hulle kom darem nog betyds by die kasteel aan om hulle vir ete te verklee.

Die huismense is duidelik ontsteld omdat Terri en Marco se hande so met olie besmeer is. Nadat Marco egter die situasie aan hulle verduidelik het en hulle ook verseker het dat alles onder beheer is, word hy en Terri toegelaat om te gaan bad en hulle vir ete te verklee.

Terri, geklee in 'n modieuse aandrok van swart kant met net

513

een skouer en goudkleurige bybehore, is besig om haar gesig te grimeer toe Lana die vertrek binnekom en aanbied om van haar diamantjuwele vir haar kleinsus te leen.

Maar Terri skud haar kop en sê gemoedelik: "Ek waardeer jou vriendelike aanbod, ousus, maar ek glo nie ek moet diamante by hierdie tabberd dra nie. Ek dink my pêrels vertoon goed by die swart kant."

Terri kam haar glansende hare en beskou dan haar spieëlbeeld met 'n kritiese oog. Hierna steek sy die skouerruiker wat uit drie pienk orgideë bestaan wat Marco 'n paar minute gelede met 'n diensmeisie na haar kamer toe gestuur het, met groot sorg teen haar skouer vas.

"Jy lyk soos 'n eteriese wese, kleinsus," kom dit met bewondering van Lana. Sy kyk na Terri se parfuum wat op die kleedtafel staan en besef dat haar kleinsus oor baie goeie smaak beskik. As die jong gravin De Castellano sal sy Marco net tot eer strek.

Marco wag reeds aan die voet van die trap vir Terri toe sy en Lana met die treetjies afkom. Sy gesig helder dadelik op en sy blik gaan liefkosend oor Terri se fyn, vroulike gestaltetjie. Sy blik verskuif na haar bekoorlike gesiggie en hy voel hoe alles in hom na haar hunker. Hy besef dat hy nie meer lank sy gevoelens vir haar geheim sal kan hou nie, want dit word vir hom elke dag moeiliker om sy emosies in toom te hou . . . sy drang om haar in sy arms te neem, haar teen hom vas te hou en haar te liefkoos met al die liefde wat hy vir haar voel.

Hy bied Terri sy arm aan en lei die twee vroue trots en waardig na die ontvangsvertrek waar die res van die huismense op hulle wag. Hulle word met ligte drankies bedien, daarna gesels die vier vroue oor Carla se huwelik wat oor twee weke plaasvind, en die modehuise wat Lana en Terri die volgende dag gaan besoek. Marco wil dadelik weet watter kleur rok Terri in gedagte het, want hy meen blou is beslis haar vleiendste kleur.

Terri verras hom deur te sê dat sy aan 'n ligrooi-en-grys tabberd gedink het, met grys bybehore . . .

Dit is vir Marco 'n groot verligting toe hy en Terri eindelik ná die ete na een van Rome se voorste nagklubs kan vertrek.

514

Hy meen dat hy Terri nou lank genoeg met die familie gedeel het. Die res van die aand gaan sy net aan hom behoort. Sy hart smag al om haar in sy arms te neem, al is dit dan ook net op die dansvloer.

"Ek hoop nie ons kry weer 'n pap band nie!" lag Terri ligweg toe hulle deur die stad ry.

"Moenie jou bekommer nie, ek het gesorg dat ons vanaand 'n tweerigtingradio in die motor het, want twee pap bande op een dag sal net te veel wees," stel hy Terri dadelik gerus. "Ons gaan die aand op die dansvloer geniet, sonder om ons oor pap bande te bekommer. En so terloops, ek bespreek elke dans op jou program, cara. En wanneer jy moeg is, sit ons en wag totdat jy uitgerus is."

Die nagklub is in die ou deel van Rome in 'n baie ou gebou, maar die atmosfeer is vrolik en gemoedelik.

Die orkes speel 'n stadige tango toe Marco en Terri die danssaal binnestap. Marco verwyder die stola van Terri se skouers en plaas dit saam met haar aandsakkie op 'n stoel langs die tafeltjie wat hy vir hulle bespreek het. Dan neem hy haar in sy arms en stuur haar behendig op maat van die musiek tussen die ander dansende pare in.

Terri, wat lanklaas gedans het, word behoorlik meegesleur deur die dromerige musiek en die ritme van die Maanligtango. Ook Marco, ten spyte daarvan dat hy 'n kop langer is as sy dansmaat, geniet elke oomblik van die dans.

Later die aand voel hy hoe Terri se kop liggies, huiwerig teen sy bors begin aanleun. Sy linkerhand skuif op en druk haar kop saggies en liefdevol teen sy bors vas.

Die sagte geur van haar parfuum styg behaaglik op in die edelman se neus. Hy druk haar stywer teen hom vas . . . en dan is hy weer eens daarvan bewus dat alles in hom na haar roep.

Ook vir Terri is hierdie aand 'n verrassende ervaring, want hier waar sy in Marco se arms op maat van die musiek beweeg, tref dit haar meteens dat sy Marco liefhet, dat sy die eerste keer in haar lewe ook 'n man liefhet, innig liefhet. 'n Sagte sug ontsnap uit haar bors, en dan leun sy met haar kop effens stywer teen sy bors.

Die res van die aand is vir albei soos 'n wonderlike droom wat te gou na sy einde snel. Hulle praat nie veel nie, geniet net mekaar se nabyheid in stilte. Marco weet dat hy dinge vanaand nog tot 'n punt sal moet bring, want hy sien nie langer kans om sonder sy pragtige Teresa te lewe nie. Hy wil haar altyd in sy arms hou soos nou, en weet dat sy net aan hom behoort.

Die orkesleier kondig die laaste dansnommer aan en Terri besef dat die aand vir haar nou vinnig ten einde loop. Gevolglik geniet sy elke oomblik daarvan, want sy weet nie of sy Marco se arms ooit weer so intiem om haar sal voel nie.

Toe die musiek later ten einde loop, is die edelman skielik haastig om by die kasteel te kom. Hy hang Terri se stola met sorg om haar skouers en dan verlaat hulle die gebou.

Die kasteel is stil en donker toe hulle tuiskom. Net in die voor-portaal en buite voor die deur brand 'n lig. Marco sluit die massiewe voordeur oop, neem Terri se hand en lei haar na die kasteel se intieme sitkamertjie.

Met sorgsame hande neem hy die stola van haar skouers af, maar dan laat val hy dit net daar op die vloer en vou Terri be-hoorlik toe met sy arms. Die volgende oomblik sak sy donker kop af en sy lippe sluit vurig oor hare – 'n soen wat Terri met volle oorgawe beantwoord . . .

Ná etlike sekondes, wat vir albei ure kon gewees het, lig die graaf sy kop op. Hy kyk diep in Terri se sagte oë en sê met 'n vreemde intensiteit in sy stem: "Ek het jou oneindig lief, mia amore. Sal jy met my trou? Nie volgende jaar of oor maande nie, oor vier weke."

Toe Terri niks sê nie, vervolg hy effens onrustig: "Ek glo nie ek het my met jou gevoelens vergis nie, cara. Jy het my ook lief, het jy nie?"

"Ja, ek het jou lief, Marco," erken Terri sag. "Maar 'n huwe-lik tussen jou en my sal nooit deug nie, ons stry gans te veel. Ek kon ook nog nooit in jou oë iets reg doen nie . . ."

Hy snoer haar mond met 'n vlugtige soen en trek haar langs hom op die rusbank neer.

"Sodra ons getroud is, sal dinge anders wees, jy sal sien. Jy

516

sal dan jou regmatige plek as my contessa in my kasteel inneem en nie meer 'n plaasbestuurder wees nie," pleit hy. "Ons het buitendien lanklaas gestry, dus kan jy dít nie as 'n argument gebruik nie."

"Ek sal eers daaroor moet dink, Marco. 'n Huwelik is 'n gewigtige saak wat 'n mens nie oorhaastig kan –"

"Ek weet, dit is juis waarom ek nog nie getroud is nie, cara. Maar ek het jou lankal lief, dit is nie iets wat oornag gebeur het nie." Hy druk haar saggies teen sy bors vas. "Ek sal vannag nie 'n oog toemaak as jy my nie vanaand 'n antwoord gee nie. En as jou antwoord nee is, sal ek nie 'n oomblik rus nie voordat ek jou oortuig het dat ons twee vir mekaar bedoel is, mia cara."

"Nou goed, ek sal met jou trou, Marco," stem Terri eindelik in. "Maar ons sal dadelik ná die huwelik met 'n gesin moet begin, anders gaan ek my morsdood verveel in jou kasteel waar daar vir my niks te doen is nie!"

Marco druk haar weer dadelik teen hom vas en soen haar lank en vurig. Dan sê hy eindelik, nadat hy sy kop opgelig het en diep in haar oë kyk: "Jy is die wonderlikste en liefste mensie wat lewe, amore mia. Ek stel voor dat ons die familie dadelik gaan wakker maak, sodat hulle teenwoordig kan wees wanneer ek my verloofring aan jou fyn vingertjie steek. Ek wil hê die hele wêreld moet dit weet! Maar soen my eers voordat ek gaan, piccina mia . . ."

Ook beskikbaar!